LUCA DI FULVIO
Das verborgene Paradies

Weitere Titel des Autors

Der Junge, der Träume schenkte
Das Mädchen, das den Himmel berührte
Das Kind, das nachts die Sonne fand
Als das Leben unsere Träume fand
Es war einmal in Italien

Titel auch als Hörbuch erhältlich

Luca Di Fulvio

Das verborgene Paradies

Roman

Aus dem Italienischen von
Elisa Harnischmacher

lübbe

Dieser Titel ist auch als Hörbuch und E-Book erschienen

Die Bastei Lübbe AG verfolgt eine nachhaltige Buchproduktion. Wir verwenden Papiere aus nachhaltiger Forstwirtschaft und verzichten darauf, Bücher einzeln in Folie zu verpacken. Wir stellen unsere Bücher in Deutschland und Europa (EU) her und arbeiten mit den Druckereien kontinuierlich an einer positiven Ökobilanz.

MIX
Papier | Fördert gute Waldnutzung
FSC® C014496

Originalausgabe

Textredaktion: Marion Labonte, Wachtberg
Titelillustration: © Marti Bug Catcher/shutterstock; Alexdgvision/shutterstock; Macronatura.es/shutterstock; maphke/shutterstock; © Richard Jenkins Photography
Umschlaggestaltung: ZERO Werbeagentur, München
Satz: hanseatenSatz-bremen, Bremen
Gesetzt aus der Adobe Caslon Pro
Druck und Verarbeitung: GGP Media GmbH, Pößneck
Printed in Germany
ISBN 978-3-404-18775-1

5 4 3 2 1

Sie finden uns im Internet unter luebbe.de
Bitte beachten Sie auch: lesejury.de

Für meine Frau Elisa,
die Sonne, die ich in alle Ewigkeit umkreisen werde

Amore mio, nimm meine Hand
Wie jemand, der fortgeht und nicht weiß, für wie lang
Tage voller Trübsinn kannst du besiegen,
Bittere Tränen und Schwermut werden dir unterliegen
Du bist mein Himmel,
Mein Himmel

Ich werde dich holen, ich komme zu dir
Und werde nicht sein, was du erwartest von mir
Ich bin der Wind, der in dir weht
Ich bin das Schicksal, das niemand wählt,
Und dann, dann ist die Liebe ganz einfach
Und jetzt beweise ich es dir, jetzt beweise ich es dir

»*Liebe ist ganz einfach*« Tiziano Ferro

PROLOG

Ein Leben für ein Leben

1

Anno Domini 1610
Dritter Tag im Monat November

Borgo San Michele, Ostalpen

Die Frau lag verborgen in einer Einbuchtung der Klostermauer, ohnmächtig und halb erfroren.

Der Mönch, der jeden Morgen die Exkremente der Bruderschaft an diesem widerwärtigen Ort entsorgte, bemerkte sie zunächst nicht. Er hatte andere Sorgen, in der Nacht war reichlich Schnee gefallen, und seine Füße froren erbärmlich, außerdem musste er achtgeben, nicht in die dort allerorts herumliegenden Ausscheidungen zu treten. In der Ferne hörte er bereits die Ketten der Zuchthäusler klirren, die auf städtisches Geheiß einmal in der Woche kamen, um den fauligen Unrat fortzuschaffen. Die trostlosesten unter ihnen suchten selbst darin verzweifelt nach etwas Essbarem. Der Mönch entleerte die beiden Eimer und beeilte sich, den restlichen Abfall aus dem Kloster zu holen.

Als er wieder heraustrat, sah er die acht an den Füßen zusammengeketteten Zuchthäusler und ihre zwei Wachen mit einem stinkenden Karren um die Mauerecke biegen. Hastig schüttete der Mönch zwei weitere Eimer auf einen Lumpenhaufen aus und wandte sich wieder dem Kloster zu. Auf die derben Zuchthäusler wollte er keinesfalls treffen.

Doch mit einem Mal regte sich der unförmige Lumpenhaufen unter dem Mist und stöhnte leise.

»Das ist die Hure Berna von der Bärenbrücke oben«, unkte

einer der Wächter und griff sich, begleitet von einem dreckigen Lachen, mit der Hand an den Hosenlatz.

Auch der Mönch hatte die Frau entdeckt. Er beugte sich zu ihr hinunter, befreite ihr Gesicht von einem Fetzen dreckigem Stoff und trat dann einen Schritt zurück, als fürchte er, sich durch die Berührung die Seuche zu holen. Auf den ersten Blick sah die Frau aus wie eine junge Mumie. Wegen der einsetzenden Erfrierungen war ihre Haut bläulich und zerknittert. Der Mund mit den aufgesprungenen Lippen war leicht geöffnet und offenbarte einige verfaulte Zähne. Ihr hoffnungsloser Blick verriet, dass ihre Augen weit mehr gesehen hatten, als ein altes Weib an ihrem Lebensende hätte erzählen können.

»Versuch gar nich erst, ihn ihr ins Maul zu stecken, Frater«, rief einer der Zuchthäusler, »sonst friert er dir noch ab.«

Die Dirne reagierte nicht auf das obszöne Gelächter des Gefolges, sie legte lediglich mühevoll ihre rissigen, mit verschlissenen Lumpen verbundenen Hände in den Schoß, als wollte sie andeuten, was ihr nicht über die Lippen kam.

»Mach, dass du hier wegkommst, du Stück Dreck!« Der Frater nahm einen Stock auf und fuchtelte damit vor der jungen Frau herum. »Bringt sie weg! Worauf wartet ihr noch?«, wandte er sich an die beiden Wachen.

Die Zuchthäusler und die Soldaten lachten nur. Durch den Lärm aufmerksam geworden, kam der Prior herbei, Fra' Thevet, die Ärmel der Kutte aufgekrempelt, in den erdverkrusteten Händen einen soeben im Gemüsegarten geernteten Kohl.

Als hätte sie ihn mehr gespürt als gesehen, fand die Dirne von irgendwoher die Kraft, den Kopf in seine Richtung zu drehen. Sie sah in sein eingefallenes Gesicht, aus dem ein klarer Blick leuchtete, die Augen noch strahlender durch den frühzeitigen grauen Star, der wie wächserne Tropfen auf seinen Linsen hing. Ihre Blicke trafen sich. Das Gesicht der Frau verzog sich zu einer schmerzvollen Grimasse, die auch ein Lächeln hätte sein können, das glaubte zumindest der Prior.

Und in diesem Elend, diesem Schmerz und gequälten Fleisch vernahm Fra' Thevet ein verzweifeltes Flehen, das ihn mitten ins Herz traf.

Die Zuchthäusler und Wachen waren verstummt.

In diese neue, unheimliche Stille hinein hob die Dirne ebenso langsam, wie sie zuvor den Kopf gewandt hatte, einen vor Kälte starren Finger und richtete ihn auf Fra' Thevet. »Das … Kind kommt«, murmelte sie und deutete noch einmal in den Schoß. Dann schwanden ihr die Sinne.

Fra' Thevet ließ den fetten Kohl in den Schnee fallen.

In seinem Kopf wirbelten die Gedanken durcheinander. Schließlich bekreuzigte er sich und rief entschieden: »Bringen wir sie rasch hinein!«

Niemand rührte sich. Der Frater, der sich um den Unrat kümmern sollte, den Stock noch immer auf die Dirne gerichtet, schüttelte immer wieder den Kopf.

Fra' Thevet riss ihm den Stock aus der Hand. »Hilf mir, wir bringen sie hinein«, drängte er noch einmal und schob ihn in Richtung des Lumpenhaufens. Er hob die Frau an den Armen hoch und wartete, dass sein Mitbruder die Füße nahm. »Ihr ruft die Hebamme«, wandte er sich entschlossen an die beiden Wachen.

»Welche Hebamme?«, fragte einer.

»Wir haben keine Zeit!« Der Prior funkelte den Mann

an. »Du weißt nur zu gut, wer hier im Dorf den Kindern auf die Welt hilft! Vor Jahren ist sie auch bei deiner Frau gewesen, glaub bloß nicht, dass ich das nicht wüsste.«

Der Wächter erblasste angesichts dieser Drohung.

»Beeil dich«, stieß Fra' Thevet hervor. »Oder ich zeige dich beim Großinquisitor an, so wahr mir Gott helfe.« Damit gab er dem Tor auf der Klosterrückseite einen Tritt und ging hinein.

»Eine Hebamme, Fra' Thevet?«, fragte auf dem Weg durch den schneebedeckten Gemüsegarten nun auch der Frater.

»Bringen wir sie in das Krankenzimmer«, gab der Prior lediglich zur Antwort.

»Aber … Das ist doch eine Dirne … Da wollt Ihr die Hebamme rufen?«

»Ach, bist du vielleicht derjenige unter uns, der sich darauf versteht, einem Kind auf die Welt zu helfen? Oder meinst du, die Frau hier braucht keine Hilfe, und es gelingt ihr noch allein?« Fra' Thevets Ton war bestimmt. »Der Herr wird Verständnis haben, dass wir uns dieses eine Mal nicht an die Regeln der Heiligen Mutter Kirche halten. Und jetzt geh weiter! Zum Krankenzimmer.«

Sie legten die Frau auf einen abgenutzten Tisch in der Mitte des niedrigen Raumes, in dem es nach Salben und getrockneten Kräutern roch.

»Hol Fra' Stanislao«, sagte der Prior, dann schürte er das Feuer im Kamin, schob den Tisch so nah es ging daran und legte ein wenig Stroh unter den Kopf der Frau. Schließlich kniete er sich mit einem Kruzifix in den Händen der Dirne zu Füßen und betete.

Auf ihrem improvisierten Lager schien die Frau, die Hände schützend über den gewölbten Leib gebreitet, die Stoßgebete des Gottesmannes nachzusprechen.

2

Anno Domini 1610
Dritter Tag im Monat November

Borgo San Michele, Ostalpen

Als es klopfte, verharrte der kleine Junge reglos hinter der angelehnten Küchentür, das Herz schlug ihm vor Angst bis zum Hals.

Vorsichtig linste er durch einen Spalt. Er sah seinen Vater Martinengo hastig die Haustür öffnen und eine Frau hineinlassen. Es war Jehanne, die Hebamme, der Junge kannte sie. Wenn er sie im Dorf sah, versuchte er, ihr aus dem Weg zu gehen, denn er fürchtete sich vor dieser unschönen Frau. Außerdem mochte er den Namen nicht, den sie ihm gegeben hatte und mit dem sie stets von ihm sprach: Der Heilige.

Jetzt kam Jehanne mit einem rauen Stoffsäckchen in der Hand näher.

Der Junge ahnte, dass sie Bescheid wusste über die Tragödie, die sich hier abspielte. In der letzten Woche hatte sie einige Male versucht, den Vater zur Vernunft zu bringen. Martinengo jedoch hatte sie nicht anhören wollen und sie barsch fortgeschickt. Der Junge hatte sogar beobachtet, wie er ihr drohte, sie beim Inquisitor anzuzeigen, und das, obwohl er sie vor fünf Jahren bei der Geburt seines Sohnes um Hilfe gebeten hatte.

Aber am Morgen war er es gewesen, der leise an die Tür der Frau geklopft hatte. Sein Blick war verstört und voller Schmerz, die voller Verzweiflung aufgerissenen Augen vom Weinen gerötet. Also war Jehanne heimlich zu ihnen gekommen, ohne jeden

Vorwurf. Denn sie hielt Martinengo di Barco für einen guten Menschen, auch wenn er im Borgo für alle nur der »einstige Priester« war.

»Wo ist der Heilige?«, wollte Jehanne sogleich von ihm wissen.

»Nenn ihn nicht so, Frau«, erwiderte der einstige Priester mit seiner heiseren, vom Schmerz gebrochenen Stimme.

»Ist er den anderen Kindern in seinem Alter voraus?«, wollte Jehanne wissen.

»Das ist doch jetzt nicht von Belang. Wir haben keine Zeit zu verlieren!«, rief Martinengo.

Doch die Hebamme fragte stur noch einmal: »Ist er den anderen voraus oder nich?«

»Ja, aber …«

»Dein Sohn ist vom Schicksal begünstigt, Martinengo. Ein *Benandante* ist er, in der Glückshaube geboren. Das hab ich dir schon damals gesagt, als er in der unversehrten Fruchtblase auf die Welt kam«, fuhr Jehanne fort und hob ihren strubbeligen Kopf in Richtung des oberen Stockwerks, in dem – das wusste sie – die Frau im Sterben lag. »Wenn es für deine Frau noch Hoffnung gibt, dann liegt sie in den Händen deines Sohnes. Nur deshalb bin ich hier. Deshalb hast du mich gerufen, das weißt du selbst gut genug.«

Martinengo di Barco ließ den Kopf hängen. »Nein, weiß ich nicht«, murmelte er resigniert. »Aber so verzweifelt wie ich bin, würd ich alles tun.«

Jehanne drückte das steife Stoffsäckchen an sich. »Hol ihn«, forderte sie.

Ängstlich kauerte sich der Junge in der Küchenecke zusammen.

Aus dem oberen Stockwerk drang ein schwaches Stöhnen zu ihnen. Martinengo hob den Blick zum Zimmer seiner sterbenden Frau, dann öffnete er die Küchentür und bedeutete dem Jungen ihm zu folgen.

»Geh mit der Frau zu deiner Mutter«, befahl er.

»Kommst du nicht mit?«, wollte Jehanne wissen.

»Nein. Meine Liebe und mein Schmerz sind so groß, dass ich wage zu hoffen, obwohl mein Glaube es mir verbietet. Hexerei aber ist wider mein Gewissen. Ich kann nicht dabei sein«, erwiderte Martinengo finster.

Der Junge war starr vor Angst, als Jehanne seine Hand nahm und gemeinsam mit ihm die Treppe hinaufstieg.

Sie betraten das dunkle, stickige Zimmer, in dem die Mutter röchelnd und schweißüberströmt im Bett lag. Man hatte sie gesalbt und zur Ader gelassen, wovon ihre Arme mit entzündeten Wunden übersäht waren. Jehanne hielt dem Jungen das vierkantige Stoffsäckchen vors Gesicht, öffnete es und zeigte ihm ein kleines Stück verschrumpelte dunkle Haut.

»Das ist deine Glückshaube, darin bist du zur Welt gekommen. Ich hab sie aufbewahrt«, teilte sie ihm feierlich mit. »Nur wenige werden mit so einer Glückshaube geboren. Und diese wenigen können die Ernten groß werden lassen und Frauen und Tieren Fruchtbarkeit geben. Sie können beim Teufelstanz gegen Hexen kämpfen und Lebewesen vor dem Tod retten.« Sie verschloss das Jutebeutelchen und hängte es ihm an einem Faden so um den Hals, dass es die Haut am Brustkorb berührte. Dann führte sie ihn zur Bettstatt seiner Mutter, nahm die Hand der Frau und legte sie in die des Sohnes. Sie murmelte ein Gebet und wandte sich dann wieder an den Jungen. »Schau sie an!«, zischte sie ihm zu und drehte den Kopf der Frau grob zu ihm. »Sieh dem Tod ins Gesicht und besiege ihn! Schau deine Mutter an, Daniele di Barco, und rette sie!«

Die Augen der Sterbenden waren weit aufgerissen. Ihre Hand zuckte gequält, die schwarzen Fingernägel gruben sich tief in das bleiche weiche Fleisch des Sohnes.

»Nur du kannst sie retten, du, der Heilige!«, schrie Jehanne. »Rette sie! Rette sie mit deiner Macht!«

Daniele stand wie versteinert da. Zutiefst bestürzt sah er seine Mutter an, die sich im Bett hin und her wand und ihre Nägel immer tiefer in sein Fleisch grub. Dann stieß die Sterbende ein furchtbares Röcheln aus, mit dem alle Luft ihre Lunge verließ. Der kleine Daniele verfolgte diesen letzten Atemzug, sah den auf ihn gerichteten Blick der Mutter trüb werden. Die Hand, die sich so fest in die seine gekrallt hatte, lockerte unwiderruflich ihren Griff.

In diesem Moment war von unten ein Hämmern an der Tür zu hören.

»Zweifle nich an deiner Macht«, flüsterte Jehanne Daniele zu. »Du bist ein Heiliger. Ein Benandante. Geboren mit der Gabe, Menschenleben zu retten. Dass deine Mutter heute gestorben ist, hat irgendwelche höheren Gründe, vielleicht stand es in ihrem Schicksal geschrieben, oder im Schicksal von jemand anderem.« Sie stand auf, ging zum Fenster, öffnete es, um der Seele der Verstorbenen den Weg zum Himmel zu weisen. Dann verließ sie das Zimmer.

»Komm runter, Jehanne«, rief jemand von unten. »Die Mönche von Santa Ulpizia brauchen deine Hilfe bei einer Geburt.«

»Die Mönche?« Misstrauisch beugte sich die Hebamme über das obere Geländer. »Dafür schicken sie eine Wache?«

»Genau. Aber wir müssen uns vorsehen, der Inquisitor ist in der Gegend«, gab der von Fra' Thevet beauftragte Wächter zurück.

Daniele hörte, wie die Haustür geschlossen wurde. Dann waren ein dumpfer Schlag und schließlich, wie von weit weg, das tiefe, verzweifelte Schluchzen seines Vaters zu hören.

Er zog seine Hand aus der seiner Mutter, riss sich das Jutebeutelchen mit der Plazenta vom Hals und warf es aus dem Fenster. Dann trat er dicht an das Gesicht der Toten, starrte in die aufgerissenen, trüben Augen.

Als der Vater sich schließlich überwand, das Zimmer zu betreten, fand er Daniele im Bett unter den Decken, die Mutter fest im Arm.

Martinengo di Barco zerrte ihn heraus, wobei ihm eine Verbrennung auf der Brust des Kindes auffiel, feuerrot und mit Pusteln versehen, von gleicher quadratischer Form und Größe wie das Jutebeutelchen, das die Plazenta enthielt.

»Ich kann dich nicht bei mir behalten«, sagte er zu seinem Sohn.

3

Anno Domini 1610
Dritter Tag im Monat November

Borgo San Michele, Ostalpen

Es bringt Unglück, vor einem Kranken zu knien. Das zieht den Tod an. Und den hab ich heute schon mal gesehen«, bemerkte Jehanne.

»Verrichte deine Arbeit«, erwiderte Fra' Thevet lediglich. »Und du, Fra' Stanislao, bring ein paar Kräuter, damit die Frau wieder zu Sinnen kommt.«

»Das ist ja Berna, die Hure von der Bärenbrücke«, stellte die Hebamme fest, als sie an die Frau auf dem Tisch herantrat.

»Wie lange wird es dauern?«, wollte der Prior wissen, während der kräuterkundige Frater, ein ungeschlachter Mann, der Gebärenden ein Fläschchen unter die Nase hielt.

»Immer die gleiche Frage.« Jehanne seufzte. »Bei allem Respekt, und auch wenn euch Priestern dieses Gewerbe nicht geheuer ist – ich bin eine gute Hebamme, aber auch für mich heißt es warten, bis die Mütter ihre Kinder ausspucken, je nach Laune der Natur.« Damit wandte sie sich dem Tisch zu, auf dem die nun schweißnasse Dirne sich wand, die Hände schützend um ihren Leib gelegt, der von einem grünen, mit Löchern, Flicken und Fettflecken übersäten Rock bedeckt war. »Dann wollen wir mal sehen«, murmelte Jehanne, entblößte die Beine der Frau, hob den Rock an und sah darunter. Ungeachtet der Blicke der Mönche fasste sie zwischen die Beine der Gebärenden, zog ihre raue große Hand, deren Nägel von Zichorie und

Fischinnereien dunkel gefärbt waren, triefendnass wieder hervor und merkte an: »Himmelherrgott noch mal, es geht schon los, Mädchen. Also, Honigschnute, jetzt mal an die Arbeit, mit aller Kraft, die du noch hast. Dauert nich mehr lang, dann ist das Balg da, darauf kannst du Gift nehmen.« Sie wischte sich die große von Fruchtwasser tropfende Hand an der Seite ab und setzte sich auf einen Hocker.

Die Mönche schwiegen verdutzt. Fra' Thevet fasste sich als Erster: »Du hast doch gerade gesagt, dass es gleich kommt, wieso setzt du dich dann?«

»Prior«, gab die Hebamme zurück, ohne ihn auch nur eines Blickes zu würdigen, »hast du schon mal einem Kind auf die Welt geholfen? Ich schon. Und zwar so vielen, dass ich es gar nicht mehr genau sagen kann. Wenn die Hure hier beichten will, dann kommt sie zu dir, aber wenn sie ihren Bastard zur Welt bringen will, dann vertraut sie besser auf mich, so wahr mir Gott helfe. Also lass mich in Ruhe. Und da es hier gleich ein bisschen ungemütlich wird, wenigstens für so zarte Seelen wie euch, wäre es besser, wenn ihr alle rausgeht. Bei allem Respekt, ich kann dann besser arbeiten, und eure reinen Seelen nehmen keinen Schaden.«

Ein lautes Stöhnen durchbrach die darauffolgende Stille, die Gebärende bäumte sich auf, krallte die Hände in die Tischkanten und sank jäh wieder auf das nunmehr feuchte Holz zurück.

»Ja, es geht los, Honigschnute.« Jehanne stand auf und ließ die Mönche noch wissen: »Ich kümmere mich jetzt um den Teil, dem ihr abgeschworen habt. Was ihr jetzt tut, sei euch überlassen.«

Schweigend verließen die Mönche den Raum und schlossen die Tür hinter sich. In der Zwischenzeit hatte die Nachricht vom Geschehen andere Ordensbrüder angelockt, und als Fra' Thevet ihnen aufgeregt zurief: »Es geht schon los!«, scharten sie sich lauschend und leise tuschelnd vor der dicken Tür des Krankenzimmers zusammen.

Bei jedem Schrei von drinnen wichen sie erschrocken zurück.

»In dieser Dreckswelt …«, fluchte die Hebamme, die nun, nach dem Abgang der Mönche, redete, wie ihr der Schnabel gewachsen war, während sie sich am Leib der Gebärenden zu schaffen machte, »… atmen, Honigschnute, tief atmen, dann ist es leichter … atmen, atmen … wie gesagt, diese Dreckswelt ist so voller Dreck, Dreck auf der Straße, im Wasser, in den Höfen, überall Dreck … und deshalb hör mir gut zu: Wenn eine Hure ein Kind kriegt, dann wird das nichmals getauft oder wenn, nur mit Dreckswasser … atmen, tief atmen, so, genau, dann brauchst du gar nicht zu schreien …« Jetzt untersuchte Jehanne den Leib der Dirne, deren Gesicht von Schmerzen gezeichnet war. »Atmen, atmen und pressen, na los … Also, hör mir zu: Wenn du willst, dann gebe ich ihm einen ordentlichen Tritt an den Kopf, diesem Bastard, den du da gerade gebärst, aber um Himmels willen stirb du mir hier nicht, das isses nicht wert. Glaubst du vielleicht, du tust ihm einen Gefallen, wenn du ihn auf die Welt bringst? Denk erst mal an dich, Mädchen, danach erst an den kleinen Bastard von einem Hurensohn. Weiter atmen, so, sehr gut … Und wenn du das überlebst und das Kind zur Welt bringst, dann hoffentlich einen Jungen … Und jetzt pressen … pressen! Pressen, hab ich gesagt. Frater, Frater! Schnell, komm!« Jehanne lief zur Tür. »Frater, das Salz, du musst ihr noch mal Salz geben, die ist mir schon wieder ohnmächtig geworden … Ewiges Licht, das schafft sie nich, das schafft sie nich …« Und gleich darauf war sie wieder bei der Frau, deren Bewegungen jetzt träge waren, als hätte sie ihren Schmerzen schlicht nichts mehr entgegenzusetzen.

Fra' Stanislao öffnete das Fläschchen und hielt es der Dirne unter die Nase, während die Hebamme in ihrem Bemühen, das Kind hinauszuschieben, mehrfach mit aller Kraft den Oberbauch der Frau bearbeitete.

Fra' Thevet kam ins Zimmer und trat an den Tisch. Die

Dirne wandte suchend den Kopf, als hätte sie seine Anwesenheit einmal mehr eher gespürt, als ihn wirklich zu sehen, und trotz der Geburtsqualen suchten ihre trüben Augen in einem letzten Aufbäumen nach den seinen. Und wieder trafen sich ihre Blicke, verkeilten sich ineinander.

»Ich habs ja gewusst, gewusst hab ichs ...«, jammerte die Hebamme, während sie der Frau Backpfeifen verpasste, den Bauch immer heftiger bald in die eine, bald in die andere Richtung drückte, mit ihren schmutzigen Händen zwischen den schlaffen Beinen herumfuhr und sie voller Blut wieder hervorholte. »Pressen, na los, hierbleiben! Was denn, was denn? Schnell, das Salz, schnell ... die stirbt uns hier ... Wie viele wie dich hab ich gesehen, Huren wie dich, wie viele hab ich gesehen, mager wie sonst was, mit so schmalen Hüften ...« Dann wurden die Bewegungen der Hebamme langsamer, wie ein Wagen, der nach und nach an Fahrt verliert, und schließlich zog sie Fra' Stanislaos Hand mit den Salzen unter der Nase der Frau weg.

»Das braucht sie jetzt nicht mehr, Frater. Lass gut sein.«

Eisige Stille senkte sich über den Raum. Mit angehaltenem Atem drängten die Mönche nun von draußen herein, als hätten sie nicht schon genug vom Tod gesehen.

Fra' Thevet schloss der Frau die Lider und machte ein letztes Kreuzzeichen auf ihrer Stirn.

Die bläulichen Hände der Toten waren noch in den Tisch gekrallt, auf ihrer Wange mischte sich ein Speichelfaden mit salzigem Schweiß, ihr strähniges Haar lag ausgebreitet über dem Stroh unter ihrem Kopf und ihre Halsadern waren unnatürlich angeschwollen.

Kein Laut war zu hören.

Und plötzlich ertönte ein schlüpfriges, furzähnliches Geräusch, wiederholte sich, anfangs leise, dann immer lauter. Zuerst blickte nur die Hebamme zwischen die Beine der Toten, doch dann folgten die Blicke der anderen. Wieder ertönte das furzende Geräusch, Blut spritzte ins Gesicht der Hebamme, die sich diesen explodierenden Furz nicht erklären konnte. Entschieden griff sie nach ihrem stumpfen Messer, machte einen resoluten Schnitt und zog zwischen den Beinen der Toten kurzerhand ein Baby hervor, ein winziges Mädchen, ebenso bläulich wie seine Mutter, aber im Gegensatz zu ihr höchst lebendig.

»Du bist ja noch schlimmer als eine Hure«, raunte Jehanne. »Dass mich der Schlag trifft, so was ist mir noch nie passiert. Du bist ja wirklich noch schlimmer als eine Hure, du bist eine Hexe, eine Hexe bist du!« Und ohne die Nabelschnur zu durchtrennen, ließ sie der toten Mutter das Neugeborene in die Arme fallen, als wäre es brühendheiß.

Das Kind schrie und wand sich, und Fra' Thevet ergriff tiefes Bedauern für dieses hilflose Geschöpf.

Dann erhob Jehanne wieder die Stimme. »Werft sie noch heute in den Fluss«, stieß sie hervor. »Dieses Mädchen ist in Blut getauft, sie ist das Kind vom Teufel. Ihr seid mir nichts schuldig, nein, nein, ich nehm kein Geld vom Teufel. Macht mit ihr, was ihr wollt, von mir erfährt niemand was. Werft sie in den Fluss, hört auf mich, in den Fluss.«

»Raus mit dir!«, stieß Fra' Thevet so hart und unbarmherzig hervor, dass die Hebamme schon im nächsten Moment das der Heiligen Ulpizia geweihte Kloster verließ und in den stinkenden Gassen des Dorfes verschwand.

Die Mönche – allen voran Stanislao – wiegten die Köpfe, zunächst zögerlich, doch schon bald wurde ein Nicken daraus, was jedoch ihr Glaubensbekenntnis entehrte, als wollten sie sagen: »In den Fluss, ja, in den Fluss …«

Der Blick, den der Prior ihnen zuwarf, war vernichtend. »Schämt euch!«, rief er laut.

Die wenig barmherzigen Brüder knieten erschrocken nieder und bekreuzigten sich einmal, zweimal, so oft, wie sie zuvor nickend ihr Einverständnis zu diesem vorschnellen Todesurteil gegeben hatten.

Nur Fra' Stanislao blieb kopfschüttelnd stehen. »Das war gegen die Natur«, sagte er finster. »Nicht Gott hat das gewollt, sondern der Teufel. Die Hebamme hat recht.«

Fra' Thevet trat einen Schritt auf ihn zu, packte ihn an seinem um den Hals baumelnden Kruzifix und raunte: »Knie nieder, Frater, und bitte Gott um Vergebung für deine Gedanken, oder ich werde den Allmächtigen bitten, mir die Kraft zu geben, dir dieses Kruzifix vom Hals zu reißen, denn du bist seiner nicht würdig.«

Fra' Stanislao stand für einen Moment reglos da, dann fiel er schluchzend auf die Knie.

Fra' Thevet nahm das immer noch schreiende Neugeborene auf den Arm, durchtrennte die Nabelschnur, wischte dem Kind das krustige Blut ab und wickelte es in eine Decke, woraufhin die Kleine sich beruhigte und augenblicklich einschlief.

»Wie warm sie ist. Und wie weich«, stellte der Prior fest. »Nein, meine Kleine, niemand wirft dich in den Fluss. Du wärst ja schon einmal in deinem kurzen Leben beinahe ertrunken, noch dazu im Blut deiner Mutter.« Mit einem erneuten Blick zu seinen Mitbrüdern erklärte er: »Und wenn du tatsächlich eine Hexe bist, dann wird, so Gott will, in einigen Jahren der Gestank von verbranntem Fleisch durch die Dorfgassen ziehen. Aber jetzt hast du das Recht zu leben. Fürs Erste bekommst du Ziegenmilch. Auch deine Mutter hätte dich nicht stillen können, mager wie sie war.«

Draußen hatte es wieder angefangen zu schneien. Zwei Mönche deckten die Leiche der Dirne mit einem weißen Laken zu und dachten bei sich, dass der Prior eine Anzeige als Ketzer riskierte, hatte er doch im Kloster eine Dirne mithilfe einer Hebamme gebären lassen, und ihr dann auch noch die letzte Ölung gegeben. Und das alles ausgerechnet heute, wo doch der Inquisitor im Borgo unterwegs war.

Friedlich schlief die Kleine auf dem Arm des Priors. Die Brüder verließen das Krankenzimmer, in dem es nunmehr süßlich nach Blut roch und stechend nach Mist, den man ja zuvor eimerweise über der Dirne ausgeleert hatte, und gingen zum Frühstück ins große Refektorium.

»Gott ist die Liebe«, hob ein junger Mönch laut vor dem Pult an. »Und die Liebe ist Gott. Diese Liebe ist so süß, köstlich und sanft, wie man nur sagen kann.«

»Amen«, echoten die Zuhörer.

»*Erat navis in medio maris, et ipse solus in terra.*«

»Amen.«

»Mittwoch, dritter Tag im Monat November des Jahres 1610«, sagte der junge Frater und bekreuzigte sich, und seine Zuhörerschaft tat es ihm gleich.

Mit der Neugeborenen auf dem Arm sagte Fra' Thevet: »Die heilige Susanna von Eleuteropoli wurde als Waise von einem Priester getauft, konvertiert und aufgezogen. Als sie erwachsen war, wollte Susanna in einem Kloster leben. Doch da es das Mönchstum für Frauen damals noch nicht gab, verkleidete sich die Heilige als Mann und führte fortan im Kloster ein asketisches Leben.« Er blickte lächelnd zu seinen Mitbrüdern, die bereits ungeduldig nach ihren Löffeln gegriffen hatten. »Dieses kleine Mädchen hier wird auch im Kloster aufwachsen, deshalb soll sie Susanna heißen. Und da wir von der Mutter nur den Vornamen kennen, Berna, wird das ihr Nachname sein. Also, Susanna Berna, herzlich willkommen in unserem Kloster«, schloss er feierlich und sah das Kind liebevoll an. Dann verkündete er, an die Mönche gewandt: »Nun könnt ihr essen.«

4

Anno Domini 1610
Vierter Tag im Monat November

Borgo San Michele, Ostalpen

An diesem Tag war der Himmel so dunkel wie in einer hellen Nacht. Ein scharfer Wind pfiff über den Friedhof und trieb den Schnee vor sich her, der seine winzigen vereisten Spitzen in die weiche Haut des kleinen Daniele trieb.

Doch nichts konnte dem Kind größere Schmerzen bereiten als der Anblick seiner toten Mutter, die, lediglich in ein einfaches verschlissenes Tuch gehüllt, auf der Erde vor einem gähnenden Massengrab lag. Pechschwarz inmitten der gleißend weißen Schneefläche wirkte es wie ein Schlund, der sich gierig über die darin wild durcheinanderliegenden Leichen hermachen wollte. Und nun auch über seine Mutter.

Daniele verharrte schweigend neben seinem Vater, aber in seinem Inneren wütete ein Sturm aus Gefühlen. So sehr sehnte er sich nach einer Berührung von ihm. Nach einem Wort.

Aber nichts davon geschah. Martinengo di Barco stand stocksteif da, den verschwommenen Blick auf die sterblichen Überreste gerichtet. Verschlossen. Verschlossen in sich und seinem Schmerz, seinem zornigen Schmerz.

»Und? Habt Ihr euch entschieden?«, fragte einer der beiden Totengräber.

Daniele sah zu seinem Vater, der den Mund öffnete, jedoch nur seinen Atem hinausließ. Sonst nichts.

»Nun, wir haben nicht den ganzen Tag Zeit«, bemerkte der

Totengräber und gab dem anderen ein Zeichen. Sie packten das verschlissene Tuch, in dem Danieles Mutter lag, und hoben es an den Enden hoch. Dann holten sie über dem Abgrund des Massengrabs Schwung, um es hineinzuwerfen.

»Vater!«, stieß Daniele mit vor Angst fast erstickter Stimme hervor.

Und als hätte der Sohn ihn damit geweckt, brachte Martinengo endlich ein »Wartet …« hervor.

»Was denn, jetzt beeilt Euch aber«, brummte der Totengräber und setzte das Bündel ab.

Martinengo nahm seinen Ehering vom Finger und hielt ihn dem Totengräber hin. »Hier, nehmt das.«

Der Mann griff nach dem Ring und biss einmal darauf. »Das ist kein gutes Gold«, murmelte er enttäuscht.

»Ich weiß …«

»Es ist nicht genug«, stellte der Totengräber fest. »Den könnt Ihr wiederhaben.«

Daniele sah tiefe Verzweiflung in den Augen seines Vaters aufsteigen. »Vater …«, raunte er noch einmal. Und auch wenn er ein fünfjähriges Kind war, wirkte er doch stärker als Martinengo.

»Nein, Moment noch, Moment«, stammelte Martinengo. Er kniete sich neben das Bündel, das dem Abgrund schon so nahe gewesen war, und öffnete es mit zitternden Händen.

Daniele betrachtete das wächserne Gesicht seiner Mutter. Ihre Augen waren weit geöffnet, man hatte sie nicht schließen können. Und Daniele war, als starrten sie ihn an. Ihn, der sie nicht vor dem Tod hatte bewahren können.

Martinengo zog nun auch seiner Frau den Ring vom Finger und reichte dem Mann auch diesen. »Reicht das?«, wollte er wissen.

»Nein«, erwiderte nun der andere Totengräber. »Ich will das Kleid für meine Tochter.«

Martinengo schüttelte den Kopf und sah ihn flehend an.

Der Totengräber verschränkte die Arme vor der Brust. Ein deutliches Nein.

»Dreht Euch um, bitte«, raunte Martinengo schließlich.

Die Totengräber wandten sich ab.

Das Kleid war aus braunem Leinen. Die Schultern der Toten waren von einem türkisfarbenen Samtschal umhüllt, auf dessen einer Seite drei goldene Sterne prangten, wie bei einem Madonnenumhang. Daniele hatte diesen Schal beständig mit sich herumgetragen, alles von seiner Mutter war in diesem Schal.

Martinengo sah seinen Sohn an und bedeutete nun auch ihm, sich umzudrehen.

Daniele gehorchte.

Schließlich zog Martinengo seine tote Frau aus, mühevoll, denn die Leichenstarre erschwerte sein Tun. Er verschloss das Tuch wieder und verknotete die Enden. »Hier«, raunte er und hielt dem Totengräber Kleid und Schal hin.

»Feiner Zwirn«, freute der sich. »Damit habt Ihr einen Sarg und ein eigenes Grab für Eure Frau erworben, einstiger Priester.«

Die beiden Totengräber trugen das Bündel einige Schritte weiter und legten es in einen mehr schlecht als recht zusammengezimmerten Sarg aus Tannenholz. Sie schlossen ihn mit einem Deckel und ließen ihn in eine ausgehobene Grube hinunter. Dann stießen sie ihre Schaufeln in einen Haufen lockerer Erde.

Daniele warf eine Handvoll davon auf den Sarg.

Martinengo fehlte dazu die Kraft, er starrte nur in die Grube.

»Amen.« Die beiden Totengräber beendeten ihr Werk und gingen davon.

Daniele sah ihnen nach.

Der Schal seiner Mutter bewegte sich im Wind wie dickflüssige Farbe auf Wasser.

Daniele rannte hinter den Totengräbern her und griff nach dem Kleidungsstück. Es war alles, was ihm von seiner Mutter blieb. »Bitte, Signore, bitte, gebt mir den Schal!«, flehte er mit Tränen in den Augen.

»Hau ab, du Tölpel«, versetzte gereizt der, der die beiden Ringe genommen hatte.

»Bitte«, flehte Daniele noch einmal.

Der Mann mit dem Schal in der Hand sah ihn an und bemerkte die riesige Verzweiflung des Kindes. Er ließ seinen Blick zu dem Schal wandern und lockerte mit einem Mal den Griff.

Daniele nahm den weichen Stoff und drückte ihn an sich. Er trug noch den Geruch seiner Mutter, eine Mischung aus Mehl, Honig und rauchigem Kaminholz. Eilig lief der Junge zu seinem Vater, der noch immer auf den Erdhaufen starrte. Und wieder sehnte sich Daniele nach seiner Umarmung, oder wenigstens seiner Hand auf der Schulter. Dann hätte er gewusst, dass er diesen Schmerz nicht allein würde tragen müssen.

Martinengo aber drehte sich nur um und ging mit hängendem Kopf davon, verloren in seiner Verzweiflung. Als wäre Daniele gar nicht da.

Schweigend liefen sie nebeneinander durch die Dorfgassen, der Schnee knirschte unter ihren hölzernen Schuhen. Seitdem die Mutter am Tag zuvor gestorben war, hatte Martingeno kein einziges Wort an seinen Sohn gerichtet. Nur vor der Beerdigung am Morgen hatte er gesagt: »Komm.« Sonst nichts.

Daniele drückte den Schal an sich und betrachtete die ihm so vertrauten Häuser aus Stein und Holz, die steilen Schieferdächer, die roten und grünen Fensterläden, und schien das alles doch nicht wiederzuerkennen. Er fühlte sich plötzlich fremd in dieser Welt, die an jeder Ecke eine Erinnerung an ihn und seine Mutter bereithielt. Der Brunnen, an dem sie die Wäsche gewaschen hatte und wo sie sich gegenseitig mit Wasser bespritzten. Der Stall, wo sie jeden Tag ein Eimerchen Milch holten. Und die steilen Gassen, in denen die Mutter auf dem Rückweg einen Finger in die frischgemolkene Milch tunkte und ihn sich dann mit ihrem Mädchenlachen in den Mund steckte, oder Daniele einen weißen Milchschnurrbart ins Gesicht malte. Die Wäscheleinen, auf die sie die Laken zum Trocknen aufhängten und sich dann gegenseitig zwischen den großen weißen Tüchern jagten und voreinander versteckten. Ihre Spiele, bei denen sie alle Sprachen aus dem Dorf miteinander mischten: Italienisch, Deutsch und Slowenisch. Überall in diesem kleinen Borgo hallte das fröhliche Lachen seiner Mutter wider.

Jetzt lief er hinter Martinengo her, und von seiner Mutter war nichts geblieben als dieser Schal, den er mit seinen vor Kälte starren Händen an sich drückte. Auch sein Herz fror. Bitterlich. Und er war allein mit diesem Schmerz und der Leere. Sein Vater sah ihn nicht einmal an.

Jetzt schwieg alles, der Brunnen, der Stall, die Wäscheleinen, die Gassen. Nicht einmal ein Echo ihres Lachens hatte überlebt. Alles war verschwunden, nichts war mehr da. Daniele hatte das Gefühl, ein Loch in der Brust zu haben, wie eine offene Wunde, als hätte der Tod der Mutter ihm gierig ein Stück Fleisch herausgerissen.

Immer wieder sah er ihre großen Augen im Todeskampf, verzerrt und entstellt von Schmerz und Angst.

Noch einmal wandte er sich zum Vater, hoffte darauf, seinem Blick zu begegnen. Hoffte, sich an seinen starken Körper schmiegen zu können in seinem Schmerz. Aber Martinengo war weit weg. Und so drückte Daniele verzweifelt den weichen Schal an sich, allein gelassen mit diesem Verlust, der viel zu groß war für ihn, der er erst fünf Jahre alt war.

Sie liefen eine steile Gasse mit langen Stufen hinauf, deren Platten unter der Eisschicht glitzerten wie hinter feinem Glas. Oben angekommen, sahen sie die plumpen Umrisse des Klosters Santa Ulpizia, das sich mit seinen kantigen Steinen an die Bergfelsen schmiegte. Es glich viel eher einer kleinen Festung als einem Kloster. Gebaut, um abzuwehren, nicht, um zu empfangen. Krieg passte besser zu ihm als Gebete.

Sie gingen durch das mit polierten Eisenstangen verstärkte Tor und gelangten schließlich zum Klostergarten, wo Fra' Stanislao dabei war, getrocknete Kräuter zu zerstampfen.

Daniele verstand nicht, aus welchem Grund sie hier waren.

»Das Kind hier hat ein Problem«, erklärte Martinengo plump und schubste Daniele in Richtung des Fraters. Dann schob er Danieles Wollmantel zur Seite und öffnete das Hemd.

»Um Himmels willen!«, rief Fra' Stanislao beim Anblick des kantigen Mals auf Danieles Brust, feuerrot und mit Pusteln übersäht. »Wie ist das geschehen?«

»Ich weiß es nicht«, erwiderte Martinengo grob. »Gib mir das«, forderte er dann seinen Sohn auf und streckte die Hand nach dem Schal aus, den Daniele von dem Totengräber bekommen hatte.

Daniele wich einen Schritt zurück und drückte das Kleidungsstück noch fester an sich. Er schüttelte den Kopf und sagte dann für seine fünf Jahre außergewöhnlich entschieden: »Nein.«

Martinengo ließ seinen Blick für einen Moment auf ihm ruhen, dann drehte er sich um und ging.

»Junge, wie hast du das gemacht?«, wollte Fra' Stanislao wissen und zeigte auf die entzündete Stelle.

Doch Daniele hörte ihn kaum. Seitdem die Mutter gestorben war, hallte immer wieder ein einziger Satz des Vaters in seinen Ohren, immer wieder dieser eine Satz. Seit er die Mutter nicht hatte retten können. Seit er versagt hatte. »Ich kann dich nicht bei mir behalten«, hatte der Vater am Tag zuvor gesagt, und seitdem schwirrten die Worte durch seinen Kopf, wie ein Vogel, der sich in einen geschlossenen Raum verirrt, gegen jede Wand fliegt und sich schließlich die Flügel bricht.

»Junge, ich rede mit dir«, drängte Fra' Stanislao.

Doch Daniele starrte nur auf das Tor, durch das sein Vater verschwunden war.

»Bist du taub?«, erkundigte sich Fra' Stanislao und drehte Danieles Kopf zu sich. »Was hast du da gemacht?«

Daniele zuckte die Schultern.

»Folg mir«, beschied Fra' Stanislao und führte ihn in das Krankenzimmer. »Olivenölsalbe, Schmalz und Arnika«, murmelte er und öffnete einen Schrank voller Fläschchen. Er nahm eine heraus und rieb die Salbe über die seltsame quadratische Wunde. »Tut das weh?«

Daniele schüttelte den Kopf.

»Bist du taub und stumm?«, wollte Fra' Stanislao wissen.

Daniele fasste den Schal seiner Mutter fester.

Kurz darauf erschien ein junger Frater. »Komm«, forderte er Daniele lächelnd auf. Während sie durch den Kreuzgang liefen, erkundigte er sich: »Du heißt Daniele, richtig?«

Daniele antwortete nicht.

»Richtig?«, hakte der Mönch nach.

Daniele nickte.

Sie liefen weiter bis an eine kleine Tür, die zu einem langen Flur führte, von dem an beiden Seiten viele Türen abgingen. Alle zwei Schritte erhellte eine Talgkerze notdürftig das Halbdunkel. Die Flammen zitterten, als sie vorbeigingen.

Plötzlich war das Weinen eines Babys zu hören.

»Das ist … Michelino«, brachte der Frater lächelnd hervor, doch trotz seiner eigenen Verzweiflung entging Daniele der seltsame Ton in der Stimme des Fraters nicht, als er den Namen aussprach.

Vor einer der Türen blieb er stehen, öffnete sie und bedeutete Daniele einzutreten. »Setz dich«, bat er und wies auf eine lange harte Bank, die mit einem Tuch bedeckt und mit einer Kette an der Mauer befestigt war. »Warte hier«, fügte der Frater hinzu, verließ den Raum und schloss die Tür hinter sich.

Daniele setzte sich und kreuzte die Hände zwischen den Beinen. Unter ihm knirschte Heu auf der Bank. Er bemerkte ein Kleidungsstück neben sich, aus rauem Stoff, es sah ziemlich kratzig aus. Daneben lag noch eines von undefinierbarer Farbe, aus gewalkter Wolle. Und ein Stückchen weiter eine Decke.

Daniele saß reglos da, wie lange, wusste er nicht. Der Raum war spartanisch, bemerkte er, weiß gekalkte Wände, mit getrockneten Binsen bedeckter Lehmboden, ein dunkles Kruzifix an der Wand. Mehr nicht.

Wieder war das Schreien eines Babys zu hören.

Schließlich wurde die Tür geöffnet, und Fra' Thevet trat ein. Er war ein Freund seines Vaters – oder zumindest der einzige Glaubensbruder, der Martinengo nach seinem Austritt ab und zu besucht hatte. Fra' Thevet trug ein weinendes Baby auf dem Arm, in der Hand hielt er eine Tasse.

»Hallo, Daniele«, begrüßte er ihn.

Daniele sah ihn schweigend an.

Das Baby weinte.

Fra' Thevet stellte die Tasse ab und tunkte seinen kleinen Finger hinein. Als er ihn wieder herauszog, war er weiß von Milch. Dann führte er den Finger an den Mund des Babys. Augenblicklich hörte es auf zu weinen und begann begierig zu saugen.

»Sie … also er …«, verbesserte sich der Prior hastig, »das ist Michelino.«

Und auch dieses Mal nahm Daniele einen seltsamen Klang wahr in der Art, wie der Prior den Namen aussprach, aber er hätte nicht sagen können, was genau es war, das ihn befremdete.

Fra' Thevet deutete mit dem Kopf auf die Kleidungsstücke neben Daniele. »Zieh das einmal an.«

Daniele rührte sich nicht.

»Natürlich nicht jetzt«, lenkte Fra' Thevet mit seinem warmen Lächeln ein. »Wir sehen uns morgen beim Frühstück.« Damit wandte er sich zur Tür.

»Wo ist mein Vater?«, überwand Daniele sich nun doch zu sprechen.

Mit einem Ruck drehte Fra' Thevet sich um, auf seinem Gesicht lag ein Ausdruck zwischen Scham, Zorn und Mitleid. Er stieß einen Seufzer aus. »Hat er dir denn gar nichts gesagt?«

In der darauffolgenden Stille war nur das Schmatzen des Babys zu hören, das am wiederholt mit Milch benetzten Finger des Priors saugte.

Fra' Thevet setzte sich neben Daniele. »Tunk mal einen Finger in die Milch«, forderte er ihn auf. »Gib ihm etwas zu essen, na los.«

Daniele zögerte.

»Na, komm schon«, ermutigte der Prior ihn.

Daniele tunkte einen Finger in die Milch. Sie war lauwarm.

Fra' Thevet nahm seinen Finger aus dem Mund des Babys, das sogleich wieder zu weinen begann. »Na komm, versuch es auch mal«, sagte er zu Daniele.

Daniele führte den von Milch tropfenden Finger an den Mund des Babys, das augenblicklich aufhörte zu weinen. Es sah Daniele an, und ein glückliches Lächeln erschien auf seinem Gesichtchen. Dann lachte es.

Fra' Thevet legte Daniele das Baby in den Arm.

Daniele spürte seine Wärme, es war wunderbar weich, und duftete wunderbar.

Das Baby gluckste fröhlich.

»Seine Mutter ist auch tot«, erklärte Fra' Thevet. »Da schau mal, wie es an deinem Finger saugt.«

Danieles Augen füllten sich mit Tränen, und ein völlig neues Gefühl durchströmte ihn wie ein überlaufender Wildbach, verdrängte all den Schmerz in seinem Inneren.

»Spürst du das?«, fragte der Prior mit seiner warmen Stimme. »Das ist das Leben.«

Daniele hüllte das Baby zärtlich in den Schal seiner Mutter.

»Das ist das Leben, Daniele«, flüsterte Fra' Thevet. »Das Leben, das weitergeht.«

ERSTER TEIL

Der Sieg über die Vergangenheit

5

Anno Domini 1633
21. Januar, erster Tag

Borgo San Michele, Ostalpen

Zu Tode erschreckt stürzte der kleine Junge in die Bäckerei der Eltern im Dorf. Wie jeden Morgen hatte er am Waldrand gespielt, hatte die Spuren der Kaninchen und Rehe im Schnee verfolgt. Und dann, berichtete er der Mutter stockend, dann hatte er Hunger bekommen und sich aufgemacht zum Haus vom Astrologen Weser, wo Susanna doch immer einen Keks und heiße Milch für ihn dahatte und ihm außerdem noch eine Geschichte vorlas.

Und da, stammelte das Kind weiter, ja, da hatte er sie auf dem Boden liegen sehen.

»Wen?«, wollte die über und über mit Mehl bestäubte Mutter wissen.

Das Kind senkte den Blick und begann zu weinen. Dicke Tränen rannen über seine vor Kälte und Aufregung geröteten Wangen und tropften auf den Lehmboden.

Auch die Mutter senkte den Blick, und da sah sie, dass die Holzschuhe ihres Sohnes voller Blut waren. Auch an seinen Beinen klebte Blut. Sie kniete sich vor ihn, zog ihm Schuhe und Strümpfe aus und suchte die Beine nach einer Wunde ab. Aber da war keine, keine einzige. Das Kind war unversehrt. Laut rief sie nach ihrem Mann, der verschwitzt und hemdsärmelig aus der hinteren Stube kam, einen Brotschieber in der Hand.

»Was ist passiert, Teo?« Die Mutter schüttelte ihren Sohn an den Schultern. »Wen hast du gesehen?« Sie drückte ihn an sich. »Susanna? Lag da etwa Susanna?«, fragte sie, während sie ihn an den Schultern ein kleines Stück zurückschob.

Doch der Junge schwieg, starrte sie aus schreckgeweiteten Augen an.

Jetzt kniete sich auch der Vater vor ihn hin, strich ihm mit den großen bemehlten Händen übers Haar, das sich daraufhin weißlich färbte. »Nun sag schon, mein Sohn.«

»Da war … so viel Blut …«, stammelte das Kind mühevoll. »Von hier … von hier.« Und damit brach der Junge in verzweifeltes Schluchzen aus.

»Keine Angst, keine Angst«, sagte die Mutter beruhigend und drückte den Sohn wieder liebevoll an sich, hielt seinen Kopf in der gewölbten Hand an ihrer Schulter. Tränen und Rotz durchnässten ihr Kleid.

»Von hier …« Der kleine Junge hob eine Hand zum Hals der Mutter. »Von hier kam das …«

»Aus dem Hals?«, wollte der Vater wissen.

Den Kopf an die Schulter seiner Mutter geschmiegt, nickte der Sohn. »So viel Blut!« Die Hand fuhr durch die Luft, wie um Blutspritzer zu beschreiben. »So viel Blut, und dann bin ich zu ihr gegangen, und sie …«

»Wer denn, mein Sohn?«, unterbrach ihn der Vater.

»Sie hat mich angeguckt und hatte eine Hand an der Kehle, und alles war voller Blut. Und dann … dann hat sie die Hand weggenommen, und das ganze Blut ist zu mir gespritzt … und sie wollte mich anfassen, und da bin ich … bin ich weggelaufen, weil ich Angst hatte … Sie hat mich angeguckt, und das ganze Blut …« Wieder fing der Kleine an zu weinen. Er schmiegte sich fest an seine Mutter, und die Schluchzer schüttelten ihn so heftig, dass er den Leinenkragen ihres Unterhemdes einriss.

»Ruf die Wache!«, drängte die Frau ihren Mann. »Sie soll beim Haus vom Astrologen nachsehen. Schnell!«

Mit ihrem Sohn auf dem Arm erhob sich die Frau, brachte ihn ins obere Stockwerk und legte ihn in ihr Bett. Aus dem Fenster sah sie ihren Mann die Straße zum Bürgermeister hinauflaufen. »Mach, dass es nicht Susanna ist, lieber Gott«, murmelte sie und strich ihrem Sohn beruhigend über das Haar.

Als die Wachen beim Haus des Astrologen Weser ankamen, fanden sie im blutrot gefärbten Schnee hinter dem Gebäude die Leiche einer Frau. Ihre Augen waren weit aufgerissen. Die Kehle lag offen, ein tiefer Schnitt hatte die Schlagader und die weißlich zwischen dem Blut hervorstechende Luftröhre durchtrennt. Die Ränder der Wunde waren glatt, was auf eine sehr scharfe Waffe hindeutete.

Ein junger Wächter musste sich übergeben, die gelbliche, zähe Flüssigkeit spritzte auf den Rock der Toten.

Der Hauptmann schickte ihn weg.

Ein kräftiger Mann von etwa fünfzig Jahren mit ungekämmtem Haar, vorstehenden Wangenknochen und einem Dreitagebart in dem eingefallenen Gesicht trat zu ihnen. Er stützte sich auf einen Stock und ließ seinen Blick über die niedergemetzelte Frau gleiten.

»Wisst Ihr, wer das ist?«, fragte der Hauptmann.

»Das ist Astrid, die Dienstmagd von Weser«, erwiderte der Mann, ohne den Blick von der durchtrennten Kehle zu wenden. Er wirkte gefasst, als wäre er den Anblick von Toten gewohnt.

»Ihr seid Niccolò Buccaltieri, oder?«, fragte der Hauptmann.

»Ja«, antwortete der Mann. »Was ist mit Weser …?«

Der Hauptmann schwieg. Er sah zur geöffneten Hintertür, dann betrat er, in Begleitung von zwei Wachen, das Haus.

Niccolò Buccaltieri folgte ihnen. An der Schwelle fiel sein Blick auf das Blut und die Spuren im Schnee, welche die Dienstmagd hinterlassen hatte, als sie sich hinausschleppte. Irgendetwas daran ließ ihn stutzen, auch wenn er nicht sagen konnte, was genau es war. Darüber würde er später nachdenken, nun wollte er erst einmal ins Haus.

Die Küche war groß. Ein Fleck an der Wand deutete darauf hin, dass die Frau an deren Eingang mit dem Messer angegriffen worden war. Auf dem Boden war eine Lache, und von dort zog sich die blutige Spur, die die Frau auf ihrem Weg hinaus hinterlassen hatte.

Über einen dunklen engen Flur gelangten sie in ein großes Zimmer, dessen Wände mit Büchern vollgestellt waren.

An einem mit Schriftstücken übersäten Schreibtisch stand ein Stuhl aus Nussbaum und Leder. Daran war die Leiche eines alten Mannes gefesselt. Seine helle Tunika war voll von Blut, der Stoff an mehreren Stellen eingerissen. Unter dem mit Intarsien verzierten Stuhl breitete sich auf den Tannenholzdielen eine zähe Blutlache aus.

Man hatte dem Alten brutal das Augenlicht genommen. Blut färbte seine langen weißen Haare rot, auf der Stirn war in einer barbarischen Wunde ein Zeichen eingebrannt, der Geruch von versengtem Fleisch hing noch im Raum.

Auf dem Boden um die Leiche herum war ein blutiger Kreis gezogen, darin ein Drudenfuß, der fünfzackige Stern zur magischen Beschwörung.

Und erst da bemerkte einer der Männer, der sich abwandte, abgestoßen von dieser grausamen Szene, eine auf dem Boden kniende Frau.

Auch alle anderen sahen die Frau, nicht aber ihr Gesicht, denn sie wandte ihnen den Rücken zu. Ihnen und der Leiche.

Das Kleid der Frau war blutverschmiert. Ebenso ihre Hände. Und das Haar. Blut rann von ihren Schuhen. Rhythmisch wiegte sie ihren Oberkörper vor und zurück, ohne Unterlass. Lautlos, nicht einmal ihr Atem war zu hören.

Neben ihr auf dem Boden lag ein scharfes Rasiermesser.

»Susanna …«, raunte Niccolò Buccaltieri.

6

Anno Domini 1633
22. Januar, zweiter Tag

Borgo San Michele, Ostalpen

Paolo Tahler, Sekretär des Inquisitors, war ein Mann von neunundzwanzig Jahren mit schneeweißer, nahezu durchscheinender Haut, einem großen Silberkruzifix um den Hals und schwarzer Kleidung am Leib. Einer eigenen Dramatik folgend, löste er nun feierlich und mit annähernd weibischer Grazie die Bänder eines Säckchens aus kostbarer schwarzer Seide. Darin lagen zwei schmutzig weiße, schlecht riechende Gazesäckchen, die beide mit einem roten Stoffband zu der Form eines Kreuzes verschlossen waren.

Unter dem aufmerksamen Blick des Inquisitors Constantin Tron öffnete Paolo Tahler vorsichtig das erste Säckchen. Es enthielt Glassplitter. An den ungleichmäßigen spitzen Teilen klebte bräunliche Kruste, die Flecken auf dem Stoff waren von derselben Farbe.

Das Gesicht des Inquisitors verriet keinerlei Regung. Ein Gesicht, das mager, schlaff und spitz zugleich war. Es wirkte kalt. Grausam, wenn man genauer hinsah. Die Augen darin bewegten sich hastig, glitzernd und zitternd.

Paolo Tahler öffnete auch das zweite Säckchen, das die gleichen bräunlichen Flecken aufwies wie das erste. Darin lagen kleine rostige Nägel mit verbogenen Spitzen.

Constantin Trons Schlangenlippen – hart und ausgezehrt, die Natur hatte sie eindeutig nicht zum Küssen vorgesehen –

öffneten sich leicht, als der Sekretär die rostigen Nägel auf der Kniebank verstreute. Und als er die Glassplitter unter die rostigen Nägel mischte, verengten sich seine Augen zu schmalen Schlitzen – als bereite ihm dies geradezu Freude. Er seufzte tief und nickte dann unmerklich.

Paolo Tahler stellte sich so dicht hinter ihn, dass er den gespannten Körper des Inquisitors nahezu berührte, und zog ihm dann äußerst langsam – wie ein Kuppler es tun würde, um seine Dirne anzupreisen – das schmucklose Gewand bis zu den Oberschenkeln hoch.

Schwer ließ sich der Inquisitor auf die eben für ihn vorbereitete Kniebank fallen. Er kniff Augen und Lippen zusammen, faltete die Hände zum Gebet und senkte den Kopf, in dem Versuch, den ersten Schmerz lautlos zu ertragen. Langsam ließ er den Atem wieder fließen und kniete endlich mit seinem ganzen Gewicht auf den von Splittern und Nägeln gemarterten Knien. Schließlich öffnete er die Augen, berührte Stirn, Brust und Schultern mit dem Mittelfinger im Kreuzzeichen und murmelte ein kurzes Gebet auf Latein. Schließlich schloss er die Hand um das rotlackierte Goldmedaillon, das an einer schweren Gliederkette um seinen Hals und bis zur Brust reichte. Seine Finger fuhren über das Christusmonogramm XP, die griechischen Buchstaben »chi« und »rho«, Initialen von Khristòs, Christus, wie x und p übereinandergeschrieben.

Paolo Tahler ließ sanft das Gewand herunter. Er öffnete das auf dem Pult neben seinem Signore liegende Buch und las laut: »Dann wandte sich der Teufel an mich und sagte: ›Nun werdet ihr sehen, wie sich eure noble Sippe in der niederen Welt verteilt.‹ In seinem grünen Hut hatte er Hagelkörner so groß wie Eier gesammelt, die der Himmel bei seiner Erscheinung vor mir hatte hinabregnen lassen. Und jetzt hielt er in der rechten Faust ein Hagelkorn, welches bald darauf schmolz und darinnen – Gott helfe mir! – wand sich eine furchtbare Kreatur. Sie sah aus wie eine kleine Schlange, mit bösen gelben Augen und acht Klauen. Und die Kreatur sprach mit schriller Stimme zum Teufel: ›Vater und Herr, heute haben wir die gleiche Bestimmung. Wir werden uns überall in dieser Stadt verteilen. Vor allem in den Gärten, den Brunnen und den edlen Zimmern deines Gegners.‹ Und schon schmolzen die anderen Hagelkörner im Hut und auch alle, die um mich herum lagen.«

Der Sekretär schloss das Buch. Er faltete die Hände zum Gebet und hob den tränenverschleierten Blick zur einfachen Natursteindecke der Privatkappelle empor, wo der Erlöser die Menschen mit emporgerecktem Arm ermahnte, ein unschuldiges Lamm im anderen.

»*Ecce diabolus*«, sagte der Inquisitor, »mein Seelenquäler.«

»Amen«, echote der Sekretär.

»Hast du sie gesehen?«, wollte Constantin Tron wissen.

»Ich habe sie gesehen«, erwiderte Paolo Tahler.

Der Inquisitor seufzte schwer. »Hat ihre Schönheit dich in Versuchung geführt?«, fragte er.

»Nein, Monsignore.« Der Sekretär schüttelte entschieden den Kopf, wobei seine blonden Locken sanft hin und her wogten. Und in seinen Augen, die so hell waren wie ein blasser Aquamarin, glomm ein niederträchtiges Licht auf.

»Und du hast dir ihre blühenden Alabasterbrüste vorgestellt? Ihre knospenden Brustwarzen? Und wurdest nicht in Versuchung geführt?«, vergewisserte sich Constantin Tron aggressiv.

»Nein, Monsignore«, antwortete Paolo Tahler nur noch entschiedener, mit einer Spur Zorn in der Stimme. Er krallte sich regelrecht an das handtellergroße Kruzifix um seinen Hals. Dessen vier Arme waren aus Silber, dort, wo sie sich überkreuzten, ein Quadrat aus Gold.

»*Ne maleficus vivere patiantur*«, verkündete der Inquisitor. »Du wirst den Hexenmeister nicht am Leben lassen.«

Der Sekretär nickte.

»Deshalb haben wir sie verhaftet, richtig?«, fragte der Inquisitor.

Der Sekretär bejahte wieder und verlor sich im Blick des Mannes, dem er seit seiner Kindheit diente. »*Ne maleficus vivere patiantur*«, wiederholte er.

»Und du wirst meine Kraft sein, Paolo?«, wollte der Inquisitor wissen.

»Mit allem, was ich habe, Exzellenz«, gab der Sekretär zurück und hielt sich an seinem Kruzifix fest.

Constantin Tron berührte noch einmal Stirn, Brust und Schultern im Zeichen des Kreuzes und stand dann auf, wobei der Sekretär ihm wieder das Gewand hochhielt. Blut rann träge aus den Wunden, neuen wie alten, die sich durch die Kasteiung geöffnet hatten. Der Inquisitor stand aufrecht da, mit geschlossenen Augen, während Paolo Tahler seine Knie von Nägeln und Glassplittern befreite.

Er sammelte die restlichen Nägel und Splitter von der Kniebank ein und legte sie zurück in die Gazesäckchen, die das neue Blut aufsogen, welches bald die gleiche bräunliche Färbung annehmen würde wie die bereits getrockneten Flecken. Unterdessen war aus dem Nichts ein Messdiener erschienen, der auf ein Zeichen hin ein Weihrauchfass schwenkte.

»Danke, Paolo«, sagte der Inquisitor, während der Sekretär die beiden Gazesäckchen zurück in das schwarze Seidensäckchen legte.

Als Constantin Tron die Kapelle verließ, flüsterte er so leise, dass niemand es hörte: »Ich bin noch nicht so weit, Susanna.«

7

Anno Domini 1633
23. Januar, dritter Tag

Gola del Vento, Ostalpen

Der Hüter der Wölfe lebte außerhalb des Borgo in der Schlucht des Windes, wohin keine Wege mehr führten. Über einen Pfad, der gerade eben einen kleinen Karren fasste, erreichte man nach etwa einer Stunde eine enge Lichtung, eher eine Klamm, umgeben von scharfkantigen grauen Felsen. Dahinter begann der Wald. Eisiger Nordwind fegte erbarmungslos über die Gola del Vento hinweg. Der untere Teil seines Hauses bestand aus wenigen Steinen, der Rest aus abgelagertem Holz, das zum Schutz vor Schnee und Regen mit einer Harzschicht bedeckt war. Im Gegensatz zu den schiefergedeckten Dächern im Dorf war seines aus vollkommen dichten Lärchenholzschindeln gefertigt. Neben der Hütte stand in einem kleinen Holzstall sein Pferd, ein rötlicher Wallach.

Man nannte den Mann den Hüter der Wölfe, denn seine Aufgabe war es, die Tiere von den Viehweiden fernzuhalten. Doch er weigerte sich, den Raubtieren Fallen zu stellen oder sie zu töten. Darüber hinaus schien er auch noch mit ihnen zu kommunizieren. Es hatte den Anschein, als verstehe er ihre Sprache, ja, akzeptierten und respektierten sie ihn. Niemand wusste, wie das möglich war. Manchmal fand man abgebrannte Fackeln, die nach unbekannten Kräutermischungen rochen. Oder es waren mitten in der Nacht unheimliche durch ein hohles Rinderhorn gestoßene Laute zu hören. Einige Dorfbewohner behaupteten, ihn mit dem Rudelführer reden gesehen zu haben. »Doch, doch, wenn ich es euch sage, er sprach zu ihm wie zu einem Christenmenschen! Und die anderen Wölfe standen um sie herum geschart, ohne ihn anzugreifen.« Wegen dieser Gerüchte gab es im Dorf auch einige, die ihm Hexerei unterstellten. Und andere, die ihn für einen Heiligen hielten. Aber weder die einen noch die anderen, kurz, niemand aus dem Dorf, kam gern in seine Nähe. Wer konnte, mied den Hüter der Wölfe, ob er ihn nun verurteilte oder ihm Anerkennung zollte, denn in jedem Fall war er ihnen nicht geheuer und wegen des ihn umgebenden Geheimnisses gefürchtet. Die Dorfbewohner entlohnten seine Arbeit mit einer Kollekte, an der sich alle beteiligten. Sie waren zufrieden, denn bereits seit mindestens fünf Jahren wurden ihre Rinder in den Gehegen nicht mehr gerissen, und das war nichts als die Wahrheit. Außerdem war bekannt, dass der Hüter der Wölfe bereits in einigen Fällen seine Armbrust zur Hand genommen und ein Tier, das die Grenzen überschritt, getötet hatte. Er war also ein Mann, der die ihm anvertraute Aufgabe gewissenhaft erledigte und wurde trotzdem gemieden.

Denn niemand hatte vergessen, wer der Hüter der Wölfe einst gewesen war. Niemand konnte vergessen, dass er der Spürhund eines anderen erbarmungslosen Jägers war, des Jägers der schwarzen Seelen. Er war der *Instructor Domini,* Ankläger im Namen Gottes gewesen. Mit dem Kruzifix auf der Brust hatte er Inquisitor Constantin Tron zur Seite gestanden und Ketzer, Hexen und Hexer entlarvt. Der ihm anhaftende Wolfsgeruch überdeckte nicht den Gestank der Scheiterhaufen nach verbranntem Fleisch. Und das bereitete den Bewohnern des Dorfes mehr Furcht als alles andere, denn auch, wenn er nun nicht mehr dem Inquisitor diente, verfolgte ihn seine Vergangenheit wie ein Fluch.

Deshalb wollte niemand aus dem Borgo mit Daniele di Barco, dem Hüter der Wölfe, etwas zu schaffen haben.

Und genau deshalb wunderte sich Daniele, als er das seltsame Paar auf dem Weg zu seiner Hütte bemerkte.

Wenige Minuten zuvor hatte er sie bereits unten in der Schlucht gesichtet. Der betagte Mönch und eine Frau, alt und von Arthritis gezeichnet, mühten sich auf zwei kahlen Maultieren durch den Schnee.

Zelt, eine Mischung aus Hund und Wolf, begleitete die beiden bis zum Haus und stellte sich dann regungslos neben seinen Herrn. Die bebende Oberlippe gab den Blick auf seine scharfen Zähne frei. Die gelblichen Augen hatte er von der Mutter, das lange weiße Fell mit den schwarzen Flecken vom Vater. Weder bellte er wie ein Hund noch heulte er wie ein Wolf. Er roch nach Wildnis, gehorchte aber wie ein Haustier.

Daniele verharrte neben dem Baumstumpf, auf dem er sein Brennholz hackte. Seine Augen waren dunkel, jedoch nicht finster, aber scharfsinnig und schlau, nichts entging ihnen. Es waren die Augen eines Menschen, der sich darauf versteht, schweigend zu beobachten. Das Gesicht vom Leben an der frischen Luft gegerbt, die Züge scharf gezeichnet, der Kiefer ausgeprägt. Der Wind fuhr ihm durch das volle braune Haar, das er mit seinem Messer stutzte. Keine Spur von Eitelkeit wohnte ihm inne. Er sah wild aus, als wäre diese Welt nicht die seine. Sein Körper war muskulös und stattlich. Er war achtundzwanzig Jahre alt und machte den Eindruck eines Mannes auf dem Höhepunkt seiner Kräfte.

Daniele erkannte die beiden Besucher.

Der Prior hatte ihn liebevoll im Kloster aufgezogen. Und die Alte hatte ihn das Fürchten gelehrt, als er ein kleiner Junge war.

»Sie haben Susanna verhaftet. Stadtvogt und Inquisitor«, platzte Fra' Thevet heraus. »Susanna ist in den Händen des Inquisitors«, fuhr er fort, der nunmehr vom grauen Star vollkommen erblindet war und sein ausgezehrtes Gesicht, ohne vom

Maultier abzusteigen, einfach in die Richtung wandte, in der er den Hüter der Wölfe vermutete.

Als Fra' Thevet ihren Namen aussprach, erstarrte Daniele, sagte jedoch noch immer nichts.

Die Alte stieg mühsam von ihrem Reittier und stand dann erhobenen Hauptes in einer viel zu großen Männerjacke da, die sie vor der Kälte schützte. Ihr Haar war spärlich, aber Daniele erinnerte sich noch gut an ihre strubbelige dunkle Mähne von einst. Die Frau sah aus, als wollte sie etwas sagen, schwieg aber. Als wäre das, was sie zu sagen hatte, zu ungeheuerlich für sie. Oder für den, der es anhören musste.

»Du musst ihr helfen«, drängte Fra' Thevet.

»Ich bin für die Wölfe zuständig«, gab Daniele hart zurück. Doch während er sprach, spürte er einen tiefen Stich, der ihm durch Mark und Bein fuhr, als würde seine Vergangenheit plötzlich Gestalt annehmen.

Fra' Thevet drehte den Kopf der Stimme Danieles entgegen. Seine milchig weißen Augäpfel verengten sich, als versuche er, durch den dichten Schleier des grauen Stars zu spähen. »Sie wird des Mordes und der Hexerei angeklagt.«

Mit Wucht hieb Daniele die Axt in den Baumstumpf und wandte sich zum Haus, den beiden Besuchern den Rücken zu. Das Herz schlug ihm bis zum Hals, sein Kiefer, wie auch alle Muskeln, krampften.

»Ich bin Jehanne. Erkennst du mich, Heiliger?«, sprach die Alte ihn da an.

Mit einem Ruck drehte Daniele sich um. »Nenn mich nicht so, Alte!«, wies er die Frau mit erhobenem Arm zurecht.

»Ich habe dir auf die Welt geholfen«, fuhr die Alte fort und sah ihn dabei mit demselben durchdringenden Blick an wie viele Jahre zuvor. Sie trat auf ihn zu.

»Geh!«, schrie Daniele und wich zum Haus zurück, ohne den Blick von der Frau abzuwenden.

»Erinnere dich an diesen Tag.«

»Nein!« Danieles Stimme zitterte.

»An den Tag, als deine Mutter starb und Susanna im Blut geboren wurde.«

»Geht weg. Alle beide!«

»Nach all den Jahren habe ich nun endlich das göttliche Zeichen verstanden!«

Daniele hatte die Tür erreicht. Auf sein knappes Zeichen hin schlüpfte Zelt ins Haus.

Die alte Jehanne kam immer näher. »Ein Leben für ein Leben. Du hast deine Mutter nicht retten können, weil Susanna geboren werden musste. Im Blut, dazu verdammt, eine Hexe zu sein.«

»Geh!«

»Eure Schicksale sind miteinander verbunden, nur du kannst sie retten, *Benandante.*«

»Nein!«, schrie Daniele außer sich, stolperte ins Haus, schloss die Tür und kauerte sich dahinter auf den Boden.

»Susannas Leben ist deins!«, hörte er die Alte weiterreden.

Dann war es still. Daniele spürte ein dumpfes Brummen in seinem Kopf, und plötzlich packte ihn etwas an der Kehle. Er bekam keine Luft mehr, riss den Kragen auf, sodass die Knöpfe über den Holzboden kullerten. Wie besessen zeichneten seine Finger die Ränder eines vierkantigen Brandmals nach, das aus seiner Brust brach. Genau so groß wie das Jutesäckchen, das die Glückshaube, in der er zur Welt gekommen war, enthalten hatte.

Und endlich, endlich rollten ihm Tränen über die Wangen, dicke Tränen, als würde eine alte Wunde langsam ausbluten.

8

Anno Domini 1610

Borgo San Michele, Ostalpen

Spürst du das? Das ist das Leben«, hatte Fra' Thevet gesagt, als er ihm das Baby in den Arm legte und ihn drängte, es zu füttern. Am Tag, als sein Vater Martinengo ihn ins Kloster Santa Ulpizia gegeben hatte. Dem Tag, an dem Daniele verstand, dass er vollkommen allein war. Ohne Mutter und ohne Vater.

»Das Leben, das weitergeht.«

Und Daniele verstand, was Fra' Thevet ihm hatte sagen wollen. Er war erst fünf Jahre alt, aber er spürte es tief in seinem Inneren. Und tief in sich hatte er auch gespürt, dass er bereit war, für sein Leben zu kämpfen.

Dieses schutzlose Baby war wie eine Tür mitten hinein ins Leben.

Er liebte es vom ersten Augenblick an. Und indem er sich Michelinos annahm, nahm er sich zugleich auch seiner selbst an. Instinktiv, wie ein Tier.

Wann immer es möglich war, holte er den Kleinen zu sich. Fütterte ihn, drückte ihn an sich, wärmte ihn mit dem weichen Schal seiner Mutter. Und gleichzeitig nährte, umarmte und wärmte ihn dieses kleine Lebewesen.

Wenn Fra' Thevet beten wollte, mit der Leitung des Klosters und der Verteilung von Aufgaben beschäftigt war, wenn er schlief, den Chor dirigierte oder auch beide Hände zum Essen brauchte, dann war Daniele da, an seiner Seite. »Gebt ihn mir«, sagte er, noch bevor der Prior den Kleinen jemand anderem anvertrauen konnte. Und sobald er ihn in Danieles karge Zelle brachte, verschwand dessen Einsamkeit.

Fra' Thevet freute sich darüber. Er merkte, dass ihm sein Instinkt an jenem Abend den richtigen Weg gewiesen hatte, dass er getan hatte, was der unglückliche Junge am meisten brauchte. Jeden Abend dankte er Gott dafür, ihm die richtigen Worte in den Mund gelegt zu haben.

Dank des wunderbaren Babys konnte Daniele den Kopf über Wasser halten in diesem reißenden Strom voller Wirbel und Tücken, in den ihn das Schicksal geradewegs hineingeworfen hatte. Gleichzeitig schien ihm, dass das Baby genauso glücklich war wie er über diese innige, absolute Nähe. Allumfassend.

Mehrmals ertappte er sich dabei, dass er lachte, wenn das Baby lachte. Wie ein Spiegelbild.

So vergingen die ersten Wochen. Und sie festigten die Verbindung.

Schließlich kam Weihnachten.

Wie in jedem Jahr wurde dem Kloster Santa Ulpizia die Ehre zuteil, in der Messe die Weihnachtsgeschichte darzustellen. Bereits eine Woche vorher entfernten die Mönche die Laken, in welche die Gipsstatuen von Maria, Josef und dem Jesuskind zum Schutz vor Feuchtigkeit und Kälte eingewickelt waren, ebenso wie ein Dutzend staunende Schäfer, drei Schafe und eine riesige Tafel mit den umrissenen Köpfen von Ochs und Esel. Der Schreiner unter den Mönchen baute das Gerüst der Scheune und die Krippe, in die das Jesuskind gebettet werden würde.

Aber in diesem Jahr hatte Fra' Thevet eine außergewöhnliche Idee von großer Wirkung. Er befahl den Mönchen, das Jesuskind aus Gips wieder in das Laken zu wickeln. Zur Verwunderung von Bischof Girolamo Tebaldi und der versammelten Gläubigen würde es in diesem Jahr nämlich ein echtes Jesuskind geben, eines aus Fleisch und Blut.

Dass das Jesuskind ein Mädchen war, fand Fra' Thevet nicht weiter schlimm. Angekleidet konnte man Junge von Mädchen in diesem Alter doch von außen noch gar nicht unterscheiden. Und *seine* Susanna, wie er sie nunmehr nannte, war so engelsgleich, dass auch der liebe Gott zufrieden wäre.

Am Weihnachtsabend war alles bereit.

In der für ein so kleines Borgo wie San Michele imposanten Kirche drängten sich die Leute und trotzten, dick eingemummelt, der eisigen Kälte. Der Bischof saß in seinem prächtigsten Gewand auf einem purpurnen Sitz neben dem Altar, zwei Priester leiteten den Gottesdienst. Neben dem Bischof stand Inquisitor Constantin Tron, abgezehrt und bleich, den Kopf gesenkt und die Hände gefaltet.

Zu ihrer Rechten war die Krippe aufgestellt. Die staunenden Schäfer mit ihren bescheidenen Gaben und ihrer spärlichen Herde verharrten am Fuße der drei Stufen. Am Dach des Stalles hatte man ein blaues, mit Sternen verziertes Tuch wie einen Vorhang angebracht. Im richtigen Moment würde es sich heben.

Daniele saß neben der Orgel bei den jungen Novizen des Klosters, bereit, auf ein Zeichen des chorleitenden Mönchs weihnachtliche Gesänge anzustimmen.

Als das Glockengeläut der Kirchen im Tal den Beginn der Zeremonie ankündigte, legte Fra' Thevet heimlich die kleine Susanna in die mit Heu gefüllte Krippe und gab dem Messdiener ein Zeichen.

Der Sternenvorhang hob sich, und als die Gläubigen das Kindchen sahen, bedeckt einzig von einem kleinen Schurz aus hellem Leinen, wie es mit Ärmchen und Beinchen strampelte, da waren sie alle zutiefst gerührt.

Der Bischof höchstpersönlich warf Fra' Thevet einen anerkennenden Blick zu.

Auch Daniele lächelte glücklich, freudig überrascht beim Anblick seines geliebten Babys in der heiligen Krippe.

Aber als von der Orgel die ersten schwungvollen Töne erklangen, fing das Kindchen an zu wimmern, vielleicht wegen der Kälte, vielleicht auch wegen eines natürlichen Bedürfnisses, und zappelte immer heftiger, bis es sich den Leinenschurz vom Leib strampelte und in voller Nacktheit zu sehen war.

»Das ist ja ein Mädchen!«, rief eine Frau aus der Menge lachend, und kurz darauf lachte die ganze Kirche.

Das ist gar kein Michelino!, dachte Daniele schmunzelnd, als er das Geheimnis der Mönche entdeckte. *Das ist ein Mädchen!*

»Sie hat gepinkelt!«, rief eine andere Frau, als es aus der Krippe hinauströpfelte. Und wieder ertönte lautes Gelächter.

Der Bischof aber lachte nicht.

Ebensowenig wie der Inquisitor.

Auch nicht die beiden Messdiener.

Am allerwenigsten lachte Fra' Thevet, der wusste, welche Folgen seine Gedankenlosigkeit haben würde.

Sofort war der Prior bei Susanna, wickelte sie in eine Decke, nahm sie auf den Arm und trat, ohne den Bischof anzusehen, augenblicklich den Rückzug an.

Am nächsten Tag brachte man Susanna fort. Trotz Fra' Thevets unermüdlicher Versuche, das Kind bei sich zu behalten, wurde sie den Nonnen des Klosters Santissima Assunta Maria in Camporosso anvertraut, eine halbe Stunde Eselsritt nördlich am Fluss.

Und seit jenem Weihnachtstag hatte Susanna ihren Spitznamen: das Jesuskind.

9

Anno Domini 1633
23. Januar, dritter Tag

Borgo San Michele, Ostalpen

Pechschwarzes, undurchdringliches Dunkel. So undurchdringlich wie die Mauern der Zelle, in die man sie gesperrt hatte.

Verloren war sie darin, verloren, wie sie es nie zuvor gewesen war.

Regungslos saß sie auf dem Boden. Sie war vollkommen durcheinander. Ihr Mund war pelzig. Ihr Körper gehorchte ihr nicht.

»Susanna Berna«, ertönte da eine Stimme.

Beim Klang ihres Namens war es Susanna, als hielte ihr jemand eine helfende Hand hin.

Langsam öffnete sie die Augen.

Mühevoll versuchte sie, den Blick scharfzustellen auf den Mann, der von einem schwachen Öllämpchen beleuchtet in der Tür stand. Unordentlicher Bart, dichte Augenbrauen über kleinen Schweinsäuglein, gerötete Wangen, strohiges Haar, das aussah wie ungekämmte Wolle, gebeugte Schultern wie bei Menschen, die sich oft in zu niedrigen Räumen aufhalten müssen.

»Susanna Berna«, wiederholte der Mann. »Du musst etwas trinken.« Aber er blieb stehen, als hätte er Angst, hereinzukommen.

Susanna bewegte sich vorsichtig. Dabei war das Klirren der in die Mauer eingelassenen Ketten zu vernehmen, die ihr an

Händen und Füßen angelegt worden waren. Wie einem wilden Tier.

»Ich bin Prescern, dein Kerkermeister«, sagte der Mann, der immer noch in der Tür stand, die Lampe in der einen, eine Tontasse in der anderen Hand. Als wollte er vor dem Eintreten in die Höhle des Dämons erst einmal vorsichtig Kontakt knüpfen.

Das matte Licht des Öllämpchens warf schwarze Schatten und einen rötlichen Widerschein auf die Umrisse der Steine in der Zelle. Große Steine, grob geschlagen. Gefertigt, um dem Zorn der Menschen standzuhalten, die dort eingesperrt wurden. Um ihre Schreie fernzuhalten.

Den Boden bedeckte eine dünne Schicht Stroh, das nach Urin, Fäkalien und Angst stank.

»Willst du trinken?«, erkundigte sich der Kerkermeister, neigte den Kopf und versuchte, das Dunkel mit seinem Blick zu durchdringen, weil er sich fragte, ob er der Bestie trauen konnte.

Susanna machte eine Geste mit der Hand. Wieder klirrten die Ketten. Das schwere Eisen schnitt ihr ins Handgelenk.

Der Kerkermeister machte einen Schritt in die Zelle. Dann noch einen und noch einen. »Geh zurück«, befahl er, als er vor ihr stand.

Susanna schlich rückwärts, bis ihre Schultern die Mauer berührten.

Der Kerkermeister stellte vorsichtig die Tontasse auf den Boden und wich hastig zwei Schritte zurück.

Susanna beugte sich hinunter, nahm die Tasse und trank gierig. Das Wasser schmeckte nach Eisen und Schlamm.

»Stell sie wieder auf den Boden«, kommandierte Prescern.

Susanna stellte die Tasse am gleichen Ort ab.

»Zurück«, befahl der Kerkermeister.

Susanna trat wieder an die kalte Mauer.

Prescern kam vorsichtig heran, nahm hastig die Tasse und machte ein paar Schritte rückwärts.

Susanna regte sich nicht. Sie konnte keinen klaren Gedanken fassen, alles war wie hinter dichtem Nebel.

Der Kerkermeister schob den Kopf vor und hob das Öllämpchen zu ihr.

Susanna sah, wie seine Augen sich weiteten und sein Mund aufklappte.

»Guter Gott!«, rief Prescern fassungslos.

Auf Susannas Gesicht, ihren Händen, dem Kleid und den nackten Füßen lagen Spuren getrockneten Blutes, das sich niemand die Mühe gemacht hatte abzuwaschen.

»Guter Gott!«, wiederholte der Kerkermeister leise.

Im zitternden Licht der Lampe musterte Prescern Susannas Gesicht unter dem verkrusteten Blut. Ihre leuchtenden Augen von undefinierbarem Blau, wie der Himmel in Vollmondnächten. Die gerade Nase, makellos, gemeißelt von einem großen Künstler. Ihre vollen roten Samtlippen. Die genau richtig hohen Wangenknochen. Ihre Haut, die unter dem getrockneten Blut die Farbe heller Aprikosen erkennen ließ. Und ihr so weiblicher Geruch, sinnlich und rein, wie eine Mischung aus Honig, Talkum und anregendem Waldmoschus, dem der Zellengestank nichts anhaben konnte.

»Wie kann ein Dämon so … so herrlich sein?«, murmelte der Kerkermeister staunend.

Susanna sah ihn schweigend an.

Prescern ließ das Lämpchen sinken und ging zur Zellentür. In die Flucht geschlagen von dieser unerwarteten Schönheit. Das Grinsen eines teuflischen Wesens hätte ihm keine größere Furcht einflößen können.

An der Tür drehte er sich noch einmal um. Er hätte es auch getan, wenn er gewusst hätte, dass er zur Salzsäule erstarrt wäre.

Er wollte die Tür schon doppelt abzuschließen, als er Susanna etwas raunen hörte.

»Was?«, fragte er ängstlich.

Susanna sah in seine Richtung, doch ihr Blick ging durch ihn hindurch. Durch diesen verängstigten Mann. Durch die dicken kalten Mauern des Kerkers, in den man sie gesperrt hatte.

»Er kommt«, sagte sie dann etwas lauter. »Ich weiß es. Er kommt.«

Prescerns Herz setzte aus. Zitternd schlug er mit der Hand, in der er die Tasse hielt, ein Kreuz und schloss eilig die Zellentür.

Denn er wusste, wen die Hexe meinte.

Den Teufel höchstpersönlich.

Der kommen würde, um sie zu retten.

10

Anno Domini 1611

Borgo San Michele, Ostalpen

Die Milde in Fra' Thevets Herz linderte seinen Schmerz über den Verlust von Susanna ein wenig, denn sie gab ihm vor, sich weiterhin um die Bedürfnisse seiner Mitbrüder zu kümmern, und erlaubte ihm nicht, nur auf seine eigenen Belange zu achten. Vor allem aber half ihm seine Zuneigung zu Daniele.

Es war dem Prior nicht entgangen, dass Daniele mit dem Fortgang von Susanna erneut in tiefe Verzweiflung darüber stürzte, dass sein Vater ihn verlassen hatte. Nun gab es nichts mehr, was ein Lächeln auf sein Gesicht zaubern konnte. Er hatte keine Aufgabe. Kein Leben, in dem er sich spiegeln konnte.

Daniele zog sich in sein Schneckenhaus zurück, wie an seinem ersten Tag im Kloster. Hin und wieder murmelte er etwas, aber nur, wenn er eine Frage beantworten musste. Fast die ganze Zeit verbrachte er allein in seiner Zelle. Aber auch wenn er am Unterricht teilnehmen musste, war es, als wäre er allein.

Eines Morgens im Januar, als Daniele nicht einmal sein Frühstück zu sich genommen hatte, einfach nur dasaß und ins Leere starrte, beschloss Fra' Thevet, mit Martinengo di Barco zu sprechen.

Seit der Vater Daniele ins Kloster gebracht hatte, war er ihn nicht mehr besuchen gekommen. Unmittelbar nachdem er Daniele dagelassen hatte, hatte Fra' Thevet noch einmal versucht, mit ihm zu sprechen, ihn zur Vernunft zu bringen. Aber Martinengo hatte sich hinter eine Mauer aus Schmerz und Zorn zurückgezogen. Fra' Thevet hatte oft darüber nachgedacht, wie er das Verhältnis zwischen Vater und Sohn wieder herstellen könnte, doch als er sah, wie gut Susanna Daniele tat, hatte er sich zurückgehalten. Er wollte dieses zarte Gleichgewicht nicht gleich wieder zerstören.

Jetzt aber konnte er nicht länger aufschieben, Martinengo über den Zustand seines Sohnes in Kenntnis zu setzen.

Als er bei Martinengo ankam, musste er lange und mehrfach an die Tür klopfen.

»Zum Teufel, wer ist da?«, rief ein Mann barsch und öffnete die Tür.

Fra' Thevet waren Gerüchte aus dem Dorf zu Ohren gekommen, aber er hatte nicht damit gerechnet, dass es so schlimm um Martinengo stand. Hätte er nicht gewusst, dass dies das richtige Haus war, er wäre nicht sicher gewesen, ob dieses menschliche Etwas tatsächlich Martinengo di Barco war.

»Ah, du bist das«, murmelte Martinengo, bemüht, sich gerade zu halten. Sein Bart war ungepflegt, ebenso das Haar. Er war schmutzig und stank. Und sein Atem roch nach Wein.

»Was willst du?«, wollte er wissen, ohne sich Mühe zu geben, seine schlechte Laune zu verbergen.

»Ich muss mit dir reden.«

»Worüber?«

»Lass mich rein.«

Martinengo rührte sich nicht. Ein Schleier lag über seinem Blick.

Fra' Thevet war sicher, dass er ihm die Tür vor der Nase zuschlagen würde, doch dann drehte Martinengo sich ohne ein Wort um und ging ins Haus. Der Prior sah das als Einladung an und folgte ihm.

Das Haus versank in vollkommener Verwahrlosung. Überall auf dem Boden lagen Weinkrüge herum. Einige waren zerbrochen und knirschten, als Martinengo gegen sie stieß, auf dem Weg zu einem Tisch voll schmutziger Teller. Es stank nach verfaultem Essen und Schmutz. Und nach ranzigem Wein, wie sonst nur in den übelsten Spelunken. Außerdem herrschte im Haus eisige Kälte, die Fra' Thevet in die Knochen zog.

Er hob einen Stuhl vom Boden auf und setzte sich Martinengo gegenüber an den Tisch. »Ich bin hier, weil ich mit dir über deinen Sohn Daniele reden will«, kam er ohne Umschweife zum Anlass seines Besuchs.

Martinengo schauderte. »Es ist kalt«, grunzte er. Ein wenig unsicher stand er auf und stolperte zum Kamin, in dem noch etwas Glut lag. Achtlos nahm er ein Buch, riss einige Seiten heraus und warf sie ins Feuer. Er hustete und versuchte, die Glut pustend anzufachen.

»Was tust du denn da?« Fra' Thevet sprang auf und ging zu ihm.

Als er neben ihm stand, schubste Martinengo ihn weg. »Misch dich nich ein!« Er riss weitere Seiten aus dem Buch und warf sie in die kleine Flamme.

»Das ist ein Teil der ›Metaphysik‹ von Aristoteles!«, rief Fra' Thevet. »Ein Meisterwerk!«

»Ein Dreck.« Martinengo stieß ein bitteres Lachen aus. »Mit einem Buchenholzscheit würde es wärmer werden. Viel wärmer. Dieser Dreck hier ist weniger wert als ein anständiges Holzscheit.« Wieder lachte er dreckig, dann warf er das ganze Buch ins Feuer.

»Wie lebst du hier eigentlich«, ereiferte sich Fra' Thevet kopfschüttelnd.

Auf Martinengos Gesicht erschien ein feindseliges Grinsen. »Warum glaubst du, dass ich lebe?«

Der Prior nahm zwei Stühle und stellte sie vor den Kamin.

Martinengo setzte sich und sah zu, wie der wertvolle Band schnell verbrannte.

»Ein Holzscheit wär mir lieber«, sagte er noch einmal und sah dabei in die Flammen. »Hab ich aber kein Geld für.«

»Das Kloster wird deine Bücher kaufen«, sagte Fra' Thevet. »Und ich sorge dafür, dass du Brennholz bekommst.«

Ohne das geringste Zeichen von Dankbarkeit sah Martinengo ihn an.

»Was ist mit deiner Arbeit? Wo sind deine Schüler?«, wollte der Prior wissen.

»Alles Idioten«, versetzte Martinengo abfällig. »Idioten, die und ihre Familien.«

Nachdem Martinengo ausgetreten war, hatte er als Lehrer sein Geld verdient. Da er gebildet und klug war, wurden seine Dienste bald von den vermögendsten Familien des Dorfes und den angrenzenden Ortschaften in Anspruch genommen.

Fra' Thevet war zu Ohren gekommen, dass Martinengo nach dem tragischen Tod seiner Frau im Unterricht oft gereizt war, seine Schüler beschimpfte und sogar die ein oder andere Ohrfeige verteilt hatte. Bald darauf kündigten die Familien der Kinder seinen Dienst und überließen ihn seinem Schicksal.

»Wir müssen über deinen Sohn Daniele reden«, begann Fra' Thevet noch einmal.

Martinengo schüttelte den Kopf, als wollte er diesen Namen abschütteln, wie ein Hund, dem ein Insekt ins Ohr fliegt.

»Du musst ihn besuchen«, drängte Fra' Thevet.

Martinengo lachte. »Warum?«

»Er ist dein Sohn, Herrgott!«

Martinengo sah ihn ausdruckslos an. Dann blickte er wieder ins Kaminfeuer, das nun kleiner wurde. »Wann kriege ich das Holz?«

»Du musst deinen Sohn besuchen«, wiederholte der Prior. In seiner Stimme lag nun eine Entschlossenheit, die vorher nicht da gewesen war.

Martinengo lachte bitter auf. »Das ist also dein Preis, du Krämerseele?«

»Ich weiß nicht, in welcher Hölle deine Seele brennt, Martinengo«, bemerkte Fra' Thevet nun verständnisvoller.

»Jetzt hältst du mir also eine Predigt.« Wieder lachte Martinengo.

»Ja, eine Predigt«, erwiderte der Prior ernst. »Ich dachte immer, dass du dein Versprechen an Gott wegen deiner Frau gelöst hast und ausgetreten bist, und nicht, weil dir die christlichen Werte nichts mehr bedeuten.« Schweigend sah er ihn an. »Er ist dein Sohn! Ein Kind!«

Martinengo sagte lange nichts.

Fra' Thevet war sicher, dass er ablehnen würde.

Doch Martinengo sagte: »Na gut, ich komme«, fügte aber eilig hinzu: »Wenn du mir das Brennholz gibst.«

Fra' Thevet war übel. Er stand auf und ging zur Tür, dort blieb er noch einmal stehen: »Was ist das für ein Brandmal auf seiner Brust?«

Martinengo sah finster drein. »Nichts«, brummte er.

»Nichts?« Fra' Thevet blickte ihn entgeistert an.

»Genau, nichts«, rief Martinengo, dann fuhr er etwas leiser mit zorniger Stimme fort: »Etwas Heidnisches.«

Lange blickte der Prior ihn schweigend an, obwohl er sicher war, dass er nichts mehr von ihm erfahren würde. »Wasch dich, bevor du kommst«, merkte er lediglich an, dann ging er.

Am nächsten Tag kam Martinengo ins Kloster.

Fra' Thevet führte ihn durch den Kreuzgang zur Bibliothek. Dann ging er zu Daniele. »Da ist jemand für dich«, verkündete er.

Als Daniele den Vater sah, versetzte es ihm einen tiefen Stich aus Freude und Angst zugleich. »Vater«, murmelte er.

Martinengo musterte ihn schweigend.

»Ich lasse euch allein.« Fra' Thevet schloss die Tür.

Daniele schritt mit zitternden Beinen zum langen Tisch, an dem sein Vater mit hängendem Kopf saß, und setzte sich ihm gegenüber.

Da hob Martinengo den Kopf und sah in die tränenverschleierten Augen seines Sohnes, der an seinen Lippen hing.

Daniele schlug das Herz bis zum Hals. »Nehmt Ihr mich wieder mit?«, wisperte er, und leise Hoffnung keimte in ihm auf.

»Nein. Ich kann dich nicht bei mir haben«, erwiderte Martinengo.

»Vater, ich bitte Euch«, flehte Daniele und versuchte, über den Tisch nach der Hand seines Vaters zu greifen.

Mit einem Ruck fuhr Martinengo zurück. »Fass mich nicht an!« Keuchend wie ein verletztes Tier zeigte er anklagend auf ihn und rief düster: »Du hättest meine Frau retten sollen, das hättest du tun sollen.«

Dann stand er auf und eilte so hastig davon, dass man hätte meinen können, er sei auf der Flucht.

Die Sonne ging bereits unter, als Fra' Thevet Daniele rufen ließ. Er setzte sich auf die Mauer, die den Kreuzgang umgab, und sah in die untergehende Sonne. Plötzlich überkam ihn eine tiefe Traurigkeit, der er nichts entgegenzusetzen vermochte. »Susanna«, murmelte er, und eine Träne rann ihm über die Wange.

Als er bei Susannas Geburt dabei gewesen war und beschlossen hatte, sich um sie zu kümmern, hatte er nicht wissen können, wie sehr er dieses kleine Lebewesen ins Herz schließen würde. Dieses kleine Wesen, das die Hebamme in ihrem Aberglauben als Hexe verdammt hatte.

Als er Danieles Schritte vernahm, bemühte er sich um Fassung.

Stumm stellte sich der Junge vor ihn.

In seinem Blick sah Fra' Thevet etwas, das er nie wieder darin hatte sehen wollen: tiefe Verzweiflung. Vielleicht eine noch tiefere als die zuvor.

Unendliches Bedauern stieg in ihm auf. »Setz dich«, sagte er freundlich.

Daniele gehorchte.

»Willst du mir von dem Besuch deines Vaters erzählen?« Fra' Thevet hatte bereits vom Bibliothekar gehört, wie unschön das Zusammentreffen verlaufen war.

Daniele schüttelte nur den Kopf. Verschlossen. Finster.

»Was hat er denn gesagt?«

»Nichts.«

»Er kann doch nicht gar nichts gesagt haben«, hakte Fra' Thevet lächelnd nach. »Du möchtest also lieber nicht darüber sprechen?«

»Nein.«

Der Prior sah ihn an. Er war ein Kind. Und das, was gerade mit ihm geschah, war zu groß für ihn. Hinter der undurchdringlichen Mauer, die er um sich herum erbaut hatte, konnte Fra' Thevet seinen Schmerz sehen. Aber mehr als alles andere sah er Danieles Einsamkeit.

Der alte Prior ertrug den Anblick dieses in sich zusammengesackten Jungen nicht. Er beging den Fehler, den Blick zu heben, und sah am Himmel gerade noch das letzte bisschen Sonne untergehen. Sogleich griff ihm erneut diese Sehnsucht nach Susanna an die Kehle und ließ nicht locker. Seine Augen füllten sich mit Tränen, die er nicht imstande sein würde zurückzuhalten, und so sagte er brüsk: »Geh jetzt.«

Aber genau in diesem Moment glomm etwas im Blick des Kindes auf. Ein Licht. Etwas außerhalb seiner Kontrolle. Als hätte ihn irgendetwas aus seiner furchtbaren Lage aufgerüttelt. Als wäre er aus seinem Schneckenhaus herausgekommen. Und hätte einen Blick in sein Herz geworfen.

»Wie heißt sie in echt?«, wollte Daniele wissen.

Fra' Thevet wusste genau, von wem er sprach. »Susanna«, erwiderte er mit einem Kloß im Hals.

»Susanna …«, wiederholte Daniele. »Das ist ein schöner Name.«

»Ja«, stimmte der Prior zu.

»Es tut mir leid für Euch«, bemerkte Daniele.

Tränen stiegen in Fra' Thevets Augen auf. Er sah, wie Daniele die Hand nach ihm ausstreckte. Und die seine nahm.

Fra' Thevet glaubte, dass diese unerwartete Nähe den Damm, den er gegen Schmerz und Tränen aufgebaut hatte, nun zum Einstürzen bringen würde, aber überraschenderweise machte sich lediglich tiefer Friede in ihm breit. Diese Berührung war wie ein wohltuender Luftzug. Er wollte ihm helfen, diesem schutzlosen Jungen, den sein Vater achtlos zurückgelassen hatte. Aber es war der Junge, der ihm half. Seine warme Hand linderte den Schmerz. Er schenkte ihm Frieden. Ein verletzter kleiner Junge, der sich um einen alten Mönch kümmerte.

Er wandte sich Daniele zu. Dessen Kutte hatte sich vorne geöffnet und den Blick freigegeben auf das kantige Brandmal auf seiner Brust, das nunmehr dunkel und vernarbt war.

»Wer bist du?«, flüsterte er verwundert.

Da entzog Daniele ihm zornig die Hand.

»Ein schlechtes Kind bin ich. Denn ich habe meine Mutter nicht gerettet«, stieß er voller Schmerz hervor und lief mit schnellen Schritten davon.

11

Anno Domini 1633
23. und 24. Januar, dritter und vierter Tag

Gola del Vento, Ostalpen

Er hörte sie nicht fortgehen. Die Erinnerungen, geweckt durch die Nachricht des blinden alten Priors und der Hebamme, machten ihn taub für alles um sich herum und schleuderten ihn mit voller Kraft in die Vergangenheit.

Er lag einfach da, merkte nicht, wie die Zeit verging. Bilder wirbelten in seinem Kopf wild durcheinander. Die toten Augen seiner Mutter. Die glühenden Werkzeuge des Folterknechts, mit deren Hilfe in den Verliesen des Inquisitors Geständnisse erzwungen wurden. In seinen Ohren gellten die Schreie einer Frau auf dem Scheiterhaufen. »Ich bin unschuldig«, schrie sie ihm zu, »und du weißt es genau!«

Und dann wurde alles schwarz.

Wie lange, wusste er nicht. Aber es war bereits tiefe Nacht, als Zelt heftig an der ledernen Jacke zog. Knurrend und heulend zugleich.

Daniele stand auf und öffnete die Tür. Er wusste nicht, ob dies die erste Nacht oder schon die darauffolgende war, ob vielleicht bereits eine Woche vergangen war. Er wusste gerade einmal, wer er selbst war.

Schließlich folgte er Zelt nach draußen. Der Himmel war sternenklar, die Kälte ein eisiger Schlag ins Gesicht.

Zelt jaulte, die Schnauze gen Himmel gereckt, in Richtung Wald. *Wahrscheinlich hat er etwas gewittert*, dachte Daniele, *ich sollte besser nachsehen*. Doch erst ließ er sich in den Schnee fallen, rieb sich eine Handvoll davon ins Gesicht, steckte ein wenig in den Mund und ließ ihn langsam schmelzen. Die Kälte schmerzte an den Zähnen, doch er stillte seinen Durst.

Dann ging er zurück ins Haus, hängte die Armbrust um und setzte eine Mütze aus Kaninchenfell auf. Er blickte zu dem kleinen Stall, in dem sein Pferd stand, entschied aber, es im Warmen zu lassen und zu Fuß zu gehen. Also zog er seine Schneeschuhe an, lange, breite Flächen aus Holz und ineinander verflochtenen Lederriemen, mit denen er nicht einsank. Er wandte sich Richtung Wald und bedeutete Zelt, ihm zu folgen. Seltsam aufgeregt lief der Hund vor ihm her.

Auf dem Weg dachte er an das, was Fra' Thevet und Jehanne von ihm verlangten: Er sollte wieder in die Rolle des Mannes schlüpfen, der er nicht mehr war. Zurückkehren in eine Welt aus Folter, gellenden Schreien, Teufeln und Hexen, Scheiterhaufen und Gestank nach verbranntem Fleisch. In eine Welt, die ihn so angewidert hatte, dass er den Menschen den Rücken gekehrt hatte, um einsam im Wald zu hausen.

Er lief eine gute Stunde durch die Finsternis, die durch das Dickicht der Bäume nur selten von einzelnen Mondstrahlen durchbrochen wurde. Schließlich erreichte er einen großen runden Felsen, an dessen höchster Stelle eine Vertiefung war, in der die Reste von Feuerholz lagen. Er sammelte ein paar Äste, legte sie übereinander in die Vertiefung und zündete sie mit dem Feuerstein an, den er stets bei sich trug. Dann wartete er.

Bald durchbrach das Knacken des Feuers die Stille.

Und um das Feuer herum leuchteten rote Augen in der Nacht.

Zelt jaulte.

Die Wölfe waren da.

Beruhigend tätschelte Daniele das Fell seines Tieres. Kurz darauf löste sich eine Gestalt aus der Dunkelheit. Eine Wölfin. Ihr Schwanz war aufgerichtet, sie war in Habachtstellung, aber ihr Gang war geschmeidig, nahezu weich. Durch ihr dickes Winterfell sah sie nicht so mager aus. Als sie nur noch wenige Schritte entfernt war, stellte sie ihre Ohren nach hinten und wandte den Kopf, wobei sie die Kehle offenbarte, ihre verletzbarste Stelle. Dann wedelte sie mit dem bis dahin steifen Schwanz, bis sie sich schließlich umdrehte und den Schwanz zur Seite richtete.

Zelt zitterte, die Nüstern krampfhaft geweitet. Er witterte die Hitze der Wölfin, sie führte den Paarungstanz für ihn auf. Es drohte ein Schicksal, das bereits viele Hunde getroffen hatte: Sie ließen sich von einer Wölfin aus ihrem Gehege locken und wenn sie sie dann besteigen wollten, wurden sie vom Rudel in Stücke gerissen.

So ist das Leben, dachte Daniele. *Die Natur*.

Er beobachtete, wie Zelt einen schüchternen Schritt auf die Wölfin zumachte. Für gewöhnlich hätte Daniele ihm befohlen, sich nicht zu rühren, um ihn vor dem sicheren Tod zu bewahren. Aber in dieser Nacht schwieg er. Er sah sich selbst in Zelt, sah in dieser Gefahr sein ganzes bisheriges Leben.

Zelt sprang vom Felsen, und die Wölfin versuchte nun noch nachdrücklicher, ihn in den Wald zu locken. Zelt zögerte. Der Geruch der Wölfin zog ihn unwiderstehlich an, anderseits stellten sich ihm instinktiv die Nackenhaare auf.

Die Wölfin kam auf ihn zu, näherte sich ihm vorsichtig. Zelt bewegte sich nicht, seine Zähne waren gebleckt, aber er griff nicht an. Auch die Wölfin bleckte die Zähne, als sie nun um ihn herumstrich. Beide Tiere knurrten leise.

Daniele beobachtete das Geschehen, während die Gedanken durch seinen Kopf wirbelten. Irgendetwas an Zelt und der Wölfin hatte seine Vergangenheit lebendig werden lassen, diese Vergangenheit, gegen die er sich zeit seines Lebens gewehrt hatte, mit der er nie Frieden hatte schließen können, mit der er nie hatte leben können.

»Nein!«, rief er plötzlich. Dann noch einmal, leiser und entschiedener: »Nein.« Er würde nicht zulassen, dass die Vergangenheit weiter Einfluss auf ihn nahm. Er war nicht sein Vater, das sagte er sich immer wieder.

Und Susanna war nicht diese Wölfin.

Er stand auf. »Zelt, komm her«, befahl er knapp dem einzigen Lebewesen, mit dem er seine Einsamkeit teilte.

Zelt knurrte die Wölfin an, täuschte einen Angriff an, und als sie, bereit, ihn abzuwehren, zur Seite trat, konnte er zurück auf den Felsen springen, ohne ihren Angriff von hinten fürchten zu müssen. Er strich um Danieles Beine und setzte sich dann neben ihn.

»Guter Junge«, lobte Daniele. Dann nahm er einen brennenden Ast und warf ihn in Richtung des Waldrandes. Kurz erhellte der Feuerschein die Schnauzen der hungrigen Wölfe. Daniele zog einen mit Pech getränkten Lappen aus der Tasche seiner Jacke, wickelte ihn um ein Astende, zündete ihn an und stieg mit der Fackel vom Felsen.

Er wusste, was er zu tun hatte.

»Lass uns gehen«, forderte er Zelt auf.

Von den Wölfen war kein Laut zu hören, aber er war sicher, dass sie ihnen folgten. Angreifen würden sie jedoch nicht. Denn sie hatten einen Pakt mit ihm geschlossen. Und sie wussten um seine Armbrust.

Kaum war er zurück an der Hütte, holte er aus einem dunklen Winkel eine alte Kiste hervor. Langsam legte er seine Kleidung ab, und erst als er vollkommen nackt war – Haut und Muskeln gespannt vor Kälte –, öffnete er die Kiste.

Rechts lag ein türkisfarbener Samtschal, dessen eine Seite mit drei goldenen Sternen verziert war, wie ein Madonnenumhang. Das Einzige, was ihm von seiner Mutter geblieben war.

Er drückte den Schal an sein Gesicht und schnupperte daran. Er roch muffig, aber für Daniele roch er noch immer nach zwei

Frauen. Einer Toten und einer Neugeborenen. Wie vor mehr als zweiundzwanzig Jahren.

Links in der Kiste lag ein schmuckloser schwarzer Anzug aus Wolle, bestehend aus einer Hose und einer Jacke mit steifem Stehkragen. Dazu ein weißes Hemd mit einem gestickten blutroten Kreuz auf der Seite des Herzens. Und schwarze Wollstrümpfe mit dem gleichen blutroten Kreuz in Höhe der Knöchel, dazu schwarze Stiefel, die bis über die Knie langten, mit einer Silberschnalle über dem Fußrücken.

Daniele zog Hemd, Hose und Strümpfe an und knöpfte schließlich die Jacke eng zu. Vierzehn Knöpfe, für die vierzehn Stationen des Kreuzwegs. Am Boden der nun nahezu leeren Kiste kam ein Holzkreuz zum Vorschein, einfach, ohne Christus, befestigt an einem langen zusammengeknoteten Lederband. Daniele atmete tief durch, dann hängte er sich das Kreuz um.

Er setzte sich auf die Kiste, den Schal der Mutter an sich gedrückt, und wartete auf die Dämmerung. Bei den ersten Sonnenstrahlen stand er auf.

»Warte hier auf mich«, befahl er Zelt.

Dann ging er, ohne die Tür zu schließen und ohne einen Blick zurückzuwerfen. Er öffnete die Tür zum Stall, sattelte sein Pferd, stieg auf und gab ihm die Sporen. So verließ er die einsame Schlucht, um ins Borgo zurückzukehren, zum ersten Mal seit Jahren, gekleidet wie der Jäger der schwarzen Seelen, der er einst im Dienst des Inquisitors gewesen war.

Dieses Mal aber würde er nicht der *Instructor Domini*, der Ankläger im Namen Gottes, sein, sondern der *Instructor Daemonii*, der Anwalt des Teufels.

Denn die Hebamme hatte recht: Sein Leben und das von Susanna waren miteinander verbunden. Von jeher.

Seit dem Tag, an dem seine Mutter gestorben und Susanna in diesem Meer aus Blut geboren war.

12

Anno Domini 1633
24. Januar, vierter Tag

Borgo San Michele, Ostalpen

Danke, dass Ihr mich empfangt, Eminenz«, sagte Daniele di Barco und durchmaß mit sicheren Schritten das mit Wandteppichen behängte großzügige Zimmer in der prunkvollen Residenz des Bischofs. Vor dem Bischof kniete er nieder und legte seine Lippen demütig auf den ihm dargebotenen Ring. Er wusste, dass es eine große Ehre war, unangemeldet empfangen zu werden.

Bischof Girolamo Tebaldi nahm schweigend Platz. Alles an ihm spiegelte seinen mondänen, eitlen Charakter – die stets reich verzierten purpurnen Gewänder, der Samtumhang um seine Schultern, die venezianischen Schuhe, die mit Goldfäden versehenen Seidenstrümpfe, der Bischofsring, das goldene, rubinbesetzte Kruzifix um seinen Hals, die Siegel an der fein gearbeiteten Kette, die seine Taille wie ein Gürtel umschlang. Obgleich er bereits mehr als sechzig Jahre zählte, hielt er sich erstaunlich gerade. Allein seine vorstehenden Zähne waren unansehnlich.

»Eminenz, ich bitte Euch, mir ein Amt als *Instructor* der inquisitorischen Befragung für das Heilige Offizium zu geben. *Pro tempore*«, kam Daniele gleich zur Sache.

Der Bischof musterte ihn streng, schwieg aber. »Das sind deutliche Worte, mein lieber Daniele«, erwiderte er schließlich. Dann wurde seine Miene freundlicher, er zeigte auf Danieles

Aufmachung und brach dann in herzliches Lachen aus. »Du warst also so sicher, dass ich deine Bitte erhören würde, dass du dich bereits … eingekleidet hast.«

»Verzeiht, Eminenz, ich lebe so zurückgezogen, dass ich nicht mehr weiß, was sich gehört.« Daniele senkte demütig den Kopf.

»Wenn ich mich recht erinnere, war das noch nie deine Stärke.« Bischof Tebaldi lächelte. Er kannte Daniele von klein auf. Er hatte seine Erziehung aufmerksam verfolgt, seit das Kind Fra' Thevet und dem Kloster Santa Ulpizia anvertraut worden war – ohne dabei je in Erscheinung zu treten. Und nur dank dieses besonderen Interesses an Daniele hatte der Bischof ihn ohne vorherige Anmeldung empfangen.

Immer noch lächelnd erhob er sich nun und trat an ein großes Fenster, durch das man das Dorf sehen konnte und weiter hinten, am Horizont, die majestätischen Berge, die das Tal wie die Ränge eines Amphitheaters umstanden. Der Bischof ließ seinen Blick über die Landschaft gleiten. »Komm her«, forderte er Daniele auf. »Die Natur der Dinge ist geheimnisvoll«, setzte er dann leise an, »der Mensch aber ist ein Wesen, welches dem Geheimnis ein weiteres Geheimnis hinzufügen kann.« Er deutete hinaus. »Sieh dir diese Häusermauern an. Und wie dieses Glas hier, auf das wir so stolz sind, sie verzerrt, wie es die Linien krümmt, die die Zimmerleute im Schweiße ihres Angesichts in gerader Linie gezimmert haben.« Leicht klopfte er mit dem Ring ans Fensterglas. »Diese Fenstergläser kommen aus Venedig, der Serenissima, wurden von Künstlern mit Weltruhm geblasen und geglättet. Und trotzdem sind die Dinge, besehen durch diese Herrlichkeit, nicht, wie sie wirklich sind. Wenn du nicht wüsstest, dass diese Mauern gerade sind, ich es dir aber schwören würde, müsstest du doch sehr treu ergeben sein, um es zu glauben. Und auch, wenn dein Glaube in mich unerschütterlich wäre, würdest du draußen sicherlich der Versuchung des heiligen Thomas erliegen und mit eigenen Augen der Wahrheit nachspüren. Du würdest dir dieses Haus dort aus einer gewissen Entfernung genau ansehen und dann vollkommen sicher sein, dass ich dir die Wahrheit gesagt habe. Dass dein Vertrauen gut aufgehoben war. Dass diese Mauern wirklich und tatsächlich gerade sind. Würdest du dann aber näher herangehen, so nahe, dass du die Mauern mit der Nasenspitze berühren könntest, dann würden dir Ungleichmäßigkeiten auffallen, du würdest feststellen, dass die Mauern eben doch nicht vollkommen gerade sind.« Er schwieg einen Moment. »Was sagt uns das? Sind die Häusermauern nun gerade oder nicht? Die Verzerrung dieser Fenstergläser, dieser Kunstgriff, ist das nicht eigentlich eine Wahrheit, der eine Lüge innewohnt?«

»Ich verstehe Euch, Eminenz, und zugleich verstehe ich Euch nicht«, erwiderte Daniele geradeheraus.

»Ich frage dich nach dem Grund deiner Bitte, Daniele«, erklärte der Bischof und sah Daniele an. Unter seiner eitlen Maske hatte Girolamo Tebaldi kluge, ausdrucksvolle Augen, es war nicht unbedingt der treue Glaube, der in ihnen leuchtete, aber die Weisheit eines Menschen, der das Leben kennt. »Der wirkliche Grund deiner Bitte ist mir nicht eindeutig ersichtlich, ich sehe ihn sozusagen verzerrt. Bitte sei also ehrlich, was deine Veranlassung angeht, so dass meine Fenster«, er zeigte auf seine Augen, »nur das verzerren, was ihren menschlichen Grenzen zugrunde liegt.«

»Ich erhielt Nachricht von der Verhaftung einer Frau«, erklärte Daniele schlicht.

Der Bischof sah ihn an, wartete.

»Ich habe Grund zu der Annahme, dass die Anschuldigungen falsch sind.« Danieles Gesicht drückte Entschlossenheit aus, ließ jedoch nicht den nötigen Respekt vermissen.

»Auf welche Grundlage stützt sich die Anschuldigung?«, erkundigte sich der Bischof.

»Eminenz.« Daniele senkte den Blick. »Ehrlich gesagt, weiß ich noch nicht viel, ich bin als Erstes zu Euch gekommen.«

»Aber du weißt bereits, dass sie unschuldig ist.«

»Ich kam zu Euch, weil …«

»Du weißt nicht viel. Das heißt, du weißt nichts, außer dass man sie verhaftet hat. Und doch bist du von ihrer Unschuld überzeugt. Oder etwa nicht? Und derart *unparteiisch* kommst du und bittest mich darum, dich zum Anwalt des Teufels zu ernennen?«

»Eminenz …«

»Ich habe dich gebeten, mir die Dinge so deutlich wie möglich darzulegen, Daniele!« Der Bischof klopfte wieder mit dem Ring gegen die Fenstergläser, diesmal konsterniert. »Und du malst ein so verwirrtes Bild? Fügst noch Nebel hinzu?« Mit verschränkten Armen machte er sich auf den Weg zu seinem Sessel und nahm Platz.

Daniele sah durch die Fenster und atmete tief durch. »Eminenz«, hob er an, wohl wissend, dass er mit dem Bischof nicht um den heißen Brei herumreden durfte. Zudem wusste er, dass er in diesem Spiel nichts außer seiner Ehrlichkeit zu setzen hatte. »Ich kenne die der Hexerei beschuldigte Frau seit ihrer Geburt. Fra' Thevet, der Prior von Santa Ulpizia, hat uns zusammengebracht«, erklärte er.

»Ich glaube, ich erinnere mich daran.«

»Eminenz, sie ist gewiss keine Hexe und …«

»Daniele, lässt du mich auch wirklich in dein Herz blicken?«

»So, wie ich es vermag.«

Stille senkte sich über den Raum, eine Stille, die Platz ließ für allerlei Mutmaßungen. Dann sagte der Bischof, traurig und ohne Daniele anzusehen: »Ich weiß Bescheid. Natürlich weiß ich das. Susanna Berna, verheiratet mit dem Astrologen Rainer Weser, ist der Hexerei und des Mordes an ihrem Mann und der Dienstmagd angeklagt.«

»Ihr Mann?« Daniele erstarrte, die Hände zu Fäusten geballt.

»Du wusstest nicht, dass sie verheiratet ist?«, wunderte sich Girolamo Tebaldi.

Daniele schwieg.

»Du weißt wirklich nicht viel über diese Frau, die du von vorneherein für unschuldig hältst.«

Daniele schwieg weiter.

Der Bischof sah ihn an. »Wenn ich mir die Bemerkung erlauben darf … Ich würde sagen, dass dich die Nachricht von ihrer Heirat beinahe mehr bestürzt als die Anschuldigungen wegen Hexerei und Mord.«

»Ich …« Daniele stockte.

»Lässt du mich wirklich in dein Herz blicken?«, fragte der Bischof noch einmal.

»So, wie ich es vermag«, erwiderte Daniele wieder. Doch in seiner Stimme lag nun ein leises Zittern. Sein Atem ging flach, in seinem Kopf brummte es wieder unerträglich laut, und er versuchte verzweifelt, die in ihm umherwirbelnden Gedanken unter Kontrolle zu bringen. Susanna war verheiratet. Und er hatte es nicht gewusst. Der Bischof hatte recht: Diese Nachricht hatte ihn ins Herz getroffen wie ein Messerstich. Sie konnte heiraten, wen immer sie wollte. *Schuldig ist sie mir nichts*, sagte er sich. Doch das half ihm nicht, sein ohnehin schwankendes Gleichgewicht zu behalten.

»Das Heilige Offizium«, erklärte unterdessen der Bischof, »hat bereits vor geraumer Zeit eine von der Römischen Inquisition erlassene *Instructio* formuliert, die dringend rät, der Untersuchung von Hexerei ein Ende zu setzen. Allerdings hat man dieses Dokument noch nicht weiterverbreitet, auch aufgrund verschiedener Geschehnisse in Deutschland und einigen unglückseligen Ländern des Nordens, in denen der Krebs des Protestantismus um sich greift. Die katholischen Herrscher dieser Landstriche kämpfen einen heiligen Krieg, wofür sie aber unheilige Waffen verwenden. Und die Hexenprozesse sind strategisch sehr wirksam. Das sagen zumindest die politisch Kundigen der heiligen Stadt. Deshalb wurde die Verbreitung und offizielle Veröffentlichung der *Instructio* noch zurückgehalten. Obgleich also die Grenzvikare, diese Schäfer dieser bedrohten Landstriche, wie ich es bin, im Bilde sind, sind sie es theoretisch eben nicht.« Zorn und Schmerz sprachen aus seinem Blick, als er sich nun an Daniele wandte. »Das heißt, dass Constantin Tron Inquisitor bleibt, mit allen Befugnissen und vollumfänglicher Handlungsfreiheit.«

»Eminenz, ich bin zu Euch gekommen, weil mir ohne Eure Hilfe die Hände gebunden sind!«, unterbrach Daniele ihn erregt.

»Lass mich ausreden«, wies der Bischof ihn mit erhobener Hand zurecht. »Ich habe gesagt, dass der Inquisitor alle Befugnisse hat, aber gewiss nicht mehr als ich.«

Mit einem Satz war Daniele bei ihm, kniete nieder und küsste seinen Ring.

Eher grob als verstimmt zog der Bischof seine Hand zurück. »Aufgrund der Abneigung, die ich gegen den Inquisitor, und der Zuneigung, die ich für dich hege, werde ich deiner Bitte entsprechen und dich in diesem Prozess zum *Instructor Daemonii* ernennen.«

»Eminenz, Ihr werdet es nicht bereuen, das verspreche ich Euch«, rief Daniele mit glänzenden Augen.

Der Bischof sah ihn an. »Ich bin der Scheiterhaufen müde. Des verbrannten Fleischs. Aber du weißt besser als andere, was bei einer Untersuchung, der *Quaestio*, geschieht, und du weißt auch, dass es wenig Hoffnung gibt für die, die einmal in die Verliese der Inquisition geraten sind.«

»Ich werde alles tun, was in meiner Macht steht.« Daniele fasste sich an die Brust und tastete instinktiv nach dem Umriss des alten Brandmals.

»Vergiss nicht, dass jemand, der eine Hexe verteidigt, leicht selbst der Hexerei angeklagt wird«, mahnte der Bischof. »Dieses Risiko wirst du eingehen müssen.«

»Ich werde das Risiko eingehen, ohne zu zögern, ohne zu zweifeln, Eminenz«, gab Daniele zurück.

»Ich erkenne deinen Mut an, Daniele di Barco«, sagte Girolamo Tebaldi. »Mein Sekretär wird die nötigen Papiere für dich vorbereiten. Dann aber bist du auf dich allein gestellt.«

»Danke, Eminenz.« Daniele senkte den Kopf, dann wandte er sich der Tür zu, wenn auch weniger sicher als bei seinem Eintritt. Denn jetzt wusste er, dass Susanna einem anderen gehörte.

»Hüter der Wölfe«, rief ihn der Bischof, noch bevor er die Schwelle übertreten hatte, »du wirst es mit Gegnern zu tun bekommen, die du nicht so leicht in Schach halten kannst wie deine Wölfe.«

Daniele nickte. Entschlossenheit sprach aus seinem Blick. »Ich versichere Euch: Ich bin bereit.«

Da lächelte Bischof Tebaldi zufrieden, wobei er seine großen Zähne entblößte. »Ich habe hier nur ein wenig gespielt, weil ich sichergehen wollte, dass du noch der tapfere Mann bist, den ich einst bewundert habe. Und das bist du.« Sein Lächeln wurde noch breiter. »Aber lass dir eines gesagt sein: Ich weiß genau, wer diese Frau ist.« Er brach in dröhnendes Lachen aus. »Sie ist das Jesuskind!«

13

Anno Domini 1612

Camporosso bei Borgo San Michele, Ostalpen

Das Jesuskindchen … ist besessen!«

Fra' Thevet stutzte.

Er war bereits seit dem Abend zuvor in heller Aufregung. Die Äbtissin des Klosters Santissima Assunta Maria in Camporosso, in das Susanna gebracht worden war, hatte ihm eine Nachricht zukommen lassen mit der Bitte, am nächsten Tag dort zu erscheinen. Das hatte ihn in ein Wechselbad der Gefühle gestürzt: Einerseits die unsagbare Freude darüber, nach so langer Zeit seine kleine Susanna wiederzusehen, immerhin war sie jetzt bereits zwei Jahre alt. Anderseits machte er sich Sorgen, dass es ihr vielleicht nicht gut gehen könnte.

»Seht sie Euch an«, sagte die Äbtissin nun, und zeigte auf Susanna, die wie ein aufgescheuchtes Hühnchen durchs Zimmer lief. »Sie ist besessen!«

»Mutter, sagt so etwas nicht!«, rügte Fra' Thevet sie nachdrücklich.

»Aber seht doch selbst, Prior«, beharrte die Äbtissin. »Sie sieht aus wie ein Fisch auf dem Trockenen.«

Fra' Thevet lächelte höflich, doch seine Stimme war ernst, als er erklärte: »Äbtissin, dieses Kind wurde bei der Geburt … einer sehr ungewöhnlichen Geburt … von einer einfältigen Hebamme als Hexe bezeichnet. Sie wollte, dass wir das Kind in den Fluss werfen.«

»Nein!« Die Äbtissin rang um Fassung.

»Und doch ist es so«, entgegnete Fra' Thevet ernst. »Meine Mitbrüder haben kurz …«

»Das ist ja ungeheuerlich!«, erzürnte sich die Äbtissin.

»Ja, und ich erinnere mich nur sehr ungern daran.«

Die Äbtissin blickte zu Susanna, die soeben versuchte, an einem Stuhl hinaufzuklettern und ihn dabei zu Boden riss. »Ich werde nie vergessen, was Ihr mir heute erzählt habt«, murmelte sie entrüstet.

»Deshalb werdet Ihr gewiss verstehen, dass der Ausdruck ›besessen‹ …«

»Das habe ich doch nicht im wörtlichen Sinne gemeint!«

»Ich weiß, ich weiß«, beschwichtigte Fra' Thevet. »Aber finsterer Aberglaube hat das Kind gezeichnet, und deshalb müssen wir unsere Worte mit Bedacht wählen.«

»Ihr habt recht, Prior«, stimmte die Äbtissin zu.

Unterdessen hatte Susanna das Tischbein umklammert und versuchte, begleitet von seltsamen Lauten, daran zu ziehen.

»Und ein Fisch auf dem Trockenen ist sie auch nicht«, bemerkte Fra' Thevet.

»Warum nicht?« Die Äbtissin sah ihn überrascht an.

»Diese Beschreibung ist ungenau.« Der Prior schüttelte den Kopf. »Ich würde sie eher einen wilden Stier nennen!«

Die Äbtissin lachte. »Woher nimmt sie bloß diese ganze Energie? Ich kenne mich nicht gut aus mit Kindern, aber …« Sie lächelte. »Ihr könnt Euch das nicht vorstellen, Prior, aber sie hält nie still. Unglaublich lebhaft ist sie. Neugierig. Als hätte sie von Gott eine zweifache Portion Lebendigkeit abbekommen. Manchmal bleibt sie die ganze Nacht wach und spielt für sich allein. Und dann, plötzlich …«

In diesem Moment ließ Susanna vom Tischbein ab und warf sich weinend auf den Boden.

»Genau das wollte ich gerade sagen«, fuhr die Äbtissin fort. »Das geht jetzt so weiter, bis ihr die Stimme versagt.« Sie stieß einen Seufzer aus. »Gott möge es mir vergeben, aber es gibt Tage, an denen hoffe ich, dass ihre Stimme sich nicht mehr erholt.«

Fra' Thevet lächelte. »Kann ich eine Tasse Milch bekommen?«

»Wir haben gerade gemolken. Ziegenmilch.« Die Äbtissin stand auf, ging zur Tür und klatschte zweimal in die Hände. »Eine Tasse Milch«, bat sie streng, aber warmherzig jemanden, den der Prior nicht sehen konnte.

Susanna weinte weiter.

Fra' Thevet sah sie an, tat aber nichts.

Dann erschien eine kleine bucklige Nonne mit einer Tasse in der Hand. Sie deutete eine Verbeugung an und verschwand ohne ein Wort.

»Hat sie ein Schweigegelübde abgelegt?«, erkundigte sich Fra' Thevet.

»Nein, sie ist stumm«, antwortete die Äbtissin und blickte zu Susanna, die sich die Seele aus dem Leib schrie.

Fra' Thevet lachte, dann stand er auf und hob Susanna hoch.

Das Kind strampelte und wand sich, und so gelang es dem Prior nur mit Mühe, sich wieder zu setzen. Er tunkte den kleinen Finger in die Tasse und führte ihn an Susannas Lippen.

Das Kind verstummte auf einen Schlag, und auf seinem von Anstrengung geröteten kleinen Gesicht breitete sich ein glückliches Lächeln aus.

»Milch!«, rief sie begeistert, griff nach Fra' Thevets Finger und nahm ihn in den Mund.

Der Prior war überrascht. »Spricht sie viel?«, fragte er.

»Immerzu«, gab die Äbtissin zurück. »Bereits seit einem Jahr.«

Fra' Thevet sah die Nonne an. Sie war um die sechzig, ein wenig rundlich und hielt sich sehr aufrecht. Ihr Gesicht, dem ihre noble Herkunft anzusehen war, trug noch immer Spuren bemerkenswerter Schönheit. »Der Inquisitor hat den Bischof bedrängt, sie haben mir verboten, sie zu sehen oder auch nur nach ihrem Wohlergehen zu fragen …«, rief er aufgeregt. »Und ich habe all das versäumt!« Kurz dachte er an seinen Daniele, für den es ebenso unerträglich war, dass Susanna fortgeschafft worden war. Auch ihm hatte man sie weggenommen. Und seine Lebensfreude gleich dazu.

»Meh!!«, jauchzte Susanna.

Die Äbtissin lachte. »Das R muss sie noch ein wenig üben.«

»Meeh!«, forderte Susanna resolut.

»Zu Euren Diensten, Signorina.« Fra' Thevet hielt ihr wieder den in Milch getunkten Finger hin. »Aua! Langsam! Vor zwei Jahren hattest du noch keine Zähne.« Noch einmal tunkte er seinen Finger in die Tasse und gab ihn ihr. »Langsam, du kleine Bestie. Nicht beißen.« Er lachte und wiederholte das Vorgehen mehrfach mit einem glücklichen Lächeln auf seinem runzligen Gesicht.

Die Äbtissin beobachtete die beiden gerührt.

Fra' Thevet strahlte vor Glück. Er nahm die Tasse und hielt sie dem Kind nun vorsichtig an die Lippen. Susanna leerte sie bis auf den letzten Tropfen, dann lehnte sie den Kopf an seine Brust. Als sie sanft in seinen Bart griff, stiegen dem alten Mönch Tränen in die Augen. »Meine kleine Susanna«, murmelte er.

Auch die Äbtissin war sichtlich ergriffen. Nicht wenige Menschen taten Fra' Thevet als mürrisch ab, sie aber konnte die große Freude sehen, die ihn erfüllte. Und den tiefen Schmerz darüber, Susanna nicht mehr bei sich zu haben.

Fra' Thevet spürte, dass die Äbtissin wusste, was in ihm vorging. Zuvor hatte er lediglich in einigen offiziellen Angelegenheiten mit ihr zu tun gehabt und sich noch keine Meinung über sie gebildet. Er wusste, dass sie aus adliger Familie stammte, als Letzte geboren und der Kirche offeriert worden war – vermutlich eher, um sie loszuwerden, als um Gott zu preisen. Oder, um keine Mitgift zahlen zu müssen. Ganz bestimmt jedoch, ohne die Zustimmung des Mädchens zu erfragen, das in noch sehr jungen Jahren ins Kloster eingetreten und sein Gelübde abgelegt hatte. Je länger sie dort zusammensaßen, desto mehr mochte der Prior sie.

»Habt Ihr einmal darüber nachgedacht, Amme zu werden, Prior?«, scherzte die Äbtissin.

Fra' Thevet strich Susanna über das Haar. Das Kind war eingeschlafen, die Hände noch in seinem Bart. »Sie braucht einfach nur Liebe, mehr nicht.«

Die Äbtissin nickte. »Leider bin ich weder eine gute Mutter noch habe ich mütterlichen Instinkt«, sagte sie ein wenig traurig. »Das tut mir leid für sie.« Ihr Blick schweifte in die Ferne. »Eigentlich war ich die geborene Tänzerin. Große Feste, prächtige Kleider, ich war wie gemacht dafür. Aber meine Familie wollte mich dieses Leben nicht leben lassen.«

»Es schmerzt mich, das zu hören«, bemerkte Fra' Thevet, dem diese Offenheit ein wenig peinlich war.

»Das muss es nicht«, entgegnete die Äbtissin leichthin. »Mit der Zeit ändert sich die Wahrnehmung.« Sie schmunzelte und zuckte die Schultern. »Vielleicht hätte ich mich in Schwierigkeiten gebracht, hätte einen zweifelhaften Ruf erworben und würde jetzt, in meinem Alter, die Demütigung über mich ergehen lassen müssen, nicht mehr der Mittelpunkt großer Feiern zu sein. Niemand würde mich mehr zum Tanz einladen, und die prächtigen Kleider, die ich so geliebt habe, würden wahrscheinlich hinten und vorne nicht mehr passen. Mit meinem heutigen Verstand also sollte ich meiner Familie dankbar sein, dass sie mir vorzeitig die Demütigungen des Lebens und des Alters erspart hat.«

»Ihr seid die klügste Frau, die ich kenne«, sagte der Prior voller Anerkennung.

»Aber eben doch nur eine Frau«, entgegnete die Äbtissin

lachend. »Glücklich muss die Frau sein, der man eines Tages sagen wird: ›Ihr seid der klügste *Mensch*, den ich kenne‹.«

»Das wollte ich eigentlich ausdrücken«, erklärte Fra' Thevet und spürte, wie er errötete.

Die Äbtissin lachte. »Lügen ist Sünde, Prior. Auch wenn es in guter Absicht geschieht, solltet Ihr wegen mir nicht sündigen.«

Fra' Thevet lächelte. Ja, er mochte diese Frau, daran bestand kein Zweifel.

»Als man sie fortbrachte, muss es für Euch gewesen sein, als hättet Ihr einen Arm oder ein anderes Körperteil verloren, nicht wahr?«, erkundigte sich die Äbtissin verständnisvoll.

Fra' Thevet sah Susanna liebevoll an, und seine Augen füllten sich erneut mit Tränen.

»Ihr solltet jeden Tag hierher ins Kloster kommen. Natürlich so unbemerkt wie möglich. Oder wenigstens so oft, wie es Euch möglich ist«, schlug die Äbtissin vor. »Zu Eurem Wohl und zu dem des Jesuskindchens.«

Fra' Thevets Herz tat einen Sprung. »Ist das Euer Ernst?«

»Ja.« Die Äbtissin nickte. »Wir kümmern uns gemeinsam um dieses verrückte Kindchen.« Sie lächelte. »Ihr und ich.«

14

Anno Domini 1633
25. Januar, fünfter Tag

Borgo San Michele, Ostalpen

Constantin Tron stand in seinem Studierzimmer und sah auf den Schreibtisch, ein schnörkelloses Möbel, rechteckig, kantig und schlicht. Einzig gebaut, um robust zu sein. Wäre er ein Mensch, hätte man ihn undurchdringlich nennen können.

So wie er selbst es war.

Doch nun war ein Schreiner für diesen Schreibtisch vonnöten. Er war beschädigt. Ein Schmetterlingsgelenk, welches das schwere Tischbein mit der Tischplatte verband, war defekt. Ein winziges, unbedeutendes Stück Holz offenbarte, dass dieses Möbelstück nicht wirklich robust, sondern zerbrechlich war.

So wie er.

Dieses klobige Möbelstück hatte einen Schwachpunkt.

So wie er.

Während der Inquisitor den fehlerhaften Schreibtisch betrachtete, betastete er die Unterlagen, die zusammenfassten, was man bisher über den Mord an dem Astrologen Weser und seiner Dienstmagd Astrid Gallo wusste und zu welchen Schlussfolgerungen man diesbezüglich gelangt war. Seine Hände zitterten. Denn diese Unterlagen enthielten ein winziges, unbedeutendes Stück Holz – wenn man es so nennen konnte –, welches seine gesamte Zerbrechlichkeit offenbarte.

»Susanna Berna«, raunte er.

Sie war dieses Stück, das seine Stabilität gefährdete. Susanna war sein Schwachpunkt.

Seitdem er sie zum ersten Mal gesehen hatte.

Wie ein bösartiges Geschwür hatte sie Besitz von ihm ergriffen. Und jedes Mal, wenn er sie sah, hatte er das Gefühl – wenn nicht gar die Sicherheit –, dass sie ihn nicht fürchtete, so wie alle anderen es taten. Statt vor ihm zu erzittern, lehnte sie sich mit ungewöhnlicher Kraft gegen ihn auf. Das brachte der Mauer einen Riss bei, seiner Schutzmauer, die ihn vor der Welt und den Menschen beschützte. Und dieses Gefühl fraß sich in ihn hinein und machte ihn schwach.

Bis zu dem Tag, an dem er zum ersten Mal auf Susanna traf, hatte er sich gefühlt, wie sein Schreibtisch war. Robust. Stark.

Doch dann begann seine Schutzmauer zu knirschen, der Riss fraß sich langsam hinein, und das, was zuvor robust gewesen war, schwankte. Und Susanna wurde zu seiner Obsession.

Die Papiere glitten ihm aus den Händen und verteilten sich auf dem kalten Steinboden.

»Nein!«, schrie er. »Nein! Nein! Nein!«

Wie aus dem Nichts tauchte Paolo Tahler auf. »Was ist geschehen, Exzellenz?«, erkundigte er sich besorgt.

Constantin Tron stand stocksteif da.

Paolo legte ihm eine Hand auf den Arm.

Der Inquisitor schüttelte sie verärgert ab.

Paolo sammelte die Papiere auf. Er wusste, was den Mann, dem er diente, so erschütterte. »Ich werde dafür sorgen, dass man sie verurteilt«, stieß er hervor, griff nach dem Kruzifix, das er um den Hals trug, und umklammerte es fest, wie eine Waffe.

»Du wirst dafür sorgen, dass sie verurteilt wird?« Die Stimme des Inquisitors war schwach. »Schwöre es mir.«

»Ja, Exzellenz«, erwiderte Paolo. »Im Namen Gottes … und in Eurem.«

Der Inquisitor drehte sich zu seinem Sekretär. »Weißt du noch, was ich dir gesagt habe, als wir uns das erste Mal sahen?«

Vor Freude errötend senkte Paolo den Kopf.

Der Inquisitor streckte eine Hand nach ihm aus und strich ihm über die langen blonden Locken.

15

Anno Domini 1633
25. Januar, fünfter Tag

Borgo San Michele, Ostalpen

Erst als sich die Zellentür schloss, hob Paolo Tahler den Kopf. »So sieht man sich wieder, Susanna«, sagte er lächelnd.

Susanna hatte sich ein wenig erholt und war nicht mehr so benommen wie in den ersten Tagen. Ihr Blick traf den von Paolo, auf seine Augen, heller noch als ein Aquamarin, durchscheinend und doch so undurchsichtig. »Gefehlt hast du mir nicht gerade«, entgegnete sie mit fester Stimme.

Er lächelte weiter, vollkommen unberührt von den Worten dieser Frau, die er seit Kindertagen kannte. »Ob du es glaubst oder nicht, ich möchte dir helfen«, eröffnete er ihr ohne Umschweife.

»Mir helfen? Was meinst du? So, wie du mir immer geholfen hast, Paolo? Dann scheint mir, dass wir beide unter dem Begriff ›helfen‹ etwas völlig anderes verstehen.« Susanna hielt seinem undurchdringlichen Blick stand, sie kannte die darin versteckte Grausamkeit nur zu gut, hatte sie in der Vergangenheit allzu oft zu spüren bekommen.

»Ich bin dein Ankläger, Susanna. Das ist meine Aufgabe«, fuhr Paolo fort. »Und wenn du mich unterstützt, dann kann ich dir helfen.«

»Noch so ein Wort, unter dem wir beide etwas völlig anderes verstehen. Für dich heißt ›unterstützen‹ wahrscheinlich ›gestehen‹. Oder irre ich?« Susanna beugte sich ihm nicht, das hätte sie nie getan. Aber tief in ihrem Inneren spürte sie, dass dieser Blick sie aufwühlte, der sie allzu oft getäuscht hatte.

»Beantworte mir nur diese eine Frage, Susanna«, fuhr Paolo fort. »Wie bist du hierhergelangt? Hast du dich das einmal gefragt?« Mit unbewegter Miene kam er näher, und jede Silbe boshaft auskostend raunte er noch einmal: »Wie bist du hierhergelangt?«

Susanne machte einen Satz nach vorn, so weit, dass ihre Ketten an Händen und Füßen spannten.

Instinktiv wich Paolo zurück. Als hätte er ein wildes Tier vor sich. Als hätte er Angst, in Stücke gerissen zu werden. Und sein Zurückweichen machte ihn so zornig, dass seine aquamarinblauen Augen sich verdunkelten. Er bebte, schwieg aber und griff nach dem übergroßen Kruzifix um seinen Hals.

»Selbst wenn ich es dir erklären würde, Paolo, würdest du es nicht verstehen«, erwiderte Susanna mit einem sarkastischen Lächeln.

Paolo spürte ihre große Kraft.

Susanna lehnte sich wieder zurück und streckte dann ihre angeketteten Hände vor. »Du hast ja auch nie verstanden, dass von uns beiden du derjenige bist, der in Ketten lebt.« Sie lächelte, keineswegs spöttisch, eher voller Mitleid, und sagte dann: »Dein Herr hält dich in Ketten wie einen Hund. Das hat er von jeher getan. So wie du ihm von Beginn an die Hand geleckt hast.«

Paolo presste die Lippen zusammen und schüttelte den Kopf. Die femininen blonden Locken, die er zwanghaft mit einer Lotion aus Mandelöl pflegte, umwogten seine Schultern. »Es wird mir ein Vergnügen sein, dich auf den Scheiterhaufen zu bringen!«, stieß er hervor. Damit wandte er sich um und schlug ungeduldig an die Zellentür. Als die Wache öffnete, ging er hinaus, ohne sich noch einmal umzudrehen. Als gäbe es Susanna nicht mehr.

Draußen jedoch hallte seine Stimme, hart, schneidend und zornig. »Gib ihr nichts, womit sie sich waschen kann. Sie soll das Blut ihrer Tat noch an sich tragen.«

Susanna hörte das Gefängnistor in den Angeln quietschen, den Schlüssel im Schloss kratzen und die schweren Schritte von Prescern, der wieder an seinen Platz ging. Dann Stille.

Sonst nichts.

Susanna war allein in der dunklen, feuchten und unheimlichen Zelle, deren pockige Mauern noch widerhallten von den Schreien derer, die hier vor ihr angekettet gewesen waren.

»Wie bist du hierhergelangt?«, wiederholte sie Paolos Frage für sich. Ihre Stimme brach, denn Paolo hatte seinen Finger in ihre Wunde gesteckt.

Dann gaben ihre Beine nach, und Susanna kniete am Boden.

Im matten Licht, das durch die schmale Fensteröffnung fiel, nahm das getrocknete dunkle Blut auf ihren Kleidern und ihrem Gesicht wieder Farbe an. Langsam senkte sie den Kopf und faltete die Hände. Wie im Gebet.

Sie blickte zurück auf ihr Leben, auf den Weg, der sie bis in diese Zelle gebracht hatte und sagte dann leise: »Du weißt selbst am besten, wie du hierhergelangt bist, Susanna.«

16

Anno Domini 1615

Camporosso bei Borgo San Michele, Ostalpen

Schwestern und Novizinnen waren im Speisesaal versammelt, und als die diensthabende Schwester den Deckel des großen Topfes hob, um das Abendessen zu verteilen, sprang ihr plötzlich ein kleines grünes Wesen entgegen.

Erschrocken schrie sie auf.

Auch die Schwestern neben ihr wichen kreischend zurück, als das grüne Wesen mit einem saftigen Klatschen auf dem Tisch landete.

»Ein Frosch!«, stieß ein Mädchen schrill hervor.

Die Novizinnen brachen in Gelächter über zwei Schwestern aus, die panisch ihre Gewänder angehoben hatten.

»Susanna!«, dröhnte die Stimme der Äbtissin, der einzigen Person im Raum, die sitzen blieb.

Alle Mädchen drehten sich zu Susanna, der Jüngsten von ihnen.

»Susanna!«, wiederholte die Äbtissin.

Grinsend sah Susanna sie an.

Die Äbtissin stand auf, griff umstandslos nach dem Frosch und ging zu Susannas Platz. Dort blieb sie stehen und öffnete die Hand.

Der Frosch sprang geradewegs in Susannas Schoß.

Die Novizinnen neben ihr schrien entsetzt auf und wichen so weit als möglich zurück.

Susanna aber regte sich weder, noch wich sie dem Blick der

Äbtissin aus. Schließlich sah sie hinunter auf den kleinen Frosch, der versuchte, an ihr hinaufzuklettern, und streichelte ihn.

»Das war jetzt wohl sehr komisch?«, erkundigte sich die Äbtissin, mit strengem Blick und Ton.

Susanna blickte zu den anderen Mädchen, die kicherten. »Ja«, gab sie unschuldig zurück. Die Äbtissin schüchterte sie keineswegs ein, ihre blauen Augen blitzten fröhlich. Dann zeigte sie auf eine der Schwestern, die immer noch mit hochgezogenem Gewand und entblößten Beinen dastand. »Schwester Angela ist so haarig wie ein räudiger Hund«, rief sie lachend.

Da brach der ganze Saal in lautes Gelächter aus.

»Ruhe, ihr Dummköpfe!«, rief Schwester Angela beschämt und ließ hastig ihr Gewand herunter.

»Susanna Berna, du bringst jetzt sofort diesen Frosch nach draußen in den Teich«, befahl die Äbtissin. »Und dann kommst du in mein Zimmer.«

Mit dem Frosch in der hohlen Hand ging Susanna zum Ausgang.

Die Äbtissin wandte sich an die Mitschwestern. »Setzt euch und esst.«

»Aber …« Schwester Angela zeigte angeekelt auf den Topf.

Susanna blieb stehen.

»Das war doch nur ein Frosch, Schwester Angela«, beschwichtigte die Äbtissin ihre Mitschwester gereizt. »Ein Geschöpf Gottes. Es reicht jetzt, und das gilt für alle!« Sie wandte sich an die Novizinnen. »Setzt euch und esst. Die Vorstellung ist beendet.« Damit ging sie zu ihrem Zimmer, und als sie über den kalten Klosterflur lief, kräuselte ein Schmunzeln ihre Lippen.

»Herein«, rief sie, als es klopfte.

Susanna trat betont demütig mit gesenktem Kopf ein.

»Das erspare mir bitte«, wies die Äbtissin sie zurecht. »Heb dir deinen reuevollen Blick für Schwester Angela auf. Die wirst du später noch um Verzeihung bitten.«

»Aber sie hat doch wirklich so viele Haare!«, rief Susanna erstaunt.

Die Äbtissin unterdrückte ein Schmunzeln. »Das heißt aber nicht, dass du sie vor allen anderen lächerlich machen musst.« Sie warf ihr einen Blick zu. »Oder was meinst du? Findest du es barmherzig und christlich, seinen Spaß mit jemandem zu treiben, nur weil er nicht das Glück hat, als Schönheit geboren zu werden?«

»Aber … ich wollte keine Scherze mit Schwester Angela treiben«, rief Susanna verblüfft.

»Aber du hast sie vor allen anderen beschämt.«

»Das wollte ich nicht.« Susanna war sichtlich bestürzt.

»Du wolltest es nicht, hast es aber getan«, gab die Äbtissin zu bedenken. Sie musterte die Fünfjährige, diesen kleinen Wirbelwind des Klosters. Sie mochte sie wirklich sehr, denn sie war so lebendig, klug und sensibel. Und so witzig. Keine der Klosterschwestern würde jemals so witzig sein. »Komm mal her, Susanna«, forderte die Äbtissin sie liebevoll auf.

Susanna trat heran, den Kopf noch immer gesenkt.

Die Äbtissin strich ihr über das Haar. »Alles, was wir tun, hat Folgen. Verstehst du das, du verrücktes Köpfchen?«

Susanna nickte.

»Ich weiß, dass du nicht gemein sein wolltest zu Schwester Angela. Aber du hast sie verletzt.«

Wieder nickte Susanna.

»Wirst du sie auch ehrlich um Verzeihung bitten?«

Susanna nickte.

»Sehr gut«, befand die Äbtissin, legte ihr die Hand unters Kinn und hob ihren Kopf. Überrascht sah sie, dass Susannas Gesicht tränenüberströmt war. »Warum weinst du?«

Susanna sah sie mit großen Augen an. »Ich bin traurig wegen Schwester Angela.«

Da nahm die Äbtissin sie tief gerührt in den Arm. »Gehen

wir«, brummte sie. »Du weißt, dass du eine Strafe verdient hast, oder?«

Susanna nickte.

Die Äbtissin nahm ihre Hand und führte das Mädchen in den Speisesaal.

»Susanna Berna«, sagte sie laut vor den Mitschwestern und Novizinnen, »heute Abend wirst du nicht essen, denn was du getan hast, ist nicht zu dulden. Du wirst stehen und den Akt der Reue so oft rezitieren, bis das Essen beendet ist.«

Susanna ging zu ihrem Platz.

»Aber zuerst entschuldigst du dich bei Schwester Angela.«

Alle Anwesenden richteten ihre Blicke auf Susanna und dann auf Schwester Angela, die sich mit siegessicherer Miene erhob.

»Schwester Angela, ich bitte Euch demütig um Verzeihung«, hob Susanna mit ihrem Stimmchen an. Und fügte mit aller Unschuld ihrer fünf Jahre hinzu: »Ihr seid nicht ganz so behaart, wie ich gesagt habe.«

Wieder brachen die Novizinnen in schallendes Gelächter aus. Und auch einige der Mitschwestern konnten ein Lachen nur mit Mühe zurückhalten.

Nur das Gesicht von Schwester Angela verzog sich zu einer wütenden Grimasse.

Susanna drehte sich schüchtern zur Äbtissin um.

Die hob hilflos den Blick gen Himmel. Dieses Kind war doch wirklich unmöglich! »Rezitiere jetzt den Akt der Reue!«, befahl sie scharf.

Als die Äbtissin am Tag darauf im Gästehaus Fra' Thevet von dem Ereignis erzählte, erfüllte das Gelächter der beiden den ganzen Raum.

»Eigentlich dürfte ich nicht lachen«, meinte die Äbtissin und legte sich eine Hand auf die Brust. »Aber ich kann nicht anders.«

Fra' Thevet wischte sich die Tränen von den Wangen. »Wir sind wie Kinder.« Wieder lachte er.

»Das ist die Schuld dieses wilden Jesuskindchens«, bemerkte die Äbtissin schmunzelnd. »Jeden Tag denkt sie sich etwas anderes aus. Wenn es nur Streiche wären, dann könnte man es als Kinderei abtun, als liebenswerte Kinderei. Aber es ist nicht nur das. Ich bin immer wieder überrascht darüber, wie klug sie ist. Vor einigen Tagen kam die Schwester, die Katechismus unterrichtet, völlig verstört zu mir. Sie hatte im Unterricht das letzte Abendmahl und den Judaskuss behandelt, und da fragte Susanna: ›Aber wenn Gott doch alles weiß, warum hat er dann etwas so Schlimmes zugelassen?‹ Die Schwester hat gesagt, dass unser Herr Jesus Christus Fleisch wurde, um die körperlichen Schmerzen zu erleiden wie ein menschliches Wesen und die Sünden der Welt auf seine Schultern zu nehmen. Und Susanna hat gesagt, dass sie Jesus dankbar sei für das, was er getan hat, aber sie wolle verstehen, warum Gott, obgleich er doch wusste, was passieren würde, Judas in Schwierigkeiten habe bringen wollen.«

»Judas in Schwierigkeiten bringen?«, fragte Fra' Thevet erstaunt.

»Genau diese Worte hat sie benutzt. Ich war ebenso überrascht«, meinte die Äbtissin. »Und da sie die Schwester mit ihrer Frage so verwirrt hatte, hat Susanna ihr erklärt, was sie damit meinte ... Eine Fünfjährige, Prior! ... Sie meinte nämlich, wenn Gott seinen Sohn zwei Jahre später oder auch früher auf die Welt geschickt hätte, dann hätte er sehr wahrscheinlich Judas gar nicht getroffen, und Judas wäre dann auch nicht der Bösewicht der Geschichte und vielleicht sogar ins Paradies gekommen.«

Fra' Thevet war sprachlos. Nicht einmal unter seinen erwachsenen Seminaristen gab es jemanden, der sich solche Szenarien ausmalte.

»Die anderen Novizinnen, auch die dreizehn- vierzehnjährigen«, fuhr die Äbtissin fort, »bewundern sie, lachen über ihre Streiche und hören auf sie. Wie ist so etwas möglich, Prior?«

»Ich weiß es nicht«, erwiderte Fra' Thevet nachdenklich. »Kann ich sie sehen?«

Die Äbtissin klatschte in die Hände. Die Tür öffnete sich, und Susanna wurde von einer Schwester hereingeführt, die auf weitere Anweisungen wartete.

Als Susanna Fra' Thevet sah, ging ein Leuchten über ihr Gesicht, und sie warf sich in seine Arme.

Der Prior war überglücklich.

Kichernd stellte die Äbtissin fest: »Die gleiche Wirkung hat sie auf mich.«

»Was für eine Wirkung?«, wollte Susanna wissen.

Die Äbtissin lachte. »Was passiert mit den trockenen Blättern im Hof, wenn plötzlich ein starker Windstoß kommt?«

Susannen warf die Arme in die Luft. »Dann fliegen sie überall herum!«

»Ganz genau.« Die Äbtissin nickte.

»Genau was?« Susanna runzelte fragend die Stirn.

»Gar nichts, Susanna«, winkte Fra' Thevet nun ab.

Susanna drehte sich zu ihm und fuhr mit den Händen durch seinen Bart. Wie sie es so oft getan hatte. Und lächelte glücklich.

Die Äbtissin lachte herzlich.

»Hör mir zu«, bat Fra' Thevet Susanna. »Die Äbtissin hat mir gerade von deinen Gedanken über Gott und Judas erzählt.«

Susanna nickte. »Ja, der Arme.«

»Judas?«

»Nein, Gott.«

Es fehlte nicht viel, und Fra' Thevet und die Äbtissin wären von ihren Stühlen gefallen.

»Was meinst du damit?«, erkundigte sich der Prior.

»Ich glaube, er hat ein schlechtes Gewissen wegen dem, was

er mit Judas gemacht hat. Das wollte er bestimmt nicht. Hat er gemacht, ohne darüber nachzudenken, so wie ich, als ich gesagt habe, dass Schwester Angela so viele Haare hat wie ein räudiger Hund.«

»Aber was redest du denn da?«, rief Fra' Thevet entgeistert.

»Ich und Gott, wir haben beide etwas gemacht, das nicht richtig war«, erwiderte Susanna.

Die Schwester, die Susanna hereingebracht hatte, bekreuzigte sich hastig.

Fra' Thevet wandte sich an sie: »Schwester, könntet Ihr Susanna in die Bibliothek bringen? Ich komme gleich nach.«

Die Schwester führte Susanna hinaus.

Fra' Thevet faltete nachdenklich die Hände, dann blickte er die Äbtissin an. »Die trockenen Blätter im Hof, wenn ein plötzlicher Windstoß kommt, wie?«

»Ganz genau.«

»Gott fühlt sich schuldig wegen dem, was er Judas angetan hat?«

»Erschreckend«, stellte die Äbtissin fest. »Wahre Gotteslästerung ist das.«

Der Prior nickte.

»Und doch steckt in dieser Gotteslästerung mehr frommer Glaube als in zehn Jahren Gebeten meiner Mitschwestern«, sagte die Äbtissin. »Ein barmherziger Gott, dem Judas leidtut, dem es leidtut, ihn zu seiner Rolle verdammt zu haben.«

»Wie kann ein Kind in diesem Alter solch einen Sinn für …?«

»Für Gerechtigkeit haben?«, beendete die Äbtissin die Frage. »Ich weiß es nicht. Das frage ich mich jeden Tag.«

»Ja, für Gerechtigkeit.« Fra' Thevet schüttelte besorgt den Kopf. »Mutter Äbtissin, wir müssen heute wohl eine wichtige Entscheidung treffen. Es gibt zwei mögliche Wege für Susannas Zukunft. Zwei Wege, die unterschiedlicher nicht sein könnten. Einer wäre der, den jeder wählen würde, weil er sich für gewöhnlich anbietet: das Kind in seine Schranken zu weisen, es auf den richtigen Weg zu bringen. Dafür zu sorgen, dass es sich anpasst.« Er schwieg einen Moment und sah die Äbtissin an. »In diesem Fall müssten wir uns allerdings folgende Frage stellen: Wäre es nicht Sünde, dieses Talent, diese Begabung, mit der der Herr sie gesegnet hat, einfach verkümmern zu lassen?«

Die Äbtissin lächelte. »Ich glaube, Ihr habt Euch bereits für den anderen Weg entschieden.«

»Diesem Talent Nahrung zu geben?«, rief Fra' Thevet. »Zweifelt Ihr etwa?«

»Sie ist ein Mädchen, Prior«, gab die Äbtissin zu bedenken.

»Ich sagte Euch einmal, dass Ihr eine wunderbare Frau seid, und Ihr warft mir vor, dass ich nicht *Mensch* sagte. Und jetzt straft Ihr Eure eigenen Worte Lügen?«

»Ganz im Gegenteil, Prior«, entgegnete die Äbtissin. »Im Gegenteil. Ich bin lediglich der Wirklichkeit verhaftet. Ich weiß, dass in unserer Welt für eine Frau noch nicht der Moment gekommen ist, ein Mensch zu sein und als solcher anerkannt zu werden.«

»Und wann soll dieser Moment kommen, wenn man nichts dafür tut?«

Die Äbtissin seufzte. »Vielleicht begreife ich allmählich, warum dieses wundervolle Kind so ist, wie es ist. Wegen uns! Hört uns doch einmal reden. Ein Prior und eine Äbtissin, die höchsten Repräsentanten ihrer Gemeinden, die so einen … einen Unfug erzählen. Gotteslästereien.«

Fra' Thevet lachte zufrieden. »Ihr seid ein außergewöhnlicher *Mensch*.«

»Ihr nehmt das Problem auf die leichte Schulter, Prior. Und Ihr beschwichtigt mich nicht, indem ihr mich *Mensch* und nicht *Frau* nennt«, sagte die Äbtissin ernst. »Ihr dürft nicht vergessen, dass auch hier im Kloster die heilige Regel der *süßen weiblichen Unwissenheit* gilt.«

»Der Herr will, dass wir die Talente nutzen, mit denen er uns segnet.«

»Das hat er zu Männern gesagt.«

»Seid Ihr da sicher? Nicht einmal Ihr könnt glauben, dass Jesus nur zu Männern sprach.« Fra' Thevet schmunzelte. »Seitdem Ihr mir vor einigen Jahren erlaubt habt, Susanna hier im Kloster zu besuchen, sah ich Euch immer wieder schwierige Schriftstücke in Griechisch und Latein lesen, und ich rede nicht von heiligen Schriften. Ich könnte schwören, dass Ihr mit der *süßen weiblichen Unwissenheit*, von der Ihr sprecht, nicht das Geringste gemein habt.«

»Ich bin mit Gott, dem allmächtigen Vater verheiratet. Und er ist es, dem ich im Schutze dieser Mauern Rechenschaft schuldig bin«, erwiderte die Äbtissin. »Aber Susanna wird in der Welt leben, als Frau. Und als Frau wird sie mit der Gesellschaft auskommen müssen, die weit weniger barmherzig ist als unser Herrgott.«

»Geben wir ihr das nötige Rüstzeug, um selbst entscheiden zu können.«

Die Äbtissin schwieg einen Moment nachdenklich. »In Ordnung«, bekräftigte sie schließlich. »Aber hoffen wir, dass dieses Rüstzeug nicht gegen sie verwendet wird.«

»Dafür sollten wir beten.«

»Ich werde beten, natürlich. Für sie und für alle anderen Frauen auf der Welt«, versprach die Äbtissin feierlich. Dann zeigte sie auf den Prior. »Aber die Verantwortung für diesen Schritt liegt bei Euch. Das heißt, Ihr müsst Euch um ihre Erziehung kümmern.«

»Komm her!«, ertönte plötzlich von draußen eine Stimme.

Fra' Thevet und die Äbtissin wandten sich um und sahen Susanna an der Tür stehen. Dann kam außer Atem auch die Schwester angelaufen, in deren Obhut sie gewesen war. »Ich bitte um Verzeihung, Mutter Äbtissin, sie ist mir davongelaufen.«

Fra' Thevet und die Äbtissin tauschten einen Blick. Wie lange sie wohl bereits dastand? Wie viel von ihrem Gespräch hatte sie mitgehört?

»Kannst du nicht ein einziges Mal gehorchen, Susanna Berna?«, schimpfte die Äbtissin.

»Mir war so langweilig«, gab Susanna unschuldig zurück.

»Bitte die Äbtissin sofort um Verzeihung«, forderte Fra' Thevet.

»Bitte den Prior um Verzeihung«, forderte die Äbtissin gleichzeitig.

Susanna zeigte auf die Schwester, die auf sie hatte aufpassen sollen. »Muss ich sie auch um Verzeihung bitten?«

Fra' Thevet und die Äbtissin mussten sich alle Mühe geben, um nicht in lautes Gelächter auszubrechen.

Dann warf sich Susanna in Fra' Thevets Arme. Und drückte ihn mit aller Kraft an sich. Glücklich. »Danke!«, rief sie strahlend.

»Wofür?«, wollte der erstaunte Prior wissen.

»Ich habe mitgehört. Ihr werdet mir sehr viel beibringen«, antwortete Susanna. »Und ich verspreche, dass ich Euch helfen werde.«

Fra' Thevet lächelte. »Soso. Wobei hilfst du mir denn?«

»Ich werde Euch beibringen, wie Ihr mir ein guter Lehrer sein könnt.«

»Und wie wirst du das tun?«, erkundigte sich der Prior fröhlich.

»Indem ich alles lerne.«

17

Anno Domini 1633
26. Januar, sechster Tag

Borgo San Michele, Ostalpen

Astrid Gallo, die niedergemetzelte Dienstmagd, hatte keine Verwandten, und so hatte man ihre Leiche in ein Massengrab geworfen und mit Branntkalk bedeckt.

Der leblose Körper des Astrologen Rainer Weser hingegen ruhte nun bereits den sechsten Tag in der alten Krypta der Kirche von Santa Teodora Alessandrina.

»Der Exorzist wird vor der Beerdigung erwartet. Er reist aus Venedig an«, informierte der wachhabende Mönch Daniele und führte ihn in die unterirdischen Windungen der Kirche.

»Exorzismus an einem Toten?«, erkundigte sich Daniele verwundert. »Wozu soll das gut sein?«

Der Mönch antwortete nicht. Vor einer niedrigen Tür am Ende eines langen engen Gangs zog er einen großen Schlüsselbund hervor und steckte einen der Schlüssel ins Schloss. »Seht selbst«, sagte er nur, drehte den Schlüssel drei Mal und drückte gegen die Tür, die sich quietschend öffnete.

Eisige Kälte und Verwesungsgeruch schlugen Daniele so heftig entgegen, dass die Flamme seines Öllämpchens erzitterte.

»Das hier wäre ein hervorragender Vorratsschrank«, meinte der Mönch. »Lebensmittel würden sich bei der Kälte hier drinnen ewig halten. So auch die Leiche des Astrologen … Aber seht selbst.« Er schüttelte betroffen den Kopf und hielt die Laterne ins Innere. »Da.« Dann hob er die Laterne nah vor Danieles Gesicht. »Ihr müsst allein wieder hinaufkommen, wenn Ihr hier fertig seid. Ich …« Wieder deutete er mit der Laterne weiter ins dunkle Innere der Krypta. »Ich gehe nicht rein.« Eilig lief er davon, nur das Echo seiner Schritte war noch im Dunkel zu hören.

Daniele verharrte an der Tür. Seine Haut hatte sich an die Kälte gewöhnt, die Nase an den Verwesungsgeruch. Schließlich hob er die Lampe und betrat die Krypta. Grabsteine mit verwitterten Inschriften hoben sich von den Wänden ab. Domherren, Honoratioren, einige fromme Frauen, alle in den letzten zweihundert Jahren verstorben. Der Boden war ein Schachbrett aus Grabsteinen, geglättet und poliert vom Schuhwerk der Besucher. In der Mitte der Krypta mit der gewölbten Decke stand ein Steinsarg. Die Seiten waren mit künstlerisch wertlosen Basrelieffiguren behauen, die fromme Szenen darstellten. Die Inschrift besagte, dass der Bischof, der die Kirche hatte erbauen lassen, dort ruhte. Der Sargdeckel war einfach, flach, mit einem schlichten Rahmen um die stumpfen Kanten. Und auf diesem Deckel lag, wie ein Opfer dargeboten, die Leiche. Zugedeckt mit einem weißen Laken. Wie auf einem heidnischen Altar.

Daniele fasste das Laken an einer Ecke und hob es, ausgehend von den großen knochigen Füßen, langsam an. Die Beine des Toten waren mager, nahezu ohne Muskeln, der Bauch geschwollen und schlaff zugleich. Ebenso der auf den Hoden liegende verschrumpelte Penis. Peinlich berührt wandte Daniele den Blick ab, schließlich war dies doch Susannas Mann. Er konnte immer noch nicht fassen, dass sie verheiratet war. Deshalb schob er den Besuch bei ihr auch auf.

Er musste jetzt Ruhe bewahren, um in dieser ersten Untersuchung so viele Anhaltspunkte wie möglich sammeln zu können. Der magere Rumpf mit den vorstehenden Rippen wies mehrere Stichwunden auf. Sie waren nicht besonders tief, das war das Erste, was Daniele auffiel. Eine Wunde befand sich auf Höhe des Magens, eine leicht links unter dem Brustkorb, ein Stich ging durch die rechte Brustwarze, einer war unter dem linken Schlüsselbein, einer am Hals und zwei im linken Brustkorb, etwa in Höhe des Herzens. Einer davon war zwischen den Rippen eingedrungen, der andere hatte ein Stück Knochen abgesplittert und nur die Oberfläche verletzt. Es gab keinen tödlichen Stich, aber viele kleinere Verletzungen, die zusammen einen langsamen Tod herbeigeführt haben mussten. Die unterschiedliche Tiefe der Stiche verwies möglicherweise darauf, dass jemand am Werk gewesen war, der sich seiner Sache nicht sicher war, oder aber jemand mit nicht sonderlich viel Kraft. Die Anzahl der Stiche hingegen deutete keineswegs darauf hin, dass der Täter sich seiner Sache nicht sicher gewesen war. In diesen sieben Messerstichen lag ein tiefer Zorn. Die naheliegendste Erklärung war, dass die Klinge – eher klein – von einer nicht sonderlich kräftigen Person geführt worden war.

Außerdem fielen Daniele dunkle Einschnitte und Blutergüsse um den Rumpf herum auf, dort wo man den Mann gefesselt hatte. Eines aber war merkwürdig: Einige der Blutergüsse waren dunkel und mit Abschürfungen versehen, an den Armen etwa, oder die, die um den Rumpf liefen. Andere jedoch waren eher gelblich, demnach offensichtlich älter. Also wies Wesers Körper zwei Arten von Fesselspuren auf. Manche mussten ihm bereits einige Tage vor dem Mord beigebracht worden sein.

Daniele zog das Laken weiter zurück. Die Kuppe des rechten Zeigefingers war blutig. Er betrachtete ihn genauer. Der Finger war unversehrt, und Daniele kam der Gedanke, dass er in Blut getunkt worden war. Nicht um eine Wunde zu stillen, dann wäre die ganze Hand blutig gewesen, sondern eher, um damit zu schreiben. Dann sah er sich die andere Hand an. Sie war nahezu vollständig von verkrustetem Blut bedeckt, eine dunkle Spur getrockneten Blutes zog sich von den Wunden an der linken Seite über den Arm, den der Mörder an den Körper gefesselt hatte.

Im fahlen Licht der Öllampe zog er das Laken vollständig beiseite.

Der Astrologe Weser war an die achtzig Jahre alt. Er hatte weißes, langes und glattes Haar. An der Stelle der Augen lagen nur noch zwei leere Höhlen, verkrustet mit kleinen Blutklumpen. Die Stirn des Alten war von einer dunklen, mit Blasen übersäten Brandwunde verunstaltet. Dort hatte man ihm einen fünfzackigen Stern eingebrannt, in dessen Mitte ein von den sich überkreuzenden Linien stilisierter Bock prangte.

»*Sigillum Diaboli*«, murmelte Daniele, der auf das Teufelszeichen starrte.

Als er kurz darauf die Krypta verließ, spürte er, wie seine Vergangenheit ihn einholte.

Ihn in einen gewaltigen Strudel riss.

Jetzt war die Zeit gekommen, sich zu ändern. Besser zu sein.

Für Susanna.

Und für sich selbst.

Für sie beide, die doch eigentlich von jeher eins waren, untrennbar verbunden.

18

Anno Domini 1633
26. Januar, sechster Tag

Borgo San Michele, Ostalpen

Aufgewühltes Wasser. Überall. Dunkel, zäh und trüb. Und je stärker sie zu entkommen versuchte, desto tiefer versank sie darin. Zähe Flüssigkeit geriet in ihren Mund, schmeckte nach Eisen und Tod.

Keuchend wachte Susanna auf und griff sich an den Hals. Die Ketten, mit denen man sie an die Kerkermauern gefesselt hatte, klirrten unheilvoll.

Sie hatte noch den Geschmack der zähen Flüssigkeit aus ihrem Traum im Mund. Blut. Sie ertrank in Blut. Im Blut ihrer Mutter. In dem von Weser.

»Du wirst sterben«, flüsterte sie.

Sie ertrank hier in diesem Kerker.

Könnte sie mit Gott sprechen, sie würde ihn bitten, sie sterben zu lassen, hier und jetzt. Dem allen ein Ende zu setzen, in diesem Moment.

Aber sie war sich schon seit langer Zeit nicht mehr sicher, ob sie zu Gott sprechen konnte. Schon seit langer Zeit war sie nicht mehr sicher, ob Gott den Menschen Gehör schenkte.

Die Zellentür wurde geöffnet.

»Du hast Besuch, Hexe«, kündigte Kerkermeister Prescern an.

»Halt den Mund«, ertönte eine andere Stimme.

Susanna erkannte sie sogleich. »Fra' Thevet!«, rief sie voller Freude.

Geführt von einem jungen Novizen betrat der Prior die Zelle.

Susanna streckte die Arme so weit wie möglich nach ihm aus.

Als Fra' Thevets Hände die ihren berührten, sagte er zu dem Novizen: »Danke. Lass uns jetzt allein.«

Der junge Mann verließ die Zelle.

Susanna und Fra' Thevet schwiegen, die Hände ineinander verschränkt. Es war ein schwer zu durchbrechendes Schweigen, voller Liebe. Vertrauter, tiefer Liebe.

Im Zwielicht der Zelle sah Susanna Fra' Thevet in die milchigen, nunmehr vollständig erblindeten Augen. Und bemerkte, dass Tränen daraus rannen. Tränen von strahlender Reinheit. Tränen, die nur dieser Mann weinen konnte, der für sie seit ihrer Geburt wie ein Vater war.

»Warum habt Ihr mich an jenem Tag gerettet?«, fragte sie unvermittelt.

Fra' Thevet schüttelte den Kopf. »Gott hat dich gerettet, Susanna«, antwortete er.

»Gott? Und warum?«

Fra' Thevet schwieg. Es brach ihm das Herz. Er konnte Susanna nicht sehen, wie sie vor ihm stand, ihre Hände in den seinen. Aber er stellte sich vor, dass sie schmutzig war, abgezehrt, schwach. Verzweifelt. Er spürte die feuchte Kälte in dieser Zelle. Und hörte die zitternde Unsicherheit in Susannas Stimme, die ihn erschreckte. Vor mehr als zweiundzwanzig Jahren war sie auf einem schäbigen Tisch im Kloster Santa Ulpizia auf die Welt gekommen, und er hatte sich ohne zu zögern ihrer angenommen, wie eines eigenen Kindes. Vielleicht, weil er bei der Geburt dabei gewesen war, vielleicht, weil er es war, der ihren Namen auswählte, vielleicht auch, weil er sie taufte und sich um ihre Erziehung kümmerte. Oder weil er wusste, dass er sie vor der Prophezeiung der Hebamme Jehanne beschützen musste.

»Erzähl mir alles«, forderte er sie auf.

Susanna antwortete nicht gleich. »Ich weiß nichts«, sagte sie dann unsicher.

»Wie meinst du das?«

»Ich weiß nichts«, wiederholte Susanna zögerlich. »Alles ist dunkel. Ich weiß nur noch, dass ich plötzlich über und über blutverschmiert war und Weser … Weser war …«

»Aber wo warst du denn, bevor das alles passiert ist?«

»Ich …« Susannas Stimme zitterte. »Zu Hause, glaube ich.«

»Glaubst du? Warst du nicht draußen?«

»Nein …« Susanna spürte, wie es ihr die Kehle zuschnürte, als ob die Worte zu groß dafür wären. Zu bitter. »Ich weiß nichts«, sagte sie noch einmal verzweifelt und suchte in diesem Satz nach einem Sinn, den sie nicht finden konnte. »Ich weiß es nicht, ich weiß nichts.«

»Aber Susanna, wie ist denn das möglich?« Fra' Thevet drückte ihre Hände noch fester.

»Alles ist dunkel, als ob mein Kopf …«

»Dein Kopf was?«

»Alles ist verschwommen.«

»Denk nach. Versuch, dich zu erinnern«, beharrte Fra' Thevet, den plötzlich eine noch dichtere Dunkelheit umgab als die, die seiner Blindheit geschuldet war.

»Ich weiß noch, dass ich aufgewacht bin, mich gewaschen und angezogen habe, mit ihm gefrühstückt habe, dass wir über den bevorstehenden Prozess von Galileo Galilei sprachen und dann …«

»Und dann?«

»Dann …«

»Was dann, Susanna?«

»Und dann war ich plötzlich voller Blut.«

Fra' Thevet schwieg. Ein schwerer Stein lag auf seiner Brust.

»Ist es wahr?«, brach Susanna die darauffolgende Stille. Ihre

Stimme war so schwach, dass sie auch nur ein Gedanke hätte sein können.

Fra' Thevet wusste, dass er nicht fragen durfte, tat es aber trotzdem. »Was denn?«

»Bin ich eine Hexe?«

Auch wenn Fra' Thevet Susanna hätte sehen können – für ihn würde sie doch immer dieses kleine, schutzlose Bündel bleiben, das viele Nächte lang in seinen Armen eingeschlafen war. Er drückte sie fest an sich, fast gewaltsam. Und biss die wenigen Zähne zusammen, die ihm geblieben waren. Alles was er hatte, legte er in diese Umarmung, dann trat er einen Schritt zurück und suchte ein weiteres Mal ihre Hände. »Susanna, du darfst nicht die Hoffnung verlieren. Der Herrgott sieht alles«, ermutigte er sie mitfühlend. »Auch die schutzlosesten Spatzen.«

Susanna wand ihre Hände aus den seinen. »Woher weiß man, ob man eine Hexe ist?«

Fra' Thevet schwieg.

»Kann ich mit der Hebamme sprechen?«, wollte Susanna wissen.

»Was hat Jehanne damit zu tun?«, entgeisterte sich Fra' Thevet, der Groll hegte gegen diese abergläubische Hebamme, die Susanna bei ihrer Geburt als Hexe geächtet hatte. »Was sollte diese abergläubische Vettel dir schon zu sagen haben?«

Susannas Augen füllten sich mit Tränen. Als sie sprach, war ihre Stimme kaum mehr als ein Hauch. »Ich weiß rein gar nichts mehr«, wisperte sie verzweifelt. »Ich …«, sie stockte. »Bitte, helft mir. Ich weiß nicht mehr, wer ich bin.«

»Du bist keine Hexe!«, stieß Fra' Thevet hervor.

»Wirklich nicht? Ich weiß gar nichts mehr«, flüsterte Susanna. »Ihr kennt mich, immer habe ich gegen Regeln verstoßen, habe nie klein beigegeben …«, sie stockte. »So sind doch Hexen, oder?«

»Du bist keine Hexe!«, wiederholte Fra' Thevet nachdrücklich. »Du bist der beste Mensch, dem ich je begegnet bin.«

Susanna schüttelte den Kopf. »Kann ich mit Jehanne sprechen?«, bat sie noch einmal.

Fra' Thevet zögerte. Er verstand, dass Susanna mit der Frau sprechen wollte, deren Prophezeiung sich nun offenbar erfüllte. Oder war es ein Fluch? Das ergab keinen Sinn, aber was ergab schon Sinn für ein menschliches Wesen, dem man den Boden unter den Füßen weggezogen hatte?

»Adalberto«, rief er nach dem Novizen, der vor der Zellentür wartete. »Geh und hol Jehanne. Beeil dich.«

Man hörte Schritte, die sich rasch entfernten.

Susanna fiel in sich zusammen. Wie eine Marionette, deren Fäden durchtrennt worden waren.

Fra' Thevet streckte einen Arm aus und tastete nach ihr. Er umfasste ihren Nacken und zog sie an seine Brust. Und als er Susannas Hand spürte, die seinen Bart zerwühlte, genau so, wie sie es einst als Kind getan hatte, entfuhr ihm ein tiefes Schluchzen.

»Ich werde sterben, oder?«, fragte Susanna, und dieses Mal war ihre Stimme fest.

»Wir müssen alle sterben, jeder zu seiner Zeit.« Fra' Thevet strich ihr übers Haar. »Bis dahin aber musst du noch leben.«

»Warum?«, fragte Susanna, wie ein Kind.

»Weil es in deiner Natur liegt«, erwiderte der blinde Alte, der nun bereits seit vielen Jahren über die Dinge hinaussehen konnte. Jede Silbe, die seine Lippen nun formten, war voller Liebe, und seine Stimme klang wahrhaftig, wie die Stimme der Wahrheit höchstselbst, als er sagte: »Denn du bist trotz allem eine Lichtgestalt.«

So standen sie da, fest aneinandergeschmiegt, wie eins. Wie eine Familie. Fra' Thevet schwankte vor und zurück, wiegte Susanna, wie er es damals getan hatte, als sie noch ein winziges, schutzloses Wesen war. Und sie ließ es geschehen. Denn auch jetzt war sie ein vollkommen schutzloses Wesen.

Susanna dachte an Daniele. Auch in seine Arme hätte sie sich jetzt gerne geschmiegt. Das hätte ihr Mut gemacht. Denn er war doch ihr ganzes Leben. Ihn liebte sie doch von jeher.

»Kommt Daniele?«, flüsterte sie.

Fra' Thevet drückte sie noch fester an sich.

»Die Hebamme ist da«, kündigte in diesem Moment der Novize an.

»Soll ich euch allein lassen?«, fragte Fra' Thevet Susanna.

»Nein.«

»Kommt herein, Jehanne«, forderte der Prior die Hebamme auf.

Dann stand Jehanne vor Susanna. Sah sie an.

Und Susanna sah Jehanne an. Holte Luft für jene schreckliche Frage, die ihr auf der Seele lag, die sie in einem Meer aus Zweifeln ertrinken ließ: »Kann man auch eine Hexe sein, ohne es zu wissen? Ohne es zu wollen?«

»Erzähl mir, was passiert ist«, bat die Hebamme.

»Ich weiß es nicht«, erwiderte Susanna.

Stumm sah Jehanne sie an. Dann senkte sie langsam den Blick.

»Mit Eurem Schweigen gebt Ihr mir Antwort, ist es nicht so?«

Jehanne schwieg.

»Dann bin ich also eine Hexe«, stellte Susanna gefasst fest. »Und ich erinnere mich an nichts mehr, weil ich besessen war.«

Jehanne schwieg weiter.

»Sag ihr, dass es nicht wahr ist, du abergläubisches Weib!«, rief Fra' Thevet.

»Frag Daniele di Barco«, sagte die Hebamme schließlich. »Der Heilige ist der Einzige, der diese Frage beantworten kann.« Sie schwieg kurz. »Und dir helfen kann.«

Susanna blickte zu Fra' Thevet.

»Daniele kommt doch, oder?«

19

Anno Domini 1633
26. Januar, sechster Tag

Borgo San Michele, Ostalpen

Daniele stand vor dem trutzigen Gebäude, in dessen Tiefen sich die Verliese der Inquisition befanden. In denen irgendwo Susanna eingesperrt war. Hierher war er nahezu gerannt, doch jetzt stand er da, reglos, die Beine schwer wie Blei. Lange. Zu lange. Wie, wenn man in kaltes Wasser springen will. Sofort oder gar nicht mehr. Und genauso war es jetzt. Er schaffte es einfach nicht, er hatte zu lange gewartet.

Das Gefühl, versagt zu haben, lag schwer auf seiner Brust, als er sich schließlich umdrehte und ging. Er hasste sich dafür. »Verzeih, Susanna«, murmelte er, und auch dafür hasste er sich.

In einer Osteria machte er Halt, trank etwas Warmes und versuchte, Ordnung in seine Gedanken zu bringen. Niemand richtete das Wort an ihn, aber er hörte, was geredet wurde. Natürlich sprachen alle über den Mord, und so erfuhr er, dass der Bäckerssohn die verblutende Dienstmagd im Schnee gefunden hatte.

Daniele durchquerte das Dorf, das verschanzt wie eine kleine Festung auf einem felsigen Hügel inmitten der majestätischen Berge lag. Sein Weg führte ihn auf den Bergsattel zum Waldrand hinauf, dort wollte er sich ansehen, wo die schrecklichen Morde geschehen waren, derer Susanna angeklagt war.

Das Haus des Astrologen Weser stand am Rand des Borgo, zwischen wilder Natur und Zivilisation, daneben eine große

Tränke für das Vieh auf dem Weg zu den Sommerweiden. Es war schlicht, robust, mit zwei Stockwerken, das untere aus Stein, das obere aus Mauerwerk und Holz gebaut. Das Dach war mit Schieferplatten bedeckt, die Fensterläden leuchteten in frischem Grün und waren erst vor Kurzem gestrichen worden.

Auf den ersten Blick war offensichtlich, dass der Astrologe wohlhabend gewesen war. *Ganz gewiss hat er Susanna ein schönes Leben bereitet*, dachte Daniele bitter.

Er versuchte die Vordertür aufzudrücken, doch sie war verschlossen. Daraufhin rüttelte er an den Fensterläden, aber auch damit hatte er kein Glück. Als er schließlich die Hintertür erreichte, hörte er von drinnen Geräusche. Sein Körper spannte sich in höchster Alarmbereitschaft.

Plötzlich stürmte ein hochgewachsener junger Mann aus der Tür, schlug ihn zu Boden und rannte mit einem Holzkistchen unter dem Arm davon. Er hatte die Hausecke noch nicht erreicht, als ihn ein Stockhieb zu Boden riss und die Kiste in den Schnee fiel.

Ein Mann packte den Jungen am Kragen und versetzte ihm einen kräftigen Hieb auf das Jochbein.

»Würde ich nich deine Mutter kennen, die arme Frau, dann hätt ich längst die Wache gerufen«, ereiferte sich der Mann, dann gab er dem Jungen einen festen Tritt in den Hintern und ließ ihn laufen. Er hob den Stock auf und zeigte damit auf Daniele. »Und wer bist du?«

»Ich bin Daniele di Barco und …«

»Ach so, ja jetzt erkenn ich dich«, unterbrach ihn der Mann. »Der berühmte Hüter der Wölfe. Hab dich schon mal gesehen. Jeder im Dorf zeigt auf dich, aber grüßen tut dich keiner. Ich hab nie verstanden, ob sie dich bewundern oder Angst vor dir haben.« Er kam näher. »Was machst du hier in dieser lächerlichen Aufmachung?«

»Ich untersuche den Mord an dem Astrologen Weser, im Auftrag des Bischofs. Und wer seid Ihr?«, entgegnete Daniele.

Der Mann war etwa fünfzig Jahre alt, stark, hatte klare, stechende Augen, störrisches Haar und einen wilden Bart. Er hielt sich stolz und sehr gerade, die rechte Hand auf dem Stock, wie auf einem Schwert. Daniele fand, dass er wirkte wie ein Soldat.

»Ich bin Niccolò Buccaltieri«, sagte der Mann.

»Und wer war der Bursche da eben?«

»Ein Aasgeier«, versetzte Buccaltieri mit tiefer Abscheu. »Die haben mitbekommen, dass Weser tot und Susanna des Mordes angeklagt ist, und kommen plündern. Ich hab zwei Bauern ertappt, die immer hierher zu Weser kamen und um Hilfe baten, Leute, die ihm nichts zahlen mussten, weil sie arm waren ... Die hab ich erwischt, wie sie sein Bett wegtragen wollten. Aasgeier«, sagte er noch einmal und spuckte aus. »Ist im Krieg genauso«, fuhr er ein wenig bekümmert fort.

»Ihr seid Soldat?«, erkundigte sich Daniele.

Der Mann streckte sich. »Ich war Capitano, Hauptmann. Gehöre zum Geschlecht Capo Peloro, wir waren schon immer Krieger, Kämpfer, Söldner. Ich hatte ein Gefolge von mehr als tausend Mann. An keinem einzigen Tag mussten sie auf ihren Sold verzichten.«

»Und wegen der Plünderungen habt Ihr Eure Meinung über den Krieg geändert?«

»Nein«, entgegnete Buccaltieri und sein Blick verlor sich in der Vergangenheit. »Hab die Schreie nicht mehr ertragen, wenn der Arzt Beine oder Arme amputieren musste. Konnte es einfach nich mehr aushalten. Ich weiß nich warum, aber das ist anders als in der Schlacht.«

»Glaubt Ihr, dass die Frau von Weser die Mörderin ist?« fragte Daniele geradeheraus.

»Du bist hier der Ermittler.«

»Ihr mögt Susanna nicht?«, erkundigte sich Daniele, ohne auf die überhebliche Art des Capitano einzugehen.

»Ich traue Frauen nich, die mehr als Männer wissen. Und ich kann verstehen, dass Priester sie für Hexen halten«, antwortete Niccolò Buccaltieri.

»Ihr habt also die gleichen gestrigen Meinungen wie das Volk oder, schlimmer noch, wie die Kirche. Obwohl ihr hier stolz Eure Brust schwellt und behauptet, ein großer Krieger zu sein«, bemerkte Daniele.

»Du hast es ja faustdick hinter den Ohren, Junge«, stellte Buccaltieri fest.

»Ich bin kein Junge«, entgegnete Daniele.

Buccaltieri grinste, dann musterte er ihn aufmerksam. Mit einem anderen Blick. Einem Blick, der von Respekt zeugte. Als würde ihm bewusst, dass er es mit einem gestandenen Mann zu tun hatte und nicht mit einem der gewöhnlichen hasenfüßigen Bewohner des Dorfes. »Wenn du es genau wissen willst: Ich habe mich auch gefragt, warum Susanna Weser hätte ermorden sollen«, sagte er beschwichtigend. »Sie verdankte ihm doch alles. Weser gab ihr ein Dach überm Kopf, Kleidung, Essen, er hat ihre Bildung gefördert, hat aus ihr eine achtbare Frau gemacht. Und nie irgendetwas verlangt.«

»Was meint Ihr damit?«

»Alle dachten, er wäre ein alter Bock, der sich ein junges Frauchen genommen hat …« Buccaltieri lächelte bekümmert. »Kannst dir ja vorstellen, wozu. Aber Weser hat sie kein einziges Mal angefasst. Er wollte ihr einfach nur helfen. Er sagte, dass sie eine besondere Frau war.« Wieder dieses leicht Bekümmerte in seiner Stimme.

»Wart ihr Freunde?«

»Ich und Weser? Ja, schon. Obwohl ich nicht gerade jemand bin, der Freunde hat.«

»Und Ihr wart dagegen, dass er Susanna heiratete?«

»Aber sicher!«, rief Buccaltieri. »Man sieht ja jetzt, wo das hingeführt hat.«

»Ihr meint, es ist Susannas Schuld, dass Weser ermordet wurde?«

»Warum denn sonst?«

»Wie könnt Ihr so etwas behaupten?«

»Alle mochten Weser. Niemand hätte einen Grund gehabt, ihn umzubringen. Nur ein Verrückter würde sowas tun.« Buccaltieri schüttelte den Kopf. »Ich hab gesehen, was sie mit ihm gemacht haben. Und ich bin Soldat, ich kenne den Tod und seine Gesichter. Hast du seine Leiche auch gesehen?«

»Ja.«

»Und bist du der Meinung, das war ein Verrückter?«

»Das könnte man meinen«, überlegte Daniele laut. »Die Verletzungen sprechen einerseits für einen Mord aus Leidenschaft und Raserei. Andererseits verweisen das Brandmal und die Augen auf ein Ritual.« Er schwieg kurz. »Eines von beiden passt nicht, zumindest nicht in Verbindung mit dem anderen. Eines schließt das andere aus. Also ja, vielleicht war es ein Verrückter.«

»Vielleicht steckt auch ein größerer Plan dahinter, und der Mörder war kein bisschen verrückt.« Buccaltieri hob eine Augenbraue. »Er wollte absichtlich Verwirrung stiften.«

»Mit welchem Ziel?«

»Eine gute Verteidigung zu bekommen.«

»Ihr sprecht von Susanna?«

»Von wem sonst?«

»Warum hätte sie ihn umbringen sollen? Ihr sagtet doch selbst, dass …«

»Dass sie ihm alles verdankte, ja. Aber jetzt als Witwe *gehört* ihr alles.«

»Sie hätte ihn aus reiner Habgier töten sollen?«, rief Daniele entgeistert. »Und dann ist sie dort sitzen geblieben, zu Füßen der Leiche, halb wahnsinnig in ihrem Schmerz? Sie soll ihn des Geldes wegen umgebracht haben?« Er starrte Niccolò Buccaltieri an. »Das glaube ich nicht.«

Buccaltieris Blick spiegelte seine Überraschung. »Für wen, hast du eben gesagt, führst du die Untersuchung durch?«

»Für Bischof Tebaldi.«

»Nicht für den Inquisitor oder den Stadtvogt?«

»Nein. Warum fragt Ihr?«

»Weißt du wirklich nicht, wessen man Susanna beschuldigt?«

»Weil sie dort war. Mit einem Rasiermesser neben sich.«

Niccolò Buccaltieri lachte. »Ich wette, der Inquisitor und der Bischof sind keine guten Freunde. Arbeiten wohl nicht zusammen. Stimmt doch, oder?«

»Ja, das stimmt.«

Wieder lachte der Söldner, dann schüttelte er den Kopf. »Du führst die Untersuchung durch, aber sie informieren dich noch nicht einmal über alle Beweise. Legen dir Steine in den Weg. Vielleicht wollen sie nicht, dass du auf die richtige Fährte kommst.«

»Was meint Ihr?«

»Susanna ist angeklagt, weil ein Zeuge schwört, dass die letzten Worte der Dienstmagd waren: ›Susanna die Hexe‹. Das ist eine ziemlich eindeutige Beschuldigung.«

Daniele zuckte zusammen. Das hatten sie ihm absichtlich verschwiegen! Um sie dann im Prozess hervorzuholen, diese wahrlich fürchterliche Anklage. »Und woher wisst Ihr das?«

»Der Inquisitor hat mich als Kriegskundigen verhört.«

»Als Kriegskundigen?«

»Jawohl. Seltsam, oder? Er wollte, dass ein Soldat, einer der es gewöhnt ist, andere zu töten, etwas zu den Stichen sagt.«

»Und …«

»Ich würde sagen, das war eine Frau. Noch ein Punkt gegen Susanna.« Niccolò Buccaltieri beobachtete Daniele, dann fügte er hinzu: »Als ich beim Inquisitor war, kam auch der Zeuge, der schwört gehört zu haben, wie Astrid Susanna beschuldigte.«

»Aber das Kind hat sie doch zuerst gefunden, ich habe im Borgo gehört, dass es nicht …«, murmelte Daniele bestürzt. »Wie kann eine …?«

»… eine halb tote Frau mit durchtrennter Kehle noch sprechen?« Niccolò Buccaltieri grinste.

»Genau!«, meinte Daniele.

Buccaltieri zuckte die Schultern. »Das ist der Zauber der inquisitorischen Prozesse, nicht wahr?« Er lachte und zeigte mit dem Stock auf die noch sichtbare Blutspur der Dienstmagd. »Wilde Tiere haben das Blut gerochen und sich in den letzten Nächten darüber hergemacht. Ist nicht mehr viel da von dem, was ich gesehen habe. Aber hier …«, er deutete mit dem Stock auf den Anfang der Blutspur an der Hintertür, »hier habe ich etwas Merkwürdiges bemerkt, als die Leiche gefunden wurde. Zuerst wurde ich nicht schlau draus, aber dann ging es mir nich mehr aus dem Kopf. Im Schnee war eine tiefe Spur.« Er warf Daniele einen Blick zu. »Eine durchgehende, gleichmäßige Spur.«

»Gleichmäßig?«, erkundigte sich Daniele.

»Ja …«

»Als wäre sie von jemandem hierher geschleift worden.«

»Keine Spuren von Füßen, Ellbogen oder Händen, mit denen sie sich vorwärtsgeschleppt haben könnte. Nur eine gleichmäßige Spur.«

»Habt Ihr das den Wachen gesagt?«, fragte Daniele hoffnungsvoll.

Niccolò Buccaltieri schüttelte den Kopf. »Leider nich. Ich hab das erst später verstanden. Im ersten Moment hat mich der Tod von Weser zu sehr mitgenommen.«

»Ihr müsst aussagen!«, rief Daniele aufgeregt. »Susanna ist unschuldig, ich weiß es. Ich werde es beweisen!«

Buccaltieri schwieg. Dann drehte er sich um und ging davon, humpelnd und leicht auf den Stock gestützt. »Bring die Kiste rein«, rief er, als er an dem Holzkistchen vorbeikam, das der junge Dieb hatte stehlen wollen.

»Wo kann ich Euch finden, wenn ich Euch brauche?«, rief Daniele noch.

»In irgendeiner Osteria, Junge«, erwiderte der Capitano und verschwand hinter der Hausecke.

»Ich bin kein Junge!«, schrie Daniele ihm verärgert hinterher.

Aber der Mann gefiel ihm, er gefiel ihm sogar außerordentlich.

20

Anno Domini 1633
26. Januar, sechster Tag

Borgo San Michele, Ostalpen

Als er wieder allein war, sah Daniele zur offenen Hintertür von Wesers Haus. Er hatte sich davor gefürchtet, die Welt zu betreten, in der Susanna mit ihrem Ehemann gelebt hatte, hatte befürchtet, Spuren ihres Ehelebens zu finden, in ihre Intimität einzudringen. Doch was Niccolò Buccaltieri ihm erzählt hatte, erleichterte ihn so sehr, dass er nun die Schwelle dieses Hauses mit leichterem Herzen würde übertreten können – der Astrologe war ein Vater und Mentor gewesen, kein Ehemann.

So würde er die Umgebung besser untersuchen können.

Er hob das Kistchen auf und betrat das Haus.

Durch die Hintertür gelangte er in eine große Küche, wo er das Kistchen in einer Ecke abstellte. Dann betrachtete er die Blutspritzer an der Wand eingehend. Dort hatte man der Dienstmagd die Kehle durchtrennt. Vielleicht war sie im falschen Moment hereingekommen. Daniele hatte ihre Leiche nicht gesehen, aber laut Buccaltieri wies sie einen präzisen, tiefen Schnitt auf. Ein weiterer Widerspruch. Wesers Verletzungen deuteten auf eine schwache Person hin, anders als die Verletzungen von Astrid. Vielleicht waren es zwei Mörder gewesen, vielleicht ein Mann und eine Frau?

Aus der Küche folgte er dem schmalen Flur zu einem großzügigen Raum, der als Ess- und Lesezimmer eingerichtet war. Weiter hinten gelangte er in das mit Büchern vollgestellte Studierzimmer, in dem der Astrologe ermordet worden war. Dort standen Bücher aller Art, darunter *De bello Gallico* von Julius Cäsar, *De rerum natura* von Lukrez, bei dessen Anblick es Daniele das Herz zusammenzog, hatten Susanna und er in ihrer gemeinsamen Studienzeit doch so oft zusammen in diesem Buch gelesen. Außerdem eine Reihe von Büchern von Galileo Galilei, was ihn nicht überraschte, wusste er doch, welche Anerkennung Susanna dem Wissenschaftler entgegenbrachte. Weser offensichtlich ebenfalls, denn Daniele bemerkte darunter die Werke *Sidereus Nuncius*, *Über Mechanik*, *Abhandlung über Dinge auf dem Wasser*, und natürlich die skandalumwitterte, von der Kirche entsetzt aufgenommene Abhandlung, die sich darüber hinwegsetzte, dass die Sonne sich um die Erde drehte. Daneben der erste Band von Kopernikus, mit dem die heliozentrische Theorie ihren Anfang nahm, *De revolutionibus orbium coelestium*. Es gab zahlreiche Bücher über Astrologie, aber auch über Kunst, etwa der Band von Giorgio Vasari über Leben und Werk der größten Maler, Bildhauer und Baumeister.

Daniele kam der Gedanke, dass diese Bibliothek Susanna große Freude bereitet haben musste. Dann konzentrierte er sich wieder auf den Mord.

Unter dem Stuhl, an den man Weser gefesselt hatte, war eine Blutlache. Das Seil konnte Daniele nicht entdecken, wahrscheinlich hatten die Wachen es mitgenommen. Das vom Mörder mit Blut um den Stuhl gezogene Zeichen deutete tatsächlich auf ein magisches Ritual hin.

Er sah sich die Papiere auf dem Schreibtisch an, die nahezu sämtlich auf Lateinisch geschrieben waren. Aber er fand auch Bücher in Griechisch und Hebräisch. Und weitere Ausgaben der Bücher Galileo Galileis, die wegen ihres mutmaßlich ketzerischen Inhalts auf das Verzeichnis verbotener Bücher gesetzt worden waren. Wahrscheinlich würde die Inquisition den Wissenschaftler wegen Ketzerei verurteilen. Genau wie Susanna.

Daniele schüttelte den Kopf. *Dass es die Erde ist, die um die Sonne kreist, und nicht andersherum, ist schwer vorstellbar*, dachte er. Aber es war auch schwer vorstellbar, dass Susanna eine Hexe und Mörderin sein sollte. Vielleicht also waren die ungeheuerlichen Thesen Galileos gar nicht so verrückt, wie sie auf den ersten Blick erschienen. Die Wahrheit – oder vielmehr die Suche danach – war gewiss keine Stärke der Inquisition. Das wusste niemand so gut wie er.

Daniele suchte weiter.

Er fand ein Schriftstück, in dem der Schreiber, wahrscheinlich Weser, in winziger Schrift behauptete, durch eine Sternenkonstellation Zugang zu früheren Leben zu haben. Er glaubte also an die Wiedergeburt. Vielleicht besaß er deshalb Bücher auf Hebräisch. Einige davon waren bestimmt sehr selten. Und sicher von der Kirche verboten. Als Daniele ein in Eselsleder gebundenes Buch mit angelaufenen Silberkanten hochhob und in den Händen drehte, fiel eine Seite heraus. Er hob sie auf.

Die Schrift war nicht so dicht gedrängt und weniger winzig, dafür geschwungener. Daniele erkannte sie auf den ersten Blick. Wieder übermannte ihn seine Vergangenheit, und sein Herz zog sich schmerzlich zusammen. Es war Susannas Schrift, er kannte sie in- und auswendig. Auf dem Papier waren Frauennamen aufgelistet, neben jedem hatte Susanna gewissenhaft Geburtsdatum, Sternzeichen, Aszendent und die entsprechende Sternenkonstellation notiert. Hinzugefügt waren kurze Kommentare über die Fähigkeiten der jeweiligen Frau. Auf deren Grundlage entschied Susanna offenbar, was sie ihr beibringen und wie sie dabei vorgehen wollte. Einige der Frauen lehrte sie Geschichte, andere Philosophie, Dichtung oder Astrologie. Allen aber hatte sie Lesen und Schreiben beigebracht.

Das wunderte Daniele nicht.

Er nahm das Papier, faltete es und steckte es in die Tasche.

Vielleicht würden diese Frauen, die von Susannas Großzügigkeit profitiert hatten, im Prozess für ihre Unschuld aussagen.

Aber dann dachte er, dass die Inquisition diese Tugend wohl eher als Schuld betrachten würde. Denn die Kirche befürwortete Bildung nicht. Vor allem nicht für Frauen. Bildung machte die Menschen frei, und deshalb war sie gefährlich, so hatte Susanna immer gesagt. Bildung war eine zu gefährliche Waffe, sie erlaubte den Menschen, sich unabhängig von den geltenden Vorschriften eine eigene Meinung zu bilden. »Ein unwissendes Volk glaubt, was man ihm vorgaukelt«, pflegte Susanna zu sagen. Deshalb hatte sie es sich zur Aufgabe gemacht, Wissen zu erlangen und zu verbreiten. Ihm war zu Ohren gekommen, dass ihr ganz besonders daran gelegen war, die Ärmsten aus der Unwissenheit zu befreien, in der Kirche und Gesellschaft sie halten wollten. Sie hatte es getan, damit sie selbstständig und frei denken konnten. Daniele wusste sehr gut, wie groß Susannas Herz war, wusste, dass sie alles für diese Aufgabe gegeben hatte. Er wusste um ihren Kampf für die Frauen. Um den für sich selbst. Denn sie kämpfte, seit sie ein kleines Mädchen war.

Wieder dachte er, dass ihr genau das im Prozess wohl zum Verhängnis werden würde.

Er fand noch ein weiteres, von Susanna beschriebenes Papier. Gedanken über die Theorie von Galileo Galilei. Sie hatte ihm damals, in Jugendtagen, davon erzählt. Aber diese Notizen waren eher persönlicher als wissenschaftlicher Natur.

»Ich bin der festen Überzeugung, dass die Theorie Galileos richtig ist. Nicht die Sonne dreht sich um uns, sondern wir uns um die Sonne«, stand da. »Und das ist richtig so. Was sind wir denn am Ende? Bedeutungslose Kreaturen, die einen Sinn suchen in allem, was von Natur aus leuchtend ist. In der Sonne, in Gott, der Menschheit, der Freiheit, Gerechtigkeit, Wahrheit. Wir suchen uns selbst und vertrauen darauf, auf unserem unsicheren Weg erleuchtet zu werden. Vom Licht geleitet hoffen wir, das Paradies zu finden, das sich in jedem von uns verbirgt. Denn ich weiß, habe es immer gewusst, gespürt, dass wir eine Art Paradies in uns tragen. Jeder von uns. Hier, auf Erden. Und es ist an uns, dieses in unserem Inneren verborgene Paradies zu suchen, zu finden und uns daran zu erfreuen.«

Daniele lächelte. Susanna war der einzige Mensch auf der Welt, den er kannte, der wirklich und wahrhaftig das suchte, was sie »das verborgene Paradies« nannte. Der einzige. Er hatte das nie gekonnt. Obwohl sie es ihm bei vielen Gelegenheiten gezeigt hatte. Er aber hatte sie betrogen, sie verlassen, war aus dem Paradies geflohen, das sie ihm darbot. Dafür schämte er sich. Ganz plötzlich spürte er die Müdigkeit all dieser Jahre, in denen er das Glück abgewehrt hatte, das er mit den Händen hätte greifen können. Er hatte sich von Susanna abgewandt, weil er sich ihrer nicht würdig fühlte. Doch vielleicht bot ihm das Leben nun die Gelegenheit zu beweisen, dass er es doch war. Und dafür würde er kämpfen.

Er faltete auch dieses Papier und steckte es in die Innentasche, nah an sein Herz. Im Prozess würden diese Worte nicht helfen, aber für ihn waren sie eine Botschaft, die genau dorthin gehörte: an sein Herz.

Er schüttelte die Gedanken ab – und die tiefen Gefühle, die sie geweckt hatten – und konzentrierte sich wieder auf seine Untersuchung. Ein weiterer seltsamer Aspekt war, dass man das Stilett, mit dem Weser ermordet wurde, nicht gefunden hatte. Und auch nicht das Eisen, mit dem er gebrandmarkt wurde. Das war seltsam, weil man doch neben Susanna das Rasiermesser gefunden hatte, mit dem die Dienstmagd umgebracht worden war. Das alles ergab keinen Sinn. Wenn der Mörder das Stilett und das Eisen versteckt hatte, warum nicht auch das Rasiermesser? Daniele sah sich um. Wo würde er ein Stilett und ein Brandeisen verstecken? Er suchte im Kamin, tastete weit hinten in der Einbuchtung. Zog die Bücher im Regal nach vorn. Nichts.

Dann kniete er sich auf den Boden, suchte unter den Möbeln und Bücherregalen. Von der gegenüberliegenden Seite des Zimmers fiel sein Blick auf Wesers Schreibtisch. Unter dem unteren Teil, zwischen zwei Querhölzern, sah er etwas. Vielleicht ein Blatt Pergament? Eine merkwürdige Stelle.

Daniele stand auf und genau in diesem Moment hörte er herannahende Schritte und Stimmen von der Rückseite des Hauses.

»Verdammt, was machst du denn hier, Daniele?«, stieß Paolo Tahler verärgert und überrascht zugleich hervor, obwohl er es für gewöhnlich vermied zu fluchen.

»Das geht dich, verdammt noch mal, nichts an«, patzte Daniele im selben Ton zurück.

Paolo bebte vor Wut.

Bei ihm waren der Hauptmann der Wache und drei weitere Soldaten, die sogleich begannen, im Haus das Unterste zuoberst zu kehren. Ohne die geringste Vorsicht warfen sie Bücher und Papiere zu Boden, wühlten in Schränken und Tischen und warfen Möbel um.

»Bischof Tebaldi hat mich beauftragt, für ihn …«, setzte Daniele an, während er zu Wesers Schreibtisch zurückwich.

»Weiß ich«, unterbrach ihn Paolo. »Ich habe gefragt, was du hier, in diesem Haus tust.«

»Dasselbe wie ihr«, gab Daniele zurück. »Nur mit mehr Rücksicht auf den Besitz anderer.«

»Du hast gar nicht die Erlaubnis, hier zu sein.«

»Ich schulde nur dem Bischof Rechenschaft, nicht dir und auch nicht dem Inquisitor.«

»Das werden wir ja sehen«, patzte der Sekretär. »Und jetzt geh, wenn du nicht willst, dass ich den Wachen des Stadtvogts befehle, dich fortzubringen.«

Daniele lehnte sich an den Schreibtisch. Er hoffte, das versteckte Papier irgendwie an sich bringen zu können. Er wollte es allein und als Erster lesen, um keine böse Überraschung zu erleben. »Du wirst dem Bischof persönlich dafür Rede und Antwort stehen müssen«, antwortete er.

»Hast du etwas gefunden?«, wollte Paolo wissen.

Daniele sah ihn an. Sie kannten sich so viele Jahre. Paolo war schlau und gerissen. Als sie beide noch Constantin Tron gedient hatten, stellte Daniele in den Inquisitionsprozessen den *Instructor Domini*, den Ankläger im Namen Gottes; Paolo hingegen stellte den für die Verteidigung zuständigen *Instructor Daemonii*, den Verteidiger des Teufels. Mehr als einmal wäre Daniele beinahe Paolos Gerissenheit zum Opfer gefallen. Doch Paolo gelang es nie, ihn zu schlagen, auch weil für den von der Inquisition Angeklagten ohnehin keine Aussicht auf Rettung bestand. Vor allem aber weil Paolo alles tat, um dem Inquisitor zu gefallen. Und wie für den Inquisitor waren Scheiterhaufen Paolos größtes Vergnügen.

»Und?«, beharrte der Sekretär des Inquisitors. »Hast du etwas gefunden?«

Daniele klammerte sich an der Schreibtischkante fest. »Nein«, erwiderte er knapp.

»Du verschweigst doch etwas«, vermutete Paolo.

»Nein.« Daniele streckte die geöffneten Hände aus.

»Ich kenne dich doch«, meinte der Sekretär. »Warum lehnst du dich an den Tisch da?«

»Weil ich müde bin.«

»Rück mal beiseite.«

Langsam tat Daniele ein paar Schritte zur Seite.

Paolo wühlte auf dem Tisch durch die Papiere, die Daniele bereits gesichtet hatte. Schließlich drehte er sich um, sah wieder auf die Tischplatte, wühlte erneut zwischen den Papieren, nun etwas lustloser.

»Da ist nichts«, bemerkte Daniele.

Paolo machte eine ärgerliche Handbewegung. »Du konntest noch nie lügen.«

»Du schon. Allzu gut.«

»Vielleicht, weil du noch nie der Schlauere von uns beiden warst.« Paolo lachte verächtlich.

Daniele sah ihn missbilligend an. »Vielleicht weil du noch nie der Ehrlichere von uns beiden warst.«

Ein Papier mit Zeichnungen verschlungener Sternenbahnen segelte langsam zu Boden.

Paolo bückte sich, um es aufzuheben.

Daniele hielt den Atem an.

Da entdeckte Paolo das verborgene Pergament unter dem Schreibtisch. »Aha!«, rief er triumphierend und zog es mit siegessicherem Blick zwischen den Querhölzern hervor. »Was haben wir denn da?«

»Weiß ich nicht«, erwiderte Daniele und beugte sich vor.

Paolo betrachtete das Pergament. Er lächelte. »Du lügst ja immer noch«, stellte er fest. »Und ich weiß auch, warum. Aber deine kleine Susanna ist so gut wie tot, lass dir das gesagt sein.«

Daniele erschauderte.

»Hast du bemerkt, dass Wesers Zeigefinger in Blut getunkt war, als hätte er damit etwas schreiben wollen?«, fragte Paolo. Daniele trat einen Schritt auf ihn zu.

»Was wollte er wohl schreiben?«, fügte Paolo boshaft hinzu.

Daniele gelang es, einen Blick auf das Pergament zu werfen. Seine Miene war undurchdringlich, aber das Herz schlug ihm bis zum Hals.

»Vielleicht ja den Namen seines Mörders?«, unkte Paolo hinterhältig.

Daniele starrte atemlos auf die drei Buchstaben, die Weser mit seinem eigenen Blut auf das Pergament gezeichnet hatte.

»Sus …«, stammelte er.

Paolo brach in Gelächter aus. »Du warst schon immer ein dummer Esel«, stieß er mit boshafter Freude hervor. »Bald wird es im Borgo wieder nach verbranntem Menschenfleisch riechen.«

Daniele stürzte sich auf ihn und packte ihn an der Kehle.

Der Hauptmann und die beiden Wachen ergriffen ihn. Er versuchte, sich zu befreien, doch Paolo schob sich dicht an sein Gesicht und raunte: »Es wird nach dem Fleisch deiner kleinen Susanna riechen.« Dann senkte er den Kopf und fügte hinzu: »Und ich werde da sein, werde sie schreien hören und dir zuwinken … *mein Freund.*«

21

Anno Domini 1615

Borgo San Michele, Ostalpen

Die Hand der Unschuld!«, rief der Diakon, und ein kleiner blondgelockter Junge in makellosem Gewand entzündete eine Fackel. Er reckte sie hoch in die Luft, sodass sie für jeden in der auf der Piazza versammelten Menge zu sehen war. »Die Hand der Unschuld, auf dass die Flamme rein sei!«, erhob der Diakon erneut die Stimme.

Der Junge reichte ihm die Fackel.

»Die Hand Gottes!«, rief der Diakon und erhob die Fackel vor der schweigenden Menge. Er nahm die Hand des Jungen und besprengte sie mit geweihtem Wasser. Dann gab er ihm die Fackel zurück. Mit feierlicher Miene ging der Junge nun zu einem in der Mitte der Piazza aufgeschichteten Holzstapel und entzündete ihn. »Die Hand Gottes, auf dass der Scheiterhaufen heilig sei!«, rief der Diakon.

Nur das Knistern der Flammen durchbrach die Stille.

Als die Flammen höherschlugen und die Mitte des Scheiterhaufens erreichten, begann die an den Pfahl gefesselte alte Frau laut zu schreien.

»Das Geheul Satans!«, tönte der Diakon, die Arme zum bleiernen Himmel erhoben. »Das Geheul Satans, auf dass im Feuer der Gerechten das Böse ausgemerzt werde.«

Beschützt von zehn Wachen mit gezogenen Schwertern erteilte der Bischof düster der das Kreuz schlagenden Menge seinen Segen.

Die Hexe stieß einen weiteren gellenden Schrei aus, während sich die Flammen in ihr Fleisch fraßen.

Der Inquisitor stand neben dem Bischof und nestelte mit seinen langen Fingern an der kostbaren Spitze seines Gewandes. Er erinnerte sich an das erste Mal, dass er einer solchen Urteilsvollstreckung beigewohnt hatte, und verfolgte die Verbrennung mit undurchdringlicher Miene.

Ich bin es nicht gewesen, der diesen Weg gewählt hat, dachte er. Auch die Kirche nicht. Nein, Gott selbst war es, der ihm diese Aufgabe anvertraut hatte. Denn nur Gott konnte wissen, dass die Schreie der Hexe bereits beim ersten Mal wie Engelsgesang in seinen Ohren geklungen hatten. Er hatte Grauen und Schuldgefühle befürchtet, hatte er doch ein Leben geopfert, wenn auch ein wertloses wie das dieser Hexe, doch der Geruch nach brennendem Menschenfleisch mutete an diesem schicksalhaften Tag für ihn so köstlich und süß an, wie es nur die göttliche Strafe vermochte. Und das hatte nur Gott wissen können. Nur Gott konnte wissen, was weder der junge Inquisitor noch die Kirche jemals geahnt hatten. Dass Constantin Tron sich kein bisschen grausen, sondern über die Entdeckung seiner bis dahin verborgenen wahren Natur frohlocken würde, das hatte nur Gott wissen können.

Er kniete nieder, um Gott erneut für diese unerwartete Gabe zu danken – denn der Allmächtige gestand nur wenigen Menschen zu, sich bis ins Letzte selbst zu erkennen – und warf einen Blick auf das Feuer.

Ein letzter Schrei ertönte. Ein gellender, markerschütternder Schrei.

Dann wurden die Flammen zu einer einzigen, riesigen Feuersäule, die sich um die Hexe schlang und sie vor den Augen der Zuschauer verbarg.

Während das Feuer sein grausiges, prasselndes Gebet gen Himmel sandte, fiel der Blick des Inquisitors Constantin Tron auf den kleinen blondgelockten Jungen, der das Feuer entzündet hatte.

Und dieser kleine Junge, dessen Locken sich bis zu den Schultern ringelten, lachte.

22

Anno Domini 1615

Borgo San Michele, Ostalpen

Verdammte Hure! Immer diese Puppen!«, schimpfte Cosimo Tahler, als er die Hütte am Fluss betrat. Torkelnd vom Alkohol warf er Frau und Sohn einen verärgerten Blick zu.

Die Frau war dabei, das lange blonde Haar ihres Sohnes mit einer Brennschere in Locken zu legen.

Cosimo Tahler grunzte verächtlich. Dann ging er zum Schlafzimmer, wobei er sich an den Holzwänden abstützen musste, um nicht zu stürzen. »Verdammte Hure!«, lallte er noch einmal.

Als der dumpfe Aufschlag seines Körpers auf die Bettstatt aus Weizenkleie ertönte, murmelte seine Frau Aurora: »Für jede Hure braucht es auch einen Bock.«

»Was bedeutet das, Mama?«, fragte ihr Sohn Paolo vergnügt, ein zarter Junge von elf Jahren.

Die Mutter lächelte ebenfalls, jedoch wie aus einer anderen Welt. »Was das heißen soll, das wissen nur die Wörter selbst. Die spielen in den Köpfen der Leute Verstecken, wusstest du das nicht?«

Paolo schüttelte den Kopf. Seine Augen strahlten.

»Wörter sind …« Aurora Tahler stockte, sie war abgelenkt. »Da ist sie ja!«, rief sie schließlich zufrieden.

»Was denn?«

»Deine allerschönste Locke.« Die Mutter lachte, nahm eine der blonden Locken ihres Sohnes zwischen die Finger und strich darüber. »Sie liegt jeden Tag woanders, wusstest du das? Heute hier, morgen da. Man muss schon wissen, wie man sie findet, mein Schatz. Aber Mama findet sie immer. Freut dich das?«

»Ja«, erwiderte der kleine Paolo. Er war sich nicht sicher, ob Wörter tatsächlich Versteck spielten in den Köpfen der Menschen, aber in dem seiner Mutter ganz gewiss. Meistens verstand er nichts von dem, was sie daherredete. Aber sie war so erheiternd. Mit ihr war alles ein endloses Spiel aus Rätseln und Geschichten. Er antwortete nur, um ihr einen Gefallen zu tun. Damit sie weiter so spaßige Dinge erzählte. Das tat er jetzt bereits seit drei Jahren. Seitdem seine Mutter mit diesen merkwürdigen Dingen angefangen hatte. Seitdem sein Vater sagte, sie sei verrückt geworden.

Aurora Tahler trug noch ein wenig rotes Pulver, das sie aus getrockneten Raupen gewonnen hatte, auf Paolos Wangen auf, um ihnen ein wenig Farbe zu verleihen, und verteilte dann das restliche Pulver auf seinen Lippen. Sie strich seinen von ihr eigenhändig aus bunten Streifen genähten Anzug glatt, ließ ihren Blick über ihn gleiten und sagte schließlich zufrieden: »So, mein Schatz, selbst die leuchtenden Sterne werden jetzt vor Neid erblassen.«

Sie stand auf, nahm den kleinen Paolo an der Hand und zusammen verließen sie die heruntergekommene Hütte am Flussufer, die ihr Zuhause war, nicht weit vom Borgo entfernt.

Der Mondschein hüllte Aurora Tahler in sanftes Licht. Sie war eine alterslose Frau. Die Zeit hatte keinerlei Zeichen an ihr hinterlassen. Als ob ihr Wahn sie von den Gesetzen der Natur befreit hätte, ohne die sie nun in ihrer eigenen Welt lebte.

Paolo drückte ihre Hand, lachte und sah hinaus in die Nacht, die seine Mutter so sehr mochte. Vor ihnen lag der Fluss, dunkel und schlickig. Er flößte dem Jungen Unbehagen ein. Hinter ihnen erhob sich der schneebedeckte üppige Wald aus Tannen,

Lärchen und Buchen. Seine Mutter hatte ihm erzählt, es gebe ihn seit Anbeginn der Zeiten. Noch bevor Gott selbst seinen Atem auf den Erdenkloß blies und so Adam erschuf, hatte er diese Bäume gepflanzt, jeden einzelnen.

»Und was macht Gott jetzt, wo er doch alles erschaffen hat?«, fragte Paolo und hoffte, seiner Mutter damit eine neue verrückte Geschichte entlocken zu können.

»Gott? Der würfelt!« Dann senkte sie die Stimme, als wollte sie ihm ein Geheimnis anvertrauen. »Aber sag es niemandem ... Keiner soll wissen, dass Gott würfelt, das würde kein gutes Licht auf ihn werfen.«

»Mit wem spielt er denn? Allein?«

»Nein. Mit den Leben der Menschen. Wenn die Sieben kommt, schenkt er einem ein glückliches Leben. Bei der Elf schenkt er Klugheit und blondes Haar.« Aurora Tahler strich Paolo über den Kopf und blickte ihn liebevoll an. »Bei dir hat er die Sieben *und* die Elf gewürfelt.«

Paolo lachte. »Aber das geht doch gar nicht.«

»Doch, doch. Er ist doch Gott. Kann machen, was er will. Und er hat gemogelt, damit du alles hast: ein glückliches Leben, Klugheit und wunderschöne blonde Locken.«

»Und was hat er bei dir gewürfelt?«

»Eine doppelte Eins.«

»Also Zwei.«

»Nein. Diese Zahlen kann man nicht zusammenzählen, ihre Natur ist zu unterschiedlich. Die eine Eins ist im Schlamm gezeichnet, das ist ein Fischer. Die andere ist aus Gold. Das ist ein besonderer Sohn, einer wie du.«

Paolo lächelte. »Aber mir hat Gott auch einen Fischer gegeben«, spielte er auf den Vater an und verzog das Gesicht. Den Wahn der Mutter fürchtete er nicht, aber den Zorn des Vaters, der aus ihm ebenfalls einen Fischer machen wollte. Schmutzig war er, plump und hatte schwielige, nach Fisch stinkende

Hände, mit denen er, wenn er betrunken war, allzu oft seine Frau schlug.

Aurora Tahler schwieg. Sie drehte dem winterlichen Wald den Rücken zu und wandte sich zum Steg, der mit seinen fauligen Bohlenbrettern in den Fluss hinausragte wie ein knochiger Arm. Ihr Blick blieb am Boot ihres Mannes hängen, mit dem er Forellen, Saiblinge und Hechte fischte. Sie betrachtete den großen Bottich aus fein geflochtenen Binsen, durch den das Wasser hindurchfließen, die Fische aber nicht entwischen konnten. Ihr Mann hielt sie bis dienstags am Leben, dann verkaufte er sie auf dem Wochenmarkt im Dorf. Sie zeigte auf die an Pfählen hängenden Netze, die ihr Mann mit Knochennadeln und stabiler Schnur ausbessern würde, wie riesige Socken.

Paolo sah die Mutter stumm auf die Netze weisen. Er wusste nicht, was sie dachte. Niemand wusste das, nicht einmal sie selbst. Ihre Gedanken gingen eigene Wege und nur wenige wurden dann und wann in Worte gekleidet, nahmen Gestalt an in den märchenhaften Geschichten, die ihrem Sohn so gefielen.

Paolo sah, wie sich das Wasser im Fischbottich kurz kräuselte. »Mama, können wir eine Forelle totmachen, zum Spaß?«, wollte er wissen.

Aurora Tahler blickte ihn mit gesenktem Kopf an. »Wenn es eine Nachtigall ist, stirbt sie sowieso, mein Schatz«, gab sie zur Antwort.

»Was hat denn eine Nachtigall damit zu tun?«

»Dir wurde ein glückliches, besonderes Leben gegeben, das haben Gottes Würfel so gewollt.« Aurora Tahler strich ihrem Sohn übers Haar, ohne seine Frage zu beantworten. »In der letzten Woche hat man dir bereits ein Zeichen gesandt. Vergiss das nicht.«

Die Mutter sprach jeden Tag über dieses große Ereignis. Aber Paolo hörte ihr dann nie zu, obwohl er selbst hellauf begeistert war, da man ihm wirklich eine wichtige Aufgabe anvertraut hatte. Aber etwas sagte ihm, dass es besser wäre, diese Freude für sich zu behalten. Dass er sie mit niemandem teilen durfte. Nicht einmal mit seiner Mutter. Denn niemand könnte seine Freude darüber verstehen. Weil er anders war als alle anderen. »Erzähl mir von der Nachtigall«, bat er, um sie zu zerstreuen.

Aus der Hütte war das laute Schnarchen des Vaters zu hören.

»Ich war noch ein Mädchen, das ...«, setzte Aurora Tahler an. Kurz sah sie aus, als wäre sie in die von anderen Menschen bevölkerte Welt zurückgekehrt. Doch plötzlich presste sie die Hände an den Kopf und schüttelte ihn wild, als schmerze sie, was sie eben gesagt hatte.

»Was hast du, Mama?«

Unmittelbar beruhigte die Frau sich wieder und lächelte, ihr Blick verwischte von Neuem. Einmal mehr war sie der Realität entkommen. »Es war einmal eine Nachtigall«, fing sie mit weicher Stimme an. »Sie flog durch die Lüfte und sang so schön. Aber dann traf sie einen Fischer. Und der Fischer überzeugte sie, dass sie keine Nachtigall, sondern eine Forelle war. Die Nachtigall ließ sich also ins Wasser fallen. Das Wasser rann in ihren Schnabel, dass sie nicht mehr singen konnte. Und weil sie nicht schwimmen konnte, geriet sie in das Netz des Fischers und ertrank.«

Obwohl Paolo noch jung war, verstand er doch, dass diese Geschichte nicht zum Lachen war. Wie in allen traurigen Geschichten der Mutter gab es auch in dieser einen Fischer.

Aurora Tahler kniete sich vor ihn. Sie strich ihm durch die gepflegten, von Mandelöl glänzenden Locken und glättete seinen Anzug aus bunten Streifen. Dann lächelte sie. »Wenn du eine Nachtigall kennenlernst, dann musst du ihr sagen, dass sie niemals eine Forelle werden darf, denn dann ertrinkt sie. Hast du mich verstanden?«

Paolo nickte, wie er es immer tat. Doch die Worte der Mutter hatten ihn verwirrt. Als hätten sie diesmal wirklich einen Sinn.

In der Nacht träumte er, er würde in den trüben Flusswassern ertrinken.

Am nächsten Tag versuchte Aurora Tahler, ihrem kleinen Gemüsegarten abzuringen, was Eis und Schnee noch hergaben.

Paolo ging zu ihr hinaus und wollte ihr helfen.

»Nein, mein Schatz«, wehrte die Mutter ab. »Du musst dir nicht die Hände schmutzig machen.«

Cosimo Tahler besserte gerade die Netze aus. Er drehte sich um und sah seinen Sohn an, dann ging er zu ihm, packte ihn an den Handgelenken und sagte verächtlich: »Du hast Hände wie ein Mädchen. Ich wollte einen Jungen, der mir beim Fischen hilft, und was habe ich bekommen? Einen nutzlosen, weibischen Sohn.«

Kurz befürchtete Paolo, der Vater würde ihn schlagen.

Aber der Fischer spuckte nur aus und ging zurück zu seinen Netzen.

Paolo sah auf den großen Bottich aus Binsen, in dem die Fische eingesperrt waren bis zum Markttag, und ihm war, als sähe er eine ertrinkende Nachtigall darin. Grauen kroch in ihm hoch. Dicht schmiegte er sich an die Mutter, als könnte eine Verrückte ihm helfen.

Nach einer knappen Stunde hatte Aurora Tahler im Gemüsegarten immer noch nichts für eine Suppe finden können. Sie beschloss, im Dorf Gemüse zu kaufen.

Paolo begleitete sie, er hatte Angst, allein mit dem Vater zu bleiben. Außerdem liebte er es, ins Dorf zu gehen.

Auf dem Weg ging Paolo die Geschichte von der Nachtigall nicht aus dem Kopf. Etwas schnürte ihm die Kehle zu.

Nach einer knappen halben Stunde standen sie auf dem lärmenden Marktplatz inmitten der bunten Stände. Während die Mutter Gemüse für die Suppe aussuchte, fiel Paolo eine große schwarze Gestalt in der Menge auf. Die Leute machten ihr Platz, traten mit gesenktem Blick zur Seite und verstummten, Mütter drückten ihre Kinder an sich, als ginge von dem vorübereilenden Mann eine schreckliche Gefahr aus.

Paolo aber musterte ihn ohne Furcht. Er ließ sogar die Mutter stehen und lief ihm entgegen.

Als Aurora Tahler das bemerkte, war es zu spät, um ihren Sohn noch aufzuhalten. Und obwohl sie doch verrückt war, hielt sie ängstlich den Atem an.

Paolo stellte sich vor den Mann und versperrte ihm den Weg.

Mit düsterer Miene blieb Inquisitor Constantin Tron stehen.

Alle Augen waren nun auf die beiden gerichtet.

Paolo sah den Inquisitor an. Und lächelte. Er dachte an die Worte seiner Mutter: »Dir wurde ein glückliches und besonderes Leben gegeben, das haben Gottes Würfel so gewollt. In der letzten Woche hat man dir bereits ein Zeichen gesandt. Vergiss das nicht.«

Der Inquisitor erhob die Hand, um diesen Jungen fortzujagen, der sich ihm in den Weg stellte.

Aber Paolo, der immer noch lächelte, sprach ihn geradeheraus an: »Warum wurde ich ausgesucht, um die Hexe anzuzünden, Exzellenz?«

Constantin Tron war verblüfft. Er wusste nicht, wer dieser Junge war, der in seinem bunten Aufzug aussah wie ein Clown, und darüber hinaus auch noch langes Mädchenhaar trug. Und doch beeindruckte ihn dieses kleine Geschöpf, das ihn, als Einziger im ganzen Borgo, arglos anlächelte. Plötzlich erkannte er ihn. Oder erkannte vielmehr sein Lächeln. Dieses Lächeln hatte er in der letzten Woche gesehen, und zwar vor dem Scheiterhaufen, auf dem gerade eine alte Hexe um ihr Leben schrie. Ein Scheiterhaufen, den er, Constantin Tron, befehligt hatte, und den dieser merkwürdige Junge hier entzündete. Wie es dazu gekommen war, wusste er nicht, aber der Junge zeigte ihm ein

Lächeln, das ihm sagte, dass er in seiner heimlichen Freude über diesen Scheiterhaufen nicht allein war. Ein Lächeln, in dem die ganze Freude des Jungen lag, die Hand Gottes sein zu dürfen. Er wunderte sich selbst über das, was er nun tat: Er strich dem Jungen über sein blondes Haar und sagte: »Du wurdest auserwählt, weil du ein Engel bist.«

Und damit ließ er Paolo stehen.

Paolo sah der schwarzen Gestalt hinterher, wie sie majestätisch durch die Menge schritt.

An diesem Abend sprachen sie in der heruntergekommenen Hütte von nichts anderem.

Vielleicht verstimmt von der Aufregung, die den nach Kohl und Fisch stinkenden Raum füllte, war Cosimo Tahler besonders grob zu Frau und Kind.

Aber Paolo ließen die Worte des Vaters unbeeindruckt. Er konnte nur an die Hand des Inquisitors auf seinem Haar denken, und an seinen scharfen, brennenden Blick.

Als er vor der Hütte stand, machte ihm der Fischbottich, in dem er eine Nachtigall vermutet hatte, keine Angst mehr. Und er war so in Gedanken, dass er nicht einmal den Fantastereien der Mutter zuhörte. Er dachte nur noch an den Inquisitor. Das Zusammentreffen mit ihm war für ihn das Zeichen, dass er für ein anderes Leben als das in der schäbigen Hütte bestimmt war. Nun glaubte er tatsächlich, dass Gott eine Sieben und eine Elf für ihn gewürfelt hatte, dass Gott wirklich gemogelt hatte, um ihm ein sehr besonderes Leben zu gewähren.

Die ganze Woche lauschte Paolo den Geschichten seiner verrückten Mutter nicht, lachte nicht über ihre Fantastereien und hörte keinen einzigen Moment auf, an die Hand des Inquisitors zu denken, die ihm durchs Haar fuhr und daran, dass er ihn ausgesucht hatte, weil er ein Engel war. Und wenn die Mutter sein Haar in Locken legte und mit Mandelöl einrieb, dann dachte Paolo: »Für ihn, für ihn allein macht sie mein Haar schön.«

Aurora Tahler bemerkte seine Veränderung trotz ihres Irrsinns. »Wo ist denn mein Engel?«, fragte sie eines Abends.

»Nenn mich nicht Engel«, fuhr Paolo sie an, denn von jetzt an durfte nur der Inquisitor ihn noch so nennen.

Die Mutter stockte, als hätte sie einen Schlag vor die Brust bekommen. Als wäre sie für einen kurzen, schmerzhaften Moment zurück auf diese Erde gekehrt. »Der Gesang der Nachtigall kann ein grausamer sein, wenn sie es will«, bemerkte sie.

Paolo zuckte die Schultern und ging hinaus.

Die Mutter sah mit ihrem verschwommenen Blick zum Flussufer hinüber, Tränen liefen ihr über die Wangen. Dann stimmte sie ein Lied an, das sie seit ihrer Hochzeit nicht mehr gesungen hatte. Und für eine kurze Weile sah sie aus wie eine vollkommen gewöhnliche junge Frau.

Am Ende der Woche fand man den leblosen Körper von Aurora Tahler im Fluss. Sie hatte sich in einem Netz verheddert und war ertrunken.

»Jetzt sind wir zu zweit, ich und du«, grunzte der Vater nach der Beerdigung bedrohlich in der Hütte. »Morgen schneide ich dir diese weibischen Haare ab und werfe deinen lächerlichen Anzug ins Feuer.«

Paolos Magen zog sich zusammen.

»Deine feinen Händchen kriegen jetzt Schwielen und Narben von den Angelhaken«, fuhr Cosimo Tahler fort und lachte boshaft. »Ich mach einen Mann aus dir, und dein Essen musst du dir ab jetzt selbst verdienen.«

Als der Vater in seinem allabendlichen Rausch einschlief, dachte Paolo mit Schrecken an den nächsten Tag. Er nahm die Decke seines schäbigen Betts, ging zur Tür und öffnete sie. Er würde weglaufen, ja, das würde er. Aber als er die tiefschwarze Nacht dort draußen sah, schauderte es ihn. Er hatte nicht nur Angst vor dem Vater, sondern auch davor, allein im Wald zu sein.

Ängstlich schloss er die Tür und legte sich wieder ins Bett.

Aber in seinem Kopf wirbelten die Gedanken durcheinander, und er fand keinen Schlaf. Bilder von seinem auf ihn einprügelnden Vater stiegen in ihm auf, er spürte, wie Angelhaken sich in seine Finger bohrten, Blasen sich an seinen zarten Händen bildeten, die fortan nach Fisch stinken würden.

Er erhob sich mit einem Ruck und ging zum Zimmer seines Vaters. Jetzt schnarchte er laut, aber morgen würde er wieder wach sein und Paolos Leben zu einem Albtraum machen.

Er wickelte sich in die Decke, setzte sich auf den Boden an die halb geöffnete Eingangstür und sah in die Dunkelheit hinaus.

So blieb er sitzen, bis fahles Licht über die trüben Wasser des Flusses kroch. Das undurchdringliche Dunkel lichtete sich langsam, der Sonnenaufgang kündigte sich an.

Er spürte keinen Schmerz über den Tod der Mutter. Er spürte rein gar nichts, außer dem brennenden Wunsch, das besondere Leben zu bekommen, das Gott für ihn vorsah.

Bald würde der Vater aufwachen.

Er musste sich jetzt ein Herz fassen und nach dem Leben greifen, das Gott für ihn bestimmt hatte.

Achtlos ließ er die Decke auf den Boden gleiten und ging hinaus.

Der Vater gab ein grunzendes Geräusch von sich und murmelte undeutlich im Schlaf vor sich hin.

Jetzt oder nie, dachte Paolo.

Dann rannte er los, rannte mit hämmerndem Herzen gegen die Angst vor diesem fahlen Licht an, das bereits den Morgen ankündigte und doch noch viel zu finster war. Nun war er allein. Er lief das Flussufer hinauf, kam zur Holzbrücke, überquerte sie laut klappernd mit seinem hölzernen Schuhwerk, dann schließlich tauchte das Dorf vor ihm auf.

Außer Atem blieb er stehen. Ein kleines Lächeln kräuselte seine Lippen. Er hatte es geschafft.

Er lief weiter, kam zur Kirche und stürmte hinein.

Sofort erkannte er die schwarze, über eine Bibel gebeugte Gestalt, deren Umrisse in seinen Augen hell erstrahlten.

»Exzellenz, helft mir«, bat er den Inquisitor ohne Umschweife. »Bitte.« Keine weitere Nachtigall würde ertrinken, weil ein widerlicher Fischer sie zwang, sich in eine Forelle zu verwandeln. Er auf jeden Fall nicht. »Helft mir. Mein Vater will mir Böses.«

Bereits zum zweiten Mal innerhalb weniger Tage staunte der Inquisitor über diesen merkwürdigen Jungen. Er, Constantin Tron, war gewiss die letzte Person auf der Welt, die man um Hilfe bat. Er spendete Schmerz, keinen Trost. Er war die Angst in Person.

Aber nicht für diesen Jungen.

»Was willst du?«

Paolo sah ihn mit leuchtenden Augen an. Voller Freude.

»Ich will sein wie Ihr, Exzellenz.«

23

Anno Domini 1615

Borgo San Michele, Ostalpen

Fra' Thevet war keineswegs erfreut, ihn zu sehen. Und das verbarg er auch nicht.

Constantin Tron hingegen lächelte sein dünnes Schlangenlächeln.

Fra' Thevet warf einen Blick auf den Jungen, der neben dem Inquisitor stand. Er hatte langes goldenes Haar und war in einen etwas merkwürdigen Aufzug gekleidet. Seine Augen leuchteten klug, und er sah durch und durch glücklich aus.

»Das ist Paolo Tahler«, stellte der Inquisitor ihn vor.

»Guten Tag, Paolo«, grüßte Fra' Thevet.

»Guten Tag, Signor Prior«, erwiderte der Junge strahlend.

Fra' Thevet dachte, dass dieser Junge mit seinem Strahlen wirklich und wahrhaftig Helligkeit verbreitete. Es war eine Freude, ihn nur anzusehen, und trotz des seltsamen Aufzugs mochte er ihn auf Anhieb.

»Ich habe mich Paolos angenommen«, erklärte der Inquisitor und legte dem Jungen eine Hand auf die Schulter.

»Was willst du von mir, Constantin?«, erkundigte sich Fra' Thevet. Er duzte den Inquisitor absichtlich, um zu verdeutlichen, dass er in keiner Weise eingeschüchtert war. Er konnte sich das erlauben, denn Constantin Tron war sein Schüler gewesen. Sein intelligentester, was er allerdings nur ungern zugab. Kaltschnäuzig, boshaft, falsch und hinterhältig, aber zweifellos überaus intelligent.

»Wie ich bereits sagte, verehrter Prior, habe ich mich Paolos angenommen«, wiederholte der Inquisitor so ehrfurchtsvoll, dass es klang wie eine Farce. »Aber meine Pflicht, im Dienst Gottes Ketzer und Hexen aufzuspüren, erlaubt mir nicht, ihn bei mir zu behalten.« Er neigte den Kopf. »Und ich weiß aus eigener Erfahrung, dass es keinen besseren Lehrer und Vater gibt als Euch. Im Namen Christi, ich möchte gerne, dass Ihr für seine Erziehung sorgt.«

Paolo strahlte. »Ich will so werden wie seine Exzellenz«, rief er begeistert dazwischen.

Und ich werde alles tun, um das zu verhindern, dachte Fra' Thevet. Die Augen des Jungen waren rein, nicht düster wie die des Inquisitors, als er noch sein Schüler gewesen war. *Und mit Gottes Segen wird es mir auch gelingen*, dachte er zuversichtlich.

»Also? Könnt Ihr ihn ins Kloster aufnehmen, Prior?«, wollte Constantin Tron wissen.

»Ist er Waise?«, erkundigte sich Fra' Thevet.

»Nein. Aber der Vater hat nichts dagegen.«

»Ganz bestimmt nicht?«

Der Inquisitor lächelte. »Ich habe mich versichert.«

»So, wie du dich vor Jahren versichert hast, dass sie mir Susanna wegnehmen?«, wandte der Prior mit unverhohlenem Groll ein. Denn obwohl er dank der Äbtissin Susanna nunmehr regelmäßig sah, schmerzte ihn ihre Abwesenheit noch immer.

»Das hat Bischof Tebaldi damals verfügt«, entgegnete der Inquisitor, der sich nicht einmal bemühte, seine tiefe Genugtuung darüber zu verbergen.

»Du hast ihn dazu gebracht«, ereiferte sich Fra' Thevet, der damals gehofft hatte, den Bischof noch umstimmen zu können, bis der Inquisitor eingriff.

»Sie ist ein Mädchen!«, stieß Constantin Tron hervor.

»In diesem Alter sind es Kinder, keine Mädchen oder Jungen«, entgegnete der Prior.

Der Inquisitor runzelte die Stirn. Ihn hatte der gotteslästerliche Anblick sehr wohl schockiert, mehr als er sich hätte vorstellen können. Und das nicht aus Gründen, die mit Gotteslästerung selbst zu tun hatten. Der Anblick dieses Jesus darstellenden nackten Kindes hatte ihn tief erschüttert und skandalöse Bilder in seinem Kopf entstehen lassen, vor allem im Schlaf, wenn er sich ihrer nicht erwehren konnte. »Nehmt Ihr den Jungen nun bei Euch im Kloster auf oder nicht?«, fragte er verärgert.

Fra' Thevet breitete die Arme aus. »Wie könnte ich eine Kreatur Gottes abweisen?«

»Sehr gut.«

Fra' Thevet sah Paolo an. »Komm. Erst einmal lassen wir dein Haar schneiden.«

»Nein!«, rief Paolo und flüchtete sich hinter das Gewand des Inquisitors, wie früher hinter den Rock seiner Mutter.

Constantin Tron war das unangenehm, er schob ihn weg, aber weniger grob, als er es für gewöhnlich tun würde. Denn er hatte etwas in diesem Jungen gesehen. Etwas, das niemand, niemand außer ihm, sehen konnte. Beschwichtigend bat er den Prior: »Könntet Ihr nicht eine Ausnahme machen?«

»Das hättest du damals auch tun können«, gab Fra' Thevet zurück, während ihm aufging, dass er soeben die Haare des Jungen benutzte, um sich zu rächen. Und obgleich er sich dafür schämte, als guter Christ, der er war, fügte er hinzu: »Auch du hättest eine Ausnahme machen können, Constantin, aber du hast es nicht getan.«

»Ich habe mich nur an die Vorschriften gehalten«, entgegnete der Inquisitor steif.

»Genau«, stimmte Fra' Thevet zu und schämte sich immer mehr für sein erbärmliches, wenngleich menschliches Bedürfnis nach Rache. »Und weil ich das auch tue, werden wir ihm das Haar schneiden.«

Der Inquisitor schubste Paolo in Richtung des Priors. »Du kannst sie später wieder wachsen lassen«, sagte er kalt.

»Aber …«, jammerte Paolo.

»Schluss jetzt!«, fuhr der Inquisitor ihn an.

Und in diesem Moment bemerkte Paolo, dass er diesen Mann fürchten konnte. Nicht so, wie er seinen Vater gefürchtet hatte. Es war eine neue Art von Furcht. Es war die Furcht, ihn zu enttäuschen. Er senkte den Blick und wandte sich Fra' Thevet zu wie ein Lamm der Schlachtbank.

Als der für die Tonsuren zuständige Frater ihm später das Haar schnitt, nahm Paolo heimlich eine Locke und versteckte sie in seiner Tasche.

Fra' Thevet ließ Daniele rufen. Er machte sich große Sorgen um ihn, denn der Junge verschloss sich immer tiefer in sich selbst. Auf Fra' Thevet wirkte er zunehmend wie eine Pflanze, die ihre Zweige zwar gen Himmel streckt, aber kein Leben mehr in sich hat. Eine Pflanze, die bald vertrocknen würde.

Daniele kam. Die Miene undurchdringlich. Den Blick wie immer gesenkt. Wie immer still.

»Du bekommst eine neue Zelle«, eröffnete ihm Fra' Thevet. Er hatte den Eindruck, dass Daniele sich auf diese Nachricht hin noch mehr versteifte, aber wie gewöhnlich kam ihm kein Wort über die Lippen. »Sie gefällt dir bestimmt, glaub mir.«

Daniele schwieg.

»Wir haben noch einen Jungen ins Kloster aufgenommen«, fuhr Fra' Thevet fort. »Er heißt Paolo und ist etwa in deinem Alter.« Er hatte diese Entscheidung getroffen, obgleich die Regeln im Kloster Einsamkeit und Besinnung vorschrieben. Aber Daniele musste man keine Einsamkeit beibringen. Er trug genug davon in seinem Herzen. Und dieser neue Junge wirkte auf Fra' Thevet so fröhlich und sonnig, dass es ihm vielleicht gelingen würde, Danieles Schale zu knacken. *Auf jeden Fall eher als einem langweiligen Prior*, dachte er. »Ihr werdet die

Zelle teilen«, kündigte er an. »Und zusammen aufwachsen. Als Freunde.«

An diesem Abend lag Daniele im Bett in der ihm zugewiesenen Zelle. Um nicht weiter von seinem neuen Zellennachbarn angestarrt zu werden, bedeckte er das Gesicht mit dem Schal seiner Mutter. Er konnte sich noch immer an ihren Geruch erinnern. Auch an den von Susanna, die nunmehr seit fünf Jahren nicht mehr da war.

»Was ist das Schönste, das du je gemacht hast?«, wollte Paolo von ihm wissen.

»Weiß nicht«, murmelte Daniele. »Kann mich an nichts Schönes erinnern.«

»Ich schon«, sagte Paolo lächelnd und strich über die Locke, die er heimlich eingesteckt hatte. »Das Schönste war, als ich eine Hexe angezündet habe.«

24

Anno Domini 1633
27. Januar, siebenter Tag

Gola del Vento, Ostalpen

Hatte Paolo recht? War Susannas Urteil bereits gesprochen? Wegen dieser drei Buchstaben, den drei Anfangsbuchstaben ihres Namens, die mit Blut auf einem bei Weser gefundenen Papier standen? Und er? War er der Richtige für diese Aufgabe? War er gerissen genug? Daniele fragte sich zum wiederholten Male, ob es ein Fehler gewesen war, Bischof Tebaldi um das Amt der Verteidigung für Susanna zu bitten. Ihr Leben lag in seiner Hand. War er der Situation gewachsen?

Er hatte sie schon einmal betrogen und sie verlassen. Er war ihrer nicht würdig gewesen. Das wusste er. Hatte es immer gewusst. Wie er auch immer gewusst hatte, dass er sie liebte. Ihr aber nicht die Liebe geben konnte, die sie verdiente. Er musste es einfach schaffen. Musste sie verteidigen. Sie retten. Jetzt hatte er die Gelegenheit, ein besserer Mann zu werden als der, der er vor Jahren war. Wenn er es jetzt nicht schaffte, würde er nie wieder die Möglichkeit dazu bekommen.

Deshalb musste er noch einmal zurück in die Berge, in seine Hütte, bevor er Susanna endlich im Kerker besuchen konnte, um mit ihr eine wirksame Verteidigung aufzubauen. Einige Nächte hatte er in einer Locanda in Borgo San Michele verbracht. In dieser Herberge konnte er auch sein Pferd unterstellen, wenn er im Dorf war.

Doch nun brauchte Daniele Ruhe. Er musste sich sammeln.

In sich hineinhorchen. Die letzten Tage hatten ihn schwindelig werden lassen. Die Ereignisse rissen ihn mit, ohne dass er darüber nachdenken konnte. Und nun machten sich die in Einsamkeit verbrachten Jahre bemerkbar – einfach wieder zurück ins Dorf, unter Menschen, das konnte er nicht. Er war nicht mehr der Mann von damals. War nicht mehr die erbarmungslose Hand des Inquisitors. Nein, nun war er der Hüter der Wölfe. Ein hochtrabender Name für einen Mann, der in Wahrheit doch nur ein Feigling war und vor dem Leben davonlief.

Daniele machte sich zu Pferd auf den Weg zur Gola del Vento, und kurz darauf erschien Zelt auf dem Pfad. Bestimmt hatte er sich in der Nähe des Dorfes herumgetrieben, die Nase hoch erhoben, um seinen menschlichen Gefährten zu wittern, sobald der sich auf dem Heimweg befand. Jaulend begrüßte ihn das Tier, halb Hund, halb Wolf, die Ohren angelegt als Zeichen der Unterwerfung. Er lief mit der Schnauze nah am Boden, dicht am Schnee, der buschige Schwanz wedelte leicht. Daniele spürte Freude in sich aufwallen. Er stieg vom Pferd und kniete sich hin, ließ das Tier um sich herumstreichen und sein Gesicht lecken.

Schließlich saß er wieder auf, und nach einer knappen Stunde erreichten sie seine Hütte.

Der Tag war klar. Die Gipfel der Berge hoben sich deutlich von dem blauen Himmel ab. Ein Steinadler zog in der Luft seine Kreise, hielt Ausschau nach wilden Kaninchen. Daniele horchte in seinen Körper hinein, der in tiefer Verbundenheit mit dieser Landschaft, dieser Natur, langsam wieder anfing zu atmen. Er spürte ein starkes Verlangen, einfach hierzubleiben, versteckt, weit weg vom Leben. Denn er gehörte hierher, in diese Stille, in diese Welt mit ihren eigenen Regeln. Vor vielen Jahren, als er seine Mutter nicht vor dem Tod hatte bewahren können, hatte die Hebamme ihm gesagt, er sei ein *Benandante*. Daniele hatte nie geglaubt, dass er all die Fähigkeiten besitzen könnte, die Jehanne ihm zuschrieb, nur weil er in der geschlossenen Fruchtblase zur Welt gekommen war. Außerdem glaubte er nicht, dass irgendein menschliches Wesen Dinge tun konnte, die Gott vorbehalten waren. Aber an dem Tag, an dem er beschloss, sich aus dem weltlichen Leben zurückzuziehen – der Tag, an dem er vor Susanna floh, an dem er sie verließ und betrog – und den Auftrag annahm, sich von nun an um die Wölfe zu kümmern, da dachte er, er müsste die Tiere jagen. Jagen und mit der Armbrust töten. Aber als der erste Wolf vor ihm stand, spürte er eine Verbindung mit diesem stolzen Wesen, als könne er sich mit ihm verständigen. Seit er der Hüter der Wölfe war, hatte er nur drei von ihnen getötet. Er wusste selbst nicht, wie dieser Pakt mit den wilden Tieren möglich war. Er wusste nur, dass sie ihn verstanden. So schien es jedenfalls. Oder er glaubte es zumindest. Und jedes Mal, wenn er darüber nachdachte, wanderte seine Hand wie von selbst zu dem kantigen Brandmal auf seiner Brust. Für das es auch keine Erklärung gab. Aber es zeichnete ihn seit mehr als zweiundzwanzig Jahren.

In der Hütte war es eisig. Daniele nahm ein wenig Holz und heizte den Kamin an. Dann setzte er sich vor das Feuer, strich Zelt über das Fell und sah in die Flammen. *Feuer macht einen großen Teil meines Lebens aus*, dachte er. Wer ihn, Paolo Tahler oder den Inquisitor ansah, blickte in Flammen, das wusste er. Sie drei waren das Feuer. Angst. Und … Tod.

Ihre Leben waren miteinander verknüpft, von jeher.

Daniele nahm zwei große Stücke eingesalzenes Hirschfleisch und ein Stück Schwarzbrot mit Kümmel, das er aus dem Dorf mitgebracht hatte, und ging, gefolgt von Zelt, hinaus. Er säuberte eines der Fleischstücke im Schnee, rieb so viel Salz ab wie möglich, und warf es Zelt zu. Gierig schnappte das Tier danach. Daniele schnitt das Schwarzbrot mit einem großen Jagdmesser in Stücke und aß es mit dem anderen Stück Fleisch.

Plötzlich bemerkte er am Waldrand die läufige Wölfin.

Lange vor ihm hatte der zunehmend unruhige Zelt sie gewittert. Andere Wölfe waren nicht zu sehen, aber Daniele war sicher, dass sie da waren, im Wald, mit gefletschten Zähnen, bereit, Zelt in Stücke zu reißen, sollte er so dumm sein und seinen Trieben folgen.

Die Wölfin wiederholte mehrfach ihren Liebestanz, das immer gleiche Stück in der immer gleichen Darbietung.

Zelt ließ seinen Blick zwischen der Wölfin und Daniele hin und her wandern.

Die Wölfin wirkte ein wenig kleiner, als Daniele sie in Erinnerung hatte und war noch abgemagerter. Die Nahrung wurde knapp. Sicher waren auch die anderen Mitglieder des Rudels halb verhungert, sehr wahrscheinlich würden nicht alle den Winter überleben. Als er sie zuletzt gesehen hatte, waren sie mit der Wölfin zu fünft: Der große, alte Rudelführer, ein wildes Tier, das nicht davor zurückschreckte, seine Kinder anzugreifen, und drei junge Wölfe, die am Ende des Winters ihre eigenen Wege gehen würden.

Zelt lief zum Zaun, den Daniele mit Pfählen aus Tannenholz errichtet hatte. Dort blieb er stehen und drehte sich nach Daniele um.

»Würde ich nicht machen«, rief der Hüter der Wölfe. »Der da ist nicht zu trauen.« Er lächelte.

Doch das Lächeln gefror ihm auf den Lippen. Denn genau diesen Satz hatte der Inquisitor viele Jahre zuvor zu ihm gesagt und damit Susanna gemeint: »Der da ist nicht zu trauen.« Und er, Daniele, war ihm ins Netz gegangen, hatte sich beeinflussen lassen.

Schwach war er gewesen. Dumm. Seine Vergangenheit, seine Albträume quälten ihn so sehr, dass er das einzig Schöne, das ihm je widerfahren war, gehenließ. Er ließ Susanna gehen. Und als er wieder zu sich fand, war es zu spät. Er hatte sie verloren. Hatte die einzige Gelegenheit, Glück zu finden, ausgeschlagen.

Doch vielleicht hielt das Leben eine zweite Gelegenheit für ihn bereit.

In diesem Moment winselte Zelt, als wolle er Daniele um Verzeihung bitten. Dann sprang er über den Zaun und lief auf die läufige Wölfin zu.

»Bleib stehen!«, schrie Daniele ihm nach.

Zelt drehte sich um, die Schnauze hoch erhoben, und jaulte. Ein Jaulen voller Furcht und Leidenschaft, Verlangen und Leid, ein Jaulen, in dem die Qual seiner Entscheidung lag.

»Zelt! Nein!«, rief Daniele noch einmal. Verzweifelt, als wäre er selbst es, der auf die Wölfin zulief.

Aber Zelt lief weiter, ohne noch einmal zurückzublicken. Erst kurz vor der zähnebleckenden Wölfin verlangsamte er seine Schritte. Kam ihr dann sehr nahe, strich um sie herum, in einem Liebestanz, den niemand ihm je beigebracht hatte, den er aber von jeher in sich trug. Dann biss ihn die Wölfin sanft. Und er biss sie. Als gäbe es keine Liebe ohne Schmerz.

Daniele beobachtete die beiden, wusste nicht, was er tun sollte. Es war zu spät. Zelt war nicht mehr zu retten. Er war nun auf sich gestellt. Allein mit seinem Verlangen, allein mit den Gesetzen der Natur.

Die Wölfin trat zur Seite und lief dann in den Wald. Zelt blieb kurz stehen. Als wüsste er, dass es einem Selbstmord gleichkam, ihr zu folgen. Wie zum Abschied drehte er sich noch einmal rasch zu Daniele um, dann verlor sich seine Gestalt in der Dunkelheit des Waldes.

Kurz darauf erfüllten Knurren, Jaulen und weitere grausame Laute die Luft. Der Kampf dauerte lange. Daniele dachte, dass Zelt nun bald aufgeben müsste. Dass die Natur ihren Lauf nehmen würde. Dass sein Fleisch das Überleben der Wölfin und ihres Rudels sicherte. Er fiel auf die Knie, überlegte, die Armbrust zu nehmen und damit das Rudel zu überraschen, das seinen treuen Zelt zerfleischte. Wenn er wollte, könnte er sie alle töten. Anfangen würde er mit der Wölfin. Aber er tat es nicht. Der Pakt sah das nicht vor. Zelt hatte seine Entscheidung getroffen. Er war dem Ruf seiner Natur gefolgt. Und jetzt zerriss die Natur ihn.

Das Kampfgeheul aus dem Wald wurde schwächer.

Schließlich legte sich Stille über die Landschaft.

Und diese Stille war schlimmer als das Geheul. Daniele hielt sich die Ohren zu, als könnte er Stille mit Stille bekämpfen.

Mit eisigem Herzen erreichte er die Hütte.

Dunkelheit brach über die Gola del Vento herein. Finsternis umhüllte die Landschaft, in der Daniele sich vor der Welt verbarg.

Im Borgo aber würden sie nun die Fackeln entzünden, des Menschen Fluch gegen die Natur. Würden mit dem Licht der Zivilisation dem Dunkel der Schöpfung trotzen.

Feuer. Feuer war Leben und Tod zugleich.

25

Anno Domini 1633
28. Januar, achter Tag

Gola del Vento – Borgo San Michele, Ostalpen

Die Nacht neigte sich dem Ende zu, doch der Sonnenaufgang ließ noch auf sich warten, als Daniele ein Kratzen an der Tür vernahm. Sehr leise.

Er hatte wenig und unruhig geschlafen.

Mit dem Messer in der Hand stand er auf, schlich zur Tür und riss sie mit einem Ruck auf. Vor ihm stand Zelt, blutüberströmt, der Schwanz bewegte sich nur leicht hin und her. Er hob den Blick, verdrehte die Augen und brach dann zusammen. Bestürzt legte Daniele das Messer zur Seite und hob ihn hoch, brachte ihn in die Hütte, legte ihn auf eine Decke auf den Boden vor den Kamin und untersuchte ihn vorsichtig.

Ein Biss an der Schnauze war so tief, dass Daniele bis auf den Knochen sehen konnte, und das rechte Ohr baumelte in zwei Hälften herunter. Am Hals war das weiße Fell blutgetränkt, aber da es so dicht war, hatte es Zelt das Leben gerettet. Als Daniele es zur Seite strich, entdeckte er zwei weitere tiefe Bisswunden, die den Blick freigaben auf Muskelstränge und die erstaunlicherweise unversehrte Halsschlagader. Auch auf Höhe des Widerrists war das Fell blutbefleckt.

Daniele nahm einen kupfernen Topf, füllte Schnee hinein und hängte ihn an einer rußgeschwärzten Kette übers Feuer. Während der Schnee schmolz und warm wurde, schärfte Daniele sein Rasiermesser. Damit setzte er sich zu Zelt und entfernte das Fell um die Wunden. Schnell ging ihm auf, dass Zelt mit diesen Verletzungen und dem großen Blutverlust nicht mehr lange zu leben hatte. Seine Augen füllten sich mit Tränen.

Zelt hob mühevoll den Kopf, sah Daniele mit seinen großen Augen an und leckte ihm dankbar die Hand.

Daniele nahm den Topf mit dem Wasser vom Feuer, tunkte ein Stück Stoff hinein und säuberte die verletzten Stellen. Bloßgelegt sahen sie noch Furcht einflößender aus. So tiefe Wunden brachten nur Wolfszähne zustande, die Muskelstränge waren glatt durchgebissen. Daniele nahm einen Baumwollfaden und eine gebogene Metallnadel, die er benutzte, um seine Kleidung aus Leder auszubessern, hielt ihre Spitze ins Feuer und nähte die Wunden. Schließlich ging er nach draußen, schnitt ein wenig Rinde vom Stamm einer Lärche und zerkleinerte sie im Mörser, zusammen mit einigen Flechten, die bei den Heidelbeersträuchern wuchsen, wie Fra' Stanislao es ihn gelehrt hatte. Er mischte gereinigtes Schmalz unter die Masse und trug die so gewonnene Salbe auf Zelts Wunden auf. Nachdem er ihm einen Verband aus Streifen von zerrissenem Tuch angelegt hatte, wartete er, auch wenn er wusste, dass es keine Hoffnung mehr gab.

Und während er dort bei dem sterbenden Zelt saß, überkamen ihn wie so oft in den letzten Tagen Erinnerungen an seine Vergangenheit. Er dachte an das, was Jehanne gesagt hatte, als seine Mutter starb:

»Nur wenige werden mit so einer Glückshaube geboren. Und diese wenigen können die Ernten groß werden lassen und Frauen und Tieren Fruchtbarkeit geben. Sie können beim Teufelstanz gegen Hexen kämpfen und Lebewesen vor dem Tod retten. Schau sie an! Sieh dem Tod ins Gesicht und besiege ihn! Schau deine Mutter an, Daniele di Barco, und rette sie!«

Wie von selbst wanderte seine Hand zu dem kantigen Brandmal. Er kniete sich neben Zelt, legte eine Hand auf dessen Brust, die sich schwach hob und senkte, und schloss die Augen.

»Nicht sterben«, flüsterte er. »Tod, ich befehle dir, zu gehen. Du sollst leben, Zelt.«

Dumm kam er sich dabei vor. Vor allem aber schmerzte ihn die Erinnerung an seine sterbende Mutter.

»Du sollst leben, Zelt«, wiederholte er. »Bitte, nicht sterben.«

Er senkte den Kopf und legte ihn auf die Brust des Tieres, spürte den schwachen, unregelmäßigen Atem, das immer schwächer schlagende Herz.

»Bitte, du musst leben …«

Und plötzlich überkam ihn tiefe Wut, sie vergiftete ihn regelrecht, fraß sich in ihn hinein wie eine Krankheit. Ihm ging auf, dass er sich nicht öffnete, dass er dem Allen nicht traute, es nicht an sich heranließ. Nicht an sein Herz. Er hatte zu viel Angst und war zu stolz. Seine Augen füllten sich mit Tränen, die danach drängten, endlich geweint zu werden. Und dieses Mal ließ er es zu.

»Hilfe«, flüsterte er. Und von da an vergaß er sich selbst. Seine Wut löste sich in den Tränen auf, und er fühlte etwas Warmes, das er nicht erklären konnte. Eher vom Bauch als vom Herzen aus floss diese Wärme in seine Hände. Wie an dem Tag, als er die Hand von Fra' Thevet in die seine genommen hatte, weil er spürte, wie sehr der Verlust von Susanna den Prior schmerzte. Seine Hände wurden warm und der Kopf leicht. Und während er die Finger über Zelts blutiges Fell kreisen ließ, war ihm, als wäre er gar nicht da, oder nicht er selbst, oder vielleicht beides. Ein vollkommen neues, wohliges Gefühl erfasste ihn, als ströme alles, was er in sich vergraben hatte, all das, was ihn in seiner Einsamkeit gefangen hielt, nun aus ihm heraus. Als befreite es sich und damit auch ihn.

»Du sollst leben«, sagte er noch einmal. Es war keine Bitte mehr, auch kein Befehl. Es war etwas, das einfach so sein sollte.

Dann legte er sich hin und schloss die Augen, ohne die Hände von Zelt zu nehmen.

Als er die Augen wieder öffnete, war es helllichter Tag. Zelt leckte dankbar sein Gesicht und jaulte leise. Ein Laut zwischen Weinen und Freude.

»Du lebst!« Daniele lachte glücklich. »Du lebst, alter Junge!« Er umarmte ihn. Zelt atmete schwer und legte seinen Kopf zurück auf die Decke, er war noch schwach. »Schlaf noch ein wenig, mein Freund. Schlaf.« Daniele lächelte und versorgte die Wunden neu.

Das Feuer knackte im Kamin, die Flammen züngelten lebendig in rot und gelb. Leben und Tod.

»Ich schaffe es, Susanna«, raunte Daniele, plötzlich frohen Mutes.

Er rieb das Salz von einem Stück Trockenfleisch und legte das Fleisch neben Zelt, ebenso wie eine Schüssel mit Wasser. Er gab einige dicke Holzscheite ins Feuer, damit es so lange wie möglich brennen konnte.

»Jetzt musst du allein zurechtkommen«, kündigte Daniele an und streichelte ihn.

Zelt gab ein tiefes, wohliges Brummen von sich.

»Ich lasse die Tür angelehnt. Du hast jetzt deine Lektion gelernt, aber entscheide selbst. Noch einmal wirst du allerdings nicht davonkommen, alter Junge. Vergiss das nicht.« Damit ging er hinaus.

Jetzt war er bereit für Susanna. Für den Prozess.

Er stieg auf sein Pferd. Am Waldrand stand die Wölfin, Daniele ritt langsam auf sie zu. Als er sie beinahe erreicht hatte, fletschte die Wölfin die Zähne, rührte sich aber nicht. Er hätte sie töten können, aber das war nicht Teil des Pakts. Und Zelt hatte seine Entscheidung getroffen, die galt es zu respektieren. Daniele blickte in den Wald. Er sah nur zwei weitere Wölfe, der Rudelführer fehlte, ebenso eines der Jungtiere. Die anderen beiden waren übel zugerichtet. Ihr Fell war blutig, eines humpelte, den Kopf gesenkt. Daniele vermutete, dass es die Nacht wahrscheinlich nicht überstehen würde. Er ritt noch einmal zu seiner Hütte, nahm einige Fleischstücke und warf sie den Wölfen zu. Der Pakt sah vor, dass die Tiere seinen Zaun nicht überwanden und auch nicht die Schwelle zu seiner Hütte. Doch Hunger war ein schlechter Lehrmeister, und der Geruch von Zelts Blut eine Einladung.

Er sah der Wölfin in die Augen. Ihre gesamte Erscheinung zeugte von Stolz und Erhabenheit. Wieder fletschte sie die Zähne, dann schnappte sie ein Stück Fleisch und verschwand im Wald, lautlos und flink. Die anderen Wölfe folgten ihr hinkend. Einer hinterließ eine Blutspur im Schnee.

Zelt hatte seine Haut teuer verkauft. Hatte es allein mit fünf ausgehungerten Wölfen aufgenommen und überlebt. Ein solches Tier gab es kein zweites Mal.

Daniele gab seinem Pferd die Sporen und ritt im Galopp zum Dorf. Sein Kampf gegen den Inquisitor würde nicht glimpflicher sein als der, den Zelt gekämpft hatte. Aber auch er würde sein Leben teuer zu verkaufen wissen. Und er würde nicht zulassen, dass jemand über das von Susanna bestimmte.

Vorher aber musste er mit der alten Jehanne sprechen. Er musste sie nach dem fragen, was er in all den Jahren nicht hatte hören wollen.

Als er im Borgo ankam, hatte es wieder angefangen zu schneien. Das Pferd versuchte, sich durch Schütteln des Kopfes von den dicken Flocken zu befreien, die vom düsteren Himmel herabfielen. Frierend eilten die Dorfbewohner in ihren Holzschuhen durch die Gassen. Vor dem Laden des Bäckers sah Daniele das Kind stehen, das die Dienstmagd des Astrologen Weser mit durchtrennter Kehle gefunden hatte. Er zügelte das Pferd und stieg ab.

Der Junge sah traurig aus, fand Daniele. Doch als er auf ihn zugehen wollte, kam die Mutter heraus, nahm ihren Sohn bei der Hand und zog ihn mit einem besorgten Blick in Danieles Richtung in den Laden.

Daniele entschied, es für dieses Mal gut sein zu lassen, er würde noch öfter, auch offiziell, die Gelegenheit bekommen, mit dem Kind zu sprechen. Er ritt zum Haus der Hebamme am Ende des Dorfes, in der Nähe der Bärenbrücke, wo Susannas Mutter einst ihr Gewerbe ausgeübt hatte.

An ihrer Wohnstatt, einer heruntergekommenen Hütte aus Holzbalken, deren Ritzen mit Mörtel gestopft waren, bemerkte er, dass sich eine Traube Menschen davor drängte. Er runzelte die Stirn. Das war kein gutes Zeichen. Er band das Pferd an und ging zur Tür.

Eine Wache versperrte den Eingang. Als sie ihn erblickte, stellte sie die Hellebarde quer.

»Was geht hier vor?«, verlangte Daniele unter den misstrauischen Blicken der Umstehenden zu wissen.

Die Wache antwortete nicht.

»Der Inquisitor«, raunte eine Frau hinter ihm.

Daniele wandte sich um. »Warum?«, fragte er.

Die Frau zuckte die Schultern.

Die Leute wissen über das Warum der Dinge nie etwas zu sagen, dachte Daniele. Oft stellten sie sich diese Frage gar nicht erst. Angst bestimmte ihr Leben. Und genau dagegen hatte Susanna immer gekämpft. Sie hatte versucht, diese Menschen von ihrer Angst zu befreien, indem sie ihnen Wissen gab. Und hatte nie aufgehört, an ihre Mission zu glauben. Nie aufgehört zu glauben, dass man aus dieser Welt einen besseren Ort machen konnte. Aber als Daniele die Leute aus dem Borgo jetzt sah, dachte er, dass dieser Kampf vergeblich war. Sie würden niemals mehr als eine Herde Feiglinge sein. Unwissend und abergläubisch.

Bin ich denn besser?, fragte er sich, peinlich berührt von seinem Urteil. Wieder dachte er über seine Vergangenheit nach.

Diese Vergangenheit, die alles zerstört und ihn mit sich gerissen hatte. *Nein*, dachte er, *ich bin nicht besser. Als jeder Einzelne von ihnen.*

Aber vielleicht konnte er jetzt zeigen, dass tief in ihm ein besserer Mensch steckte, und er würde alles tun, diesen hervorzubringen. Mit aller Kraft würde er dafür kämpfen. Für sich und für Susanna.

Kurz darauf wurde die Tür geöffnet und zwei Wachen führten die an den Händen gefesselte Jehanne an einem Strick heraus.

Ihnen folgte Paolo Tahler.

»Was tust du da?«, hielt Daniele ihn an.

»Diese Frau ist angeklagt, gegen den Willen Gottes und der Kirche zu handeln und Kindern auf unnatürliche Art auf die Welt zu helfen«, antwortete Paolo so laut, dass alle ihn hören konnten.

»Was soll das, Paolo?«, rief Daniele. »Jehanne ist seit vielen Jahren Hebamme.«

»Tatsächlich?«

»Was hast du vor?«, drängte Daniele.

Paolo sah ihn mit einem triumphierenden, höhnischen Lächeln an und fuhr sich mit der Hand durch das lange Haar. Schließlich raunte er: »Sie ist eine schweigsame Zeugin, aber dem Inquisitor und der Wahrheit wird sie sich schon beugen, meinst du nicht?« Dann lächelte er wieder und flüsterte: »Jetzt wird das Spiel schmutzig.«

»Wie ich weiß, spielst du gerne im Dreck«, zischte Daniele voller Verachtung. Dann wandte er sich an Jehanne.

Die Alte hielt sich nur mit Mühe auf den Beinen.

»Jehanne«, flüsterte er, »wer bin ich wirklich?«

»Du weißt genau, wer du bist, Daniele«, gab die Hebamme zurück. »Mich brauchst du dafür nicht.«

»Und wer ist er?«, stichelte Paolo sarkastisch lächelnd.

»Er ist ein Heiliger!«, stieß Jehanne wütend hervor, dann erhob sie die gefesselten Hände und drohte ihm mit ihren krummen Fingern, die Augen zu schmalen Schlitzen verengt. »Und du, du bist ein Dämon!«

Paolo wurde bleich und wich einen Schritt zurück.

Ein Raunen ging durch die Menge.

»Bringt sie fort!«, befahl Paolo schrill.

»Daniele, umarme mich«, bat da die Alte.

Daniele zögerte, dann drückte er sie leicht verlegen an sich.

»Im Haus, in der obersten Kommodenlade im Schlafzimmer«, flüsterte Jehanne hastig.

Verwirrt löste sich Daniele aus der Umarmung.

»Bringt sie fort!«, schrie Paolo Tahler noch einmal.

Die Wachen stießen Jehanne vorwärts, und Paolo folgte ihnen, nicht ohne noch einen drohenden Blick auf die Umstehenden zu werfen.

Als der Trupp den Weg zu den Kerkern der Inquisition einschlug und in den Gassen der schäbigen Gegend verschwand, zerstreute sich die Menge.

Daniele blickte sich um und huschte dann in das Haus der Hebamme.

Die Wohnstatt war von Armut gezeichnet. Der Boden des Untergeschosses bestand aus gestampfter Erde, es gab nur wenige und nur die nötigsten Möbelstücke, alle sehr rustikal. Das Obergeschoss war ein einziger Raum: das Schlafzimmer. Außer dem Bett standen dort ein niedriger Tisch mit Spreizbeinen und eine Kommode. Daniele öffnete die oberste Lade, in der die verschiedensten Dinge wild durcheinanderlagen: Geburtsinstrumente, Stücke von Stoff, Nadeln, Faden. Und in einer Ecke ein kleines viereckiges Jutesäckchen mit Flecken darauf und einem dünnen Bändchen.

Atemlos nahm Daniele es in die Hand, öffnete es und fand darin ein dünnes Stückchen getrockneter, nunmehr brauner Haut. Seine Augen füllten sich mit Tränen.

Er wusste nicht, wie die Hebamme in den Besitz seiner Glückshaube gelangt war. Als seine Mutter gestorben war, hatte er das Säckchen aus dem Fenster geworfen. Er wusste nicht, wie Jehanne es wiedergefunden hatte, aber das hier war seine Glückshaube, das wusste er.

Langsam und feierlich knöpfte er seine schwarze Jacke und das Hemd mit dem eingestickten roten Kreuz in Höhe des Herzens auf. Dann zog er das Bändchen, welches das Jutesäckchen zusammenhielt, über den Kopf und senkte den Blick.

Das Säckchen lag beinahe genau auf dem dunklen vierkantigen Brandmal, das seit mehr als zweiundzwanzig Jahren seine Brust zeichnete.

Nun war er bereit.

26

Anno Domini 1633
28. Januar, achter Tag

Borgo San Michele, Ostalpen

Hier geht es ja zu wie in einem Taubenschlag. Das ist ein Kerker, kein Lokal.« Prescern schüttelte zum wiederholten Male den Kopf. »Der Inquisitor muss mir die Erlaubnis erteilen«, beschied er schließlich.

»Mach auf«, befahl Daniele schlicht. In einer Hand hielt er einen Jutesack, in der anderen den Passierschein des Bischofs.

»Ich darf nicht, das sage ich doch«, ereiferte sich Prescern und lehnte sich auf seinem dreibeinigen Hocker zurück.

Ein Ruck ging durch Daniele. Blitzschnell trat er den Hocker unter dem Kerkermeister weg, der dumpf mit dem Hintern auf dem kalten Boden landete. Er packte den Mann am Kragen und zog ihn hoch, bis das verdutzte Gesicht von Prescern genau vor dem seinen war. »Mach auf«, sagte er noch einmal, sehr ruhig, während der Passierschein des Bischofs langsam zu Boden segelte. Der Kerkermeister öffnete den Mund, bekam jedoch nicht genug Luft, um etwas sagen zu können. Daniele bedachte ihn mit einem langen Blick, dann stieß er ihn unsanft gegen die Mauer, hob den Passierschein auf und faltete ihn zusammen. Schließlich wandte er sich der Zelle zu. »Da?«, fragte er nach.

Prescern nahm den Schlüsselring vom Gürtel, nickte knapp und ging zur Tür. Bevor er den Schlüssel ins Loch schob, wandte er sich noch einmal zu dem Mann um, der bedrohlich hinter ihm stand. Er hatte ihn für einen Pfarrer gehalten und erst jetzt erkannt. »Ihr seid der Hüter der Wölfe …«

»Mach auf und lass uns allein.«

Prescern drehte den Schlüssel im Schloss und stieß die Tür auf. Dann verließ er seinen Posten und gesellte sich zur Wache am Kerkereingang.

Daniele verharrte einen Moment auf der Schwelle. Die Zelle war größer, als er sie in Erinnerung hatte. Und trostloser. Es stank nach Schimmel, Urin und Stroh. An den Mauern waren Ringe mit Ketten angebracht. Einige in Höhe der Arme, andere in Höhe der Füße und wieder andere, kürzere mit einem größeren Ring, in Kopfhöhe. Alle Ringe waren geöffnet.

Als er eintrat, sah er sie links auf dem Boden sitzen. Ihre Kleider waren schmutzig, der Rock voll dunkler Blutflecke, eine durchlöcherte Decke hing um ihre Schultern.

Und sie sah ihn auch. »Du!«, raunte Susanna. »Du …« Erst da ging ihr auf, wie sehr sie auf ihn gewartet hatte. Und wie lange schon. Ein ganzes Leben lang. Und nun war er da. Wegen ihr.

Daniele zögerte. Für einen Moment fiel ihm das Atmen schwer, ein Schleier legte sich über seinen Blick. Seit Jahren hatte er sie nicht mehr gesehen. Aber selbst in diesem Zustand war sie wunderschön. Er ging zu ihr, kniete sich vor sie und sah sie mit großen Augen an. Sein Mund öffnete und schloss sich wieder, ungläubig schüttelte er den Kopf.

»Du bist gekommen«, flüsterte Susanna und streckte ihre eiskalte Hand aus, bis sie Danieles fand. »Du bist gekommen«, sagte sie noch einmal und lächelte.

Daniele sprang auf, als hätte er sich an dieser eisigen Hand verbrannt. Hastig wich er zwei Schritte zurück, blieb dann plötzlich stehen, als wäre er angekettet, an Susanna gekettet, drehte sich einmal um sich selbst und stürmte dann zurück zu ihr, als könnte er nicht anders, den Blick voller Schmerz, Angst und Wut.

Susanna kannte das. Sie hatte oft erlebt, dass Daniele sich näherte, floh, zurückkehrte, nur um erneut zu fliehen. Sie war sich seiner bereits sicher gewesen, vollkommen, nur um ihn dann wieder zu verlieren.

Geh nicht fort, betete sie still. *Dieses eine Mal nicht, bitte.*

Daniele nahm ihre Hände, drückte sie fest an seine Brust. Sein Mund war jetzt geöffnet, aber die Worte mussten sich erst noch formen, waren nicht bereit, hier, in diesem düsteren Kerker, dessen Wände noch von den Schreien anderer Männer und Frauen widerhallten, einen Klang anzunehmen. Und als er in ihre Augen sah, diese Augen vom undefinierbaren Blau des Himmels in Vollmondnächten, schloss er den Mund. Und dann überkam ihn Angst, genau wie früher.

»Sie fangen damit an, dich überall zu rasieren«, brach es plötzlich aus ihm hervor, überwältigt von dieser alten Angst. Er wollte einfach etwas sagen, damit er die anderen Worte, die, die er eigentlich hatte sagen wollen, nicht aussprechen musste. Als würde er wieder weglaufen. Wie immer. Mit aller Kraft. Als würde er sich selbst diese Worte zubrüllen. Als würde er die Wut darüber, nicht zu ihr sprechen zu können, gegen sich selbst richten. »Demütigen werden sie dich. Beschmutzen. Sie wollen dich mürbe machen. Dir dein Vertrauen in dich selbst nehmen. Das ist ihr Spiel.«

Susanna wand ihre Hand aus der seinen und führte sie an seinen Mund, verschloss seine Lippen. Dann sah sie ihn an, wie sie ihn beim ersten Mal angesehen hatte. Mit diesen Augen, die nie aufgehört hatten, ihn so anzusehen, auch, wenn er es gar nicht bemerkte, und auch noch, als er sich in die Berge geflüchtet hatte. Mit der gleichen Leidenschaft wie damals schon, mit der gleichen Gewissheit, ihm anzugehören, was auch immer geschah, ob sie wollte oder nicht.

Ich habe immer zu dir gehört, immer, dachte sie. »Ich habe Weser geheiratet, aber …«, setzte sie an.

»Ich weiß«, fiel ihr Daniele ins Wort.

Schweigend sahen sie sich an.

Und Susanna sah, dass die Angst, seine Angst, die von jeher ihre größte Feindin gewesen war, sich in die Tiefen seiner gequälten Seele zurückzog.

Daniele spürte Susannas Finger auf seinen Lippen. Und diese Berührung reichte aus, um seine Angst in die Flucht zu schlagen. Die Angst, sie zu verlieren, noch bevor er sie wirklich wiedergefunden hatte. Und so horchte er in sich hinein, horchte auf die leise Berührung der Finger auf seinen Lippen, stellte sich vor, ihre Hand mit Küssen zu bedecken, diese Hand, die jetzt nicht mehr eisig war.

Und mit einem Mal war er bereit, ein anderer zu sein. Er selbst zu sein. Besser als der, der er einst gewesen war.

Er tunkte sein Taschentuch in eine Schüssel Brackwasser und wischte ihr sanft das getrocknete Blut aus dem Gesicht. »Verzeih, das hätte ich nicht sagen dürfen«, murmelte er mit ruhiger, warmer Stimme. »Eigentlich sollte ich dir doch Mut zusprechen, und jetzt mache ich dir nur Angst.« Er schwieg kurz. »Weil ich selbst Angst habe.«

»Ich nicht«, flüsterte Susanna und sah ihn an. »Solange du da bist, habe ich keine Angst.«

Daniele senkte den Blick. Nur kurz. Nur solange er brauchte, um sich zu sagen, dass er es dieses Mal schaffen musste. Dass er dieses Mal nicht scheitern durfte. Er sah sie wieder an. Und lächelte. »Hör mir zu. Du darfst nicht aufgeben«, sagte er.

Susanna nickte schwach. Sie fühlte sich schmutzig. Die Blutflecke auf ihrem Rock hatten sich schwarz verfärbt, ihre Füße waren schwarz – die Schuhe hatte man ihr fortgenommen –, die Hände steif und ungelenk.

Daniele reichte ihr den Sack, den er mitgebracht hatte.

Als Susanna ihre Hand hereinsteckte, füllten sich ihre Augen mit Tränen. »Ein Kleid … ein sauberes …«, stammelte sie aufgelöst.

Daniele holte auch ein Stück Seife heraus. »Der Bartputzer da draußen bringt dir gleich noch warmes Wasser.«

Susanna spürte ein so wunderbares Gefühl in der Brust, dass es sie nahezu zerriss.

»Hier drin ist noch etwas«, kündigte Daniele zögernd an und schob die Hand noch einmal in den Sack. »Also, ich habe dir nie davon erzählt.« Er zog einen türkisfarbenen Seidenschal heraus, mit drei goldenen Sternen auf einer Seite, wie ein Madonnenumhang. »Als mein Vater mich im Kloster Santa Ulpizia abgegeben hat, nach dem Tod meiner Mutter …« Daniele umklammerte den Schal, hielt sich regelrecht daran fest. »Da hat Fra' Thevet mir ein Baby in den Arm gelegt … ein Baby, das geboren wurde in dem Moment, in dem meine Mutter starb.«

Susanna hielt den Atem an.

»Auch die Mutter des Babys war tot«, fuhr Daniele fort. »Und ich …« Er hielt Susanna den Schal hin.

Susanna nahm ihn an einer Ecke. Spürte, wie weich er war.

So blieben sie einen Moment stehen. Verbunden durch diesen weichen Stoff, wie eine zarte Berührung.

»Und ich …« Daniele stockte. »Ich habe das Baby in diesen Schal gewickelt, denn …« Er schwieg.

Susanna drückte den Schal an sich, genauso, wie Daniele es immer tat.

»Denn da habe ich verstanden, dass dieses Baby mich brauchte.«

Susannas Herz setzte einen Schlag aus.

»Und dieses Baby …«

»Das war ich!«, rief Susanna gerührt.

»Ja«, flüsterte Daniele. »Das warst du.«

»Ich …«

»Auf meinem Arm.«

Susanna riss den Mund auf. Ihr Herz hatte immer noch nicht wieder zu schlagen begonnen. Der Atem noch nicht wieder eingesetzt. Das Hirn noch keine Gedanken geformt. Und der Schal schien nun noch weicher.

»Da hat alles angefangen«, brachte Daniele heiser hervor. Dann legte er ihr den Schal um die Schultern. »Er gehört dir.«

Susanne wickelte sich fest in den Schal, wie in eine alte Umarmung, unbekannt, unerwartet und wunderbar.

Daniele lächelte. »Er hat dir von Beginn an gehört.«

»Seit dem ersten Tag unseres Lebens …«, murmelte Susanna, und ihre Stimme brach.

Und da brach alles aus ihr heraus, all das Leben, das kein Leben mehr war, explodierte mit unerwarteter Heftigkeit. Susanna begann zu weinen. Sie stand kurz davor, zu schreien, das Herz schlug ihr bis zum Hals. Die Lungen pumpten Luft. Die Gedanken wirbelten durch ihren Kopf. Als ob all ihre Lebensfreude, die man in diesen schrecklichen Tagen versucht hatte, ihr zu nehmen, durch die Tränen wieder an die Oberfläche gelangte.

»Du bist gekommen«, schluchzte sie glücklich.

»Ja, ich bin wieder da«, erwiderte Daniele.

ZWEITER TEIL

Lass dir niemals die Flügel stutzen

27

Anno Domini 1616

Borgo San Michele, Ostalpen

Fra' Thevet hat gesagt, wir sollen Freunde werden. Willst du?«

Daniele spürte Ärger in sich aufsteigen. »Du redest seit Monaten von nichts anderem«, erwiderte er gewollt grob.

Aber Paolo brach bloß in Gelächter aus.

Wir sind so unterschiedlich, dachte Daniele. Paolo lächelte ständig, ja, sein ganzes Wesen schien zu leuchten. Offensichtlich liebte er das Leben.

»Was ist denn so komisch?«, fragte Daniele gereizt.

»Dass ich seit nahezu vier Monaten Fra' Thevet jedes Mal wieder berichten muss, dass ich seinen Auftrag nicht erledigen konnte.«

»Und darüber musst du lachen?«

»Ja, ich weiß immer genau, wie er reagieren wird«, gab Paolo fröhlich zurück. »Erst seufzt er und schüttelt entmutigt seinen großen Kopf. Und dann brummelt er irgendetwas vor sich hin, ich glaube, es ist ein Gebet, weil er sich danach bekreuzigt. Aber wenn man ihn so hört …« Er lachte. »Also wirklich, du solltest das mal erleben. Auch wenn es ein Gebet ist, klingt es eher wie ein Fluch.« Wieder lachte er. »Na ja, also ich finde das komisch.« Ein wenig verlegen fuhr er fort: »Entschuldige.« Er zuckte die Schultern. »Wir beide haben ja eigentlich dieselbe Geschichte, aber … Ach, ist ja auch egal. Entschuldige. Ich rede zu viel.«

»Nein«, wehrte Daniele ab. Es war, als könnte er seine Einsamkeit plötzlich nicht mehr ertragen. »Erzähl weiter.«

Paolo sah ihn überrascht an. »Also, ich meinte …«, fuhr er verwundert fort, »uns ist ja eigentlich dasselbe passiert, unsere Mütter sind beide gestorben und unsere Väter, also ich will deinen nicht beleidigen, aber meiner …«, er stockte auf der Suche nach der richtigen Beschreibung. »Meiner ist ein Stück Dreck. Genau, mein Vater ist ein Stück Dreck.« Wieder stieß er ein helles Lachen aus, wie ein frischer Windstoß, der an einem heißen Tag die Wolken vor sich hertreibt. »Ich meine, unsere Mütter sind beide tot, und wir müssen hier im Kloster leben. Aber du bist verzweifelt, und ich bin glücklich. Für dich ist das alles ein Unglück, und für mich ist es ein Glücksfall.« Wieder zuckte er die Schultern. »Na ja.«

Für einen Moment hörten die Gedanken in Danieles Kopf auf, sich zu drehen. Neue Gedanken kamen dazu. Und nachdem seine Mutter seit mehr als fünf Jahren tot war und er sich seit mehr als fünf Jahren nicht mehr um Susanna hatte kümmern können, glaubte er, nun einen Grund zu haben, sein Schneckenhaus zu verlassen. Da war jemand, für den es sich lohnte.

»Warum hat dich dein Vater im Kloster abgegeben?« Nach den langen Jahren der Verschlossenheit war Daniele selbst überrascht, dass er diese Frage stellte und auch neugierig auf die Antwort war.

»Er hat mich hier nicht abgegeben«, erwiderte Paolo in einem Ton, als hätte Daniele etwas Schlimmes gesagt. »Ich bin vor meinem Vater weggelaufen und habe den Inquisitor um Schutz gebeten. Er hat dafür gesorgt, dass ich hier leben kann bis ich …«, er reckte stolz seine schmächtige Brust, »bis ich ihm dienen kann.«

Daniele betrachtete ihn wohlwollend. *Was für ein spaßiges Kerlchen*, dachte er. »Frag mich noch mal«, forderte er ihn auf, und auch aus seiner Stimme klang nun eine gewisse kindliche Leichtigkeit.

»Was denn?«

»Ob ich dein Freund werden will.« Daniele verspürte ein Kribbeln auf der Seele, wie wenn man nachts aufwacht, weil man zu lange auf einem Arm gelegen hat und dann nach und nach langsam erst die Finger, dann die Hände und schließlich den ganzen Arm bewegen muss, damit wieder Leben hindurchströmt.

»Dann muss ich es aber auch richtig machen.« Paolo grinste. »Ich muss alles noch mal sagen, Wort für Wort, wie sonst.«

Auch Daniele lächelte jetzt. Ein echtes Lächeln. »Genau.«

»Fra' Thevet hat gesagt, wir sollen Freunde werden. Willst du?«, sagte Paolo sein Sprüchlein auf.

»Ja.«

»Nein, warte.« Paolo lachte. »Du musst auch so antworten wie immer.«

Daniele runzelte die Stirn. »Wieso?«

»Mach es einfach. Noch mal von vorn.« Paolo räusperte sich. »Fra' Thevet hat gesagt, wir sollen Freunde werden. Willst du?«

Amüsiert antwortete Daniele: »Du redest seit Monaten von nichts anderem.«

»Perfekt!« Paolo stand auf. »Dann muss ich jetzt wohl zu Fra' Thevet gehen und ihm berichten, dass es wieder nicht so gekommen ist.« Er bedeutete Daniele, ihm zu folgen. »Du versteckst dich, dann kannst du seine Reaktion beobachten. Das wird spaßig, glaub mir«, sagte er fröhlich.

Sie verließen ihre Zelle und gingen zur Klosterkapelle, wo der Prior um diese Zeit betete, und schlüpften flink hinein. Paolo bedeutete Daniele zu schweigen und zeigte auf eine Bank, hinter der er sich verstecken und sie beobachten konnte. Dann trat er zu Fra' Thevet.

»Prior«, setzte er kopfschüttelnd an.

»Wieder nichts?«, erkundigte sich Fra' Thevet.

Paolo fuhr fort, betrübt den Kopf zu schütteln.

Aus seinem Versteck konnte Daniele den Ausdruck auf Fra' Thevets Gesicht genau erkennen.

»Hast du dir auch Mühe gegeben? Was hat er gesagt?«, drängte der Prior.

»Nichts. Also, dass ich ihn in Ruhe lassen soll.« Paolo war ein großartiger Schauspieler.

Daniele beobachtete, wie sich ein Schleier über die vom Star bereits getrübten Augen des alten Mönchs legte. Und fand das kein bisschen spaßig. Denn offensichtlich schmerzte es Fra' Thevet wirklich. Der Prior schüttelte sich und sprach dann schnell und leise das, was Paolo nie verstand, von dem er wegen des anschließenden Kreuzzeichens aber meinte, es sei ein Gebet, obwohl es doch viel eher klang wie ein Fluch.

Daniele verstand die Worte sofort: »Verdammt seist du, Martinengo. Vergebe mir Gott.« Deshalb bekreuzigte er sich danach. Und deshalb klang es so schroff wie ein Fluch.

In diesem Moment spürte Daniele, wie sehr er den alten Mönch mochte, und dieser grausame Scherz tat ihm im Herzen weh.

Als sie zu ihrer Zelle zurückgingen und Paolo über Fra' Thevets Gesicht lachte, sagte Daniele: »Ich muss zurück zum Prior und ihm sagen, dass wir dieses Mal wirklich Freunde geworden sind.«

»Nein!« Paolo hüpfte aufgeregt auf und ab. »Nein!«, wiederholte er noch nachdrücklicher. »Nur wir beide dürfen wissen, dass wir Freunde sind.«

»Warum?«

»Weil das unser Geheimnis ist. Wir beide gegen den Rest der Welt.«

28

Anno Domini 1616

Borgo San Michele, Ostalpen

Sag ihm doch einfach, ich bin tot.«

Fra' Thevet musterte Martinengo.

Mittlerweile war er nur mehr ein menschliches Wrack. Und obgleich sein Glaube ihm Barmherzigkeit gebot, verspürte der Prior doch Abneigung gegen diesen Mann, dessen allumfassender Schmerz sich nur noch in Missgunst, Bitterkeit und Groll zeigte. Was ihm aber am meisten Sorge bereitete – und nur deshalb hatte er noch einmal versucht, mit Martinengo zu sprechen – war, dass Daniele genauso werden könnte. Dass auch dieser unschuldige Junge Schmerz in Hass verwandeln könnte und sein Leben in eine Art Vorhölle. So wie sein Vater.

Seitdem der Inquisitor Paolo ins Kloster gebracht hatte, setzte Fra' Thevet alle Hoffnung auf ihn. Er selbst hatte die Regeln des Klosters missachtet und die beiden Jungen zusammen in ein Zimmer gesteckt. Das Zusammenleben mit einem Gleichaltrigen würde Daniele aus der Deckung locken, hatte er gedacht. Aber noch am Tag zuvor hatte Paolo ihm berichtet, dass Daniele nichts von ihm wissen wolle.

Und das zerriss dem Prior beinahe das Herz. Er wollte, er konnte Daniele nicht einfach sich selbst überlassen. Und deshalb hatte er noch einmal bei Martinengo geklopft.

»Ich soll ihm erzählen, dass du tot bist?« Fra' Thevet schnappte fassungslos nach Luft, während er zugleich versuchte, seine Wut zu verbergen. »Und wenn ihm dann jemand erzählt, dass er dich betrunken durch die Gassen hat torkeln sehen? Weißt du, was dann passiert? Dann traut er auch mir nicht mehr.«

»Aha, du bist also jetzt der neue Vater, der sich aufopfert, oder wie?«, gab Martinengo missbilligend zurück.

»Ich war nicht derjenige, der das so entschieden hat!« Fra' Thevet bebte vor Wut, versuchte aber, sich zu beherrschen. »Dein Hohn ist unangebracht.«

»Du kannst das nicht verstehen«, erwiderte Martinengo noch düsterer als zuvor. »Der Junge würde mich nur noch mehr daran erinnern, dass meine Frau nich mehr ist.«

»Dieser *Junge* ist dein Sohn. Er trägt dein Blut in sich.« Der Prior schüttelte den Kopf. »Ich weiß nicht, ob Wein oder Unredlichkeit dich so sprechen lassen. Aber es ist kaum denkbar, dass ein so egoistischer Mensch, einer, der einzig um sich selbst kreist, jemals wahre Liebe in seinem Herzen tragen konnte.«

»Erlaub dir bloß nich, was über meine Liebe zu sagen!«, schrie Martinengo. Er geriet aus dem Gleichgewicht und musste sich an der Wand abstützen, dann drohte er dem Prior mit erhobenem Finger. »Was weißt du schon über die Liebe zwischen Mann und Frau?«

Fra' Thevet hielt seinem Blick stand. »Und was weißt du über die Liebe eines Kindes zu seiner Mutter, da du dich ja nicht einmal fragst, ob sie Daniele ebenso fehlt wie dir?«

Was dann geschah, war vollkommen überraschend: Martinengo schrie mit einem Mal all seine Wut heraus, stand einfach da, mit rotgeäderten Augen, in die sich Tränen der Verzweiflung stahlen, und rief: »Er hat sie nicht gerettet!«

Fra' Thevet starrte ihn an. »Was redest du denn da?«

»Er hat sie nicht gerettet«, stieß Martinengo noch einmal hervor und brach dann in Tränen aus.

»Wer hat dir das denn erzählt?«, fragte Fra' Thevet zutiefst bestürzt. »Du hast den Tod deiner Frau einem kleinen Kind aufgebürdet?« Mit einem Mal verstand er Daniele, seinen furchtbaren Schmerz, seine Schuldgefühle.

»Jehanne hat gesagt, er ist ein Heiliger«, stammelte Martinengo. »Dass er die Macht hat, sie zu retten.«

»Und du glaubst an das abergläubische Gerede von diesem Weib? Wie kannst du nur so einfältig sein? So töricht und kopflos?«

Martinengo war vollkommen aufgelöst. »Er ist doch ein Heiliger, oder etwa nicht?«, schrie er wütend.

»Nein! Ist er nicht«, schrie Fra' Thevet noch lauter. Er war außer sich. Seine Gedanken wanderten zu Susanna, die ebenfalls von Geburt an vom Aberglauben gezeichnet war. »Es gibt keine Heiligen und auch keine Hexen!«, rief er.

»Warum hat er sie nich gerettet?«, jammerte Martinengo verzweifelt.

»Weil er es nicht konnte!«, brüllte der Prior.

Da hob Martinengo den Blick und vertraute ihm aus den Tiefen seiner Seele seinen schrecklichsten Gedanken an: »Gott hat ihm auferlegt, sie nicht zu retten, um mich zu strafen?«

»Gott?« Fra' Thevet sah in Martinengos wässrigen Augen den Wahnsinn aufblitzen. Martinengo glaubte also, das alles wäre nicht geschehen, wenn er nicht aus dem Kloster ausgetreten wäre. Aber genau das hatte er getan. Er hatte Gott betrogen, und Gott hatte ihn bestraft. Und dieser einfache Gedanke brachte ihn um den Verstand.

»Martinengo, komm ins Kloster, wir helfen dir«, sagte er verständnisvoll und legte ihm eine Hand auf die Schulter.

Die kleine Berührung erboste Martinengo, er schlug die Hand weg und versuchte auszuweichen, aber die Beine wollten ihn nicht mehr tragen, und er stürzte zu Boden. »Geh weg, Prior! Ich brauch dein Mitleid nich!« Er versuchte, wieder auf die Füße zu kommen, schaffte es aber nicht und blieb entkräftet auf dem schmutzigen Boden liegen. »Leute wie du, ihr wisst doch gar nich, was Liebe ist«, murmelte er düster. »Und deshalb wisst Ihr auch nich, was Schmerz ist.«

Fra' Thevet wusste, dass der kurze ehrliche Moment vorbei war und Martinengo sich wieder in sein Schneckenhaus zurückgezogen hatte. Sein Mitleid mit diesem verzweifelten, boshaften Mann schwand. »Den wahren Schmerz, den muss dein Sohn Daniele erleiden. Und dafür verachte ich dich.«

»Geh jetzt«, stammelte Martinengo bitter.

Der Prior wandte sich zur Tür. Niemandem würde es gelingen, Martinengo aus seinem selbst gegrabenen Loch herauszuholen.

»Du wolltest mir doch Holz besorgen, wann bekomme ich das?«, hielt Martinengo ihn zurück.

Fra' Thevet drehte sich auf der Türschwelle um. Er sah in Martinengo das Abbild menschlichen Elends und schüttelte voller Entsetzen den Kopf. »Keine Sorge, du bekommst dein Holz«, sagte er, dann machte er sich mit schwerem Herzen auf den Weg zurück ins Kloster. Er wusste nicht, was er noch für Daniele tun konnte.

Bei seiner Ankunft erwartete Daniele ihn in der Bibliothek.

Der Junge rang die Hände, und Fra' Thevet wusste sogleich, dass etwas vorgefallen sein musste. »Was ist los?«, fragte er besorgt.

Daniele senkte beschämt den Kopf, brachte aber kein Wort heraus.

»Na los, mein Junge«, ermutigte der Prior ihn und fasste ihn sanft an den Schultern. »Hör mal«, begann er, in Gedanken bei dem schrecklichen Treffen mit Martinengo. »Es ist nicht deine Schuld, das, was passiert ist.«

»Doch«, entgegnete Daniele.

»Nein!«, rief Fra' Thevet. »Es ist nicht deine Schuld!«

»Doch«, murmelte Daniele betreten. »Ich wollte, also wir haben nicht …«

»Wovon redest du?«, wollte Fra' Thevet wissen, der nicht verstand, worauf Daniele hinauswollte. Offensichtlich sprach er gar nicht über den Tod seiner Mutter. »Daniele, sag mir um Gottes willen, wovon du redest!«

»Wir haben einen Scherz mit Euch getrieben«, stieß Daniele hastig hervor.

»Wer? Was für einen Scherz?«

»Paolo und ich. Es stimmt gar nicht, dass wir keine Freunde sind.« Danieles Augen füllten sich mit Tränen. »Bitte werdet nicht böse, es sollte nur ein dummer Scherz sein.«

»Ihr seid Freunde geworden?« Fra' Thevet hielt den Atem an.

»Ja. Gestern hat Paolo Euch zwar gesagt, dass es nicht so ist, aber …«

»Ein Scherz war das?«

»Ja, verzeiht, bitte, seid nicht böse.«

Fra' Thevet sah ihn entgeistert hat, und Daniele wandte den Blick ab. Er hatte die ganze Nacht nicht geschlafen. Bei Paolos Worten, dass Daniele sein Angebot wieder ausgeschlagen habe, da hatte Daniele einen so tiefen Schmerz im Gesicht des Priors gesehen, dass er das Gefühl hatte, ihm ein Messer in den Rücken getrieben zu haben. Das war kein Scherz. Das war grausam.

Fra' Thevet starrte Daniele noch immer an.

»Bitte, seid nicht böse.«

Da löste sich der Prior aus seiner Starre und begann laut zu lachen. Maßlos. Er drückte Daniele an sich und hielt ihn fest in seinen Armen. Dann hob er ihn hoch, vollführte sogar eine kleine, neckische Drehung.

»Ihr seid nicht böse?«, fragte Daniele hoffnungsvoll, seine Stimme war kaum mehr als ein Flüstern.

»Böse?« Fra' Thevet lachte noch lauter und schlug sich mit der Hand auf den Schenkel, woraufhin eine Staubwolke aus seinem Gewand aufstieg. »Ich bin der glücklichste Mann der Welt!«

Daniele bemerkte, dass die Freude des Priors tief, ehrlich und ungestüm war. Und er spürte etwas in sich, das sein eisiges Herz erwärmte. »Ich bitte Euch um Verzeihung«, erklärte er, als Fra' Thevet ihn wieder an sich drückte.

»Wofür?«

»Weil wir Euch behandelt haben, wie mein Vater mich behandelt.«

Fra' Thevet rückte ein kleines Stück von ihm ab, ohne Daniele loszulassen, gerade genug, um ihm in die Augen sehen zu können. Wie konnte ein elfjähriger Junge so etwas sagen? Wie konnte er so etwas denken?

»Du überraschst mich immer wieder, Daniele«, bemerkte der Prior mit vor Rührung zittriger Stimme. »Du hast mir einmal geholfen, einen sehr schmerzhaften Moment zu überwinden. Damals habe ich dich gefragt, wer du bist. Du hast geantwortet: ›Ein schlechtes Kind bin ich. Denn ich habe meine Mutter nicht gerettet‹.«

Daniele errötete, und Zorn glomm in seinem Blick auf. »Ja, ich erinnere mich.« Er senkte den Kopf.

Fra' Thevet nahm sein Gesicht zwischen die Hände, zog es sanft zu sich und sah dem Jungen in die Augen. »Eine so große Last kannst du nicht tragen, Daniele. Du trägst keine Schuld.«

»Doch, ich …«

»Nein«, beschied der Prior resolut und umarmte ihn noch einmal. Fest. Liebevoll. »Hör mir zu. Du bist jemand sehr Besonderes. Und du trägst keinerlei Schuld.«

Daniele schämte sich, war aber zugleich glücklich. »Ich muss jetzt … in den Lateinunterricht«, murmelte er verlegen.

Fra' Thevet lächelte und ließ ihn gehen.

Kaum dass er allein war, eilte er in die Kapelle und kniete nieder vor dem blutenden Christus am Kreuz. »Verzeih, verzeih, verzeih, dass ich gezweifelt habe!«, stieß er überwältigt hervor. »Vergib mir, dass ich glaubte, Daniele sei aus dem gleichen Holz geschnitzt wie sein Vater. Ich bin nur ein alter Priester, dem es an Glauben fehlt.« Er sah zu dem leidenden Christus auf. »Wenn ich zuvor nicht an Dich geglaubt hätte, dann würde ich es jetzt tun, dann wüsste ich von jetzt an, dass es Dich gibt und Du uns leitest.« Er dachte an Susanna, die er regelmäßig traf und der er viel mehr beibrachte, als ihr Alter es vermuten ließen. »Danke«, flüsterte er. »Die Leben meiner beiden Kinder sind in Deinen Händen sicher.«

Und plötzlich brach er wieder in lautes Lachen aus.

»Gut gemacht, Allmächtiger, sehr gut!«

29

Anno Domini 1616–1618

Borgo San Michele, Ostalpen

Unsere Freundschaft sollte ein Geheimnis sein. Wir beide gegen den Rest der Welt«, ereiferte sich Paolo, nachdem Daniele ihm von seinem Gespräch mit Fra' Thevet erzählt hatte. Sein sonst so fröhliches Gesicht verfinsterte sich, die aquamarinblassen Augen blitzten in finsterem Nachtblau.

»Unsere Freundschaft gehört in jedem Fall nur uns, sie ist unser Geheimnis«, entgegnete Daniele.

»Ach ja? Wie denn? Jetzt wissen es doch alle!« Paolo schmollte.

Daniele schwieg betreten. Sie waren gerade erst Freunde geworden, und er hatte Paolo bereits betrogen. Trotzdem war er der festen Überzeugung, das Richtige getan zu haben. Der Schmerz auf Fra' Thevets Gesicht am Tag zuvor war einfach zu tief gewesen.

»Er hat so gelitten«, bemerkte er.

»Und wenn schon«, brummte Paolo. »Das war spaßig, und du hast alles kaputt gemacht.«

Daniele musterte ihn. Fast erkannte er ihn nicht wieder, diesen immer lächelnden Jungen, das Abbild heller Freude. Er konnte kaum glauben, dass Paolo so düster sein konnte. Er fühlte sich unbehaglich, spürte, dass in Paolos Brust zwei Seelen wohnten. Eine war nicht auf den ersten Blick ersichtlich, aber nicht weniger ausgeprägt, sobald sie sich zeigte.

»Ich hab eine Idee«, sagte er lächelnd.

»Welche denn?« Paolos Miene war noch immer finster, aber nun leuchtete ein Funken Neugierde in seinen Augen auf.

Seit Daniele am Tag zuvor aus seinem Schneckenhaus ausgebrochen war, spürte er wieder Leben in sich. Und mit dem Leben eine Ahnung von Vergnügen. »Ich weiß, wie wir den anderen vorgaukeln können, dass wir nicht wirklich Freunde sind.«

Paolo sah ihn aufmerksam an.

»Na ja, dass wir Freunde sind, wissen ja jetzt alle …«

»Ganz genau«, brummte Paolo.

»Aber keiner weiß, was wir denken.«

»Was redest du da?«

Daniele lachte. »Der Unterricht von Fra' Leonardo ist hochinteressant.«

»Du bist wohl verrückt geworden! Es gibt nichts Langweiligeres als den Unterricht von Fra' Leonardo! Aber was hat das mit uns zu tun?«

Daniele lachte noch mehr. »Genau, es gibt nichts Langweiligeres! Und nur wir beide wissen, dass ›hochinteressant‹ eigentlich ›langweilig‹ bedeutet.«

Auf Paolos Gesicht erschien ein leichtes Lächeln. »Also eigentlich …«

»Wir erfinden eine eigene Sprache. Eine Geheimsprache!«, rief Daniele fröhlich. »Eine Sprache, die nur wir beide verstehen. Wir können alles laut sagen, aber niemand weiß, was es wirklich bedeutet. Wir sagen etwas, und die anderen verstehen etwas vollkommen anderes.«

Paolos Miene hellte sich auf. Er lachte. »Ausgezeichnet!«

»Nein, nicht ausgezeichnet«, verbesserte Daniele ihn. »Äußerst töricht!«

»Da hast du wirklich etwas … äußerst Törichtes erfunden!« Paolo spielte das Spiel mit den umgedrehten Bedeutungen sogleich mit. »Genau! Ach was, entschuldige. Falsch!« Er lachte vergnügt. »Weißt du was? Ich kann dich wirklich … nicht leiden!«

Auch Daniele lachte. »Ich dich auch nicht, du bist furchtbar!«

»Du bist der größte Dummkopf, den ich kenne.«

»Und du bist ein … ein Milchsuppengesicht!«

Die beiden Jungen schütteten sich aus vor Lachen.

»Was wird das hier?«, mahnte ein Novize, der an ihnen vorbeiging.

Daniele und Paolo schwiegen einen Moment, dann tauschten sie einen Blick und antworteten nahezu gleichzeitig: »Wir langweilen uns zu Tode.« Und lachten noch mehr, denn dieses von Daniele erfundene Spiel machte nicht nur Spaß – da sie gleichzeitig dieselbe Antwort gaben, zeigte es auch, wie ähnlich sie sich waren.

Kaum dass der Novize nach einigen mahnenden Worten weiterging, sahen sie sich an, jetzt mit ernster Miene.

»Wir beide gegen den Rest der Welt«, sagte Paolo.

»Wir beide gegen den Rest der Welt«, wiederholte Daniele.

Mit diesem feierlichen Versprechen besiegelten sie ihre Freundschaft. Sie schliffen und feilten ihre Geheimsprache zu einem wahren Meisterwerk. Neben Worten, die das Gegenteil ihrer eigentlichen Bedeutung bezeichneten, sprachen sie nun auch Worte rückwärts und vertauschten Silben. Einigen Worten gaben sie vollkommen andere Bedeutungen, Fra' Leonardo etwa wurde zu »Mus«. Auch Zahlen konnten für Worte stehen, »eins« etwa bedeutete »Vorsicht«. Und da sie wirklich kluge Köpfe waren und die Sache ihnen unbändigen Spaß bereitete, übernahmen sie alles leichthin auch in Latein und Griechisch und alle anderen Sprachen, die man im Borgo sprach, darunter Italienisch, Deutsch und Slowenisch.

Und nachdem Daniele immer wieder hartnäckig darum gebeten hatte, gab Paolo schließlich nach: Mit Fra' Thevet sprachen sie immer richtig, ohne ihn zum Narren zu halten. Ihr Geheimnis aber verrieten sie ihm nicht.

Tag für Tag, Woche für Woche, Monat für Monat entstand in der begrenzten Welt des Klosters, die die ihre war, damit eine ganz eigene Welt, in der nur sie beide lebten. Und merkwürdigerweise machte sie das freier, sicherer und stärker.

Vor allem aber wusste jeder von ihnen, dass der jeweils andere ein sehr besonderer Freund war. Ein einzigartiger Freund.

Diese starke Bindung führte jedoch auch dazu, dass sie sich zurückzogen und keinerlei Freundschaften zu den anderen Novizen pflegten. Und dass sie sich immer halfen, wenn einer von beiden in Schwierigkeiten geriet.

Eines Tages, während einer der langweiligen Unterrichtsstunden bei »Mus« sah Fra' Leonardo, dass Paolo gähnte.

»Paolo Tahler, versuchst du vielleicht mit deinem aufgerissenen Mund einen der Öfen in unserer Küche nachzumachen?«, fragte der Frater in dem Versuch, ihn vor der Klasse lächerlich zu machen.

Die Novizen brachen in lautes Gelächter aus, allen voran Gianroberto, den Daniele und Paolo nur »Veleno«, Gift, nannten. Er war älter als sie, füllig, konnte sie beide nicht ausstehen und neidete ihnen den Erfolg, den er selbst im Unterricht nicht erringen konnte.

Beschämt setzte Paolo zu einer Entschuldigung an, da mischte Daniele sich ein.

»Ihr habt recht, Frater«, sagte er, »er ist ein ausgezeichneter Ofen, das kann ich versichern. Ihr müsst am Abend Eurer Mus kalt essen, wir aber können es uns dank Paolo in unserer Zelle aufwärmen. Wenn Ihr ein großes Vergnügen nicht scheut, dann kommt gerne einmal einen Abend zu uns.«

Erneut brachen die Novizen in lautes Gelächter aus.

Auch Paolo lachte, wusste er doch, dass »Mus« ja eigentlich ihren Lehrer meinte.

»Du bist ein unverschämter Bengel, Daniele di Barco!«, ereiferte sich der Frater. »Und ein Dummkopf obendrein. Du verdienst eine Strafe.«

Da ergriff Paolo das Wort, der seinem einzigen Freund im Kloster in nichts nachstehen wollte: »Wenn Ihr wollt, Fra' Leonardo, dann kann ich Daniele in meinem Ofen ein wenig rösten, als Vorgeschmack auf die Hölle, in der er wegen dieser furchtbaren Sünde schmoren wird.«

Und wieder lachte die ganze Klasse.

Nur Gianroberto nicht.

Daniele bemerkte das und sagte: »Du lachst nicht, Gianroberto? Bist du traurig, weil du genau weißt, dass du zu dick bist, um dir in Paolos Ofen deinen dicken Hintern zu wärmen?«

»Ich würde ihn gar nicht in meinen Ofen hineinlassen, selbst wenn er nicht so dick wäre«, stichelte Paolo weiter. »Er sieht nämlich so giftig aus, geradezu ›velenoso‹.«

Die Klasse war nun nicht mehr zu halten, und Fra' Leonardo außer sich vor Wut.

»Ihr zwei Tunichtgute kommt sofort mit mir!«, schrie er, dann brachte er sie zu Fra' Thevet und erzählte ihm, was geschehen war.

Der Prior entließ Fra' Leonardo und sah die beiden Jungen so streng an, wie er konnte. Er dachte an die Äbtissin, die für die ungezogene Susanna mit all ihren Streichen so viel Geduld aufbringen musste. Und daran, wie schwer es der Äbtissin fiel, nicht laut darüber zu lachen. Und mit den gleichen Worten, welche die Äbtissin immer zu Susanna sagte, drohte er nun: »Ich muss euch bestrafen.«

Die beiden Jungen tauschten einen verschwörerischen Blick.

»Was haltet ihr selbst für eine angemessene Strafe?«, erkundigte sich Fra' Thevet.

»Das Schlimmste wäre, die Unterrichtsstunden bei Fra' Leonardo zu verdoppeln, Prior«, antwortete Daniele prompt. »Eine schlimmere Strafe als diesen Stumpfsinn kann es gar nicht geben.«

Paolo lachte laut auf.

»Es reicht!« Fra' Thevet schlug mit der Hand auf den Tisch, wobei er alle Mühe hatte, ein Lachen zu unterdrücken. »Ihr werdet einen ganzen Tag lang in eurer Zelle zubringen«, verkündete er streng, wobei er nur zu genau wusste, dass dieses Urteil für Daniele und Paolo eher Vergnügen als Strafe war.

Die Geschichte mit Fra' Leonardo und Gianroberto machte im Kloster rasch die Runde, und von da an wussten alle, dass sie mit diesen beiden Jungen besser nicht in Streit gerieten. Fortan machten alle Novizen, auch die älteren, einen großen Bogen um sie. Sie fürchteten und bewunderten Daniele und Paolo gleichermaßen. Vielleicht verachteten sie sie auch, auf jeden Fall aber betrachteten sie die beiden nicht als ihresgleichen.

Doch weder Daniele noch Paolo kümmerte das. Sie litten nicht unter ihrer Zweisamkeit, sie hatten sie schließlich selbst gewollt.

Manchmal sagte Fra' Thevet über die beiden Jungen, ihre Sünde sei der Hochmut. Aber beschweren konnte er sich nicht über sie. Beide waren außergewöhnlich gute Schüler. Brillant und aufgeschlossen. Latein und Griechisch bereiteten ihnen keine Schwierigkeiten, und sie konnten die Klassiker schneller übersetzen als alle anderen Seminaristen, die sich an den antiken Sprachen meist die Zähne ausbissen. Das Gleiche galt für das Studium der Heiligen Schriften. Beide hatten ein außergewöhnlich gutes Gedächtnis und die Fähigkeit, aus den alten Lehren neue zu entwickeln, als könnten ihre Gedanken Blei in Gold verwandeln.

Wenn sie nicht zusammen waren, was so gut wie nie geschah, ging Daniele Fra' Thevet im Nutzgarten und bei der Pflege der im Kloster gehaltenen Tiere zur Hand. Oft wunderte sich der Prior über den Instinkt des Jungen. Es schien, als könne Daniele sich mit der Natur verständigen. Er wusste, wenn eine Pflanze mehr Wasser, weniger Sonne oder nährreichere Erde brauchte. Wusste, warum ein Huhn keine Eier legte oder eine Ziege nicht mehr genug Milch gab. Und wenn er sich mit Fra' Stanislao austauschte, von dem er alles über Kräuterkunde und natürliche Rauschmittel lernte, fand er zu guter Letzt oft ein Heilmittel. Eines, auf das nicht einmal Fra' Stanislao gekommen wäre. Denn Danieles offensichtlichste Gabe war es, sich außerhalb vorgefertigter Muster zu bewegen, was viele Mönche als Mangel deuteten, nicht aber Fra' Thevet.

Paolo hingegen zeigte keinerlei Interesse an den Nutzgärten, und das Einzige, was ihn an Tieren zu interessieren schien, war die Schlachtung. Montags, wenn der Fleischer mit seinen Schlachtwerkzeugen ins Kloster kam, fragte Paolo jedes Mal, ob er helfen könne.

Wenn es einen grundlegenden Unterschied zwischen den beiden gab, stellte Fra' Thevet sehr bald fest, dann den: Daniele interessierte sich für das Leben, Paolo für den Tod. Merkwürdig war, so befand Fra' Thevet, dass Daniele, als derjenige, den das Leben umtrieb, trübsinnig und introvertiert war. Paolo, der um den Tod scharwenzelte, besaß hingegen ein sonniges, fröhliches Gemüt. Daniele war pessimistisch, Paolo ungebrochen optimistisch.

Als die Jungen heranwuchsen, veränderten sich auch ihre Körper auf unterschiedliche Weise.

Daniele wuchs in nur wenigen Monaten eine gute Handbreit, seine Schultern wurden breit, sein Körper muskulös, beweglich und stark. Der erste Haarwuchs im Intimbereich und unter den Achseln war stark und stachelig, und über der Oberlippe bildete sich ein dunkler Schatten, wie ein Kohlestrich.

Paolo hingegen blieb zierlich. Und obgleich er insgesamt schmächtig wirkte, wurden seine Rippen runder und sein Körper anmutiger. Seine Brustwarzen bekamen ein intensiveres

Rosa, anstatt sich dunkler zu verfärben, wurden größer anstatt kleiner. Seine Körperbehaarung war seidenweich und so hell, dass man sie kaum sah. Sein hübsches Gesicht blieb gänzlich unbehaart, und sein Haar glänzte wie aus purem Gold.

Danieles Gesicht zeigte bald die entschlossenen Züge, die er als Mann haben würde.

Das von Paolo hingegen war nicht zu deuten. Es blieb geschlechtslos.

Im Alter von dreizehn Jahren konnte Daniele mit bloßen Händen einen Eisenring öffnen und ihn einer Ziege um den Hals legen, ohne eine Zange oder andere Werkzeuge zu Hilfe zu nehmen.

Paolos Finger hingegen wurden lang, zart und blass. Wie feine Blumenstängel.

Aber im Inneren der beiden jungen Männer bewegte sich etwas, etwas, das sie nicht verstanden, nicht benennen konnten. Es raubte ihnen den Atem, stürzte sie in Verwirrung und bereitete ihnen stille Scham. Vor allem, wenn sie am Morgen aufwachten und helle, milchige Flecke auf dem Nachthemd oder der Decke vorfanden.

Nur einmal, am Morgen, sagte Paolo: »Diese Nacht habe ich vom Inquisitor geträumt« und fügte wie betäubt hinzu: »Wir haben nackt gekämpft.«

30

Anno Domini 1633
29. Januar, neunter Tag

Borgo San Michele, Ostalpen

Im Verhandlungssaal hatte der Inquisitor seinen Platz eingenommen, als Paolo Tahler vor ihm niederkniete und bat: »Segnet mich, Exzellenz.«

Der Inquisitor legte eine Hand auf Paolos Kopf. »*Ego te benedico in nomine Patris et Filii et Spiritus Sancti*«, sagte er feierlich, doch dann zog er die Hand nicht zurück, sondern fuhr damit durch Paolos blonde Locken.

»Amen«, flüsterte Paolo mit zitternder Stimme, und ein wohliger Schauder lief ihm über den Rücken.

»Fang an«, sagte Constantin Tron.

Paolo schritt in die Mitte des düsteren Inquisitionssaals, eine Hand an seinem Kruzifix. Dann verkündete er laut: »Möge Gott, *Pater et Dominus, Sanctus et Terrificus*, dieses Gericht leiten und es zum Sieg über Satan führen!«

Susanna musterte den Inquisitor. Das spitze Gesicht, die eisigen Augen, die Schlangenlippen. Sie schauderte. Seit sie ihm zum ersten Mal begegnet war, fürchtete sie ihn. Denn sie wusste mehr als jeder andere um seine wahre Natur. Die sie am eigenen Leib hatte erfahren müssen. Erleiden müssen.

Gleich würde die Vorverhandlung ihrer *Quaestio* abgehalten. Susanna stand zwischen zwei Wachen und zwang sich, den Inquisitor erhobenen Hauptes anzublicken. Dabei schlug ihr das Herz vor Angst bis zum Hals, und sie war überzeugt, dass

Constantin Tron das wusste. Und sich daran ergötzte. Sie wusste nur zu gut, wie niederträchtig er war.

Neben dem Inquisitor erkannte sie den Stadtvogt, Bartolo Baronio, ein charakterloser, schwächlich wirkender Mann, der in dieser ersten Anhörung die Gemeindeaufsicht vertrat. Danach würde er dem Inquisitor das Feld überlassen.

Nur Daniele konnte Susanna nirgendwo entdecken. Ohne ihn fühlte sie sich verloren. Sie dachte an den Moment, in dem sie ihn zum ersten Mal gesehen hatte, damals, in der Bibliothek des Klosters. Dort hatte sie auf ihn gewartet, auf den Lehrer, der sie anstelle von Fra' Thevet unterrichten würde, und mit einem Langweiler gerechnet. Und dann kam er. Kraftstrotzend, von Wind und Sonne gegerbt, blickte er sie aufmerksam an. Seine Augen hatten ihr Herz höherschlagen lassen. Jetzt, nach all den Jahren, wusste sie, dass es Liebe auf den ersten Blick gewesen war, auch wenn sie das damals noch nicht verstehen konnte. Er sah sie mit seinem strahlenden Lächeln an, und etwas in ihr erkannte ihn. Erkannte ihn – das verstand sie später – als den Mann, den sie ihr Leben lang lieben würde. Sie erinnerte sich, wie er seine Hand über den Tisch voller Bücher streckte und ihr einen festen Handschlag gab, der sich anfühlte wie eine Liebkosung. Wie ihr diese Berührung durch Mark und Bein fuhr. »Da bin ich«, sagte er schlicht.

Susannas Augen füllten sich mit Tränen, denn jetzt, jetzt war Daniele nicht da.

Paolo Tahler, den Susanna einst für einen Freund gehalten hatte, wartete darauf, beginnen zu können.

Plötzlich erklang von draußen eine Stimme. »Öffnet!«, forderte sie laut.

Die Tür flog auf, und Daniele stürmte in den Saal, gefolgt von zwei Wachen, die versuchten, ihn aufzuhalten.

Und sogleich erschien Susanna alles weniger bedrohlich. Ihr Herz wurde warm.

»Was erlaubst du dir, die *Quaestio* zu unterbrechen, Daniele di Barco?«, donnerte der Inquisitor und erhob sich.

Paolo warf Daniele einen vernichtenden Blick zu. »Was erlaubst du dir?«, wiederholte er.

Daniele würdigte ihn keines Blickes, sondern wandte sich an Constantin Tron. »Exzellenz, ich bitte Euch, in Verteidigung der Angeklagten den *Instructor Daemonii* übernehmen zu dürfen, im Namen seiner Eminenz, Bischof Girolamo Tebaldi und der Gerechtigkeit«, sagte Daniele stolz.

»Werft ihn hinaus!«, befahl der Inquisitor, der nur zu gut wusste, was Daniele hierhergeführt hatte.

Die Wachen packten Daniele.

»Exzellenz, Ihr begeht einen großen Fehler«, wandte Daniele ein.

»Werft ihn hinaus!«, wiederholte der Inquisitor.

Die beiden Wachen versuchten, Daniele zur Tür zu zerren.

»Exzellenz, hört mich an …«

»Er wird dich anhören«, ertönte plötzlich donnernd eine andere Stimme von draußen. »Und du wirst die Angeklagte in meinem Namen verteidigen, damit der Gerechtigkeit Genüge getan wird. So ist es doch, Inquisitor, nicht wahr?« Gefolgt von zwei Geistlichen und zwei bewaffneten Wachen trat Bischof Tebaldi ein. »Einen *Instructor Daemonii* braucht es doch, oder irre ich?« Der Bischof schritt durch den Saal und bohrte seinen Blick in den von Constantin Tron, der sich an seinem Sitz festkrallte. Dann blickte er zum Stadtvogt, dem Mann mit dem höchsten weltlichen Amt des Bezirks. »Das ist doch auch in Eurem Sinne, nicht wahr, Stadtvogt Baronio?«, fuhr er fort, als er schließlich vor dem kleinen Podium stand, von dem aus Baronio der *Quaestio* beiwohnte.

»Sicher, Euer Gnaden«, antwortete der Stadtvogt unterwürfig und machte Anstalten, sich zu erheben.

Doch der Bischof hielt ihn mit einer entschiedenen Geste

davon ab. Er wandte sich dem Inquisitor zu und baute sich schweigend vor ihm auf.

Der Moment währte nur kurz. Dann erhob sich Constantin Tron, das Gesicht vor Scham gerötet, die Lippen zusammengepresst, und bot dem Mann mit dem höchsten Kirchenamt seinen Platz.

Bischof Tebaldi warf einen Blick auf den hölzernen Sitz und befahl knapp: »Ein Kissen!« Während sich die Geistlichen eilten, dem Befehl Folge zu leisten, fügte der Bischof scherzend hinzu: »Im Gegensatz zum Inquisitor sind wir ja nicht zum Leiden verpflichtet.« Er lächelte, und als man endlich das Kissen auf den kahlen Sitz gelegt hatte, nahm er Platz. »Nun«, begann er, »ich weise Euch darauf hin, dass das Heilige Offizium eine *Instructio* erlassen hat, in welcher es die Inquisitoren auffordert, die Jagd auf Hexen einzustellen. Inquisitoren aus Grenzgegenden wie Ihr erhalten sie nicht, da Ihr uns weiterhin gegen protestantische Ketzerei verteidigen müsst. Da ich es Euch nun aber offiziell mitteile, seid sowohl Ihr als auch ich von diesem Moment an in Kenntnis gesetzt, und ich werde keinerlei Verstoß dulden. Ich gehe wohl recht in der Annahme, dass auch Ihr Euch der Meinung Seiner Heiligkeit Urban VIII. anschließt, oder irre ich?«

»Ja, Euer Gnaden«, raunte Constantin Tron.

»Gut«, erwiderte der Bischof und breitete in priesterlichem Gebaren die Arme aus. »Hiermit eröffne ich die Vorverhandlung der *Quaestio* gegen die Angeklagte Susanna Berna. Die Anklage wird von Paolo Tahler, *Instructor Domini*, ausgeführt, die Verteidigung von Daniele di Barco, *Instructor Daemonii*, so Gott will.«

Daniele drehte sich Susanna zu.

Er sah ein glückliches Leuchten in ihren Augen aufblitzen und dachte, dass sie schön war wie ein Engel. Genau wie bei ihrem ersten Aufeinandertreffen. Eine Welle des Glücks durchfuhr ihn.

Er ging zu ihr und setzte sich neben sie. Das war sein Platz. Von jeher. An ihrer Seite. Er drückte kurz ihre Hand. Nicht stark, aber sanft und leidenschaftlich. Seine Finger kreisten liebkosend über ihre Haut.

»Da bin ich«, sagte er mit fester Stimme.

Das Gefühl von Glück erwärmte Susannas Herz. Wie beim ersten Mal, als Daniele diese einfachen, verbindlichen Worte gesagt hatte. Leidenschaft überwältigte sie, sie wollte ihren Körper an den seinen schmiegen, sich in seinen Armen vergessen.

Daniele sah sie an. Und fühlte die gleiche Leidenschaft in sich aufsteigen. Sein Atem ging stoßweise. »Versprich mir, dass du nie vergisst, was du kannst«, sagte er leise, aber bestimmt.

»Warum? Was kann ich denn?«

»Du trägst Liebe in dir und bringst sie überall hin.«

31

Anno Domini 1618

Camporosso bei Borgo San Michele, Ostalpen

Mithilfe der Äbtissin unterrichtete Fra' Thevet Susanna seit nunmehr drei Jahren im Kloster Santissima Assunta Maria.

Alle zwei Wochen traf er sich im Gästehaus des Klosters mit der Äbtissin, um sich über die Fortschritte ihres nunmehr achtjährigen Schützlings auszutauschen.

»Im Kloster habe ich auch zwei ausgezeichnete Schüler«, berichtete Fra' Thevet ihr jetzt.

»Das freut mich für Euch, Prior«, erwiderte die Äbtissin. »Zwei Dummköpfe weniger auf dieser Welt.«

»Ja, Intelligenz und Bildung sind der Preis für die Ursünde und die Vertreibung aus dem Paradies.«

Die Äbtissin lachte. »Ist Euch schon einmal aufgefallen, dass unsere Unterhaltungen immer in Ketzerei münden?«

Auch Fra' Thevet lachte. »Ihr seid der einzige Mensch, mit dem ich mir das erlauben kann.« Da San Michele ein so kleingeistiges Dorf war, bewohnt von Ignoranten und überheblichen Machtmenschen, erfreute sich der Prior insbesondere an der umfassenden Klugheit der Äbtissin und der Aufgeschlossenheit ihrer Gespräche. Er schätzte ihren freien Geist, der über jede konventionelle Grenze reichte.

»Weil wir beide trotz allem daran glauben, dass Klugheit und Bildung von wesentlicher Bedeutung sind«, bemerkte die Äbtissin. »Und es freut mich für Euch, dass ihr diese beiden Eigenschaften bei euren zwei Schülern vorfindet.«

»Ja, sie bereiten mir große Freude. Klugheit ist eine Gabe, die uns mit der Geburt gegeben wird, ohne dass wir irgendetwas dafür tun müssten. Einige haben sie, andere nicht. Gebildet sind wir aber nur, wenn wir diese Gabe auch pflegen und anwenden. Und das ist auch bedingt davon, wie fleißig und lernwillig jemand ist.«

Die Äbtissin runzelte die Stirn. »Ich verstehe nicht, worauf ihr hinauswollt, Prior. Ihr sagtet, diese beiden Schüler erfreuen euch.«

»Das tun sie, Äbtissin. Sehr sogar. Aber nun habe ich verstanden, dass einigen Menschen noch mehr gegeben wurde«, gab der Prior zu bedenken. »Und diese besonderen Menschen sind nicht nur außergewöhnliche Schüler, sondern einzigartige Wesen.«

»Jetzt verstehe ich. Ihr spielt auf unser verrücktes Köpfchen an?« Die Äbtissin schmunzelte.

»Ja«, antwortete Fra' Thevet stolz. »In den drei Jahren, die ich mich jetzt bereits um ihre Erziehung kümmere, habe ich gelernt, dass Susanna über etwas verfügt, das über Klugheit und Bildung hinausgeht. Auch wenn ich dieses ›Etwas‹ nicht wirklich beschreiben kann.«

Schmunzelnd blickte die Äbtissin in das mürrische, zerfurchte Gesicht des Priors. Sie hegte seit langer Zeit genau die gleichen Gedanken. »Könnt Ihr denn ungefähr beschreiben, was dieses ›Etwas‹ ist, das die anderen nicht haben? Wie alt sind Eure Schüler?«

»Einer vierzehn, der andere bald auch. Nahezu sechs Jahre älter als Susanna!« Fra' Thevet breitete in einer Geste der Hilflosigkeit die Arme aus. »Aber wenn wir sie zusammen in einen Raum steckten, dann würden wir eine Überraschung erleben, das versichere ich Euch. Die beiden Jungen haben bereits mehr an Bildung erfahren, da sie älter sind. Und doch bin ich sicher, dass sie bei den Fragen und Gedanken von Susanna … einem

Mädchen von gerade einmal acht Jahren! … verunsichert wären.« Nachdenklich schüttelte er den Kopf. »Jede Frage, jeder Gedanke von Susanna ist … so rein. Vollkommen. Birgt einen natürlichen Sinn von …« Er stockte.

»Von Gerechtigkeit«, führte die Äbtissin seinen Satz fort. »Den Gedanken hatten wir bereits, als sie sagte, dass Gott ungerecht zu Judas gewesen sei.«

»Gerechtigkeit, ja. Aber da ist noch etwas anderes.«

»Wenn ich sagte, dass es Sensibilität ist? Würdet Ihr die Antwort als zu weibisch abtun?«

Fra' Thevet blickte die Äbtissin an, dann nickte er langsam. »Wisst Ihr, in all diesen Jahren war mir immer bewusst, dass ich nicht Susannas einziger Lehrer bin.«

»Was meint Ihr?«

»Susanna hat etwas, das ich ihr nicht habe beibringen können. Und um bei der Wahrheit zu bleiben, weiß ich nicht einmal, was es ist.« Der Prior sah die Äbtissin an. »Ihr sagtet, es würde Euch an mütterlichem Instinkt fehlen, aber es ist offensichtlich, dass Ihr als Lehrerin ebenso außergewöhnlich seid, wie es eure Schülerin ist.«

»Möchtet Ihr etwa, dass ich mich an der Eitelkeit versündige, Prior?«, fragte die Äbtissin mit einem Lächeln so weltläufig und gewandt, dass ihre adelige Herkunft nicht zu überhören war.

Fra' Thevet verharrte mit seinem Blick auf ihrem Gesicht, dessen Schönheit selbst der Nonnenschleier nichts anhaben konnte. Und er versank in ihren so tiefen, weisen und lebhaften Augen. »Äbtissin … ich kenne nicht einmal Euren Namen.«

»Aber natürlich.« Die Äbtissin lachte. »Ich bin Mutter Anita.«

»Nein, ich meinte Euren richtigen Namen.«

Leichte Röte legte sich über das Gesicht der Äbtissin, als sie antwortete: »Die Frau, die ich einst war, trug den Namen Artemisia Siniscalchi.«

»Danke.« Fra' Thevet stand auf.

Auch die Äbtissin erhob sich. Und wunderte sich über den leichten, allumfänglichen Schwindel, der sie ergriff, eine Empfindung, die sie glaubte, vor langer Zeit begraben zu haben, und das stürzte sie in Verlegenheit. Denn dieser alte, halb blinde Prior hatte ihr einen Moment lang das Gefühl gegeben, noch einmal ein junges Mädchen zu sein, das zum Tanz eingeladen wird. Hastig senkte sie den Kopf, ging zur Tür des Gästehauses und öffnete sie geschäftig.

»Als Ihr mich das erste Mal hier ins Kloster kommen ließet, weil das verrückte Köpfchen, wie Ihr sie nennt, Euch um den Verstand brachte, da sagtet Ihr: ›Wir kümmern uns gemeinsam um dieses verrückte Kindchen. Ihr und ich‹, wisst Ihr noch?« Fra' Thevet trat zu ihr. Er schmunzelte. »Und Ihr habt Wort gehalten.« Damit ging er.

Die Äbtissin verharrte auf der Stelle, die bronzene Türklinke noch in der Hand, als müsse sie sich daran festhalten. Und sie ließ sie erst los, als jene Sehnsucht nach dem Leben, das sie nicht hatte haben können, langsam wieder ihren Körper verließ.

Dann ließ sie Susanna rufen.

Das Mädchen erschien kurz darauf, ungestüm wie immer.

»Findest du es *gerecht*«, setzte die Äbtissin absichtlich mit dem Wort an, das Susanna so sehr liebte, »eine Mitschwester, deine Lehrerin, darauf aufmerksam zu machen, dass sie einen lateinischen Satz falsch geschrieben hat und ihn zu verbessern?«

»Aber ja«, antwortete Susanna, ohne zu zögern. »Wenn sie etwas falsch gemacht hat, dann ist es gerecht, sie zu verbessern. So wie Ihr es tut, wenn ich etwas falsch mache.«

Die Äbtissin seufzte. Susanna fehlte schlicht jeglicher Zugang zu hierarchischen Anordnungen. Und man konnte sie ihr auch nicht begreiflich machen. Doch für heute wollte sie es gut sein lassen wie so oft in letzter Zeit.

»Hast du einmal darüber nachgedacht, Nonne zu werden?«, erkundigte sie sich.

Susanna starrte sie mit großen Augen an. »Nein, Äbtissin!«

»Warum nicht?«

»Weil … Das Leben von Nonnen ist doch so … so …«

»Langweilig?«, beendete die Äbtissin den Satz.

»Ja«, bestätigte Susanna leicht verlegen.

Die Äbtissin musterte sie. Bereits jetzt war zu ahnen, wie schön dieses Mädchen einmal werden würde. Ihre Augen waren von undefinierbarem Blau wie der Himmel einer Vollmondnacht. Die Nase gerade, perfekt, die Lippen voll, weder zu groß noch zu klein. Die hohen ausgeprägten Wangenknochen verliehen ihr etwas faszinierend Katzenhaftes, und ihre Haut trug den Ton heller Aprikosen. Ihr Körper war sinnlich und graziös. *Viele Männer werden sie einmal zum Tanz bitten auf dem Fest des Lebens*, dachte sie. Und das war gleichermaßen Segen und Fluch.

Sie war allerdings keineswegs sicher, ob Fra' Thevet und sie Susanna auch gut auf dieses Fest vorbereiteten. Es war ein unbarmherziges Fest und, um es mit Susannas Worten zu sagen, allzu oft ungerecht.

Die Äbtissin fragte sich nicht zum ersten Mal, ob der Prior und sie nicht eigentlich versuchten, aus Susanna ein Wesen zu formen, das in dieser Welt gar nicht überleben können würde. Oder vielleicht erst in einer fernen Zukunft.

Spielten sie etwa mit dem Leben dieses reinen und unschuldigen Mädchens? Formten sie sie zu einem weltfremden Wesen? In wessen Namen? Ihrer eigenen Selbstsüchtigkeit? Um sich ihr kleines selbstsüchtiges Märchen zu bestätigen, das alles nur zu tun, um Susannas gottgegebene Talente zu fördern? Wollten sie aus Susanna das machen, was sie selbst nie hatten sein können? Warfen sie Susanna ins Schlachtgetümmel, sie beide, die sich hinter dicken Klostermauern verschanzt hatten?

»Willst du das wahre Leben sehen?«, fragte sie, einer plötzlichen Eingebung folgend.

»Ja!«, rief Susanna aufgeregt.

»Einverstanden«, erwiderte die Äbtissin. Sie würde ihr die Welt zeigen, wie sie war. Ungeschönt. »Dann lass uns gehen«, sagte sie und nahm Susanna an die Hand.

Sie verließen den Hauptflügel des Klosters und erreichten ein niedriges Gebäude aus Stein, neun Ruten lang und zweieinhalb breit, aus dem ein unangenehmer Geruch strömte.

Die Äbtissin öffnete die Eingangstür.

Sogleich wurde der Gestank durchdringlicher.

Susanna rümpfte die Nase.

»Hier liegen Kranke«, erklärte die Äbtissin und zeigte auf eine Doppelreihe Betten mit ausgezehrten Körpern darin. »Krankheit und Tod sind Teil des Lebens. Das Leben besteht nicht nur aus Vergnügen.«

Susanna schwieg. Sie ließ den Blick aus ihren großen blauen Augen über diesen Vorgeschmack aus stinkender Hölle schweifen.

Die Äbtissin fand sich mit einem Mal herzlos, aber das hielt sie nicht von ihrem Vorhaben ab. Sie schob Susanna in den Raum und ging langsam mit ihr zwischen den Bettenreihen hindurch. »Die Menschen hier sind leprakrank oder zu arm, um jemanden zu bezahlen, der zu Hause nach ihnen sieht.«

»Und sie müssen alle sterben?«, wollte Susanna wissen.

»Viele. Aber nicht alle.«

»Mit Gottes Hilfe?«

»Nein. Mithilfe der Nonnen«, entgegnete die Äbtissin stolz, fuhr aber, erschrocken über ihren eigenen Hochmut, fort: »Aber sie haben die Hilfe Gottes bitter nötig.«

Susanna bemerkte Schwester Angela – die sie drei Jahre zuvor wegen ihrer behaarten Beine verspottet hatte –, die einem fiebernden Kranken den Schweiß von der Stirn wischte.

Die Äbtissin beobachtete, wie die Augen des Mädchens sich mit Tränen füllten, und fühlte sich schuldig. »Sollen wir lieber wieder gehen?«, fragte sie.

Schweigend schüttelte Susanna den Kopf und ging auf Schwester Angela zu.

Die Äbtissin beobachtete die Szenerie gespannt.

Vor Schwester Angela blieb Susanna stehen und sagte mit Tränen in den Augen: »Ich wusste nicht, dass Ihr etwas so Schönes macht.«

Schwester Angela, die seit jenem Tag im Speisesaal verständlicherweise eine Abneigung gegen das ungezogene Mädchen hegte, blickte sie überrascht an.

»Darf ich Euch helfen?«, erkundigte sich Susanna.

Die Äbtissin trat hinzu, wie immer verblüfft von diesem Mädchen.

»Nimm ein Stück Leinenstoff und tunk es in die Schale mit sauberem Wasser dort«, wies Schwester Angela an. »Und dann säuberst du die Wunde dieser Frau«, sagte sie und zeigte auf ein altes Weib mit aufgesprungener Haut.

»Schwester Angela, ich glaube, das ist nicht angemessen …«, setzte die Äbtissin an.

»Ich möchte es aber gerne«, unterbrach Susanna sie und tunkte den Stoff ins Wasser. »Woher wisst Ihr, dass es sauber ist?«, erkundigte sie sich.

»Ich habe es abgekocht«, erwiderte Schwester Angela.

Die Äbtissin dachte, dass niemand der anderen, viel älteren Mitschwestern jemals diese einfache Frage gestellt hatte. Sie taten das, was man ihnen sagte.

Susanna wrang den Stoff aus und ging zum Bett der Alten. Vorsichtig säuberte sie die eitrige Wunde, als hätte sie nie etwas anderes getan.

Die Frau stöhnte auf.

»Tut es Euch weh, Signora?«, fragte Susanna besorgt.

»Verflucht, und wie! Tut verdammt weh, Mädchen«, knurrte die Frau. »Was für 'ne dämliche Frage!«

Die Äbtissin wollte einschreiten, doch Susanna war von dem rauen Ton keineswegs eingeschüchtert, sondern brach im Gegenteil in lautes Gelächter aus.

»Und wenn ich so vorsichtig bin, wie ich kann, flucht Ihr dann noch mehr, Signora? Wir dürfen das im Kloster nämlich nicht, und ich möchte es gerne lernen.«

»Susanna!«, brachte die Äbtissin hervor.

»Erste Lektion«, murmelte die Alte im Bett. »Wenn so was is, kannste deiner geliebten Äbtissin sagen: ›Fahr zur Hölle, du alte Vettel‹.«

Susanna lachte. »Ihr gefallt mir, Signora«, sagte sie.

»Natürlich«, brummte die Alte. »Kannst wegen mir auch zur Hölle fahren.«

»Wenn du nicht sofort aufhörst, dann kannst auch du an diesen Ort und außerdem wieder nach Hause«, wies die Äbtissin die Frau zurecht.

»Siehste, Mädchen?« Die Alte blinzelte Susanna zu. »Nichmals die Barmherzigkeit von Gott is umsonst. Alles hat seinen Preis. Und meiner is, dass ich nich so reden darf, wie ich's mein ganzes Leben lang getan hab.« Sie lachte. »Also kein Höllenfeuer mehr aus meinem Mund, nur noch Rosenblätter.«

Der Blick der Äbtissin war streng, als Susanna kicherte.

Als sie schließlich ins Kloster zurückgingen, war die Äbtissin verwirrt. Sie hatte Susanna die Hölle des Lebens zeigen wollen – so hätte die Alte es genannt –, doch Susanna hatte nur die Rosen gesehen. Mitgefühl. Zusammenhalt. Der Dienst an den Schwächsten. Fra' Thevet hatte recht: Einige Wesen werden mit einem gewissen Etwas geboren.

Von diesem Tag an war Susanna ständig in der stinkenden Krankenstation. Sie half, wo sie nur konnte. Und während sie es tat, plauderte und lachte sie beständig mit den Menschen. Vor allem mit den Kranken, die sie dafür nicht nur schätzten, sondern auch schneller wieder gesund wurden, oder weniger litten, wie die Äbtissin bemerkte. Denn Susanna brachte ein Lächeln mit. Und das wirkte besser als jede Medizin.

Zudem nutzte Susanna die Gelegenheit, um das Fluchen zu lernen. Und gab ihr Wissen an die anderen Novizinnen weiter, die großes Vergnügen daran fanden.

Als Susanna eines Abends in die Krankenstation kam, führte Schwester Angela, die sie begeistert in die Pflege Kranker einwies, sie hinter einen Paravent. Dort blickte sie sich misstrauisch um, wie ein Mädchen, das im Begriff steht, etwas Verbotenes zu tun. »Guck mal«, forderte sie Susanna schließlich auf, bevor sie in lautes Gelächter ausbrach, während sie ihr Gewand bis über die Knie hochzog.

Ihre Beine waren vollkommen glatt, kein einziges Haar war mehr darauf zu sehen.

32

Anno Domini 1633
29. Januar, neunter Tag

Borgo San Michele, Ostalpen

Die Angeklagte, Susanna Berna, wird ihre Unschuld niemals nach Gottes und des Menschen Gesetz beweisen können«, begann Paolo dramatisch. »Die von der Anklage vorgelegten Beweise und Zeugenaussagen sind so erdrückend, dass selbst ein Kind zu der gleichen Antwort käme wie wir.« Er blickte zu Daniele, einst sein einziger Freund, und nun – in seinem Kopf – der große Rivale.

Daniele hielt seinem Blick herausfordernd stand.

Doch eigentlich war er abgelenkt, denn er spürte noch immer das Gefühl von Susannas Hand in seiner, obwohl er sie nur kurz gedrückt hatte. Spürte, dass er zu ihr, sie zu ihm gehörte. Von jeher. Er senkte den Kopf. *Daniele, du bist ein Dummkopf*, dachte er. Wie hatte er nur so blind sein können, so achtlos, wie hatte er nur vor diesem Glück davonlaufen können? Er sah zum Inquisitor und empfand tiefen Hass. Das alles war seine Schuld. Er hatte Daniele Dinge in den Kopf gesetzt, ihn für seine Zwecke benutzt und eingewickelt. Er und all diese unsäglichen Ansichten der Kirche. *Nein, Daniele*, sagte er sich, *du bist selbst schuld. Du bist derjenige, der nicht bei Susanna geblieben ist.*

»Selbst die Verteidigung, dessen sind wir uns sicher«, fuhr Paolo fort, »wird am Ende die Höchststrafe für dieses schändliche Verbrechen fordern und ebenso wie wir überzeugt sein von der Schuld Susanna Bernas, Mörderin und Hexe.«

Susanna hörte Paolos Worte und wusste um ihre Bedeutung. Aber jetzt war Daniele da, neben ihr, und alles schien weniger bedrohlich. Sie senkte den Blick auf die Hand, die er gedrückt hatte und konnte die Berührung noch spüren, warm und tröstlich. Eine Berührung, die Halt und Liebkosung zugleich barg.

Ich liebe dich, Daniele, dachte sie.

»Seid Ihr bereit, *Exceptor*?«, fragte Bischof Tebaldi den Gerichtsschreiber, einen Frater mittleren Alters, mager und winzig, der an einem kleinen Schreibtisch saß, eifrig eine Gänsefeder in ein Tintenfass tunkte und damit ein Großoktav beschrieb – diesen Pergamentbogen, der dreimal gefaltet acht Blätter mit sechzehn Seiten ergab, gebunden mit einem einfachen Baumwollfaden.

»Ja, Euer Gnaden«, antwortete der *Exceptor*, dessen Aufgabe es war, alles im Prozess Gesagte mitzuschreiben.

Um Schritt halten zu können, benutzte er ein umfangreiches System aus Abkürzungen und Schriftzeichen, das von seinem jungen Assistenten, Sekretär und Prozessschreiber, noch am selben Abend entziffert und in Schönschrift in die endgültigen Großoktaven übertragen werden würde. Bei Prozessende wurden alle Großoktaven zusammen in eine feste Mappe gebunden, auf deren Vorderseite das Symbol des Heiligen Offiziums in goldener Prägung prangte, und archiviert.

»Die Voruntersuchung möge beginnen. Die *Quaestio* kann anfangen«, wandte sich Bischof Tebaldi an Paolo. »Ihr könnt nun die Anklage vortragen, *Instructor Domini*.«

»Susanna Berna, im Namen Gottes, der Dreifaltigkeit und der Heiligen katholischen Kirche klage ich dich des Mordes an Rainer Weser, Astrologe und dein Ehemann, und des Mordes an Astrid Gallo, Magd in deinen Diensten, an. Des Weiteren klage ich dich satanischer Rituale an, die du bei der Ermordung Rainer Wesers ausgeführt hast, um seine Seele Satan zu übergeben. Satan, mit dem du in offener Missachtung der Gebote unseres Herrn augenscheinlich im Bunde stehst. Aber ich erinnere dich, Hexe und Mörderin, *extra Ecclesiam nulla salus*«, ereiferte er sich. »Es gibt keine Rettung außerhalb der Kirche. Bitte um Gnade für deine Missetaten!«

»Euer Gnaden, Einspruch!«, unterbrach Daniele an den Bischof gewandt. »Warum wird die Angeklagte nicht nach einer eigenen Erklärung gefragt, bevor sie bereuen soll?«

Der Bischof setzte zu einer Antwort an, wandte sich dann aber an Constantin Tron. »Ihr seid der Richter, Inquisitor, und es ist an Euch, zu antworten. Und du, Daniele di Barco, denk bitte von jetzt an daran, dass ich hier nicht das höchste Kirchenamt vertrete, sondern nur als einfacher Zuschauer anwesend bin.«

Constantin Tron dankte dem Bischof mit einem unmerklichen Nicken, dann wandte er sich an Daniele. »Als du hier noch als Ankläger warst, haben dir solche Rechtsdrehereien nichts ausgemacht.« Er lächelte sein dünnes Schlangenlächeln. »Trotzdem erlaube ich der Angeklagten, eine Erklärung abzugeben. Sollte es aber kein reines Schuldbekenntnis sein, wird sie es widerrufen müssen, da die Anklage auf mehr als standfesten Beinen steht. Wie auch immer, hören wir uns die Erklärung der Hexe und Mörderin Susanna Berna an …«

»Herr Richter!« Daniele sprang auf.

Mit einem knappen Handzeichen und einem Lächeln auf den Lippen, nicht jedoch in den Augen, brachte der Inquisitor ihn zum Schweigen. »Ich fürchte, ich habe vergessen *vermeintliche* Hexe und Mörderin zu sagen.«

Daniele setzte sich wieder.

Alle wandten sich nun Susanna zu, die nun an der rechten Seite der Halle stand, eingepfercht hinter einer hölzernen Balustrade.

»Exzellenz«, setzte Susanna unsicher an, »ich …«

»Erkläre dich schuldig oder nicht schuldig«, unterbrach sie

der Inquisitor. »Dein Zögern beweist nur, dass du einen inneren Kampf mit deinem Gewissen austrägst.«

»Sie ist eingeschüchtert, Herr Richter«, bemerkte Daniele.

»Ach, du weißt also, was dein Schützling denkt? Du verfügst über diese ungewöhnliche Gabe?«, spottete der Inquisitor.

»Ebenso wie Ihr, Herr Richter. Ihr scheint ja auch zu wissen, dass die Angeklagte einen Kampf mit ihrem Gewissen austrägt«, erwiderte Daniele ebenso spöttisch.

Pikiert wandte sich der Inquisitor an Susanna. »Nun los, das Gericht hat keine Zeit zu verlieren. Der Prozess muss beginnen. Weißt du nun endlich, wie du dich erklären willst?

Susanna blickte zu Daniele.

Mit einem Satz war er neben ihr und flüsterte: »Ich bin da.«

»Ich kann dich spüren«, murmelte sie lächelnd.

»Habt ihr jetzt genug geplaudert?«, unterbrach Paolo wütend. »Wie lautet deine Erklärung, Susanna Berna?«

»Ich bleibe bei dir«, wisperte Daniele Susanna zu.

»Ich weiß«, flüsterte sie, und konnte mit einem Mal wieder frei atmen.

»Und jetzt zeig ihnen, wer du bist«, ermutigte Daniele sie.

Susanna schüttelte die Last der Angst von den Schultern und richtete sich auf. »Ich bin unschuldig«, sagte sie stolz.

»Die Anklage möge mit der Schilderung beginnen«, wies der Inquisitor an, ohne auf Susannas Erklärung einzugehen.

Betont langsam schritt Paolo in die Mitte des Raumes, wie auf eine Bühne. Musterte Susanna schweigend, lange. Dann schüttelte er leicht ungläubig den Kopf. »Was der Dämon nicht alles vermag! Welch grausamer, listiger Drahtzieher!«, begann er, dann zeigte er mit ausgestrecktem Arm auf Susanna. »Ich komme jetzt zur Schilderung der Tat, so wie sie sich zugetragen hat …«

»Wie du *glaubst*, dass sie sich zugetragen hat«, unterbrach Daniele.

»Ich dulde keine weiteren Unterbrechungen, sei also gewarnt«, stieß der Inquisitor hervor.

»Ich bitte demütig um Verzeihung, aber wenn es sich um gesicherte Tatsachen handeln würde, dann bräuchten wir keinen Prozess«, entgegnete Daniele keineswegs eingeschüchtert. »Das wäre ein Widerspruch in sich. Dann wäre dies hier kein Prozess, sondern eine Farce, die der Wahrheit gar nicht auf den Grund gehen wollte …«

»Jetzt reicht es!«, ereiferte sich der Inquisitor, beging aber den Fehler, sich kaum merklich Bischof Tebaldi zuzuwenden.

»In der Tat, Inquisitor, muss ich leider zugeben, dass der Einwurf der Verteidigung durchaus schlüssig ist«, ergriff der Bischof das Wort. Er wandte sich an den Stadtvogt, der gelangweilt vor sich hin döste. »Meint Ihr nicht auch, Messer Baronio?«, rief er laut genug, um den Mann aufzuschrecken.

»Aber sicher, sicher …«, stammelte der Stadtvogt.

Der Bischof wandte sich triumphierend an den Inquisitor. »Dann sind wir ja alle einer Meinung. Sehr gut«, bemerkte er vergnügt.

Constantin Tron blickte pikiert zu Paolo. »Die Anklage möge fortfahren.« Er stockte, schluckte die bittere Pille aber. »Und halte dich an die Anweisung von Euer Gnaden, dem Bischof.«

Wieder blickte Paolo zu Susanna. »Die Anklage wird beweisen, dass die Mörderin … die *vermeintliche* Mörderin … erst ihrem ersten Opfer, Rainer Weser, mehrere Messerstiche beibrachte, dann im Kamin das Eisen erhitzte, mit dem sie das Opfer später auf der Stirn zeichnete, damit Satan es erkennen und seine Seele fordern könnte. Sie fesselte den noch lebenden Rainer Weser an einen Stuhl, wo dieser verblutete. Vermutlich kam etwa zu diesem Zeitpunkt die Dienstmagd, Astrid Gallo, unerwartet nach Hause. Die Mörderin … die *vermeintliche* Mörderin, die noch das Skalpell in der Hand hielt, mit dem sie das Opfer für ihr satanisches Ritual vermutlich verstümmeln wollte, stürzte in die Küche und schnitt dort der Dienstmagd die Kehle durch. Sie ließ die Frau liegen, in der Annahme, sie wäre tot. Dann ging sie zurück zu Rainer Weser, um ihr Ritual zu beenden, zog den Kreis mit dem Drudenfuß um die Leiche … ihres Ehemannes.« Schweigend sah Paolo erst Susanna an, dann den Inquisitor und schließlich Daniele. »In der Voruntersuchung wird die Anklage einen frommen Kirchenmann, einen Kriegskundigen, einen aufrechten Bürger und ein unschuldiges Kind in den Zeugenstand rufen, um zu beweisen, dass Susanna Berna die skrupellose Mörderin von Rainer Weser und Astrid Gallo ist.«

»Herr Richter«, ergriff nun Daniele das Wort. »Warum nennt Paolo Tahler seine Zeugen nicht beim Namen? Habe ich als *Instructor* nicht das Recht, die Verteidigung so gut wie möglich vorzubereiten?«

»Das Gesetz, welches der *Quaestio* und den inquisitorischen Prozessen zugrunde liegt, sieht dieses Privileg nicht vor für den, der für den Dämon spricht, das weißt du sehr gut, Daniele di Barco«, gab der Inquisitor zufrieden zurück. »Und hegte ich auch nur den kleinsten Zweifel daran, dass die Angeklagte eine Mörderin und Hexe ist, dann würde ich dir vielleicht dieses kleine Zugeständnis machen. Aber die Angeklagte …« Constantin Tron riskierte einen Blick auf Susanna, und im selben Moment begannen seine Beine zu zittern. Mit einem Ruck wandte er den Blick wieder ab und gab sich alle Mühe, ruhig zu atmen.

»Ist alles in Ordnung?«, erkundigte sich Paolo besorgt und legte ihm eine Hand auf den Arm.

Constantin Tron schüttelte sie verärgert ab und warf Paolo einen grimmigen Blick zu.

Gedemütigt wich Paolo zurück.

»Aber die Angeklagte ist schuldig«, fuhr der Inquisitor fort, ohne Susanna noch einmal anzusehen. »Offensichtlich und unumstößlich.«

»Ich wiederhole es noch einmal: Wofür ist dieser Prozess gut, wenn Ihr sie bereits verurteilt habt?«, wandte Daniele ein, auf der Suche nach dem Zuspruch des Bischofs.

Doch der Bischof entgegnete: »Es ist deine Aufgabe, die Unschuld der Angeklagten zu beweisen. Der Inquisitor wendet nur das Gesetz an. Wenn wir, die Kirche, es wären, die die Schuld eines Angeklagten beweisen müssten, wer weiß, wie viele ihrer gerechten Strafe entgehen würden.«

»Und wer weiß, wie viele zu Unrecht verurteilt würden«, gab Daniele düster zu bedenken.

Der Bischof wandte sich an den Gerichtsschreiber, der über seine Großoktave gebeugt alles in seinen rätselhaften Schriftzeichen festhielt. »Ihr müsst diesen letzten Satz nicht mitschreiben, *Exceptor*«, wies er ihn an.

»Keine Sorge, Euer Gnaden«, erwiderte der Gerichtsschreiber, ohne auch nur den Kopf zu heben. »Ich habe es bereits notiert.« Stolz hob er den Kopf und lächelte den Bischof an. »In aller Bescheidenheit darf ich sagen, dass ich sehr schnell bin.«

»Aber nicht von Verstand, *Exceptor*«, entgegnete Girolamo Tebaldi mit einem strengen Blick. »Wenn Euer Bischof sagt, dass Ihr etwas nicht tun müsst, dann heißt das, dass Ihr es nicht tut.«

Der Gerichtsschreiber errötete. Er verharrte kurz mitten in der Bewegung und starrte den Bischof an, dann strich er mit hängendem Kopf den letzten Satz.

»Wir müssen die Ehre der Kirche und ihre Methoden hier nicht anzweifeln. Vor allem nicht jetzt, da die protestantische Häresie unser Werk in den Schmutz zu ziehen versucht«, ermahnte der Bischof Daniele ebenso streng wie zuvor den Gerichtsschreiber. »Halte dich an die Regeln, *Instructor*.«

»Fahr fort, Paolo Tahler«, fordert der Inquisitor zufrieden.

»Wir werden beweisen, welche Praktiken und Ketzereien diese Frau betreibt. Und wie sie diese mit ihren Lehren wider die Kirche und die Gesellschaft unter uns aufrechte Bürger gebracht hat.« Paolo sah den Inquisitor an. »Diese Frau ist schuldig.«

Eisige Stille legte sich über die Anwesenden.

Dann hob Paolo, der noch immer in der Mitte des Saals stand, theatralisch den Arm und zeigte auf Susanna. Ging schweigend und langsam auf sie zu. Schritt für Schritt durch die unheimliche Stille. Und als er vor ihr stand, bohrte er seinen Finger in ihre Stirn.

Susanna gab sich alle Mühe, dem Blick ihres Anklägers standzuhalten, aber in ihren Augen stand nackte Angst.

Paolos Finger bohrte sich so fest in ihre Stirn, dass Susanna einen Schritt zurückwich.

Zornig packte Daniele seinen Arm und zog Paolo mit einem Ruck weg. »Wage es nie wieder, sie anzufassen«, drohte er.

Paolo sah ihn aus kalten Augen an, bevor er in die Stille hinein raunte: »*Ne maleficus vivere patiantur.*« Er wandte sich dem Gericht zu und breitete die Arme aus: »Du wirst den Hexer nicht am Leben lassen.«

Susanna tastete nach Danieles Hand. Und fand das Gleichgewicht wieder, das Paolo einen Moment lang erschüttert hatte.

»Ich erkläre die Vorverhandlung für beendet«, verkündete Constantin Tron. »Das Verfahren und die Verhöre der Zeugen werden in drei Tagen abgehalten und sind für die sechste Stunde angesetzt. So ist es beschlossen nach dem Gesetz der Heiligen Mutter Kirche.«

»Du hast schon verloren«, zischte Paolo Daniele im Vorbeigehen zu.

33

Anno Domini 1633
30. Januar, zehnter Tag

Borgo San Michele, Ostalpen

Am nächsten Tag, einem Sonntag, ging Daniele zur Kathedrale, die dem Erzengel Michele geweiht war, dessen Statue in der Apsis des Mittelschiffs thronte und ihn mit erhobenem Schwert zeigte. Daniele wollte der Mittagsmesse beiwohnen, die ausnahmsweise Bischof Girolamo Tebaldi hielt.

Das ganze Dorf war gekommen. Über einhundert Leute drängten sich in der Kathedrale. Wer drinnen keinen Platz mehr fand, tummelte sich draußen auf den Stufen. Die Verhaftung von Susanna wegen Hexerei und Mordes, die Untersuchung des Inquisitors, der Tod eines umstrittenen Menschen und Exzentrikers, der der Astrologe Weser gewesen war, und der Mord an einer einfachen Frau, das alles hatte die Seelen in Aufruhr versetzt. Aus diesem Grund wollte der Bischof eine Ansprache an die Bewohner von Borgo San Michele halten.

Daniele kam viel zu früh bei der Kathedrale an, und sofort fiel ihm ein an der Kirchentür befestigter Anschlag ins Auge. Daneben stand ein Frater, der den zur Messe kommenden Analphabeten aus dem Borgo den Text vorlesen sollte.

Obgleich Daniele der Inhalt nur allzu vertraut war, schließlich hatte er bei seiner früheren Arbeit als *Instructor Domini* gemeinsam mit dem Kirchennotar eine ganze Reihe solcher Anschläge selbst verfasst, las er sich die Punkte dieser inquisitorischen Drohung aufmerksam durch.

Wir, Padre Constantin Tron, Dominikaner und vom Heiligen Stuhl beauftragter Inquisitor, haben vernommen, dass die Schlangen der Hexerei ihr Gift in dieser Ortschaft zu verbreiten gedenken, dass die Wölfe des Dämons die Weinberge des Herrn der Heere zu verwüsten trachten, den Gott der Götter und den Herrn der Herren verfluchen.
Unser Innerstes erzittert bei dem bloßen Gedanken, dass dieses Gift bereits allzu viele Seelen unserer Ortschaft verdorben hat.
Im Auftrag des Papstes befehlen wir kraft heiligen Gehorsams und unter Androhung der Exkommunikation, dass jeder, sprich Laien, Mitglieder des weltlichen Klerus und des Regularklerus, der innerhalb der Grenzen dieser Stadt oder in einem Umkreis von vier Meilen außerhalb ihrer Mauern lebt, innerhalb von vier Tagen, beginnend mit dem heutigen Tag, an welchem dieser Anschlag befestigt wurde, uns mitteilt, ob er gewusst oder gehört hat, dass Susanna Berna Hexerei anwendet oder gegen eines der Glaubensbekenntnisse oder eines der Sakramente gesprochen hat, oder ob sie sich anders verhält als andere und Gläubige meidet, Dämonen anruft oder ihnen Ehre erweist.
Die Apostolische Autorität, der wir unterstehen, gewährt, des Herrn Güte von Anfang an zu zeigen: Wir gewähren Gnade allen Ketzern, ihren Anhängern, Beschützern, der Ketzerei Verdächtigen und ihren Wohltätern, sollten sie Zeugnis ablegen für die Schandtaten der Susanna Berna, angeklagt wegen Mordes und Hexerei.
Wer – Gott behüte – unserem Aufruf nicht Folge leistet – und so die Rettung der eigenen Seele vereitelt –, wird exkommuniziert und einer inquisitorischen Untersuchung unterzogen.
Wer uns hingegen hilft, dem werden drei Jahre Ablass gewährt.
Fürchtet euch und zittert.
Padre Constantin Tron, Inquisitor.

Daniele atmete tief durch. Die Mühlen der Inquisition hatten mit aller Macht zu mahlen begonnen. Er sah sich um. Die in die Kirche strömenden Dorfbewohner senkten den Blick, als sie am Anschlag, dessen Inhalt sie bereits kannten, vorbeiliefen. Jeder Einzelne von ihnen würde Susanna hintergehen – weil sie sich fürchteten und die eigenen Schäfchen ins Trockene zu bringen versuchten, weil sie nicht selbst der Inquisition zum Opfer fallen wollten. Einige würden Susanna vielleicht aus purer Niedertracht verleumden. Daniele wusste, dass alle hier das Klirren der Rüstungen gehört hatten, als die Wachen den Anschlag befestigten. Er wusste, dass über jeder Familie das Schwert der weltlichen und das Kruzifix der kirchlichen Gesetze hingen. Er wusste nur zu gut, wie vorzüglich diese Drohungen ihren Zweck erfüllten, schließlich war er selbst lange genug Teil dieses Vorgehens gewesen.

Fürchtet euch und zittert.

Aus der rechten Tasche zog er Susannas Namensliste, die er aus dem Haus des Astrologen mitgenommen hatte. Vor dem Beweis ihrer Unschuld musste er noch dafür sorgen, dass sie nicht vollständig in Verruf geriet. Es war wichtig, dass jemand Gutes über sie sagte. Er ging die Namen durch. Persönlich kannte er nur eine dieser Frauen.

Sie saß unter den Kirchenbesuchern. Er ging zu ihr und setzte sich neben sie. Die Frau hieß Albertine Klose, sie war Schneiderin im Dorf. Seit Jahren besserte sie die Kleidung aus, die Leute von Rang und Namen in den großen Städten kauften, vor allem in Venedig, aber auch in Rom oder Nordeuropa. Sie hatte auch die Uniform genäht, die Daniele jetzt trug, und das blutende Kreuz in sein Hemd gestickt.

»Guten Tag, Albertine«, grüßte er sie.

Unbehaglich rutschte die Frau auf ihrem Platz herum und sah sich besorgt um.

Fürchtet euch und zittert.

»Wahrscheinlich habt Ihr von dem Unrecht gehört, das Susanna geschehen ist«, flüsterte er, zu ihr gebeugt.

»Weiß nicht, ob's Unrecht ist, Hüter der Wölfe«, gab die Schneiderin zurück und wandte sich nach links zu ihrem Mann, dem Wirt der Osteria »Cervo Zoppo«.

Der Wirt sprach gerade lachend mit seinem Nebenmann. Als er sich nun zu seiner Frau drehte und Daniele sah, verdüsterte sich seine Miene. Auch er blickte sich besorgt um, dann drängte er seine Frau aufzustehen und tauschte den Platz mit ihr.

»Weiter vorne könnt Ihr die Messe besser hören«, raunte er Daniele hastig zu.

Daniele versuchte, sich wieder der Schneiderin zuzuwenden, aber der Wirt versperrte ihm den Weg.

»Ich mein das ernst. Weiter vorn kriegt Ihr viel mehr mit«, drängte der Wirt.

Mit einer schnellen Bewegung hieb Daniele ihm den Ellbogen in die Kehle, drückte ihn zurück und beugte sich noch einmal zur Schneiderin vor. »Susanna hat Euch Lesen und Schreiben beigebracht. Und zwar von Herzen, für Euer Wohl«, sagte er inbrünstig. »Und jetzt, da sie Euch braucht, wendet Ihr Euch einfach so ab? Kennt Ihr denn keine Dankbarkeit, Albertine? Glaubt Ihr denn wirklich, dass Susanna die Verbrechen begangen hat, derer sie angeklagt ist?«

Die Schneiderin hob nur kurz den Blick.

Und Daniele sah, dass sie ein schlechtes Gewissen hatte und ein furchtbarer Kampf in ihrem Inneren tobte.

Der Wirt hatte sich aus Danieles Griff befreit und befahl seiner Frau: »Sag kein Wort, denk an deine Kinder.« Sofort senkte sie den Blick. Ihr Mann packte sie am Arm und zerrte sie fort.

Daniele sah sie zum Ausgang eilen. Die Messe würden sie verpassen und sich stattdessen zu Hause einsperren. Wenn es notwendig wäre, würden sie auch die Osteria bis zum Prozessende schließen, Hauptsache, sie kamen dem Inquisitor nicht in den Weg.

Als Albertine die Kirche verließ, drehte sie sich noch einmal zu Daniele um.

Sie schämt sich, dachte Daniele. *Aber nicht genug. Die Angst ist größer als ihre Scham.*

Daniele nahm erneut die Liste zur Hand. Wahrscheinlich würden alle Frauen von der Liste so reagieren wie Albertine, aber er durfte nicht aufgeben. Er musste es weiter versuchen. In der Vorverhandlung war angekündigt worden, dass die Anklage zahlreiche Zeugen vorladen würde. Wenn er eine wirkungsvolle Verteidigung aufbauen wollte, dann musste er jemanden finden, der etwas Gutes über Susanna zu sagen hatte. Auf Fra' Thevet konnte er zählen, aber wahrscheinlich war er der Einzige. Daniele las den ersten Namen der Liste.

»Kennt Ihr Ottavia Doni? Könntet Ihr mir zeigen, wer das ist?«, fragte er eine Frau, die sich neben ihn gesetzt hatte.

Die Frau antwortete nicht, stand stattdessen auf und suchte sich einen anderen Platz.

Entmutigt schüttelte Daniele den Kopf. Da hörte er hinter sich jemanden lachen. Er drehte sich um und sah geradewegs in Paolos Gesicht.

Paolo stand da und lachte spöttisch. Das silberne Kruzifix an seinem Hals erstrahlte im Lichtschein.

Daniele erhob sich und trat zu ihm. »Ist es wirklich nicht wichtig, was richtig und was falsch ist?«, fuhr er ihn an. »Geht es einfach nur ums Siegen?«

Paolo hielt seinem Blick stand, immer noch lächelnd. »Sind solche Phrasen alles, was du noch zu bieten hast, Daniele?«, gab er sarkastisch zurück. »Du scheinst nicht mehr im Vollbesitz deiner Kräfte zu sein.«

»Ihr macht den Leuten Angst. Das zu bemerken hat nichts mit Phrasen zu tun.«

»Susannas Aussichten auf einen Freispruch sind mit einem *Instructor Daemonii* wie dir im Grunde nicht vorhanden«, versetzte Paolo verächtlich.

»Was ist die deine für eine Religion, die sich auf einen Gott gründet, der gepeinigt wurde und dann am Kreuz starb, um noch die Letzten zu retten, und der jetzt selbst peinigt, foltert, Angst verbreitet und Menschen ohne eine anständige Untersuchung auf dem Scheiterhaufen verbrennt, nur weil ein Verdacht gegen sie besteht?«

»Anständig?«, unterbrach Paolo Tahler ihn und rang nach Luft. »Du willst mir etwas über eine anständige Untersuchung erzählen? Hast du deine Vergangenheit schon vergessen?«

Einige Leute sahen zu ihnen herüber und verfolgten den Wortwechsel, wie einen Vorgeschmack auf den Prozess, in dem die beiden großen Rivalen nach Jahren wieder gegeneinander antreten würden.

»Ausgerechnet du, Daniele di Barco?« Paolo wandte sich den umstehenden Leuten zu, sah einen nach dem anderen an und rief: »Wie viele Hexen und Ketzer haben durch dein Zutun auf dem Scheiterhaufen gebrannt, Daniele di Barco?«

Ein kaum merkliches Nicken ging durch die Zuhörer.

Daniele spürte die Augen der Menge auf sich, vor allem aber die Last seiner vergangenen Zeit im Dienst des Inquisitors. Paolo hatte recht. Er hatte das Gleiche getan. Mit den gleichen Mitteln. Stolz hob er den Kopf und sah Paolo herausfordernd an. Dann kniete er langsam nieder und bekreuzigte sich. »Das ist wahr«, sagte er so laut, dass ihn alle Umstehenden hören konnten. »Und ich hoffe, dass Gott mir diese furchtbare Sünde eines Tages vergeben wird. Und ich bete auch für dich, Paolo Tahler, dass du dich, wie ich, eines Besseren besinnst.«

Die Leute staunten über das demütige Tun und die Reue, die der Hüter der Wölfe zeigte. Keiner von ihnen hatte je die Schuldeingeständnisse eines Mächtigen – und ein solcher war

Daniele gewesen – gehört. Die Stimmung schlug um. Nun waren sie auf Danieles Seite.

»Was du hier behauptest ist gefährlich, es grenzt an Ketzerei«, gab Paolo schlagfertig zurück und zog Daniele am Arm hoch. Dann wandte er sich der Menge zu. »Du solltest vorsichtig sein mit der Behauptung, dass das Inquisitionsgericht nicht anständig ist. Besonders vor all diesen Zeugen.« Er ließ den Blick über die Bewohner des Dorfes schweifen. »Keiner von ihnen kann mit einer so ketzerischen Ansicht wie deiner einverstanden sein.« Er sah sie einen nach dem anderen an. »Sonst müsste ich annehmen, dass sie auch Ketzer sind.«

Fürchtet euch und zittert.

Sofort zerstreute sich die Menge.

Paolo und Daniele standen allein da.

»Du hättest zum Theater gehen sollen.« Paolo lächelte fahl. »Das war eine gute Strategie, und wenn die Leute nicht solche Hasenfüße wären, dann hättest du sie alle auf deine Seite gezogen.« Er lachte. »Die Herde des Herrn!« Dann wurde er wieder ernst. »Susanna ist schuldig«, stieß er hervor, drehte sich um und ging. Mit einem zufriedenen Lächeln setzte er sich neben den Inquisitor.

»Vielleicht kann ich dir helfen, Junge«, sagte eine Stimme hinter Daniele.

Niccolò Buccaltieri stand mit verschränkten Armen vor ihm und sah ihn an. Er war genauso zerzaust wie das letzte Mal, als Daniele ihn gesehen hatte. Das schöne Gesicht des Söldners war wettergegerbt und die Haut über den Wangenknochen gespannt. »Ich bin Soldat, kanns nicht leiden, wenn mich einer Hasenfuß nennt«, murrte er.

»Und wie könnt Ihr mir helfen?«, wollte Daniele wissen.

»Ich hab gesehen, dass du da ein Papier hattest. Was war das? Eine Namensliste? Du bist ein Einsiedler und kennst niemanden, ich aber bin ein alter Soldat und Säufer dazu und kenn

Gott und die Welt, vor allem aber kenn ich viele Frauen, die wahrscheinlich den größten Teil von deiner Liste da ausmachen. Und ehrlich gesagt glaub ich auch nicht, dass irgendein Mann Susanna verteidigen würde.«

»Ihr würdet einen ausgezeichneten Ermittler abgeben«, bemerkte Daniele.

»Wer sagt denn, dass ich das nich noch werden kann?« Niccolò Buccalteri lachte.

»Niemand.« Daniele schmunzelte. »Aber warum tut Ihr das? Ihr habt kein Geheimnis daraus gemacht, dass Ihr nicht besonders viel für Susanna übrighabt.«

Der Capitano zuckte die Schultern. »Zeig mal die Liste.«

Daniele gab sie ihm.

»Kenn ich alle. Und auf eine hab ich sogar so was wie Einfluss, könnte man sagen.«

»Ich meinte das ernst. Warum tut Ihr das?«

»Hab ich dir doch gesagt. Kann's nich leiden, wenn man mich einen Hasenfuß nennt.« Dann wandte er sich dem Ausgang zu und bedeutete Daniele, ihm zu folgen. »Fangen wir an bei der, auf die ich vielleicht Einfluss hab.«

»Ist sie nicht hier in der Kirche?«, erkundigte sich Daniele verwundert.

»Nee, so eine is sie nich«, erwiderte Niccolò Buccaltieri.

»Wer ist es denn?«

»Marianna Dionigi. Is eine Hure.«

»Eine Hure?«

»Genau, eine Hure.«

Niccolò Buccaltieri bedachte Daniele mit einem langen Blick. »Jetzt denkst du, dass so eine das nich wirklich gut macht im Zeugenstand, oder was?« Lachend schritt er nach draußen. »Na ja, kannste schon recht haben, Junge. Aber ich glaub nicht, dass du's dir leisten kannst, wählerisch zu sein.«

Daniele folgte Buccaltieri mit schwerem Herzen. Seine Aufgabe war noch schwieriger als gedacht, wenn jetzt auch noch eine Hure mit im Spiel war.

»Sag mal«, meinte Niccolò Buccaltieri, während er sich durch die Menge vor der Kirche drängte. »Ich hab gesehen, wie der Scherge vom Inquisitor dich anguckt. Der hasst dich. Ganz offensichtlich is das. Irre ich mich, oder is da zwischen euch was Persönliches?«

34

Anno Domini 1619

Borgo San Michele, Ostalpen

Die Ausbreitung der protestantischen Häresie an den Nordgrenzen der vom Papst verwalteten christlichen Welt hatte den Inquisitor gut zwei Jahre lang fern von seinem offiziellen Sitz Borgo San Michele gehalten. Als Constantin Tron schließlich dem Kloster Santa Ulpizia einen Besuch abstattete, um zu sehen, wie sich sein dort zurückgelassener Schützling Paolo machte, stand plötzlich ein Junge von fünfzehn Jahren vor ihm.

Constantin betrachtete ihn aufmerksam. Paolo war groß geworden. Hatte sich verändert. *Aber ein Mann ist noch nicht aus ihm geworden*, dachte der Inquisitor befremdet und fühlte sich auf unerklärliche Weise abgestoßen.

Paolos Augen hingegen sprühten nur so vor Freude. Schon als der Junge zum ersten Mal in der Nähe des Inquisitors gewesen war, vor mehr als drei Jahren auf dem Markt, hatte er eine tiefe Bewunderung für ihn empfunden, die nun nur noch gewachsen war. Sein ganzes Wesen schien sich ausschließlich davon zu nähren, von der Bewunderung für diesen Mann, den niemand je so geliebt hatte wie er.

»Ich habe den gesamten ›Hexenhammer‹ gelesen«, war das Erste, was Paolo zu Constantin Tron sagte, als sie allein in der Klosterbibliothek waren. »Für Euch.«

Der Inquisitor stutzte. »Was hast du für mich getan?«

»Ich habe den ›Hexenhammer‹ gelesen. Nur für Euch«, wiederholte Paolo. »Wollt Ihr mich abfragen?«

Der Inquisitor bemühte sich zu verstehen, was so merkwürdig an diesem Jungen war. Wie alle fand er ihn außergewöhnlich schön. Er besaß eine beinahe weibliche Schönheit. Aber irgendetwas an ihm war abstoßend, etwas tief in seinem Inneren. Constantin Tron würde noch dahinterkommen, was es war.

»Und wie hast du dieses Buch in die Finger bekommen?«, erkundigte er sich.

Der »Hexenhammer« führte aus, was der Dämon und Hexen anrichten konnten, und beinhaltete zudem sowohl eine Anleitung zur Überführung und Verurteilung von Hexen durch das Inquisitionsgericht als auch eine Beschreibung, wie die Sünde »auszumerzen« sei.

»Ich habe eins hier in der Bibliothek gefunden«, gab Paolo zurück.

Der Inquisitor hob den Blick zur Galerie der Bibliothek. Er wusste, wo dieses Buch stand. Denn auch er hatte es sorgfältig studiert, als er noch Fra' Thevets Schüler war. »Und der Prior hat dir erlaubt, es zu lesen?«, staunte er.

»Nein«, antwortete Paolo. »Aber ich habe es trotzdem gelesen. Nachts, wenn alle anderen geschlafen haben.«

»Du hast dich also nicht an die Klosterregeln gehalten«, stellte der Inquisitor fest. Er selbst hatte es auch nicht getan.

Betroffen senkte Paolo den Kopf. »Nein«, flüsterte er.

»Warum nicht?«

Paolo hob den Kopf, seine hellen Augen glänzten. »Weil ich so sein will wie Ihr!«, erwiderte er glühend.

Das sagt er bereits zum zweiten Mal, dachte Constantin Tron und wunderte sich erneut, denn niemand wollte so sein wie er. »Und was hat es dich gelehrt? Warum hat der Dämon Zugang zu den Seelen der Hexen? Warum gibt es etwas so Schlechtes?«

Paolo schloss kurz die Augen, dann zitierte er auswendig: »Und obgleich Gott es nicht will, erlaubt er doch das Schlechte. Und das wegen der Vollkommenheit des Universums.« Der

Inquisitor nickte zufrieden. »Und warum benutzt der Dämon vor allem Frauen für seine Frevel?«

»Weil Hexerei die Frucht der geistigen und moralischen Unterlegenheit der Frau ist«, antwortete Paolo, ohne zu zögern.

»So ein Unsinn!«, ertönte da die Stimme von Fra' Thevet, der in diesem Moment mit Daniele die Bibliothek betrat. »Constantin, wag es nicht, dich in die Erziehung dieses Jungen einzumischen!«

Der Inquisitor lächelte boshaft. »Vielleicht wacht der Seelenhirt nicht so über seine Herde, wie er sollte«, entgegnete er. »Ich war nicht hier, Prior. Wie hätte ich Paolo beeinflussen können?«

Beim Klang seines Namens aus dem Mund des Inquisitors war Paolo tief berührt.

»Euer Schüler hat seinen Weg von allein gefunden, Prior«, fuhr Constantin Tron fort. »Oder vielleicht hat Gott ihm den Weg gezeigt.«

Fra' Thevet sah den Inquisitor an, er bebte vor Wut. »Es soll also ein Zufall sein, dass du dich damals als Klosterschüler in die Abgründe dieses Buchs hast hineinziehen lassen und er jetzt genau das Gleiche tut?«

»Ich glaube nicht im Geringsten, dass dies ein Zufall ist«, antwortete der Inquisitor. »Aber da es ohne mein Zutun geschehen ist, sehe ich darin eher ein Zeichen.« Damit legte er besitzergreifend die Hand auf Paolos Schulter.

Fast hätten Paolos Beine nachgegeben. Er war sicher, dass der Inquisitor ihn auserwählt hatte. Ein wohliger Schauder lief ihm den Rücken hinunter.

Daniele stand ein wenig abseits. Er spürte den unbändigen Zorn von Fra' Thevet. Der Anblick des Inquisitors bereitete ihm Unbehagen, am meisten aber bestürzte ihn das Leuchten in Paolos Augen. Er erkannte ihn kaum wieder – es war, als wäre er ein anderer geworden.

Er wandte sich an Paolo. »Warum verhältst du dich so gelassen? Ich habe dich noch nie so traurig gesehen«, sagte er.

Der Inquisitor nahm die Hand von Paolos Schulter und blickte Daniele verwundert an.

Paolo erschrak. »Ich verhalte mich nicht seltsam«, stieß er hervor und verriet damit ihre Geheimsprache. »Ich bin glücklich, weil ich bei Seiner Exzellenz sein darf«, fügte er eilig hinzu, denn er befürchtete, der Inquisitor könnte Danieles Worte vielleicht falsch verstehen und diesen magischen Moment zerstören.

Überrascht von der Reaktion seines Freundes runzelte Daniele die Stirn.

Sowohl Fra' Thevet als auch der Inquisitor blickten nun von Daniele zu Paolo und versuchten einen Sinn in diesem kurzen Wortwechsel zu finden.

»Das alles ist eine dumme Erfindung von Daniele!«, stieß Paolo an seinen Beschützer gewandt hervor.

»Eine Erfindung?«, fragte der Inquisitor, ohne den Blick von Daniele zu nehmen.

»Er hat eine Geheimsprache erfunden«, plapperte Paolo in dem Versuch, die Aufmerksamkeit des Inquisitors wieder auf sich zu lenken. »Damit die anderen uns nicht verstehen, hat Daniele eine Sprache erfunden, in der alles das Gegenteil bedeutet von dem, was es für gewöhnlich beinhaltet. Er hat auch die Silben verdreht, und die Bedeutung von Sachen oder Wörtern oder Leuten durch Ziffern ersetzt.«

»Wie geistreich«, befand der Inquisitor, den Blick weiter auf Daniele gerichtet.

»Aber es ist alles nur zum Spott!«, rief Paolo. »Und ich will keinen Spott mit Euch treiben.«

Der Inquisitor sah ihn an und bemerkte in Paolos Gesicht etwas, das ihm gefiel: Dieser Junge war von Neid zerfressen. Von Neid und Eifersucht. Lächelnd wandte er sich an Fra' Thevet. »Wusstet Ihr davon, Prior?«

»Nein«, erklärte Fra' Thevet verblüfft.

Der Inquisitor lachte. »Dann ist es also wahr, dass Ihr ein Seelenhirte seid, der nicht gut auf seine Herde achtgibt.«

»Der Prior wacht über jeden Einzelnen von uns!«, ergriff nun Daniele das Wort und richtete sich auf, die Hände zu Fäusten geballt. »Es gibt keinen besseren Menschen als ihn!«

Der Inquisitor ließ seinen Blick über ihn gleiten. Daniele war etwa so alt wie Paolo, wirkte im Gegensatz zu ihm aber bereits wie ein Mann, und das nicht nur wegen seines stattlichen Körperbaus, sondern auch wegen des stolzen Blicks. Kraft ging von ihm aus, Kraft und Willensstärke. »Welch leidenschaftliche Verteidigung«, sagte er schmunzelnd. »Und dennoch hast auch du den Prior verspottet.«

»Nein. Nie. Der Prior leitet uns, er unterdrückt uns nie. Er weist uns den Weg, ohne uns anzutreiben«, sagte Daniele und trat einen Schritt vor, neben Fra' Thevet. »Der Prior ist ein guter Seelenhirte. Womöglich verwechselt Ihr den Seelenhirten mit einem Wachhund«, griff er den Inquisitor offen an.

»Dein Seelenhirte hat dir zweifelsohne zu viele Freiheiten gewährt, wenn du dir erlaubst, so mit mir zu sprechen«, bemerkte Constantin Tron steif.

»Vielleicht aber greift Ihr ihn auch fälschlicherweise an und zwingt mich daher, so mit euch zu reden«, gab Daniele stolz zurück.

Der Inquisitor ließ seinen Blick über ihn gleiten. Daniele gefiel ihm, seine Stärke gefiel ihm. »Und doch«, sagte er lächelnd, »bleibt die Tatsache, dass ihr beide deinen geliebten Seelenhirten verspottet habt.«

»Nein«, entgegnete Daniele undurchdringlich. »Ich habe Paolo die Regel auferlegt, dass wir den Prior nie belügen und ihn nie verspotten.«

»Du hast ihm diese Regel *auferlegt*?«, wollte der Inquisitor wissen. Seine Stimme war voller Anerkennung für diesen Jungen. Wieder verspürte er dieses missgünstige Gefühl und sagte zu Paolo: »Er ist also der Bestimmer zwischen euch beiden?«

Paolo schwanden beinahe die Sinne. Er sah Daniele hasserfüllt an, bevor er sich genau vor den Inquisitor stellte, sodass dieser ihn ansehen musste, und ängstlich beteuerte: »Er bestimmt nicht über mich. Es gibt nur einen Herrn, den ich anerkenne und dem ich immer treu sein werde. Und dieser Herr seid Ihr!« Dann fiel er auf die Knie und küsste Constantin Tron verzweifelt die Hand. Bittere Tränen der Demütigung rannen über sein Jünglingsgesicht.

Und da wusste der Inquisitor, was er an diesem Jungen nicht mochte. Er war schwach. Und feige.

Trotzdem legte er ihm eine Hand auf den Kopf. »Guter Junge«, sagte er.

Denn er wusste, dass ihm mit diesem Jungen ein treuer Hund zugelaufen war.

35

Anno Domini 1633
1. Februar, zwölfter Tag

Borgo San Michele, Ostalpen

Seine Exzellenz ist abgereist.«

Verzweiflung machte sich in Daniele breit. Er hatte gehofft, von Bischof Tebaldi empfangen zu werden.

»Ein Disput führt ihn erst nach Pontêbe, und dann wird er in Tarvis mit der Erzdiözese von Bamberg einen Plan ausarbeiten, um dem protestantischen Geschwür in Unterfranken Einhalt zu gebieten«, informierte ihn der Sekretär, ein kleiner Mann, mager wie ein Zwirnsfaden. »Seine Exzellenz lässt Euch ausrichten, dass Ihr nun auf Euch allein gestellt seid. Nun ist es eine Sache zwischen Euch und der Heiligen Inquisition, Daniele di Barco. Seine Exzellenz beliebt nicht, weiterhin in den Prozess einzugreifen.« Mit einem listigen Blitzen in den Augen trat er dicht vor Daniele. Sein Atem stank furchtbar. »Aber seine Exzellenz hat Euch noch ein letztes Geschenk hinterlassen.«

»Was denn?«

»Es ist eine Überraschung.« Der Sekretär kicherte wie ein kleiner Junge und trippelte mit winzigen Schritten davon.

Daniele musste sich mit der Abreise des Bischofs abfinden, etwas anderes blieb ihm nicht übrig. Dass er die Rolle des *Instructor Daemonii* übernehmen durfte, war bereits mehr, als er gehofft hatte.

Susannas Leben lag jetzt allein in seiner Hand.

Ja, jetzt war es eine Sache zwischen ihm und der Heiligen Inquisition.

Zwischen ihm, dem Inquisitor und Paolo Tahler.

Langsam lief er zum Heiligen Offizium. Die Dorfbewohner, denen er begegnete, sahen ihn schief an. Würden sie Wetten abschließen, sie würden auf seine Niederlage setzen. Niemand glaubte daran, dass er die Inquisition besiegen konnte. Weil sie schlicht nie besiegt wurde.

Er betrat den für die *Quaestio* bestimmten Saal. Noch war der Raum leer. Er setzte sich und wartete. Furcht überkam ihn, vor allem in dieser Stille.

Dann wurde das Gericht angekündigt. Der *Exceptor* erschien, gefolgt von bewaffneten Wachen, Paolo Tahler und Constantin Tron.

Der Inquisitor blickte düster und verärgert drein und sah Daniele feindselig an. »Dein Bischof …«, begann er, mit Betonung auf »dein«, als wäre es nicht auch sein Bischof, »hielt es für besonders amüsant, ein mittelalterliches Gesetz über die *Ordalia*, das Gottesurteil, aus den Tiefen der Geschichte hervorzuholen. Ihm zufolge ähnelt der inquisitorische Prozess der mittelalterlichen Ordalia.« Sein Blick war jetzt undurchdringlich. »Und da wir uns im rechtlichen Bereich der Ordalia bewegen, hat er das hier bewilligt.« Mit einem Seufzen gab er zwei Wachen ein Zeichen, die daraufhin die Doppeltüren öffneten und eine lärmende Menge von etwa fünfzig Dorfbewohnern einließen.

Daniele war überrascht. Diesen Zug hatte der Bischof äußerst scharfsinnig eingefädelt. Vor so vielen Zeugen aus dem Volk würde sich der Inquisitor zurückhalten, er würde gerechter sein müssen. Und das würde Susanna zugutekommen. Er spürte einen Funken Hoffnung in sich aufkeimen.

Der Inquisitor erhob sich. »Sollte es zu Unruhen oder Störungen jeglicher Art bei der Durchführung der *Quaestio* kommen«, drohte er den Dörflern mit erhobenem Finger, »werde ich den Saal räumen lassen und jeden Einzelnen von Euch wegen Beleidigung anklagen.«

Eingeschüchtert verstummten die Dorfbewohner.

Daniele ging auf, dass der unerwartete Vorteil nicht so groß war, wie er zunächst geglaubt hatte. Die Gemeinde, da hatte Paolo Tahler recht, bestand aus Hasenfüßen. Aber es würde schon für irgendetwas gut sein.

»Man führe die Angeklagte herein«, rief Constantin Tron, dann winkte er Daniele zu sich.

Daniele ging langsam zu ihm.

»Ich habe dich immer gemocht, vergiss das nicht«, sagte Constantin Tron, und in seiner Stimme lag eine Spur Wahrheit.

Paolo stieg bei diesen Worten das Blut zu Kopf.

»Danke, Eure Exzellenz«, antwortete Daniele zurückhaltend.

»Komm nicht vom Weg ab«, mahnte ihn der Inquisitor.

»Ich bete zu Gott, dass dies nicht geschehen möge.«

»Beten reicht nicht. Du musst es auch wollen.« Und das bisschen Ehrlichkeit in seiner Stimme verschwand, machte der Boshaftigkeit Platz, die seiner Natur innewohnte.

»Ich will nichts als Gerechtigkeit, von ganzem Herzen.«

Der Inquisitor verengte seine kalten Augen zu schmalen Schlitzen, und seine blassen dünnen Lippen kräuselten sich unmerklich zu einem verächtlichen Lächeln. »Was mag Gerechtigkeit sein, Daniele? Ein Maß, das der Mensch ansetzt, diese Kreatur, die von Natur aus schwach ist. Ein Maß, dass nicht immer mit dem Göttlichen Bild übereinstimmt.«

Er ließ seinen Blick über die anwesenden Dorfbewohner gleiten, um noch einmal seine Macht zu demonstrieren. »Denn nur Gott vermag wahre Gerechtigkeit walten zu lassen, auch wenn der Mensch sie nicht versteht.«

»Verzeiht, Exzellenz«, und damit wandte sich auch Daniele an das anwesende Volk. »Meint Ihr Gott oder die Kirche?«

Einige der Anwesenden grinsten.

»Ist das nicht dasselbe?«, erkundigte sich Constantin Tron herausfordernd.

»Sagt Ihr es mir, Exzellenz.«

Der Inquisitor lachte. »Du wirst einen guten *Instructor Daemonii* abgeben, Daniele.« Dann wurde er eiskalt. »Und das ist nicht als Huldigung gemeint.« Schweigend ließ er seinen Blick auf ihm ruhen, bis die Tür geöffnet und die Angeklagte vor das Gericht geführt wurde. Mit einem Zeichen entließ der Inquisitor Daniele, der mit gesenktem Haupt respektvoll rückwärts schritt, ohne ihm den Rücken zuzuwenden.

Ein Raunen ging durch die Menge. Jeder Bewohner des Dorfes kannte Susanna. Jeder hatte sie noch bis vor wenigen Tagen in den Gassen des Borgo mit einem Lächeln gegrüßt. Die Frauen, denen sie Lesen und Schreiben beigebracht hatte, waren gekommen. *Sie schämen sich ihrer Feigheit mehr als alle anderen*, dachte Daniele, als sie die Blicke senkten. Aber wie bereits in der Kathedrale war die Scham nicht groß genug, denn es gab etwas, das über diese Männer und Frauen herrschte: Angst.

Hocherhobenen Hauptes erschien Susanna in der großen Halle. Man hatte ihr das verkrustete Blut aus dem Gesicht gewaschen. Ihre Haut glänzte. Sie trug das saubere Kleid, das Daniele ihr gebracht hatte und den Schal, in den er sie als Baby gewickelt hatte. Sie sah aus wie eine Madonna. Ihr Haar war mit einem blau-gelben Band zusammengebunden und im Nacken hochgesteckt. Sie trug keine Schuhe, aber ihre Füße waren sauber.

Alle im Saal hielten den Atem an, als sie eintrat.

Als sich ihre Blicke trafen, lächelte Daniele ihr zu, dann ging er zu ihr. »Jetzt erkenne ich dich«, flüsterte er. »Das hier ist *meine* Susanna.«

Und als Susanna das hörte, stieg eine Welle aus Wärme in ihr empor, und sie fürchtete sich weniger.

Der Inquisitor erbleichte bei ihrem Anblick, wandte sich

aber – wenn auch mühevoll – zornig ab. »Man fahre fort, ohne weitere Zeit zu verlieren«, rief er schrill.

Susanna wurde in die für die Angeklagten vorgesehene Ecke geleitet, eine Wache an jeder Seite und eine weitere hinter ihr.

»Drei bis an die Zähne bewaffnete Wachen für eine einzige junge Frau!«, wandte sich Daniele dem Publikum zu. »Danke, Inquisitor. Ich hatte Angst vor dieser gefährlichen Person. Aber jetzt fühle ich mich sicher.«

Die Dorfbewohner lachten.

»Ruhe«, schrie Constantin Tron entrüstet. »Ich warne dich, Daniele, treibe es nicht zu weit!«

Daniele trat zu Susanna, wobei die Wache zu ihrer Rechten einen Schritt zurückweichen musste, und drückte ihre Hand.

Alle Dörfler beobachteten die Szene. Und alle hatten gesehen, wie die Wache vor Daniele zurückwich.

»Paolo Tahler!«, rief der Inquisitor zornig. »Worauf wartest du noch?«

»Jetzt geht es los«, flüsterte Daniele Susanna zu.

»Und du bist da«, wisperte sie.

»Möge Gott, *Pater et Dominus, Sanctus et Terrificus*, dieses Gericht leiten und es zum Sieg über Satan führen«, verkündete Paolo Tahler. »Die Kirche ruft Teofilo Rinaldi, Sohn des Bäckers Dario Rinaldi, auf.«

Ein Raunen ging durch den Raum.

Der Inquisitor blickte drohend in die Menge.

Hereingeführt wurde das Kind, das Wesers Dienstmagd gefunden hatte. Ängstlich trat der Junge ein. Seine Eltern mussten hinten im Saal sitzen, der Vater war bleich, die Mutter schlug sich vor Entsetzen die Hände vor den Mund.

Paolo Tahler geleitete das Kind vor den Inquisitor.

Der Junge hielt den Kopf gesenkt, den Blick fest auf den gewachsten Marmorboden geheftet. Offensichtlich fürchtete er Constantin Tron.

Paolo Tahler verhörte ihn eilig und erhielt die zu erwartenden Antworten, die bereits in den Niederschriften der Verhöre vermerkt waren. Schließlich fragte er: »Und Astrid Gallo hat gesagt, dass Susanna Berna, die Hexe, das getan hat, richtig?«

»Exzellenz«, wandte Daniele sich an den Inquisitor, »der *Instructor* legt dem Kind die Antworten ja geradezu in den Mund.«

»Das Kind kann auch verneinen, Daniele, oder etwa nicht?«, gab Constantin Tron gereizt zurück.

»Nein, Exzellenz«, entgegnete Daniele. »Bei allem Respekt, das Kind ist eingeschüchtert und …«

»Es reicht, Daniele. Du kennst die Vorgehensweise. Ich gebe dir die Erlaubnis, das Kind auch zu befragen.« Er wandte sich an den Sohn des Bäckers: »Antworte, Teofilo. Die Dienstmagd hat gesagt, dass die Hexe Susanna Berna das getan hat, richtig? Sag schon, das bestätigt schließlich auch der Schmied, Bernardo Treves.«

Das Kind sah ihn mit großen Augen an.

Ein Lächeln glitt über das Gesicht des Inquisitors, doch dieses Lächeln verängstigte den Jungen nur noch mehr. »So ist es doch gewesen? Du wirst doch gewiss nicht dem widersprechen, was du bereits gesagt hast. Ungehorsam der Kirche gegenüber ist eine Todsünde, vergiss das nicht.«

»Herr Richter!«, rief Daniele, sprang auf und drehte sich dem Publikum zu, als wollte er die Dorfbewohner ermutigen, ihren Unmut kundzutun.

Doch diese fürchteten Constantin Tron ebenso sehr wie der Junge und schwiegen.

»Setz dich, Daniele«, befahl der Inquisitor. »Treib es nicht zu weit, das sage ich dir nun bereits zum zweiten Mal. Ebenso wie dein Bischof ein mittelalterliches Gesetz, das keine Anwendung mehr findet, wieder hervorgeholt hat, könnte ich die Regeln des ›Hexenhammer‹ anwenden. Die besagen, dass eine der Hexerei Angeklagte kein Recht auf einen Verteidiger hat.«

Daniele nahm die Drohung schweigend zur Kenntnis. Er versuchte, sich zu beherrschen, er wollte nicht riskieren, Susanna in noch größere Schwierigkeiten zu bringen.

Der Inquisitor wandte sich wieder dem Jungen zu, diesmal sehr grob: »Na los, wir haben hier keine Zeit zu verlieren. Antworte.«

»Ja …«

»Wiederhole den ganzen Satz.«

Der Junge war den Tränen nahe.

»Dann zeige wenigstens auf die Hexe«, forderte ihn der Inquisitor ungeduldig auf.

Das Kind sah kurz zu Susanna, wandte den Blick ab, hob den Arm und zeigte auf sie.

Die Mutter des Jungen verbarg entsetzt ihr Gesicht in den Händen und schüttelte den Kopf. Warnend zischte der Ehemann ihr etwas zu, und augenblicklich fasste sie sich wieder.

Aber Daniele hatte es gesehen. Und viele Dorfbewohner ebenso.

»*Exceptor*«, bemerkte der Inquisitor eilig, »schreibt ins Protokoll, das Teofilo Soundso, Sohn des Bäckers Blablabla, für alle sichtbar auf die Angeklagte Susanna Berna gezeigt hat und damit bestätigt, dass sie eine Mörderin und Hexe ist.«

Kopfschüttelnd stand Daniele auf und trat zu dem Jungen, der noch vor dem Inquisitor stand. »Du brauchst keine Angst zu haben, Teofilo«, erklärte er und strich ihm über das Haar. »Niemand hier will dir Böses. Wir möchten nur, dass du die Wahrheit sagst. Unser Herr Jesus Christus möchte, dass du die Wahrheit sagst. Also, ich habe schon alle Schriften gelesen, die mit diesem Fall zu tun haben, und in einer von ihnen steht, dass dieser Signore dort mit den blonden langen Frauenhaaren …« Er zeigte auf Paolo.

Im Publikum waren einzelne Lacher zu hören.

Paolo schoss das Blut ins Gesicht.

»Nun«, fuhr Daniele fort, »dieser Signore sagte, dass an jenem furchtbaren Tag noch jemand bei dir war – der Schmied. Stimmt das? Hast du den Schmied Bernardo Treves gesehen?«

Das Kind zuckte die Schultern.

»Hast du ihn nicht gesehen?«

»Es ist doch gar nicht wichtig, ob er ihn gesehen hat oder nicht«, warf Paolo Tahler zornig ein. »Das hat doch gar nichts mit der Verhandlung zu tun.«

»Auch nicht, wenn wir uns darauf einigen, dass euer Zeuge erst später aufgetaucht ist, wie durch ein Wunder?«, fragte Daniele. »Und dass der Junge erst da gesagt hat, ich korrigiere mich, *angeblich* gesagt hat, und auch nur zu euch, dass Astrid Gallo die Angeklagte beschuldigt hat? Warum hat der Junge bis dahin, so liegt es mir wenigstens vor, nichts davon gesagt?«

Murren erhob sich.

»Deine Beschuldigungen sind äußerst harsch, Daniele«, beanstandete der Inquisitor. »Ich dulde nicht, dass du dieses Gericht durch den Schmutz ziehst. Sieh dich vor.«

Daniele atmete tief durch, dann wandte er sich wieder dem Jungen zu. »Jesus Christus will nur die Wahrheit wissen, vergiss das nicht. Hast du wirklich gehört, wie Astrid Gallo diese schrecklichen Dinge über Susanna sagte?«

Der Junge hob den Kopf und sah Daniele an. Dann blickte er zu seiner Mutter, und ein kurzes Leuchten glitt über sein Gesicht. Er öffnete den Mund.

Doch Paolo Tahler ergriff unverzüglich das Wort. »Teofilo, sieh Gott an!«, schrie er und erhob sein übergroßes Kruzifix wie eine bedrohliche Waffe. Mehr sagte er nicht. Aber es reichte.

Der Junge senkte wieder den Blick und schüttelte den Kopf. »Ich …«, stammelte er, dann sah er Paolo Tahler an, der ihn unbeweglich mit erhobenem Kruzifix anstarrte. Schließlich blickte er in die ängstlichen Augen seiner Mutter. »Susanna ist eine Hexe!«, schrie er weinend heraus.

Daniele sah, wie Susanna erblasste.

»Gut.« Der Inquisitor lächelte triumphierend. »*Exceptor*, schreibt ins Protokoll, dass der Zeuge den arglistigen Versuchen des *Instructor Daemonii* widersteht. Schreibt, dass der erste Kampf zwischen dem Gott der Heere und Satan zugunsten der Wahrheit und der Gerechtigkeit ausgeht. Du kannst gehen, Junge. Du hast deine Pflicht erfüllt.«

Von einer Wache begleitet ging der Junge Richtung Ausgang.

»Teo …«, rief Susanna ihn. »Teo …«

»Die Angeklagte mögen schweigen!«, schnitt ihr Paolo Tahler das Wort ab.

»Teo …«

Der Junge drehte sich Susanna zu. Bestimmt dachte er nun an die vielen Male, die sie ihm Kekse und warme Milch gegeben und ihm wunderbare Märchen vorgelesen hatte. Und daran, dass er, im Gegensatz zu vielen anderen Kindern im Borgo, lesen und schreiben konnte, weil Susanna es ihm beigebracht hatte.

»Teo …«, flehte Susanna noch einmal.

»Ruhe!«, schrie Paolo Tahler und trat einige Schritte auf sie zu, um dem Jungen den Blick auf sie zu verstellen.

»Keine Angst, Teo«, sagte Susanna zu dem Kind und stellte sich so, dass sie an Paolo vorbeiblicken konnte.

Die Augen des Jungen füllten sich mit Tränen, seine Lippen zuckten. »Verzeih, Susanna …«, wimmerte er im Davonlaufen.

»Herr Richter«, rief Daniele, »habt Ihr das gehört? Habt Ihr gehört, wie das Kind um Verzeihung bat? Verzeihung wofür? Ich fordere offiziell, dass die Aussage des Jungen für ungültig erklärt wird. Der Zeuge wurde von der Anklage beeinflusst, mit dem Ziel …«

»Hör auf, Daniele«, schnaubte Constantin Tron. »Du machst aus der *Quaestio* gegen die Angeklagte einen Prozess gegen dieses Gericht. Ich werde das nicht länger dulden.«

Daniele nahm entmutigt Platz und ließ seinen Blick über die Dörfler gleiten. Einige von ihnen hatten das Kind gehört, aber nicht alle.

»*Exceptor*, streicht den letzten Satz des Jungen aus dem Protokoll.«

»Welchen, Eure Exzellenz?«, wollte der Gerichtsschreiber wissen.

Daniele sprang auf. Diese Gelegenheit galt es zu nutzen. »Der Junge hat gesagt: *Verzeih, Susanna*«, gab er wieder und sprach Silbe für Silbe so laut aus, dass es alle hören konnten.

Ein Raunen ging durch den Saal.

Aber Daniele wusste, dass das nicht von Bedeutung war. Diese erste Zeugenaussage war zu Susannas Nachteil ausgegangen. Sie kam einer Verurteilung gleich. Die Anwesenheit des Publikums tat wenig dazu.

Susanna ließ den Kopf hängen. Nun sah sie nicht mehr so stolz aus wie am Anfang, auch für sie wog diese erste verlorene Schlacht schwer.

»Ich erhebe Einspruch!«, rief Daniele und schlug bebend vor Zorn mit der Faust auf die Balustrade vor Susanna.

Da hob Susanna den Kopf.

Genau das hatte Daniele gewollt. Er wollte, dass Susanna sich und ihren Stolz wiederfand, wollte, dass sie wusste, er würde nicht aufgeben.

Und Susanna spürte, dass Daniele bei ihr war, neben ihr. Dass sie ihre Kraft wiederfinden musste, die sie zu dem gemacht hatte, was sie war. Entgegen allen Regeln. Im Namen der Gerechtigkeit.

Lass dir niemals die Flügel stutzen, dachte sie.

Und in diesem Moment wusste sie wieder, wer sie war. Wer sie immer hatte sein wollen.

»Ich bin keine Hexe!«, verkündete sie so würdevoll, wie sie konnte. »Ich bin eine freie Frau!«

36

Anno Domini 1633
1. Februar, zwölfter Tag

Borgo San Michele, Ostalpen

Draußen war es bereits dunkel.

Die erste Verhandlung war seit wenigen Stunden beendet.

Paolo lief im schmucklosen Heiligen Offizium in unmittelbarer Nachbarschaft des herrschaftlichen Bischofshauses den dämmrigen Gang auf und ab, der den Unterkunftstrakt mit der Privatkappelle des Inquisitors verband. Nervös umklammerte er das silberne Kruzifix mit dem Goldquadrat in der Mitte, das an einer Kette um seinen Hals hing, hielt sich regelrecht daran fest. Er wusste, dass der Inquisitor um diese Zeit betete und keine Unterbrechung duldete. Und trotzdem gelang es Paolo nur mit größter Mühe, nicht in die Kapelle zu stürzen und seinem Beschützer eine Frage zu stellen, die ihm auf der Seele lag, ihn quälte und nahezu um den Verstand brachte.

Trocken und knapp hallten seine Schritte auf dem Dielenboden aus Tannenholz wider. Als würden sie seine Anspannung unterstreichen. Seinen inneren Kampf.

Er wusste, dass er dies hier nicht tun sollte.

Und wusste doch, dass er nicht anders konnte.

Denn der Gedanke fraß ihn innerlich auf. Verzehrte ihn. Und je mehr er versuchte, ihn zu ignorieren, umso mächtiger wurde er, legte sich über alles andere, versetzte sein Herz in quälenden Aufruhr.

Endlich schlugen die Glocken der Kathedrale die zwölfte Stunde.

Bei ihrem Klang würde der Inquisitor die Bibel schließen, sich bekreuzigen, mit den Fingern über den hölzernen Christus am Kruzifix streichen und kurz auf dem Nagel verweilen, der die Füße des Gottessohnes durchbohrte. Schließlich würde er gemessenen Schrittes die Kapelle verlassen.

Paolo wusste, dass Constantin Tron keinerlei Seelenheil aus dem Gebet zog.

Ebenso wenig wie er.

Sie beide waren Männer der Tat.

Treu nur dem Feuer. Dem Feuer, welches sündiges Fleisch marterte. Welches die schrecklichsten Laster zu Asche verwandelte. Und sein prasselndes Hassgebet gen Himmel schrie.

Paolo war angespannt, als der Inquisitor auf ihn zukam, mit noch düsterer Miene als sonst. *Sei still*, sagte Paolo sich, aber er hatte den Gedanken noch nicht zu Ende gebracht, da war er schon beim Inquisitor. »Auf ein Wort, Exzellenz.«

»Muss das sein?«, brummte der Inquisitor mürrisch.

Paolo sah ihn an, antwortete aber nicht. Er versuchte, seinen Gedanken wegzuschieben, jenen Gedanken, der sich in seinem Herzen und seinem Kopf eingenistet hatte und ihm den Atem raubte.

»Was ist denn?«, knurrte Constantin Tron gereizt.

Paolo wandte den Blick nicht von ihm. Er wusste, es würde nie einen geeigneten Zeitpunkt geben, ihm zu sagen, was er zu sagen hatte. Ganz bestimmt aber war dies hier der allerschlechteste Zeitpunkt. Trotzdem erklärte er: »Ja, Exzellenz. Es muss sein.«

Constantin Tron war sichtlich verärgert. »Dann komm«, stieß er hervor und öffnete die Tür zu seinem düsteren Studierzimmer. Er ging zu seinem Schreibtisch – der Schreiner hatte ihn repariert, doch der Inquisitor traute ihm nicht mehr so recht –, und nahm dahinter Platz, ohne seinem Sekretär einen Stuhl anzubieten.

Paolo stand vor ihm und spürte, wie ihn der Mut verließ.

»Geht es um die *Quaestio*?«, erkundigte sich der Inquisitor knapp.

»Ein wenig …«

Mit verschränkten Armen betrachtete der Inquisitor ihn. Unnahbar.

Und Paolo wusste, dass er reden würde – nicht, weil er mutig war, sondern weil er zornig war, neidisch und eifersüchtig.

»Warum habt Ihr heute Morgen bei Prozessbeginn Daniele gesagt, dass Ihr ihn immer gemocht habt?«, fragte er zitternd.

Constantin Trons Gesichtsausdruck veränderte sich schlagartig, er war jetzt auch höhnisch. »Du möchtest, dass ich mich rechtfertige für das, was ich sage? Du … verlangst von mir eine Rechtfertigung?« Sein Ton war eisig. Und doch amüsiert.

»Exzellenz!«, stieß Paolo hervor, der sich nun nicht mehr zurückhalten konnte. »Habt Ihr vergessen, wer Daniele ist und was er Euch angetan hat? Er hat Euch betrogen!«

Das Lächeln des Inquisitors war schärfer als jede Klinge. »Möchtest du wirklich wissen, warum ich zu ihm sagte, dass ich ihn immer mochte?« Er schwieg kurz und sah Paolo an, geradewegs in die Augen, geradewegs in Paolos Qual. »Weil es wahr ist.«

Paolo spürte einen tiefen Stich im Herzen.

»Daniele ist ein außergewöhnlicher Mann«, fuhr der Inquisitor fort, verweilte genüsslich auf den einzelnen Silben, wie ein Raubtier, dass mit seiner Beute spielt. »Auch wenn er den Weg aus den Augen verloren hat, den Weg, auf dem er sein überdurchschnittliches Talent hätte zeigen können, schätze ich ihn noch immer. Er ist nun ein Feind. Aber ein bemerkenswerter Feind. Heute hat er dich lächerlich gemacht. Die Leute haben gespottet über dich. Er hat nahezu deine gesamte Anklage entkräftet. Daniele glänzt, obgleich seine Niederlage vorbestimmt ist.« Voller Boshaftigkeit hielt er noch einmal inne, um zu seinem finalen Schlag auszuholen. »Du aber, Paolo, du glänzt keineswegs.«

Paolo spürte, wie die Demütigung bis in den letzten Winkel seines Körpers kroch.

Aber das Raubtier, das in Constantin Trons Seele herrschte, hatte noch nicht genug. »Da du ja so genau auf meine Worte geachtet hast, hättest du auch mein Missfallen vernehmen können, als ich Daniele drohte, mich auf den ›Hexenhammer‹ zu berufen und diese verfluchte Hexe ihrer Verteidigung zu berauben. Das hätte ich liebend gern getan, so wahr mir Gott helfe, als ich euch beide dort im Saal beobachtete, dich und Daniele, und er dir jedes Wort im Mund herumdrehte und für sich nutzte.«

»Exzellenz …«

»Schweig!«, unterbrach ihn der Inquisitor, der sein Opfer nun, nachdem er ihm den Todesstoß versetzt hatte, genüsslich zerfleischte. »Weißt du auch, warum ich das nicht tun kann? Weil ich nicht zurücknehmen kann, dass auch der Angeklagte einen Verteidiger erhält, den Anwalt des Teufels, *Instructor Daemonii*. Das habe ich einst selbst eingeführt. Würde ich es nun abschaffen, würde es dem Prozess schaden. Die Leute würden mich für schwach halten, würden denken, ich hätte Angst vor Daniele, und dass die Hexe vielleicht gar keine ist.« Keuchend stützte er sich mit beiden Händen auf dem Tisch ab, den Kopf gesenkt, als wollte er aufstehen.

Paolo kniff kurz die Augen zusammen, um den heftigen Schmerz zurückzudrängen.

Constantin Tron heftete den Blick wieder auf ihn, wirkte ein wenig ruhiger, und doch war nichts an ihm beruhigend. »Ich habe den Anwalt des Teufels seinerzeit ein wenig eigenwillig eingeführt, um dem unwissenden und abergläubischen Volk zu zeigen, dass die Heilige Inquisition zutiefst aufrichtig ist, gewissenhaft und vor allem gerecht.« Zitternd zeigte er auf Paolo. »Und ich tat es, weil damals Daniele der Anwalt Gottes, der *Instructor Domini* war. Und sein Gegner …«, sein Blick war voller Verachtung, »sein Gegner warst du. Du wärst niemals in der Lage gewesen, einen Freispruch für einen Angeklagten zu erwirken.«

Die Worte des Inquisitors ließen Paolo klein, elend und erbärmlich erscheinen. »Daniele hat mich immer geschlagen«, ereiferte er sich mit schriller Stimme, die Fäuste geballt, die langen Locken wogten um sein glühendes Gesicht. »Daniele hat mich immer besiegt, weil ich wusste, dass ich eine höhere Aufgabe zu erfüllen hatte: Euch die Treue zu halten! Ich *musste* verlieren! Für Euch!« Er keuchte, seine aquamarinblauen Augen blitzten. »Nur deshalb habe ich immer verloren! Nur für Euch!«

Der Inquisitor sah Paolo nur schweigend an, bis dessen Atem sich wieder beruhigt hatte. Der Atem seines unterwürfigen Hundes.

»Dann ist jetzt der Moment gekommen, da du beweisen kannst, dass du besser bist als er«, sagte er schließlich kalt. »Denn bis jetzt bist du es keineswegs.«

37

Anno Domini 1633
2. Februar, dreizehnter Tag

Borgo San Michele, Ostalpen

Das Gericht versammelte sich zur sechsten Stunde.

Inquisitor Constantin Tron, *Instructor Domini* Paolo Tahler, *Instructor Daemonii* Daniele di Barco, der *Exceptor* und das Publikum, alle waren da.

»Man führe die Angeklagte herein!«, rief Paolo siegessicher. Er hielt eine Überraschung für Daniele bereit und wusste, dass der Inquisitor endlich stolz auf ihn sein würde.

Daniele beobachtete, wie Paolo, dem Inquisitor zugewandt, leicht den Kopf senkte, wie eine angedeutete Verbeugung, worauf Constantin Tron unmerklich nickte, mit einem geheimnisvollen Schlangenlächeln.

Die Türen des Gerichts wurden geöffnet, und die Wachen brachten Susanna herein.

Raunen erhob sich.

Entsetzt starrte Daniele auf das Bild, das sich ihm bot.

Susannas Füße waren mit einem kurzen Strick aneinandergefesselt. Einen weiteren Strick hatte man ihr um den Hals gelegt und die Hände auf dem Rücken verbunden. Die Wachen zwangen sie, rückwärtszulaufen, und so kam sie nur unsicher voran, dem Gericht den Rücken zugewandt.

Susanna wurde hereingeführt wie ein Stück Vieh.

»Was soll das?«, stieß Daniele hervor.

Ein düsteres Lächeln glitt über das zufriedene Gesicht des

Inquisitors. Und als wären ihm Enttäuschung und Wut seines Gegenübers nahrhafter Nektar, sah er Daniele einen unendlich scheinenden Moment lang an, bevor er zu sprechen begann. »Dafür musst du dich bei *deinem* Bischof bedanken, Daniele«, erklärte er. »Mit seiner Verfügung, das Volk beim Prozess anwesend sein zu lassen, hat er mich daran erinnert, dass es alte Gesetze und Regeln gibt, die wir respektieren sollten. Und mein *Instructor Domini*«, er zeigte auf Paolo, »hat mich darauf hingewiesen, dass korrekterweise alle inquisitorischen Regeln anzuwenden sind. Paolo Tahler hat mich glücklicherweise daran erinnert, dass der ›Hexenhammer‹ lehrt, die Hexe rückwärts hereinzuführen, damit der ihr innewohnende Dämon das Gericht nicht verhexen kann.«

Erschrockenes Murmeln ging durch das Publikum.

»Komm«, forderte der Inquisitor Paolo auf.

Paolo kniete vor ihm nieder.

Der Inquisitor streckte ihm seine Hand entgegen.

Paolo küsste sie.

Daraufhin legte der Inquisitor seine Hand auf Paolos Haupt, auf die langen, weibischen Locken, und sprach voller Inbrunst: »Du bist mein Recke, und du wirst für mich kämpfen.«

Paolo glühte vor Freude.

»Die *Quaestio* möge beginnen«, rief Constantin Tron gebieterisch und sah Daniele herausfordernd an.

Man führte Susanna zur Balustrade der Angeklagten. Der Inquisitor und Paolo wollten sie demütigen. Und es gelang ihnen. »Verzeiht, Inquisitor«, warf Daniele spöttisch ein. »Ich bedankte mich bereits in der letzten Sitzung bei Euch, dass Ihr diese furchtbare Kreatur mit drei Männern bewachen ließt, Ihr erinnert Euch sicher.« Er wies auf Susanna. »Da wir jetzt auch ihren gefährlichen Blick abwenden konnten, besteht keine Gefahr mehr, oder was meint Ihr?«

»Daniele, was willst du?«, gab Constantin Tron verärgert zurück.

»Ich frage mich, ob man dieser Bestie von einer Frau jetzt nicht die Fesseln abnehmen könnte«, erwiderte Daniele. »Natürlich nur, wenn Ihr Euch jetzt nicht mehr fürchtet.«

Im Publikum wurde Gelächter laut.

»Man nehme ihr die Fesseln ab«, befahl der Inquisitor gereizt. »Gott fürchtet sich nicht. Niemals.«

»Verzeiht, Ihr habt mich falsch verstanden«, erklärte Daniele höhnisch. »Ich meinte Euch, nicht Gott.«

Wieder wurde Gelächter laut.

Der Inquisitor war zornig und wiederholte, während man Susanna die Fesseln abnahm: »Die *Quaestio* möge beginnen. Und Schluss jetzt mit diesen Possen.«

Daniele trat zu Susanna.

»Weißt du, was ich jetzt möchte?«, flüsterte Susanna ihm zu.

»Was denn?«

»Dich umarmen«, sagte sie. »Mich an dich schmiegen.«

Daniele errötete. Unsägliches Verlangen lief in heißen Wellen durch seinen Körper.

»Das Gericht ruft den Schmied Bernardo Treves in den Zeugenstand«, verkündete Paolo.

Während sich der kleine vierschrötige Mann, dessen muskulöser Körper jedoch linkisch katzbuckelte, auf den für die Zeugen vorgesehenen Stuhl setzte, forderte Paolo den *Exceptor* auf, die bereits abgelegte und schriftlich festgehaltene Zeugenaussage zu verlesen.

»Ich war in der Nähe von Wesers Haus, und dahinter sah ich jemanden blutend im Schnee liegen«, las der *Exceptor*. »Ein Kind stand daneben, Teofilo Rinaldi, der Sohn des Bäckers, ich habe ihn erkannt. Ich lief hin und erkannte auch die Frau, die im Schnee verblutete. Es war Astrid Gallo, die Dienstmagd des Astrologen. Und ich habe gehört, wie sie zum Kind sagte: ›Susanna, die Hexe …‹.«

Bestürztes Raunen erhob sich.

»Deutlich?«, wollte Paolo vom Zeugen wissen.

»Ja, deutlich, obwohl ihr das Blut aus der Kehle sprudelte«, antwortete Bernardo Treves. Dann schüttelte er den Kopf. »Die arme Frau.«

»Kannst du wiederholen, was du gehört hast, und es bestätigen?«, ergriff der Inquisitor das Wort.

»Susanna, die Hexe«, sagte Bernardo Treves laut.

Wieder murmelte das Publikum bestürzt.

Susanna drehte den Kopf zu Daniele. »Ich glaube das nicht. Wir waren gut befreundet, so etwas hätte sie nie gesagt«, wisperte sie.

»Das Spiel wird jetzt schmutzig«, knurrte Daniele leise. »Willkommen im Reich der Lügen und Betrügereien.« Er drückte ihre Hand.

»Dem gibt es wohl nichts hinzuzufügen«, stellte Paolo abschließend fest.

Dieser Zeuge ist der Todesstoß, dachte Daniele. Doch er wusste, dass die Aussage falsch war und hoffte, die Dorfbewohner wussten es auch.

»Und warum hat sich das Kind anfangs nicht daran erinnert, Euch gesehen zu haben?«, fragte er zweifelnd.

»Vielleicht stand das Kind unter Schock«, bemerkte Bernardo Treves. »Die Frau mit der klaffenden Kehle war kein schöner Anblick, das versichere ich Euch.«

»Und Ihr wart ebenso schockiert?«

»Nun, es war durchaus schrecklich. Aber ich bin schließlich kein Kind«, erwiderte Bernardo hochmütig. »Das Leben hat mir leider zahlreiche Grausamkeiten nicht erspart.«

»Verstehe.« Daniele nickte nachdenklich. Dann durchschritt er mit gesenktem Kopf, wie in Gedanken, langsam den Saal, bis er vor dem Publikum stand. Erst da – dem Zeugen den Rücken zugewandt – hob er den Blick wieder und ließ ihn über das Publikum gleiten, das gebannt an seinen Lippen hing: »Aber dann … also, wenn Ihr nicht wie das Kind unter Schock standet, ich meine, wenn es sich tatsächlich so zugetragen hat, wie Ihr behauptet, dann verstehe ich da etwas nicht.« Er ließ das Publikum nicht aus den Augen, doch dann drehte er sich plötzlich mit einem Ruck um und ging mit großen Schritten auf den Zeugen zu. »Warum hat dann der Vater des Jungen die Wachen gerufen und nicht Ihr, wo Ihr doch nicht einmal unter Schock standet?«

Die Dorfleute tuschelten überrascht. Keiner von ihnen hatte sich diese Frage gestellt, aber als Daniele sie aussprach, leuchtete sie allen ein. Und warf einen Schatten auf die Zeugenaussage.

Susanna war beeindruckt von Danieles Scharfsinnigkeit. Sie betrachtete die Leute, die nun anfingen, die Zeugenaussage anzuzweifeln. Kurz traf ihr Blick den von Teos Mutter, die jedoch hastig die Augen niederschlug. Genau wie Albertine Klose, die Schneiderin, und zwei Schwestern, beides alte Jungfern, die unter den ersten ihrer Schülerinnen gewesen waren. *Angst*, dachte Susanna, *was Angst alles vermag*! Angst tyrannisierte diese Leute, und Susanna ging auf, dass sie alle sich längst von ihr abgewandt hatten.

Bernardo Treves gab keine Antwort. Beschämt suchte er Paolo Tahlers Blick.

»Nein, nicht der *Instructor*«, gebot Daniele, und stellte sich in sein Blickfeld. »*Ihr* sollt uns das erklären, mit Euren eigenen Worten.« Er wandte sich an das Publikum. »Mit Euren Worten«, wiederholte er. »Denn ehrlich gesagt, habe ich den Eindruck, dass euch jemand diese Worte in den Mund gelegt hat.«

»Das reicht!«, brauste der Inquisitor auf. »Ich habe dich gewarnt, Daniele. Ich werde keine Verteidigung dulden, die versucht, die Unschuld der Angeklagten zu beweisen, indem sie das Inquisitionsgericht in Verruf bringt.«

»Herr Richter, der Zeuge …«, setzte Daniele an.

»Der Zeuge ist ein Aufschneider!«, erklärte Constantin Tron.

»Wie bitte?«, wunderte sich Daniele.

Paolo Tahlers Miene spiegelte seine Entgeisterung, auch das Publikum war überrascht. Bernardo Treves aber war beleidigt.

»Er ist offensichtlich ein Aufschneider.« Der Inquisitor zeigte auf Bernardo. »Er behauptet, nicht unter Schock gestanden zu haben. Obgleich er vollkommen fassungslos war, mehr noch als ein Kind. Wenn Ihr nicht die Wahrheit sagt, Bernardo, dann wird das Gericht Euch einer Untersuchung unterziehen. Ist es wahr, dass Ihr in den Wald gelaufen seid, weil Ihr befürchtet habt, dass die Mörderin noch in der Nähe war und auch Euch mit ihren dunklen Künsten umbringen könnte? Gesteht!«

»Herr Richter, ich erhebe Einspruch! Ihr sagt dem Zeugen ja buchstäblich vor, was er antworten soll.«

»Ich habe genug von deinen Beschwerden, Daniele!«

»Herr Richter!«

»Ja, es ist wahr!«, schrie da Bernardo Treves. »Es ist wahr. Ich hatte furchtbare Angst!«

Daniele konnte sehen, dass sein Atem stoßweise ging, als würde er etwas in seinem Inneren zurückhalten. Seine Nasenlöcher waren gebläht, wie bei einem wutschnaubenden Stier. So verhielt sich ganz gewiss niemand, der etwas gesteht, etwas zutiefst Beschämendes. Er wirkte vielmehr so, als brodelte es tief in seinem Inneren, als versuchte er aber, diese Wut nicht zu zeigen. Warum konnte er sich dem Inquisitor nicht widersetzen?

»Was hat man Euch versprochen, Bernardo?«, drängte Daniele.

Das Publikum wurde unruhig.

»Noch ein Wort, und ich lasse dich verhaften, Daniele«, drohte der Inquisitor. Die Wachen legten ihre Hände an die Säbel.

»Fahrt fort, *Instructor Domini*«, forderte der Inquisitor Paolo

Tahler auf. »Beendet endlich dieses Verhör«, ergänzte er vorwurfsvoll.

»Was habt Ihr dann gemacht?«, fragte Paolo Bernardo.

»Exzellenz, ehrlich gesagt würde ich lieber …«

»Sagt es uns! Was habt Ihr dann gemacht?«

»Also …« Bernardo Treves wand sich wie ein Fisch auf dem Trockenen. »Ich bin in den Wald gerannt, wie es Seine Exzellenz, der Inquisitor, gesagt hat.«

Spöttisches Lachen erhob sich.

Bernardo Treves drehte sich verärgert um. Aber nach einem Blick auf Paolo Tahler senkte er schweigend den Kopf.

»Bist du jetzt zufrieden, Daniele?«, erkundigte sich Paolo Tahler triumphierend.

»Natürlich, *Instructor Domini*«, antwortete Daniele. »Wer wäre das nicht, bei der Zeugenaussage eines geachteten Mannes wie Bernardo Treves, der, obgleich hier nur als Schmied vorgestellt, von der weltlichen Justiz als Falschspieler verurteilt wurde, weil er professionell mit manipulierten Würfeln gespielt hat, wenn ich mich recht erinnere.«

Die Dorfbewohner lachten.

Und Susanna dachte zum wiederholten Male, dass Daniele ein außergewöhnlicher Mann war. Und für sie kämpfte.

»Ruhe!«, befahl der Inquisitor. »Der Zeuge kann gehen.«

»Gottes Kirche ruft nun Capitano Niccolò Buccaltieri in den Zeugenstand«, kündigte Paolo Tahler an.

Auf seinen Stock gestützt, schritt der Soldat Respekt einflößend herein. Über seiner gewöhnlichen Kleidung trug er ein ärmelloses Gewand, bestickt mit den Farben und Wappen seiner Stadt und seines Geschlechts: ein rotes Feld, in dessen Mitte sich zwei gelbe Streifen zu einem Kreuz überschnitten. Unter dem Kreuz trafen zwei Reblinge aufeinander, die goldene Trauben trugen zum Zeichen dafür, dass er ein Nachkomme der Signori von Capo Paloro war. Ein ehrwürdiges Geschlecht von

Kämpfern und Söldnern des alten sizilianischen Reichs, einst erobert von Normannen, die Niccolò Buccaltieri ihr blondes Haar vermacht hatten. Hoch erhobenen Hauptes schritt er durch den Saal, grüßte den Inquisitor und setzte sich dann in die Zeugenbank.

Paolo Tahler sprach in hohen Tönen von Buccaltieris vergangenen Heldentaten im Dienst der Republik Venedig und erklärte, dass er Ehrenbürger der Lagunenstadt sei und als Anerkennung seiner Heldenhaftigkeit eine besondere Leibrente genieße. Er versuchte, Dorfbewohner und Gericht davon zu überzeugen, dass dieser Zeuge keineswegs so einfach in Misskredit zu bringen war wie Bernardo Treves. »Er ist ein Held. Und als Berufssoldat ist er mit dem Tod vertraut. Mit jeder Art von gewaltsamem Tod, ganz gleich, durch welche Waffe er herbeigeführt wurde. Die Anklage möchte ihn als Kundigen zu den Verletzungen des Astrologen Weser verhören«, schloss er.

»Hast du auch hier Einwände?«, wollte der Inquisitor höhnisch von Daniele wissen.

»Nein, Herr Richter«, erwiderte Daniele. »Vielmehr kann Capitano Buccaltieri sich meiner Aufmerksamkeit gewiss sein. Ich bin überzeugt, dass alles, was er sagt, bei unserer Suche nach der Wahrheit behilflich sein wird.«

Constantin Trons Miene verfinsterte sich. Hastig wanderte sein Blick zu Paolo Tahler.

Auch den *Instructor Domini* hatte Danieles Erklärung verunsichert. Er trat zum Capitano und räusperte sich. »Könnt Ihr als Kriegskundiger etwas zu den Wunden des Opfers, des Astrologen Weser, sagen?«, fragte er.

»In Anbetracht der Tatsache, dass die Stiche offensichtlich zögerlich ausgeführt wurden und unterschiedlich tief sind«, setzte Niccolò Buccaltieri ohne Umschweife an, »dachte ich, dass es sich um eine mit dem Töten nicht vertraute, schwache

Hand handelte. Dies führte mich zu der Annahme, dass der Mörder sehr wahrscheinlich eine Frau ist …«

»Sehr gut. Eine Frau«, wandte sich Paolo Tahler zufrieden an das Publikum.

»Anfangs«, fügte Niccolò Buccaltieri hinzu.

»Was meint Ihr damit?«, fragte Paolo verwirrt.

»Weil ich heute, nach vielen Überlegungen, nicht mit reinem Gewissen sagen kann, dass das der Wahrheit entspricht«, erklärte Niccolò Buccaltieri.

Das Publikum murmelte aufgeregt.

»Ruhe!«, befahl der Inquisitor. »Was für ein Unsinn, Capitano Buccaltieri. Was soll denn dieser Rückzug bedeuten?«

»Hochwohlgeboren«, antwortete Buccaltieri, ohne zu zögern, »Ihr habt mich um meine Meinung gebeten, da Ihr mich in dieser Sache für kundig haltet. Und nun tut Ihr meine Meinung als Unsinn ab? Ihr habt viel Erfahrung mit dem Tod, sicher …«

Im Publikum waren einzelne Lacher zu hören.

»… aber, mit Verlaub, doch eher mit verbranntem Fleisch …«

Lautes Gelächter ertönte.

»… als mit Verletzungen durch Waffen.«

»Ich warne Euch, Capitano. Nur weil Ihr den Schutz der Republik Venedig genießt, dürft Ihr Euch nicht alles erlauben. Denkt daran: Die Kirche steht über menschlichen Dingen«, zürnte der Inquisitor.

Daniele drehte sich zu Susanna und lächelte ihr zu, als sich ihre Blicke trafen. *Wie lange schon hast du nicht mehr so gelächelt, du Dummkopf*, schalt er sich, und ungeahnte Freude erfüllte ihn.

»Ich bitte um Verzeihung, wenn ich es an Respekt habe mangeln lassen, Hochwohlgeboren.« Niccolò Buccaltieri hielt dem Blick des Inquisitors stand. »Soll ich nun mit meinem Bericht fortfahren?«

»Ich glaube nicht, dass das wirklich nötig ist«, bemerkte der Inquisitor und wandte sich an Paolo Tahler. »Oder, *Instructor*?«

»Tatsächlich …«

»Herr Richter!«, warf Daniele ein. »Euer Kriegskundiger, ich betone es noch einmal: *Euer* Kriegskundiger, scheint an seinem ersten Bericht zu zweifeln. Ich glaube, dass wir alle«, er machte eine ausholende Geste, die auch das Publikum einbezog, »um der Wahrheit willen den Bericht des tapferen Capitano Buccaltieri anhören sollten.«

Der Inquisitor schwieg. Aber er sah Paolo Tahler so böse an, dass der *Instructor Domini* demütig den Kopf senkte. »Dann macht wenigstens rasch, Capitano«, drängte der Inquisitor.

»Die Aussage des Kindes und … ich weiß nich mehr, wie er heißt …«, begann Niccolò Buccaltieri. »Der Schmied …, nein, der Betrüger, meinte ich.«

Das Publikum lachte laut auf.

»Ruhe!«

»Die beiden Aussagen«, fuhr der Capitano fort, »das Blut und die Menge desselben, geben recht zur Annahme, dass …«

»Annahme?«, unterbrach ihn Paolo Tahler. »Ihr meint, dass Ihr nicht vollkommen sicher seid?«

»Jawohl, Signore«, gab Buccaltieri zurück.

»Aha, gut. Dann fahrt bitte fort, uns Eure Meinung kundzutun, was immer sie auch wert sein mag.« Paolo Tahler wandte sich triumphierend erst dem Publikum, dann dem Inquisitor zu.

»Jetzt behandelst du ihn ja geradezu wie einen Zeugen der Verteidigung, Paolo.« Daniele lachte in Richtung der Dorfbewohner. »Du warst es, der ihn aufgerufen hat, ich erinnere dich noch einmal daran.«

»Halte das Gericht nicht mit deinen Spitzfindigkeiten auf, Daniele«, ermahnte ihn der Inquisitor. »Fahrt fort, Capitano.«

»Die Zeugen sagen im Wesentlichen übereinstimmend aus,

dass in Astrid Gallos Kehle ein so tiefer Schnitt klaffte, dass die Luftröhre zu sehen war und der Knorpel weißlich hervorschimmerte.«

»Warum werden die Zeugenaussagen erst beanstandet und dann, wenn es gerade passt, stimmen sie überein?«, rief Paolo Tahler.

»Ich hab gar nichts beanstandet«, entgegnete der Capitano. »Und außerdem muss ich mich nich der Zeugenaussagen bedienen, wenn Euch das lieber ist. Ich hab die Dienstmagd selbst gesehen. Auch wenn sie nicht mehr laut singen konnte, wie es der Betrüger behauptet.«

Das Publikum lachte.

»Ruhe!«, rief Paolo hysterisch.

»Kann ich jetzt fortfahren?«, wollte der Capitano wissen.

Paolo bejahte verärgert.

»Also«, meinte Buccaltieri, »wenn man jemandem die Kehle durchschneidet, dann muss man schon beherzt vorgehen, auch ein scharfes Skalpell macht das nich von allein. Und die Verletzungen von Weser sehen nich so aus, als wäre da jemand beherzt am Werk gewesen. Und auch die Blutspritzer an den Küchenwänden weisen darauf hin, dass der Schnitt tief und tödlich gewesen ist. Kurz: Die Hand, die Astrid Gallo getötet hat, war sich ihrer Sache sicher. Eine männliche Hand …«

Wieder ging ein Raunen durch das Publikum.

Der Inquisitor und Paolo Tahler schwiegen.

»Als die Leiche gefunden wurde, ist mir außerdem eine Spur im Schnee aufgefallen, an der deutlich zu erkennen war, dass Astrid Gallo nicht allein aus dem Haus gekrochen sein kann …«

»Wie bitte?«, warf Paolo ein. »Wie könnt Ihr so etwas behaupten?«

»Die Spur ihres Körpers im Schnee war durchgehend und gleichmäßig. Jemand, der fällt und mit letzter Kraft vorwärtskriecht, hinterlässt keine gleichmäßige Spur.«

Eisige Stille legte sich über den Saal. »Astrid Gallo wurde nach draußen geschleift, nachdem man ihr die Kehle durchtrennt hatte«, fügte der Capitano hinzu.

»Wo ist denn da der Sinn?«, höhnte Paolo.

»Genau, wo ist der Sinn?«, wollte nun auch Daniele wissen. Und an das Publikum gewandt überlegt er: »Es könnte bedeuten, dass der Mörder, ein Mann, wie der Capitano sagt, also nicht Susanna Berna, wollte, dass die Morde entdeckt werden.«

»Warum sollte ein Mörder so etwas wollen?«, staunte der Inquisitor.

»Um Zeugen zu haben?«, mutmaßte Daniele, immer noch an das Publikum gewandt. »Vielleicht Zeugen wie den Betrüger, die aussagen würden, dass Astrid Gallo Susanna Berna beschuldigt hat?«

»Daniele!« Der Inquisitor sprang auf. »Es reicht jetzt!«

»Herr Richter, ich stelle die Ehrbarkeit der Anklage nicht infrage, das könnt Ihr mir glauben«, sagte Daniele. »Aber ich frage mich, ob der Mörder, der wirkliche Mörder, nicht vielleicht so geschickt war, dass er auch Euch getäuscht hat.«

»*Exceptor*«, befahl der Inquisitor wutschnaubend, »streicht diese letzten Äußerungen aus dem Protokoll.«

»Wo soll ich anfangen, Exzellenz?«

»Bei … ach, macht Euch keine Mühe, Ihr Bartputzer. Ich erledige das später selbst.« Er warf Buccaltieri einen zornigen Blick zu. »Capitano, Ihr könnt gehen, ohne dass Euch das Gericht dankt, Eure Zeugenaussage hat in ihrer Ungenauigkeit nur für Verwirrung gesorgt.«

Ebenso würdevoll, wie er hereingekommen war, schritt Buccaltieri zum Ausgang.

Die Leute waren aufgewühlt von seiner Aussage und sahen ihm anerkennend nach. Und Daniele dachte, dass Susanna damit diesen Punkt gewonnen hatte.

Susanna blickte zum Inquisitor. Er war ein Ungeheuer. Auch er sah sie an, hasserfüllt. Sie kannte diesen Blick und fürchtete ihn. Und doch senkte sie nicht den ihren.

»Lass dir niemals die Flügel stutzen«, sagte sie leise.

Und als hätte Constantin Tron es gehört, wandte er den Blick ab. Verunsichert. Wie so oft, wenn er Susanna sah.

38

Anno Domini 1625

Camporosso bei Borgo San Michele, Ostalpen

Mit furchterregender und dröhnender Stimme, vor der auch die stärksten Herzen zittern, wird Er, der Allmächtige, euch sagen: ›Fort von mir, Ihr im Ewigen Feuer verfluchten Frauen. Für Euch wurde dieses Feuer errichtet, untröstliches Weinen und Zähneknirschen wird dort sein!‹«

Die neue Äbtissin des Klosters Santissima Assunta Maria blickte zufrieden und nahezu bewundernd zu Inquisitor Constantin Tron, der sich bedrohlich vor den jungen Novizinnen aufgebaut hatte. Die knöcherne neue Äbtissin, deren Gesichtszüge rasch gezeichnet wirkten, stand angespannt und ungewöhnlich aufrecht da, obgleich sie gut eine Spanne mehr maß als eine gewöhnliche Frau. Und die Flammen, die der Inquisitor so inbrünstig heraufbeschwor, schienen in ihren Augen lodernd zum Leben erweckt.

Die im Raum versammelten Novizinnen lauschten atemlos den höllischen Leiden und Bestrafungen, die ihnen derart inbrünstig vorhergesagt wurden.

Nur Susanna, mit ihren bald fünfzehn Jahren die Jüngste unter ihnen, zeigte keine Angst. Aber ihre Augen waren gerötet, denn die liebevolle Äbtissin, die sie auf- und erzogen hatte, war weit entfernt vom Kloster gestorben, und Susanna beweinte seit etlichen Tagen ihren Tod.

Das Schicksal wollte, dass die im Veltlin bereits seit zwei Jahren wütende Pest auch das Schloss ihrer adligen Familie erreicht hatte und alle Familienmitglieder dahinraffte, eines nach dem anderen. Und so hatten die höchsten geistlichen Würdenträger die Äbtissin als letztes lebendes Mitglied der Dynastie der Siniscalchi geschickt, um ihr rechtmäßiges Erbe anzutreten und in die Hände der Kirche zu legen.

Aber das Schicksal hatte seine Geschichte noch nicht zu Ende geschrieben. Ein letzter Keim lauerte unter einem Leintuch, einem Teller, einer Speise, zwischen den Zähnchen einer Ratte, in dem winzigen Schlupfwinkel eines Flohs, wo auch immer, um schließlich auch Artemisia Siniscalchi, letzte Hinterbliebene dieser Adelsfamilie, den Todesstoß zu versetzen.

Die Pest machte sich über die Äbtissin her, und hatte in einer knappen Woche ihr Werk siegessicher verrichtet.

»Wenn deine Hand dich verführt, so hau sie ab!«, predigte der Inquisitor den Novizinnen und Schwestern.

Und Susanna, die seine schroffe Stimme an den Wänden brechen hörte, konnte nicht anders, als der weichen Stimme der guten Äbtissin hinterherzutrauern. Wie eine Freundin war sie ihr gewesen, eine Freundin oder ältere Schwester. Oder Mutter.

»Wenn dein Auge dich verführt, dann reiß es aus!«, fuhr der Inquisitor fort.

Bei diesen finsteren Worten konnte Susanna gar nicht anders, als die hell erstrahlende Weisheit der gebildeten Äbtissin zu vermissen.

»Wenn dein Gedanke dich verführt, dann ersticke ihn im Keim, bevor er wie ein Krebsgeschwür in dir wuchert!«

In der Tasche ihres Gewandes umschloss Susanna ein von ihren Tränen durchnässtes Pergament. Die Tinte war verlaufen, die Schrift der Äbtissin bereits zittrig. Ihre letzte Lektion. Ihre letzte Umarmung. Die einzige Nachricht, die die Äbtissin hatte hinterlassen wollen, bevor sie endgültig ging. Für Susanna, nur für sie.

Plötzlich trat der Inquisitor einen Schritt nach vorn, stieß die Arme den Novizinnen entgegen, die Finger zu scharfen Klauen gekrümmt, als wollte er über sie herfallen.

Erschreckt wichen die jungen Novizinnen zurück.

Die neue Äbtissin konnte ein teuflisches Lächeln nicht unterdrücken.

»Denn es ist besser, mit nur einer Hand zu leben!«, predigte Constantin Tron inbrünstig weiter. »Mit nur einem Auge! Besser mit einem toten Gedanken als in diesem schrecklichen Gefängnis, in dem trotz des Ewigen Feuers vollkommene Dunkelheit herrscht, Finsternis voller Unglück, Schmerz und Angst und der Schwefelgestank Satans!«

Susanna schloss ihre Hand immer enger um den Brief der Äbtissin. Sie sah die vom Inquisitor heraufbeschworene nackte Angst in den Augen ihrer Mitschülerinnen aufleuchten. Und sie spürte, wie etwas in ihr hinauswollte. Unbedingt. Etwas sagte ihr, dass dies hier nicht richtig war, nicht gerecht. Und dieses Etwas stand in dem Brief der Äbtissin.

»Ihr seid nicht die Bräute Christi!«, höhnte der Inquisitor.

Einige der Novizinnen waren den Tränen nah.

»Ihr seid seine Dienerinnen!«, tönte Constantin Tron. Wie ein Exorzist erhob er das rote Christusmonogramm, das er um den Hals trug, und befahl: »Kniet nieder vor seinem Anblick, Dienerinnen!«

Sofort knieten die Novizinnen nieder – vielleicht gaben ihre Beine auch nur unter dem Gewicht der Angst nach – und stießen sich die Knochen auf dem kalten Steinboden.

Nur Susanna blieb stehen.

»Auf die Knie!«, befahl der Inquisitor mit zornesblitzenden Augen.

Susanna umklammerte den Brief der Äbtissin fest. Und es war, als könnte sie durch ihre Finger die Worte lesen:

»Verrücktes Köpfchen, mein verrücktes Köpfchen, es wundert mich nicht, dass allein du mich in meinem letzten Moment trösten kannst. Dass ich an dich denke, allein an dich. In diesen letzten Jahren hast du mir vieles beigebracht. Und dafür bin ich dir sehr dankbar. Ich habe dir einmal gestanden, dass ich einst dachte, meinen Platz in der mondänen Gesellschaft zu haben, auf ihren Feierlichkeiten, den Bällen und inmitten ihrer Gedankenlosigkeit. Aber es kam anders. Und ich wäre närrisch, es Gott vorzuwerfen. Nie werde ich aufhören, ihm zu dienen und ihn zu lieben. Aber, mein verrücktes Köpfchen, mein Gewand hat sich innerhalb der kalten Klostermauern niemals der herrschenden Starre gebeugt, sich nie der Steifheit angepasst. Mein Gewand tanzte durch die Lüfte, wie ein bauschiges Seidenkleid auf einem Ball. Mein Schmetterlingswesen hat sich nie gebeugt. Und das ist richtig. Denn Gott in seiner unendlichen Weisheit hätte mich anders geformt, wenn er dieses Schmetterlingshafte in mir nicht gewollt hätte. Deshalb bin ich immer ein Stück über dem Boden geschwebt, wenn auch nicht so weit oben wie du. Und so möchte ich dir als letzte Wegzehrung für deine Reise durch das Leben einen Rat mitgeben: Nimm dein Wesen von ganzem Herzen an. Denn nur so sind wir Gott treu – indem wir uns und unser Wesen gutheißen. Das führt uns dazu, andere Menschen, die Kirche und die Gesellschaft zu respektieren, und nicht etwa, Schlechtes zu tun. Du lachst gerne, bist sonnig und voller Leben. Wie ich. Und das ist gut so, Gott hat es so gewollt. Wir sind zum Fliegen geboren. Vergiss das nicht. Lass dir niemals die Flügel stutzen.«

»Knie nieder!«, wiederholte Constantin Tron und schritt auf Susanna zu.

Sie hielt seinem Blick stand.

»Auf die Knie!«, befahl nun auch die neue Äbtissin und erhob eine aus einem Weidenzweig gefertigte Peitsche, die seit ihrem ersten Tag im Kloster alle Novizinnen bereits zu spüren bekommen hatten.

Aber der Inquisitor hielt sie mit einer Handbewegung zurück. Sein Blick hatte sich in den von Susanna verkeilt. Und das erschütterte sein Gleichgewicht. Er war es gewohnt, sich hinter Flammen zu verstecken. Lodernden, züngelnden Flammen, die seine Macht ausmachten, seinen Schutzschild formten. Aber dieses Mädchen hier sah durch seinen Schild hindurch. Bis auf den Grund. Und ihr Blick war weder ängstlich noch herausfordernd, sondern einfach nur aufrecht.

»Knie nieder«, befahl er noch einmal, aber das Feuer war aus seiner Stimme gewichen.

Alle Blicke waren nun auf Susanna gerichtet.

Susanna wandte sich kurz zu den anderen Novizinnen um. Obwohl sie die Jüngste war, hatte sie das Gefühl, die anderen beschützen, ihnen Halt gewähren zu müssen.

Es war vollkommen still. Die Anspannung war förmlich zu spüren. Auch die der neuen Äbtissin.

Da brach Susanna die Stille. »Eure Exzellenz«, wandte sie sich mit fester Stimme an den Inquisitor, der unmittelbar vor ihr stand, »ich habe Euch zugehört und möchte demütig fragen, ob das, was man mich über Gott gelehrt hat, auch wahr ist. Ist es richtig, dass die erhabensten Eigenschaften Gottes, bezeugt auf Erden durch seinen Sohn, Unseren Herrn Jesus Christus, seine unendliche Güte und Liebe sind?«

Constantin Tron bejahte widerwillig.

»Dann frage ich Euch, Eure Exzellenz«, fuhr Susanna fort, »würde Gott nicht eher wollen, dass man seinen Geboten freiwillig gehorcht, aus Liebe und nicht aus Angst? Gott ist doch kein Tyrann, sondern ein Vater. Er ist DER Vater.« Sie sagte das mit einem Lächeln auf den Lippen, aber es war kein freches Lächeln, nein, es kam aus ihrem Inneren. Aus ihrem innersten Wesen. Diesem Wesen, das die Äbtissin sie anzunehmen und nie zu vergessen geheißen hatte. Es war das Lächeln derer, die mit der Gabe der Liebe geboren sind. Die imstande sind, ihr Glück zu finden.

Und diese Leichtigkeit, diese ehrliche Freude, war für einen finsteren und gequälten Mann wie Constantin Tron schlimmer als ein Fluch. Doch die Worte blieben ihm im Halse stecken.

»Diesen furchtbaren Ungehorsam hat mir die vorherige Priorin, Gott habe sie selig, hinterlassen«, kam ihm die neue Äbtissin zu Hilfe. »Moralische Verwerflichkeit. Eitelkeit. Und …«

»Das brachliegende Feld, auf dem Luzifer gedeiht«, beendete der Inquisitor für sie den Satz.

»Sie wird bestraft«, ereiferte sich die Äbtissin.

Constantin Tron konnte den Blick nicht von Susanna lösen. Und ohne es zu wollen, sagte er: »Erst möchte ich allein mit ihr sprechen.«

»Wann?«, wollte die Äbtissin wissen.

»Jetzt!«, fuhr Constantin Tron sie an.

Bewegung kam in die Äbtissin, sie klatschte in die Hände und stieß zornig hervor: »Raus, ihr dummen Gänse. Raus mit Euch, sofort!«

Die Novizinnen strömten aus dem Saal, wobei jede von ihnen Susanna noch einen Blick zuwarf. Und obgleich die Angst in ihren Augen überwog, blitzte doch auch Anerkennung auf für das, was sie soeben erlebt hatten. Susanna, eine von ihnen – die Jüngste – fürchtete den Inquisitor kein bisschen, ließ sich keine Angst von ihm einjagen und hatte sogar einen durchaus schlüssigen Einwand vorgebracht, in dem sie sich auf die Liebe bezog. Und ausnahmslos jede von ihnen wünschte sich wenigstens einen kurzen Moment lang, so mutig zu sein wie Susanna.

»Dieses schamlose Mädchen«, ereiferte sich die Äbtissin, »steht auch noch unter dem schlechten Einfluss der Mönche von Santa Ulpizia. Gemeinsam mit der verstorbenen Äbtissin waren sie diejenigen, die sie Latein gelehrt haben, die Heiligen

Schriften, die grundlegenden Kenntnisse der Astrologie und der Kräuterkunde, und dabei haben sie sich für alle ersichtlich über unsere Regel der ›süßen weiblichen Unwissenheit‹ hinweggesetzt.«

»Geht jetzt«, forderte Constantin Tron sie kalt auf.

Die Tür öffnete und schloss sich.

Wieder senkte sich Stille über den Raum.

Jetzt gab es nur noch sie beide.

Susanna hielt dem Blick des Inquisitors furchtlos stand. Noch immer, ohne ihn herauszufordern.

Und Constantin Tron war weiterhin verunsichert. »Wie heißt du, Mädchen?«, erkundigte er sich. »Stell dich anständig vor, dass ich weiß, wer du bist.«

»Ich bin Susanna Berna«, antwortete sie, dann erhellte ein fröhliches Lächeln ihr schönes Gesicht: »Aber wir haben uns bereits kennengelernt, Eure Exzellenz. Vor vielen Jahren. Man hat mir gesagt, dass Ihr damals in der Kirche wart, als ich zu Weihnachten das Jesuskindlein gespielt habe.«

Constantin Tron stockte. Kurz überkamen ihn wieder die obszönen Bilder, die vor fünfzehn Jahren seine viel zu häufigen Albträume bevölkert hatten. Wieder sah er den gerade geborenen Christus im Stall in Bethlehem in der Krippe strampeln, sah, wie sein Schurz sich löste. Und es ein Mädchen war.

Er wich einen Schritt zurück. Dann noch einen. Schließlich erreichte er nach Atem ringend die Tür und riss sie auf.

Draußen wartete die Äbtissin.

»Ich will, dass dieses schamlose Wesen seiner Kleidung entledigt wird, dass man sie auspeitscht und dann in eisiges Wasser taucht, um ihren Körper und Geist von Satan zu befreien!« Und noch bevor die Äbtissin etwas sagen konnte, schrie er: »Sofort!«

»So wird es geschehen, ich versichere es Euch«, sagte die Äbtissin mit einer Verbeugung.

»Ihr braucht es mir nicht zu versichern, denn ich werde persönlich bei der Bestrafung anwesend sein«, erklärte Constantin Tron.

»Aber Ihr seid … ein Mann!«

»Ich werde nicht als Mann dabei sein, dummes Weibsstück, sondern als Gottesvertreter und Inquisitor des Heiligen Offiziums!« Ein Zittern lief durch Constantin Trons Körper, ging ihm durch Mark und Bein.

Man brachte Susanna in das dunkle, feuchte Kellergewölbe des Klosters, wo die Bottiche lagerten, in denen sonst Trauben zur Weinherstellung ausgetreten wurden. Ein saurer Geruch nach Wein hing beißend in der Luft.

»Zieh dich aus«, befahl die Äbtissin. Einige Nonnen füllten einen Bottich mit Eiswasser, das sich vom verbliebenen Most rot verfärbte. Wie eine Ankündigung auf das gleich fließende Blut.

Susanna umklammerte den Brief in ihrer Tasche.

Lass dir niemals die Flügel stutzen.

Und weil sie nicht augenblicklich gehorchte, zog man ihr mit Gewalt das Gewand über den Kopf.

Constantin Tron betrachtete sie. Ihre Haut war wie Alabaster. Die Brüste gerade eben gereift, die Brustwarzen frisch und fest. Helle Schamhaare, wie Moos, welches noch kein Licht erblickt hat.

»Peitscht sie aus!«, befahl er gnadenlos.

Die Äbtissin ließ die Weidenrute ebenso gnadenlos auf Susannas Rücken sausen, jeder Hieb hinterließ einen roten Streifen auf ihrer Haut.

Lass dir niemals die Flügel stutzen.

Constantin Tron heftete seinen Blick nun auf Susannas Lippen. Sinnlich. Saftig wie Pfirsiche. Bei jedem Peitschenhieb öffneten sie sich leicht. Aber es kam kein Laut heraus, kein Stöhnen, vielleicht gerade einmal ein Atemzug.

Lass dir niemals die Flügel stutzen, wiederholte Susanna still für sich und versuchte, sich die sanfte feste Stimme ihrer geliebten Äbtissin in Erinnerung zu rufen.

»Ins Wasser mit ihr!«, befahl Constantin Tron.

Susanna wurde in den Bottich getaucht und so tief nach unten gedrückt, dass ihr das Wasser bis zum Kinn reichte. Es war eisig, aber sie betete zu Gott, sie nicht zittern zu lassen.

»Bringt Eis!«, schrie Constantin Tron vollkommen außer sich.

Die Nonnen holten am Wildbach Eis, füllten es in Eimer und schütteten es in den Bottich.

Constantin Tron starrte Susanna an.

Susanna zitterte wie Espenlaub. Sie senkte den Kopf, bereit, sich zu ergeben. Besiegt.

Aber genau in diesem Moment trat Schwester Angela – von der Susanna als Kind gesagt hatte, sie sei so haarig wie ein räudiger Hund – dicht an sie heran, zog ihr eigenes Gewand ein kleines Stückchen in die Höhe, sodass Susanna ihre krummen Beine sehen konnte, welche die Nonne immer noch rasierte, und flüsterte ihr zu: »Halt durch. Hoch mit deinem verrückten Köpfchen.«

Susanna fasste neuen Mut. Und obwohl sie nicht aufhören konnte zu zittern, heftete sie ihren Blick doch wieder auf den Inquisitor.

»Was habt Ihr zu ihr gesagt, Schwester?«, knurrte Constantin Tron, der seinen nahenden Sieg schwinden sah.

Schwester Angela antwortete ihm nicht. Sie blickte nur die Äbtissin an, als sie bitter hervorstieß: »Ihr bringt sie noch um.«

Die Äbtissin verstand, dass man dies bis in alle Ewigkeit als ihren ersten Akt im Kloster erinnern würde und wandte sich dem Inquisitor zu.

»Holt sie wieder heraus«, befahl Constantin Tron.

Schwester Angela half Susanna aus dem Bottich, wickelte sie in eine Decke und trocknete sie liebevoll ab.

Constantin Tron hatte ihr den Rücken zugewandt, etwas zerriss ihm die Eingeweide. »Ist sie bekleidet?«, fragte er, als sich das Rascheln hinter ihm schließlich legte.

»Ja, Eure Exzellenz«, erwiderte die Äbtissin.

Constantin Tron drehte sich um.

Susanna stand da und blickte ihn bereits an, als hätte sie nur darauf gewartet.

Lass dir niemals die Flügel stutzen.

Constantin Tron fiel in den blauen Abgrund dieser Augen, die ihn in azurblaue Tiefen rissen.

Susanna fixierte ihn. Aber ihr Blick war ohne Hass oder Angst, ohne Gram. Nur Mitleid fand sich darin. Denn der Mann, der da vor ihr stand, war armselig. Armselig und erbärmlich.

Susannas Blick bohrte sich durch Constantin Tron hindurch und nahm ihm alle Kraft. Er wurde so schwach, so ungeheuer schwach.

Wenn sie nicht eine Kreatur Satans wäre, dachte er, *würde man sie für eine Heilige halten.*

39

Anno Domini 1633
2. Februar, dreizehnter Tag

Borgo San Michele, Ostalpen

Wie man es ihm befohlen hatte, verließ Prescern seinen Posten vor der Zelle. Er dachte daran, wie er Constantin Tron zuvor gefragt hatte, ob er die Zellentür öffnen solle und an das Gesicht, welches der Inquisitor daraufhin gemacht hatte. Wie er zurückwich und die Hände erhob, als wollte er sich vor einer heranströmenden dunklen Macht verteidigen, Schrecken und blanke Angst in den Augen. Nein, er wolle durch den Spion mit der Frau sprechen, nicht mehr, hatte er gesagt. Aber unter vier Augen, deshalb hatte er den Kerkermeister verscheucht wie einen Kakerlak.

Prescern bog kopfschüttelnd um die Ecke am Ende des Ganges, von wo aus die Treppen nach draußen in den Gefängnishof führten. Er betrat das niedrige Wachhäuschen und traf dort auf einen befreundeten Kollegen, der Wein trank. Der Abend dämmerte bereits, also schenkte er sich auch einen Becher ein und stieß mit dem Freund an. »Alle andersrum. Diese Priester sind doch alle andersrum«, befand er und leerte seinen Becher in einem Zug. Sofort schenkte er sich nach. »Hast du gesehen, wer da ist?«

Der Freund nickte.

»Wie kann jemand vor einem so hübschen Mädchen Angst haben? Und wenn sie 'ne Hexe wär, ich würd sie trotzdem vögeln, 'nen ganzen Monat lang. Und dann würd ich in Weihwasser baden«, prahlte Prescern, der in Wahrheit Susanna als Erster gefürchtet hatte. Er leerte auch den zweiten Becher in einem Zug.

»Genau, alle andersrum«, meinte auch der Freund und schenkte beiden den dritten Becher ein. Sie wussten ziemlich genau, dass sie es dabei nicht belassen würden.

Constantin Tron hingegen stand nun vor der schweren Eichentür, hinter der Susanna eingesperrt war. Er verharrte mehr als vier Schritt davon entfernt und rang unruhig die Hände, die sich wie zwei Spinnen in der Paarung ineinanderschlangen.

Aus dem Spion sickerte ein zitternder Streifen gelbliches Licht.

Bevor der Inquisitor den Kerkermeister fortschickte, hatte er ihm befohlen, eine Kerze in Susannas Zelle zu entzünden, damit er sie während ihrer Unterredung auch sehen konnte. Doch er vermochte sich nicht der Tür zu nähern.

Der zitternde Lichtstrahl ist ein Vorgeschmack auf den Scheiterhaufen, zu dem ich sie verurteilen werde, sprach er sich Mut zu. *Verurteilen wegen Mordes und Hexerei.*

Und mit ihr würden seine Albträume in diesem heiligen Feuer brennen. Er wäre endlich frei. Und Susanna aus seinem Leben ausgerottet.

Constantin Tron tat einen kleinen Schritt vor. Einen kleinen, unsicheren Schritt auf dem glatten Steinboden. Dann einen weiteren. Sein Herz hämmerte. Er bekam kaum Luft, als packe ihn eine unsichtbare Hand an der Kehle. Sein Atem ging stoßweise. Er öffnete den Mund und legte eine Hand auf das rote Goldmedaillon, das an einer schweren Kette um seinen Hals hing und ihm bis zur Brust reichte. Das Christusmonogramm XP, die griechischen Buchstaben »chi« und »rho«. »Khristòs«, murmelte er. Nicht mehr. Als hätte er Angst, ihn um Hilfe zu bitten. Nur sein Name ging ihm über die Lippen. Den Rest überließ er ihm. Denn er konnte nicht um Hilfe bitten für das, was er nun tun wollte.

Seit drei Monaten tat er es nicht mehr.

Seitdem sie ihn ertappt hatte.

Zuvor aber hatte er es lange und oft getan. Das konnte sie nicht wissen, zweifelsohne wusste es niemand. Er war immer vorsichtig gewesen. Verkleidete sich. Hielt den Kopf gesenkt, mied die Gassen des Borgo, verließ eilig den belebten Dorfkern und lief querfeldein, nicht einmal über die Trampelpfade der Pilzsucher, durch den Wald zum Haus von Weser. Das einzige unverborgene Stück Weg war das zwischen Waldrand und dem Haus des Astrologen. Dieses Stück Wiese, auf der man die Dienstmagd mit durchtrennter Kehle gefunden hatte. Er kam immer um dieselbe Zeit, wenn er wusste, dass niemand ihn in seinem Büro aufsuchen würde, nicht einmal Paolo.

Er verbarg sich an einem Fenster an der Hausseite. Und von dort beobachtete er sie. Im Licht der Öllampe saß Susanna dann an einem kleinen, einfachen Schreibtisch. Sie las. Lernte. Sah Rechnungen durch. Legte Geld zur Seite für neue Bücher oder als Hilfe für Frauen, die sie ermutigte aufzubegehren gegen die Ungerechtigkeiten eines Ehemannes oder Vaters, für Frauen, denen sie so gotteslästerliche Dinge wie Freiheit für Weibsleute in den Kopf setzte.

Als er sie zum ersten Mal sah, war sie ein Baby, das das Jesuskindlein darstellte, und fortan bevölkerten Albträume seine Nächte, Albträume von Männern ohne Phallus, aber mit weibischer Vulva. Das zweite Mal hatte er sie im Kloster gesehen, als er sie bestrafte, sie entkleiden und demütigen ließ. Aber ihm war es vorgekommen, als wäre er der Entkleidete, Gedemütigte.

Seitdem konnte Constantin Tron nicht anders, als Susanna anzusehen. Er hatte zu widerstehen versucht. Quälte sich damit, auf Scherben und rostigen Nägeln zu knien. Als Bestrafung. Nicht weil er sie an diesem Tag oder dem vorherigen beobachtet hatte. Sondern weil er wusste, er würde es am Tag darauf tun.

Er beobachtete sie heimlich. So selten, wie er es vermochte.

Nie hatte er seinen Körper mit Obszönitäten beschmutzt. Es war nicht Susannas Schönheit, die es ihm angetan hatte, es waren ihr Mut, ihre Stärke. Die ihm die eigene Schwäche spiegelten.

Constantin Tron machte zwei weitere wackelige Schrittchen auf Susannas Zellentür zu.

Deshalb hatte er sie vor drei Monaten, als sie ihn ertappte, angegriffen. Hatte sie angefasst. Sie gewürgt. Ihre Schultern gepackt. Und dann, als er drohte, im Strudel seiner Gefühle zu ertrinken, da hielt er sich am Ausschnitt ihres Kleides fest. Ein dunkelgrünes Kleid aus feinem Stoff mit einer altrosa Bordüre. Hilflos krallte er sich in diese Bordüre, als drohte er in bodenlose Tiefe zu stürzen. Und als hätte er einen zu mickrigen Strauch gegriffen, hielt das Kleid nicht stand. Der feine Stoff riss. Constantin Tron stürzte in den Abgrund, fiel auf die Knie und Susanna vor die Füße.

Nur der furchtbare Schmerz an seinen entzündeten Knien rüttelte ihn auf. Er rappelte sich hoch und ohrfeigte sie. Und dann flüsterte er: »Schlange des Dämons, das willst du doch, oder? Deshalb lässt du nicht von mir ab. Damit ich dir zu Füßen liege. Aber es gelingt dir nicht.« Er hielt ihr das Christusmonogramm vor das Gesicht und raunte mit allem Zorn, den der Schreck in ihm hatte aufwallen lassen: »Bereue, du Hure des Satans!«

Schließlich drehte er sich um und floh.

So hastig, dass ihm erst viel später der Gedanke kam, noch einmal zurückzukehren. Zu dem Zeitpunkt, als er sich bereits wieder in der Sicherheit seines Büros befand, auf Glasscherben und rostigen Nägeln kniend, entschlossener noch als sonst, hatte ihn die schmerzende Entzündung doch gerettet.

Und während er sich strafte, weinte er, weinte und weinte.

Und dann plötzlich schenkte ihm das Schicksal – oder Gott selbst – einen Ausweg, drei Monate später. Weser und die Dienstmagd waren ermordet worden. Und die Schuldige konnte niemand anderes als Susanna sein. *Sie muss es sein*, wiederholte Constantin Tron für sich. Gott und das Schicksal zeigten ihm den Weg, sich von ihr zu befreien. Den Weg des heiligen Feuers. Er würde sie zum Scheiterhaufen verurteilen. Würde sich von ihr und seiner Marter befreien.

Denn für Gott und das Schicksal war er wichtiger als sie.

Als er sich jetzt nach vorn beugte, konnte er sie sehen. Sie saß auf dem Boden, gefasst, die Hände im Schoß. Den Kopf gesenkt. Sie trug das schmutzige zerschlissene Kleid, in dem man sie verhaftet hatte. Das andere Kleid, das, mit dem sie bei Gericht erschien, hing an einem Haken.

Der Inquisitor tat noch einen Schritt und war jetzt genau vor dem Spion. Er fühlte sich entblößt. Aus alter Gewohnheit stellte er sich ein wenig zur Seite, sodass er nicht gesehen werden konnte. Und sah sie an. So, wie er sie immer angesehen hatte. Und im tiefsten Inneren seines Herzens wusste er, dass er sie ansehen würde, bis es nicht mehr ging. Und wie immer fing sein Herz an zu hämmern, so lebendig wie sonst nur vor dem Scheiterhaufen. Sein Atem ging stoßweise.

Genau in diesem Moment hob Susanna den Kopf und heftete ihren Blick auf den Spion.

Constantin Tron erschrak, bewegte sich aber nicht. Susanna sah in seine Richtung. Ihr Blick war starr. Ihre Pupillen leuchteten rot im Licht der Kerze. Wie ein Ungeheuer des Dämons.

Er war sicher, dass sie ihn nicht sehen konnte.

Aber dann öffnete Susanna langsam den Mund und sagte mit einer Stimme, die aus ihren tiefsten Eingeweiden zu kommen schien: »Geh weg.«

Erschrocken wich Constantin Tron zurück, stolperte und stürzte, rappelte sich wieder auf, hastete den Gang entlang und die Treppen hinauf. Er floh, als würde Susanna ihn verfolgen.

Draußen wartete Paolo Tahler. Mit seinem beruhigenden

Lächeln und den langen blonden Locken. Mit seinem Engelsgesicht.

Der Inquisitor konnte nicht anders, als ihm entgegenzulaufen.

Und als sie um die Ecke bogen, in eine dunkle Gasse, die auch der eisige Schnee nicht erhellen konnte, wo niemand sie sah, verließen den schrecklichen Inquisitor Constantin Tron die Kräfte.

Verzweifelt klammerte er sich an Paolos Schulter und schluchzte: »Hilf mir, Paolo, bitte, hilf mir.«

40

Anno Domini 1633
3. Februar, vierzehnter Tag

Borgo San Michele, Ostalpen

»Die Anklage ruft Fra' Thevet, Prior des Klosters Santa Ulpizia, in den Zeugenstand«, kündigte Paolo Tahler an.

Das Lächeln auf Danieles Lippen erlosch. Er warf Susanna einen fragenden Blick zu. Warum rief die Anklage einen Zeugen auf, der zweifelsohne auf ihrer Seite sein würde? Verblüfft bemerkte er, dass Susanna seinem Blick auswich.

Fra' Thevet betrat den von der Morgensonne durchfluteten Gerichtssaal mit unsicheren Schritten. Eine Wache führte ihn zur Zeugenbank. Seine blinden Augen schienen Susanna zu suchen.

»Prior!«, rief Susanna, die wusste, was in ihm vorging. »Ich bin hier.«

Fra' Thevet wandte sich in die Richtung ihrer Stimme. Er wirkte betrübt.

»Die Angeklagte möge schweigen!«, ordnete Paolo an.

»Und ich bin hier, Prior«, rief Daniele.

Fra' Thevet wandte sich auch für einen Moment in die Richtung, aus der Danieles Stimme gekommen war. Dann ließ er den Kopf hängen.

»Genug jetzt!«, warf der Inquisitor ein. »Fahr fort, *Instructor Domini.*«

»Fra' Thevet, ich weise Euch darauf hin, dass Ihr als Diener Gottes mehr als jeder andere dem Inquisitionsgericht zu

Gehorsam verpflichtet seid«, wandte sich Paolo Tahler an den Prior. »Es obliegt Euch, die Ereignisse gemäß dem Gebot, welches euch falsches Zeugnis verbietet, wahrheitsgetreu auszuführen.«

Wieder sah Daniele zu Susanna hinüber, die abermals seinen Blick mied und mit schmerzerfüllter Miene den Prior ansah.

»Ich kenne meine Pflichten«, erwiderte Fra' Thevet leise. Er wusste, zu welcher Aussage Paolo ihn zwingen würde und hasste ihn dafür. Wie sehr er sich doch in seinem Urteil über diesen Jungen geirrt hatte! Er hatte geglaubt, dieser Junge habe ein sonniges Gemüt. Und er hatte sich geschworen, ihn auf einen anderen Weg zu bringen als den, den der Inquisitor beschritten hatte. Jenem Weg, dem der Junge unbedingt folgen wollte. Und anmaßend wie er war, hatte Fra' Thevet gedacht, er könnte ihn davon abbringen. Doch er hatte sich getäuscht. Paolos Wesen war keineswegs sonnig. Er war unzuverlässig, grausam, feige und schreckte nicht davor zurück, andere zu unterdrücken. Genau wie Fra' Thevets einstiger Schüler Constantin Tron.

»Ist es richtig, dass Ihr Susanna Berna liebt wie eine Tochter?«

»Ja«, erwiderte Fra' Thevet ergriffen. »Alle wissen das. Ich war da, als sie geboren wurde. Susanna ist …«

»Das reicht uns, Prior. Die Frage ist beantwortet«, unterbrach Paolo. »Und nun möchte ich Euch ein Beweisstück zeigen … Aber, nein, was sage ich denn? Ich vergaß, dass Ihr nahezu blind seid. Das entspricht doch der Wahrheit?«

»Mittlerweile bin ich nahezu blind, ja.«

»Dann werde ich anders vorgehen.« Paolo schritt zu seinem Tisch, holte aus einem Jutesack eine Schnurrolle hervor und zeigte sie dem Publikum.

Die Dorfbewohner konnten sehen, dass die Schnur an mehreren Stellen rote Flecken aufwies, und alle verstanden, dass es sich um die Schnur handelte, mit der Weser gefesselt worden war. Das Rote musste sein Blut sein.

»Sagt mir, Prior«, fuhr Paolo fort und ging auf Fra' Thevet zu, »wenn ich Euch eine Schnur anfassen ließe, könntet Ihr dann wohl sagen, ob es sich um eine Schnur handelt, die in Eurem Kloster hergestellt wurde?«

»Ich glaube ja.«

»Glaubt Ihr das, oder seid Ihr sicher?«

»Ich bin sicher.«

»Gut, dann machen wir es so«, meinte Paolo und hielt noch einmal die Schnur in die Höhe, sodass alle sie sehen konnten. Dann nahm er eine Hand des blinden Priors und führte sie an ein blutverkrustetes Stück der Schnur.

Als Fra' Thevet die Kruste berührte, zog er erschreckt die Hand zurück, denn er konnte sich denken, woraus diese Kruste bestand. Aus Wesers Blut.

Ein Raunen ging durch das Publikum.

»Oh, verzeiht, Prior«, sagte Paolo. »Ich hatte das Blut gar nicht bemerkt.« Wieder nahm er die Hand des Priors und führte sie an die Schnur. »So. Ist das eine Schnur, die im Kloster hergestellt wird?«

Die arthritische Hand von Fra' Thevet betastete die Schnur und ihre einzelnen Fasern. »Ja«, antwortete er schließlich.

»Ja? Diese Schnur wurde in Eurem Kloster hergestellt?«

»Ja.«

»Wie könnt Ihr da so sicher sein?«

»Weil wir die Einzigen sind, deren Schnüre ein Inneres aus Baumwolle haben. Das macht sie widerstandsfähiger und zeichnet sie aus. Deshalb sind unsere Schnüre, obgleich teurer als andere, so beliebt und …«

»Es ist gut, Prior«, unterbrach ihn Paolo Tahler. »Ihr seid ein guter Verkäufer, wir werden jetzt alle nur noch Eure Schnüre kaufen.«

Gelächter erhob sich im Publikum.

Daniele flüsterte Susanna zu: »Worauf will er hinaus?«

»Ich weiß nicht«, antwortete Susanna ausweichend.

»Du lügst«, stellte Daniele fest. »Worauf will er hinaus?«, fragte er noch einmal, diesmal leicht gereizt.

»Stimmt etwas nicht, Daniele di Barco?«, wollte Paolo wissen, ein boshaftes Lächeln auf den Lippen. »Du scheinst ein wenig besorgt.«

»Ich bin kein bisschen besorgt«, log Daniele und bemühte sich, seine Wut zu zügeln.

»Dann wird es dir ja nichts ausmachen, wenn wir die Befragung weiterführen«, sagte Paolo triumphierend.

»Nur zu«, murmelte Daniele.

»Fra' Thevet«, fuhr Paolo fort, »würde es Euch wundern, wenn ich Euch sagte, dass man diese Schnur im Haus des Astrologen Weser und seiner Frau, Susanna Berna, gefunden hat?«

Der Prior zögerte.

»Antwortet«, befahl der Inquisitor.

»Nein«, flüsterte Fra' Thevet.

»Es würde Euch nicht wundern, dass man diese Schnur am Tatort des hier zu untersuchenden Verbrechens gefunden hat?«

»Nein.«

»Ihr müsst lauter sprechen, Prior. Ich höre nicht besonders gut«, warf der Inquisitor ein.

»Nein«, sagte der Prior noch einmal, diesmal mit Nachdruck.

»Es würde Euch also nicht wundern«, nickte Paolo Tahler. »Und warum nicht?«

»Weil Susanna …«, der Prior stockte.

»Weil Susanna, was? Fahrt fort.«

»Weil … Eine Woche vor dem Mord hat Susanna bei mir Schnur geholt«, antwortete Fra' Thevet mit einem Seufzer.

»Eine Woche vorher?«, tat Paolo Tahler überrascht.

»Ja.«

Das Publikum verfolgte das Verhör schweigend, aber es war ein Stimmungswandel zu spüren. Daniele beobachtete einzelne Zuschauer, die Susanna jetzt mit ernsten Blicken maßen, deren gesenkter Kopf wie ein Schuldeingeständnis wirkte.

»Nimm den Kopf hoch«, raunte Daniele ihr zu.

Aber Susanna reagierte nicht.

»Was sagt er denn da?«, drängte Daniele.

Susanna schwieg.

»Verdammt«, fluchte Daniele.

»Und die Angeklagte sagte Euch, wofür sie die Schnur brauchte?«, fragte Paolo.

»Nein.«

»Aber Ihr habt sie gefragt?«

Fra' Thevet schwieg.

»Habt Ihr sie gefragt oder nicht?«, insistierte Paolo.

»Ja, ich habe sie gefragt, wofür sie sie benötigt.«

»Und was hat sie gesagt?«

»Das geht Euch nichts an.«

»Meint Ihr mich damit?«, wollte Paolo Tahler wissen.

»Nein …« Der Prior seufzte. »Susanna sagte zu mir: ›Das geht Euch nichts an‹.«

Alle Blicke ruhten nun auf Susanna.

»Aber es war ein Scherz«, beschwichtigte Fra' Thevet. »Wir haben beide sehr gelacht.«

»Nun, uns ist nach diesem furchtbaren Doppelverbrechen nicht zum Lachen zumute«, stellte Paolo fest. Dann wandte er sich an das Publikum und sagte noch einmal laut und indem er jedes Wort einzeln betonte: »Das geht Euch nichts an.«

»Herr Richter«, warf nun Daniele ein, der wütend war, dass Susanna ihm diesen Umstand verschwiegen hatte.

»Du wartest, Daniele«, gebot Paolo ihm Einhalt. Er wandte sich an den Inquisitor: »Herr Richter, erlaubt Ihr, dass ich die Frage stelle, die der *Instructor Daemonii* stellen möchte?«

Der Inquisitor bejahte und sagte: »Wir wollen sehen, ob dein Gegner auch deinen Part gut spielen kann, Daniele.«

Daniele stellte sich zornig neben Susanna und sah sie an. »Wie soll ich dich verteidigen, wenn du mir Dinge verschweigst?«, murmelte er.

Susanna antwortete nicht, hielt nur weiterhin den Kopf gesenkt.

»Verdammt, Susanna!«, zischte Daniele. »Du hebst jetzt deinen Kopf, sonst denken hier alle, dass du schuldig bist.«

»Und nun zu der Frage, die die Verteidigung Euch gerne stellen würde, Fra' Thevet. Warum ich die Frage kenne? Weil Daniele di Barco ein hervorragender *Instructor* ist. Und genau weiß, dass die Antwort entscheidend ist. In die eine oder andere Richtung. Ich möchte dieses Wagnis im Namen der Wahrheit eingehen.« Er blickte ins Publikum und hielt die Schnur in die Höhe. »Ein guter Verteidiger würde jetzt fragen: Woher wollt Ihr wissen, dass dies die Schnur ist, die Ihr Susanna Berna gegeben habt? Und genau das frage ich auch.« Er beugte sich zum Prior hinunter und fragte: »Woher wollt Ihr wissen, dass dies die Schnur ist, die Ihr Susanna Berna gegeben habt?«

»Weil …«, Fra' Thevets Stimme brach.

»Lauter, bitte.«

»Weil ich die Schnur selbst abgemessen habe. Fünf Ellen. Aber …«

»Aber …?«

»Aber meine Arme sind länger als die von Fra' Amedeo, der eigentlich die Schnüre abmisst.

»Das heißt?«

»Dass meine Ellen länger sind als die von Fra' Amedeo.«

»Die Tatsache, dass Ihr selbst die Schnur abgemessen habt, ist also so etwas wie Euer persönliches Zeichen, kann man das so sagen?«

»Ja.«

»Das offizielle Maß von fünf Ellen ist also ein anderes als Eure fünf Ellen?«

»Ja.«

Paolo führte den Prior in die Saalmitte, sodass alle ihn sehen konnten. »Dann messen wir jetzt also diese Schnur hier ab«, kündigte er an. »Oder eigentlich müsst Ihr sie abmessen, damit wir wissen, ob es sich um besagte Schnur handelt.«

Fra' Thevet stand vor dem Publikum, vollkommen schutzlos.

Paolo rollte die Schnur auf und hielt sie ihm hin. »Es tut mir leid wegen der Blutkrusten, Prior. Aber wenigstens ist das Blut bereits getrocknet.«

Ein Schaudern lief durch das Publikum.

Fra' Thevet nahm die Schnur an einem Ende und maß sie. Fünfmal.

»Fünf Ellen!«, triumphierte Paolo. »Haargenau fünf von Euren Ellen!«

41

Anno Domini 1633
3. Februar, vierzehnter Tag

Borgo San Michele, Ostalpen

Warum hast du mir, in Gottes Namen, nichts von dieser verdammten Schnur erzählt?«, fragte Daniele Susanna in der Eiseskälte ihrer Zelle, nachdem der Prozess vertagt worden war.

Doch Susanna antwortete nicht.

»Es entwickelte sich alles recht gut für uns, verstehst du das? Aber jetzt …« Daniele schüttelte den Kopf. »Das ist ein schwerer Schlag, Susanna. Alle wissen, wie sehr Fra' Thevet dich liebt, und dann ist es ausgerechnet er, der die Anschuldigungen bekräftigt.« Er musterte sie. »Wofür hast du diese Schnur gebraucht?«, fragte er eindringlich.

Susanna presste die Lippen zusammen und sah Daniele an. Ihr Blick war stolz.

»Ich möchte wissen, warum du diese Schnur geholt hast, ausgerechnet eine Woche bevor dein Mann ermordet wurde«, wiederholte Daniele eindringlich.

»Glaubst du, dass ich schuldig bin?«, wollte Susanna wissen.

»Wofür hast du diese Schnur gebraucht?«

»Glaubst du, dass ich schuldig bin?«

»Nein, das glaube ich nicht! Das habe ich nie geglaubt! Keinen einzigen Moment!« Daniele erwiderte ihren Blick. »Aber ich bin nicht derjenige, der das Urteil spricht …«

»Weser litt an Fallsucht«, sagte Susanna schließlich. »Die Anfälle hatten sich in der letzten Zeit verschlimmert. Er hatte mich gebeten, ihn an den Stuhl zu binden, damit er nicht stürzt und sich verletzt.«

»Warum hast du das nicht gesagt?«

»Weil Weser nicht wollte, dass die Leute es wissen. Sie hätten nichts mehr mit ihm zu tun haben wollen, der Aberglaube in Bezug auf die Krankheit ist sehr stark. Die Kirche behauptet, dass es keine körperliche, sondern eine seelische Krankheit ist. Ein Beweis dafür, dass man besessen ist.« Susanna schlug den Blick nieder. »Und auch weil er ein bisschen eitel war, wollte er nicht, dass man es wusste. Er sagte, der Lebensabend an sich sei schon unbarmherzig genug. Er wollte nicht, dass irgendjemand ihn sich als sabbernden Greis vorstellt. Und ich respektiere seinen Willen.«

»Auch um den Preis, als Mörderin dazustehen?«

»Du wirst mich retten«, erwiderte Susanna überzeugt. »Zusammen schaffen wir das.«

»Ich werde dafür sorgen, dass du aussagst, dass Weser an Fallsucht litt und du die Schnur deshalb brauchtest. So und nicht anders rette ich dich.«

»Und ich werde es leugnen. Ich kämpfe für meine Überzeugungen, so wie ich es immer getan habe. Und für die Gerechtigkeit.«

»Hattest du ihn an jenem Tag auch gefesselt?«, fragte Daniele nach kurzem Schweigen.

»Nein. Ich habe nie seine Hände gefesselt. Warum hätte ich das tun sollen?«

»Du musst aussagen.«

»Nein. Dazu sage ich nicht aus.«

»Du bist sturer als ein Esel!«, brauste Daniele auf.

»Das habe ich schon öfter gehört«, erwiderte Susanna.

»Natürlich«, brummte Daniele. Am liebsten hätte er sie gepackt und geschüttelt. Aber dann würden sie sich zu nahe kommen. Ihre Münder würden sich zu nahe kommen. Und dann würde er sie küssen. Aber auch wenn er es aus tiefstem Herzen wünschte – dafür war es noch zu früh.

Er zog etwas aus seiner Tasche und steckte es eilig in Susannas Kleid. »Lass dich nicht erwischen von dem Stück Vieh da draußen«, mahnte er, dann drehte er sich um, ging zur Tür und klopfte kräftig dagegen.

Prescern zog den Riegel zurück, öffnete die Tür und ließ ihn hinaus.

Susanna sagte kein Wort.

Daniele ging, ohne sich noch einmal umzusehen, doch kaum hatte er die Zelle verlassen, lehnte er sich erschöpft an die feuchte Steinwand. »Du wirst mich retten«, hatte Susanna gesagt. Aber war er dazu überhaupt in der Lage? Eine Hexe erfolgreich zu verteidigen war unter den Regeln der Inquisition ein Ding der Unmöglichkeit.

Draußen schneite es wieder. Er wickelte sich in seinen gewachsten, mit Hirschfell gefütterten Mantel und machte sich auf den Weg zu Niccolò Buccaltieri.

Er brauchte dessen Hilfe, aber der Capitano war nicht zu Hause. Auf seine Frage, wo er zu finden sei, hatte Buccaltieri gesagt: »In irgendeiner Osteria«, also suchte Daniele die nächstgelegene auf. Aber dort hatte ihn niemand gesehen. Frierend schlug er den Weg zu der Osteria ein, in der Marianna Dionigi verkehrte, die Hure, die ein Verhältnis mit dem Söldner hatte. Sie war vielleicht die Einzige, die vorteilhaft über Susanna sprach.

Auf dem Weg dachte er über die Menschen nach, die sich jeden Tag im Gerichtsaal versammelten.

Er tat alles, um die Anklage zu entkräften und die Leute auf seine Seite zu ziehen. Aber in Wahrheit verachtete er sie. Keiner von ihnen brachte den Mut auf, die Wahrheit zu sagen, dabei hatten sie alle Nutzen aus Susannas Großzügigkeit gezogen. *Feiglinge*, dachte er zornig. Eine Hure war die Einzige, die sich nicht fürchtete. Eine Magdalena ohne Christus.

Aus diesem Gedanken wuchs ein anderer. Er hatte Jehanne im Gefängnis nicht gesehen, er wusste nicht, wo man sie hingebracht hatte. Zum wiederholten Male sagte er sich, dass man sie keineswegs wegen ihrer Tätigkeit als Hebamme würde festnehmen können, nicht jetzt. Also verfolgte Paolo offenbar einen Plan. Er brauchte Jehanne für irgendetwas, aber Daniele verstand nicht, wofür. Würden sie auch Jehanne zu einer Aussage zwingen? Würden sie diese verfluchte Vorhersage wieder hervorkramen, die Jehanne bei Susannas Geburt ausgesprochen hatte? Auch davor würden sie vermutlich nicht zurückschrecken. Aber alle im Dorf kannten die Geschichte, denn Jehanne war von jeher ein Tratschweib gewesen. Nein, sie sollte wohl kaum einfach nur erzählen, was bereits alle wussten. Da musste noch etwas sein. Und er würde es herausbekommen.

Vor der Osteria del Satiro blieb Daniele stehen. Sein Herz hämmerte. Seit Jahren hatte er keinen Fuß mehr dort hineingesetzt. Er hasste diesen Ort. Er gehörte zu seiner Vergangenheit. Und zu Susannas Vergangenheit. Ein Fluch lag darauf.

Aber er atmete tief durch und trat ein.

Es war dunkel und stank nach Schweiß und saurem Wein. In einer Ecke pinkelte ein Betrunkener gegen die Wand, ohne dass jemand daran Anstoß nahm. Die Öllampen brannten nur schwach, sodass die Leute nur schemenhaft zu sehen waren. Auf seinem Weg durch das Lokal konnte Daniele nur einzelne Körperteile ausmachen, eine Hand, eine Brust, einen Rock, der über einem weißen Hintern gelüpft wurde. Die Luft war geschwängert von obszönen Sätzen, schrillem Gelächter, Stöhnen und Flüchen.

Als eine Hand unter seinen Mantel glitt und durch die Hose nach seinem Geschlecht griff, blieb er stehen. »Du hast aber 'n Großen, Schätzchen«, raunte eine rauchige Stimme, aber die Worte klangen lediglich wie eine unendliche Wiederholung. Dann löste sich aus dem Dunkel das Gesicht einer Frau, mit

Bleiweiß bemalt, nur auf Wangen und Lippen war Purpur aufgetragen. »Für 'nen Liter Roten und 'n Silberstück lutsch ich ihn dir. Son seidigen Kuss wie meinen findste nich noch mal.« Die Frau hob ein Öllämpchen in Höhe ihres Mundes, und ihr Lächeln offenbarte eine zahnlose Höhle mit entzündetem Zahnfleisch. Daniele schreckte zurück. Dann verschluckte das Dunkel die Frau wieder, und nur noch ihr raues Lachen war zu hören, gefolgt von einem anderen.

Daniele wich rückwärts bis zur Wand. »Niccolò Buccaltieri!«, rief er laut.

Stille legte sich über das Innere der Spelunke, aber nur kurz, dann brummte und summte alles wie zuvor.

Doch dann erschien aus dem Dunkel eine hinkende Gestalt, gestützt auf eine andere. »Ach, du bist's, Junge«, sagte Buccaltieri grinsend, als er vor Daniele stand. Sein Hemd hing aus der Hose und war geöffnet über der Brust, die im fahlen Licht zahlreiche Narben offenbarte. Die Frau, auf die er sich stützte, war Mitte dreißig, ihre Kleidung saß nicht mehr einwandfrei, eine Brust baumelte aus ihrer Bluse. Marianna Dionigi. »Was willste?«, fragte der Capitano mit weingeschwängerter Stimme.

»Ich brauche Eure Hilfe«, antwortete Daniele.

Der Capitano sah Daniele schweigend an.

»Vielleicht besprechen wir das lieber ein anderes Mal«, meinte Daniele und wandte sich zum Gehen.

Aber Buccaltieri versetzte ihm einen kunstvollen Stoß gegen die linke Schulter, sodass Danieles linker Fuß vom Boden abhob, er das Gleichgewicht verlor, gegen einen Tisch taumelte und dabei eine Karaffe Wein umstürzte.

Die Gäste an dem Tisch sprangen hastig auf, bereit, eine handfeste Schlägerei anzufangen.

»Setzt euch!«, befahl Buccaltieri, und die Männer gehorchten. Dann packte der Capitano Daniele am Kragen und zog sein Gesicht so nah an das eigene, dass sich ihre Nasenspitzen berührten. »Fang bloß nich an, über mich zu urteilen, Junge«, zischte er. »Wenn du was fragen willst, dann frag. Das hier is so was wie mein Büro. Und auch wenn ich noch 'nen Liter Roten trinke, mach ich dich immer noch mit links fertig, wenn ich will.«

Danieles Reaktion war unüberlegt. Er stellte kurzerhand ein Bein hinter das von Buccaltieri und stieß ihn mit aller Kraft zurück.

Der Capitano drehte sich einmal um sich selbst, verlor das Gleichgewicht und stürzte. Doch dabei packte er Danieles linken Arm und riss Daniele mit sich zu Boden.

Keuchend lauerten die ineinander verkeilten Männer auf die nächste Bewegung des anderen. Aber als sich ihre Blicke im Dunkel fanden, las jeder in den Augen des anderen einen gewissen Spaß an der Sache. Kurz zögerten sie, dann ließen sie voneinander ab und brachen in lautes Gelächter aus.

»Ein *Instructor*, der kämpfen kann. Find ich gut«, meinte Buccaltieri und erhob sich mit schmerzverzerrtem Gesicht. »Hast dir meine Hilfe redlich verdient, Junge.«

»Danke, Greis«, gab Daniele zurück.

Der Capitano lachte wieder. »Lass uns rausgehen.«

Sie stellten sich an die Ecke einer engen Gasse. Es herrschte eisige Kälte, die Wolken hingen so tief, dass die Leute die Köpfe einzogen. Daniele las einen uralten Schmerz in Buccaltieris Gesicht. Eine Narbe in seinem Blick. »Warum?«, fragte er ihn.

»Ich sag's dir noch mal. Fang bloß nich an, über mich zu urteilen, Junge«, erwiderte der Capitano rau, während er ihm mit dem Stock, den die Hure ihm beim Rausgehen gereicht hatte, auf die Brust schlug.

Marianna Dionigi lehnte auf der Schwelle am Türrahmen, eingehüllt in einen Wollschal, und folgte dem Wortwechsel gespannt. *Also liegt ihr tatsächlich etwas an Buccaltieri*, dachte Daniele.

Daniele zeigte auf die Spelunke und wiederholte: »Warum?«

»Wer im Krieg war, verliert seine Seele an den Teufel, und muss sich selbst strafen, um für die eigenen Sünden zu büßen.« Buccaltieri warf Daniele einen langen Blick zu, dann schüttelte er den Kopf. »So was willste hören, Junge? Den üblichen Dreck?«

»Nennt mich nicht Junge.«

»Stimmt, du bist ja der geschätzte Hüter der Wölfe, oder nich?«

»Ich bin der, der ich bin.«

»Du bist nur ein Angeber, Junge«, sagte Buccaltieri verächtlich. »Ein Feigling biste, bist abgehauen vor der Welt und hast dir in die Hose gemacht, hast Angst vorm Leben. Aber über mich willste urteilen. Wegen 'ner Hure, 'ner dunklen Spelunke, so 'ner kleinen, armseligen Hölle. Und deine Einsiedelei is was Besseres, oder wie? Nur weil's da eisigkalt is und still, isses kein Deut besser.« Er stieß den Stock auf den Boden. »Biste jetzt fertig und sagst mir endlich, was du suchst? Falls du's noch nich gemerkt hast, da wartet 'ne Frau auf mich.«

Daniele betrachtete den Capitano. Er gefiel ihm. Auf den ersten Blick wirkte er wie ein hoffnungsloser Säufer. Aber er war ein aufrechter Mann. »Ihr müsst etwas für mich herausfinden.«

»Was denn?«

»Vielleicht hat Susanna außer der Schnur auch noch Kräuter im Kloster gekauft.«

»Dumme Geschichte mit der Schnur.«

»Ja. Noch viel dümmer, als Ihr es Euch vorstellen könnt. Und kompliziert.« Daniele schwieg einen Moment. »Redet mit Fra' Stanislao, dem Kräuterkundigen. Findet heraus, ob Susanna oder Weser noch Kräuter gekauft haben. Und findet heraus, wofür.«

»Was steckt dahinter?«

»Wusstet Ihr, dass Euer Freund an Fallsucht litt?«

»Nein.«

»Das müssen wir beweisen. Sonst wird Susanna an dieser Schnur aufgehängt.«

»Und warum sagt sie das nich? Wär doch viel einfacher.«

»Ja, das wäre einfacher, stimmt«, murmelte Daniele finster. »Aber Susanna will nicht darüber sprechen. Fragt mich bitte nicht, warum.«

»Eine Sache muss ich doch fragen«, meinte Buccaltieri. »Warum ich?«

Daniele maß ihn mit seinem Blick. »Weil ich allein bin.«

Buccaltieri schüttelte den Kopf. »Is doch lächerlich, dass ausgerechnet ich diese Frau retten will. Wo ich doch Weser immer gesagt hab, er soll sie nich heiraten.«

»An dieser Geschichte ist rein gar nichts lächerlich.«

Buccaltieri sah ihn schweigend an, dann nickte er schließlich, drehte sich um und ging zurück zum Lokal. Marianna Dionigi kam ihm besorgt entgegen, ein müdes Lächeln auf den Lippen. Sie nahm seinen Arm, legte ihn sich um die Schultern und stützte Buccaltieri. Daniele sah, wie das Dunkel der Spelunke die beiden verschluckte, bevor er mit hängendem Kopf langsam davonschlich.

Als er verschwunden war, traten zwei verhüllte Gestalten aus einem Eingang.

Die eine war Paolo Tahler. Die andere der Inquisitor.

»Geh auf der Stelle zu Fra' Stanislao«, befahl der Inquisitor. »Ich möchte, dass du zuerst mit ihm sprichst.«

»Ja«, stimmte Paolo Tahler gehorsam zu.

42

Anno Domini 1633
4. Februar, fünfzehnter Tag

Borgo San Michele, Ostalpen

Warum kann ich mich an nichts erinnern?«

Nach dem Verhör von Fra' Thevet in der Verhandlung hatte Susanna die ganze Nacht nicht schlafen können. Sie stellte sich vor, wie schlecht es dem Prior ging und litt regelrecht mit ihm. Als Daniele verdrossen fortgegangen war, hatte sie es gerade noch geschafft, das saubere Kleid gegen das schmutzige, blutverkrustete zu tauschen, zu allem anderen fehlte ihr die Kraft.

Sie hatte ihn aufhalten, ihn küssen wollen. Ihre Lippen sehnten sich danach, und in seinen Augen las sie das gleiche Verlangen. Doch beide wussten, dass es dafür noch nicht an der Zeit war, dass ihre Vergangenheit noch lauerte. Doch als Daniele ging, hatte Susanna ihre Finger an die Lippen geführt. Die Augen geschlossen. Und sich diesen Kuss vorgestellt.

Als der neue Tag begann und mit ihm fahles Licht in die Zelle sickerte, begann sie, laut mit sich selbst zu sprechen. Das würde ihr helfen, nicht den Verstand zu verlieren.

»Warum kann ich mich an nichts erinnern?«, wiederholte sie.

Immer wieder musste sie daran denken, dass sie Fra' Thevet nicht die Frage hatte beantworten können, was genau an jenem schrecklichen Morgen geschehen war, als Weser und die Dienstmagd ermordet wurden. Die Antwort blieb sie auch Jehanne schuldig. Und Daniele. Vor allem aber konnte sie sich selbst diese Frage nicht beantworten.

Dabei war die Erinnerung an diesen Morgen doch sicher ein wichtiges Puzzleteil.

»Warum weiß ich rein gar nichts mehr von diesem Tag?«, fragte sie sich wieder und wieder. »Warum versinkt alles im Nebel?«

Sie versuchte, sich an irgendetwas zu erinnern, ein Detail, etwas, das nur an jenem Morgen geschehen war, etwas nicht Alltägliches. Aber was?

Nichts. Es wollte nicht gelingen.

Und doch war sie sicher, dass es etwas gab, geben musste.

Der Abend kam.

Prescern, der Kerkermeister, stellte ihr einen Kerzenstumpen aus Talg, der knisternd niederbrannte, in die Zelle, dazu eine Schüssel Graupensuppe mit Porree.

Susanna wartete, dass er ging. Er würde erst am nächsten Morgen wiederkommen, bis dahin war sie allein hier unten. Endlich.

Sie steckte die Hand in die Tasche des sauberen Kleides. »Lass dich nicht erwischen von dem Stück Vieh da draußen«, hatte Daniele am Abend zuvor geflüstert und einen Gegenstand in ihr Kleid gesteckt. Nachdem Prescern endlich gegangen war, sah sie nach, was es war. Ein schöneres Geschenk hätte sie sich nicht wünschen können. Am Morgen hatte sie es wieder versteckt, und jetzt, da sie erneut allein war, holte sie ihren Schatz hervor: zwei kurze Strümpfe aus grober Wolle. Wie bereits am Abend zuvor stiegen ihr Tränen der Dankbarkeit in die Augen. Denn die Frostbeulen an ihren nackten Füßen verursachten ihr hämmernde Schmerzen. Die Zehen waren geschwollen, teilweise dunkel verfärbt und um die Nägel herum gerötet. Zuerst hatte sie ihren noch warmen Urin darüber gegossen, ein Hausmittel, auf das die alten Frauen im Borgo schworen. Aber Wollstrümpfe, wenn auch aus rauer, grober Wolle, waren wunderbar, Susanna hätte sich nichts

Schöneres vorstellen können. Vorsichtig zog sie die Socken über die schmerzenden Füße. Die Wärme würde bald ein wenig helfen.

Daniele hatte recht. Man wollte ihr alles so trostlos wie möglich machen. Wollte, dass sie alle Hoffnung verlor. Sie musste durchhalten, und genau das hatte Daniele mit den Wollsocken erreichen wollen, mehr noch als die Linderung der schmerzenden Frostbeulen.

Der Inquisitor und Paolo wollten, dass sie nur ihre sehr düstere Zukunft sah, nichts sonst.

Sie lächelte. Denn ihre wundervolle Vergangenheit würde ihr niemand nehmen können. Niemand würde verhindern können, dass sie auch in den dunkelsten Momenten hell leuchtete. Darauf richtete sie ihre Gedanken.

Als man sie in den Kerker warf, hatte sie in ihrer Verwirrung und Verzweiflung gedacht, dass sie wirklich eine Hexe sein musste, eine vom Teufel Besessene. Aber ihre Eigenschaft, wissenschaftlich zu denken, verscheuchte diese Vermutung bald; eine Vermutung, die aus der Verzweiflung entstanden war, aus Verzweiflung und dem allgegenwärtigen Aberglauben.

Seit wann kämpfte sie bereits gegen diesen Unsinn an? *Seit ich denken kann*, beantwortete sie sich die Frage selbst. Dieser Aberglaube richtete sich gegen alles, was sie war, richtete sich gegen ihr tiefstes innerstes Wesen.

»Wie bist du hierhergelangt?«, hatte Paolo höhnisch gefragt.

Sie war hierhergelangt, weil sie kämpfte, so lautete die Antwort. Weil sie hoffte, diese Welt irgendwie zu einem besseren Ort machen zu können. Vor allem für Frauen.

Dank Weser war sie in den Besitz eines wundervollen, erhellenden Buches von Arcangela Tarabotti. Darin sagte die Schriftstellerin und Denkerin: »Männer haben Frauen schon immer den Zugang zu Bildung versperrt«. *Ich bin also nicht allein*, dachte Susanna erleichtert, als sie das Buch las. Es gab noch andere Frauen auf der Welt, die ihren Kampf kämpften. Das hatte ihr Mut gemacht.

Aber noch mehr als der Schriftstellerin Arcangela Tarabotti hatte sie es der Äbtissin des Klosters zu verdanken, auf diesen Weg gestoßen zu sein, denn um die Äbtissin hatte immer ein offener Geist geweht. Zugleich verachtete und bekämpfte sie Unwissenheit, auch unter ihren Mitschwestern. Sie hatte Susanna die gleiche Bildung zukommen lassen wie einem Jungen und ihr so alle Wege offengelassen – und mit ihr Fra' Thevet. Denn für die Äbtissin, die Freidenkerin, die man in ein Nonnengewand gezwängt hatte, war Freiheit das höchste Gut. Und sie glaubte an den Verstand und die Kraft der Frauen.

Das war Susannas glänzende Vergangenheit. Sie konnte sich als Frau glücklich schätzen, sagte sie sich.

Und dann musste sie an all die Frauen denken, die zu ihr gekommen waren, all die Frauen, zu denen sie eine tiefe Verbindung spürte, und wieder lächelte sie. Die erste war die Frau des Bäckers gewesen – die Mutter von Teo, den man gezwungen hatte, gegen sie auszusagen –, dann Albertine Klose, die Schneiderin. Und nach und nach wurden es immer mehr. Und sie alle wollten lernen. Sie erlebten wundervolle Stunden zusammen, voller Ergriffenheit und Freude. Jede dieser Frauen wusste genauso gut wie sie, dass sich die Welt nicht von heute auf morgen ändern ließ. Aber sie hofften, dass es nach und nach geschehen würde. Anfangs kamen nur vollkommen ungebildete Frauen, die Lesen und Schreiben lernen wollten. Aber dann lernten sie alles Mögliche. Schließlich wuchsen sie zu einer ganzen Gruppe, deren Zusammenkünfte zu einer Versammlung freier Seelen, zu einer glückseligen Insel wurden. Die Gedanken wanderten zwischen ihnen hin und her, rollten wie Steine den Weg der Erkenntnis hinunter.

Sie hatten es sich zur Gewohnheit gemacht, gemeinsam Bücher zu lesen, von denen es im Hause Weser mehr als genug gab. Jede von ihnen las ein Stück vor, einige verzagt, andere sicherer. Sie alle trugen dazu bei, dass diese Stunden voller Glück waren.

Ungemein begeistert waren sie von Cervantes' »Don Quijote«. Sie erfreuten sich an den närrischen Abenteuern, die jedoch in jeder von ihnen auch einen tieferen Gedanken aufkeimen ließen: Auch sie waren wie der Ritter der La Mancha, denn auch sie kämpften gegen Windmühlen, wenn auch nur, weil sie Frauen waren. Man hielt sie für verrückt, wie den Don Quijote. Oder aber für Hexen.

Wie viel sie lachten, an diesen Nachmittagen! *Wie fröhlich und schön das war*, dachte Susanna und fühlte sich weniger einsam in ihrer dunklen Zelle.

»Das hier ist wie das Paradies!«, rief eines Tages eine alte Bäuerin, die sich ihr ganzes Leben lang auf dem Acker krummgeschuftet und nie Bildung genossen hatte. Dann wurde sie Witwe und kam mit zweiundsiebzig Jahren auf die wunderbare Idee, Lesen und Schreiben zu lernen. Und es gelang ihr.

An jenem Tag war Susanna sicher, dass die Alte recht hatte. »Ja. Das hier ist unser Paradies! Nur unseres, verborgen vor dem Rest der Welt«, pflichtete sie ihr bei, und ihr ging auf, dass jeder ein kleines Paradies auf Erden haben konnte, man musste es nur suchen. Und so nannten sie ihren geheimen Lesekreis »Das verborgene Paradies«.

Jede dieser Frauen, und sie zuvorderst, spürte in ihrem tiefsten Inneren, dass sich eine neue Welt ankündigte.

Nein, dachte Susanna jetzt, *niemand wird mir das nehmen können. Schon gar nicht der Inquisitor und Paolo.*

Lächelnd massierte sie sich vorsichtig die Füße, die in den Wollstrümpfen langsam warm wurden. Ja, auch diese Wollstrümpfe waren ein Licht im Dunkel ihrer Zelle.

Daniele hatte ihr gesagt, dass keine der Frauen, die dieses unglaubliche Abenteuer mit ihr zusammen erlebt hatten, bereit war, für sie auszusagen. In seiner Verzweiflung hatte er hinzugefügt, dass er sie dafür verachtete.

Aber Daniele war ein Mann. Er konnte das nicht verstehen. Alle Dorfbewohner, vor allem aber die Frauen, lebten in Angst und Schrecken vor dem Inquisitor und seinen Methoden, der Gewalt und Ungerechtigkeit. Und sie hatten allen Grund dazu, denn er war mächtig genug, das Leben jedes Einzelnen von ihnen zu zerstören. Man konnte nicht, wie Daniele es tat, verlangen, dass die Welt ausschließlich aus Helden bestand. Dafür war das Leben zu vielschichtig, und Schwäche war menschlich, man musste sie akzeptieren und respektieren.

Vor allem aber schien Daniele nicht zu verstehen, was es hieß, in dieser Welt eine Frau zu sein. Frauen waren in der Gesellschaft nichts wert. Zählten nichts. Das konnte nur eine Frau verstehen. Oder eher: wissen.

Als Susanna zum ersten Mal ihre Periode bekam, hatte sie gedacht, damit wäre sie zur Frau geworden. Sie glaubte, das Blut, dass ihr in einem Rinnsal die Beine hinunterlief und sie in den Augen der Kirche unrein machte, unberührbar wie alle Frauen, würde sie als Frau kennzeichnen. Aus dem einfachen Grund, dass sie sich jetzt fortpflanzen und »unter Schmerzen gebären« konnte.

Aber erst als das Leben – vor allem aber die vom Inquisitor verkörperte Welt – ihr ihr wahres Gesicht offenbarte, sie zerfleischte, verstand sie wirklich, was es bedeutete, Frau zu sein. Erst da wurde sie zur Frau, nicht vorher. Schon gar nicht wegen ein bisschen Blut.

An jenem Tag, als sie plötzlich gedemütigt und allein war, da verstand sie, dass Frau zu werden bedeutete »sich dafür zu entscheiden, Frau zu sein«.

Frau zu werden hieß für Susanna, das Recht auf einen Namen einzufordern, und dies zu tun, obwohl man in der Herde der Dörfler kein Wesen für sich ist, sondern lediglich Teil des

Ganzen. Und dann den anderen beizubringen, das Gleiche zu tun: ebenfalls nach einem Namen zu verlangen.

Und als sie all das verstanden hatte und bereit war, Frau zu sein, mit allem, was dazugehörte, da verschwand Daniele in den Bergen.

Aber sie hörte nie auf, ihn zu lieben. Zweifelte keinen einzigen Moment.

Fra' Thevet hatte gesagt, es sei an der Zeit, einen Schlussstrich zu ziehen. »Du musst ihn vergessen und dein Leben weiterleben.«

»Wenn Ihr für Gott das Gleiche empfindet wie ich für Daniele«, hatte sie damals geantwortet, strahlend wie eine Heilige, »dann seid Ihr ein glücklicher Mann. Dann könnt Ihr, so wie ich, es mit allem und jedem aufnehmen.«

Als sie sich nun an diese Worte erinnerte, war es kein bisschen dunkel mehr in ihrer Zelle.

Nein, sie würde sich niemandem beugen. Niemals.

43

Anno Domini 1625

Camporosso bei Borgo San Michele, Ostalpen

Die Weidenrute sauste auf Susannas linke Hand hinab.

»Hinter den Rücken werd ich dir die Hand binden!«, zischte die neue, grausame Äbtissin. »Von jetzt an hältst du dich an die Regeln.«

»Ich tue nichts Schlechtes«, erwiderte Susanna stolz.

Noch einmal sauste die Rute auf ihre Hand hinab. »Du wirst dich noch beugen. Oder zerbrechen.«

Susanna saß an einem Schreibtisch, vor sich ein Tintenfass, eine Gänsefeder und ein leeres Papier.

Alle Nonnen und Novizinnen waren anwesend.

»Seht her!«, rief die neue Äbtissin, aufgerichtet vor der versammelten Gemeinschaft, die sie am Morgen einberufen hatte. »Dies hier ist die Wirrnis, in der euch meine Vorgängerin zurückgelassen hat. Die moralische Verwirrung, an der sich der Dämon labt!« Sie erhob eine Hand. »Und Gott persönlich hat mich hierhergeschickt, um diesen frevelhaften Sumpf wieder urbar zu machen. Gott persönlich hat mich geschickt, um Ordnung zu schaffen, Ordnung, die wir Frauen als schwache Wesen, die wir sind, brauchen, um uns nicht in den Fängen der Schlange zu verirren!« Sie ließ ihren strengen Blick über die Schwestern gleiten.

Viele der älteren Nonnen nickten stumm, engstirnige, unwissende Frauen, die sich mit den harten Klostervorschriften beschützt und geborgen fühlten und von Neuerungen verunsichert waren. Dies waren recht viele Frauen, denen die Offenheit der verstorbenen Äbtissin immer Angst gemacht hatte. Die ihre Beschäftigung mit den Heiligen Schriften und antiken Philosophen für frevlerisch gehalten, der hierarchischen Klosterstrukturen wegen aber nie offen Anstoß daran genommen hatten. Diese Schwestern fühlten sich besser aufgehoben bei der neuen Äbtissin, für die das jahrhundertealte Regelwerk keinerlei Überraschungen bereithielt und ausschließlich blinden Gehorsam verlangte.

Die Novizinnen standen irgendwo dazwischen. Sie waren zu jung, um ihr Schicksal klaglos anzunehmen, noch bevölkerten Träume und Wünsche ihre jugendlichen Herzen. Auch wenn einige ängstlich und bereit waren, sich der neuen Oberin zu beugen, waren andere doch hin- und hergerissen. Susannas Mut gab ihnen Hoffnung, doch noch etwas vom Leben erwarten zu können, etwas, dem sie noch keinen Namen zu geben vermochten. Keine hatte vergessen, wie mutig Susanna sich gegen den Inquisitor aufgelehnt hatte. Ihnen fehlte dieser Mut, diese Kraft, aber anders als die älteren Schwestern nickten sie nicht bei den Worten der Äbtissin.

Noch einmal sauste die Rute auf Susannas linke Hand hinab, mit noch mehr Kraft als zuvor.

»Du wirst mit der rechten Hand schreiben, so will es unser Herr!«, zischte die Äbtissin. »Die linke Hand ist des Teufels!«

»Das ist nicht wahr!«, entgegnete Susanna laut. »Die Äbtissin und Fra' Thevet …«

Da traf die Rute ihre Lippen.

»Die linke ist die Hand des Teufels!«, wiederholte die Äbtissin kreischend.

»Warum?«

»Weil es so ist!«

»Wenn Gott nicht gewollt hätte, dass wir auch die linke Hand benutzen, dann hätte er uns ohne erschaffen.«

Wieder traf die Rute Susanna im Gesicht. Ihre Lippe sprang auf, und Blut quoll hervor.

»Du schreibst mit rechts!«

»Nicht ins Gesicht, Mutter«, mischte sich Schwester Angela ein.

Die Äbtissin funkelte sie böse an.

Susanna blickte zu Schwester Angela, die flüsternd bat: »Schreib!«

Da nahm Susanna die Gänsefeder mit der rechten Hand.

Schwester Angela nickte mit geschlossenen Augen.

»Und jetzt«, stieß die Äbtissin höhnisch hervor, »schreibst du: ›Ich bin eine Sünderin‹. Mit der rechten Hand.«

Susanna steckte die linke Hand in die Tasche und strich mit den Fingern über den Brief, den die verstorbene Äbtissin ihr noch auf dem Totenbett geschrieben hatte. Vor den Augen der betroffen dreinblickenden Nonnen und Novizinnen tunkte sie schließlich die spitze Feder in die zuvor von der Peitsche geschlagene Wunde und schrieb so unsicher, wie es nur jemand tut, der es nicht gewohnt ist: »Lass dir niemals die Flügel stutzen.« Mit ihrem eigenen Blut.

Die Äbtissin griff das Papier, las den Satz und riss die Augen auf.

Es herrschte eisige Stille. Niemand wusste, was Susanna geschrieben hatte, aber es war offensichtlich, dass sie sich, wie immer, der Obrigkeit widersetzte.

Susanna aber sah die Mutter Oberin nur ruhig an, den Brief der verstorbenen Äbtissin zwischen den Fingern. Und als sie die Blicke ihrer jungen Kameradinnen auf sich spürte, überkam sie das gleiche Gefühl wie bei dem Zwist mit dem Inquisitor. Sie kämpfte nicht für sich allein. Weder Hochmut noch Stolz erfüllten sie. Vielmehr spürte sie, dass sie für die Schwächeren unter ihnen da sein, sie unterstützen musste. Sie wusste, sie musste ein Vorbild sein. Musste ihnen Hoffnung geben. Und so lächelte sie ihren Kameradinnen zu, ein strahlendes, blutgetränktes Lächeln.

Und viele von ihnen lächelten zaghaft zurück, mit Hoffnung im Blick. Und genau diese Hoffnung hatte Susanna ihnen geben wollen: die Hoffnung auf etwas Besseres, die Hoffnung darauf, ihre Träume bewahren zu können.

Genau in diesem Moment wusste Susanna, dass sie ihren Weg gefunden hatte. Den richtigen Weg. Ihr Schicksal. Und sie traf ihre Wahl.

Wieder erhob die Äbtissin die Weidenrute.

Susanna kündigte überraschend an: »Ich werde mit rechts schreiben.«

Die Äbtissin hielt mit erhobenem Arm inne. »Du gibst auf?«, wollte sie wissen.

»Nein. Ich danke euch«, erwiderte Susanna mit einem reinen Lächeln, das jetzt eine Blutspur bis zum Kinn hinterließ.

»Du bereust?«, wunderte sich die Äbtissin, die in ihrer Kleingeistigkeit nicht verstehen konnte, worum es eigentlich ging.

»Nein. Ich gebe nicht auf. Ich danke Euch«, wiederholte Susanna.

»Wofür?«, wollte die Äbtissin wissen, obgleich sie wusste, dass sie damit vielleicht in ein Wespennest stach.

»Weil ich trotz Euch ein besserer Mensch werde.«

Am liebsten hätte die Äbtissin ihr noch einen Hieb mit der Weidenrute versetzt, doch sie ließ schweren Herzens davon ab und gab sich zufrieden. Immerhin trug sie, zumindest äußerlich, den Sieg davon. Triumphierend wandte sie sich an die anderen: »Ihr könnt gehen. Nehmt eure Tätigkeiten wieder auf.«

Erleichtert verließen Nonnen und Novizinnen den Raum. Die älteren Nonnen, die es mit der neuen Äbtissin hielten, verließen zufrieden den Raum. Doch die meisten der jungen Novizinnen warfen im Vorbeigehen einen Blick auf das blutbeschriebene Papier: »Lass dir niemals die Flügel stutzen.« Und so verbreitete sich der Satz wie ein Lauffeuer, wurde flüsternd von Mund zu Mund getragen, schwebte bald über Hof und Sälen, wie der hoffnungsfrohe Ruf einer geheimen Revolte.

»Lass dir niemals die Flügel stutzen.«

Und obgleich niemand genau verstand, was dieser Satz bedeuten sollte, setzte er sich in jeder von ihnen fest, säte Zweifel. Seit diesem Tag sahen die Novizinnen Susanna mit anderen Augen, obwohl sie doch die Jüngste von ihnen war. Susanna hatte ihnen eine Stimme gegeben.

»Schwester Angela, Ihr könnt auch gehen«, mahnte die Äbtissin streng.

»Als Krankenschwester ist es meine christliche Pflicht, Susannas Wunden zu behandeln«, erwiderte Schwester Angela ohne Umschweife.

»Als hätte dieses schamlose Mädchen eine Behandlung nötig.«

»Bei allem Respekt, Mutter Oberin, Ihr seid auf diesem Gebiet nicht bewandert«, entgegnete Schwester Angela. »Ich habe Euch Gehorsam gelobt als Ihr herkamt, zuvor aber habe ich das Gelübde der Barmherzigkeit abgelegt und Gott geschworen, Kranke und Schwache zu versorgen. Wenn ich diese Wunden hier nicht säubere, werden sie sich entzünden.«

Die Äbtissin blickte sie undurchdringlich an. Bereits zum zweiten Mal stellte sich Schwester Angela zwischen sie und Susanna. Sie wandte sich um und ging ohne ein weiteres Wort zur Tür. Als könnte sie mit ihrem Schweigen wenigstens noch nach außen hin das Gesicht wahren.

»Was hast du dir dabei gedacht?«, brauste Schwester Angela auf, sobald sie allein waren. »Du bist doch klug. Hast du dir gar keine Gedanken darüber gemacht, wen du vor dir hast? Diese verknöcherte Tyrannin!«

»Danke, Schwester Angela«, sagte Susanna statt einer Antwort.

»Danke, Schwester Angela«, wiederholte die Nonne mürrisch. »Du bist ein Dummkopf. Und das weißt du auch.«

Susanna lachte leise.

»Wie kam dir bloß dieser Satz in den Kopf?« Schwester Angela unterdrückte ein Lächeln. »Und dann auch noch mit Blut!« Sie schüttelte den Kopf.

»Ist das kein schöner Traum?« Susanna lächelte. »Kein schöner Wunsch, dass wir Frauen ebenso Menschen sein können?«

Schwester Angela seufzte. »Wie viele Dummheiten können eigentlich aus deinem Mund herauskommen? Wären Wünsche Pferde, dann würden alle Bettler reiten.«

»Das wäre doch schön«, gab Susanna zurück. »Wäre es nicht schön, wenn wenigstens eine der Novizinnen auf ihrem Weg zur Nonne lernen würde, eigene Gedanken zu haben?« Sie strahlte Schwester Angela an. »So wie Ihr. Ihr seid mir bereits zum zweiten Mal zu Hilfe gekommen.«

»Wirst du nie still sein?«

»Ich hoffe nicht.«

Noch vor wenigen Jahren, als alle sie wegen ihrer behaarten Beine ausgelacht hatten, hätte Schwester Angela nicht geglaubt, dass sie Susanna jemals so gerne haben könnte. »Du bist nur eine Träumerin.«

»Nur?« Susanna lachte.

»Du bist ein Quälgeist.«

»Solange man träumen kann, gibt man nicht auf. Das hat mir die Äbtissin beigebracht. Und auch Ihr habt es mir beigebracht, indem Ihr Tag für Tag den Tod Eurer Patienten nicht hinnehmt.«

Schwester Angela errötete.

»Und deshalb halte ich an meinen Träumen fest«, fuhr Susanna begeistert fort. »Und ich danke Gott, dass er mir so viele gegeben hat.«

»Du hast eine merkwürdige Art, Gott zu beschreiben.

Dankst ihm für deine Fehler. Gott duldet keine Fehler, denn er ist ohne Makel.«

»Nein, Gott ist ohne Makel, weil er Fehler duldet. Sonst wäre er engstirnig.«

»Die Überlegung, Gott könnte engstirnig sein, ist eine Sünde«, merkte Schwester Angela tadelnd an, lächelte aber gleich darauf wieder. »Aber nach all diesen Jahren mit dir habe ich mich an deine Art gewöhnt, verrücktes Köpfchen.«

Susanna lächelte, und ihre blauen Augen strahlten.

»Vergiss trotzdem nicht, dass du dir nicht nur Freunde machst, wenn du immer gegen den Strom schwimmst«, fügte Schwester Angela hinzu.

»Ihr seid meine Freundin.«

»Und dieses ungezogene Gör antwortet auch noch. Hat immer eine Antwort auf alles! Ist nie still! Nie und nochmals nie!«, brummte die ob des Kompliments in Verlegenheit geratene Nonne. »Niemand findet das zum Lachen. Die Einzige, die jetzt gelacht hätte, wäre Mutter Anita. Wenn sie noch hier wäre.«

»Sie *ist* noch hier«, meinte Susanna, zog den Brief der Äbtissin aus ihrer Tasche und reichte ihn Schwester Angela. »Sie war es, die diesen Satz geschrieben hat. ›Lass dir niemals die Flügel stutzen.‹ Lest selbst.«

Schwester Angela nahm den Brief und las. Tränen rannen ihr über das Gesicht.

»Wolltet Ihr sie nicht behandeln?«, ertönte da unerwartet die Stimme der neuen Äbtissin, die den Raum betrat. »Was macht ihr noch hier?«

Hastig griff Susanna nach dem Brief und wollte ihn in die Tasche stecken.

»Was ist das?« Die Äbtissin riss ihn ihr barsch aus der Hand.

»Das gehört mir«, rief Susanna.

Die Äbtissin warf ihr einen bösen Blick zu. »Hier gibt es

nichts, was dir gehört.« Dann las sie den Brief. Als sie fertig war, war ihr Gesicht rot vor Wut. Zornig riss sie den Brief entzwei.

»Nein!«, schrie Susanna und versuchte, die Äbtissin aufzuhalten.

Doch die ließ nicht ab, bis von dem Brief nur noch winzige Fetzen übrig waren.

Verzweifelt fiel Susanna auf die Knie und versuchte, die Papierstückchen zusammenzusetzen. »Ihr seid eine furchtbare Frau!«, schrie sie der Äbtissin wutentbrannt entgegen.

Und wieder sauste die Weidenrute auf sie herab, traf ihren Rücken mit solcher Wucht, dass sie ihrem Gewand und dem Fleisch darunter einen tiefen Riss beibrachte. Die Äbtissin schlug ihr die Papierfetzen aus der Hand und warf sie in den brennenden Kamin. Noch im Flug fing das Papier Feuer.

»Gut, Schwester Angela«, meinte die Äbtissin auf dem Weg zur Tür, »da Ihr sie ja bis jetzt noch nicht behandelt habt, könnt Ihr Euch nun auch ihrem Rücken widmen.«

Susanna krümmte sich weinend auf dem Boden, den Kopf in den Händen verborgen. Ihre Tränen tropften auf die kalten Steine.

»Wann hörst du endlich auf damit?« Schwester Angela kniete sich neben sie, Schmerz und Liebe lagen in ihrer Stimme. »So bringst du sie nur dazu, dich noch häufiger und heftiger zu schlagen.«

Susannas Schluchzen verstummte. Sie erhob den Kopf. Mit stolzer Miene.

»Mit jedem Schlag, den sie mir versetzt, wird sie ein wenig schwächer«, entgegnete sie mit fester Stimme.

44

Anno Domini 1625

Borgo San Michele, Ostalpen

Prior, was die neue Äbtissin des Klosters Santissima Assunta Maria und der Inquisitor mir berichtet haben, ist haarsträubend.«

Fra' Thevet saß mit gesenktem Haupt vor Bischof Girolamo Tebaldi in dem pompösen Empfangszimmer.

»Die Angelegenheit ist gravierend«, fuhr der Bischof streng fort. »Aber noch gravierender ist, dass Ihr mich in all diesen Jahren nicht darüber informiert habt, was in meiner Diözese vor sich geht. Allein Euer Respekt hätte Euch das gebieten müssen.«

»Mein Bischof …«

»Schweigt, Prior«, unterbrach ihn der Bischof, der die sonst für ihn so bezeichnende Nachsichtigkeit zweifelsohne durch Strenge zu ersetzen wusste. »Was mich am meisten grämt, ist, dass die verstorbene Äbtissin Eure Komplizin war. Ohne meine Zustimmung.«

»Wenn Ihr erlaubt«, wandte Fra' Thevet ein. »Ich werde mich nicht rechtfertigen, aber gestattet mir, ein Wort für die Äbtissin einzulegen.«

»Ihr habt Euch der Bildung eines Mädchens, eines Weibes, gewidmet. Das ist wider die Natur, entgegen jeder Regel!«, brauste der Bischof auf.

»Bitte, erlaubt, dass ich daran festhalte«, bat Fra' Thevet. »Hieltet Ihr Artemisia Siniscalchi für eine gute Äbtissin?«

»Die Beste, die man sich vorstellen konnte«, erwiderte der Bischof, ohne zu zögern. »Ehrbar, gerecht und demütig.«

»Und gebildet.«

»Sehr gebildet, in der Tat.«

»Vielleicht ist Bildung dann ja doch nicht so schädlich für Frauen«, wandte Fra' Thevet vorsichtig ein und versuchte sich an einem Lächeln.

»Was Ihr, genau wie ich, denkt, Prior, gestehe ich Euch zu. Aber so denkt man nicht in der Welt, der ich, außerhalb meiner privaten Räume, vorstehe.«

»Wäre es nicht wünschenswert, einen Schritt nach vorn zu tun?«

Der Bischof zuckte zusammen, als hätte der Prior seine tiefsten Gedanken erraten. »Wisst Ihr, was ich mich jeden Morgen beim Aufstehen frage? Wer werde ich heute sein? Ein Diener Gottes, für den ich mein purpurnes Gewand anlege, oder ein Politiker mit Hermelinbesatz an den Schultern? Und könnt Ihr Euch auch nur im Entferntesten vorstellen, wie selten ich unserem Herrn dienen kann als Seelenhüter, ihm dienen kann in Barmherzigkeit und Vergebung, anstatt mich mit Gesetzen, Bestrafungen und Elend herumzuschlagen?« Er schüttelte den Kopf. »Ihr Mönche liebt Bildung und Kultur, und allzu oft schwimmt ihr gegen den Strom. Aber im Schutze dicker Klostermauern kann man sich die Dinge leicht herbeiträumen.« Er maß den Prior mit einem Blick.

Fra' Thevet beobachtete, wie der Blick nun sanfter wurde.

»So wenig ich die verstorbene Äbtissin tadeln kann, so sehr sollte mich die Strenge der neuen mit Sorge erfüllen, das gebe ich zu«, nahm der Bischof den Gesprächsfaden wieder auf. »Auch Euer Kloster kann ich nicht tadeln. Ganz im Gegenteil. Und Euch schon gar nicht. Ihr seid ein außergewöhnlicher Mann.«

»Ich danke Euch.«

»Aber auch Ihr seid nicht ohne Makel. Vor vielen Jahren habt Ihr einen Fehler begangen, einen unverzeihlichen Fehler.«

»Welchen, mein Bischof?«, erkundigte sich Fra' Thevet bestürzt.

»Bei der Erziehung eines Eurer Schüler habt Ihr den Bogen deutlich überspannt. Ich meine Constantin Tron, derweil bekannt als der grausamste Inquisitor weit und breit. Ihr habt seine Messer gewetzt. Sehr Euch nur an, was er anstellt!«

»Mein Bischof, seine Messer waren bereits gewetzt, von selbst, ohne mein Zutun«, entgegnete Fra' Thevet. »Auch ich kann an diesem Mann nichts Löbliches finden.«

»Und doch seid Ihr ihm zu Dank verpflichtet!« Der Bischof lachte, nun, da er zu seinem Wesen zurückgefunden hatte.

Der Prior wusste nicht, worauf er hinauswollte.

Schmunzelnd fuhr der Bischof fort: »Dass Ihr dieses Mädchen entgegen den Regeln und vor allem ohne mein Wissen unterrichtet habt, hat mich über die Maße erzürnt. Ihr dürft mein Urteil darüber nicht unterschätzen«, sagte er mit alter Strenge. Doch kurz darauf schlich abermals ein Lächeln über sein Gesicht. »Ich aber bin nur ein armer Mann mit eigenen Beschwernissen und Schwächen. Und nicht Euch zum Gefallen, sondern Constantin Tron zum Missfallen, denn er wollte das Mädchen unter allen Umständen wieder der klösterlichen Enge zuführen, entscheide ich hiermit Kraft meines Amtes, dass Susanna Berna weiterhin unterrichtet wird.«

Fra' Thevet starrte ihn erstaunt an, und ein strahlendes Lächeln breitete sich auf seinem Gesicht aus. »Gott segne Euch!«

»Gott wird mich nicht segnen, verlasst Euch darauf, denn er weiß, dass ich dies nicht zum Wohl des Mädchens tue, sondern nur, um einem Menschen übel mitzuspielen, dem gegenüber ich Gefühle hege, die eines Christen nicht würdig sind.«

»Dann lasst Euch von mir segnen, in aller Demut. Denn Ihr tut Gutes, das kann ich Euch versichern. Und die Wege Gottes mögen geheimnisvoll und steinig sein, aber nie falsch.«

Der Bischof sah ihn ernst an. »Ist es dieses Mädchen wirklich wert?«

»Sie ist strahlender als jeder Diamant, vollkommen rein und unschuldig. Ihr Verstand ist glasklar und außergewöhnlich gewandt. Seid versichert: Sie ist es wert.«

Der Bischof blickte ihn sichtlich gerührt an. »An einem Punkt jedoch muss ich einschreiten, Prior, und hier spreche ich als Politiker zu Euch: *Ihr* werdet sie nicht mehr unterrichten. Und diese Entscheidung ist unumstößlich.«

»Warum?«

»Weil die Angelegenheit nunmehr Gemeingut ist. Sie ist bis zu mir vorgedrungen. Und ich kann nicht erlauben, dass ein Prior mit einem Mädchen verkehrt, das nahezu erwachsen ist. Das gäbe zu viel Aufsehen und könnte dazu führen, dass der Ruf der Kirche infrage gestellt wird. Somit befehle ich Euch, einen Eurer Schüler, einen noch nicht geweihten Laienbruder, mit der Unterrichtung des Mädchens zu betrauen. So wird es nicht zu einem Skandal kommen. Zu einem Skandal, den ich in meiner Diözese nicht wünsche.« Er lächelte. »Tröstet Euch mit dem Gedanken, dass meine Entscheidung immerhin Constantin Tron das Leben vergällen wird.« Damit brach er in Gelächter aus.

Auch Fra' Thevet schmunzelte, trotz der schmerzenden Aussicht, Susanna nun nicht mehr regelmäßig sehen zu dürfen. »Es wird geschehen, wie Ihr befehlt, mein Bischof. Um ehrlich zu sein, werden meine Augen sehr schlecht, oft tue ich nur so, als würde ich lesen, obwohl ich auf dem Pergament gar nichts mehr sehe. Zum Glück lässt mich mein Gedächtnis nicht im Stich.«

»Ja, ich habe die wächserne Färbung Eurer Augen bemerkt. Das tut mir sehr leid«, bemerkte der Bischof.

»Vielleicht lerne ich nun, die Welt mit anderen Augen zu betrachten.« Fra' Thevet lächelte. »Aber ich danke Euch.«

Bischof Tebaldi nickte. »Um noch einmal auf das Mädchen

zurückzukommen: Wenn sie so besonders ist, wie Ihr sagt, dann rate ich Euch, einen Lehrer zu wählen, der ihr gewachsen ist.«

»Die Wahl ist bereits getroffen«, antwortete Fra' Thevet, ohne zu zögern.

»Wer wird es sein? Kenne ich ihn?«

»Daniele di Barco.«

Der Bischof runzelte die Stirn. »Der Sohn des ausgetretenen Bruders?«

»Es wäre falsch, vom Vater auf den Sohn zu schließen, wenn Ihr darauf anspielt«, beschwichtigte Fra' Thevet schnell.

»Ich spiele darauf an, dass der Vater dem Wein sehr zugetan ist und allzu betrunken durch die Dorfgassen schwankt. Er gibt ein widerwärtiges Bild ab.«

»Bemitleidenswert, wenn Ihr erlaubt. Nicht widerwärtig.«

»Wie alt ist denn der Junge?«

»Zwanzig.«

»Warum hat er in seinem Alter noch nicht die Weihe empfangen?«

Fra' Thevet zögerte. »Auch, wenn man nicht vom Vater auf den Sohn schließen kann, hat doch der Sohn …«

»… Bedenken, aus demselben Holz geschnitzt zu sein«, beendete der Bischof den Satz.

»Er ist nicht aus demselben Holz geschnitzt.«

Der Bischof sah den Prior nachdenklich an. »Seid Ihr Euch da sicher?«

»Daniele di Barco wird der neue Lehrer von Susanna Berna«, antwortete Fra' Thevet mit fester Stimme.

45

Anno Domini 1633
5. Februar, sechzehnter Tag

Borgo San Michele, Ostalpen

Das Gericht ruft Fra' Stanislao, den Kräuterkundigen des Klosters Santa Ulpizia, in den Zeugenstand«, kündigte Paolo Tahler voller Begeisterung an.

Constantin Tron beobachtete Daniele und verzog seine harten Schlangenlippen zu einem kleinen boshaften Lächeln.

Daniele wandte sich mit entgeisterter Miene zu Niccolò Buccaltieri um, der wie üblich in der ersten Reihe saß.

Der Capitano blickte ebenfalls erstaunt drein.

Fra' Stanislao nahm in der Zeugenbank Platz.

Daniele lehnte sich zu Susanna vor. »Gibt es noch etwas, das du mir nicht erzählt hast?«, flüsterte er.

»Nein«, antwortete Susanna sofort.

»Hast du eine Ahnung, warum sie ihn in den Zeugenstand rufen?«, drängte Daniele.

»Nein, keine«, erwiderte Susanna.

»Verehrter Inquisitor«, wandte sich Paolo an Constantin Tron. »Wünscht Ihr, dass der hier anwesende Fra' Stanislao einen Schwur leistet?«

»Das ist nicht nötig«, gab der Inquisitor zurück. »Er ist ein geschätzter Kirchenmann. Er hat dem Allmächtigen einen Schwur geleistet, als er die Mönchskutte entgegennahm und er weiß, dass er diesem Gericht, das für Gott steht, nicht die Unwahrheit sagen darf.«

Daniele schüttelte den Kopf. »Was haben sie vor?«, murmelte er.

»Ich weiß es nicht«, flüsterte Susanna. »Gewiss nichts Gutes.«

»Nein, gewiss nicht«, pflichtete Daniele ihr düster bei.

»Meine Frage ist ganz einfach.« Paolo trat auf den Mönch zu. »Und genauso wird Eure Antwort sein.«

Daniele bemerkte, dass Fra' Stanislao mit aller Kraft versuchte, Susannas Blick zu meiden. Er wirkte merkwürdig aufgewühlt, als koche er vor Wut. Aber warum sollte er?

Daniele blickte zu Fra' Thevet, der ebenfalls erstaunt schien. Also wusste auch er von nichts.

»Kommen wir zu meiner Frage«, fuhr Paolo fort. »Habt Ihr jemals ein Heilmittel oder einen Arzneitrank für den Astrologen Weser zubereitet? Antwortet mit ›Ja‹ oder ›Nein‹.«

»Ja«, sagte der Kräuterkundige.

»Er selbst hat Euch darum gebeten?«

»Nein. Seine Frau, Susanna Berna.«

Daniele fuhr zu Susanna herum.

»Das stimmt nicht«, wisperte sie.

»War es eine besondere Arznei?«, wollte Paolo wissen.

»Ja, eine sehr besondere«, antwortete Fra' Stanislao.

Man hätte eine Feder fallen hören können.

»Sehr besonders, aha«, sinnierte Paolo. »Was war so besonders daran? War es vielleicht eine potenzsteigernde Arznei, die einem alten Mann helfen sollte, die fleischlichen Gelüste seiner jungen Frau zu befriedigen?«

Einige Dorfbewohner kicherten.

»Paolo, du bist widerlich«, schrie Susanna.

Das Publikum rumorte.

»Die Angeklagte möge schweigen!«, mahnte der Inquisitor.

»Du bist widerlich! Ein ruchloser Staubgeborener bist du, nichts sonst!«, schrie Susanna.

Daniele drückte ihren Arm. »Beruhige dich, um Gottes willen, sonst werden sie deinen Ausbruch nur als Beweis dafür nehmen, dass du besessen bist.«

Susanna blickte ihn mit Tränen in den Augen an. »Verstehst du nicht, worauf sie hinauswollen?«, keuchte sie.

»Sei still, bitte«, bat Daniele nur.

»Nein, kein potenzsteigerndes Mittel«, erklärte Fra' Stanislao. »Es war eine Arznei, die gegen die Anfälle der *Malvitio*, im Volksnamen Fallsucht, helfen sollte. Weser litt daran.«

Überraschtes Murmeln erhob sich.

Erst da verstand Daniele. Er selbst hatte mit Wesers Krankheit erklären wollen, dass Susanna die Schnur wirklich gebraucht hatte – aber nicht, um Weser vorsätzlich umzubringen. Denn Daniele war der Meinung, dass der Beweis für Wesers Epilepsie Susanna entlasten würde. Aber Susanna hatte es durchschaut: »Die Kirche behauptet, dass es keine körperliche, sondern eine seelische Krankheit ist. Ein Beweis dafür, dass man besessen ist«, hatte sie gesagt.

Und tatsächlich sprang der Inquisitor nun auf, bekreuzigte sich mit weit ausholenden Bewegungen, gab sich überrascht und bestürzt von dieser Mitteilung und rief: »Allmächtiger! Also war der Ehemann von Susanna Berna selbst vom Teufel besessen. Deshalb hat sie ihn geheiratet!« Aufgebracht heftete er seinen Blick auf das Publikum, dann breitete er theatralisch die Arme aus. »Diese beiden Höllenkreaturen haben einen satanischen Pakt geschlossen, um unserer Gemeinschaft zu schaden!« Salbungsvoll riss er die Hände empor und hielt sie sich an den Kopf. »Welchen Beweis braucht es noch dafür, dass diese Frau eine Hexe ist?«

Die Dorfbewohner starrten Susanna an. Der Aberglaube gewann wieder die Überhand, Misstrauen keimte in ihnen auf.

»Was für eine Torheit!«, rief Daniele und schritt entschlossen auf das Publikum zu, als wollte er jeden Einzelnen von ihnen kräftig schütteln. Oder ohrfeigen. »Ihr seid Narren, wenn ihr so etwas glaubt. Narren und Feiglinge! Seht Susanna an!« Sein Blick traf auf den der Bäckersfrau, der Schneiderin, den der beiden Schwestern, die Wolle kardierten. All diesen Frauen hatte Susanna Lesen und Schreiben beigebracht, hatte ihnen geholfen, mehr aus ihren Leben zu machen. »Vor allem ihr!«, er zeigte mit ausgestrecktem Finger auf sie, »habt ihr vergessen, was Susanna für euch getan hat? Was ist mit den vielen schönen Stunden, in denen ihr euren Kindern die Fabeln von Äsop vorgelesen habt, Stunden, die ihr nur Susanna zu verdanken habt?«

Viele Dorfbewohner murrten unwillig. Und die Frauen, die Susannas Schülerinnen gewesen waren, senkten beschämt die Köpfe.

»Es stimmt«, ergriff nun der Inquisitor das Wort und stellte sich neben Daniele vor das Publikum. »Der Anwalt des Teufels hat recht. Vergesst nicht, was diese Frau für euch getan hat«, mahnte er mit tiefer Stimme. Dann wartete er, bis alle Blicke auf ihn gerichtet waren. »Vergesst nicht, was sie für euch und eure Kinder getan hat, unschuldige, reine Kreaturen«, wiederholte er und hob die Hand gen Himmel. »Aber fragt euch, warum sie das getan hat!«, tönte er so inbrünstig, dass alle Dorfbewohner zurückwichen. »Warum?«, rief er noch einmal. »Glaubt ihr etwa, der Teufel zeigt seine liederlichen Klauen, wenn er zu euch kommt? Oder bringt er nicht eher wunderbare Gaben mit?« Einen unendlich scheinenden Augenblick lang funkelte er das Publikum an, dann schritt er schweigend an seinen Platz zurück.

Gesenkten Hauptes nahm Daniele seinen Platz neben Susanna ein. »Hasenfüße. Feige, unwissende Hasenfüße«, raunte er Susanna düster zu.

»Nein«, entgegnete sie. »Ich habe etwas gesät. Und wenn es an der Zeit ist, wird diese Saat aufgehen.«

»Bist du sicher?«, erwiderte Daniele bitter. »Sieh doch, sie wenden sich alle von dir ab.«

»Ja, ich bin sicher«, antwortete Susanna, ohne zu zögern. »Du kannst nicht erwarten, dass es nur Helden gibt, Daniele.« Das hatte sie seit Prozessbeginn immer wieder gesagt. »Jeder von uns ist das, was er zu sein vermag.«

Ich war allzu lange kein Stück besser, dachte Daniele. »Verzeih«, bat er.

»Du bist hier.« Susanna lächelte.

»Ja, ich bin hier«, stimmte Daniele finster zu. Er deutete auf Fra' Stanislao. »Aber ich weiß nicht, was der einfältige Frater dort gleich erzählen wird. Nicht einmal Fra' Thevet weiß es.«

Dem Prior war anzusehen, wie erstaunt er war. Und wie wütend.

»Habt Ihr noch etwas hinzuzufügen, Fra' Stanislao?«, durchbrach Paolo die eisige Stille, die sich über den Saal gelegt hatte.

»Ja.« Zum ersten Mal seitdem Fra' Stanislao in der Zeugenbank saß, hob er den Blick und heftete ihn auf Susanna.

Daniele drehte sich fragend zu Niccolò Buccaltieri um.

Der Capitano ballte die Hände zu Fäusten. Er bebte. Wie versprochen hatte er den Kräuterkundigen aufgesucht, doch der hatte ihm nichts sagen wollen. Angst hatte in seinem Blick gelegen, wie Buccaltieri Daniele berichtete, aber auch etwas anderes, Mächtigeres als das.

Und nun sah Daniele, was es war: blanker Zorn.

Fra' Stanislao gab sich keine Mühe, seine Feindseligkeit zu verbergen. »Diese Frau«, er zeigte auf Susanna, »hat mich um eine Arznei gebeten, die Wesers Anfälle in Schach halten sollten, ein starkes Schmerzmittel auf der Basis von Opium.«

»Das ist nicht wahr!«, rief Susanna entgeistert.

Daniele drückte ihren Arm, um sie zum Schweigen zu bringen, wenn auch nur halbherzig.

»Sie sagte, dass er zu viel leiden müsse«, fuhr Fra' Stanislao nun hitzig fort. »Sagte, sie wolle den Schmerz fernhalten von ihm, ihn mit Dunkelheit umgeben.«

Vergessen … Bewusstlosigkeit …, kam es Susanna plötzlich in den Sinn. Ihr Herz setzte einen Schlag aus.

»Ihr redet von einem Rauschmittel?« Paolo gab sich überrascht.

Fra' Stanislao nickte. »Ja.«

Vergessen … Bewusstlosigkeit …, drehten sich Susannas Gedanken weiter, und nach und nach begann sich eine Antwort abzuzeichnen. *Warum kann ich mich an nichts erinnern?* Und plötzlich fiel ihr ein, wonach sie schon die ganze Zeit suchte, diese eine Besonderheit, durch die der schreckliche Morgen der Morde so anders gewesen war. Eine unwichtige Winzigkeit, die nun allzu wichtig schien.

»Die Milch war bitter«, raunte sie. An jenem Morgen war die Milch bitter gewesen.

In diesem Moment fuhr Paolo mit der Befragung Fra' Stanislaos fort. »Und Ihr habt es ihr übergeben?«, erkundigte er sich leicht vorwurfsvoll. »Gabt ihr ein Rauschmittel?«

»Nein!«, rief Susanna. »Das ist nicht wahr!«

»Schweig!«, befahl Paolo. »Habt Ihr ihr ein Rauschmittel übergeben oder nicht?«

»Ja«, stieß der Frater hervor, und klang dabei wie ein knurrendes Tier.

Kein Laut war zu hören.

»Warum, in Gottes Namen?«, rief Paolo außer sich.

Fra' Stanislao konnte seine Wut kaum noch im Zaum halten. »Ich wollte es ihr nicht geben, aber diese Frau … Susanna Berna … Sie kann einen dazu bringen, Dinge zu tun, die man gar nicht tun will!«, kreischte er wie ein fanatischer Prediger, während er mit dem Finger wild in Susannas Richtung fuchtelte.

Lautes Murmeln erhob sich.

»Ihr meint, Ihr wolltet ihr dieses Rauschmittel nicht übergeben, und habt es doch getan?«, erkundigte sich Paolo.

»Ja.«

»Lügner!«, schrie Susanna.

»Warum tatet Ihr das?«, fuhr Paolo fort, ohne auf Susannas Protest zu achten.

»Weil diese Frau machen kann, dass man Dinge tut, die man nicht tun will«, wiederholte Fra' Stanislao, und seine Stimme überschlug sich.

»Schweig, Stanislao!«, ertönte da dröhnend und voller Verachtung Fra' Thevets Stimme.

»Die Hebamme hat uns gewarnt, Prior!«, brach es ungehalten aus Fra' Stanislao hervor, als könnte er nun endlich aussprechen, was so viele Jahre tief in ihm geschlummert hatte. »Die Hebamme hat gesagt, dass diese Frau eine Hexe ist.«

»Ich hätte dir damals gleich das Kruzifix vom Hals reißen sollen, Stanislao!« Fra' Thevet zitterte.

»Nein! Ihr hättet diese liederliche Kreatur im Fluss ersäufen müssen!« Dicke Tränen rannen über Fra' Stanislaos runde Wangen, der einen bemitleidenswerten Eindruck machte.

»Jetzt, in diesem Moment, verflucht dich Gott, Stanislao!«, tönte Fra' Thevet. Seine wächsernen Augen sprühten Funken. »Und es wird keine Erlösung für dich geben!«

»Ihr seid schuld! Ihr allein!«, kreischte Fra' Stanislao verzweifelt. »Diese Kreatur hätte niemals geboren werden, niemals einen Namen bekommen dürfen.« Er sank auf die Knie. »Und Ihr …« Seine Stimme brach. »Ihr hättet uns beschützen müssen …« Er drohte mit der Faust in Fra' Thevets Richtung. »Ihr habt sie in Blut getauft!«

In der darauf folgenden eisigen Stille fuhr er fort: »Diese Frau kann alles und jeden verderben … sie ist eine Hexe.«

46

Anno Domini 1625

Camporosso bei Borgo San Michele, Ostalpen

Susanna saß am Tisch in der kleinen, von der alten Äbtissin gegründeten Klosterbibliothek.

Vor ihr lagen einige Bücher, darunter das zwei Jahre zuvor erschienene »Der Prüfer mit der Goldwaage« von Galileo Galilei, das sie ganz besonders liebte. Es handelte sich um ein verbotenes Buch, insbesondere in einem Kloster. Geschenkt hatte es ihr niemand anders als Fra' Thevet, natürlich mit Zustimmung der alten Äbtissin. Außer den Büchern hatte sie noch ein Tintenfass vor sich, zwei Gänsefedern und einige wertvolle Pergamente.

Während sie auf den neuen Lehrer wartete, den man ihr zugeteilt hatte, rang sie die Hände. Nicht weil sie sich fürchtete, sondern weil sie betrübt war, dass Fra' Thevet sie nicht mehr unterrichtete, war er ihr doch gleichermaßen Lehrer, Freund, Vorbild, Beschützer und Vater.

Schließlich wurde die Tür der Bibliothek geöffnet, und eine betagte Nonne aus den Reihen der neuen Äbtissin sagte: »Tretet ein, Maestro«. In ihrem Ton schwang Missfallen mit.

Susanna sah auf, versteckte eilig den »Prüfer mit der Goldwaage« unter den anderen Büchern und sah einen jungen Novizen gemessenen Schrittes eintreten. Sie hatte mit einem blassen, abgemagerten Mann gerechnet, gebeugt vom vielen Lernen und Beten. Doch der junge Mann, der ihr neuer Lehrer sein würde, war vom Leben an der frischen Luft gebräunt, seine Gesichtszüge waren ausdrucksstark und entschlossen, seine Augen wach. *Wie ein Jäger*, dachte sie überrascht. Unter seiner Kutte zeichneten sich starke Schultern und Arme ab, eher ein Körper, der sich dem Laufen und Holzspalten widmete als dem Beten.

Der Lehrer trat zu ihr, und Susanna erhob sich mit respektvoll gesenktem Haupt.

»Ich heiße Daniele di Barco«, stellte er sich vor.

»Und ich Susanna Berna, Maestro.«

Weiß ich, hätte Daniele am liebsten geantwortet. Er hatte sich vorgestellt, ihr bei diesem ersten Zusammentreffen zu erzählen, wie er sie auf dem Arm gehalten und in den Schal seiner toten Mutter gewickelt hatte. Wie sie an seinem in Ziegenmilch getunkten kleinen Finger saugte. Wie Fra' Thevet ihn fragte: »Spürst du das? Das ist das Leben, das weitergeht.« Er wollte ihr erzählen, wie sie, dieses kleine, zerbrechliche Bündel, ihm geholfen hatte, seiner Einsamkeit die Stirn zu bieten. Wie er es ohne zu zögern als seine Aufgabe angesehen hatte, sie zu beschützen und sich um sie zu kümmern. Und wie schlimm es gewesen war, als man sie fortbrachte. All das hatte Daniele sich vorgestellt. Aber das würde warten müssen.

Denn er hatte sich nicht vorgestellt, dass es eine Frau sein würde, der er all das erzählen würde.

Und obgleich er keinerlei Erfahrung mit weiblicher Schönheit hatte, bemerkte er, dass Susanna noch dazu eine außergewöhnlich schöne Frau war.

Deshalb sagte er nur: »Setz dich«.

Während Susanna Platz nahm, bemerkte Daniele, dass die Nonne im Begriff war, sich ebenfalls zu setzen. Fra' Thevet hatte ihn gewarnt, dass die Äbtissin versuchen würde, eine Vertraute in den Unterricht einzuschleusen. Und wenn diese ihr dann von einer noch so harmlosen Missachtung der Vorschriften berichten würde, einer noch so winzigen Kleinigkeit, dann hätte sie endlich, wonach sie schon so lange trachtete: Sie hätte etwas gegen Susanna in der Hand. »Ihr könnt jetzt gehen, Schwester«, ordnete er deshalb entschieden an.

»Die Äbtissin hat mir befohlen, der Stunde beizuwohnen«, antwortete die Nonne mit servilem Gebaren.

»Ihr behauptet also, dass das Wort einer einfachen Äbtissin mehr wert ist als das Wort seiner Eminenz, Bischof Girolamo Tebaldi?«

Der Widerstand der Nonne brach, damit hatte sie nicht gerechnet. Sie bewegte die welken Lippen, ohne einen Ton hervorzubringen.

»Worauf wartet Ihr noch? Lasst uns allein«, sagte Daniele bestimmt. »Und lasst Euch ja nicht beim Lauschen erwischen, sonst könnte es sein, dass Ihr sehr bald persönlich herausfindet, dass des Bischofs Wort einiges schwerer wiegt als das der Äbtissin«, drohte Daniele ihr umstandslos.

Susanna staunte immer mehr. Dieser neue Lehrer verfügte also nicht nur über Muskelkraft, er wusste sich auch Respekt zu verschaffen.

Die betagte Nonne verließ die Bibliothek und schloss die Tür hinter sich.

Daniele lächelte Susanna an, obgleich ihre Schönheit ihn verunsicherte. Doch diese Verunsicherung bereitete ihm kein Unbehagen, im Gegenteil, eher eine angenehme Aufregung. »Ob die Äbtissin sie jetzt auspeitschen wird?«, fragte er grinsend.

»Das ist wahrscheinlicher als Ihr denkt, Maestro.« Auch Susanna lächelte.

Und erst da bemerkte Daniele die nunmehr dunkel verfärbten Striemen auf dem linken Handrücken seiner Schülerin. Und die dunkle Kruste auf ihrer Unterlippe. Schmal und lang. Jeder Striemen war dünn und tief.

»Sie benutzt eine Peitsche?«, fragte er bestürzt.

»Die Bauern pflanzen Weiden an den Flussufern, weil ihre

dichten Wurzeln die Dämme verstärken«, erklärte Susanna. »Die Äbtissin aber hat eine Schwäche für die Zweige, denn die sind biegsam und stark zugleich.«

»Viele Worte für ein einfaches Ja«, befand Daniele.

Susanna errötete und senkte den Blick. »Verzeiht, Maestro.«

»Nenn mich Daniele, du kannst mich duzen«, gab er eilig zurück, denn obgleich er ihr nicht erzählt hatte, dass sie sich seit nahezu fünfzehn Jahren kannten, war Susanna für ihn nicht irgendjemand. Der Gedanke an sie hatte ihn all die Jahre begleitet. Wie oft hatte er gedacht, dass ihre Anwesenheit tröstlich für ihn gewesen war. Und Fra' Thevet, der wusste, wie viel Susanna ihm bedeutete, berichtete ihm jedes Mal nach seinen Besuchen im Kloster, wie klug und außergewöhnlich sie war. Das hielt Danieles Gedanken an sie lebendig. »Ich wollte dir keinen Vorwurf machen. Ganz im Gegenteil. Du hast sehr präzise ausgedrückt, dass die Natur ausschließlich sich selbst zum Ziel hat, deshalb hat sie sich entwickelt. Weiden haben diese Wurzeln, nicht um die Dämme der Menschen zu verstärken, sondern um sich vor den Überschwemmungen der Flüsse, an denen sie wachsen, zu schützen. Und ihre Zweige sind biegsam und widerstandsfähig, nicht um einer verknöcherten Äbtissin als Peitsche zu dienen, sondern um dem Wind zu trotzen. Nur der Mensch glaubt, dass die Welt für ihn geschaffen ist. Und nur der Mensch teilt in seinem Hochmut die Natur, je nach der Art, wie er sie für sich nutzen kann, in ›gut‹ oder ›schlecht‹.«

Der neue Lehrer gefiel Susanna immer mehr.

»Fra' Thevet hat mich über den Stand deiner Bildung unterrichtet«, sagte Daniele. »Wir machen also weiter, wo er aufgehört hat. Wenn ich mich recht erinnere, dann wart ihr dabei, die Häresien in den ersten Jahrhunderten des Christentums zu analysieren.«

»Ja, das habe ich mit Fra' Thevet durchgenommen«, meinte

Susanna. »Aber Ihr, also du, du bist ja nicht der Prior. Du bist … du.«

»Ändert das etwas?« Daniele stockte.

»Du bringst mir bei, was du weißt, nicht, was Fra' Thevet weiß.«

»Der Lehrstoff ist doch immer derselbe, anderen gibt es nicht. Und Aufgabe der Schüler ist es, ihn zu lernen.«

»Die Schüler sind aber keine Stopfgänse, sondern Fackeln, die es zu entzünden gilt, das sagt zumindest Plutarch«, entgegnete Susanna.

»Eigentlich sagt er, dass sie keine zu füllenden Gefäße sind«, erklärte Daniele, den Susannas Verhalten zunehmend verwirrte.

»Ich weiß. Das stimmt aber nicht«, entgegnete Susanna schmunzelnd.

»Du meinst, dass Plutarch sich geirrt hat?«

»Ich meine, dass ein Gefäß ein lebloses Objekt ohne Willen ist. Eine Fackel hingegen brennt leidenschaftlich und formt und verändert sich dabei, und darauf zielt Lehre ja ab, dass neue Lehren daraus entstehen.«

Fra' Thevet hatte Daniele gewarnt, dass Susanna keine einfache, ergebene Schülerin sein würde. Jetzt verstand er, was der Prior damit meinte. Susanna war kein Gefäß, sondern eine Fackel, die mit lebendiger Klugheit brannte. »Du bist ziemlich neunmalklug, wie?« Etwas anderes fiel ihm nicht ein.

»Das hat man mir schon öfter gesagt.« Susanna lächelte freundlich.

Auch Daniele konnte ein Lächeln nicht unterdrücken. »Das wundert mich nicht.«

»Ich weiß, dass Fra' Thevet dich gewarnt hat.« Susanna lachte.

»Aber nicht genug.« Auch Daniele lachte jetzt. »Also, wo fangen wir an?« Er verlor sich im Anblick ihres so schönen Gesichts und ertappte sich bei dem Versuch, ihren Duft aufzunehmen, der so anders war als der vertraute von damals. Eine Ahnung von Honig und Talk vermischt mit zitterndem Waldmoschus.

»Was fasziniert dich am meisten?«, wollte Susanna wissen.

»Wie meinst du das?«, stammelte Daniele, der fürchtete, sie habe seine Gedanken gelesen.

»Was interessiert dich am meisten?«, erklärte Susanna. »Was ist deine Leidenschaft?«

»Die Natur«, erwiderte Daniele unmittelbar.

»Die Natur der Dinge?«

»Nein. Die Natur an sich. Die Schöpfung.«

Susanna musterte ihn aufmerksam. Seine Antwort schien seinem Wesen vollkommen zu entsprechen. Ein junger Mann im Einklang mit der Welt. Und ihr entschlüpfte wie von selbst die Frage: »Warum hast du die Priesterweihe noch nicht empfangen?«

Daniele rutschte unruhig auf seinem Stuhl hin und her. Nein, auf eine solche Schülerin war er beileibe nicht vorbereitet, eine, die das Herz der Dinge durchdrang, ohne Erlaubnis dafür zu erbitten, und das mit entwaffnender, natürlicher Wärme. »Weil ich mich dem noch nicht gewachsen fühle.«

Susanna nickte, den Blick auf ihn geheftet. Noch bevor sie ihn wirklich kennenlernte, hatte sie bereits Achtung vor ihm. »Du bist ehrlich.«

»Oder schwach.« Daniele zuckte die Schultern.

»Vielleicht ist es auch nicht dein Weg«, gab Susanna zurück, deren Instinkt, sich um andere zu kümmern, wie immer, überwog.

»Oder es liegen zu viele Steine darauf«, vermutete Daniele, dessen Wesen es entsprach, gegen sich selbst zu wüten. »Und ich sollte sie wegräumen.«

»Vielleicht sagt dir dein Innerstes auch, dass zwischen all diesen Steinen ein Schatz auf dich wartet.«

Daniele verstand, dass dieses Mädchen immer das letzte Wort haben musste. »Ich bin hergekommen, um dich zu unterrichten«, stellte er schließlich fest, um diesem Wortwechsel, der der Wahrheit allzu nahekam, ein Ende zu bereiten, »und nicht, um mir einen Haufen Fragen stellen zu lassen.«

»Woher soll ich denn wissen, was du mir am besten beibringen kannst, wenn ich dich gar nicht kenne?«

Mit einem Schmunzeln auf den Lippen verfluchte Daniele Fra' Thevet. Susanna war schlicht nicht aufzuhalten. »Du bist es nicht, die entscheidet, was ich dir beibringe«, brachte er schließlich ein wenig dümmlich heraus.

»Das glaubst du doch selbst nicht.« Susanna lachte. »Ich glaube, dass der Schüler begreifen muss, was er von seinem Lehrer lernen kann. Wenn alle Lehrer gleich wären, dann könnte man auch einfach Bücher nehmen. Aber es sind doch Menschen. Einzigartige Menschen. Und einzigartig ist die Erfahrung, die sie mitbringen.« Sie zuckte die Schultern und lachte. »Und ich würde gerne herausfinden, wohin du, und nur du, mich bringen kannst, Maestro.«

Daniele dachte, dass auch der längste Lauf durch den Wald nicht so atemberaubend war wie diese Unterhaltung. »Wenn uns hier jemand zuhören würde, dann könnte er nicht sagen, wer Schüler und wer Lehrer ist«, stellte er fröhlich fest. »Oder er würde sagen, dass du mir beibringst, wie man Lehrer wird.«

Susannas Wangen färbten sich rot und sie senkte den Blick, was sie nicht häufig tat. »Verzeih, du musst mich für hochmütig halten«, murmelte sie zerknirscht.

»Nein.« Daniele lächelte freundlich, denn nichts an ihren Worten verletzte ihn. Sie waren so sanft, in keiner Weise grob und auch nicht eitel. Susanna wollte sich nicht über andere erheben. Aus ihr sprach Klugheit. »Eigentlich bin ich gar kein Lehrer. Und ich fühle mich dem auch gar nicht gewachsen«, gab er zu, und erst da gestand er dies auch sich selbst ein. Und mit einem Mal brach er in lautes Gelächter aus. Einfach so. Und mit einer Leichtigkeit, die ihn selbst überraschte.

Auch Susanna lachte. »Ich halte dich bereits für einen guten Lehrer. Wegen dem, was du gerade gesagt hast«, meinte sie. »Jetzt weiß ich auch, warum Fra' Thevet dich ausgewählt hat.«

»Wirklich? Ich hingegen sollte ihn fragen, wofür er mich bestrafen will.« Daniele lachte noch lauter. »Ich glaube, Fra' Thevet lacht ebenfalls bei der Vorstellung, dass er mich zu einer Schülerin wie dir geschickt hat. Es mag sich vielleicht noch als ein Segen herausstellen, aber bis jetzt schwitze ich Blut und Wasser.«

Sie lachten gemeinsam, frei heraus, ungehemmt. Und das brachte sie einander näher, als irgendein Wortwechsel es je vermocht hätte.

»Ich habe eine Idee«, meinte Susanna schließlich.

»Muss ich jetzt Angst haben, Maestra?«

Und wieder lachten beide.

»Und wenn es weder Schüler noch Lehrer gäbe?«, überlegte Susanna und riss ihre blauen Augen auf.

»Was meinst du damit?«

»Wenn wir einfach so miteinander lernen und diskutieren?«

»Du meinst … auf einer Ebene?«

»Stört dich, dass ich eine Frau bin?«

»Nein, oder doch, ja …« Daniele schoss das Blut in den Kopf, und er berichtigte sich eilig. »Nein, nein, bitte verzeih, weder noch. Ich weiß es schlicht nicht. Es ist nur … so ungewöhnlich.«

»Ungewöhnlich oder neu?«

Daniele kam der Gedanke, dass etwas Unvorstellbares in Susannas Art zu reden lag, etwas, das ihn aber keineswegs beunruhigte. Etwas, das ihn hinter seiner Schutzmauer hervorholte. »Neu«, erwiderte er.

»Und ist das so schlimm?« Susanna lächelte unschuldig, beinahe der Unschuld ihres jungen Alters Jahre entsprechend.

Daniele blickte sie an. Und spürte einen wohligen Schauder. Wie als kleiner Junge vor einem kommenden Abenteuer. »Nein, es ist gar nicht schlimm.« Dann lachte er wieder. »Nur ein bisschen.«

Auch Susanna lachte. »Wie ein Abenteuer«, rief sie.

Daniele zuckte zusammen. Bereits zum zweiten Mal hatte er den Eindruck, sie könne seine Gedanken lesen. »Woher weißt du das?«

»Was?«

»Nichts, es war nichts. Daran werde ich mich wohl gewöhnen müssen.«

»Woran?«

»Schon gut, es ist nichts«, winkte Daniele ab. »Aber das nächste Mal ziehe ich dünnere Kleidung an.«

»Warum?«

»Weil ich gewiss wieder ins Schwitzen kommen werde.«

Und in diesem Moment wusste Susanna, warum Fra' Thevet ihn als ihren Lehrer ausgesucht hatte. Weil er so war wie sie. Auch für ihn waren Regeln bloß der Ausgangspunkt, das Leben zu erkunden. Und keine unüberschreitbare Grenze. Er war frei. Aber im Gegensatz zu ihr schien er das noch nicht zu wissen.

Sie hatte von sich selbst immer geglaubt, der Verstand sei ihr wesentlichstes Merkmal. Aber in diesem Moment wusste sie, dass sie sich geirrt hatte. Es gab etwas Mächtigeres als ihren Verstand. Etwas tief in ihrem Inneren, das nun ungeduldig hin und her flatterte und hinauswollte.

Und während sie dasaß und ihr Herz wie verrückt hämmerte, da wusste sie plötzlich, dass sie nur für ihn gemacht war, sie lebte nur, um bei ihm zu sein.

»Du bist ein guter Lehrer«, stellte sie bebend fest. »Gerade eben hast du mir etwas sehr Wichtiges beigebracht.«

»Was denn?«

»Schon gut, um es mit deinen Worten zu sagen.« Susanna

lachte, aber sie dachte an die Worte der Äbtissin, die sie nie vollständig durchdrungen hatte, bis jetzt: »*Aber, mein verrücktes Köpfchen, mein Gewand hat sich innerhalb der kalten Klostermauern niemals der herrschenden Starre gebeugt, sich nie der Steifheit angepasst. Mein Gewand tanzte durch die Lüfte, wie ein bauschiges Seidenkleid auf einem Ball. Mein Schmetterlingswesen hat sich nie gebeugt. Und das ist richtig. Denn Gott in seiner unendlichen Weisheit hätte mich anders geformt, wenn er dieses Schmetterlingshafte in mir nicht gewollt hätte.*«

Und Gott, dachte Susanna, *Gott hat mich erschaffen, um zu lieben.*

Um diesen Jungen zu lieben, der ihr gegenübersaß.

Auch Daniele lachte, obgleich er sich nicht vorstellen konnte, was er ihr eben beigebracht haben sollte. Er lachte einfach nur, weil es schön war, mit Susanna zu lachen.

Susanna schraubte das Tintenfass auf, legte zwei Bögen Papier vor sich auf den Tisch und tunkte nacheinander die beiden Gänsefedern in die Tinte, eine mit der rechten Hand, eine mit der linken. Dann fing sie an, die beiden Bögen gleichzeitig zu beschreiben.

Daniele sah staunend zu. »Was machst du denn da?«

»Ich notiere auf einem Blatt, was du gesagt hast, damit ich es nicht vergesse, und auf dem anderen schreibe ich meine eigenen Gedanken auf«, antwortete Susanna leichthin, ohne den Kopf zu heben.

»Mit beiden Händen? Gleichzeitig?« Daniele gelang es nicht, seine Verwunderung zu verbergen.

»Bisher habe ich nur mit links geschrieben. Aber die Äbtissin glaubt, dass die linke Hand des Teufels ist«, antwortete Susanna und schrieb weiter, ohne auf Danieles Verwunderung einzugehen. »Sie hat mich gezwungen, mit rechts zu schreiben.«

»Und?« Danieles Stimme war nur noch ein Hauch.

»Und jetzt kann ich eben mit beiden Händen schreiben«, sagte Susanna fröhlich.

»Du schreibst gleichzeitig mit beiden Händen unterschiedliche Dinge auf. Und redest dabei auch noch …«

Susanna lachte herzlich. Als sie fertig geschrieben hatte, legte sie die Gänsefedern auf den Tisch und verschloss das Tintenfass. »Fertig. So geht es viel schneller«, befand sie.

»Wie machst du das?« Daniele war sicher, ziemlich dumm dreinzublicken.

»Ich weiß es nicht«, erwiderte Susanna.

»Das ist bemerkenswert«, murmelte Daniele.

»Ich glaube, es ist eine Gabe, die ich mir gar nicht verdient habe. Aber es wäre doch schade, sie nicht zu nutzen.«

»Zeig das besser nicht zu vielen Leuten«, warnte Daniele sie.

»Warum?«

»Das weißt du selbst.«

»Du hast gesagt, es ist bemerkenswert. Ist das kein Kompliment?«

»Doch. Von mir sehr wohl«, gab Daniele zurück. »Aber im Gegensatz zu anderen halte ich es nicht für Hexerei«.

»Ich glaube nicht an Hexen.«

»Und ich nicht an Heilige.« Danieles Miene verdüsterte sich bei der Erinnerung an seine Vergangenheit.

Susanna bemerkte es sofort.

»Was ist deine größte Schwäche?«, erkundigte sich Daniele, immer noch ein wenig düster in seine Gedanken versunken.

»Mein Freiheitsdrang«, erwiderte Susanna augenblicklich.

»Und deine größte Stärke?«

»Mein Freiheitsdrang.«

»Und deine zweitgrößte Schwäche?«, fragte Daniele weiter.

»Mein Gerechtigkeitssinn.«

»Der natürlich auch deine zweitgrößte Stärke ist, richtig?«

Susanna lächelte lediglich zur Antwort. Sie blickte in

Danieles schönes Gesicht, das sich wieder aufgeheitert hatte. Der Schatten, der darübergeglitten war, schien sich wieder in die Tiefen seiner Seele zurückgezogen zu haben. Sie erahnte die Schlacht in seinem Inneren, und musste sich zurückhalten, um nicht über den Tisch nach seiner Hand zu greifen. Musste dieses Bedürfnis unterdrücken, ihn, wenn auch nur für einen kurzen Augenblick, zu berühren.

»Und was ist deine größte Stärke?«, wollte sie nun von ihm wissen, spielte das gefährliche Spiel weiter, das er begonnen hatte.

»Ich glaube, auch bei mir ist es mein Freiheitsdrang.«

»Der auch deine größte Schwäche ist.« Susanna lächelte, denn seine Antwort konnte nicht anders lauten als ihre.

»Nein«, erwiderte Daniele finster. »Meine größte Schwäche ist, nicht die Kraft oder den Mut zu besitzen, wirklich frei zu sein.«

Susanna sah ihn an. Verlor sich in den Tiefen seiner Augen. Sie bewunderte seine Reinheit. Als sich wieder dieser Schatten über sein Gesicht schlich, ahnte sie seine innere Zerrissenheit, seine Einsamkeit. Sie wollte ihm begreiflich machen, dass sie da sein würde für ihn. Wenn er es wollte.

»Was macht dir Angst an der Freiheit?«

Daniele betrachtete sie schweigend. Diesem Mädchen haftete etwas Merkwürdiges an. Oder vielleicht ihm selbst, seit er hier mit ihr saß. Seine Gedanken waren klarer und verwirrter zugleich. Ihm war, als würde er zum ersten Mal in seinem Leben wirklich gerne mit jemandem sprechen. Mit ihr. »Als Kind wollte ich alle Tiere aus dem Kloster freilassen. Denn ich wusste, dass man sie schlachten würde«, erklärte er leise. »Ich habe es auch versucht. Aber das war gar nicht so einfach. Es reicht nicht, einfach nur die Käfige zu öffnen. Es wird nur weithin angenommen, dass alle Tiere sich die Freiheit wünschen. Aber die, die in Gefangenschaft geboren werden, haben

Angst, ihre Käfige zu verlassen, auch wenn wir uns das nicht vorstellen können.«

Susanna wusste, dass Daniele ihr damit sein Herz öffnete, und das erfüllte sie mit tiefer Freude. »Und du … bist du in einem Käfig?«

Daniele schwieg. Seine Miene wurde hart, dann stand er abrupt auf.

»Die Stunde ist beendet«, verkündete er sachlich. »Wir sehen uns nächsten Mittwoch.« Damit verließ er den Raum.

Susanna blieb sitzen. »Ich warte auf dich«, flüsterte sie, als er verschwunden war.

DRITTER TEIL

Der Kuss

47

Anno Domini 1633
5. Februar, sechzehnter Tag

Borgo San Michele – Gola del Vento, Ostalpen

Die Milch war bitter.«

»Was meinst du?«

»Die Milch war an jenem Morgen bitter«, wiederholte Susanna.

»Das verstehe ich nicht. Erklär es mir«, bat Daniele in Susannas dunkler Zelle.

»Ich stand unter der Wirkung von Rauschmitteln«, erklärte Susanna. »An dem Morgen, als Weser und Astrid getötet wurden, hat mich jemand betäubt. Deshalb erinnere ich mich an nichts. Deshalb ist da nur dieses schwarze Loch. Deshalb hat man mich blutbeschmiert und vollkommen durcheinander aufgefunden.« Ihre Stimme zitterte. Vor Wut, vor Schmerz, vor Angst. Aber obgleich all diese Gefühle in ihr tobten, war sie doch entschlossen. Und erleichtert zu wissen, was passiert war.

»Fra' Stanislao …«, überlegte Daniele. In seinem Kopf war ein riesiges Durcheinander, denn seit der Zeugenaussage des Fraters vor wenigen Stunden wusste er, dass die ganze Sache verzwackter war, als er vermutet hatte.

»Fra' Stanislao hat gelogen, als er sagte, ich hätte ihn um das Rauschmittel gebeten«, ereiferte sich Susanna, noch immer betroffen von seiner Aussage. In ihrem Kopf wirbelten die Gedanken ebenfalls wild durcheinander.

»Irgendjemand hat das von ihm verlangt«, vermutete Daniele. »Oder er selbst …« Er schüttelte den Kopf. »Aber warum?«

»Warum was?«

»Warum hat er das gesagt, aus welchem Grund?«

»Warum? Hast du gesehen, wie sehr er mich hasst?«

»Nein, also ja, alle waren fassungslos. Er hat diesen Hass jahrelang in sich getragen, aber … nein, nein!« Daniele überlegte. »Warum hat er das gesagt? Warum hat er diese Geschichte erzählt? Was möchte er erreichen? Seine Zeugenaussage war allein bereits vernichtend genug für uns.« Er schwieg nachdenklich. »Das mit dem Rauschmittel konnte es gar nicht schlimmer machen.«

»Doch. Es erklärt, wie ich ihn unschädlich machen konnte«, entgegnete Susanna. »Es ist der Beweis dafür, dass ich das Verbrechen von langer Hand geplant haben soll.«

Daniele schüttelte den Kopf. »Ich weiß nicht. Das überzeugt mich nicht. Sie wollten … dem Ganzen noch eine Krone aufsetzen.« Er stockte, dann leuchteten seine Augen auf, und er schnipste mit den Fingern. »Und haben dabei einen riesigen Fehler gemacht!«, rief er aufgeregt.

»Welchen?«, wollte Susanna interessiert wissen.

»Die ganze Geschichte hat dich daran erinnert, dass die Milch bitter war!«

»Was hat das damit zu tun? Das glaubt doch niemand!«

»Doch, wir!«, rief Daniele und packte sie an den Schultern. »Wir!«

»Aber wir wussten vorher schon, dass ich nicht die Mörderin bin«, stellte Susanna fest. »Zumindest habe ich gehofft, dass auch du es wusstest.«

»Natürlich wusste ich das.« Daniele lächelte, aber er war immer noch aufgeregt. »Aber jetzt wissen wir noch mehr.« Er blickte ihr tief in die Augen. »Dass man dich beschuldigt, ist kein Zufall. Du wurdest nicht angeklagt, weil man dich dort gefunden hat. Es war kein Zufall, verstehst du? Wer auch immer es war, wollte nicht nur Weser umbringen … wahrscheinlich war es nicht einmal hauptsächlich das, was er wollte. Denk nach! Wer auch immer es gewesen ist, wollte genau das: Das Opfer dieser Verbrechen solltest du sein! Weser und Astrid waren nur Mittel zum Zweck. Du bist es, auf die der Mörder es abgesehen hat!«

Susanna stockte der Atem. »Aber wer tut so etwas?«

»Das weiß ich noch nicht.«

Susanna schmiegte sich an ihn. Daniele schlang die Arme um sie, und wieder machte sich sein starkes Verlangen nach ihr spürbar. »Susanna …«

Sie rückte nur leicht von ihm ab und legte einen Finger auf seine Lippen. »Schweig«, hauchte sie.

Tief blickten sie einander in die Augen, und für einen kurzen Augenblick gab es nur sie beide.

»Küssen ist hier verboten!«, ertönte plötzlich Prescerns Stimme, der sie durch den Spion beobachtete.

Daniele spürte Wut in sich aufwallen und drehte sich um. »Wenn du nicht auf der Stelle verschwindest, dann kratze ich dir eigenhändig die Augen aus, sobald ich rauskomme!«, drohte er.

Prescern verschloss augenblicklich den Spion, und sie hörten, wie sich seine Schritte entfernten.

»Ich kratze dir eigenhändig die Augen aus!«, prustete Susanna los. »Wie kommst du nur auf so etwas? Du hattest allerdings von jeher einen Hang zum Dramatischen.«

Jetzt lachte auch Daniele. »Aber es hat gewirkt.«

Sie verloren sich wieder in den Augen des anderen, und Daniele dachte, dass die Berührung von Susannas Finger auf seinen Lippen so war, wie er sich einen Kuss immer vorgestellt hatte. Er näherte sein Gesicht dem ihren, bis auf wenige Zentimeter.

Aber sie wehrte ihn sanft ab. »Noch nicht.« Und mehr noch als das Verlangen nach diesem, nach seinem Kuss, schwang Liebe in ihrer Stimme. »Noch nicht.«

Daniele senkte den Kopf, ließ sie los und trat einen Schritt zurück.

»Wir sind noch nicht bereit«, flüsterte Susanna. »Verstehst du das?«

Daniele nickte. Er wusste, was Susanna sagen wollte. Nicht sie beide, nein, er war noch nicht bereit. Und sie hatte recht, wie immer. Er lächelte. Susanna verletzte ihn nie, auch nicht, wenn sie Dinge sagte, die er eigentlich nicht hören wollte. Ihr Wesen war wie aus Samt. Es vermochte nur zu liebkosen, Wunden reißen konnte es nicht. Noch einmal nickte er und sah ihr tief in die Augen. Er wollte ihr zeigen, dass er dieses Mal kämpfen würde, kämpfen bis zum Letzten, um eines Tages bereit zu sein. Bereit für sie. Bereit für sie beide.

Susanna schmiegte sich wieder an ihn und ließ zu, dass er seine starken Arme um sie schlang.

So und nicht anders, dachte sie. *Vereint. Wir beide.*

Auch Daniele war in Frieden mit sich, während er sich in dieser Umarmung verlor. So schmiegten sie sich aneinander, schweigend, denn mit Worten war nicht zu beschreiben, was ihre Körper, ihre Seelen fühlten.

Der Abend brach bereits herein, als Daniele ging. Eilig lief er zum Kloster Santa Ulpizia, er musste unbedingt mit Fra' Thevet sprechen, denn er hatte bemerkt, wie fassungslos auch der Prior die Aussage von Fra' Stanislao aufgenommen hatte.

Im Refektorium bekundete ihm ein junger Frater, der Prior sei zum Gebet in der Kapelle. Er drängte ihn, zu gehen, da Fra' Thevet ausdrücklich wünsche, von niemandem gestört zu werden.

Doch Daniele winkte ab und lief zur Kapelle.

Dort stellte sich ihm ein junger Frater entgegen.

»Geht zur Seite. Ich muss den Prior sprechen, und das werde ich, ob es Euch passt oder nicht«, verkündete Daniele entschieden.

Sein Ton beeindruckte den Frater nicht, doch in Danieles Augen konnte er sehen, wie wichtig ihm die Angelegenheit war. Er wusste, wie stark dieser Mann dem Prior verbunden war, alle im Kloster wussten es. Also nickte er und gab den Weg frei.

Daniele dankte ihm knapp und betrat die Kapelle.

Gesenkten Hauptes kniete Fra' Thevet Christus zu Füßen.

Als Daniele nähertrat, bemerkte er, dass ihm dicke Tränen über die Wangen liefen. In der Hand hielt er ein hölzernes Kruzifix.

»Ich habe dich auch früher schon am Geruch erkannt, Daniele«, sagte Fra' Thevet, ohne sich umzudrehen. »An diesen Walddüften. Du hast bereits als Junge so gerochen. Nach Moschus, Pilzen, wachsender und sich zersetzender Natur. Mehr als alles andere erinnert mich dieser Geruch an das wahre, das pure Leben.«

Daniele schwieg und kniete sich neben ihn.

Der Prior riss eine Perle nach der anderen von dem Lederband, an dem ein Kruzifix hing, eines, wie es alle Brüder im Kloster um den Hals trugen.

Daniele bemerkte, dass es nicht Fra' Thevets Kruzifix war.

»Ich hätte es ihm vor dreiundzwanzig Jahre vom Hals reißen müssen«, murmelte der Prior, als hätte er Danieles Gedanken gelesen.

»Fra' Stanislao?«, fragte Daniele, obgleich er die Antwort kannte.

Fra' Thevet nickte mit schmerzerfülltem Gesicht. »Möge Gott mir vergeben.« Er schloss die Augen. »Möge Gott mir vergeben, denn in meinem Herzen ist keine Vergebung.«

Daniele kniete schweigend neben ihm.

Der Prior riss alle Perlen von Fra' Stanislaos Lederband. Als würde er einen Rosenkranz beten. Und wie für ein blasphemisches Gebet, ließ er sie alle zu Boden fallen. Jede einzeln, hölzern klackerten sie über den Marmor. Dann nahm er das Kruzifix und versuchte, es entzweizubrechen, doch ihm fehlte die Kraft. Und ohne ihn anzusehen, reichte er es Daniele. »Kannst du das für mich tun?«, fragte er.

Daniele nahm das hölzerne Kruzifix. Seine Hände zitterten.

»Barmherziger Gott«, murmelte Fra' Thevet und hob den Kopf zu Gottes Sohn, der sich im Namen der Liebe für die Menschen geopfert hatte. »Ich bin es, der diese Sünde begeht, auch wenn es nicht meine Hände sind, die sie ausführen. Mein ist die Schuld.«

Ein trockenes Knacken durchbrach die Stille der Kapelle.

Daniele hatte das Kruzifix entzweigebrochen.

Fra' Thevet nahm die beiden Stücke und warf sie auf den Boden. Dann erhob er sich mühsam. »Es wird Zeit, dass ich mich in meine Zelle zurückziehe.«

»Ich begleite Euch«, bot Daniele an.

»Nicht nötig. Ich kenne hier jeden Stein«, erwiderte Fra' Thevet. »Und für heute hast du bereits mehr getan, als ich von dir hätte verlangen dürfen.« Er drehte sich um und ging mit müden Schritten davon.

Daniele holte sein Pferd beim Gasthaus und erreichte nach einstündigem Ritt mitten in der Nacht seine Hütte in der Gola del Vento. Südwind hatte den Schneefall der Tage zuvor in Regen verwandelt, der gleich hinter der offen stehenden Tür eine ausladende Pfütze im Eingang hinterlassen hatte.

»Zelt!«, rief er, als er bemerkte, dass die mit Blutflecken übersäte Decke leer war.

Er ging wieder nach draußen.

»Zelt!«, rief er noch einmal, diesmal lauter in Richtung des Waldes.

Er wusste, er würde keine Antwort bekommen. Zelt hatte

seine Entscheidung getroffen. Halb Hund, halb Wolf hatte er sich auf die Seite des Wolfes geschlagen, auch wenn es ihn den Tod eines Hundes kosten sollte. Denn dies war seine stolze, erhabene Natur.

»Auch du bist halb Hund, halb Wolf«, sagte Daniele zu sich selbst.

Und erst in diesem Moment verstand er es, dem wunderbaren Zelt sei Dank, der ihm geschickt worden war, um ihn auf seinen Weg zu bringen: Er, Daniele di Barco, war immer eher Hund als Wolf gewesen. Ein Hund, der sich vom Inquisitor hatte lenken lassen. Der Wolf in ihm war nur für kurze Augenblicke aufgetaucht, dank Susanna. Der Wölfin, seiner Wölfin. Bis jetzt hatte er nicht Zelts Mut gehabt. Bis jetzt war der Hund in ihm mächtiger gewesen.

48

Anno Domini 1633
6. Februar, siebzehnter Tag

Borgo San Michele, Ostalpen

Als er am nächsten Tag zur sechsten Stunde den Gerichtssaal betrat, hatte Daniele seine Wahl getroffen: Er war ein Wolf, kein Hund. Er hatte beschlossen, seine Natur nicht mehr zu hintergehen. Auch wenn es ihn das Leben kosten sollte. Denn sein Leben hatte nur so einen Sinn.

Mit großen Schritten ging er zu Niccolò Buccaltieri, der in der ersten Reihe saß. »Ihr habt mich enttäuscht, Capitano«, erklärte er wütend. »Huren und Wein haben Euch anscheinend den Kopf vernebelt. Ihr seid nur ein alter Mann, der von seinen Erinnerungen lebt, nichts weiter.«

»Sticht dich der Hafer, oder was?«, gab der Capitano verärgert zurück.

»Bereitet Euch vor. Ich werde Euch aussagen lassen.«

»Wozu?«

»Wir werden sehen, ob Ihr tatsächlich der seid, der Ihr vorgebt zu sein.«

»Wenn wir nich im Gericht wären, hättest du schon längst meine Faust zu spüren bekommen.«

»Ach, wirklich?«, stieß Daniele verächtlich hervor, drehte sich um und schritt auf den Inquisitor zu, während Paolo den Beginn der Verhandlung verkündete: »Möge Gott, *Pater et Dominus, Sanctus et Terrificus*, dieses Gericht leiten und es zum Sieg über Satan führen!«

»Verehrter Inquisitor«, begann Daniele und verbeugte sich tief vor Constantin Tron. »In Anbetracht Eures unerschütterlichen Kampfes gegen Satan erlaube ich mir, eine ungewöhnliche Bitte an das Gericht zu stellen.«

»Warum auf einmal so freundlich, Daniele?«, fragte der Inquisitor misstrauisch. »Die Sache hat gewiss einen Haken.«

»Ich bitte Euch demütig, ein Experiment durchführen zu dürfen, von dem ich glaube, dass es zur Aufklärung der schrecklichen Morde beitragen wird.«

»Ein Experiment?« Der Inquisitor runzelte die Stirn.

»Ich möchte vor dem Gericht den grausamen Mord an dem Astrologen Weser nachstellen.«

»Du willst also hier ein bisschen Theater spielen, Daniele?«, machte sich Constantin Tron lustig.

Daniele schenkte ihm ein Lächeln. »Wenn Ihr es so nennen möchtet, ja, ich möchte ein bisschen Theater spielen.«

»Ich erhebe Einspruch!« Paolo versuchte gebieterisch zu klingen, gab jedoch eine klägliche Figur ab.

Der Inquisitor sah in seinen Augen Angst und Neid aufglimmen. Und da es ihm den größten Genuss verschaffte, seinen treuen Sekretär, seinen treuen Hund, leiden zu sehen, sagte er, ohne einen Gedanken an die Folgen zu verschwenden: »Ich stimme zu«, und fügte hinzu: »Du weißt, dass ich dich immer geschätzt und gemocht habe, Daniele di Barco, obgleich du den Weg verlassen hast, den ich mühsam für dich geebnet habe.« Er blickte kurz zu Paolo und labte sich an dessen Eifersucht.

»Ich danke Euch von Herzen, Inquisitor«, sagte Daniele. »Wenn Ihr erlaubt – ich benötige die Mithilfe Eures *Exceptors*.«

»Hoffentlich wird er nicht deine Hauptfigur«, höhnte Constantin Tron. »Bis jetzt hat er sich nicht als großer Darsteller hervorgetan.«

Das Publikum lachte hämisch, was der Inquisitor dieses Mal nicht beanstandete.

»Nein, nein. Ihr könnt beruhigt sein. Es ist eine Tragödie, keine Komödie«, erwiderte Daniele, womit er nicht nur neuerliches Gelächter im Publikum auslöste, sondern auch ein kleines Lächeln auf die Schlangenlippen des Inquisitors zauberte. »Der *Exceptor* muss mir nur seinen Stuhl und seinen Tisch überlassen.«

Fragend blickte der *Exceptor* zum Inquisitor.

»Ihr habt es doch gehört: Erhebt Euren Allerwertesten und geht aus dem Weg«, fuhr Constantin Tron ihn ungeduldig an.

Der *Exceptor* verließ seinen Platz, und wieder erhob sich lautes Gelächter.

»Sehr gut«, meinte Daniele und schritt zum Tisch, auf dem die blutige Schnur lag, mit der man Weser gefesselt hatte. Er hielt sie vor dem Publikum hoch, sodass alle sie sehen und erkennen konnten. Dann nahm er ein gefaltetes Pergament und zeigte auch dieses.

»Was hast du vor?«, erkundigte sich Paolo entgeistert.

Verwundert wandte sich Daniele um. »Du hast dem Publikum deinen wertvollsten Beweis noch gar nicht gezeigt, Paolo.« Er breitete die Arme aus – in einer Hand die Schnur, in der anderen das Pergament.

»Die Entscheidung, wann ich das tue, obliegt immer noch mir!« Paolos Stimme zitterte.

»Und du bist gar nicht erfreut, dass ich das tue? Schließlich erleichtere ich dir damit die Arbeit.« Daniele entfaltete das Pergament und zeigte es dem Publikum. »Für alle, die schlecht sehen oder nicht lesen können: Auf diesem Pergament stehen drei Buchstaben, ein S, ein U und noch ein S. Dann bricht die Schrift ab. Aber ich glaube, dass ihr alle zu wissen meint, wie sie weitergehen könnte. Sus … Susanna!«

Raunen erhob sich.

»Drei Buchstaben, mit Blut geschrieben!«, tönte Daniele. »Nicht etwa mit feiner Feder. Nein, mit einem Finger. Einer Fingerspitze. Ich selbst habe die Leiche des Astrologen Weser untersucht und dabei feststellen können, dass die Spitze seines rechten Zeigefingers voller Blut war.«

Ein Schauder lief durch das Publikum.

»Sein eigens Blut!«, rief Daniele.

Susanna verstand nicht, worauf Daniele hinauswollte, aber sie vertraute ihm. Denn als er am Morgen den Gerichtssaal betreten hatte, schien er ihr vollkommen verändert, stolzer, entschlossener, mit ungestümer Willenskraft im Blick.

»Du versuchst, in Zweifel zu ziehen, dass es Weser war, der diese Buchstaben niedergeschrieben hat?« Paolo bebte, die Hände zu Fäusten geballt.

»Ich bezweifle nicht, dass diese drei Buchstaben mit Wesers Fingerspitze geschrieben wurden.«

Das Publikum wurde unruhig, alle blickten zu Susanna, die sie bis dahin für die Mörderin gehalten hatten.

Paolo wandte sich dem Inquisitor zu. Das war doch zu einfach. Irgendetwas hatte Daniele im Sinn. »Ist das hier wirklich nötig?«

Auch der Inquisitor verstand, dass er sich in eine Falle hatte locken lassen. Doch nun war es nicht mehr zu ändern. »Deine Posse dauert mir ein wenig zu lang, Daniele. Worauf willst du hinaus?«

Daniele verbeugte sich respektvoll. »Ich bitte Capitano Niccolò Buccaltieri, an meinem Experiment teilzunehmen.« Mit erhobener Hand bedeutete er Paolo zu schweigen. »Bevor du etwas sagst, erinnere ich dich daran, dass du diesen Mann als ein Beispiel an Mut und Ehre beschrieben hast. Ich aber werde beweisen, dass davon nicht viel übrig ist.« Er drehte sich zum Capitano um und bat ihn aufzustehen.

Misstrauisch verließ Niccolò Buccaltieri seinen Platz.

Daniele blickte ihn feindselig an.

Alle im Raum bemerkten diesen grimmigen Blickwechsel. Das hier waren keine Freunde, es waren erbitterte Feinde.

»Bitte nehmt auf dem Stuhl des *Exceptors* Platz, Capitano«, forderte Daniele ihn kühl auf, es klang geradezu wie ein Befehl.

Wütend setzte sich der Capitano, seinen Stock wie eine Waffe schwingend.

Daniele riss ihn ihm aus der Hand. »Den braucht Ihr doch im Sitzen nicht, oder etwa doch?«

»Nein«, knurrte Buccaltieri.

Daniele entknotete die Schnur. »Und jetzt erlaubt mir, Euch so zu fesseln, wie der arme Weser gefesselt war.«

Wieder ging ein Schaudern durch den Saal.

»Das ist doch lächerlich«, ereiferte sich Paolo.

»Schweig!«, stieß der Inquisitor hervor.

»Ach, Capitano, wartet«, überlegte Daniele. »Ich habe ja gar nicht gesehen, wie Weser aufgefunden wurde. Aber Ihr wart dabei, oder? Könnt Ihr Euch genau daran erinnern?«

»Sicher, schließlich bin ich ein …«

»… ein ehrwürdiger Soldat. Ja, wissen wir alle. Das habt Ihr bereits oft genug wiederholt«, unterbrach Daniele ihn. »Das heißt aber nicht, dass Ihr auch ein gutes Gedächtnis habt.«

»Ich erinnere mich an jede Einzelheit, Junge.«

»Gut für das Gericht«, gab Daniele undurchdringlich zurück. »Dann sagt mir, in welcher Entfernung zum Schreibtisch der Stuhl stand, an den man Weser gefesselt hatte. Wenn ich mich recht erinnere, war ein Kreis rundherum gezogen mit einem Drudenfuß darin, demnach konnte der Stuhl nicht so nahe am Tisch stehen wie jetzt.«

»Natürlich nicht. So ’ne Dummschwätzerei.« Niccolò Buccaltieri rückte mit unangenehmem Quietschen den Stuhl einen guten Schritt weit zurück. »So.«

»Dann kann ich Euch jetzt fesseln. Doch auch dafür benötige ich Euer Gedächtnis. Wie war Weser gefesselt?«

»Hier an die Armlehnen«, erklärte Buccaltieri und zeigte auf seine Handgelenke. »Und der Körper auf Höhe des Brustkorbs an die Rückenlehne.«

Präzise und rasch zog Daniele die Knoten fest. »So?«

»Ja.«

Nun hob Daniele das Pergament. Absichtlich langsam legte er es in Buccaltieris rechte Hand. Dann machte er einen Schritt zurück, wie um die Szene zu begutachten. Aber er wollte nur erreichen, dass sie sich dem Publikum einprägte. »So, das ist also Weser«, wandte er sich an die anwesenden Bewohner des Dorfes. »Er wurde schon hier, hier und hier und hier und hier und hier und hier mit einem Dolch verletzt. Sieben tiefe Wunden«, fuhr er fort und berührte den Capitano mit der Spitze seines Stocks an den Stellen, wo man Weser die Stiche beigebracht hatte. »Warum sage ich ›schon mit einem Dolch verletzt‹? Weil wir geklärt haben, dass die drei Buchstaben mit Blut geschrieben wurden. Mit Wesers Blut.«

Es war mucksmäuschenstill. Für die Leute aus dem Dorf saß hier nicht mehr Buccaltieri, sondern Weser. Zu Tode verletzt. Blutüberströmt.

Jetzt sah auch Susanna ihn, zum ersten Mal bewusst. Tränen rannen ihr über die Wangen.

»Überspringen wir den Teil in dem … Euer Finger die drei Buchstaben schreibt«, fuhr Daniele an Buccaltieri gewandt fort. »Und kommen zu einer wichtigen Frage: Ihr seid Soldat. Wir können also zu Recht annehmen, dass Ihr über viel Kraft verfügt?« Er sah ihn herausfordernd an. »Haltet Ihr Euch für stark?«

»Stark genug, um dir mit links den Garaus zu machen, du Dummbart!«, fuhr Buccaltieri ihn an.

»Mäßigt Eure Sprache!«, mahnte der Inquisitor.

»Stärker als Weser?«, wollte Daniele wissen.

»Zum Henker! Weser war ein achtzigjähriger Greis, der in seinem Leben nichts Schwereres als Bücher gehoben hat! Was is denn das für eine Frage?«

Daniele nickte. »Also, gefesselt, wie Ihr seid, könnt Ihr nun dieses Pergament zwischen die Querhölzer des Tisches stecken, dort, wo es der alte, schwache Weser versteckte, und wo es dann schließlich wieder aufgetaucht ist.«

Buccaltieri beugte sich nach vorn, versuchte, den Arm auszustrecken. Der Strick, mit dem er an Armlehnen und Rückenlehne gefesselt war, knarzte. Nach einigen Versuchen gab er auf.

»Wie ich bereits vermutete, seid Ihr ein Angeber, Capitano. Verzeiht mir, aber Ihr seid keineswegs stark«, bemerkte nun Daniele. »Euch ist es nicht gelungen. Der arme, verblutende Greis hingegen, dem man das Augenlicht genommen und sieben Dolchstiche beigebracht hatte, der hat es geschafft.«

»Unmöglich!«, stieß Buccaltieri hervor, rot vor Zorn.

Daniele warf einen überraschten Blick ins Publikum. »Was sagt Ihr da? Dass Weser das unmöglich hätte schaffen können?«

»Vollkommen unmöglich.«

»Und wie kam dann das Pergament dorthin?«, fragte Daniele und breitete staunend die Arme aus.

»Jemand anderes hat's dort reingesteckt, das ist doch keine Frage! Das versteht selbst der letzte Einfaltspinsel«, machte der Capitano seiner Wut Luft. Und dann blitzte in seinen Augen etwas auf. Er hatte die Lösung gefunden.

»Jemand anderes?«, wunderte sich Daniele.

Man hätte eine Feder fallen hören können.

Der Capitano musste ein Grinsen unterdrücken, als ihm aufging, was es mit Danieles Feindseligkeit auf sich hatte. Mit »Theater« hatte es der Inquisitor nur allzu genau getroffen. Das alles war eine Aufführung, und zwar eine überaus gelungene. Er selbst war darauf hereingefallen wie ein dummer Junge.

Danieles Blick traf auf den seinen. Auch er unterdrückte ein Grinsen.

»Jemand anderes?«, sagte Daniele noch einmal. »Wisst Ihr, was Ihr da sagt?«

»Zum Henker! Kann doch jeder sehen! Zu dämlich, dass ich nich selbst draufgekommen bin. Natürlich hat das jemand anderes dorthin gesteckt!«, rief Buccaltieri, tatsächlich überrascht, dass ihm dieses Detail entgangen war.

»Und wer?«

»Der Mörder!«

»Die Mörderin ist hier, in diesem Saal!«, ergriff Paolo nun das Wort und zeigte auf Susanna. »Ihr müsst nicht suchen. Sie ist hier. Sie ist es: Susanna Berna!«

»Bist du dir da so sicher, Paolo?«, entgegnete Daniele ruhig.

»Ja!«

»Mir hingegen kommen ernsthafte Zweifel.« Daniele lächelte. »Ich meine, mehr, viel mehr Zweifel, als ich bisher hatte.« Und er blickte zum Publikum.

Lautes Murren ging durch die Bänke. Alle Blicke waren auf Susanna gerichtet. Aber jetzt sahen sie sie mit anderen Augen. Der Zweifel war gesät. Alles hatte sich umgekehrt. Nichts ist, wie es scheint. Und manchmal braucht es eine List, um darauf aufmerksam zu machen.

»Aber, verzeiht, Capitano, diese drei Buchstaben …«, ergriff Daniele wieder das Wort, »Ich meine, Wesers Finger war voller Blut, ich habe es selbst gesehen. Und wie ich dem *Instructor* bereits in aller Ehrlichkeit sagte, bin ich mehr als überzeugt, dass es dieser Finger war, mit dem die Buchstaben geschrieben wurden.«

»Zum Kuckuck! Denkt doch mal nach!« Buccaltieri spielte seine Rolle nun einwandfrei, das Stück schrieb sich von allein fort. »Wenn jemand anderes, und damit mein ich den Mörder, das Pergament da reingesteckt hat, warum soll er dann nich auch den Finger eines alten Sterbenden in Blut getunkt und die drei Buchstaben damit geschrieben haben?«

»Wartet«, bremste ihn Daniele und führte seine aneinandergelegten Hände nachdenklich Richtung Mund. »Aber dann …

wenn es so ist – aber mit Sicherheit kann ich das nicht bestätigen, obgleich es plausibel scheint …« Daniele wollte die Anwesenden in dem Glauben wiegen, sich ihre eigene Meinung bilden zu können, ohne fremden Einfluss und erst recht nicht von ihm, das würde ihr Urteil festigen. »Also, wenn es sich zugetragen hat, wie Ihr sagt, dann wäre die Niederschrift der drei Buchstaben nicht der Akt eines Sterbenden, sondern ein Versuch des Mörders, den Verdacht auf Susanna Berna zu lenken!«

Erstaunte Rufe ertönten aus dem Publikum. Der Beweis war also nichts weiter als ein Täuschungsversuch!

Susanna war sprachlos. *Die Milch war bitter*, dachte sie wieder. Sie hatte unter dem Einfluss von Rauschmitteln gestanden und sich nur wegen Fra' Stanislaos Aussage daran erinnert. »Ihr Fehler« hatte Daniele es genannt. Die Gegner waren es, die das Rauschmittel erst ins Spiel gebracht hatten. Das Rauschmittel, das Daniele den Beweis lieferte, dass Susanna die eigentliche Zielperson dieser Taten war. Dass sie diejenige war, die der Mörder wollte, wer auch immer es war. Daniele hatte seine Karte gespielt, und vielleicht keimte nun in vielen der Dorfbewohner der Verdacht, dass die Geschichte mit den Morden eben nicht so einfach war, wie anfangs angenommen.

Sie blickte Daniele an. Der Gedanke, den sie an diesem Morgen gehabt hatte, als er den Saal betrat, schien ihr nun kein bisschen absonderlich mehr. Daniele war verändert, als hätte er in sich eine wilde Kraft gefunden. Die Kraft, der zu sein, der er wirklich war. Und es war wunderbar, ihm dabei zuzusehen und zuzuhören. Was er da heute vor Gericht geleistet hatte, war meisterlich.

Der Inquisitor warf einen verächtlichen Blick zu Paolo, der sich niedergeschmettert neben ihn geschlichen hatte. »Dummkopf«, zischte er, aber so, dass es niemand sonst hören konnte. »Schon wieder hat er dich geschlagen.«

Verzweifelt machte Paolo sich über Buccaltieris Fesseln

her, löste die Knoten und riss dem Capitano das Pergament aus der Hand. Er stellte sich vor das Publikum und wedelte damit durch die Luft. »Diese drei Buchstaben sind keine Anschuldigung, nein, sie sind eine Unterschrift! Die Unterschrift des Mörders, so wahr mir Gott helfe! Sie sind das Zeichen der Hexe, die Wesers Seele dem Teufel übergeben wollte. Und sie hat es niedergeschrieben, damit Satan auch wusste, wessen Verdienst dies war!«

Das Publikum war verwirrt. Eben noch hatte Daniele ihnen glaubhaft erklärt, wie die Dinge sich zugetragen haben mochten, und Paolo erklärte nun wieder etwas vollkommen anderes. Der Aberglaube, von der Kirche jahrhundertelang in die Tiefen ihrer Seelen gepflanzt, gewann wieder an Boden.

Und mitten in diese bebende Stille hinein erhob nun Susanna ihre Stimme. »Dann meinst du also, ich hätte mich selbst beschuldigt, Paolo Tahler?« Ihr Blick ruhte ruhig auf ihm, dann brach sie in Gelächter aus. Und dieses Mal war sie es, die mit ruhiger Hand auf ihren Beschuldiger zeigte, aufrecht und stolz. »Und damit willst du beweisen, dass ich eine Hexe bin?« Sie wandte den Blick nicht von ihm, als sie höhnisch fortfuhr: »Hätte ich diese drei Buchstaben als mein Zeichen niedergeschrieben, dann würde das nur beweisen, dass ich eine Närrin bin, nicht aber eine Hexe.«

Gelächter erhob sich.

»Hast du dich einmal gefragt, wer alles auf dem Scheiterhaufen enden würde, wenn das die Strafe für alle Narren wäre?« Immer noch lächelte Susanna. »Und du, Paolo Tahler, wärst wohl einer der Ersten. Einer der ersten Narren.«

Nun bog sich das Publikum vor Lachen.

Paolo umklammerte sein riesiges Kruzifix und starrte Susanna zornig an. Aber es kam kein Ton über seine Lippen.

»Ruhe, oder ich lasse den Saal räumen!«, mahnte der Inquisitor.

Auch wenn das Publikum augenblicklich verstummte, war doch das Echo von Susannas Worten im Raum zu spüren.

Wütend wandte sich der Inquisitor Susanna zu.

Und sie hielt seinem Blick stand, mit ihren blauen Augen, so rein wie der Himmel bei Vollmond.

Von diesem Ungeheuer von Mann würde sie sich nicht in die Knie zwingen lassen.

Verwirrt senkte Constantin Tron das Haupt. Denn diese Augen erinnerten ihn jeden einzelnen Augenblick daran, wie schwach er war.

Susanna strich leise über Danieles Hand.

Eine Welle der Liebe schlug in ihnen beiden empor und ließ ihre Körper erzittern.

Sie waren vereint. Von Neuem vereint.

49

Anno Domini 1625

Camporosso bei Borgo San Michele, Ostalpen

Susanna wartete. Wie jeden Mittwoch und jeden Freitag.

Schon in den vergangenen Jahren hatte sie den Unterrichtsstunden entgegengefiebert. Ihre Leidenschaft für das Lernen kannte keine Grenzen. Ihr Wissensdurst war unstillbar. Doch in den letzten Wochen hatte sich darüber hinaus etwas verändert.

Auch an diesem Mittwoch saß Susanna voller Ungeduld am Tisch in der Bibliothek. Aber heute hatte sie ein schlechtes Gewissen. Denn Fra' Thevet, ihn hatte sie nie mit solcher Ungeduld erwartet, dabei stand sie doch so tief in seiner Schuld. Alles, was sie heute war, hatte sie dem Prior zu verdanken. Und natürlich der schmerzlich vermissten Äbtissin.

Aber seit sie Daniele kennengelernt hatte, stand ihre Welt Kopf. Denn jetzt freute sie sich nicht nur auf das Lernen, sie freute sich noch auf etwas anderes, etwas, das sich ihrer Kontrolle entzog, das sie nicht benennen konnte, das aber ebenso stark war wie ihr Wissensdurst.

Den wohligen Schauder, der ihr den Rücken hinunterlief, sobald Daniele erschien, konnte sie nur machtlos über sich ergehen lassen; sie gab sich diesem neuen Gefühl, diesem Schwindel hin und versuchte, sich nicht vom Lernen ablenken zu lassen.

Als sie hörte, wie sich die Tür der Bibliothek öffnete, hob sie den Blick.

Daniele war da. Für sie. Nur für sie.

Er warf der Nonne, die ihn wie immer begleitete und auch dieses Mal versuchte, den Raum zu betreten, einen wütenden Blick zu und schlug ihr ohne ein Wort brüsk die Tür vor der Nase zu.

Erst dann blickte er Susanna an. Und lächelte.

Sein Blick ging ihr durch Mark und Bein.

Doch anstatt sich zu setzen, riss Daniele die Tür noch einmal auf. Davor stand die Nonne, gebeugt, das Ohr eben noch an die Tür gelegt.

Erschreckt richtete sie sich auf und wich einen Schritt zurück.

Danieles Stimme war hart und unnachgiebig, als er sagte: »Möchtet Ihr, dass ich mein Versprechen halte und den Bischof in Kenntnis setze, dass Ihr ihm den Gehorsam verweigert?« Seine Augen blitzten bedrohlich.

Die Nonne zog den Kopf ein, drehte sich um und ging.

Daniele sah ihr nach, bis sie verschwunden war.

Er schloss die Tür wieder und setzte sich Susanna gegenüber an den Tisch. »Hast du die Striemen auf ihrer Hand gesehen? Ein Andenken an die Rute der Äbtissin«, meinte er.

Susanna nickte.

Daniele zuckte die Schultern. »Irgendwie tut sie mir leid.«

»Sie könnte sich wehren«, gab Susanna zu bedenken.

»Ich kenne da jemanden, dem man das nicht zweimal sagen müsste.« Er lachte, seine Augen strahlten.

Auch Susanna lachte, und ihre Wangen färbten sich rot. »›Wie bringt man einem Maultier das Fliegen bei?‹, so sagte die alte Äbtissin immer.«

»Wer ist in diesem Fall das Maultier? Du oder die Nonne?«, erkundigte sich Daniele neugierig.

»Beide.« Susanna kicherte.

Und so saßen sie da und lachten, lachten und erfreuten sich an der Gegenwart des anderen.

Schließlich nahm Daniele ein Buch aus seiner Tasche und

legte es auf den Tisch. »Mit Dank zurück«, sagte er. »Es ist ein wunderbares Werk! Ich habe die ganze Nacht gelesen. Habe es zweimal von vorne bis hinten durchgelesen.«

Zärtlich strich Susanna über den Buchdeckel. »Der Prüfer mit der Goldwaage«, das verbotene Buch von Galileo Galilei, dem Wissenschaftler, der ihr die Welt neu erklärt hatte.

»Und es war wirklich Fra' Thevet, der es dir geschenkt hat?«, wollte Daniele wissen.

»Ja.«

»Mir gegenüber hat er es nicht einmal erwähnt«, stellte Daniele fest.

Susanna meinte eine Spur Enttäuschung herauszuhören.

»Vielleicht dachte er, dass du es ohnehin an mich weitergeben würdest.« Daniele schmunzelte.

Nein, dachte Susanna, *weder Enttäuschung noch Ernüchterung liegen in Danieles Stimme. Dafür ist er viel zu offen. Und zu neugierig.* »Und was hat er dir gegeben und mir nicht?«

»›De rerum natura‹ von Lukrez«, antwortete Daniele. »Auch ein verbotenes Buch.« Freien Herzens lachte er. Schon wieder. Er konnte gar nicht anders, als in ihrer Gegenwart zu lachen. Vielleicht konnte er jetzt das Lachen der vergangenen, unendlich langen Jahre nachholen. »Der Prior wird in der Hölle brennen für seine Sünden.«

Auch Susanna lachte, doch dann schüttelte sie den Kopf. »Ich glaube, dass er dafür ins Paradies kommt. Was sollte Gott daran auszusetzen haben? Warum glauben wir Menschen, Gott sei genauso dumm wie wir?«

Glücklich blickte Daniele sie an. Er war beeindruckt von ihrer Fähigkeit, solch grundlegende Gedanken mit wenigen Worten auf den Punkt zu bringen. Gedanken, in denen er sich wiederfand, je besser er die Welt kennenlernte. »Und was meinst du, warum Fra' Thevet dir ein wissenschaftliches Buch geschenkt hat und mir ein naturphilosophisches?«, fragte er.

»Weil er uns gut kennt.«

»Das stimmt. Der Prior kennt uns sehr gut.« Daniele nickte fröhlich. »Ich bin nur in der Natur ich selbst. Es ist, als könnte ich ihre Stimme hören.«

Susanna verlor sich in seinem Blick. In seinen Gedanken. Die so waren wie die ihren und doch vollkommen anders.

»Und warum hat Fra' Thevet dir ein wissenschaftliches Buch geschenkt?«, fragte Daniele.

»Aus dem gleichen Grund, aus dem er dir eines über die Natur geschenkt hat.« Susanna lächelte. »Für mich ist es genauso: Die Wissenschaft spricht zu mir, ich kann ihre Stimme hören.«

Glücklich, wie immer in ihrer Gegenwart, zog Daniele ein Papier hervor, auf dem er einen Gedanken Galileo Galileis notiert hatte: *»Überlieferte Anschauungen übernehmen wir nicht bedingungslos. Was noch nicht bewiesen wurde, stellt für uns keine Wahrheit dar.«*

»Dass eine Vermutung gegen die Meinung vieler geht«, fuhr Susanna fort, *»interessiert mich nicht im Geringsten.«*

Daniele grinste breit. »Galileo Galilei hat nicht zufällig dich getroffen, bevor er diesen letzten Satz schrieb?«

Susanna war überrascht. »Wie meinst du das?«

»Es beschreibt dich einfach genau. Ihr beide, du und Galileo Galilei, euch ist die Meinung anderer gleichgültig. Du überlegst logisch. Beinahe wissenschaftlich.«

»Wieso nur beinahe?« Susanna runzelte die Stirn.

Daniele lachte wieder. »Du kannst besser ›Nein‹ sagen als ›Ja‹. Weil du störrischer bist als ein Esel.«

Auch Susanna lachte. »Ist das ein Kompliment oder ein Vorwurf?«

»Deine größte Stärke und deine größte Schwäche ist dein Freiheitsdrang«, meinte Daniele. »Das hast du selbst gesagt. Aber, jetzt noch einmal deutlich: Es war ein Kompliment.«

Susanna glühte. Sie freute sich unbändig, dass Daniele etwas auf sie hielt, das brachte sie einander noch näher. Sie waren verwandte Seelen, dessen war sie sicher. Er war ihr Gegenstück. Nur mit ihm war sie vollständig.

»Es gibt eine alte Sage, nach der sich die Götter furchtbar langweilen und deshalb zu ihrem reinen Vergnügen ein neues Geschöpf kreieren«, begann Susanna zu erzählen, um ihrem Gefühl der Zusammengehörigkeit Ausdruck zu verleihen. »Da sie makellos sind, ist auch das neue Wesen ohne Makel. Und sie bemerken, dass sie sich auch mit ihm langweilen.«

»Und so beschließen sie, ihm einen Makel zu geben«, fuhr Daniele fort, der die Sage kannte. »Sie teilen es in zwei Hälften. Und bringen sie an die entgegengesetzten Enden des Universums. Und biegen sich vor Lachen, als sie die beiden Hälften beobachten, die einander verzweifelt suchen.«

Ohne nachzudenken, reckte sich Susanna über den Tisch nach Danieles Hand.

Und Daniele ergriff die ihre und drückte sie. »Ich bin hier«, sagte er.

Ein tiefes, grenzenlos warmes Gefühl erfasste Susanna so heftig, dass sie fürchtete, die Sinne könnten ihr schwinden.

Daniele errötete und zog hastig die Hand zurück. »Ich bin hier …«, stotterte er noch einmal verlegen. »Ich meine … ›Ich bin hier‹, das murmelte eine der beiden Hälften, als sie … als sie die andere fand, also, ja, das wollte ich sagen und …«

»Und sie wurden eins«, wisperte Susanna, jetzt tiefrot. »Vollkommen eins.«

Daniele rutschte unruhig auf seinem Stuhl hin und her. »Aber das ist ja nur eine heidnische Sage«, stotterte er viel zu laut, um seine Unsicherheit zu überspielen.

»Ja …«, bestätigte Susanna, die verschämt ihre Hände im Schoß rang. »Nur eine Sage, nichts weiter …«

So saßen sie schweigend da. Für einen unendlich scheinenden Moment.

»Vielleicht sollten wir nun mit dem Lernen anfangen«, ergriff Daniele schließlich das Wort.

»Ja, genau!«, ereiferte sich Susanna. »Genau, lass uns lernen!«

Hastig machten sie sich an die Lektüre der Bücher, versuchten, dadurch ihre Verlegenheit zu verbergen. Doch sie lasen, ohne etwas zu verstehen. Schwiegen betreten und mieden den Blick des anderen. Und so flog die letzte Stunde dahin, zwischen Kopf und Herz, zwischen Lernen und Lieben.

»Wir sehen uns am Freitag«, kündigte Daniele schließlich nüchtern an und erhob sich.

Wie soll ich das nur bis Freitag aushalten?, dachte Susanna, als er ging.

In diesem Moment drehte Daniele sich um. Dieses Mal lächelte er nicht, er sah sie nur an. Schweigend.

Susanna stieg das Blut in den Kopf, sie wusste nicht, wie ihr geschah.

Als sie wieder allein war, stützte sie beide Arme auf den Tisch in dem Versuch, sich an etwas festzuhalten. Sie hatte das Gefühl, zu zerfallen, sich aufzulösen. Langsam beruhigte sich ihr Herzschlag, fand sie zurück in die Welt, doch am liebsten hätte sie geschrien: »Nicht aufhören! Du sollst weiterhämmern, immer weiter, bis du platzt.«

Heiße Tränen liefen ihr die Wangen hinunter, sie war von ihren Gefühlen überwältigt.

Schließlich stand sie auf und ging zur Kapelle, wo die Priestermönche des Klosters Santa Ulpizia an diesem Tag auf die Nonnen und Novizinnen warteten, um ihnen die Beichte abzunehmen.

Susanna beichtete immer bei Fra' Thevet, denn das waren die einzigen Momente, in denen sie miteinander sprechen konnten. Im Beichtstuhl waren zudem stets beide Persönlichkeiten des Priors anwesend, die geistliche und die weltliche.

»*In nomine Patris et Filii et Spiritus Sancti*«, hörte sie die vertraute Stimme von Fra' Thevet.

»*Amen.*«

»Wie geht es dir, Susanna?«, fragte der Prior voller Wärme, und das Herz ging ihm auf, als er Susannas Stimme hinter dem Gitter des Beichtstuhls hörte.

Susanna antwortete nicht.

»Was hast du?«, hakte Fra' Thevet bald nach.

Susanna saß mit gesenktem Haupt da und rang die Hände. »Ich habe mich der Selbstsucht schuldig gemacht, Vater«, erwiderte sie schließlich.

»Du?« Der Prior musste ein ungläubiges Lachen zurückhalten.

»Ja, Vater«, bestätigte Susanna. »Ausgerechnet Euch gegenüber, Euch, der Ihr doch der Mensch seid, dem ich zu größtem Dank verpflichtet bin und dem gegenüber ich immer ehrlich sein müsste.«

»Dann beichte mal deine schreckliche Sünde«, forderte Fra' Thevet sie amüsiert auf.

»Die Äbtissin schrieb mir noch auf dem Sterbebett einen Brief«, fing Susanna an, »in dem sie mir einen letzten Rat gab.«

»Sie mochte dich sehr«, sagte Fra' Thevet traurig. Die Gespräche mit der Äbtissin fehlten ihm sehr. Die Gespräche und die freien Gedanken.

»Ja«, meinte Susanna. »Sie hat mir einen herzergreifenden Brief geschrieben, der mir alles bedeutet. Aber die neue Äbtissin hat ihn verbrannt.«

Fra' Thevet knirschte vor Wut mit den Zähnen, und ihm kam der Gedanke, dass später auch er noch beichten sollte, denn christlich waren seine Gedanken in diesem Moment keineswegs.

»Ich kenne den Brief jedoch auswendig, jedes Wort. Ich trage ihn in mir. Nur … eine Sache habe ich Euch nicht gesagt«, fuhr Susanna mühevoll fort. »Ich war so selbstsüchtig, dass ich dachte, dieser Brief gehört nur mir. Mir allein.«

»Das stimmt doch auch«, beschwichtigte Fra' Thevet. »Du hättest mir nicht davon erzählen müssen.«

»Doch.« Tränen stiegen in Susanna auf. »Denn am Ende des Briefes war eine Nachricht an Euch, die ich Euch überbringen sollte ... Aber ich ... in meiner Selbstsucht ... ich habe es Euch nie gesagt. Und habe damit Euch und mich betrogen.«

»Was denn für eine Nachricht?«

»Die Äbtissin schrieb: ›*Zum Schluss, mein verrücktes Köpfchen, sag Fra' Thevet Dank von mir, denn er hat mir einmal, und ich bin sicher, dass er es nicht einmal bemerkt hat, ein wunderbares Geschenk gemacht, voller Unschuld. Er weiß es nicht, aber an diesem Tag, als ich meine dummen, eitlen Jugendträume längst vergessen hatte, da hat er mich zum Tanz eingeladen. Und so habe ich wieder zu träumen begonnen. Sag ihm, dass ich ihm aus ganzem Herzen danke für diesen wunderbaren, unerwarteten Tanz*‹.«

Fra' Thevet schwieg. Unfähig, auch nur einen Laut hervorzubringen, der ihn hätte Zeit gewinnen lassen, während das, was er soeben gehört hatte, sein Herz durchdrang.

»Verzeiht, Vater«, brach Susanna die Stille.

Aber Fra' Thevet hörte sie kaum. Wann war das gewesen? Und was meinte sie mit »er hat mich zum Tanz eingeladen«? Sein Kopf brummte. So oft hatte er sich bei dem Gedanken ertappt, wie schön die Äbtissin einmal gewesen sein musste und wie sehr er sie wertschätzte. Doch er konnte sich nicht erinnern, dass seine Gedanken jemals etwas mit irdischer Anziehung zwischen Mann und Frau zu tun gehabt hatten. Und der Äbtissin war es ebenso ergangen, dessen war er sicher. Und trotz allem lag so viel Liebe in dieser Nachricht. Er errötete wie ein kleiner Junge.

»Verzeiht mir, Vater«, wiederholte Susanna betrübt.

Fra' Thevet schwieg weiterhin. Fieberhaft suchte er in seinem Gedächtnis nach etwas Unreinem, und je tiefer er nach einem solchen Moment grub, umso mehr spürte er eine unerwartete Freude in sich aufsteigen. Und erst als diese Freude ihn vollkommen erfüllte, als er sie aus seiner tiefsten Seele annehmen konnte, ohne Scham oder Schuldgefühle, unschuldig, wie es auch die Äbtissin gewesen war, erst da wusste er, dass das Leben ihm einen wertvollen Schatz geschenkt hatte. Voller Dankbarkeit verlor er sich in dieser einen Liebe, die er immer in sich getragen hatte.

»Vater …«

»Susanna, ich danke dir«, sagte Fra' Thevet, und seine Stimme zitterte vor Glück.

Susanna spürte seine Freude, die mit den Worten durch das Gitter zu ihr herüberzuschweben schien.

In der geschützten Dunkelheit des Beichtstuhls leuchteten Fra' Thevets milchige Augen leidenschaftlich und sanft zugleich auf.

»Vater … ich muss Euch etwas fragen«, sagte Susanna.

»Was denn?«

»Was ist Liebe?«, brachte Susanna schließlich hervor.

Fra' Thevet erstarrte. Im ersten Moment fürchtete er, Susanna spiele auf ihn und die Äbtissin an. Aber er kannte sie zu gut, um nicht zu wissen, dass es noch einen anderen, tieferen Grund geben musste. »Eine Blume«, antwortete er.

»Eine Blume?«

Der Prior dachte an ein Gespräch, das er vor Jahren mit der Äbtissin geführt hatte. »Einmal haben die Äbtissin und ich dich im Hof mit einem Schweinchen im Dreck spielen sehen«, erzählte er lächelnd. »Und sie sagte: ›Es ist wunderbar zu sehen, wie viel Freude in diesem rebellischen kleinen Körper steckt. Ihr Lachen ist wie eine blühende Wiesenblume. Und diese Blume ist die reine Liebe‹.«

Susannas Augen füllten sich mit Tränen. »Aber … die

Liebe …« Sie stockte. »Die Liebe zwischen Mann und Frau, meine ich, ist sie falsch, wie die Nonnen sagen?«

Fra' Thevet musste weder sein Einfühlungsvermögen noch seinen Verstand benutzen, um zu begreifen, dass Susanna von sich selbst sprach. Und es war auch nicht schwer zu erraten, von wem sie noch sprach. »Hör nicht auf die Nonnen. Und auch nicht auf die Kirche, wenn sie dasselbe sagt«, riet er, wie der weise Lehrer, der er ihr immer hatte sein wollen. »Nicht der Teufel beschert uns diese Gefühle und Wünsche. Gott ist es, der unser Fleisch so gemacht hat, wie es ist. Schäm dich nicht deines Verlangens, wenn es rein ist. Denke immer daran: Die Liebe ist keine Respektlosigkeit.«

Susanna nickte langsam. »Danke, Vater«, flüsterte sie.

»*Ego te absolvo a peccatis tuis in nomine Patris et Filii et Spiritus Sancti*«, sprach der Prior und machte ein Kreuzzeichen. »Geh in Frieden.« Und fügte, noch immer erfüllt von Glückseligkeit, hinzu: »Wahrscheinlich habe ich dir das noch nie gesagt, aber du musst wissen …« Verlegen hielt er inne.

»Was?«

»Dass … dass ich dich sehr gern habe, Susanna.«

50

Anno Domini 1633
7. Februar, achtzehnter Tag

Borgo San Michele, Ostalpen

Du hast schon wieder versagt, Paolo«, merkte der Inquisitor verächtlich an. »Daniele hat dich gestern mit dem Theaterstück ziemlich dumm dastehen lassen. Er konnte einen weiteren deiner angeblich erdrückenden Beweise vollends entkräften und hat dich der Lächerlichkeit preisgegeben.«

»Exzellenz …« Paolo war am Boden zerstört.

»Schweig, Dummkopf!«, unterbrach Constantin Tron ihn erzürnt. »Ich habe dich gebeten, mein Recke zu sein, und du hast kläglich versagt. Daniele ist viel begabter und klüger als du.«

Heiß flammten Scham und Wut in Paolo auf. Er senkte das Haupt in dem Versuch, seine Röte unter den langen blonden Locken zu verbergen.

»Und deshalb machen wir es jetzt so, wie ich es sage«, fuhr der Inquisitor fort. »Es ist an der Zeit, meinen Plan in die Tat umzusetzen.«

»Wir könnten die Äbtissin des Klosters Santissima Assunta Maria aussagen lassen«, schlug Paolo vor. »Sie hasst Susanna und wird kein gutes Haar an ihr lassen.«

Constantin Tron sah ihn streng an. »Du enttäuschst mich immer mehr, Paolo. Ich habe es dir schon einmal gesagt: Was, wenn dem dummen Weib etwas herausrutscht, was niemanden etwas angeht? Wenn ihr entschlüpft, dass wir uns gegen

Susanna verschworen haben, seit sie klein war? Wenn sie das erzählt? Dann wäre unsere Glaubwürdigkeit zunichtegemacht.« Voller Verachtung blickte er Paolo an. »Es ist an der Zeit, den Kopf zu benutzen, Paolo. Daniele macht uns das Leben schwer. Und das nicht nur wegen seiner Intelligenz, sondern vor allem dank deiner Unfähigkeit.«

»Exzellenz …«

»Genug! Von jetzt an verfolgen wir meinen Plan«, fuhr der Inquisitor ihn an. »Und du wirst ihn brav wie ein dressiertes Äffchen ausführen«, knurrte er böse. Er schwieg einen Moment, dann fügte er kaltschnäuzig hinzu: »Sag dem Folterknecht, er soll seine Messer wetzen.«

Als Paolo schließlich im Gerichtssaal erschien, war sein hübsches Gesicht von Hass zerfressen.

»Möge Gott, *Pater et Dominus, Sanctus et Terrificus*, dieses Gericht leiten und es zum Sieg über Satan führen!«, kündigte er düster an.

Susanna blickte zu Daniele, der stark wie eine Eiche an ihrer Seite stand.

Und der Blick, mit dem er den ihren erwiderte, fühlte sich für sie an wie eine zärtliche Umarmung.

Susanna lächelte. *Die zwei Hälften haben wieder zueinandergefunden,* dachte sie sehnsuchtsvoll.

Da erhob sich Raunen im Publikum, entsetzt und voller Grauen.

Daniele und Susanna wandten sich dem Eingang zu und erschauderten.

Man hatte den Zeugen eingelassen, ohne dass er von Paolo angekündigt worden war.

Eine ausgezehrte Gestalt, die sich nur mithilfe der Wachen, die sie auf dem Weg zur Zeugenbank stützten, auf den Beinen hielt.

Gekleidet in grobe tabakfarbene Jute. Das Kleidungsstück

reichte bis zum Boden, war unförmig und steif. Eine große Kapuze verbarg das Gesicht.

Als die unbekannte Gestalt sich mit den Händen an der Absperrung abstützte, lief ein weiterer Schauder durch den Saal.

»Allmächtiger!«, raunte Daniele. »Was haben sie getan?«

Susanna riss entsetzt den Mund auf.

Die Finger, die sich um das Holz krümmten, waren mit violetten Malen übersäht, aufgeschürft und auf unnatürliche Art verformt. Die Fingernägel hatte man herausgerissen, sodass das bloße Fleisch zu sehen war.

Nahezu alle Anwesenden senkten die Lider. Sie wussten, dass diese Verletzungen Zeichen des Folterknechts waren.

Paolo näherte sich langsam und unerbittlich der leidenden Gestalt. Und Daniele las in seinen Augen etwas, das er darin bereits gesehen, aber nicht verstanden hatte, als sie noch Jungen im Kloster Santa Ulpizia waren. Damals hatte Paolo von seinem schönsten Erlebnis erzählt: »Das Schönste war, als ich eine Hexe angezündet habe«. Nun sah Daniele die gleiche unmenschliche Freude in ihm aufleuchten und hatte keinen Zweifel, dass Paolo dabei gewesen war, als man diesen Körper gemartert hatte.

Paolo legte eine Hand an die Kapuze der Gestalt. Dann entblößte er mit einer ausholenden Bewegung ihr Gesicht.

Eine Frau im Publikum schrie auf. Andere Frauen bekreuzigten sich. Wieder andere drückten sich an ihre Ehemänner. Und die Männer schwankten, weil ihnen die Beine den Dienst zu versagen drohten.

Der Schädel der Frau war kahl geschoren. Doch die Klinge des Folterknechts war nicht eben zaghaft vorgegangen und hatte blutige Spuren hinterlassen.

»Jehanne«, rief eine Frau mit erstickter Stimme.

Sie war die Einzige, die sprach, auch wenn alle Frauen

in der erbärmlichen Gestalt die Hebamme erkannt hatten. Jehanne, von deren ungebändigter Haarmähne, für die man sie nur allzu oft verspottet hatte, nun nichts mehr übrig war. Jehanne, die vielen von ihnen und ihren Kindern auf die Welt geholfen hatte.

Auch in ihrem Gesicht hatten Foltereisen grausame Spuren hinterlassen. Die Lippen waren zerfetzt, ebenso die Augenlider, Nase und Ohren. Keinen noch so kleinen Teil ihres Gesichts hatte man verschont. Mit Schaudern stellten sich die Frauen vor, wie der Körper unter dem groben Kleidungsstück wohl aussehen mochte.

Was Susanna jedoch am meisten erschütterte, war Jehannes Blick. Vielmehr, dass kein Blick mehr da war. Obgleich die Augen der Hebamme unverletzt waren, war alles in ihnen erloschen.

Auch Daniele sah Jehanne an. Erinnerte sich, dass er sie als Kind gefürchtet und gemieden hatte. Doch das war nichts im Vergleich zu der Furcht, die er jetzt verspürte, eine Furcht, die ihn drängte, den Blick abzuwenden. Es gelang ihm nur mit Mühe, es nicht zu tun.

Er streckte die Hand aus und drückte Susannas. Ob er ihr oder sich selbst Mut zusprechen wollte, wusste er nicht.

Der scharfe Blick des Inquisitors wanderte durch den Saal, das allgemeine Unbehagen bereitete ihm offenbar Genuss. Dann heftete sich sein Blick auf Daniele. Musterte ihn, durchdrang ihn. Daniele hatte eine Vorstellung mit dem gefesselten Bucccaltieri als Weser gegeben. Nun zahlte der Inquisitor es mit gleicher Münze heim. Theater. In seiner grausamsten Form: Tragödie.

»Diese ehrlose Gestalt«, begann Paolo und zeigte auf Jehanne, »wurde nicht verhaftet und vernommen, weil sie etwas mit diesem Prozess zu tun hat.«

»Lügner!«, stieß Daniele hervor. »Erbärmlicher Feigling!«

»Du hast dem Gericht Respekt entgegenzubringen, oder du musst dich vor Gott verantworten.« Der Inquisitor erhob sich. »Die Werkzeuge des Folterknechts sind noch warm, Daniele di Barco, es wird nicht lange dauern, sie wieder zum Glühen zu bringen.«

»Bitte«, flüsterte Susanna Daniele zu. »Sei vorsichtig.«

»Bastarde«, zischte Daniele.

»Bitte«, wiederholte Susanna.

»Du kannst fortfahren, Paolo Tahler«, sagte der Inquisitor.

»Diese ehrlose Frau, die ihr alle als die Hebamme Jehanne kennt«, ergriff Paolo wieder das Wort, »wurde verhaftet und vernommen, weil ihre Methode, Kindern auf die Welt zu helfen, nämlich unter Zuhilfenahme von Kräutern und Kunstgriffen, die der Teufel ihr eingab, gegen unsere kirchlichen Gesetze verstößt. Und dass ihr es alle wisst: Diese Anschuldigung habe ich mir weder ausgedacht noch handelt es sich um irrwitzige Mutmaßungen, nein, die Angeklagte hat ihr Geständnis aus freien Stücken abgelegt.«

»Seht euch Jehanne an, seht sie an!«, wandte Daniele sich entgeistert an das Publikum. »Aus freien Stücken? Das behauptet die Anklage!«

»Schweig, Daniele!«, fuhr der Inquisitor auf. »Das ist meine letzte Warnung!«

Raunen erhob sich, ging wie ein zitterndes Beben durch den Raum. Allein der Anblick von Jehanne widersprach einem Geständnis aus freien Stücken.

»Bitte, Daniele«, wisperte Susanna noch einmal und drückte seine Hand. Sie spürte, wie Danieles Körper vor Verachtung bebte.

»Ihr wundert euch nun, warum diese ehrlose Gestalt heute im Prozess gegen die Mörderin Susanna Berna anwesend ist«, meinte Paolo. »Der Grund hierfür ist, dass die Hebamme Jehanne mit ihrem vollen Geständnis einen überaus wichtigen

Hergang bestätigt hat, der uns bereits aus Fra' Stanislaos Aussage bekannt war.« Paolo legte eine Hand auf Jehannes kahles, zerschundenes Haupt. »Nun sprich.«

Die Hebamme schien die Berührung gar nicht wahrzunehmen, ihre Augen blieben vollkommen ausdruckslos.

Sie hat nichts Lebendiges mehr an sich, dachte Susanna und verspürte unendliches Mitleid für diese Frau, der man sämtliche Lebensgeister so grausam entrissen hatte. Schmerz war das Einzige, was von Jehanne übrig geblieben war.

»Jahrelang war ich treue Dienerin des Teufels«, ergriff nun Jehanne das Wort, der das Sprechen offenbar große Pein bereitete.

Die Zunge hat man ihr nur aus dem Grund nicht herausgerissen, damit sie hier aussagen kann, dachte Daniele.

Das Publikum raunte.

»Der Teufel gab mir Anweisungen und führte mich«, fuhr Jehanne stockend fort, den Blick ins Leere gerichtet. »Er, der Teufel, war zufrieden, meine Seele in seinen Klauen zu halten. Er wollte nur …, dass ich zukünftige Sünder auf die Welt hole, die er eines Tages zu sich würde befehlen können, um Fleisch für seinen Brennofen zu haben. Außerdem wollte er seinen himmlischen Gegner kränken.«

Die Dorfbewohner schauderten. Sie wussten, dass Jehanne von ihnen sprach. Und ihren Kindern.

Daniele sah Susanna an.

»Sie sagt einfach alles nach, was man ihr aufgetragen hat, ohne nachzudenken«, flüsterte sie ihm zu.

»Das Denken hat man ihr ausgetrieben«, erwiderte Daniele düster.

»Er, der Teufel«, sagte Jehanne, ohne auch nur die geringste Regung zu zeigen, »sagte mir, dass er eines Tages meine Seele in Frieden lassen würde. Doch dafür würde ich ihm in einer besonderen Angelegenheit ein letztes Mal dienen müssen.«

»Um welche Angelegenheit handelte es sich?«, erkundigte sich Paolo.

Jetzt kommen wir zum Wesentlichen, dachte Daniele.

»Er, der Teufel, sagte mir, dass ich einer Hexe auf die Welt helfen soll an einem heiligen Ort, um diesen Ort auf diese Art zu besudeln.«

Für einen kurzen Augenblick hatte Susanna den Eindruck, dass diese gebrochene Gestalt versuchte, sie anzusehen. Aber nur kurz.

»Er, der Teufel, hat mich vor zweiundzwanzig Jahren in das Kloster von Santa Ulpizia befohlen. ›Fra' Thevet ist ein aufrechter Mann‹, flüsterte er mir ins Ohr, als ich das Kloster betrat. ›Und seine Aufrichtigkeit wird das Eingangstor für mein Tun‹. Dann hat er, der Teufel, der Hure Berna das Leben entrissen. Aber die trug eine Kreatur im Leib.«

Alle Blicke waren jetzt auf Susanna gerichtet.

Daniele drückte ihre Hand fester.

»Dann hat er, der Teufel, mir zugeflüstert: ›Jetzt flöße ich mein Leben in diese Kreatur, die noch nicht geboren ist. Und du ziehst sie aus dem Schoß der toten Mutter. So werde ich der Vater dieses Geschöpfs sein‹.«

Die Erzählung versetzte die Dorfbewohner in Angst.

Susanna weinte. Nicht um sich selbst, obgleich sie die Schwere dieser Aussage spürte, sondern um Jehanne. Sie sah die von ihr beschriebenen Teufelsklauen, die sich an ihr labten. Aber im Gegensatz zu den anwesenden Bewohnern des Dorfes wusste sie, dass es die Klauen eines anderen Dämons waren – die des Inquisitors. Ihm war deutlich anzusehen, wie er sich an dieser von ihm selbst erdachten Aussage geradezu berauschte.

»Und die Tochter des Teufels atmete Blut«, fuhr Jehanne fort. »Alle sahen, dass das nicht sein konnte. Aber es geschah trotzdem. Denn was geschah, war nicht von dieser Welt. Dann befahl er, der Teufel, mir, den Brüdern die Wahrheit zu sagen.

Ihnen zu sagen, dass dieses eben geborene Geschöpf eine Hexe ist. Ich verstand das nicht. ›Nun zeige ich dir, wie der Menschen Redlichkeit für mich arbeiten kann‹, lachte der Teufel. Und so war es: Fra' Thevet jagte mich fort und drückte die Kreatur an sich. ›Der Prior wird sie auf immer beschützen‹, lachte der Teufel, denn genau so hatte er es geplant.«

Nachdem Jehanne ihre Erzählung beendet hatte, legte sich tiefe Stille über den Saal. Undurchdringlich wie dickflüssiges Blut.

»Nur Fra Stanislao, dessen Aussage ihr bereits gehört habt, lehnte sich gegen den Teufelsplan auf«, gab der Inquisitor zu bedenken.

»Glaubst du, dass Susanna Berna«, fragte Paolo die Hebamme, »die nicht geborene und doch geborene Kreatur, die Mörderin des Astrologen Weser und seiner Dienstmagd Astrid Gallo ist?«

»Was ich sagen kann«, antwortete Jehanne, »ist, dass er, der Teufel, nur Tod und Verdammnis will.«

»Hast du deinem unreinen Herrn nun abgeschworen, Jehanne?«, wollte Paolo wissen.

Jehanne nickte.

Der Inquisitor erhob sich und ließ den Blick über die Anwesenden gleiten. »Damit ihr wisst, wie barmherzig Gott und wie barmherzig dieses heilige Gericht ist: Ich, der zu anderer Gelegenheit nicht zögern würde, diese ehrlose Kreatur auf den Scheiterhaufen zu senden«, tönte er mit einstudierter Langsamkeit, »schenke ihr das Leben – wegen der ehrlichen Reue in ihrer Stimme, vor allem aber wegen der Tatsache, dass ihre Aussage ohne jeden Zweifel die teuflische Natur Susanna Bernas offenbart.« Er bemerkte das Staunen in den Augen des Publikums und fuhr fort: »Ihr Leben bleibt verschont. Doch man wird ihr alle irdischen Güter nehmen, angefangen bei ihrem Haus. Als Mahnung für alle, die Handel mit dem Antichrist führen wollen, wird sie mittellos durch unser Dorf wandeln müssen.«

»Als ob das kein Todesurteil wäre«, flüsterte Daniele Susanna zu. »Das Urteil zu einem langsamen, würdelosen Tod. Der Scheiterhaufen könnte nicht schlimmer sein.«

Susanna schloss die Augen, Tränen rannen noch immer über ihr Gesicht. Wie auch Daniele wusste sie, dass sich niemand mehr Jehanne nähern würde aus Angst, vom Inquisitor mit ihr in Verbindung gebracht zu werden. Niemand würde ihr Almosen geben. Sie würde schließlich leblos in einer Gasse zusammenbrechen, und niemand würde es wagen, ihren Körper zu berühren.

Daniele wandte sich Susanna zu. Sie war bleich wie ein Leintuch. Er wusste, dass sie um Jehanne weinte. Und weil sie in der Hebamme ein Spiegelbild ihrer selbst sah. Dass sie an Jehanne sah, was man ihr antun könnte. Ihr Anblick zeigte ihr, dass man am Leben bleiben konnte, ohne wirklich weiterzuleben.

»Das lasse ich nicht zu«, sagte Daniele, obwohl er ahnte, dass er dieses Versprechen nicht halten können würde.

»Der Prozess hat bald ein Ende«, triumphierte der Inquisitor und schritt, von seinen Wachen eskortiert, dem Ausgang entgegen.

»Kommt alle, schnell!«, ertönte mit einem Mal die erschreckte Stimme eines Jungen, der sich in den Saal geschlichen hatte.

»Kommt, schnell!«, rief auch ein junger Mönch, den die Wachen ebenso wenig aufhalten konnten. In seinem Blick lag etwas Furchtbares, Düsteres. Durch die offen stehende Tür sah man zahlreiche Bewohner des Dorfes über die Straße hasten, alle in dieselbe Richtung.

»Ruhe!«, befahl Paolo.

Aber niemand hörte auf ihn. Wie eine panische Herde verließen die Leute die Bänke und rannten nach draußen.

Ohne sich darum zu bemühen, Ordnung zu schaffen, liefen auch die Saal-Wachen hinaus.

»Zum Kloster!«, schrie der Junge.

»Zum Kloster!«, wiederholte der junge Mönch.

»Zum Kloster!«, schrien alle durcheinander.

Die Menge strömte, einem reißenden Fluss gleich, über die Gasse, dem Kloster Santa Ulpizia entgegen. Und kurz darauf war der Schnee, der das Pflaster bedeckte, nur noch rutschiger Schlamm.

Susanna wusste, dass Daniele unbedingt wissen wollte, was vor sich ging. »Geh nur«, sagte sie.

Doch Daniele schüttelte den Kopf. »Nein, ich bleibe bei dir.«

»Es muss etwas Wichtiges sein«, vermutete Susanna.

»Wichtiger als du?« Daniele lächelte. »Unmöglich.«

Nach der Eiseskälte, die ihr der Anblick von Jehanne eingeflößt hatte, strömte nun wieder Wärme in ihren Körper.

»Was ist da los?«, wandte sich der Inquisitor an Paolo. Als er keine Antwort erhielt, befahl er seinen Wachen: »Gehen wir.«

An der Steigung, die hinauf zum Kloster führte, war der Weg von den Leuten verstellt.

Schweigend und reglos standen sie da.

Die Wachen zogen ihre Degen.

Als der Stahl klirrte, teilte sich die Menge.

Am Ende der Menschenmasse war nun die gebeugte Gestalt eines Fraters zu sehen, der im Schnee kniete.

Der mächtigen Kastanie am Klostereingang zu Füßen.

Über dem Kopf des knienden Fraters baumelte ein grausam anzusehender Körper, um den Hals ein starkes, an einem dicken Ast befestigtes Seil.

Er war vollkommen nackt. Sein Wanst hing herunter und bedeckte mehr schlecht als recht den runzligen Penis. Das Gesicht war violett, die an den Wangen geplatzten Adern zeichneten ein rotes Spinnennetz. Die Augen waren weit aufgerissen und traten aus den Höhlen, als könnten sie noch immer das Grauen beobachten, das sie längst nicht mehr sahen. Aus dem verzerrten Mund hing die Zunge heraus, groß wie die eines Rindes, violett und geschwollen.

Auf dem Schnee eine gelbliche Pfütze Urin. Und verstreut etwas Kot.

»Fra' Stanislao!«, rief ein Kind voller Entsetzen.

Doch alle hatten auch so gewusst, wessen Körper das war.

»Holt ihn da runter«, schrie der Inquisitor.

Da erwachte der am Fuße der Kastanie kniende Frater wieder zum Leben. Er erhob sich und wandte sich um.

»Gott verfluche dich!«, stieß Fra' Thevet hervor und zeigte mit ausgestrecktem Arm auf den Inquisitor. »Möge Gott dich verfluchen, Constantin Tron!«, sagte er noch einmal. »Und mich ebenso!«

Der Inquisitor tat einen Schritt zurück. Dann schrie er noch schriller als zuvor: »Holt ihn da runter!«

Aber niemand rührte sich.

Und der abstoßende Körper von Fra' Stanislao baumelte weiter dort, wo er den Tod gesucht hatte.

Wie Judas.

51

Anno Domini 1625

Borgo San Michele – Camporosso, Ostalpen

Noch vor dem Unterricht im Kloster Santissima Assunta Maria am Freitagmorgen rief man Daniele zu Fra' Thevet.

Der Prior hatte ihn zu sich holen lassen, da er keine Zweifel mehr hegte, auf wen Susannas Liebe fiel. Doch er wollte es noch ein wenig genauer wissen. »Nimm Platz«, forderte er ihn lächelnd auf und klopfte mit der Hand neben sich auf die Bank hinten in der Kapelle.

Daniele setzte sich.

Der Prior betrachtete ihn mit dem verbliebenen Augenlicht. »Gerne gelächelt hast du ja noch nie«, scherzte er. »Obwohl deine Zähne so schön weiß sind. Du solltest sie ein wenig öfter zeigen, bevor sie dir ausfallen.«

Daniele lachte.

Fra' Thevet war überrascht. Wie oft hatte er ihn in all diesen Jahren lachen sehen? Selten. Das verstärkte seinen Verdacht. »Du hast mir seit geraumer Zeit nicht mehr erzählt, wie der Unterricht mit Susanna vorwärtsgeht«, sagte er betont beiläufig.

»Verzeiht«, bat Daniele ernst.

»Das sollte kein Vorwurf sein. Ich bin einfach nur ein wenig neugierig.« Fra' Thevet schmunzelte. »Wie macht sich deine Schülerin?«

»Schülerin?« Belustigt runzelte Daniele die Stirn. »Meistens weiß ich nicht einmal, wer von uns beiden Lehrer und wer Schüler ist.«

»Wie kommt ihr denn voran? Welche Methode verfolgst du? Oder ihr, sollte ich wohl sagen.«

Daniele lächelte offenherzig. »Wir improvisieren.«

»Aber das ist doch keine Methode«, gab sich Fra' Thevet entrüstet. »Methode und Improvisation widersprechen sich.«

»Sagt mir ehrlich, Prior – und solltet Ihr mit ›Ja‹ antworten, dann gibt es niemanden, den ich mehr bewundern könnte als Euch«, erwiderte Daniele. »Sagt mir ehrlich: Ist es Euch jemals gelungen, Susanna zu *bändigen*?«

Fra' Thevet brach in lautes Gelächter aus, gab aber keine Antwort. »Erzähl mir, wie ihr vorgeht«, bat er nur.

»Gemeinsam!«, rief Daniele begeistert. »Wir lernen gemeinsam.«

Der Prior nickte langsam und dachte, dass es wohl nichts gab, was ergiebiger war als das gemeinsame Lernen dieser beiden Menschen. Ein Vers aus der »Komödie« von Dante kam ihm in den Sinn: »*Galeotto war das Buch und der's gedichtet*«. Er schauderte, denn Dante hatte Paolo und Francesca im fünften Gesang des Inferno in den zweiten Höllenkreis versetzt, den der Unzüchtigen. Doch da er sowohl Susanna als auch Daniele gut kannte und beide für reinen Herzens hielt, war es höchst unwahrscheinlich, dass sie die Grenze der Keuschheit überschreiten würden. Schmunzelnd dachte er noch einmal an die im Nachhinein gefundene Nähe zur Äbtissin. Und allem zum Trotz dachte er: *Das Kind ist nun wohl in den Brunnen gefallen.*

»Erkläre mir, wie dieses gemeinsame Lernen vonstattengeht«, bat er und versuchte, sich seine Sorgen nicht anmerken zu lassen.

»Wie ein Gang durch die Wälder«, erwiderte Daniele ebenso begeistert wie zuvor. »Wir gehen einen Weg entlang, und dann … Ihr wisst ja, wie so etwas ist. Man läuft auf den Gipfel zu, und dann sieht man plötzlich etwas Rundes, Samtbraunes. Und siehe da: Ein herrlicher Steinpilz! Man verlässt also den Weg, um ihn zu pflücken. Aber dann muss man auch nachsehen, ob es noch mehr davon gibt. Man fängt also an zu suchen, ein bisschen weiter oben oder unten, geht einem Duft nach oder einem Lichtstrahl, einem Gefühl und …«

»Und schon ist man vom Weg abgekommen«, murmelte Fra' Thevet.

»Genau!«

»Und wer von euch beiden findet am häufigsten diesen ersten Pilz?«, erkundigte sich der Prior, obgleich er die Antwort kannte.

»Susanna!« Daniele lachte. »Aber ich halte sie nicht davon ab, das gebe ich zu. Und dann laufen wir gemeinsam weiter, Hand in Hand …«

»Hand in Hand?«, fuhr Fra' Thevet auf.

»Also, im übertragenen Sinne«, beschwichtigte Daniele ihn mit geröteten Wangen. »Ich meine nur: weil ich dann nicht mehr sagen könnte, wer von uns etwas tut oder lässt. Es ist so, als würden unsere Köpfe zu einem verwachsen.«

Aha, das Kind ist tatsächlich in den Brunnen gefallen, dachte Fra' Thevet wieder. *Das ist nun nicht mehr zu leugnen.*

Daniele lächelte ihm zu.

Und obwohl der Prior sich noch kurz zuvor so über Danieles Lächeln gefreut hatte, hätte er es ihm nun am liebsten aus dem Gesicht gewischt. Nun musste er ansprechen, was er schon eine lange Weile vor sich herschob. Musste es tun, weil er den Jungen so sehr mochte. »Hast du dir überlegt, ob du das Gelübde ablegen möchtest?«

»Nein«, gab Daniele kurzerhand zurück. Und mit seinem Lächeln erlosch auch das Leuchten in seinen Augen.

»Was heißt das? Du weißt es noch nicht, oder du willst nicht?«, hakte der Prior nach.

»Ich bin noch nicht sicher«, erwiderte Daniele düster.

»Nicht sicher in Bezug worauf?«

»Meinem Versprechen gegenüber Gott würdig zu sein«, gab Daniele zurück.

»Das redest du dir ein, mein Sohn«, sagte Fra' Thevet. Er musste klare Worte finden, daran führte kein Weg vorbei, und so holte er zu einem Tiefschlag aus. »Du musst dein eigenes Leben leben. Das deines Vaters kannst du nicht einlösen, und du solltest auch nicht seinetwegen Priester werden.« Er hoffte, dass wenigstens ein bisschen Liebe in seinen Worten zu spüren war. »Wenn du meine Meinung hören willst: Ich glaube, du wärst ein schlechter Priester. Ich sehe keinerlei Berufung in dir.«

Daniele sprang auf wie angestochen.

»Setz dich«, beruhigte ihn der Prior sanft.

Daniele setzte sich, aber es war, als wäre er in sich zusammengefallen. »Mein Vater hat sein Leben zerstört!«, raunte er.

Fra' Thevet wusste, dass sie nun beim wesentlichen Punkt angelangt waren. Und er dachte, dass dieser Satz ein merkwürdiges Ungleichgewicht in sich barg, denn Martinengo hatte nicht nur sein eigenes Leben zerstört, er hatte vor allem Danieles Leben zerstört, das Leben eines kleinen Jungen, den er nicht mehr bei sich zu Hause hatte haben wollen und im Kloster abgegeben hatte.

»Ich habe meine Mutter mehr geliebt als irgendjemanden sonst«, flüsterte Daniele, das Gesicht schmerzverzerrt. Dann hob er mit einem Mal den Kopf. »Ist nicht vielleicht sie der Grund für das alles?«, stieß er wütend hervor.

Fra' Thevet zuckte zusammen. »Was redest du denn da?«

»War sie es nicht, die meinen Vater auf den Weg des Verderbens gebracht hat?« Daniele schrie jetzt, die Hände zu Fäusten geballt. »Sie war es doch, die ihn in Versuchung geführt hat.«

Langsam erhob sich Fra' Thevet, seine alten Gelenke knackten. »Du sprichst von Eva?«, fragte er unnachgiebig. »Du sprichst im Namen der Priester, die Gott nicht verstehen? Du meinst, dass Adam das arme Opfer der Erbsünde der Frau ist?

Du meinst, dass sie nicht gemeinsam den Ungehorsam sündigen, wie sie auch gemeinsam erst das menschliche Geschlecht ins Leben rufen? Diese Dummheiten glaubst du wirklich?« Er blickte ihn an. »Ich erwarte mehr von dir, Daniele. Glaubst du wirklich, dein Vater wäre ein besserer Priester gewesen, wenn deine Mutter nicht gelebt hätte?«

»Wenn meine Mutter nicht gelebt hätte …« Daniele stockte, doch dann brach es aus ihm hervor: »Wenn meine Mutter nicht gewesen wäre, dann wäre ich nie geboren! Ich hasse mich! Ich habe immer versagt! Und ich hasse meine Mutter dafür, dass sie mich in die Welt gesetzt hat!« Er schüttelte die Faust.

Fra' Thevet packte Daniele an den Handgelenken und senkte sanft seine Arme, dann wandte er sich dem Ausgang zu.

Daniele blieb allein zurück und blickte zu Christus am Kreuz in der Apsis. Vor einigen Monaten hatte er seinen Vater betrunken durch die Dorfgassen schwanken sehen. Er fand ihn abstoßend. Hatte sein Elend gesehen. Die Verzweiflung. Und da, zum ersten Mal in seinem Leben, hatte er Zorn, Zorn gegen seine Mutter verspürt. Er kämpfte dagegen an, kämpfte gegen dieses Vorurteil, dass die Frau Schuld an allem trägt. Doch der Gedanke hatte sich tief in ihm eingenistet. Vielleicht, weil er in einem kirchlichen Umfeld aufgewachsen war, in dem niemand – außer Fra' Thevet – etwas auf weltliche Bildung gab. Vielleicht, weil es erleichternd war, endlich jemandem die Schuld dafür geben zu können, dass sein Vater ihn verließ, als er ihn am nötigsten brauchte. Weil es den Schmerz darüber linderte.

Christus sah ihn an, ans Kreuz genagelt.

»Reiß dir diese Nägel aus Händen und Füßen, du kannst das doch!«, schrie er.

Christus blickte ihn weiterhin an.

»Er lächelt, siehst du das nicht?«, ertönte da die Stimme von Fra' Thevet, der an der Tür stehen geblieben war.

Da brach Daniele in Tränen aus. Er stand auf, lief zum Prior und umarmte ihn. So fest er konnte.

»Ich hätte niemals gedacht, dass mir vor dem Tod noch alle Rippen gebrochen werden«, sagte Fra' Thevet sanft.

Daniele lockerte seine Umarmung ein wenig, ein kleines Lächeln auf den tränennassen Lippen, doch er ließ den Prior nicht los. »Verzeiht …«

»Der Moment ist gekommen, da du dir selbst verzeihen solltest, mein Sohn«, meinte Fra' Thevet. »Ich habe versucht, dich etwas anderes über Frauen zu lehren als die althergebrachten Vorurteile. Doch ich sehe, dass sie dir trotzdem in Fleisch und Blut übergegangen sind. Frauen sind keine schlechten Menschen. So wenig wie die Männer, die sie lieben, schlecht sind.«

Daniele ließ den Prior los und senkte den Kopf.

»Auf jeden Fall ist es nun Zeit, deinen Quälgeist zu unterrichten«, scherzte Fra' Thevet. »Beeil dich, sonst kommst du noch zu spät.«

Daniele nickte und machte sich mit leichterem Herzen auf den Weg. Vielleicht auch nur mit dem Wissen, dem eigenen Schmerz ins Auge geblickt zu haben.

Und dass ihr mir auch recht viele Pilze im Wald findet, dachte Fra' Thevet, während sich Danieles Schritte entfernten.

Als Daniele Camporosso erreichte und den klostereigenen Esel wie immer dort anband, hatte sich das Durcheinander seiner Gefühle gelegt. Dank Fra' Thevet hatte er zu seinem Gleichgewicht zurückgefunden.

Er betrat die Bibliothek, in der Susanna ihn bereits erwartete, und spürte sogleich, wie die Spannung von ihm abfiel. Er war erschöpft. Und von irgendwoher kam ihm ein Satz in den Sinn, den Fra' Thevet zu sagen pflegte: »Wenn du nicht ab und an deine Seele und dein Herz ausmistest, finden neue Erfahrungen keinen Platz darin.«.

Und so setzte er sich mit ausgemisteter, erleichterter Seele Susanna gegenüber.

»Ich möchte zuhören, wie du liest«, sagte er nur.

Und wundersamerweise hatte Susanna nichts dagegen. Sie nahm ein Buch vom Tisch, öffnete es und begann zu lesen.

Daniele schloss die Augen, nährte sich an Susannas Stimme, ließ sie in sein Herz. Und als er gesättigt war, blickte er sie an. Verzaubert von ihren vollen, saftigen Lippen, über die von Zeit zu Zeit ihre Zunge fuhr. Von ihren geraden, feinen Fingern, die sanft die Seiten umblätterten. Sein Blick glitt zu ihrer Brust, die sich hob und senkte.

Da spürte er etwas Neues in sich aufsteigen, eine Mischung aus Zuversicht und Angst, Aufregung und Ruhe, Licht und Schatten, Sicherheit und Befangenheit, Vergangenheit und Gegenwart, Überraschung und Bestätigung.

Er spürte, zum ersten Mal in seinem Leben, dass er zum Mann gereift war.

Doch er tat, als könnte er dieses neue Gefühl nicht benennen.

Obwohl er es in seinem Herzen kannte.

52

Anno Domini 1633
8. Februar, neunzehnter Tag

Borgo San Michele, Ostalpen

Ich benötige nochmals Eure Hilfe,« sagte Daniele gerade heraus.

Capitano Buccaltieri saß mit der Hure Marianna Dionigi an seinem gewohnten Tisch in der heruntergekommenen Osteria und blickte Daniele an.

»Du hast mir zuletzt im Gericht übel mitgespielt«, entgegnete der Capitano ernst, dann begann er dröhnend zu lachen. »Und ich bin drauf reingefallen.«

»Ich bitte Euch um Verzeihung, aber …«

»Nich nötig. Deine Strategie war umwerfend. Und auch, wenn du's in Zweifel gezogen hast: Ich bin ein hervorragender Soldat und guter Kommandant. Und weiß, dass eine Strategie das Geheimnis von jedem Sieg is.«

»Trotzdem bitte ich Euch um Verzeihung. Ich dachte, Ihr bekommt einen Schlaganfall«, scherzte Daniele. »Ihr seid doch schon so betagt …«

Niccolò Buccaltieri lachte aus vollem Halse und stand auf. »Lass uns mal rausgehen«, sagte er und wandte sich dem Ausgang zu.

Daniele folgte ihm nach draußen. Die düsteren Wolken hingen so tief, dass es bereits Abend zu sein schien, dabei war es erst Nachmittag.

»Also, was is los, Junge?«

»Könntet Ihr mal aufhören, mich ›Junge‹ zu nennen?«

»Glaub nich.«

»Dann muss ich mich wohl daran gewöhnen.« Daniele schmunzelte. »Die Schlacht habe ich verloren, wie?«

»In 'ner Schlacht geht's ja nich nur ums Siegen. Is gar nich der wichtigste Grund. Vor allem kämpft man, weils einem in der Natur liegt. Und für sich selbst. Für die eigene Ehre, für die Würde, und wenn man sehr großes Glück hat, dann auch fürn Ideal.«

Daniele zollte diesem Mann tiefen Respekt, der nur auf den ersten Blick menschenverachtend schien.

»Also, Junge, was is?«

»Erst noch etwas anderes«, meinte Daniele. »Auf die Frage, warum Ihr Euch von den Schlachtfeldern dieser Welt zurückgezogen habt, habt Ihr erklärt, ich solle bloß nicht den üblichen Dreck als Antwort erwarten. Das respektiere ich. Aber eine Sache geht mir nicht aus dem Kopf: Warum habt Ihr Euch in ein vom Rest der Welt verlassenes Dorf in den Bergen zurückgezogen?«

Buccaltieri lachte, und seine sonst so undurchdringlichen Augen funkelten. »Staub«, erwiderte er, immer noch lachend.

»Staub?«

»Genau«, bestätigte der alte Söldner. »Der Conte di Ribolla hat mir für meine Verdienste im Krieg 'nen herrlichen Besitz in Marokko geschenkt. Da bin ich ein Jahr geblieben. Der Wind dort bringt Wüstenstaub mit sich. Kann man nix gegen tun. Dringt einem in die Nase, in den Mund, macht das Haar matt, auch wenn man's wäscht. Dringt sogar in luftdicht verschlossene Gefäße. Also hab ich alles einem aus der Gegend verkauft, der is da geboren und dem macht der Wüstenstaub nix aus. Kennt es ja nich anders.« Wieder lachte er dieses schillernde Lachen. Er atmete tief ein und breitete die kräftigen Arme aus. »Aber hier is die Luft rein!« Dann verdüsterte sich sein Gesicht.

»Wenigstens war sie das, bis Weser ermordet wurde und ich gesehn hab, mit welchen Mitteln der Inquisitor und sein Schoßhündchen versuchen, Susanna zu verurteilen. Nee, so rein wie ich dachte, is die Luft hier gar nich. Im Gegenteil, hier stinkt es schlimmer als neben 'ner Latrine.« Wütend spuckte er aus. »Und das geht mir tiefer unter die Haut als der Wüstenstaub.«

Daniele nickte zu Bestätigung. »Die Aussage von Jehanne hat uns den Todesstoß versetzt.«

Buccaltieri schüttelte heftig den Kopf, wie ein angekettetes wildes Tier. »Die arme Frau. Darfst sie nich verurteilen.«

»Ich verurteile sie nicht«, entgegnete Daniele, ohne zu zögern. »Auch Susanna tut das nicht.«

»Nich besonders tröstlich, auf der richtigen Seite zu stehen, wie?«, seufzte der Capitano betrübt. »Aber das is alles, was wir haben, oder?«

»Stimmt.«

»Ham wir jetzt genug geschwätzt, Junge?«

»Fra' Stanislaos Tod durch die eigene Hand hat die Dinge wieder ein wenig ins Lot gebracht«, setzte Daniele an. »Das ist, seit der Prozess begonnen hat, die erste Aussage *aus freien Stücken*.«

»Hat eine Wahrheit in sich, die den Leuten unter die Haut geht und die sie verstehn«, nickte Buccaltieri. »Aber bleibt das auch so?«

»Dafür müssen wir unsere Aufmerksamkeit auf einen bestimmten Punkt richten.«

»Auf welchen?«

»Hat Susanna Weser und die Dienstmagd umgebracht?«

»Nein.«

»Nein, genau. Wir müssen also den Mörder finden. Das Ziel des Mörders war weder Weser noch die Dienstmagd, sondern Susanna.« Er ballte die Hände zu Fäusten. »Mit diesem Prozess begeht der Mörder seine wahre Sünde.«

Buccaltieri musterte ihn nachdenklich. »Der Inquisitor?«

»Würde er so weit gehen?«, überlegte Daniele.

»Sieh dir doch an, was er mit Jehanne gemacht hat. Damit hat er ja wohl bewiesen, dass er jede moralische Grenze überschreitet. Kostet ihn nix.«

»Vielleicht«, sinnierte Daniele. »Aber warum?«

Buccaltieri zuckte die Schultern. »Is deine Aufgabe, das rauszufinden«, meinte er. »Was is denn mit seinem Hündchen? Der hat ja regelrecht Schaum vorm Mund.«

»Auch das ist wahr. Vielleicht ist es Paolo. Aber wieder frage ich Euch: Warum?«

»Weil – der is sein Hund«, gab Buccaltieri zurück.

»Das genau ist der Punkt«, rief Daniele. »Überlegt mal: Fra' Stanislao hat ausgesagt, dass Susanna ihn um eine Arznei auf Basis von Opium bat, um Weser bewusstlos zu machen.«

»Hab ich keinen Augenblick geglaubt.«

»Ich auch nicht. Aber diese Arznei gab es. Susanna wurde damit betäubt. Deshalb hat man sie in diesem merkwürdigen Zustand und blutüberströmt neben der Leiche gefunden. Ohne Erinnerung. Die Arznei kann nur Fra' Stanislao zubereitet haben.«

»Aber Fra' Stanislao is doch im Leben nich der Mörder.«

»Nein, natürlich nicht. Aber die Arznei wurde bei ihm in Auftrag gegeben. Vielleicht hat er sie zubereitet, ohne zu wissen wofür. Erst später hat er dann verstanden, wer der Mörder ist.« Daniele knirschte mit den Zähnen. »Ich schwöre Euch: Wenn er noch leben würde, würde ich alle Folterwerkzeuge der Welt an ihm anwenden, ihm die Fingernägel ausreißen, damit er den Namen ausspuckt.«

»Er is aber tot. Und hat das Geheimnis mit in die Hölle genommen.«

»Dann müssen wir weitermachen mit dem, was wir haben, Capitano. Der kleine Teo, der Bäckersohn, war zu Tode erschreckt. Aber er weiß nichts. Gehen wir noch einmal die Zeugenaussagen durch. Jehanne trägt kein Leben mehr in sich. Ihre Aussage ist für uns vollkommen unwichtig. Eine Sackgasse.«

»Aber der Falschspieler, Bernardo Treves, der weiß was!«, rief Buccaltieri und schlug sich mit der flachen Hand vor die Stirn. »Seine Aussage war falsch. Die haben sie ihm vorgesagt.«

»Richtig. Das aber liegt vielleicht nur an der Unredlichkeit der Ankläger. Beweisen, dass er zu einer falschen Aussage gebracht wurde, heißt nicht, dass der Mörder ihn dazu gebracht hat.«

»Aber mehr haben wir nich«, gab Buccaltieri zu bedenken. »Reiß dem doch die Fingernägel raus.«

»Fra' Stanislao kannte den Mörder ganz gewiss. Das gilt aber nicht unbedingt auch für Bernardo Treves. Der kennt vielleicht nur einen skrupellosen Inquisitor oder einen Sekretär, die ihn für die Falschaussage bezahlt und ein Auge zugedrückt haben wegen seiner Schwierigkeiten mit dem Gesetz«, überlegte Daniele. »Dieser Wurm würde auf jeden Fall alles gestehen, sobald der Folterknecht sich ihm auch nur nähert. Wir aber wollen ja die Wahrheit wissen.«

»Und wofür brauchste mich dabei?«, erkundigte sich Buccaltieri.

»Weiß ich noch nicht«, erwiderte Daniele.

Der Capitano nickte ernst. »Du bist ein guter Kommandant, Junge.«

»Danke, Greis.«

»Ich werd mal in der Werkstatt vom Falschspieler rumstöbern«, beschloss der Capitano. »Vielleicht, wenn der nich da is.«

Die beiden Männer, die ohne jegliches Zutun zu einer Einheit geworden waren, schüttelten sich die Hände. Und wenn bei diesem Händedruck einer der beiden Schwäche gezeigt hätte, dann wären seine Knochen gesplittert.

Buccaltieri wandte sich dem Eingang der Spelunke zu.

Daniele bemerkte, dass Marianna Dionigi im Türrahmen auf ihn wartete.

»Is 'ne Hure.« Niccolò Buccaltieri grinste. »Benimmt sich aber wie 'ne Ehefrau.«

»Ihr seid ein glücklicher Mann«, stellte Daniele fest, dann machte er sich mit schweren Schritten auf den Weg zum Kloster Santa Ulpizia. Er konnte Fra' Thevet nicht allein lassen. Nicht jetzt, nachdem Fra' Stanislao sich erhängt hatte.

Er rechnete damit, ihn im Gebet in der Kapelle zu finden, aber man sagte ihm, er sei seit dem Vortag in seiner Zelle und weigere sich zu essen.

Daniele schritt den feuchten Gang entlang, an dem die Gemächer der Mitbrüder lagen, und klopfte an die Tür der Zelle des Priors, die sich in nichts von den anderen unterschied.

Als er eintrat, hob Fra' Thevet nur gerade eben den Kopf.

»Mir wurde gesagt, dass hier im Kloster bald der nächste Selbstmord geschieht«, bemerkte Daniele.

Fra' Thevet schwieg.

»Ihr müsst essen, Prior.«

»Du bist bis hierhergekommen, um mir zu sagen, dass ich essen soll?«, erwiderte Fra' Thevet mit rauer Stimme. Dann lächelte er ein unendlich trauriges Lächeln. »Glaubst du wirklich, dass es die fehlende Nahrung ist, die mich ins Grab bringen wird?«

»Ich bitte Euch um Verzeihung, Prior. Ich bin ein Dummkopf«, erwiderte Daniele zerknirscht.

Fra' Thevet schwieg, auch als Daniele sich zu ihm setzte. Doch er ließ zu, dass sein ehemaliger Schüler seine Hand nahm, wie er es als kleiner Junge getan hatte, nachdem man Susanna fortgebracht hatte.

So blieben sie sitzen. Reglos und schweigend, Hand in Hand.

»Ich werde seine Beisetzung abhalten«, meinte Fra' Thevet schließlich. »Obgleich es mir untersagt wurde, weil seine Tat gegen das Gesetz Gottes ist.« Er holte tief Luft. »Aber wenn sie mir untersagen, ihn in heiliger Erde zu bestatten, werde ich mit meinen eigenen Händen in seinem Kräutergarten eine Grube graben und die Erde dort mit Weihwasser segnen.« Er schwieg einen Moment. »Aber verzeihen werde ich ihm nie. Niemals«, stieß der Prior mit letzter Kraft hervor.

Daniele spürte all seinen Schmerz und drückte seine Hand.

»Dein Händedruck hat an Kraft verloren«, sagte Fra' Thevet lächelnd. »Oder meine Sünde wiegt schwerer als deine Macht, Heiliger.«

»Es gibt keine Heiligen und keine Hexen«, beschied Daniele düster.

»Nur Dämonen.«

Daniele ließ den Kopf hängen. Es gab nichts mehr zu sagen.

Vielleicht hätten sie weiter dort gesessen, reglos und bis tief in die Nacht, wäre nicht vom Flur her plötzlich aufgeregtes Geschwätz und das Klappern etlicher Sandalen zu ihnen hereingedrungen.

»Ich habe meine Mitbrüder im Sturm allein gelassen, und wie die Apostel werden sie sich fragen: ›Meister, fragst du nicht danach, dass wir umkommen?‹«, bemerkte Fra' Thevet. »Ich vernachlässige meine Pflichten als Prior«, fügte er hinzu, setzte unendlich mühsam die Füße auf den Boden und schleppte sich dann Schritt für Schritt zur Tür.

Doch noch bevor er sie erreichte, wurde sie von einem jungen Mönch aufgestoßen.

»Sie will gestehen!«

Daniele sprang auf.

»Wer?«, verlangte Fra' Thevet zu wissen.

»Susanna«, rief Daniele und stieß Fra' Thevet und den jungen Mönch beiseite.

»Warte auf mich!«, schrie der Prior, und seine Stimme war nun nicht im Geringsten mehr schwach.

Daniele kam zurück und fasste Fra' Thevet am Arm, dann verließen sie gemeinsam das Kloster.

Sie stiegen den steilen Weg hinab und erreichten kurz darauf das Borgo.

Bereits zum zweiten Mal innerhalb von zwei Tagen wälzte sich eine Menschenmasse durch die Gassen von Borgo San Michele. Am Vortag hatten sie »Zum Kloster!« geschrien. Und auch jetzt drang nur immer wieder ein einziger Ausruf aus ihren Kehlen, prallte an den Steinmauern der Häuser ab und erhob sich wie ein Windstoß in den Himmel: »Zum Kerker! Zum Kerker!«

Daniele bebte. Am liebsten wäre er gerannt, als Erster dort angekommen, doch Fra' Thevet mangelte es an Kraft, und Daniele musste auf ihn warten.

Endlich erreichten sie ihr Ziel.

Eine Menschenmenge versperrte ihnen den Weg, doch Daniele verschaffte sich Platz und zog Fra' Thevet hinter sich her. Am Eingang kreuzten zwei Wachen ihre Schwerter und verwehrten ihnen den Zutritt.

»Zur Seite, oder ich bringe Euch eigenhändig um, so wahr mir Gott helfe!«, knurrte Daniele.

Eingeschüchtert wichen die Wachen beiseite.

Als Daniele und Fra' Thevet durch den Gang im Kerker stolperten, vernahmen sie einen markerschütternden Schrei aus der letzten Zelle.

»Ich gestehe, ich bin eine Hexe!«

»Nein!«, schrie Daniele mit hämmerndem Herzen.

Die Zellentür stand halb offen.

»Gibst du zu, dass du dich mit Satan, deinem Herrn, vereint hast?«, ertönte die Stimme des Inquisitors.

»Nein!«, schrie Daniele, stürzte in die Zelle und stellte sich mit ausgebreiteten Armen zwischen Susanna und den Inquisitor, Paolo Tahler und den *Exceptor*, der das Geständnis mitschreiben sollte. »Nein!«

Der Inquisitor zuckte zusammen. »Ihr beide dürft nicht hier herein!«, rief er, als auch der Prior die Zelle betrat.

»Ich bin der Beichtvater von Susanna Berna«, erwiderte Fra' Thevet in einem Ton, der keinen Widerspruch duldete. »Und du, Constantin Tron, kannst ihr spirituellen Trost nicht versagen.«

Der Inquisitor schnaubte lediglich und wandte sich zornig Daniele zu, der Susanna immer noch mit seinem Körper beschützte.

»Ich bin der *Instructor Daemonii* in diesem Prozess«, erklärte Daniele entschieden. »Und ich erlaube nicht, dass Ihr in meiner Abwesenheit mit Susanna Berna sprecht.«

»Sie hat bereits gestanden, dass sie eine Hexe ist!«, mischte sich Paolo ein.

Fra' Thevet stellte sich neben Susanna. »Das habe ich nicht gehört«, sagte er. »Und ich werde es erst glauben, wenn sie es mir beichtet.«

»Prior«, wisperte Susanna.

Als Daniele hörte, wie schwach ihre Stimme war, wandte er sich ihr mit einem Ruck zu. Diese Frau war nicht Susanna, sondern ein bleiches, zitterndes Etwas.

»Hast du gesehen, was sie Jehanne angetan haben?«, flüsterte Susanna. Pures Grauen lag in ihren blauen Augen.

»Du bist stärker als Jehanne«, schärfte Daniele ihr ein, die Stimme rau von Schmerz und Zorn. »Und du bist auch stärker als sie!« Er zeigte auf den Inquisitor und Paolo.

»Ich gestehe …«, begann Susanna von Neuem.

»*Wenn Ihr für Gott das Gleiche empfindet wie ich für Daniele, dann seid Ihr ein glücklicher Mann*«, unterbrach Fra' Thevet sie. »*Dann könnt Ihr, so wie ich, es mit allem und jedem aufnehmen*«, sagte er langsam. »Erinnerst du dich an diese Worte? Erinnerst du dich, dass du es warst, die sie zu mir sagte, Susanna? Ich habe diese Worte nie vergessen.«

Susanna blickte den Prior an, in ihren Augen standen Tränen.

»Ich bin hier, an deiner Seite«, sagte Daniele.

Susanna schüttelte langsam den Kopf. »Ich schaffe das nicht …«

Da hob Fra' Thevet die Hand und suchte nach Susannas Gesicht. Erst wirkte es wie eine zärtliche Geste, doch plötzlich holte er aus, und in der Zelle hallte der trockene Knall einer saftigen Ohrfeige.

Überrascht riss Susanna die Augen auf.

»Susanna Berna!«, donnerte Fra' Thevet. »Finde dich selbst wieder!«

53

Anno Domini 1633
9. Februar, zwanzigster Tag

Borgo San Michele, Ostalpen

»*Deo agimus gratias*!«, eröffnete Paolo die Verhandlung nicht mit der üblichen Formel. »Wir danken Gott«, übersetzte er für die unkundigen Leute aus dem Dorf.

Daniele, wie immer an Susannas Seite, war sogleich auf der Hut. Das triumphierende Lächeln auf Paolos Gesicht verhieß nichts Gutes.

»*Deo agimus gratias*!«, wiederholte Paolo inbrünstig. »Wir danken Gott, denn Er hat uns mit sicherer Hand in unserem Kampf gegen den Teufel gelenkt und zum Sieg geführt.« Er blickte auf die im Saal versammelte Menschenmenge. »Das Gericht ist heute zu der Überzeugung gelangt, dass die während des Prozesses gesammelten Beweise mehr als ausreichend, ja, erdrückend sind. Ausreichend für ein abschließendes Urteil über die Angeklagte Susanna Berna.«

Angespanntes Raunen erhob sich, stieg wie giftiger Nebel zwischen den Bänken auf und wand sich in Schwaden durch den Raum. Dies war also das Ende. Und sie alle wussten nur allzu gut, was dieses Ende bereithielt: züngelnde Flammen, brennendes Fleisch und markerschütternde Schreie. Susannas Schreie.

Die Miene des Inquisitors, der starr an seinem Platz saß, war undurchdringlich.

Susanna spürte, wie ihr die Beine nachgaben.

Und als hätte Daniele es geahnt, fasste er ihren Arm und stützte sie.

Gerne hätte er etwas gesagt, doch für dieses Fortschreiten gab es keine Worte, es traf ihn vollkommen unerwartet. Sie würden das Urteil sprechen, welches natürlich »schuldig« lauten würde. Er spürte Paolos Blick auf sich. »Ich erhebe Einspruch!«, schrie Daniele, so laut er konnte.

Das wollen sie doch, dachte er. Hilflos wollten sie ihn machen. Wollten, dass er das Gleichgewicht verlor. Und er würde ihnen geben, was sie wollten. Er würde ihnen all sein Unbehagen, seine Trauer zeigen. Würde ihnen ihre Überheblichkeit lassen.

»Wir nehmen deinen Einspruch zur Kenntnis, *Instructor Daemonii*«, erwiderte Paolo, die Augen zu Schlitzen verengt, in denen gallige Freude aufglomm. »Doch das Gericht hat nach sorgfältiger Prüfung aller Beweise und Aussagen diesen Beschluss gefasst. Und bevor das Urteil verkündet wird, werde ich für dich und das Publikum, das uns während des ganzen Prozesses unterstützt hat, alles noch einmal zusammenfassen.«

»Unterstützt?«, rief Daniele entgeistert. »Sie haben Angst, das ist alles. Und das weißt du genau. Ein Haufen Hasenfüße sind sie, das hast du in der Kathedrale selbst zu mir gesagt. Wie viele Lügen ich mir in diesem Prozess anhören musste! Lügen, und keine einzige Wahrheit. Erspare uns also bitte wenigstens dieses letzte Ammenmärchen!«

Paolo blickte ihn von oben herab an. »Du hast verloren, Daniele. Gib auf.« Er lachte höhnisch. »Es ist vorbei.«

»Nein!«, ertönte da eine Stimme aus dem Saal. Sie zitterte und war doch stark und voll. »Ich möchte für Susanna Berna aussagen!«

Alle Blicke richteten sich auf Marianna Dionigi.

»Eine Hure sagt für eine Hexe aus, das ist ja herzallerliebst«, spottete Paolo.

»Weißt du aus persönlicher Erfahrung, dass sie eine Hure ist, Paolo?«, höhnte Daniele.

Hätte nicht die Urteilsverkündung kurz bevorgestanden, hätten sich nicht alle so geschämt, weil sie wussten, dass sie tatsächlich nichts weiter als ein Haufen Hasenfüße waren – die Leute aus dem Dorf wären in ohrenbetäubendes Gelächter ausgebrochen. Aber so blieb es mucksmäuschenstill.

»Sag nichts, Marianna«, brach nun Susanna die Stille. Sie hatte Angst um Marianna und wusste nur zu gut, dass das Urteil ohnehin nicht mehr zu ändern war, was auch immer sie sagte.

»Denkst du, wir können das Wort einer Sünderin berücksichtigen?«, wandte sich nun der Inquisitor an Daniele.

»Ja, im Namen des Herrn«, antwortete Daniele, wohl wissend, dass die Aussage für Susanna nichts mehr ändern würde. Marianna Dionigi aber würde sie das Leben zur Hölle machen.

»Im Namen des Herrn.« Paolo lachte.

»Was gibt es zu lachen?«, erkundigte Daniele sich ausdruckslos. »Hast du alles vergessen über Gott, den du zu ehren behauptest? Hast du die Dirne Magdalena vergessen? Der Gott, dem du zu dienen behauptest, hat ihr die Sünden vergeben. ›Dein Glaube hat dir geholfen; geh hin in Frieden!‹, sagte Gottes Sohn zu ihr.«

»Was für ein Glaube soll das sein, der einer Dirne?«, erwiderte Paolo verächtlich.

Daniele wandte sich an die Dorfbewohner. Ihnen und nicht Paolo galt seine Antwort. »Der Glaube an die Gerechtigkeit«, rief er laut und deutlich.

Der Inquisitor zuckte zusammen. Vor Ärger und Anerkennung zugleich. »So sprich, Hure!«, befahl er.

»Nein, Marianna!«, flehte Susanna.

Aber Marianna Dionigi stand aufrecht da. »Ich bin eine Hure, stimmt«, bekräftigte sie mit entschiedener Stimme. »Ich bin ein ehrloses Geschöpf, und andere meiden mich, damit sie nicht mit meiner Unreinheit in Berührung kommen. Aber wenn es dunkel wird, dann steigen viele von denen, die mich tagsüber nicht mal grüßen, in mein Bett, und meine Unreinheit kümmert sie nicht mehr.«

Bei dem Gedanken, sie könnte ihre Namen nennen, lief es den anwesenden Männern kalt den Rücken hinunter.

Daniele bewunderte die Frau. Insbesondere an diesem Tag, an dem der Platz in der ersten Reihe leer war, auf dem für gewöhnlich ihr einziger Liebhaber saß, Niccolò Buccaltieri. Daniele hatte nicht gewusst, dass Marianna Dionigi aussagen würde. Und schon gar nicht ohne Buccaltieri an ihrer Seite, dem Einzigen, der sie unterstützen würde.

Er blickte zu Susanna. Ihr liefen vor Ergriffenheit Tränen über die Wangen.

»Zum ersten Mal in diesem Prozess geschieht etwas Schönes«, flüsterte er ihr zu.

Susanna nahm seine Hand. »Drück meine Hand ganz fest«, bat sie.

Daniele blickte wieder zu Marianna Dionigi, die hoch erhobenen Hauptes in der Saalmitte stand.

»Eben weil ich ein ehrloses Geschöpf bin, werde ich für Susanna Berna aussagen«, sagte sie stolz. »Denn dass ich schreiben kann, habe ich nur Susanna zu verdanken. Genauso wie lesen. Und auch den Respekt vor mir selbst habe ich Susanna zu verdanken. Sie hat in mir ein menschliches Wesen gesehen und mir das Gefühl gegeben, vor allem eine Frau zu sein, keine Hure.«

Nichts hätte Susanna mehr bewegen können als Marianna Dionigis Worte. Das war Susannas Mission gewesen. Dafür hatte sie gelebt.

»Susanna macht unsere Welt ein Stückchen besser, und wenn es das ist, was Hexen tun, wenn Hexen sind wie Susanna, dann wünsche ich mir, dass es viele solcher Hexen gibt. Und keine von ihnen verdient den Tod auf dem Scheiterhaufen«, rief die Dirne.

Ein Donnerschlag hätte nicht ohrenbetäubender sein können als die darauffolgende Stille.

»Du kannst dich wieder setzen, frischgebackene Magdalena«, ordnete der Inquisitor höhnisch an. »Das Gericht wird deinen Wunsch nach einer von Hexen bevölkerten Welt großzügig überhören.«

»Ihre Worte sind in die Herzen der Menschen gedrungen, und das werdet Ihr nicht mehr ändern können, Inquisitor«, stieß Susanna hervor.

Der Inquisitor mied ihren Blick. »Fahre fort, Paolo«, sagte er verärgert. »Und das bitte rasch und präzise!«

»Ich werde jetzt die über das Schicksal der Angeklagten entscheidenden Umstände und Zeugenaussagen aufzählen.« Paolo war die Verzweiflung anzumerken, die Worte des Inquisitors hatten ihm das Blut ins Gesicht gejagt, fielen schwer auf ihn herab. Beklommen schüttelte er seine blonden Locken. »Wir haben den kleinen Teofilo Rinaldi, Sohn des Bäckers Dario Rinaldi, angehört, der die sterbende Dienstmagd Astrid Gallo fand und bestätigt hat, dass sie sagte: ›Susanna die Hexe‹.«

»Ich persönlich habe den kleinen Teo nicht klar und deutlich ›Susanna, die Hexe‹, sagen hören«, unterbrach Daniele. Er würde bis zum bitteren Ende Widerstand leisten. Er würde nicht schweigen, er würde allem widersprechen, würde kämpfen wie ein Löwe, damit die Dorfbewohner diese zum Himmel schreiende Ungerechtigkeit nie vergessen würden. »Was ich gehört habe, war, dass er mit Tränen in den Augen sagte: ›Verzeih, Susanna‹.«

»Das geht nicht aus den Protokollen hervor, die ich gelesen habe«, schnappte der Inquisitor.

»Ein paar geschriebene Wörter zu streichen ist nicht schwer,

Inquisitor«, gab Daniele zurück. »Ein ausgesprochenes Wort hingegen kann man nicht streichen.«

Einige Dörfler nickten unmerklich.

»Der Schmied Bernardo Treves hat es bestätigt«, ergriff Paolo wieder das Wort, »als ein weiterer Zeuge des Ablebens der Dienstmagd Astrid Gallo.« Er wandte sich an Daniele. »Oder willst du das auch bezweifeln?«

»Das Wort eines Falschspielers anzweifeln, der zugegeben hat, sich mehr als ein kleines Kind gefürchtet zu haben?«, spottete Daniele. »Aber nein!«

Trotz der Anspannung lachte das Publikum.

»Ruhe!«, fuhr der Inquisitor auf.

Daniele ließ keinen von Paolos Sätzen unkommentiert, nahm sie auseinander, zerstückelte sie. Er dachte an seinen treuen vierbeinigen Gefährten Zelt im Wald, der aufrecht dem Tod ins Gesicht sah. Er würde ihm in nichts nachstehen.

Susanna drückte Danieles Hand fester. Er war da. An ihrer Seite. Bis zum Ende. »Ich liebe dich«, wisperte sie.

Danieles Augen füllten sich mit Tränen.

»Ich muss es dir jetzt sagen, denn ich weiß nicht, ob ich später noch die Kraft dazu haben werde. Vielleicht bleibt uns auch keine Zeit«, sagte Susanna. »Sieh mich an.«

Daniele wandte sich ihr zu und blickte in ihre wunderbaren blauen Augen.

»Ich bin eine Frau«, sagte Susanna. »Und es gibt nichts, wofür ich mich jetzt schämen würde.« Sie lächelte, ein reines, wunderbares Lächeln. »Ich wäre dir so gerne nähergekommen, als Frau.«

Daniele spürte einen Stich im Herzen, so heftig, dass er sicher war, es würde zerbersten. In diesem Moment. »Und ich wäre gerne der Mann gewesen, den du verdienst. Dann hätten wir bereits viele Jahre miteinander verbringen können. Verzeih mir.«

Susanna streichelte seine Hand. »Hier an meiner Seite sehe ich einen wunderbaren Mann.«

Daniele errötete. »Und ich sehe eine wunderbare Frau«, flüsterte er, und mit einem Mal stieg unbändige Wut in ihm auf, weil sie ihm nun alles nehmen würden, weil er und Susanna keine Zeit mehr miteinander haben würden.

Er wandte sich Paolo zu. »Erzähle deine Lügen nur weiter, du erbärmlicher Feigling!«

»In Gottes Namen befehle ich dir, dem Gericht Respekt entgegenzubringen«, ereiferte sich der Inquisitor.

Daniele setzte zu einer Antwort an, doch Susanna drückte seine Hand. »Sei still, sonst werfen sie dich noch hinaus«, bat sie betrübt. »Und ich will, dass du hier bei mir bist.«

Daniele senkte den Kopf und schwieg.

»Des Weiteren haben wir die Aussage von Fra' Thevet gehört, dem Prior von Santa Ulpizia«, nahm Paolo seinen Bericht kühl und siegessicher wieder auf, »der die blutdurchtränkte Schnur, mit welcher der Astrologe Weser gefesselt war, eindeutig erkannt und außerdem ausgesagt hat, dass die Angeklagte selbst sie bei ihm erwarb, und zwar nur wenige Tage vor dem furchtbaren satanischen Ritual, welches ihren Mann das Leben kostete.« Mit erhobenem Arm zeigte er auf Daniele, um dessen Einspruch abzuwehren. »Du möchtest jetzt sagen, dass die Schnur erworben wurde, um Wesers Anfälle von Fallsucht zu bändigen, ich weiß. Aber dies ist nur ein erschwerender Umstand, denn der Kräuterkundige Fra' Stanislao hat mit seiner erschütternden Aussage das fehlende Teil zur Lösung beigetragen: Die Angeklagte hatte bei ihm die Zubereitung starker Rauschmittel in Auftrag gegeben, um ihren Mann außer Gefecht zu setzen.«

»Deine Zusammenfassung ist nahezu makellos, Paolo«, unterbrach ihn Daniele, der spürte, wie der Wolf in ihm den Hund, der er jahrelang gewesen war, in Stücke riss. »Doch ich frage mich, warum ein guter *Instructor Domini* wie du den Selbstmord von Fra' Stanislao nicht erwähnt. Wie kommt es, dass dich eine so deutliche Tat wie der Selbstmord eines Mönchs, der sich die Kutte herunterreißt, als wäre er ihrer nicht würdig, nicht bestürzt? Wie lautet die Antwort auf meine Fragen? Vielleicht hat uns Fra' Stanislao die Botschaft Judas' hinterlassen. Judas, der nicht ertrug, Jesus Christus betrogen zu haben, so wie er, Fra' Stanislao, Susanna Berna betrog?«

»Oder«, tönte der Inquisitor und erhob sich, »der bemitleidenswerte Mann hat diese von der Kirche als Todsünde verurteilte Tat ausgeführt, weil er sich nicht vergeben konnte, Susanna Berna am Leben gelassen zu haben. Vielleicht hat dieser Mann sich mit dem Teufel im Bunde gefühlt.«

Daniele schüttelte den Kopf. Ein Blick ins Publikum verriet ihm, dass die Worte des Inquisitors die Zuhörer nicht überzeugten. »Ich glaube kaum, dass sich jemand der hier Anwesenden von Eurer Redekunst einwickeln lässt.« Er schwieg einen Moment. »Bedauerlich ist nur, dass keiner von ihnen das Urteil sprechen wird.«

»Richtig, das Urteil wird von diesem Gericht gesprochen«, stellte Paolo höhnisch fest. »Selbst wenn deine Bemerkungen begründet wären, reicht das Geständnis von Jehanne, der Hebamme vollkommen, die uns detailliert erzählt hat, wie der Teufel höchstpersönlich das im Mutterschoß tote Geschöpf zum Leben erweckte und es so zu seiner Tochter machte.«

»Ich zolle dir Anerkennung, Paolo, wirklich. Denn ich weiß, wie viel es dich gekostet hat, nicht zu sagen, dass Jehannes Geständnis *aus freien Stücken* erfolgte«, bemerkte Daniele mit Bedacht, beschwor er damit doch noch einmal das grauenhafte Bild der Frau herauf, die durch die Hölle des Folterknechts gegangen war. »Und ich staune, dass du das Papier mit den drei Buchstaben nicht mehr erwähnt hast, das Weser angeblich geschrieben hat, um Susanna Berna zu beschuldigen. Aber vielleicht möchtest du auch gar nicht mehr daran erinnern, schließlich habe ich bewiesen, dass Weser dazu gar nicht in der Lage gewesen wäre.«

»Und du tust, als hätte die Angeklagte kein Geständnis ablegen wollen. Ein höchst gravierender Umstand«, schrie Paolo und blickte triumphierend in die Menge.

»Das sie dann aber nicht abgelegt hat, wenn ich mich recht erinnere«, versetzte Daniele. »Da ich dich zu meinem Unglück bereits aus Kindertagen kenne, möchte ich dir noch eines sagen, Paolo.« Er verließ seinen Platz neben Susanna und ging langsam auf Paolo zu, bis er vor ihm stand. »Du …«

Paolo wich einen Schritt zurück und umfasste sein großes Kruzifix.

Der Inquisitor bebte vor Zorn, als er Paolo weichen sah.

»Du …«, fuhr Daniele mit einem spöttischen Lächeln in seinem starken edlen Gesicht fort, »Du hättest alles gestanden, und zwar allein bei der Andeutung, dass der Folterknecht auf dich wartet. Du hättest mit wehenden Fahnen gestanden, ein Esel mit Flügeln zu sein.« Er lachte ihm verächtlich ins Gesicht, dann wandte er sich an das Publikum. »Und wir hätten es geglaubt!«

Die Bewohner des Dorfes bogen sich vor Lachen, und die Beklommenheit lockerte kurz ihren Griff um ihre Herzen.

»Als Hofnarr würdest du dich besser machen, Daniele di Barco!«, stieß der Inquisitor hervor und erhob sich ein weiteres Mal in dem Versuch, Paolos Schwäche wettzumachen. »Damit hättest du bestimmt mehr Erfolg als in der Tätigkeit des *Instructor Daemonii.* Es tut mir leid, deine Posse unterbrechen zu müssen.« Sein hageres Gesicht war angespannt, die Schlangenlippen fest aufeinandergepresst. Seine schwarze Gestalt war zu voller Größe aufgerichtet. Der Mann des Todes, der Mann des Feuers zeigte sich hier den Dorfleuten in seiner ganzen Macht.

»Der Moment der Urteilsverkündung ist gekommen. Es kann nur …«

»Inquisitor, ich bitte Euch, ich flehe Euch an«, rief Daniele und kniete vor ihm nieder.

Als er sah, wie Daniele sich zu seinen Füßen demütigte, leuchtete maßlose Freude über den nahenden Sieg in den Augen des Inquisitors auf.

»Steh auf, Daniele!«, schluchzte Susanna. »Ich habe keine Angst!«

Daniele hielt den Kopf gesenkt, und so konnte niemand sehen, dass er lächelte.

»Das Urteil ist gefällt. Ich kann deinen Bitten nicht stattgeben, *Instructor Daemonii*«, sagte Constantin Tron überheblich und genoss sichtlich jede einzelne Silbe.

Daniele kannte alle Gesetze und Strategien der Jagd, er war der beste Jäger des ganzen Tals. Aber er hatte sich geschworen, sein Opfer niemals zu töten, nachdem er es in die Ecke getrieben hatte, denn er mochte den Tod nicht. Das war sein Pakt mit der Natur. Und da er in seinem Fach so bewandert war, wusste er natürlich um die wichtigste aller Strategien: die Bedeutung der Windrichtung. Wenn man diese Strategie beherzigte, dann bemerkte das Opfer den Jäger nicht. Auch nicht, wenn er sehr nahe war. Zum Sprung bereit. An diesem Tag lauerte auch Daniele im Windschatten. Unbemerkt von seinem Opfer.

Doch jetzt war der Moment gekommen.

Und die Abwesenheit Niccolò Buccaltieris war der Pfeil auf seinem gespannten Bogen.

Jetzt!, dachte er.

Genau in diesem Moment betrat der Capitano den Saal. »Keiner bewegt sich!«, dröhnte Buccaltieris Stimme.

Alle Anwesenden wandten sich dem Söldner zu, der durch die Bankreihen schritt, kraftvoll, als trüge er seine alte Rüstung, den Stock wie ein Schwert umfasst. In der anderen Hand trug er etwas, das in ein Tuch gehüllt war.

»Was erlaubt Ihr Euch, Capitano!«, fuhr Paolo ihn mit schriller Stimme an.

Doch Niccolò Buccaltieri würdigte ihn weder eines Blickes noch einer Antwort, sondern marschierte schnurstracks zu dem Inquisitor.

Daniele erhob sich und tat einen Schritt zur Seite.

»Ich warne Euch, Capitano …«, drohte der Inquisitor.

Doch auch ihm schenkte Niccolò Buccaltieri keine Beachtung, sondern wandte sich an das Publikum. Er hob das Tuch an, in dem etwas Dünnes, Hartes verborgen lag.

Der Pfeil, dachte Daniele und blickte zu Susanna.

Susanna empfand große Anerkennung für Danieles Würde, seinen Stolz und seine furchtlose Art, eine Schlacht zu fechten, die alle anderen längst verloren glaubten. Überrascht spürte sie ein Gefühl der Hoffnung in sich aufkeimen, so absonderlich das auch war.

Ich gehöre nur dir, dachte sie. *Das war von jeher so.*

»Capitano!«, schrie der Inquisitor.

Niccolò Buccaltieri stand mit hoch erhobenem Arm da. Reglos.

»Wachen, bringt ihn fort!«, befahl Paolo nachdrücklich.

»Das Urteil ist gefällt, Paolo. Wovor hast du Angst?«, wollte Daniele wissen. »Warum lässt du dein Leben immer nur von Angst regieren?«

»Ich habe keineswegs Angst«, gab Paolo giftig zurück, wie es der Jäger Daniele di Barco vorausgesehen hatte.

Genau in diesem Moment zog Niccolò Buccaltieri das Tuch beiseite.

Ein Gegenstand, knapp einen Arm lang, mit einem Holzgriff an einem und einer geometrischen Form am anderen Ende, schlug mit metallischem Klirren auf den Steinboden auf.

Erst als das Echo verklungen war, hob Daniele den Gegenstand auf und betrachtete ihn, als hätte er ihn noch nie gesehen. Er tat überrascht, dann näherte er sich Paolo, mit diesem merkwürdigen Ding in der Hand, das alle rätseln ließ.

»Nimm das«, forderte er ihn auf.

Und alle konnten sehen, dass Paolo zurückwich, voller Grauen allein bei der Vorstellung, es anzufassen. Nackte Furcht stand in seinem Gesicht.

»Was haben wir denn hier, Capitano?«, erkundigte sich Daniele.

Der Inquisitor klammerte sich an den Armlehnen seines Sitzes fest, als fürchtete er, in einen Abgrund zu stürzen.

Niccolò Buccaltieri packte den seltsamen Gegenstand. »Diesen Holzgriff, Kastanie, wenn mich nicht alles täuscht«, erklärte er dem Publikum wie ein Lehrer, »braucht man, um sich nich zu verbrennen.«

»Verbrennen?«, wunderte sich Daniele.

»Genau«, antwortete Niccolò Buccaltieri. »Habt Ihr schon einmal versucht, ein heißes Eisen anzufassen? Ihr könnt jeden der hier anwesenden Züchter fragen: Alle haben einen Griff für das Brandeisen, mit dem sie ihre Rinder kennzeichnen.«

»Ihr unterbrecht also die Schlussverhandlung des Prozesses, um uns ein Eisen zu zeigen, das man zum Brandmarken von Rindern benutzt, Capitano?«, ergriff nun der Inquisitor sarkastisch das Wort.

Niccolò Buccaltieri ließ das Eisen kreisen. »Hier geht's nicht um Rinder«, erwiderte er und fuhr mit dem Finger über den geometrischen Teil am Ende des Gegenstands. »Ein Stern mit fünf Spitzen, der Drudenfuß, seht Ihr?«, fuhr er fort und zeigte dem Publikum den Stern. »Und hier«, erklärte er mit dem Finger auf dem Metall, »hier, genau in der Mitte des Drudenfußes, entsteht aus den sich kreuzenden Linien ein Ziegenkopf.«

Ein Schreckenslaut entfuhr den Zuschauerreihen.

»Dieses Brandeisen wurde nicht für ein Rind benutzt«, schloss Niccolò Buccaltieri, »sondern für einen Menschen.«

»Astrologe Weser?«, fragte Daniele, und sprach aus, was alle dachten.

Doch eine Antwort brauchte niemand.

Die Dorfleute erschauderten.

»Und, was wollt Ihr hören?«, rief der Inquisitor, als er sah, dass Paolo außerstande war, etwas zu entgegnen. »Ihr habt das dämonische Instrument gefunden, mit dem die Hexe ihr Opfer markierte. Gute Arbeit, Capitano.«

»Ich lobe die Arbeit des Capitano ebenfalls«, meldete sich Daniele zu Wort. »Aber wie alle anderen würde auch ich gerne wissen, wie er an diesen Gegenstand gekommen ist. Ein Gegenstand, den Ihr, die Ihr ja vom Fach seid, sicher als *Sigillum Diaboli* bezeichnen würdet.«

»Warum sollte wichtig sein, wie er an den Gegenstand gelangt ist?«, stieß der Inquisitor hervor, den Paolos Untätigkeit zunehmend erzürnte.

»Ich weiß auch nicht, ob es wichtig ist«, gab Daniele zurück. »Um das zu wissen, müsste ich erfahren, wo dem Capitano das Instrument in die Hände gelangt ist.« Er wandte sich an den Capitano. »War es im Haus der Angeklagten versteckt?«

»Nein.«

»In der Nähe? In einem Busch oder im Wald?«

»Nein.«

»Ihr seid nicht besonders redselig, Capitano«, fuhr Daniele fort. »Bevor Ihr uns verratet, wo Ihr es gefunden habt, sagt mir bitte, ob der Fundort für den Prozess von Bedeutung ist.«

»Zweifellos, ja«, erwiderte Buccaltieri entschieden.

»Die Meinung des Capitano hat hier keinerlei Gewicht!« Paolo schien aus seiner Starre erwacht.

Daniele blickte ihn an. Welch vorhersehbares Opfer Paolo

doch war! Wäre er ein Tier – Daniele würde ihn niemals jagen. Selbst ein noch so unerfahrener Jäger würde Paolos Handlungen voraussehen. »Du hast recht, *Instructor Domini*. Dann hören wir doch mal, wo dieses *Sigillum Diaboli* gefunden wurde, und dann wirst du, und nur du, die Schlüsse daraus ziehen. Einverstanden, Paolo? Vor diesem Gericht und vor den Bewohnern von Borgo San Michele lege ich alles in deine Hände.«

Paolo erstarrte, dann wandte er sich an den Inquisitor. »Was soll ich tun, Exzellenz?«, flüsterte er kläglich.

»Dummbart«, knurrte der Inquisitor. »Fahrt fort«, befahl er an den Capitano gewandt.

»Wo also seid Ihr in Besitz des Brandeisens gelangt?«, fragte Daniele.

»In der Werkstatt von einem, der als Falschspieler bekannt ist«, antwortete Niccolò Buccaltieri. »Schmied ist er aber wirklich, wenigstens in diesem Punkt hat er nich gelogen.«

»Ihr meint Bernardo Treves? Der Mann, der dabei war, als Astrid Gallo starb? Der Mann, der nicht erklären konnte, warum er dort war? Den Mann, der den Mord niemandem gemeldet hat, sondern in den Wald floh? Ihr meint, Ihr habt dieses schreckliche Folterinstrument in der Werkstatt von Bernardo Treves gefunden, dem Einzigen, der hörte, wie eine Frau mit durchtrennter Kehle sagte: ›Susanna, die Hexe‹?« Daniele schüttelte den Kopf. »Ich wüsste wirklich gerne, warum dieser Umstand ein neues Licht auf den Prozess werfen sollte. Aber ich habe dem *Instructor Domini* versprochen, diese Überlegungen ihm zu überlassen. Und seinem Urteil zu vertrauen.« Er wandte sich an Paolo. »Das Wort geht also an dich. Im Namen aller hier Anwesenden frage ich dich: Kann der Prozess in Anbetracht dieser neuen Umstände tatsächlich als beendet angesehen werden?«

Paolo war bleich. Und blieb stumm.

»Die Sitzung wird vertagt!«, schrie der Inquisitor. »Das Gericht muss sich beraten!«, fügte er noch rasch hinzu, dann eilte er zum Ausgang, hastete fort, um den Dörflern und ihrem aufgebrachten Flüstern zu entfliehen, das ihn verfolgte wie ein Bienenschwarm.

54

Anno Domini 1625

Borgo San Michele, Ostalpen

Der Inquisitor stellt mich als seinen persönlichen Sekretär ein!«, rief Paolo freudig. »Ich werde bei ihm im Haus wohnen!« Überglücklich sah er Daniele an. »Verstehst du, was das heißt? Ich werde im selben Haus schlafen wie er!«

»Das hast du doch immer gewollt«, sagte Daniele lächelnd. »Ich freue mich für dich. Von ganzem Herzen.«

Paolo hatte Daniele die Aufmerksamkeit des Inquisitors stets geneidet und eine Mauer um sich gezogen. Und so hatte er in Daniele zunehmend einen Rivalen gesehen und ihn heimlich bekämpft, wobei er immer noch wie sein Freund tat. Die Zeit verstrich, und Daniele ging seinen Weg, der ihn zu seinen Forschungen über die von ihm geliebte Natur und ihre Gesetze führte. Paolo hingegen suchte die Anerkennung des Inquisitors und legte seine gesamte Aufmerksamkeit auf das Kirchenrecht, vor allem auf Häresie und Gerichtspraxis.

Und der Inquisitor verlor das Interesse an Daniele – abgesehen von seltenen Andeutungen über seine Klugheit, die Paolo jedes Mal aufs Neue kränkten – und widmete sich ausschließlich seinem Mündel. Als Paolo zwei Jahre zuvor sein Gelübde abgelegt hatte, war er sogar sein Pate.

Mit einem ehrlichen Lächeln auf den Lippen fasste Daniele, der von Paolos wahren Gefühlen nichts ahnte, nun über den Tisch hinweg nach Paolos Hand und drückte sie. »Ein Freund wie du wird mir fehlen.«

Paolo lächelte, schwieg jedoch. Auch den Händedruck erwiderte er nicht. Er würde Daniele ohne mit der Wimper zu zucken zurücklassen. Außer leidigen Gefühlen hatte Daniele in Paolos Herzen nichts hinterlassen. Nun würde er ihn schlicht aus seinem Leben streichen. Für immer.

»Weißt du, was Seine Exzellenz gesagt hat?« Paolo stand auf.

»Was denn?«, fragte Daniele neugierig.

»Dass ich mein Haar wieder wachsen lassen kann!«

Auf Daniele hatte es immer gewirkt, als hätte es für Paolo in seinem gesamten Leben nichts Schlimmeres gegeben als den Tag, an dem man ihm das Haar abschnitt. Verstehen konnte er das nicht, dennoch sagte er: »Das ist doch wunderbar!«

»Und wie!«, rief Paolo. »Jetzt beginnt mein wahres Leben. Endlich kann ich das Kloster verlassen.«

»Hast du dich von Fra' Thevet verabschiedet?«

Paolo zuckte die Schultern. »Der alte Langweiler wollte mir sogar abraten. So ein Dummbart.«

»Sprich nicht so vom Prior«, mahnte Daniele.

»Fra' Thevet ist weniger wert als der Dreck, der an den Schuhsohlen des Inquisitors hängt«, winkte Paolo verächtlich ab.

Daniele schwieg, auch wenn es ihm schwerfiel. »Na dann, viel Glück«, murmelte er.

Paolo machte sich auf den Weg zum Ausgang, blieb aber noch einmal stehen, drehte sich um und blickte Daniele an. Irgendetwas brauchte er, brauchte sein boshaftes Wesen noch, um diesen Abschied endgültig zu machen. »Es tut mir leid, dass du nicht so viel Freude am Leben hast wie ich«, heuchelte er.

Die Worte verfehlten ihre Wirkung nicht. Und da Daniele in all den Jahren Paolo immer für seinen Freund gehalten hatte, zweifelte er auch diesmal nicht an der Redlichkeit seiner Aussage. Eher Paolo zum Gefallen als sich selbst vertraute er ihm an: »Also, eigentlich habe auch ich das große Glück entdeckt, so glaube ich zumindest.« Das Blut schoss ihm ins Gesicht, denn zum ersten Mal gestand er es sich selbst ein.

Paolo war verärgert. Danieles Glück behagte ihm nicht. »Ach, wirklich?«, erwiderte er lediglich und versuchte, seine Missgunst zu verbergen.

»Ja, ich glaube schon.« Daniele lächelte. »Ich bin selbst überrascht!«

»Was ist es?«

Verträumt blickte Daniele aus dem Fenster. Der düstere Himmel kündete von Schnee. »Hast du in einem so dunklen Himmel schon einmal die Sonne entdeckt?«, fragte er.

»Im Gegensatz zu dir liegt Poesie mir nicht«, gab Paolo befremdet zurück. »Was macht dich denn so glücklich?«

»Ein Gefühl«, antwortete Daniele, und in seinen Augen funkelte Begeisterung. »Ein Gefühl für einen Menschen.« Wieder blickte er aus dem Fenster und dachte an das, was mit ihm in der letzten Unterrichtsstunde mit Susanna geschehen war. Erneut ergriff ihn der Zauber, den er verspürt hatte, als er ihre Lippen, Hände, ihre sich hebende und senkende Brust betrachtete. Er kämpfte nun nicht mehr gegen dieses Gefühl, das zu benennen er sich bisher geweigert hatte, sondern nahm es an. Und erfreute sich daran. »Liebe …«, murmelte er leise, eher zu sich selbst als zu Paolo.

»Liebe?«, fuhr Paolo auf. »Wer ist es denn?«

Daniele sah ihn an und bemerkte erst jetzt, dass er zu weit gegangen war. »Ach, vergiss es einfach«, winkte er ab.

»Etwa diese … diese Schülerin von dir?«, erkundigte sich Paolo, ohne seine Verachtung verbergen zu können.

»Ich muss gehen«, entgegnete Daniele rasch und wich seinem Blick aus. Er sammelte die Bücher vom Tisch ein, klemmte sie unter den Arm und wandte sich der Tür zu.

»Es ist Susanna Berna, oder?«, schrie Paolo ihm hinterher.

»Viel Glück, mein Freund«, rief Daniele lediglich und verließ eilig den Raum.

Paolo war wütend. Nervös öffnete und schloss er seine feinen Hände. Er keuchte. Susanna Berna. Es konnte nur sie sein – dass Daniele nicht geantwortet hatte, räumte jeden Zweifel aus. »Verfluchtes Weibsstück«, zischte er.

Niemand wusste, wie sehr er Susanna hasste. Und natürlich wusste auch niemand, warum er sie so hasste. Da er so viel Zeit wie möglich mit dem Inquisitor verbrachte, war ihm nicht entgangen, wie sehr dieses Frauenzimmer seinen Beschützer aus der Fassung zu bringen vermochte. Paolo war da gewesen, als Constantin Tron nach jenem Zwischenfall mit ihr im Kloster Santissima Assunta Maria nach Hause kam. Seine völlige Niedergeschlagenheit, seine Erschöpfung hatten Paolo entsetzt. Er sah sein Zittern, hörte die Unsicherheit in seiner Stimme. Und spürte, wie schwach der Inquisitor war – unterlegen, besiegt. Doch vor allem wurde ihm bewusst, dass diese Weibsperson fortan Constantin Trons Gedanken beherrschen würde. Und ihm Constantin Tron wegnehmen könnte. Ihn von ihm forttrug.

»Verflucht seist du, Susanna Berna«, spuckte er verächtlich aus. »Verflucht durch meine Hand. Das schwöre ich dir.«

Dann eilte er zum Haus des Inquisitors.

Am nächsten Tag kam Paolo noch einmal ins Kloster. Er sah fröhlich aus, als er Daniele umarmte. »Du fehlst mir schon, mein Freund«, heuchelte er.

Daniele hob die Brauen. »Lügner«, erwiderte er. »Du hast deinen Traum verwirklicht. Man sieht dir an, wie froh du bist.«

Wieder lachte Paolo und umarmte ihn. »Kannst du mir helfen?«, fragte er. »Ich muss meine Sachen noch ins Haus Seiner Exzellenz bringen. Aber ich habe so viele Bücher, die kann ich nicht alle allein tragen. Ich bin ja nicht so stark wie du.«

»Natürlich«, rief Daniele, ohne zu zögern. »Einem Freund schlägt man doch keinen Gefallen ab, nicht wahr?«

»Stimmt genau!«, rief Paolo und begleitete Daniele zu ihrer alten Zelle, um die von Constantin Tron geplante Falle zuschnappen zu lassen.

Während sie mit Büchern und einigen anderen Dingen beladen durch die Gassen des Dorfes liefen, dachte Paolo noch einmal freudig daran, wie er dem Inquisitor erzählt hatte, was er von Daniele erfahren hatte. Mit einem Schlag hatte er Daniele in den Augen seines Beschützers herabgesetzt. Vor allem aber hatte er ihm etwas in die Hand gegeben, um gegen Susanna vorgehen zu können.

Die teuflische Freude, die in den Augen des Inquisitors aufblitzte, als Paolo ihm seinen Rachefeldzug auf einem Silbertablett servierte, wäre Paolo auf immer Lohn genug gewesen, es hätte keiner weiteren Worte mehr bedurft. Doch Constantin Tron sagte: »Du bist mein Recke, Paolo. Ja, das bist du.«

Während er nun Daniele geradewegs in die Falle des Inquisitors lockte, lachte Paolos Herz förmlich. Nun hatte er sich verwirklicht. Das war sein Weg.

»Also wirst du kein Priester«, meinte er.

Daniele warf ihm einen fragenden Blick zu.

Paolo lachte. »Die Liebe!«, rief er.

»Ich hatte dich doch gebeten, das zu vergessen«, bemerkte Daniele.

Paolo lachte. Frei heraus. Und boshaft. »Tja, aber mein Gedächtnis ist einwandfrei, das weißt du doch.«

Daniele lief mit gesenktem Kopf schneller und ließ Paolo hinter sich. Er war selbst überrascht darüber, wie selbstverständlich er Paolo erzählt hatte, was er in seinem Herzen trug. Doch kaum hatte er es ausgesprochen, erschreckte es ihn, und in der Nacht hatten ihn tausend Zweifel heimgesucht, ihn gequält und um den Schlaf gebracht. Wieder hatte er an das Gespräch mit Fra' Thevet in der Klosterkapelle gedacht. Als er mit all der Wut und Verzweiflung, die er in sich trug, herausgeschrien hatte, dass er niemals das Licht dieser Erde erblickt hätte, wäre seine Mutter nicht gewesen. Er hatte geschrien, dass er nicht leben wollte. Hatte geflucht, das Leben abgelehnt, obgleich das doch nur Gott zustand. Manchmal hatte er sich gehasst. Wie, fragte Daniele sich in jener schlaflosen Nacht, wie konnte er jetzt nur so glücklich sein? »Spürst du das? Das ist das Leben, das weitergeht«, hatte Fra' Thevet damals gesagt, als Daniele die erste Nacht im Kloster verbrachte, und ihm Susanna in die Arme gelegt. Und schon damals hatte er etwas Neues, Unbekanntes und Tiefes für dieses hilflose Wesen empfunden. Und dann war sie zur Frau gereift. Und wieder hatte ihn dieses sehr besondere Gefühl ergriffen. Wie ein Zauber. Wie ein Wunder. *Das ist das Leben, das weitergeht*, dachte er noch einmal. War das Schicksal?

Und während er mit raschen Schritten durch die Gasse lief und sich langsam an dieses innere Auf und Ab gewöhnte – und spürte, dass eine große Veränderung in seinem Leben bevorstand –, stürzte ein Stück weiter die Gasse herunter ein Mann zu Boden und hatte Mühe, wieder auf die Beine zu kommen. Daniele wollte helfen und lief zu ihm.

In diesem Moment stand der Mann unsicher auf. Ihre Blicke trafen sich. Der vom Wein vernebelte des Mannes und der erschrockene von Daniele.

»Fass mich bloß nich an!«, fuhr Martinengo auf, wich zurück und wäre um ein Haar wieder gestürzt.

»Vater …«, brachte Daniele nur hervor, und hasste sich für den bettelnden Kinderton seiner Stimme.

Da wurde Martinengo von einem Krampf geschüttelt und erbrach eine grünliche Flüssigkeit in den Schnee. Mit dem Handrücken fuhr er sich über den Mund und stolperte schließlich davon.

»Der einstige Priester«, sagte Paolo, der zu Daniele aufgeschlossen hatte. »Das ist doch dein Vater, oder?«

Doch Daniele hörte ihn nicht. Er bekam keine Luft, ließ die Bücher fallen und hätte am liebsten laut geschrien: »Wenn meine Mutter nicht gewesen wäre, dann wäre ich nie geboren!« Und der Zorn, den er im Gespräch mit Fra' Thevet ausgemerzt zu haben dachte, wuchs wieder an, wurde größer und größer.

»Geht es dir gut?«, erkundigte sich Paolo.

Daniele nickte, doch er rang noch nach Luft. Er sammelte die Bücher auf und sagte mit erstickter Stimme: »Lass uns gehen. Komm.«

Als sie das schmucklose Haus des Inquisitors betraten, dankte Paolo, schamlos wie er war, noch immer Gott für dieses Ereignis, das kein noch so guter Plan hätte vorhersehen können.

»Er ist bereit, mehr als Ihr wünschen könntet, Exzellenz«, flüsterte er dem Inquisitor ungeduldig zu.

»Willkommen, Daniele di Barco«, tat Constantin Tron scheinheilig. »Es freut mich, dich hier zu sehen. Ich wusste gar nicht, dass du kommst«, log er. Lächelnd zeigte er auf Paolo. »Doch ich sehe schon, dass dieser Drückeberger hier dich in Beschlag genommen hat.«

»Aber nein, Exzellenz«, wehrte Daniele ab. »Ich möchte auch gar nicht weiter stören«, fügte er eilig hinzu. Es drängte ihn, allein zu sein, diesen wieder aufkommenden Zorn im Keim zu ersticken, diesen Zorn, der seine Gefühle für Susanna beschmutzte. Der seine Mutter und Susanna gleichstellte. Und ihn und seinen Vater. Es verlangte ihn, an die tröstenden Worte des Priors zu denken.

»Wie bedauerlich«, heuchelte Constantin Tron. »Ich wollte gerade Paolo etwas beibringen über die Frau an sich, über das Gute, für das sie steht, aber auch über die Gefahr, die von ihr ausgeht.« Aufmerksam beobachtete er Daniele. »Ich würde mich freuen, wenn du daran teilhaben würdest.«

»Exzellenz …«

»Komm schon, lass dich nicht lange bitten.« Der Inquisitor lächelte und verfügte bestimmt, ohne eine Antwort abzuwarten: »Setz dich.«

Daniele setzte sich an den Tisch.

»Mein treuer Paolo sagt, du interessierst dich für die Natur«, schmeichelte der Inquisitor, schob jedoch das Exemplar des »Hexenhammers« so über den Tisch, dass Daniele den Titel lesen konnte.

»Ja«, antwortete Daniele verwirrt.

Paolo beobachtete Daniele mit boshafter Genugtuung.

»Die Natur!«, rief der Inquisitor begeistert aus. »Das makelhafte Zeugnis göttlicher Makellosigkeit.«

»Je mehr ich über die Natur lerne und sie beobachte, Exzellenz, umso makelloser erscheint sie mir.« Und so tappte Daniele geradewegs in die Falle.

»Sprichst du von der tierischen und pflanzlichen Natur, Daniele?«

»Ja, sicher.«

Der Inquisitor nickte bedächtig. »Und was kannst du mir über die menschliche Natur sagen? Ist die menschliche Natur ebenfalls makellos?« Er schüttelte den Kopf. »Die Erfahrungen, die ich in meinem Amt sammeln konnte, haben mich leider zu der Überzeugung gebracht, dass die menschliche Natur in hohem Maß makelbehaftet ist.«

Daniele blieb eine Antwort schuldig. Was war an ihm schon makellos? Nichts.

»Glaubst du an Gut und Böse, Daniele?«, drang der Inquisitor weiter in ihn.

»Das sind zwei Kategorien, die weder Pflanzen noch Tiere betreffen.«

»Ich werde das Gefühl nicht los, dass du meinen Fragen ausweichst.« Der Inquisitor lachte, dann betrachtete er ihn wohlwollend. »Gibt es etwas in der menschlichen Natur – die du so beharrlich ausklammerst –, das dich vielleicht irritiert?«

»Manchmal glaube ich, dass der Mensch ein Eindringling in der Welt ist, dass er nicht wirklich dorthin gehört«, erwiderte Daniele.

»Das von Gott aus Lehm erschaffene Geschöpf nach Seinem Bild soll ein Eindringling sein?«, wunderte sich der Inquisitor. »Sollten wir etwa unserem Herrn vorwerfen, uns erschaffen zu haben?«

Paolo grinste und blickte den Inquisitor voller Bewunderung an.

»Nein«, gab Daniele zu.

»Nein, genau«, erwiderte der Inquisitor bestimmt. »Da Gott uns aber allen anderen Kreaturen auf der Welt überlegen erschaffen hat, stellt er uns auf die Probe. Er hat uns die Fähigkeit gegeben, Überlegenheit zu beweisen, indem er uns mit Schwächen peinigt. So wird unsere Überlegenheit zur Wahl, die wir treffen. Es ist unsere Art, Gott zu danken.«

»Ihr habt recht«, murmelte Daniele.

»Was unterscheidet einen Hasen, der sich paart, von einer Dirne, die ihren obszönen Körper in einem Freudenhaus darbietet?«, fragte der Inquisitor und kam Daniele so plötzlich nahe, dass dieser zusammenzuckte. »Der Hase folgt den makellosen Gesetzen deiner geliebten Natur. Die Dirne jedoch führt den Mann in Versuchung, lässt ihn an seiner Schwäche scheitern, die er nach Gottes Wille doch überwinden sollte.« Der Inquisitor schlug langsam und rhythmisch auf die Tischplatte. »Das Weib.«

Daniele fühlte sich durch und durch unwohl.

Paolo spürte sein Wanken. Und labte sich regelrecht daran.

»Ich weiß, dass du seit Kurzem mit einer Frau verkehrst, Daniele.« Nun war der Inquisitor da, wo er von Anfang an hingewollt hatte.

Paolo blickte Daniele an.

»Eine Schülerin …«, stammelte Daniele. »Diese Aufgabe wurde mir vom Prior des Klosters Santa Ulpizia zugeteilt.«

»Darüber bin ich im Bilde«, winkte der Inquisitor ab. »Was ich von dir wissen möchte, ist, ob du merkwürdiges Verhalten an ihr feststellen konntest?«

»Nein, Exzellenz, nein!«, beteuerte Daniele.

»Warum denn so aufgebracht? Ich habe doch nur eine einfache Frage gestellt«, beschwichtigte ihn Constantin Tron.

»Weil Susanna … die Schülerin … Sie ist ein ehrbarer Mensch.«

»Eine ehrbare Frau, meinst du.«

»Eine Frau, ein Mann – Menschen sind wir doch alle.«

»Oft genug habe ich bei meiner leidvollen Aufgabe, den Teufel aufzustöbern, sehen müssen, wie heimtückisch er vorgeht«, seufzte der Inquisitor schwer. »Wie stellst du dir den Teufel vor? Glaubst du etwa, er ist ein Dummkopf?«

Daniele schwieg.

»Dann werde ich es dir sagen«, meinte der Inquisitor streng. »Er ist nicht nur kein Dummkopf, er ist schlauer als irgendjemand sonst, mit Ausnahme des Allmächtigen natürlich. Und das Weib hat er vor allen anderen Geschöpfen ausgewählt, um das Böse in der Welt zu verbreiten. Und weißt du auch warum?«

Fragend sah Daniele ihn an.

»Weil das Weib es versteht, mit der Stimme des Teufels zu singen.« Er griff über den Tisch nach Danieles Hand. »Möchtest du wissen, wie sich dieser Gesang anhört?«

Daniele wollte sich aus dem Griff des Inquisitors befreien, doch er vermochte sich nicht zu rühren.

»Wie ein unschuldiges Lachen«, flüsterte der Inquisitor.

Mit einem Ruck zog Daniele seine Hand zurück.

Der Inquisitor hatte ins Schwarze getroffen. »Sag mir,

Daniele …« Er wartete darauf, dass Daniele ihn ansah. »Diese Schülerin von dir, lacht sie?«

Daniele senkte den Kopf.

»Hüte dich, mein Sohn, oder dieses Weib wird dich mit sich in den Abgrund reißen«, mahnte der Inquisitor väterlich.

Daniele stand auf. »Ich muss nun gehen, Exzellenz. Der Prior erwartet mich zum Gebet. Verzeiht.«

Der Inquisitor nickte lächelnd. »Gut so, bete, mein Sohn. Das Gebet ist die Rüstung, die Gott uns gegeben hat, um der Sünde zu trotzen.«

Mit unsicheren Schritten erreichte Daniele die Tür. Paolos boshafter Blick verfolgte ihn.

»Daniele«, rief ihn der Inquisitor noch einmal. »Vergiss nicht, dass dieses Haus auch das deine ist.«

»Danke, Exzellenz«, stammelte Daniele.

»Und wenn du Susanna Berna anzeigen möchtest …«, Constantin Trons Stimme bebte, als er ihren Namen aussprach, »werde ich an deiner Seite bereit sein.«

Bestürzt verließ Daniele das Haus und lief eilig zum Kloster, wo er endlich allein sein würde.

55

Anno Domini 1633
10. Februar, einundzwanzigster Tag

Borgo San Michele, Ostalpen

Komm herein.«

Daniele hatte die Schwelle dieses Hauses oft überschritten. Lange Zeit hatte er sich dort seinen Studien gewidmet. Hatte darin geschlafen. Und war in diesem Haus auf den falschen Weg geraten.

Als er nun eintrat, lauschte er aufmerksam in sich hinein, ob die Erinnerungen ihn mit sich reißen würden. Ob er zurück in seine Vergangenheit geschleudert würde, zurück in die dunkelsten Tage seines Lebens, wenn auch nur für einen Augenblick.

Doch erstaunt stellte er fest, dass er rein gar nichts spürte. Es war, als beträte er dieses Haus, dieses trostlose Zimmer zum ersten Mal.

Seine Gedanken wanderten zu Zelt, und erneut überkam ihn Dankbarkeit. Er hatte ihm den Weg gewiesen. Denn Zelt hatte ihm gezeigt, wie wichtig es war, dem inneren Wesen zu folgen, seine Natur anzuerkennen. Dass Daniele nun vollkommen gelassen dieses Haus betreten konnte, war einzig der Tatsache geschuldet, dass er sich nicht mehr in dem Hund wiedererkannte, der er einst gewesen war. Jetzt war er ein neuer Mensch.

Ein Wolf.

Erst recht an diesem Tag.

Der Inquisitor erwartete ihn in seinem Studierzimmer. Streng. Undurchdringlich.

Mit energischen Schritten trat Daniele ein.

Er hörte, wie hinter ihm die Tür geschlossen wurde. Aus den Augenwinkeln bemerkte er Paolos blonde Locken.

Eigentlich hatte er um eine private Unterredung mit dem Inquisitor gebeten, doch es überraschte ihn nicht, dass Paolo anwesend war.

»Ich weiß, was du willst«, empfing der Inquisitor ihn mit kalter Stimme.

»Tatsächlich?« Daniele war belustigt.

Der Inquisitor hielt seinem Blick stand. Er war beeindruckt von Danieles Klugheit und Kraft. Auch wenn er sich mit Paolo zufriedengegeben hatte, so hatte es doch eine Zeit gegeben, in der er sich inständig Daniele an seiner Seite gewünscht hatte. Nicht nur seiner Fähigkeiten wegen. Dem Inquisitor ging es vielmehr um seine Seele. Seine gequälte Seele. Ebenso gequält wie die seine.

Doch Daniele hatte sich gegen ihn entschieden.

Jetzt sah der Inquisitor in ihm nur noch einen Feind.

»Du bist gekommen, um eine Überprüfung des Prozesses zu fordern, da man das Instrument gefunden hat, mit dem Weser gefoltert wurde – was eine vollkommen unwichtige Tatsache ist«, antwortete er hochmütig.

»Findet Ihr diese Forderung wirklich so abwegig, Exzellenz?«, erkundigte sich Daniele gelassen und vollkommen unberührt von dem nervösen Paolo in seinem Rücken.

»Natürlich ist sie das«, schnappte Paolo nun.

Daniele drehte sich weder um noch gab er sonst zu erkennen, dass er Paolos Einwurf zur Kenntnis genommen hatte. Er hielt den Blick weiter auf Constantin Tron gerichtet.

»Das Auffinden des Instruments beweist noch lange nicht die Unschuld der Angeklagten«, erklärte der Inquisitor.

Mit einem leichten Lächeln neigte Daniele den Kopf zur Seite. »Dass das *Sigillum Diaboli* in der Werkstatt eines Mannes gefunden und wahrscheinlich auch dort geschmiedet wurde, eines Mannes, den Ihr als einen der wichtigsten Zeugen zu Lasten von Susanna Berna habt aussagen lassen, dünkt Euch nicht einmal ein klein wenig merkwürdig?«

»Es beweist höchstens, dass der Schmied unwissentlich Komplize des Mörders war«, gab der Inquisitor starrköpfig zurück. »So, wie Fra' Stanislao der Angeklagten die Rauschmittel gab, ohne Kenntnis davon, wofür sie sie benötigte. Nämlich um Weser zu überwältigen.«

»Exzellenz, wir sind hier nicht im Gericht. Hier sind nur wir beide: Ihr und ich, Mann gegen Mann. Und wir beide sind klug. Meint Ihr nicht, wir sollten die Spitzfindigkeiten und Wortgefechte einmal beiseitelassen, zugunsten der Wahrheit?«

»Du hast schon immer große Reden über die Wahrheit geschwungen«, warf der Inquisitor ein.

»Und Ihr habt schon immer einen großen Bogen darum gemacht«, gab Daniele zurück.

Der Inquisitor setzte eine überhebliche Miene auf, um seine Unsicherheit zu verbergen. »Du hast um eine Unterredung gebeten. Die habe ich dir gewährt. Jetzt bereue ich es, denn du verhältst dich wahrlich unangemessen. Die Unterredung ist beendet.«

»Exzellenz, bitte trefft keine voreiligen Entscheidungen. Ich bitte Euch mit aller Demut, der ich fähig bin.«

»Was nicht viel ist.«

»Ich bitte Euch um Verzeihung für meinen Hochmut und appelliere an Eure Geduld.«

»Hast du nicht gehört, was er gesagt hat?«, mischte sich Paolo ein. »Geh.«

Wieder schenkte Daniele ihm keinerlei Beachtung.

Doch als der Inquisitor die Enttäuschung, den Zorn und

den Neid in den Augen seines Sekretärs aufblitzen sah, änderte er, wie immer, wenn dies geschah, seine Meinung. »So sprich«, forderte er Daniele auf, nicht ohne zuvor jedoch seinen abartigen Genuss noch ein wenig auszukosten. »Du hast um eine private Unterredung gebeten. Nimmst du Anstoß an Paolos Anwesenheit?«, erkundigte er sich und hoffte inständig auf eine von Danieles schneidigen Antworten.

Daniele enttäuschte ihn nicht. »Exzellenz, wenn Ihr dem Papst einen Besuch abstatten würdet und seine Heiligkeit empfinge Euch mit seinem zu Füßen zusammengerollten Hündchen, würdet Ihr dann später erzählen, dass Ihr dem Papst einen Besuch abgestattet habt, oder würdet Ihr sagen: ›Ich bin vom Papst und seinem Hündchen empfangen worden‹?«

Der Inquisitor lachte. »Sprich«, wiederholte er, und ergötzte sich an Paolos Elend.

»Da Ihr so großzügig seid, mir diese Intimität zuteilwerden zu lassen, wollen wir zwei Umstände genauer betrachten«, begann Daniele, noch immer gelassen. »Fangen wir mit dem Schmied an. Ihr sagtet, es könnte sich um einen unfreiwilligen Komplizen handeln. Erlaubt mir, meine Einwände zu erheben. Warum hat er die Angeklagte im Prozess nicht belastet, als ihm aufging, wozu das Instrument benutzt wurde, das die Angeklagte ihn angeblich hatte anfertigen lassen? Und außerdem, Exzellenz, kann man wirklich so unwissentlich, wie Ihr es nennt, sein, wenn man ein Instrument schmiedet, das einen Drudenfuß aufweist? Einen Drudenfuß, in dessen Innerem ein Ziegenkopf dargestellt ist, das Teufelssymbol schlechthin!«

»Sorge dich nicht, Daniele. Die Eisen des Folterknechts werden ihm schon die Wahrheit entlocken.«

»Bei allem Respekt: Ich bin sicher, dass die Eisen des Folterknechts ihm ein Geständnis entlocken werden. Aber ob es sich dabei um die Wahrheit handelt …« Daniele ließ den Satz unbeendet und zuckte die Schultern. »Es will mir nicht in den Kopf, warum er ein so gefährliches und verdächtiges Instrument bei sich aufbewahrt hat.«

»Weil er ein Dummkopf ist«, erwiderte der Inquisitor.

»Das ist er zweifellos«, stimmte Daniele grinsend zu, dann wurde er wieder ernst. »Aber er ist auch ein Falschspieler. Ein Mann, der redliche Arbeit scheut.«

»Das heißt?«

Daniele bündelte seine Aufmerksamkeit auf die Augen des Inquisitors. Denn nun durfte ihm nichts entgehen von der Wirkung, die seine erste Falle auf ihn haben würde. »Ich habe mich gefragt, ob er das Instrument vielleicht behalten hat, um damit jemanden erpressen zu können. Den wahren Mörder.«

Ein nahezu unmerkliches Aufblitzen. Blitzschnell wie ein hinabstürzender Himmelskörper. Aber Daniele hatte es in Constantin Trons Augen gesehen. Klar und deutlich.

»Unsinn!«, urteilte der Inquisitor ein wenig zu bestimmt.

»Ich vertraue Eurem Urteil«, lenkte Daniele ein, zufrieden mit dem, was er beobachtet hatte. »Erlaubt mir nun, Euch einen weiteren Zweifel vorzutragen, der mich martert. Er betrifft Fra' Stanislao.«

»Nicht schon wieder!«, rief Paolo, der nun neben Daniele stand.

Daniele beachtete ihn nicht.

»Stört es dich, dass Paolo sich in die Unterredung einmischt?«, erkundigte sich der Inquisitor scheinheilig.

»Für mich befinden sich nur Ihr und ich in diesem Zimmer. Das Kläffen eines Hündchens macht mir nichts.«

»Exzellenz, Ihr dürft ihm nicht erlauben …«, rief Paolo wie von Sinnen.

Doch der Inquisitor brachte ihn mit einem höhnischen »Wuff wuff« zum Schweigen.

Daniele bemerkte, wie Paolo sein Kruzifix umklammerte

und am ganzen Körper bebte. Fast schien es, als würde dieses Kruzifix ihm Kraft spenden. Kraft, die ihm fehlte.

»Fahre fort, Daniele«, forderte der Inquisitor.

»Für Fra' Stanislao gilt nahezu dasselbe wie für den Falschspieler. Es herrscht kein Zweifel, dass er das Rauschmittel hergestellt hat. Für weniger wahrscheinlich halte ich, dass Susanna ihm den Auftrag dazu gab. Aber selbst wenn dem so wäre – die Wachen, die sie verhafteten, haben berichtet, dass sich die Angeklagte in einem Zustand vollkommener Verwirrung befand. Ich bezweifle, dass eine berechnende Mörderin, die doch einen kühlen Kopf bewahren muss, Rauschmittel einnehmen und sich vollkommen wehrlos am Tatort auffinden lassen würde. Wäre es nicht besser für sie gewesen, wenn sie beim Auffinden von Weser nicht zu Hause gewesen wäre? Offensichtlich war die Tat – mit Ausnahme der plötzlich auftauchenden Dienstmagd – gründlich und lange im Vorhinein geplant. Warum beinhaltete dieser Plan dann kein Alibi für sie? Dabei gilt zu bedenken, dass Susanna Berna über eine überdurchschnittliche Intelligenz verfügt.«

»Luzifer martert die Seelen nur zu gerne und zerstreut das Denken, auch das der hellsten Köpfe«, mahnte der Inquisitor.

Daniele lächelte. »Und schon seid Ihr wieder im Gerichtssaal, Exzellenz.« Er schüttelte den Kopf. »Können wir Luzifer kurz beiseitelassen? Können wir annehmen, einigermaßen logisch begründet, dass ein anderer Mörder existiert? Der wahre Mörder, meine ich.«

Die Miene des Inquisitors blieb undurchdringlich. »Gut, du hast deine Bedenken zur Sprache gebracht, und ich habe dich angehört. Jetzt kannst du gehen.«

»Nein«, entgegnete Daniele schlicht, und mit einem Mal hatte seine Stimme einen unangenehmen Ton. Bedrohlich. Wie Wolfsknurren.

Denn nichts von dem, was er bisher gesagt hatte, war der wahre Grund für seinen Besuch.

»Wie bitte?«, fragte der Inquisitor entgeistert.

»Ich werde nicht gehen. Stattdessen werdet Ihr mich anhören.« Etwas Wildes lag in Danieles Stimme. Der Wolf fletschte nun die Zähne.

Paolo packte ihn am Arm. »Geh!«

Und dieses eine Mal schenkte Daniele ihm Beachtung. »Paolo, wenn ich wollte, könnte ich dir auf der Stelle das Gelenk deiner Hand brechen. Und es wäre mir ein Vergnügen.«

Paolo zog die Hand zurück, dann wiederholte er: »Geh.« Aber seine Stimme war so schwach, dass es klang wie ein Flehen.

»Ich glaube, es wäre besser, wenn wir beide jetzt tatsächlich allein wären, Exzellenz«, meinte Daniele, ohne den rauen Ton zu verändern. »Euch zu Gefallen, nicht mir.«

»Was erlaubst du dir?«, stieß der Inquisitor hervor. »Ich könnte auf der Stelle die Wachen rufen und dich hinauswerfen lassen!«

»Dann würden auch sie mit anhören, was ich zu sagen habe, und das wäre nicht vorteilhaft für Euch«, bemerkte Daniele.

»Drohst du mir etwa?« Constantin Trons Blässe war zornigem Rot gewichen.

»Ich gebe Euch einen Rat.«

Der Inquisitor spürte Danieles geballte Kraft, die ihm mit voller Wucht entgegenschlug. »Paolo, hinaus.«

»Aber … Exzellenz …«

»Hinaus, du Dummbart!«

Daniele schwieg, einen unendlich scheinenden Moment lang. Er wollte, dass seine Beute vor der eigenen Schwäche kapitulierte, nicht vor seinem Pfeil. Oder dem Wissen, dass nun der Schicksalsmoment gekommen war.

»Sprich!«

Er gab also auf.

Und als Daniele den Pfeil anlegte und damit auf das Herz von Constantin Tron zielte, dachte er an Susannas tränenüberströmtes Gesicht. Daran, was sie ihm erzählt hatte und wie schwer es ihr gefallen war. Wie sehr sie sich schämte. Dabei war sie doch das Opfer.

Er dachte an ihr Gespräch nach der großen Überraschung im Prozess am Tag zuvor. Susanna hatte sich bereits damit abgefunden, unschuldig zu sterben, aber das Geschehen in der Verhandlung hatte alles in ihr verändert. Und sie erzählte. Jedes Wort begleitet von einem Schluchzer und einem »Verzeih«. Als wäre sie beschmutzt von dieser Gewalt, die sie hatte ertragen müssen.

Bei ihrem Bericht war unfassbarer Zorn in Daniele hochgeschlagen, und der Hass, den er für den Inquisitor verspürte, war ins Unermessliche gewachsen.

»Hier steht Ihr vor mir, Exzellenz, aufrecht und stolz, unbarmherzig und voller Hochmut«, begann Daniele mit eiskalter Stimme, »und doch sehe ich nur einen armseligen Mann auf Knien, schwach und zitternd, der sich an das Kleid einer unschuldigen Frau klammert. Eine von Euch beschmutzte Seele.«

Der Inquisitor erbleichte. Seine Schlangenlippen öffneten sich zu einem stummen Stöhnen.

»Ich weiß alles«, fuhr Daniele fort, kalt und unerbittlich. »Wieder und wieder habt Ihr Susanna beobachtet und bedroht. Seitdem Ihr ihren jugendlichen Körper gepeinigt habt. Gelabt habt Ihr Euch an ihrer Schönheit.«

»Das ist nicht wahr.«

Daniele heftete den Blick auf ihn. Er lachte. Und fletschte die Zähne.

»Das ist nicht wahr!«, wiederholte der Inquisitor.

»Doch, das ist es.«

Der Inquisitor schwieg.

»Ich hätte nicht gedacht, dass ich Euch so verachten könnte«, merkte Daniele an.

»Du wirst es niemals beweisen können!«, schrie der Inquisitor verzweifelt. »Das Wort einer Hure, einer Hexe, gegen das eines Kirchenmannes von unzweifelhaftem Ruf.«

»Nun ist der Ruf dieses Kirchenmannes nicht mehr unzweifelhaft«, stellte Daniele fest. Seine Stimme klang jetzt gelassen, denn nun sah der Jäger seiner Beute beim Sterben zu. »Ganz und gar nicht mehr.«

»Niemand wird dir glauben!«

Daniele lachte. Constantin Tron schreckte wahrlich vor nichts zurück. Und nun hatte er ihn in der Hand. »Ihr seid wahrlich überzeugt, dass mir niemand glaubt?«

»Du kannst nichts beweisen!«

»Ausgerechnet Ihr redet von Beweisen«, spottete Daniele.

»Du kannst nichts beweisen!«, wiederholte der Inquisitor nun mit weniger Nachdruck.

»Warum sollte ich es beweisen?«, fuhr Daniele nahezu amüsiert fort. »Ihr selbst habt mich gelehrt, was Gerede bedeutet. Und welch unglaubliche Macht darin liegt.«

Der Inquisitor streckte die Hand nach dem Tisch aus und hatte sichtlich Mühe, nicht zusammenzubrechen.

»Gerede«, betonte Daniele noch einmal. »Es ist, wie wenn jemand ein mit Gänsefedern gefülltes Kissen auf der Piazza aufreißt. Der Wind trägt die Federn davon, durch die Lüfte, und nur der Zufall entscheidet, wohin. Niemand kann sie mehr einsammeln, niemand mehr ihren Flug verfolgen.«

Der Inquisitor rang nach Luft. Und gab auf. »Was willst du für dein Schweigen?«

»Das werde ich Euch zur rechten Zeit mitteilen.«

Der Inquisitor nickte schwach.

»In der Zwischenzeit könnt Ihr verkünden, dass der Prozess ausgesetzt wird.«

»Das ist unmöglich!«

»Ist es nicht.« Daniele blickte ihn an.

»Ich kann sie jetzt nicht freisprechen … Das Heilige Offizium würde jemanden zur Prüfung schicken und mich durch jemand anderen ersetzen lassen.«

»Ich habe Euch nicht gebeten, Susanna freizusprechen. Ich kenne das Prozedere Eures niederträchtigen Heiligen Offiziums sehr gut. Und auch ich habe nicht das geringste Interesse an einem anderen Gift und Galle spuckenden Inquisitor, auf den ich nicht einwirken kann wie auf Euch.«

»Was soll ich tun?« Die Stimme des Inquisitors war nun kaum mehr als ein Hauch.

»Ihr werdet öffentlich verkünden, dass der inquisitorische Prozess ausgesetzt ist und Ihr weiterhin versucht, die Wahrheit herauszufinden. Das Auftauchen des *Sigillum Diaboli* wirft ein neues Licht auf den Fall, und Ihr könnt es nicht mit Eurem Gewissen – versucht nicht zu erröten, wenn Ihr das Wort ›Gewissen‹ aussprecht – vereinbaren, diese neuen Umstände nicht zu untersuchen.«

»Ich stimme zu«, gab sich der Inquisitor geschlagen.

»Und dass Ihr mir bei Bernardo Treves bloß nicht die Abkürzung über den Folterknecht nehmt. Ihr werdet ihn anständig vernehmen. Und ich werde dabei sein.«

»Ich stimme zu …«

»Dann sind wir uns also einig«, stellte Daniele fest und wollte sich schon umdrehen, blieb dann aber stehen. »Ich habe noch etwas vergessen: Ich möchte, dass Ihr es höchstpersönlich verkündet. Nicht Euer treuer Hund.« Damit wandte er sich zur Tür.

Er hatte die Hand bereits auf der Klinke, als die Stimme des Inquisitors erklang: »Nimm dich in Acht, Daniele«, warnte er, und die Aufrichtigkeit in seiner Stimme war Daniele unerträglicher als jeglicher Spott. »Diese Frau zieht dich mit sich hinab in die Tiefe.«

Daniele sah ihn an. Er war nicht länger der Junge, der Constantin Tron einst gefürchtet hatte.

»Wie tief, Exzellenz? So tief wie Euch?«

56

Anno Domini 1625

Camporosso bei Borgo San Michele, Ostalpen

Ungeduldig erwartete Susanna Daniele in der Bibliothek zu ihrer nächsten Unterrichtsstunde. Sie hielt es kaum aus. Heute noch weniger als sonst.

Im Beichtstuhl hatte Fra' Thevet mit seinen Worten über Liebe und Verlangen ihr Herz geöffnet. Und nun gab sie sich diesem atemlosen Sog hin. Ließ alle Furcht und Vorsicht hinter sich.

Deshalb erwartete sie Daniele so ungeduldig.

Sie würde ihn nun ansehen können in dem vollen Bewusstsein, dass sie ihn liebte. Und sie würde dieses Gefühl nicht mehr zurückhalten, nein, sie würde es genießen. Ein Gefühl so ungestüm wie ein reißender Fluss. Rein wie Quellwasser. Sie fühlte sich wunderbar. Erfüllt. Denn Daniele und sie waren verwandte Seelen, sie gehörten zusammen. Gott hatte gewollt, dass sie sich begegneten.

Als sich die Tür öffnete, rang Susanna mit hämmerndem Herzen nach Luft.

Daniele trat mit finsterem Gesicht ein und ließ Susannas strahlendes Lächeln unbeantwortet.

Die ganze Nacht hatte er mit sich gekämpft. Einen harten Kampf. Mit aller Kraft versuchte er, den giftigen Keim, der sich wieder in seiner Seele einnisten wollte, zu ersticken. Fra' Thevets Worte, als sich Daniele in der Kapelle seinen alten Dämonen gestellt hatte, waren weit weg. Hatten angesichts der

Mahnungen des Inquisitors an Bedeutung verloren, verblassten bei dem Gedanken an das Zusammentreffen mit seinem Vater und die Gespenster seiner Kindheit.

Sein Verstand taumelte. Seine Seele stürzte in den schwärzesten aller Abgründe. Alles schmerzte.

Er hatte kein Auge zugetan. Aber jedes Mal, wenn er es sich für einen kurzen Moment doch erlaubte, erschien ihm seine Mutter. Und sie sah aus wie Susanna. Und er sah sich, wie er die Gassen hinuntertorkelte, genau wie sein Vater, in den Stromschnellen des Verlangens. Der Sünde. Der Versuchung. Die Lehren von Fra' Thevet hatten nichts genützt. Zu seinem Leidwesen hatte sich der Krämergeist des Klosters und der Mitbrüder seiner bemächtigt und schürte seine Ängste ins Unermessliche. Die Angst, zu sein wie sein Vater. Zur Verzweiflung verdammt. Der eigenen und der der anderen.

Mit dieser schweren Last auf den Schultern kam er im Kloster Santissima Assunta Maria bei Susanna an.

Und all seine neu entdeckte Liebe für Susanna, all die Leichtigkeit, verwandelte sich in eine schwere Last, die ihm jeden weiteren klaren Gedanken verwehrte.

Susanna entging der Schatten, der auf ihm lag, nicht. Ihr Herz bemerkte ihn noch vor ihrem Verstand. »Guten Tag, Daniele«, begrüßte sie ihn mit sanfter Stimme.

Daniele nickte lediglich zur Antwort. Er setzte sich an den Tisch und starrte schweigend auf die Bücher. Und spürte Susannas starke Anziehungskraft. Er versuchte, sie nicht anzusehen. Sich nicht in ihren blauen Augen zu verlieren.

»Was ziehst du denn heute für ein Gesicht?« Susanna lachte.

Der Gesang der Meerjungfrauen. Ihr Lachen. Es traf ihn mitten ins Herz. Ließ es erzittern. Zog ihn mit sich in die Tiefe. *Tölpel!*, schalt er sich und schüttelte energisch den Kopf, als könnte er sich so von seinen Gedanken befreien. Er hatte gehofft, der Nebel in seinem Kopf würde sich bei ihrem Anblick auflösen. Gehofft, er würde die Sonne wieder sehen können. Würde wieder lachen und Susanna lieben können.

Aber die Schlacht in seinem Inneren tobte weiter.

Und plötzlich kam ihm ein Traum aus seiner Kindheit in den Sinn, in dem er sich selbst von außen hatte beobachten können. Er sah sich im Gebet kniend. Das Kind, das er sah, war er und sah so versunken und gutmütig aus, dass er zu ihm ging. Doch als er sich näherte, veränderten sich die Gesichtszüge des Jungen. Seine Ohren wurden spitz, die Nase wurde immer länger und wuchs sich zu einem Schnabel aus. Und als er die bis dahin für das Gebet zusammengelegten Hände öffnete, wurden die Fingernägel zu Krallen. Der so entstellte Junge drehte sich um und blickte ihn an. In seinen roten Augen glomm ein teuflisches Licht. Das war kein Junge, das war ein Dämon.

Daniele schreckte auf.

»Was hast du denn?«, erkundigte Susanna sich besorgt.

Weder sein Vater noch seine Mutter oder Susanna verkörperten das Böse. *Allein ich, ich selbst bin das Böse*, dachte Daniele.

Er hob den Blick. »Glaubst du an das Böse?«, fragte er Susanna aufgewühlt.

»So wie ich an das Gute glaube«, erwiderte Susanna lächelnd.

Und in diesem Moment wandte sich all sein Selbsthass plötzlich mit aller Wucht gegen sie, ohne dass er etwas dagegen tun konnte, und brach aus ihm heraus. »Deine Antworten sind wie immer nichtssagend. Wie sehr glaubst du denn an das Gute? Wenn man dich nämlich so hört, dann könnte man meinen, dass du rein gar nicht an das Gute glaubst, folglich auch nicht an das Böse. Es könnte aber auch das genaue Gegenteil bedeuten.«

»Ich glaube an das Gute. Aus tiefstem Herzen.« Susanna war wie vor den Kopf gestoßen.

»Aha, endlich eine verständige Antwort. Wenn sie denn ehrlich ist.«

»Warum sollte sie nicht ehrlich sein?«

»Wenn es eine Lüge ist, dann würdest du es wohl kaum zugeben.« Daniele war es, als würde er sich selbst zerfleischen.

»Du wirst mir schon vertrauen müssen.« Susanna lächelte.

»Warum sollte ich das tun?«, spottete Daniele.

»Weil du mich gut kennst«, gab Susanna zurück. Es fiel ihr zunehmend schwer, die Fassung zu wahren. Alles, was sie sich von diesem Treffen erhofft und erträumt hatte, fiel in sich zusammen. »Und weil du weißt, dass es mir leichter fällt, unbequeme Wahrheiten auszusprechen als bequeme Lügen.« Sie bemühte sich um ein Lachen.

Daniele blickte sie an. Aber er sah sie gar nicht richtig – ihre Augen waren nicht mehr Susannas blaue Augen, sondern die roten des Dämons, von dem er als Kind geträumt hatte. Er fasste sich an die Brust, ballte die Hand zur Faust und raffte den Stoff seiner Kutte zusammen, als wollte er sie sich vom Leib reißen.

Sein Blick schmerzte Susanna. Nichts von dem, was sie sich vorgestellt hatte, geschah. Im Gegenteil. In Danieles Augen lauerte ein dunkler Abgrund, der ihr Angst machte, sie abstieß, sie betrog. Sie war verletzt. Verwirrt.

»Ich habe beschlossen, unsere Lernmethode zu ändern. Wir werden geordneter vorgehen, nicht mehr so konfus und ohne Regeln wie bisher«, erklärte Daniele schroff. »Nenne mir die vier grundlegenden Ursachen, die, laut Aristoteles, beim Werden eines Gegenstandes zusammentreffen.«

»Warum sollten wir unsere Lernmethode ändern?«, fragte Susanna verwundert.

»Formursache, Materialursache, Wirkursache und Zweckursache«, zählte Daniele so forsch auf, dass es klang wie ein Befehl.

»Antworte mir«, forderte Susanna.

»Weil wir uns von jetzt an an die Regeln halten, das habe ich dir soeben erklärt«, fuhr Daniele sie an. »Wir werden uns nicht mehr mit Zweifeln und Ungewissheiten abgeben.«

»Wir passen unser Denken ab jetzt den herrschenden Vorstellungen an?«, rief Susanna. »Seit wann glaubst du, dass allein die ausgetretenen Pfade die richtigen sind? Dass eigene Überlegungen zu falschen Ergebnissen führen?«

Umarme sie, dachte Daniele, doch er rührte sich nicht. Es war, als hätte etwas Böses von seiner Seele Besitz ergriffen. »Du bist anmaßend«, urteilte er schließlich hart. »Regeln sind das Fundament des Lebens.«

Susanna verstand das alles nicht. Daniele widersprach jetzt buchstäblich allem, was sie sich bisher erarbeitet hatten. Gemeinsam. Und dann war da diese allumfassende Liebe für ihn, ein so neues und außergewöhnliches Gefühl, dem sie sich bedingungslos hingegeben hatte, das ihre Welt vollkommen veränderte, so sehr, dass sie gar nicht anders konnte, als auszurufen: »Das Herz leitet das Leben!«

»Das Herz?«, stieß Daniele ungläubig hervor. »Das Herz soll das Leben leiten?« Er lachte. Vor seinem inneren Auge sah er seinen Vater voller Verzweiflung durch die Dorfgassen torkeln. »Wenn wir uns von unseren Herzen leiten ließen, wäre es bald vorbei mit uns. Wie ein Wirbelsturm würde es über uns hinwegfegen und eine Schneise der Verwüstung hinterlassen. Nichts weiter als Spielbälle wären wir, den Wirbeln der Verzweiflung, schmerzlichen Erinnerungen und dem Wein überlassen.« Das Bild seines Vaters ließ ihn nicht los, fraß sich schmerzend in sein Herz. »Trunken von einem Brunnen mit Wein!« Seine Stimme überschlug sich.

Susanna war fassungslos. Sie sah deutlich, wie sehr er litt. »Daniele, wovon redest du eigentlich?«

Daniele erstarrte. Susannas Frage erwischte ihn vollkommen unvorbereitet. *Von meinem Vater. Und von meiner Mutter*, hätte er am liebsten geantwortet, doch er wagte nicht, ihr sein Herz zu öffnen. *Umarme sie,* dachte er noch einmal, senkte aber nur den Kopf und sagte: »Von nun an werden wir es so machen, wie ich eben gesagt habe. Lies Aristoteles.« Damit beendete er die Diskussion.

»Nein.«

»Du bist eine überhebliche Göre, die sich für etwas Besseres hält als Aristoteles. Du nimmst jetzt das Buch und liest!«

»Nein.«

»Wir werden uns von jetzt ab an die Regeln halten«, entgegnete Daniele düster. »Du wirst mir noch dankbar sein und dich glücklich schätzen, weil es bereits ein Regelbruch an sich ist, dass einer Frau die Erziehung zukommt, die nur Männern zusteht!«

Zorn stieg in Susanna auf, sie bebte. »Wenn der Unterricht so ist, dann verzichte ich lieber darauf«, sagte sie kalt. »Wenn ich mich nur durch ein Buch quälen muss, durch etwas Totes, mache ich das lieber allein in meiner Zelle. Da kann ich wenigstens meinen Gedanken freien Lauf lassen.« Damit stand sie auf.

Du verlierst sie!, dachte Daniele, und eine Welle der Panik überkam ihn. Er hatte sich nicht mehr unter Kontrolle, aber nun konnte er nicht mehr zurück. »Setz dich!«

Susannas Augen sprühten förmlich Funken. »Eine alte Frau, die ich vor langer Zeit im Krankenhaus gepflegt habe, hat mir einige Schimpfwörter beigebracht, von denen ich niemals geglaubt hätte, dass ich sie einmal benutzen könnte. Aber sie hatte recht: Es gibt Momente, in denen passen sie hervorragend. Und deshalb sage ich dir jetzt: Fahr zur Hölle, Maestro!«

»Der Teufel legt dir solche Worte in den Mund!«, rief Daniele und sagte damit etwas, von dem *er* niemals geglaubt hätte, dass er es aussprechen könnte.

»Eine alte Frau hat sie mir in den Mund gelegt, nicht der Teufel.«

»Setz dich!«

»Nein«, entgegnete Susanna und ging um den Tisch herum.

»Setz dich, ich befehle es dir!«

»Ich erkenne dich nicht wieder, Daniele«, sagte Susanna und blieb stehen. Sie empfand nun keinen Zorn mehr, nur noch brennende Enttäuschung. »Ich weiß nicht, wen ich vor mir habe. Aber wer auch immer du bist, ich mag dich nicht. Kein bisschen. Leb wohl.« Damit wandte sie sich zur Tür.

»Bleib stehen! Ich befehle es dir!« Daniele sprang auf. Verzweifelt und wütend fasste er ihren Arm. »Ich befehle es dir!«

Doch er packte sie so heftig, dass er sie nicht bloß festhielt, sondern an sich zog.

Nun standen sie Körper an Körper. Ganz nah aneinander. Zu nah. Näher, als sie es jemals zuvor gewesen waren.

Sie war eine Frau.

Er ein Mann.

Sie liebte ihn über alles.

Und er liebte sie. Auch wenn er sich fürchtete.

Und wie von selbst fanden ihre Münder zueinander.

Der Kuss ging weder von ihm noch von ihr aus.

Er geschah einfach.

Es war ein leidenschaftlicher Kuss, gierig und brennend. Wild. Nicht nur ihre Lippen verbanden sich, sondern auch ihre Körper, ihre Seelen. Sie stürzten in einen Abgrund, um dann ungeahnte Höhen zu erklimmen. Und wieder stürzten sie. Und flogen davon. Kamen nicht mehr zu Atem.

Als sie voneinander ließen, blickte Susanna Daniele tränenüberströmt an, erfüllt von der Liebe, die sie gefunden hatte.

Und sie sah, dass auch Daniele weinte.

Aber in seinem Blick lag tiefe Verzweiflung, keine Ergriffenheit. Schmerz, keine Freude. Nur Qual.

»Mein Gott, was habe ich getan?«, murmelte Daniele fassungslos. Und rannte verzweifelt davon.

57

Anno Domini 1625

Borgo San Michele, Ostalpen

Exzellenz, Ihr sagtet, ich könnte mich bei Schwierigkeiten an Euch wenden und mit Eurer Unterstützung rechnen«, stieß Daniele hervor.

Constantin Tron blickte den Jungen aufmerksam an. Er war in einem Zustand vollkommener Verwirrung. Offensichtlich wurde er von einem Dämon gequält. Doch obgleich derart gepeinigt, hatte er nichts von seiner Würde oder seinem Stolz verloren, die dem Inquisitor bereits aufgefallen waren, als er Daniele zum ersten Mal gesehen hatte.

Und in diesem Moment wusste er, dass dieser außergewöhnliche junge Mann ihm gerade ins Netz ging. Sein werden würde. Mit Haut und Haar.

»Sprich, Daniele di Barco«, forderte er ihn väterlich auf. »Ich bin für dich da, wie versprochen.«

»Exzellenz …« Daniele stockte.

Der Inquisitor wartete geduldig.

Daniele senkte den Kopf. Diesmal wollte er seinen Kummer dem Inquisitor beichten, nicht Fra' Thevet. Denn der Prior hätte gewiss einen Weg gefunden, die Sache irgendwie zu rechtfertigen. Doch Daniele wollte keine Rechtfertigung. Er trug etwas Verdorbenes in sich, wie sein Vater. Der nur Unglück mit sich gebracht hatte. Nein, er suchte nicht nach Rechtfertigung. Daniele wollte bestraft werden.

»Das fleischliche Verlangen quält mich«, stieß er schließlich hervor. Er konnte nicht mehr klar denken, war vollkommen willenlos. Hatte sich verloren im Irrgarten seiner jugendlichen Leidenschaften.

Der Inquisitor bebte, als er sich jetzt selbst in dem gepeinigten Gesicht dieses Jungen wiedererkannte, den gleichen Schmerz sah, das gleiche Verlangen, die gleiche Schlacht, in der er selbst tagtäglich scheiterte.

Mit derselben Frau.

»Hat Susanna Berna dich ins Verderben gestürzt, Daniele?«, fragte er.

Daniele senkte den Kopf noch tiefer.

»Heißt das ›Ja‹?«, erkundigte sich der Inquisitor.

Daniele schwieg.

Und Constantin Tron fühlte sich wie ein Schiffbrüchiger, der endlich Land am Horizont sieht, das Ende seiner Qual. »Willst du sie anzeigen?«, fragte er bebend, jedes Wort betonend.

Daniele hob mit einem Ruck den Kopf. »Nein, Exzellenz!«, rief er. »Susanna Berna hat nichts getan.«

»Sagst du mir auch die Wahrheit, Daniele?«, hakte der Inquisitor voller Misstrauen nach.

»Ja«, antwortete Daniele bestimmt. Nicht sie war verdorben, nein, er war es. Er liebte sie, doch er wusste, er würde sie beschmutzen. Er durfte sie nicht mit in den Abgrund reißen, der sich vor ihm aufgetan hatte und ihn verschlang. »Ich bin derjenige, der schwach ist«, murmelte Daniele.

Nein, du bist stark, dachte der Inquisitor voller Anerkennung.

»Ich bin schwach und verdorben, Exzellenz«, fuhr Daniele mit Tränen in den Augen fort und kniete nieder. »Bestraft mich. Bitte.«

Der Inquisitor spürte eine Welle der Zuneigung für diesen Jungen in sich hochschlagen, für diesen Jungen, der sich ihm vollkommen auslieferte. Nackt. Besiegt. Bereit, jeden Weg zu gehen, den man ihm vorgab. »Ich werde dich nicht bestrafen«, sagte er und zog ihn hoch. Fasste seinen Arm mit einer Zärtlichkeit, der er sich selbst nicht fähig geglaubt hatte. »Ich werde dich nicht bestrafen, Daniele. Die Prüfung, die dir Unser Herr auferlegt hat, hast du bereits bestanden. Mit deiner Ehrlichkeit.«

Daniele hielt den Blick noch immer zu Boden gesenkt.

»Aber du darfst dieses Mädchen nicht mehr unterrichten«, entschied Constantin Tron.

»Wie Ihr befehlt«, murmelte Daniele.

»So befehle ich für dein Seelenheil«, erläuterte der Inquisitor.

»Ich danke Euch, Exzellenz.«

Auf seinem Rückweg zum Kloster Santa Ulpizia kämpfte Daniele mit seinen widersprüchlichen Gefühlen, die sein Herz zu zerreißen drohten.

Hatte er jemals etwas Schöneres verspürt als diesen Kuss? Nein, das hatte er nicht. Warum widerstehen? Warum?

Du bist nicht wie dein Vater, sagte er sich. Doch die Worte drangen nicht wirklich zu ihm durch, und ihm ging auf, dass Fra' Thevets Worte nie ihr Ziel erreicht hatten. Er solle sich selbst verzeihen, sich akzeptieren, hatte Fra' Thevet gesagt. Und dass er keine Schuld trage. Aber diese Worte, die liebevolle Zuneigung, hatten nichts in ihm hinterlassen. Denn tief in seinem Inneren konnte er einfach nicht aufhören, sich verdorben zu fühlen.

Und während die Umrisse des Klosters sich langsam am Ende der steilen Gasse gegen den Himmel abzuzeichnen begannen, erwachte eine neue Erkenntnis in Daniele. Er hasste nicht seinen Vater. Auch nicht seine Mutter. Er hasste ausschließlich sich selbst. Jahrelang hatte er diesen Schmerz vor sich hergetragen und anderen die Schuld gegeben. Doch er allein trug Schuld. Er war kein Heiliger, wie Jehanne behauptet hatte. Er war ein Dämon. Und er musste Susanna beschützen, wenn er sie wirklich liebte. Sie vor ihm beschützen. Vor dem Dämon.

Denn am Ende war Daniele in den Abgrund gestürzt, hatte

ihm nichts mehr entgegenzusetzen. Er hatte den Verstand verloren. Oder sich selbst.

Im Kloster ging er ohne Umschweife in die Kapelle und kniete nieder vor dem Christus, dessen Lächeln nur Fra' Thevet sah. Daniele spürte seinen strengen Blick auf sich.

»Zeig mir den Weg«, betete er. Und da es das Einzige war, was er tatsächlich wünschte, fügte er hinzu: »Bestraf mich dafür, so zu sein, wie ich bin.«

Aber Christus ließ keinen Blitz auf ihn niederfahren, wie Daniele gehofft hatte. Er rührte sich nicht. Hände, Füße und Rippen waren blutig.

Schließlich stand Daniele auf. Noch düsterer Stimmung als zuvor ging er zu Fra' Thevets Zelle.

»Ich werde Susanna nicht mehr unterrichten«, verkündete er ohne weitere Umstände.

Fra' Thevet blickte überrascht von der Bibel auf, in die vertieft er gesessen hatte. Er bemerkte Danieles Qual. »Setz dich«, forderte er ihn auf.

»Ich werde meinen Entschluss nicht ändern«, sagte Daniele, ohne sich zu setzen.

»Was ist denn passiert?«, wollte der Prior wissen.

»Nichts«, antwortete Daniele und verkroch sich in sein Schneckenhaus.

»Nichts«, sinnierte Fra' Thevet, und ihm war, als höre er wieder die Stimme des Jungen, der ihm vor vielen Jahren anvertraut worden war. Die Undurchdringlichkeit darin, die Schutzmauer von einst. »Sprich mit mir, Daniele«, bat er sanft.

»Es gibt nichts zu besprechen. Ich werde Susanna nicht mehr unterrichten, das ist alles, Prior«, beschied Daniele.

Fra' Thevet dachte daran, wie leicht zwei Seelen im gemeinsamen Lernen zueinanderfinden konnten. Und zu seiner Überraschung musste er zugeben, dass er innig gewünscht hatte, seine beiden liebsten Kinder würden den Weg zueinander finden. Ganz einfach wie Mann und Frau einander eben finden. Denn sie waren füreinander gemacht. Kurz überlegte er, ob Susanna Daniele wohl zurückgewiesen hatte und er sich deshalb so verhielt. Aber seit dem Gespräch mit ihr hatte er keine Zweifel mehr über die Art der Gefühle, die sie für Daniele hegte. Und auch wenn er so gut wie gar nichts von irdischer Liebe verstand, zweifelte er nicht an Danieles Gefühlen für sie. Warum also? Die Antwort blitzte nur allzu rasch in seinem Kopf auf. Aber er behielt sie für sich.

»Daniele, öffne mir dein Herz«, ermutigte er ihn voller Mitgefühl. »Nur dann kann ich dir helfen.«

Daniele schoss das Blut ins Gesicht. »Wie wollt Ihr mir schon helfen? Vielleicht so, wie Ihr meinem Vater geholfen habt?«, schrie er zornig. »Ihr habt ihn mit meiner Mutter gehen lassen. Habt zugesehen, wie er fiel.«

Der Prior erhob sich, um Daniele in den Arm zu nehmen.

Doch Daniele stieß ihn barsch weg. Voller Furcht vor der Liebe, die Fra' Thevet zu geben fähig war. Dann drehte er sich um, verließ die Zelle des Priors und lief hastig zu seiner eigenen.

Wütend stürmte er hinein und griff eilig seine wenigen Habseligkeiten. Als er den Schal seiner Mutter in die Hände bekam, warf er ihn grimmig auf den Boden und trat heftig darauf herum.

»Was tust du denn da?«, rief Fra' Thevet, der ihm gefolgt war und nun entgeistert auf der Schwelle stand.

»Ich gehe fort von hier.«

»Wohin?« Der Prior war besorgt.

»Versperrt mir nicht den Weg!« Daniele schob sich brüsk an ihm vorbei. Und während Fra' Thevet den Schal aufhob und sanft glatt strich, verhallten Danieles Schritte im Gang.

Als er schließlich das schwarze Tor des Inquisitors erreichte, war Daniele noch nicht wieder er selbst. Er hatte sich vollkommen verloren.

Paolo öffnete und war sichtlich irritiert, Daniele vor sich zu sehen. »Was willst du hier, um diese Zeit?«

Daniele stieß ihn zur Seite und ging ins Haus. Er fand den Inquisitor an seinem Esstisch sitzend, wo er soeben ein mit Schweinespeck, Äpfeln und Maronen gefülltes Perlhuhn verspeiste.

»Exzellenz, ich habe das Kloster verlassen und bitte Euch, mich in Eurem Haus aufzunehmen«, brach es aus Daniele hervor.

Dem Inquisitor lief ein wohliger Schauer den Rücken hinunter. Er legte das Messer auf dem Tisch ab, erhob sich und trat zu Daniele.

»Du bist mein Licht, mein verlorener Sohn«, murmelte er ergriffen. Und dann umarmte er ihn, während Paolo, der gerade das Esszimmer betrat, vor Neid erblasste.

58

Anno Domini 1633
11., 12. und 13. Februar
zweiundzwanzigster, dreiundzwanzigster
und vierundzwanzigster Tag

Borgo San Michele – Strada del Nord, Ostalpen

Als er sich erhob, war der Inquisitor noch bleicher als sonst.

Wie immer war der Gerichtssaal brechend voll.

Die Mittagssonne sickerte durch die schmalen Fenster und warf dünne Lichtstreifen in das Dunkel des Raumes.

Susanna war aufgeregt. »Ich habe eine Überraschung für dich«, hatte Daniele ihr zugeflüstert und gelächelt, als sie von den Wachen begleitet ihren Platz einnahm. Mehr hatte er nicht verraten. Er stand da an ihrer Seite, aufrecht, stolz und lächelte geheimnisvoll.

Paolo musterte Daniele mit unverhohlenem Hass.

»In seiner unendlichen Weisheit hat Gott seinem demütigen Diener einen Rat zukommen lassen …«, kündigte der Inquisitor an, den Blick nach vorn gerichtet, jedoch über das Publikum hinweg. »In seiner unendlichen Barmherzigkeit hat Gott mir, seinem demütigen Diener, Erkenntnisse eingegeben über Gerechtigkeit und Wahrheit, denen zu folgen er mir aufgetragen hat.« Er schwieg einen Moment. »In aller Demut habe ich die Last des Weges, den Er mir aufgezeigt hat, auf meine Schultern genommen.« Wieder schwieg er.

Daniele konnte die Mühe spüren, die ihn jedes einzelne Wort kostete.

»Das Auffinden des *Sigillum Diaboli* – das Eisen, mit dem der Astrologe Weser gebrandmarkt wurde, damit Luzifer den Besitz seiner Seele für sich in Anspruch nehmen konnte …« Der Inquisitor stockte und rang nach Luft. »Das Auffinden dieses satanischen Instruments wirft ein neues Licht auf den Fall und verpflichtet das Gericht zu einer erneuten, sorgfältigen Überprüfung der Ereignisse.«

Das Publikum lauschte gespannt.

Susanna blickte zum Inquisitor, dann zu Daniele.

Doch dessen Blick war auf den Inquisitor geheftet.

»Kraft der Weisheit, mit der Unser Herr seinen demütigen Diener gesegnet hat …« Der Inquisitor atmete tief durch. »Mit all meiner Macht und in Seinem heiligen Namen folge ich meinem Gewissen …«

Daniele konnte ein Lächeln nicht verbergen.

»Ich, Constantin Tron, Inquisitor des Heiligen Offiziums, erkläre die Aussetzung des Prozesses gegen Susanna Berna.«

Aufgeregtes Rumoren war zu hören.

Ungläubig wandte Susanna sich Daniele zu, der ihren Blick bereits erwartete. »Das ist nicht wahr«, hauchte sie.

»Doch, das ist es«, sagte er und strahlte über das ganze Gesicht.

»Die Angeklagte verbleibt jedoch im Kerker!«, fügte der Inquisitor nachdrücklich hinzu. »Susanna Berna ist nicht von den Anschuldigungen befreit. Der Prozess gegen sie ist nicht aufgehoben, sondern ausgesetzt.«

Doch dieser letzte Satz konnte weder etwas gegen die in Susannas Herzen aufkeimende Hoffnung noch gegen die Aufregung des Publikums ausrichten.

Der Inquisitor hob einen Arm. »Die Sitzung wird vertagt.«

»Exzellenz«, ergriff Paolo nun das Wort.

Was Daniele in seinen Augen aufblitzen sah, gefiel ihm nicht.

»Was ist denn noch?«, erkundigte sich der Inquisitor barsch.

»Exzellenz«, wiederholte Paolo mit gesenktem Kopf, als hätte er etwas zu beichten, »ich weiß, dass Ihr für Eure ehrbare Suche nach der Wahrheit Bernardo Treves vernehmen wolltet, den Schmied, der allem Anschein nach das *Sigillum Diaboli* in seiner Werkstatt angefertigt hat.«

»Worauf willst du hinaus?«, fuhr der Inquisitor ihn ungeduldig an.

»Bernardo Treves ist geflohen«, stieß Paolo hervor.

Daniele ballte die Hände zu Fäusten und suchte den Blick von Niccolò Buccaltieri, der wie immer in der ersten Reihe saß.

Und er konnte in den Augen des Capitano sehen, dass dieser genau das Gleiche dachte.

Wütend schrie der Inquisitor: »Der Mann muss gefunden werden, auf der Stelle! Ruft den Stadtvogt!« Damit wandte er sich dem Ausgang zu.

»Wir sprechen uns später«, flüsterte Daniele Susanna hastig ins Ohr, während die Menge aus dem Saal strömte und aufgeregt über die Neuigkeiten sprach. Dann erhob er sich und bedeutete Buccaltieri, ihm nach draußen zu folgen.

Dort schlug der Capitano seinen Stock mit Wucht auf den Boden. »Bastarde!«

Daniele spuckte wütend aus. »Sie haben mich reingelegt!«

»Nich, wenn das Drecksstück von Schmied gefunden wird«, meinte Buccaltieri. »Aber dafür müssen wir beide schon selbst sorgen, das weißt du, oder? Glaubst ja wohl kaum, dass der korrupte Dummbart von Stadtvogt irgendetwas unternimmt.«

»Nein.«

»Gut. Dann also wieder wir beide gegen den Rest, Junge«, stellte der Capitano fest.

»Wir müssen uns aufteilen.« Danieles Verstand arbeitete nun messerscharf. »Es gibt nur zwei Wege. Den nach Norden und den nach Osten. Ich kenne den nach Norden besser. Ist mein Gebiet. Dann sucht Ihr im Osten.«

Wieder tauschten die beiden bärenstarken Männer einen kräftigen Händedruck, dann holten sie ihre Pferde und besorgten Proviant für eine Woche.

»Ich finde dich, und wenn ich dafür in die Hölle hinabsteigen muss«, knurrte Daniele und gab seinem Pferd die Sporen.

Auf dem Pfad, der sich durch den Wald schlängelte, drang er tief in das Wolfsgebiet, das für viele Jahre sein einsames Reich gewesen war. Er schalt sich selbst einen Dummkopf – er hatte geglaubt, den Inquisitor in der Hand zu haben und dabei dessen niederträchtige Verschlagenheit unterschätzt. Dieser mit allen Wassern gewaschene Mann würde niemals zugeben, etwas mit dem Verschwinden des Schmieds zu tun zu haben. Er wusste, dass es Daniele nichts nutzen würde, sein schlüpfriges Geheimnis zu lüften, und noch war Susanna im Kerker. Das hatte Daniele mit der Vernehmung von Bernardo Treves ändern wollen, aber da der Zeuge verschwunden war, befand sich Susanna nun noch immer in großen Schwierigkeiten.

»Bernardo Treves, ich reiße dir bei lebendigem Leib das Herz aus der Brust«, schrie Daniele seine Wut laut heraus, was jedoch ungerührt zwischen Lärchen und Tannen verhallte. Doch mehr als die Wut machte ihm seine Hilflosigkeit zu schaffen.

»Zelt!«, schrie er. »Zelt!«

Wäre Zelt bei ihm, müsste er ihn einfach nur an einem Kleidungsstück des Schmieds schnuppern lassen, was die Suche erleichtern würde.

»Zelt!«, schrie er noch einmal.

Doch sein treuer Kamerad ließ sich nicht blicken.

»Ich hoffe sehr, dass du am Leben bist«, murmelte Daniele. Doch es war ein hoffnungsloses Gebet, er ahnte, dass die Wölfe Zelt in Stücke gerissen hatten. Eine Träne rann ihm über die Wange und gefror angesichts der vorherrschenden Kälte, wurde zu einem spitzen Eissplitter, der kalt auf seiner Haut lag.

Auf der Suche nach einer Spur drang Daniele auf dem Pfad immer tiefer in den Wald, doch er fand nichts. Er kehrte um, ritt querfeldein, vielleicht war Treves schlau genug gewesen, den Weg zu meiden. Immerhin war er ein Betrüger, ein Falschspieler, die List lag ihm im Blut. Doch auch dort fand er nichts.

Am Abend war sein Pferd erschöpft, und Daniele musste für die Nacht rasten. Er entfachte ein Feuer, gab dem Pferd ein wenig Hafer, holte aus der Satteltasche einen Kanten Brot, zwei Scheiben eingesalzenes Fleisch und aß.

Dabei starrte er in die Flammen und dachte an Susanna. Sie musste jetzt noch viel einsamer sein als er. Erst die hoffnungsvolle Aussetzung des Prozesses, dann die Nachricht vom Verschwinden des Schmieds, ohne dessen Aussage ihre Zuversicht wieder zunichtgemacht wurde.

Noch vor Sonnenaufgang sattelte er sein Pferd und begab sich erneut auf die Suche. Sein Instinkt sagte ihm, dass der Schmied eine andere Richtung genommen hatte, aber er musste sichergehen. So suchte er weiter, den ganzen Tag, bis der Abend hereinbrach. Wieder entfachte er ein Feuer und aß, ebenso wie sein Pferd in völliger Erschöpfung. Und wieder dachte er an Susanna. Wieder rief er verzweifelt nach Zelt. Und wieder verhallte sein Ruf unbeantwortet im Dunkel des Waldes.

Am Ende des dritten Tages wendete Daniele sein Pferd und kehrte nach Borgo San Michele zurück. Hätte Treves den Weg nach Norden genommen, dann hätte Daniele ihn gefunden. Treves musste nach Osten gegangen sein.

Am Dorfeingang erwartete ihn Niccolò Buccaltieri.

»Hab ihn gefunden«, verkündete der Capitano, doch er klang enttäuscht. »Am ersten Tag.«

»Tot?«, erkundigte Daniele sich, obwohl er die Antwort kannte.

»Er is in 'ne Gletscherspalte gefallen«, antwortete Buccaltieri. »Die Wölfe hatten ihn sich schon vorgenommen, aber ich bin runter zu ihm.«

»Mit Eurem Hinkebein?«, rutschte es Daniele heraus.

»Genau. Und wenn schon einer mit Hinkebein da runterkommt«, erwiderte Buccaltieri, offenbar keineswegs beleidigt, »dann is die Spalte nich so gefährlich. Kann sie ja gar nich.«

Daniele ahnte, worauf der Capitano hinauswollte. »Er wurde runtergestoßen?«

»Erst nachdem ihn jemand umgebracht hat«, erwiderte der Capitano. »Die Stichwunde war recht gut zu erkennen, trotz der Wolfsbisse und der vom Sturz gebrochenen Knochen. Und im Schnee waren auch Spuren von zwei Pferden.«

Daniele legte den Kopf in beide Hände.

»Du glaubst doch nicht, dass der Inquisitor unschuldig is, Junge?« Der Capitano packte ihn an den Schultern und schüttelte ihn.

»Nein. Nur kann ich mir nicht vorstellen, dass er einem Mann einen Dolch ins Herz treibt, ihn in einen Abgrund wirft und dann davonreitet.«

Niccolò Buccaltieri schüttelte den Kopf. »Was is der Unterschied zwischen dem, der 'n Mord in Auftrag gibt, und dem, der ihn dann ausführt? Was glaubst du denn is mit seinem räudigen Hündchen?«

»Paolo? Ihr habt ihn doch gesehen. Der ist nicht stärker als eine Frau. Und der Schmied war ein kräftiger Bursche.«

»Willst du wissen, was ich seh, Junge?«, meinte Buccaltieri. »Ich seh nur, dass du es nicht siehst!« Energisch stieß er seinen Stock in den Schnee. »Die zwei da haben Mord zu ihrem heiligen Beruf erklärt. Die stehen neben dem Folterknecht und guck'n zu, laben sich an den Schreien, zünden die Scheiterhaufen an und freu'n sich auf den Geruch von verbranntem Fleisch!«

»Aber wir haben keine Beweise«, gab Daniele zu bedenken, und mit einem Mal überkam ihn Hoffnungslosigkeit. Und eine tiefe Erschöpfung.

Da warf sich Niccolò Buccaltieri mit aller Kraft gegen ihn und stieß ihn zu Boden. »Dann finde welche!«, forderte er ihn wutschnaubend auf. Er blickte auf Daniele herab. »Steh auf und beweis, dass du nich son Schwächling bist, wie du gerade aussiehst.«

Daniele streckte die Hand aus.

»Aufstehen musste schon allein«, bellte der Capitano.

Daniele erhob sich, und nun standen sie sich von Angesicht zu Angesicht gegenüber.

Niccolò Buccaltieri nahm seine Hand und drückte sie.

Und Daniele drückte die seine.

»Fester!«, schrie ihn der Capitano an.

Daniele biss die Zähne zusammen und drückte mit aller Kraft zu.

»Das reicht, du tust mir weh.« Buccaltieri grinste.

»Ich weiß nicht, was mit mir los ist, Capitano«, sagte Daniele. »Ich bin nicht so. Ich … ich bin nicht schwach.«

»Is mir auch schon passiert. In der Schlacht. Passierte den besten Truppenführern, mit denen ich die Ehre hatte, zu kämpfen. Musste dich nich für schämen«, meinte der Capitano freundlich. »Guck mich mal an.«

Daniele blickte ihn an.

»Ich bin da, Junge«, sagte Niccolò Buccaltieri feierlich. »Ich bin da und werd's immer sein.«

Und Daniele spürte einen Kloß im Hals.

»Was haste jetzt vor?«, wollte der Capitano wissen.

»Ich muss zu Susanna. Ich werde mich nicht geschlagen geben, nie.« Danieles Stimme war wieder fest. »Wenn nötig, dann kämpfe ich bis zum Tod.«

Niccolò Buccaltieri nickte. »Das nenn ich 'n Wort. Jetzt erkenn ich dich wieder.« Damit humpelte er durch den Schnee zu seinem Pferd.

»Capitano!« Daniele lief ihm hinterher. »Habt Ihr gehört, was Marianna Dionigi gemacht hat?«

Der Capitano zog eine Grimasse. »Was schön Dummes hat sie gemacht!«, rief er missmutig, doch dann glätteten sich die Falten in seinem harten Gesicht. »Deshalb lieb ich sie ja.«

Wieder spürte Daniele diesen Kloß im Hals.

Der Capitano stieg auf sein Pferd und rief: »Aber sag ihr das bloß nich!«

Daniele machte sich auf den Weg zum Kerker, wo Susanna noch immer gefangen saß. Auf halber Strecke bemerkte er eine lumpige Gestalt, die in Abfällen wühlte. Er erkannte sie auf den ersten Blick.

»Jehanne«, sagte er und berührte sie an der Schulter.

Die Frau, die einst die Dorfhebamme gewesen war, schrak zusammen. »Ich gehe schon, ich gehe schon …«, murmelte sie, den Blick zu Boden gerichtet.

»Jehanne, ich bin es, Daniele di Barco«, ergänzte er und hielt sie fest.

Die Frau, nunmehr eine Gestalt ohne jegliches Leben, blickte ihn an. Sie verengte die Augen zu Schlitzen, als hätte sie Mühe, ihn zu erkennen. »Du bist der Heilige?«, fragte sie.

»Ja«, gab Daniele zurück, obgleich er diesen Namen immer gehasst hatte. »Ja, ich bin es, Jehanne.«

Die alte Hebamme ließ ihren Blick über ihn schweifen, als wäre sie noch immer nicht sicher, dann legte sie ihm eine Hand auf die Brust.

Ihre Hände waren schmutzig, und aufgesprungen von der Kälte, doch Daniele ließ es zu.

Mit zitternden Fingern tastete sie unter seiner Kleidung nach dem viereckigen Jutebeutelchen mit der getrockneten Glückshaube, in der er zur Welt gekommen war. Erst dann nickte Jehanne. »Du bist es«, stellte sie fest. »Ich weiß, warum du hier bist, Heiliger. Und ich danke dir.«

Daniele wusste nicht, was sie meinte.

»Aber du kannst nichts mehr für mich tun«, fuhr Jehanne fort. »Auch deine besonderen Kräfte können mich nicht wieder zurückholen. Ich stehe mit beiden Füßen in der Hölle. Und der Teufel hat sie schon fest in seinen Klauen.« Sie schüttelte den Kopf. »Nein, Heiliger, selbst du kannst mich nicht mehr zurückholen.«

»Aber ich kann dir etwas zu essen geben, Jehanne«, meinte Daniele sanft.

Die Hebamme sah ihn ungläubig an.

»Komm«, forderte Daniele sie auf und nahm ihre Hand.

Und nach langsamen, mühevollen Schritten erreichten sie schließlich die Bäckerei von Dario Rinaldi, dem Vater des kleinen Teo.

Der Bäcker sah irritiert auf, als sie den nach Zucker und Mehl duftenden Laden betraten.

»Sie darf hier nicht rein!«, stieß er hervor.

»Ich setze gleich deinen Laden in Brand«, gab Daniele zurück.

Der Bäcker spürte, dass die Drohung des Hüters der Wölfe ernst gemeint war.

»Gib mir ein süßes Gebäck mit Milch und Honig, das Beste, das du hast«, forderte Daniele ihn auf.

»Aber ich gebe es dieser Frau nicht!«, warf der Bäcker abwehrend ein. »Daran ist nicht zu rütteln! Ich hätte ihr niemals etwas gegeben!«

Wütend fuhr Daniele mit dem Arm über die Ladentheke, auf der die zu verkaufenden Brote ausgestellt lagen, und fegte sie auf den Boden.

Hastig holte der Bäcker das Gebäckstück.

Vom Lärm angezogen, lugten die Frau des Bäckers und der kleine Teo durch die Hintertür herein.

»Jetzt geht, ich bitte Euch.« Der Bäcker winselte geradezu, als er Daniele das Gebäck reichte. »Ihr schuldet mir nichts, aber geht, bitte.«

Die Frau des Bäckers drückte den kleinen Teo an sich, der Daniele und Jehanne ängstlich ansah.

Daniele riss dem Bäcker das Gebäck aus den zitternden Händen und stieß er verächtlich hervor: »Wäre dein Sohn nicht hier, ich hätte dir ins Gesicht gespuckt, du erbärmlicher Wurm.« Er ließ sein Blick zu dessen Frau wandern. »Und Euch auch, Signora.«

Dann führte er Jehanne hinaus. Ein Stückchen weiter setzten sie sich auf ein Steinmäuerchen, Daniele brach das Gebäck entzwei und reichte Jehanne ein Stück.

Gierig steckte die Hebamme es in den Mund. Sie versuchte zu kauen, doch dann spuckte sie es aus. Und lachte.

Und dabei konnte Daniele sehen, dass sie keine Zähne mehr hatte, der Folterknecht hatte sie allesamt ausgerissen. Daniele ging auf, dass Jehanne wirklich bis zum Letzten ausgehalten hatte und empfand tiefe Achtung für diese Frau, die er einst gehasst hatte.

»Wenn man jung ist, hat man Zähne und kein Brot, und wenn man alt ist, hat man Brot und keine Zähne, so sagt man doch, oder, Heiliger?«, murmelte Jehanne immer noch lachend. Dann blickte sie wieder auf das Backwerk, das sie nicht kauen konnte, als könnte sie es nicht glauben.

Daniele nahm einen Bissen in den Mund, kaute ihn weich, nahm ihn wieder heraus und gab ihn Jehanne. Und so aß sie schließlich das ganze Gebäckstück.

»Ich bekomme bestimmt Durchfall«, sagte Johanne, als sie fertig war. Dann strich sie mit ihrer schmutzigen Hand über Danieles Wange. »Verstehst du wenigstens jetzt, warum du ein Heiliger bist?« Und eine Träne rann ihr über das Gesicht.

Daniele wollte aufstehen, aber Jehanne nahm seine Hand,

öffnete sie und strich darüber. »Es tut mir leid, dass ich dich den Tod deiner Mutter habe miterleben lassen. Dass ich dir diese schreckliche Bürde auferlegt habe. Ich hatte keine Ahnung, habe es damals nicht gewusst. Aber jetzt weiß ich es: Susannas Leben ist deines. Nicht dieser dumme Satan hat ihr das Leben gegeben, wie sie mich haben aussagen lassen. Du warst es. Du, Heiliger.«

Daniele erhob sich und ging. Die Begegnung mit Jehanne hatte ihn aufgewühlt, und tief in seinem Herzen wusste er, dass er sie nicht wiedersehen würde. Jehanne war am Ende ihres Weges.

Als Daniele Susannas Zelle betrat, atmete er tief durch. Er hatte beschlossen, vollkommen ehrlich mit ihr zu sprechen.

»Hast du es schon gehört? Fra' Thevet hat mir gesagt, dass es nunmehr sicher ist, dass Galileo Galilei der Prozess gemacht wird! Die Inquisition beschuldigt ihn der Häresie!«, rief Susanna sogleich aufgeregt, noch bevor er sie hätte begrüßen können. »Das ist nicht gerecht!«, fuhr sie inbrünstig fort. »Ich habe sein Werk wieder und wieder gelesen. Eindeutig ist es die Erde, die um die Sonne kreist, nicht andersherum. Wie kann man nur so dumm sein und nicht begreifen, dass es wissenschaftlich bewiesen ist? Rein wissenschaftlich!«

»Susanna …«, versuchte Daniele, sie zu unterbrechen.

Aber Susanna war nicht aufzuhalten. »Weißt du, was Galileo gesagt hat? ›Wer die Wahrheit nicht kennt, ist nur dumm. Aber wer sie kennt und als Lüge bezeichnet, der ist ein Verbrecher‹. Die, die ihm den Prozess machen wollen, sind die Kriminellen, nicht er.«

»Susanna …«, versuchte Daniele noch einmal, sie in ihrer Aufregung zu bremsen. Es gab doch hier und jetzt Wichtigeres.

»Du musst mich auf dem Laufenden darüber halten, bitte!«

»In Ordnung …«

Und plötzlich fiel Susanna in sich zusammen. Es war, als

hätte die Aufregung ihren Körper durch ein unsichtbares Loch verlassen. »Wird je der Tag kommen, an dem die Sonne nicht mehr um die Erde kreist?«, murmelte sie verzweifelt, mit schmerzerfüllter Stimme. Es waren nicht nur Sonne und Erde, über die sie sprach. »Wird je der Tag kommen, an dem die Menschen begreifen, dass sie es sind … wir … alle zusammen, die um die Sonne kreisen? Dass wir alle nichts sind …«

Daniele verlor sich in ihren blauen Augen. Susanna hatte ihr Leben gegeben, um die Ungerechtigkeiten der Welt geradezurücken.

»Ich habe wirklich gehofft, dass jeder von uns sein verborgenes Paradies finden kann …«, warf sie matt ein.

»Dein verborgenes Paradies gibt es«, entgegnete Daniele sanft und zog sie an sich.

Die zuvor noch so sprudelnde Energie war aus Susanna gewichen. »Wird er es schaffen?«, fragte sie leise.

Und endlich wusste Daniele, woher dieses Gerede über Galileo rührte. Oder besser, wohin es führte. Susanna fragte ihn, ob Galileo den Prozess überstehen würde, doch eigentlich wollte sie von ihm wissen, was mit ihr war, ob er glaubte, sie würde das alles überstehen.

Und da konnte er auf einmal alles sagen, was er bisher nicht hatte sagen können, ungehindert kamen ihm die Worte über die Lippen. »Du bist meine Sonne, Susanna.« Er nahm ihre Hände. »Und ich habe nie aufgehört, mich um dich zu drehen. Denn du bist mein Leben.«

Sie sahen sich an, mussten der gegenseitigen Anziehung mit aller Kraft widerstehen.

»Ich liebe dich«, flüsterte Susanna.

»Ich liebe dich«, sagte Daniele.

»Ich habe dich immer geliebt«, sagte sie.

»Und ich habe dich immer geliebt«, echote er.

Dann stiegen ihnen beiden Tränen in die Augen.

»Sie werden mich verurteilen, oder?«, wisperte Susanna.

»Nicht, solange ich lebe«, antwortete Daniele fest.

Susanna schmiegte sich an ihn, sehr dicht, und legte ihren Kopf fest an seine Brust. »Ich habe Angst …«

Und Daniele nahm sie in seine starken Arme. Ohne Furcht. Ohne Zweifel. Ließ zu, dass seine Liebe zu ihr ihn vollkommen durchdrang, diese Liebe, die er sich einst versagt hatte.

59

Anno Domini 1625–1626

Camporosso bei Borgo San Michele, Ostalpen

Daniele selbst hat es so gewollt«, sagte Paolo, der Susanna an dem kleinen Tisch in der Bibliothek gegenübersaß.

Susannas Gedanken wirbelten wild durcheinander. Sie war vollkommen aufgelöst und hatte alle Mühe, sich nichts davon anmerken zu lassen.

Ihr ganzes Leben war innerhalb weniger Tage auf den Kopf gestellt worden. Erst hatte diese große Liebe sich ihrer bemächtigt, diese große Liebe zu Daniele. Dann dieser Kuss und die Gewissheit, dass Daniele sie ebenso liebte. Schließlich seine Tränen, Tränen der Angst. Und nun das: die Nachricht, dass er sie nicht mehr unterrichten wolle, dass sie ihn nicht mehr sehen würde.

»Warum?«, wollte sie wissen. Doch eigentlich stellte sie diese Frage sich selbst.

Paolo fuhr sich mit der Hand durch sein Haar, das länger gewachsen war. Und ergötzte sich an ihrem verzweifelten Zustand. »Er ist nicht der Mensch, für den ich ihn gehalten habe«, gab er zurück. »Es tut mir leid, dich so betrübt zu sehen. Aber du hast in mir einen Freund, und ich bin für dich da, wann immer du mich brauchst.«

Susanna blickte ihn an. Sie mochte Paolo nicht. Hatte ihn nie gemocht.

»Siehst du ihn noch?«, fragte sie.

»Manchmal schon«, antwortete Paolo.

Er lügt, dachte Susanna. Und mochte ihn deshalb noch weniger. Aber er war ihre einzige Verbindung zu Daniele. »Könntest du ihm eine Nachricht überbringen?«, wollte sie wissen.

»Natürlich. Ich helfe dir sehr gerne.«

Doch Susanna spürte, wie arglistig Paolo war und wie unaufrichtig seine Worte. Sie musste vorsichtig sein, ihre Nachricht durfte nicht zu viel preisgeben. Und sie hoffte, dass Daniele, sollte er ihr antworten, ebenso vorsichtig sein würde.

Paolo reichte ihr ein Blatt Papier über den Tisch. »Schreib deine Nachricht auf. Ich werde sie ihm persönlich überbringen.« Dann lehnte er sich zu ihr hinüber und flüsterte verschwörerisch: »Heimlich.«

Und die Art, wie Paolo es betonte, bestätigte Susanna abermals, dass sie ihm nicht trauen konnte. »Ich brauche nichts zu schreiben«, erklärte sie. »Es reicht, wenn du ihn fragst: ›Warum?‹.«

»Das ist alles?«, vergewisserte Paolo sich ungläubig. »Soll ich ihm nichts … Genaueres ausrichten? Etwas Persönlicheres, vielleicht?«

»Nein«, erwiderte Susanna entschlossen mit einem Blick in seine hellen, aquamarinblauen Augen. Einen Moment lang brachte die durchscheinende Bläue sie ins Wanken, und sie fragte sich, ob ihr an ihm nicht doch ein Verbündeter verloren ginge.

»Daniele ist es ebenso schlecht zumute wie dir«, bemerkte Paolo in dem Versuch, diesen schwachen Augenblick für sich zu nutzen.

»Wirklich?« Susanna war kurz davor, sich ihm zu öffnen.

»Man kann dir dein Leid förmlich ansehen«, fuhr Paolo fort. »Genauso ist es bei Daniele.«

Sachte schüttelte Susanna den Kopf. »Warum?«, wisperte sie.

»Ich habe dich vorhin angelogen«, gestand Paolo plötzlich.

Susanna wusste nicht, was er meinte.

»Du wolltest wissen, ob ich Daniele sehe. Und ich habe gesagt, ›manchmal‹«, erklärte er zerknirscht. »Aber das ist nicht wahr. Ich sehe ihn jeden Tag.« Er verschwieg, dass er ihn täglich im Haus des Inquisitors traf.

»Jeden Tag?« Neid klang aus Susannas Stimme, so sie zu einer solchen Regung denn fähig war. Denn ihr Traum war es, dass sie selbst diejenige wäre, die Daniele jeden Tag sah, jeden Tag ihres Lebens.

»Es ist noch nicht alles verloren, Susanna«, meinte Paolo.

Und dieser kleine Hoffnungsfetzen trieb Susanna die Tränen in die Augen.

Paolo langte über den Tisch und nahm ihre Hand. »Ich bin dein Freund, Susanna«, flüsterte er. »Und ich werde dir helfen.«

Susannas Gedanken wirbelten umher.

»Und du willst ihm bestimmt nichts sonst sagen? Bist du ganz sicher?«

Susanna forschte in seinen Augen, durchscheinend und doch undurchdringlich, und konnte diesen Blick nicht entziffern. »Frag ihn nur, ›warum‹.« Schließlich gab sie doch noch nach. »Und … bitte … sag ihm, dass er mir fehlt.«

Paolo ließ ihre Hand los, streckte den Rücken und lächelte. Er musste behutsam vorgehen, dieses erste Treffen mit ihr durfte er nicht verderben. Er durfte nicht versagen. Dafür würde er alles tun.

Tage zuvor hatte der Inquisitor ihn zu sich rufen lassen. Und ihm gesagt, dass er sich in einer äußerst wichtigen Angelegenheit auf ihn verlasse: Von jetzt an solle Paolo Susanna Berna unterrichten. Constantin Tron schärfte ihm ein, sich von diesem Weibsbild ja nicht verderben zu lassen. Er sagte ihm, er solle ihr Vertrauen gewinnen. Bis sie schließlich aufgeben würde.

Und als er sie jetzt ansah, spürte er bereits den Triumph, sobald er dem Inquisitor geben konnte, wonach ihm verlangte: Etwas, das er gegen Susanna verwenden konnte. Gegen jene

Frau, die seinen Beschützer aus dem Gleichgewicht brachte, ihn in seinen Grundfesten erschütterte. Sie war Paolos Feindin. Denn sie hatte die Macht, ihm den Inquisitor wegzunehmen, ihn fortzubringen. Doch er wusste, dass sich das Blatt bald wenden würde, und das erfüllte ihn mit tiefer Befriedigung.

Als Paolo schließlich ging und Susanna sich im Hospital wieder den Kranken widmete, dachte sie voller Misstrauen an die Begegnung mit ihm. Ihr Gefühl warnte sie, doch die leise Hoffnung, Verbindung zu Daniele aufnehmen zu können, war stärker als jede Vorsicht. Und obgleich diese Hoffnung zart und zerbrechlich war, wärmte sie Susannas Herz, und so schwebte sie förmlich zwischen den Krankenbetten umher.

Erst als sie die verhasste Nonne sah, die Daniele immer in die Bibliothek begleitete und jedes Mal versuchte, mit in den Raum zu schlüpfen, fiel ihr auf, dass sie heute gar nicht dagewesen war. Paolo war allein in die Bibliothek gekommen. Das verstärkte für einen Moment ihr Misstrauen, doch nicht genug.

Nicht einmal die Abwesenheit von Fra' Thevet im Beichtstuhl – man hatte ihr gesagt, er sei unpässlich – ließ sie argwöhnen, dass an der Angelegenheit etwas nicht stimmte; die Sehnsucht nach irgendeiner Verständigung mit ihrem geliebten Daniele war einfach zu groß.

Die Wochen verstrichen, und sie erwartete Paolo stets ungeduldig, sog gierig alles auf, was er ihr mitteilte, ohne jemals auf den Gedanken zu kommen, dass sämtliche Worte die von Constantin Tron waren.

Sie glaubte es immer.

Und doch war sie vorsichtig genug mit dem, was sie Paolo anvertraute. Eine Ahnung hielt sie zurück.

Weihnachten kam, die Äbtissin untersagte ihr jedoch, am Gottesdienst in der Kathedrale teilzunehmen, wo Susanna gehofft hatte, Daniele zumindest zu sehen. Die Zeit verrann, das neue Jahr begann, und selbst die Dorfältesten erinnerten sich nicht, jemals einen so kalten Januar erlebt zu haben. Und mit der Eiseskälte holte der Inquisitor zu einem weiteren Schlag gegen Susanna aus, denn er war es leid, immer noch nichts gegen sie in der Hand zu haben.

Bei Sonnenaufgang eines verhangenen Tages Anfang Januar scheuchte man Susanna ohne Vorankündigung aus ihrer Zelle und brachte sie in den Keller. Dorthin, wo sie schon einmal die grausame Bestrafung des Inquisitors und der Äbtissin über sich hatte ergehen lassen müssen.

Der Bottich war bereits mit Eiswasser gefüllt, und nachdem man ihr die Kleider weggenommen hatte, zwang man sie hinein. Wieder und wieder ließ die Äbtissin ihre Rute auf Susannas Rücken niedersausen.

»Was habe ich denn getan?«, rief Susanna.

»Das weißt du sehr gut, Dirne, die du bist!«, ereiferte sich die Äbtissin und hieb die Weidenrute ein weiteres Mal auf Susannas Rücken.

Schwester Angela versuchte, der grausamen Bestrafung ein Ende zu setzen, wurde aber von der Gruppe Schwestern gehindert, die nunmehr das erbarmungslose Gefolge der Äbtissin bildeten.

Susanna sah, dass sie weinte und zu Gott betete.

Als ihr vor Kälte und Schmerz die Sinne zu schwinden drohten, holte man sie aus dem Bottich.

Die Äbtissin nahm Susannas Novizinnenkutte und riss sie entzwei. Dann warf sie ihr ein gewöhnliches, grobgenähtes Kleid hin.

Einige der Schwestern packten Susanna an den Armen und brachten sie, angeführt von der Äbtissin, zum Klostertor.

»Und nun verschwinde, du Dirne!«, stieß die Äbtissin hervor.

»Was habe ich getan?«, rief Susanna noch einmal ungläubig.

Da trat die Äbtissin so nah an sie heran, dass Susanna die Fäulnis ihrer verrotteten Seele entgegenwehte. In ihren Augen glomm eine solche Boshaftigkeit auf, dass niemand sie in diesem Moment für eine Schwester der Barmherzigkeit gehalten hätte.

Am Tag zuvor hatten der Inquisitor und Paolo ihr in aller Heimlichkeit einen Besuch abgestattet. Ohne an schlüpfrigen Details zu sparen, erzählte Paolo, was der Inquisitor ihm zuvor eingeschärft hatte: wie Susanna ihn in Versuchung habe führen wollen, sich ihm züngelnd wie eine Schlange angeboten, ihren Körper dargeboten habe, wie sie versprach, ihm den herrlichsten Genuss zu verschaffen.

Und als er seinen Bericht beendet hatte, drohte der Inquisitor der Äbtissin schließlich: »Dies alles muss unbedingt unter dem Siegel der Verschwiegenheit bleiben. Sollte ich erfahren, dass Ihr auch nur ein Wort über die Vorfälle verlauten lasst und diesen Jungen somit durch den Schmutz zieht, diesen Jungen, der rein ist und die aufrichtige Kraft besaß, sich dem Dämon in Frauengestalt zu widersetzen, dann werdet Ihr persönlich die Folgen dafür tragen. Ich werde Euch beschuldigen, in Eurem Kloster Hexerei zu betreiben und Eure Novizinnen in Satans Arme zu treiben. Und dann, das versichere ich Euch, wird es Euer Fleisch sein, das brennt.«

Die Äbtissin hatte zitternd niedergekniet, vollkommen bestürzt über das soeben Erfahrene und die Drohungen des Inquisitors, und seine Hände geküsst. »Was soll ich tun?«

»Ihr bestraft sie und stoßt sie dann aus dem Kloster aus«, befahl der Inquisitor.

Und nun ließ die Äbtissin allen Hass, alle Niedertracht, die ihrem Wesen innewohnten, freien Lauf, schleuderte Susanna all ihre Missgunst entgegen.

»Was habe ich getan?«, wiederholte Susanna.

»Das weißt du selbst genau, Dirne, verfluchte, und ich weiß es auch«, gab die Äbtissin wütend zurück. Sie atmete tief ein und stieß dann mit sich überschlagender Stimme hervor: »Und jetzt verschwinde, du verfluchte Kreatur!« Darauf bückte sie sich, nahm einen Stein auf und warf ihn nach Susanna.

Da taten es ihr die Schwestern aus ihrem Gefolge gleich, sie griffen nach Steinen und warfen sie keifend nach Susanna.

Die Novizinnen aber hielten sich abseits von dieser grausamen Szene. Viele von ihnen bewunderten Susanna, aber sie hatten nicht die Stirn aufzubegehren, so, wie Susanna es immer für sie getan hatte. Für sie und für ihre Überzeugungen.

Mit bloßen Füßen wich Susanna zurück.

Schwester Angela lief ihr tränenüberströmt nach. Eilig zog sie ihre Holzpantinen aus und drückte sie Susanna in die Hand. »Lauf!«, rief sie schluchzend, doch dann traf ein großer Stein sie mitten auf die Stirn, und die Schwester stürzte zu Boden. Noch bevor Susanna ihr helfen konnte, wehrte Schwester Angela sie energisch ab. »Gehorche mir dieses eine Mal, bitte. Lauf!« Blut rann ihr über das Gesicht, mischte sich mit ihren Tränen. »Lauf, bitte«, flehte sie. Und als sie sah, wie Susanna davonlief, mit ihren Pantinen in der Hand, da murmelte sie: »Lauf, verrücktes Köpfchen, lauf.«

Verborgen vor den Augen der Schwestern verfolgten Constantin Tron und Paolo Tahler hoch zu Ross im anliegenden Wald das Geschehen aufmerksam und ergötzten sich an ihrem Triumph.

VIERTER TEIL

Der Schlag des Herzens

60

Anno Domini 1626

Borgo San Michele, Ostalpen

Susanna wusste nicht, wie sie dorthin gekommen war, woher sie die Kraft genommen hatte, sie wusste nicht einmal mehr, wer sie eigentlich war. Wie ein Lasttier, das den gewohnten Weg zum Stall zurücktrottet, erreichte sie taumelnd und stolpernd das Klostertor Santa Ulpizia.

Der Ort, an dem sie auf die Welt gekommen war. Der Ort, wo alles begann.

Heim des einzigen Menschen, der ihr sagen konnte, wer sie wirklich war. Der sie in die Arme schließen und wärmen würde. Der Mann, der niemals aufhören würde, ihr Vater zu sein.

»Allmächtiger!«, stieß Fra' Thevet hervor, als er sie sah, verschwommen nur, doch um ihren Zustand einzuschätzen, benötigte er sein Augenlicht nicht.

Susanna trug nur ein dünnes Kleid und zitterte am ganzen Leib. Ihre Füße steckten in viel zu großen Holzpantinen. Ihr Gesicht war voller Schürfwunden und Blut. Am meisten jedoch bestürzte ihn das stumpfe Dunkel ihrer blauen Augen. Jener Augen, die er gar nicht anders als strahlend kannte.

»Himmel, was ist denn bloß passiert?«, brachte der Prior hervor. Susanna wirkte so zart, dass er fürchtete, ihr wehzutun, wenn er sie umarmte. Und ihre Zerbrechlichkeit war gewiss nicht nur der eisigen Kälte geschuldet. Etwas Schreckliches musste geschehen sein. »Was haben sie mit dir gemacht?«

»Sie haben mich aus dem Kloster gejagt.«

»Warum?« Fra' Thevet war fassungslos.

Susannas Augen füllten sich mit Tränen, doch sie schluckte schwer. Noch war die Angst zu groß, sie laufen zu lassen und mit ihnen die Fassung zu verlieren.

Fra' Thevet führte die zerbrechliche Gestalt so behutsam er konnte zum Kamin im Refektorium, in dem ein heimeliges Feuer prasselte. »Verschwindet!«, rief er den wenigen Mönchen zu, die noch ihre Teller säuberten. Er nahm einen Stuhl und schob ihn Susanna hin. Dann holte er eine Decke und legte sie ihr um die Schultern.

»Warum haben sie dich fortgejagt?«, wollte er wissen.

Susanna sah ihn aus leblosen Augen an. »Ich … ich weiß nicht …« Sie sah wieder ins Feuer und sagte: »Dirne …«

Fra' Thevet schauderte. »Was hast du getan?«

Vor dem warmen Feuer lösten sich nun endlich ihre Tränen und rannen ihr über die Wangen. »Ich weiß es nicht«, wiederholte Susanna. »Ich weiß es nicht.«

Endlich umarmte Fra' Thevet sie.

Und Susanna ließ sich fallen, ließ sich fallen in diese Wärme, die ihr noch wohler tat als das Feuer. »Was habe ich nur getan, Prior?«, wiederholte sie schluchzend seine Worte.

Und der Prior antwortete, wie sie geantwortet hatte: »Ich weiß es nicht, Susanna, ich weiß es nicht …« Doch dann ging ein Ruck durch seinen greisen Körper, und er sagte: »Du kannst nichts Schlechtes getan haben. Du hast nichts getan. Ich werde herausfinden, was hier vor sich geht, so wahr mir Gott helfe.« Er ballte die Hände hinter ihrem Rücken zu Fäusten.

»Dirne …«, schluchzte Susanna, in der Wärme seiner Umarmung nach Schutz suchend. »Dirne hat mich die Äbtissin genannt.«

Beklommen erinnerte Fra' Thevet sich an das, was Susanna ihm über ihre Gefühle für Daniele gebeichtet hatte. Er dachte daran, dass Daniele seinen Verdacht bestätigte. Was war geschehen? Warum war Daniele so plötzlich zu dem Entschluss gelangt, sie nicht mehr zu unterrichten? Warum lag in seiner Miene diese blinde Wut, die ihn dazu brachte, sein Heim, das Kloster, zu verlassen, und in die schwarze Höhle des Inquisitors zu fliehen? *Nein, das kann, darf nicht sein*, dachte er.

»Warum hat sie dich Dirne genannt, Susanna?«, fragte er.

»Ich weiß nicht«, wiederholte sie.

Fra' Thevet gelang es nicht, seine Gefühle zurückzuhalten: »Ich werde in Gottes Namen, oder auch im Namen des Teufels, wenn es sein muss, eine Erklärung von der Äbtissin dafür fordern«, knurrte er. Dann löste er sich aus der Umarmung, erhob sich, nahm ein Leinentuch und tunkte es in einen Kupfertopf mit lauwarmem Wasser, der stets neben dem Feuer stand, und machte sich vorsichtig daran, die Verletzungen in Susannas Gesicht zu säubern. »Wie hast du die erlangt?«

»Sie haben mich …« Susanna kniff die Augen zusammen, um nicht in Tränen auszubrechen. »Sie haben Steine nach mir geworfen …«

»Steine?«, entgeisterte sich Fra' Thevet. »Steine?«, rief er noch einmal ungläubig.

In diesem Moment war plötzlich Lärm zu hören.

»Ich untersage Euch, dieser Sünderin Schutz und Obdach zu gewähren!« Donnernd stürmte der Inquisitor ins Refektorium, gefolgt von Paolo.

Fra' Thevet fuhr auf. Der Zorn wütete noch in ihm, und so ging er mit großen Schritten energisch auf den Inquisitor zu, als wollte er ihn niederschlagen.

Mit solcher Kraft hatte Constantin Tron nicht gerechnet, er blieb nicht nur erschrocken stehen, er wich sogar einige Schritte zurück, wobei er gegen seinen getreuen Paolo stieß.

Als Fra' Thevet vor ihm stand, war er wieder Herr seiner selbst. Seine Aufgebrachtheit hatte sich in eine ungeheure Kraft verwandelt. »Innerhalb dieser Mauern hast du keine Macht,

Constantin«, erklärte er bestimmt. »Und wenn du nicht auf der Stelle gehst, dann werde ich dich eigenhändig hinausprügeln.«

»Wie könnt Ihr es wagen, Prior?« Der Inquisitor versuchte, seiner Stimme einen empörten Klang zu verleihen, doch sie zitterte.

»Wusstest du, dass man das Mädchen aus dem Kloster gejagt hat?«, ereiferte sich Fra' Thevet. »Offensichtlich, sonst wärst du nicht hier. Und bestimmt weißt du auch, dass man Steine nach ihr geworfen hat wie nach einer unkeuschen Sünderin. Erkläre mir das, bevor du gehst.«

»Vielleicht ist sie ja eine unkeusche Sünderin«, gab der Inquisitor mit einem boshaften Lächeln zurück.

»Unsinn!«

»Vielleicht habt Ihr zu viel Vertrauen in Euer Mündel«, meinte der Inquisitor, doch er war längst nicht so sicher, wie er sich geben wollte.

»Ich weiß, wer Susanna ist, ich kenne sie«, sagte der Prior bestimmt. Er ging zu ihr, fasste sie behutsam am Arm, und zog sie vor den Inquisitor. »Sieh ihn an, Susanna, sieh ihn an, und sag ihm, ob du eine unkeusche Sünderin bist«, forderte er sie auf.

Als Susanna den Blick hob, bemerkte der Prior, wie Constantin Tron den seinen abwandte.

»Constantin Tron, sieh ihr in die Augen, wenn du reinen Gewissens bist«, donnerte der Prior.

Der Inquisitor hob den Blick und sah Susanna an.

»Ich habe nichts Schlechtes getan«, sagte Susanna aufrecht, und ein wenig von dem verlorenen Licht kehrte in ihre Augen zurück.

Und obgleich der Prior nicht mehr gut sehen konnte, gelang es ihm doch, den Blick des Inquisitors zu lesen, und was er dort bemerkte, gefiel ihm ganz und gar nicht. »Es war ein Mann in Babylon mit Namen Jojakim; der hatte eine Frau, die hieß Susanna …, die war sehr schön und dazu gottesfürchtig … und Jojakim war sehr reich … Es wurden aber im selben Jahr zwei Älteste aus dem Volk als Richter bestellt … Und die … entbrannten … in Begierde nach ihr …«, begann der Prior aus dem Buch Daniel zu zitieren, ohne den Inquisitor aus den Augen zu lassen. »Doch sie verweigerte sich ihnen«, fuhr der Prior erzählend fort. »Da beschuldigten die beiden sie, einen jungen Mann allein bei ihr im Garten gefunden zu haben … und das Volk verurteilte Susanna zum Tode, obgleich sie ihre Unschuld beteuerte. Während man die Urteilsvollstreckung vorbereitete, schritt der noch junge Daniel ein …« Und erst jetzt, während er sprach, fiel dem Prior die absonderliche Namensgleichheit auf.

Auch Susanna blickte ihn überrascht an.

»Und das Volk erkannte die Unschuld Susannas«, fuhr Fra' Thevet fort, »und man tötete die beiden Verleumder, und Daniel wurde groß vor dem Volk von dem Tage an und blieb es auch weiterhin«, beendete er die Geschichte.

Der Inquisitor erbleichte. »Ich untersage Euch, einer Frau in einem Kloster für Mönche Obdach zu gewähren«, mahnte er matt.

»Und ich befehle dir noch einmal, dieses Kloster zu verlassen, wenn du nicht möchtest, dass ich dich eigenhändig hinausprügele, Constantin«, erwiderte Fra' Thevet, so unerbittlich es ihm möglich war.

»Dafür werdet Ihr bezahlen, verlasst Euch darauf!«, keifte der Inquisitor.

»Sendet mir die Rechnung«, versetzte der Prior unbeeindruckt.

Der Inquisitor wandte sich um und verließ, von Paolo gefolgt, das Kloster.

Als sie allein waren, brachte Fra' Thevet Susanna wieder zum Feuer.

»Das war sein Werk«, brummte er düster. Was er in den Augen seines einstigen Schülers hatte lauern sehen, bestürzte ihn zutiefst.

»Während man die Urteilsvollstreckung vorbereitete, schritt der noch junge Daniel ein ...«, wiederholte Susanna.

»Vergiss Daniele«, schärfte Fra' Thevet ihr ein. »Das ist ein anderes Buch.«

»Was redet Ihr da?« Susanna starrte ihn an. »Daniele ist ...«

»Daniele ist nicht mehr Daniele!«, rief Fra' Thevet grimmig. »Er hat das Kloster verlassen und dient nun dem Inquisitor. Er lebt von Hass und Dummheit, ist dem Inquisitor geradewegs ins Netz gegangen und von seinem Weg abgekommen«, stieß er zitternd hervor, denn trotz seines Grolls drohte ihm das Herz zu brechen.

»Das kann nicht sein«, entgegnete Susanna ungläubig.

»Aber so ist es. Vergiss ihn«, mahnte der Prior.

»Nein, das ... das kann gar nicht sein«, wiederholte Susanna.

Und zum ersten Mal an diesem unglückseligen Tag spürte Fra' Thevet Susannas Kraft, diese innere Kraft, die ihr so eigen war. Und in der Starrköpfigkeit, mit der sie den Mann, den sie liebte, verteidigte, erkannte er seine eigene Liebe zu Gott. Eine ebenso unumstößliche und wunderbare Kraft, auch, wenn er dessen Wege nicht immer verstand. Und er verstand, dass Glaube und Liebe sich sehr ähnlich sind, wenn sie in den Herzen reiner Menschen wohnen.

»Aber du kannst nicht hierbleiben«, wechselte er nun das Thema, während er fieberhaft über eine Lösung nachdachte. »Fürs Erste habe ich diesen verdammten Dämon verjagt, aber wenn du bleibst, wird er wiederkommen, und dann kann ich nichts mehr für dich tun«, fügte er hinzu und dachte daran, wie man sie ihm schon einmal weggenommen hatte, als sie noch sehr klein war. »Ich werde dir Essen und Kleidung bringen lassen«, versprach er. »Dann sehen wir weiter.« Er stand auf und rief in die Küche, dass man Susanna Brot, Fleisch und heißen Wein bringen möge.

Am Nachmittag brachte Fra' Thevet Susanna zur Locanda Lorena, die ihren Namen ihrer Wirtin verdankte, einer gottesfürchtigen Frau. Der Prior kannte sie gut, sie beichtete jeden Sonntag bei ihm, ihre Verfehlungen gingen jedoch nie über die ein oder andere Gaumensünde hinaus.

»Ihr müsst dieses Mädchen in einem Eurer Zimmer unterbringen, Madama Lorena«, bat Fra' Thevet sie lächelnd.

Die Frau, deren Körperumfang die kleinen Sünden durchaus anzusehen waren, blickte den Prior freundlich an. Dann sah sie Susanna, und das Lächeln gefror ihr auf den Lippen, ihr rundes Gesicht verformte sich zu einer unschönen Grimasse, denn sie erkannte das Mädchen. Entschieden schüttelte sie den Kopf, wobei ihr Doppelkinn hin und her wackelte. »Ich will keine Unanständige in meiner Locanda«, beschied sie grob.

Fra' Thevet erstarrte. »Sie ist keine Unanständige!«, wies er die Frau zurecht. »Ich stehe für sie ein!«

»Jemand mit einem höheren Rang als Ihr steht für das genaue Gegenteil ein«, gab die Wirtin zurück.

Dem Prior ging auf, dass Constantin Tron bereits umtriebig gewesen war. Unmut machte sich in ihm breit. »Der Inquisitor interessiert mich einen Dreck«, rief er. »Ich stehe für sie ein, hörst du?«

Die Wirtin zuckte die Schultern. »Wie auch immer, ich habe ohnehin keine freien Zimmer. Es ist alles belegt«, log sie und verschränkte die Arme vor der Brust.

Fra' Thevet zeigte mit ausgestrecktem Arm auf sie. »Am Sonntag erwarte ich dich im Beichtstuhl«, forderte er resolut, dann wandte er sich an Susanna: »Komm, wir gehen.« Damit zog er sie zur Tür. Im Hinausgehen drehte Susanna sich noch einmal mit hoch erhobenem Haupt nach der Wirtin um, dann verließ sie mit Fra' Thevet die Locanda. Draußen legte sie die Hand auf seinen Arm. »Zieht Euch wegen mir keinen Ärger zu«, riet sie liebevoll.

Zwei weitere Male wurden sie abgewiesen. Fra' Thevet war äußerst niedergeschlagen und brütete in wenig christlicher Art über Racheplänen. Mit einem Mal kam ihm eine Idee. »Würdest du auch allein leben?«, fragte er Susanna.

Susannas Lächeln war Antwort genug. »Das müsst Ihr mich doch nicht fragen, Prior!« Sie lachte ihr schönes Lachen. »Kennt Ihr mich denn so wenig?«

Fra' Thevet schmunzelte. Nun war Susanna wieder so, wie er sie kannte. Das erfüllte ihn mit so tiefer Freude, dass er sie stürmisch umarmte, mitten in der Gasse, vor den Augen der Dörfler. »Dann los!«, rief er freudig.

»Töpfe, Brot, eingesalzenes Fleisch, Brennholz, einen Anzünder und zwei Decken. Aber schön dicke, aus guter Wolle«, ordnete er an, nachdem sie raschen Schrittes ins Kloster zurückgekehrt waren. »Und einen Karren für den Transport«, fügte er hinzu. Er ging ins Zimmer des Fraters Schatzmeister, der die Besitztümer des Klosters verwaltete, allesamt Schenkungen der Gläubigen. »Den Schlüssel zum Haus von Marie Bajonka«, wies er ihn knapp an.

»Aber …«

»Nun mach schon!«

Der Schatzmeister kramte in einem Kästchen, das die Dokumente zu den Schenkungen enthielt, und zog einen Schlüsselbund heraus. Er nahm einen Schlüssel davon ab und reichte ihn dem Prior, der ihn sogleich an sich riss und ohne ein weiteres Wort hinausstürmte.

Nachdem sie eine halbe Stunde lang abwechselnd den Karren gezogen hatten, gelangten sie an den Dorfrand, wo die Ärmsten der Armen lebten.

Das Haus, das einst Marie Bajonka bewohnt hatte, eine

züchtige Frau, die ihr Hab und Gut dem Kloster vermacht hatte, sah eher wie eine Holzhütte aus.

»Es ist nicht sehr behaglich«, meinte Fra' Thevet entschuldigend, steckte den Schlüssel ins Schloss und drehte ihn um. »Doch du wirst dich damit zufriedengeben müssen, etwas anderes haben wir leider nicht.« Er öffnete die in den Angeln quietschende Tür.

Im Dämmerlicht konnte Susanna einen kahlen Raum erkennen, eine Liege mit hölzernem Rahmen, der dazu diente, das Stroh der Bettstatt zusammenzuhalten. Ein Tisch, ein Stuhl, der eigentlich ein Hocker war, bestehend aus einem Stück Baumstamm, dem drei Äste als Beine dienten. Der Boden war aus gestampftem Lehm. In einer Ecke lehnte ein vollkommen abgenutzter Reisigbesen. In der Mitte des Raumes – es gab nur diesen einen – bildete ein Kreis aus Flusssteinen, außen rötlich und innen rußschwarz, eine kleine Feuerstelle.

»Das ist ja schlimmer, als ich dachte«, brummte der Prior.

Doch Susanna strahlte: »Es ist genau das Richtige.«

Fra' Thevet lachte. »Diese Lüge sei dir vergeben.«

»Bis jetzt hatte ich gar nichts«, meinte Susanna. »Und nun sagt Ihr, dass ich dies hier haben kann, dass ich hier wohnen kann. Das ist mehr, als ich jemals zu hoffen gewagt habe.«

»Es gehörte Marie Bajonka, einer anständigen Frau«, erzählte Fra' Thevet. »Ihre zwei Ziegen waren so mager, dass sie einem leidtun konnten, und gaben nur wenig Milch, die nach nichts schmeckte. Solange sie lebte, habe ich ihr die Milch abgekauft und mich überwunden, sie auch zu trinken.« Wieder lachte er. »Meine Mitbrüder habe ich allerdings nie dazu gezwungen.«

Auch Susanna lachte.

»Als sie verstarb, besaß sie nur diese Hütte, sonst nichts.« Fra' Thevet lächelte bei der Erinnerung. »Ich hielt ihre Hand, als sie ging. Du hättest sehen sollen, wie stolz sie war, als sie berichtete, dass sie die Hütte dem Kloster überlassen wolle.« Er lächelte noch immer. »Bis jetzt hat sie niemand mieten wollen.«

»Zu meinem Glück, nicht wahr?«

Fra' Thevet fuhr ihr zärtlich über das Haar. Zu vertraut für einen Mönch, jedoch genau richtig für einen Vater.

»Hier werde ich es bestimmt gut haben«, versicherte ihm Susanna.

»Ich mache besser mal Feuer, als mir deine Dummheiten anzuhören«, murmelte der Prior.

Und so schichteten sie Brennholz in der Feuerstelle, nahmen ein wenig Stroh aus der Bettstaat, mischten es darunter und zündeten es an. Sofort war der Raum voller Qualm.

»Verflucht, das Stroh war feucht!«, rief Fra' Thevet. »Du solltest …«

»Ich kümmere mich darum«, unterbrach Susanna ihn.

»Für …« Fra' Thevet stockte beschämt und errötete. »Marie … also für die Bedürfnisse … Verstehst du? Für die körperlichen Bedürfnisse, also, sie hatte keinen Abort und …«

»Ja, ich habe den Nachttopf gesehen«, eilte ihm Susanna zu Hilfe.

»Für heute kannst du erst mal aus dem Schnee heißes Wasser machen.«

Susanna zeigte auf einen Eimer. »Sonst gehe ich zum Fluss.«

»Hoffentlich ist dieser Eimer auch dicht«, murmelte Fra' Thevet.

»Ich komme schon zurecht, Prior«, versicherte Susanna.

Er lächelte. »Es ist doch unglaublich, dass du es jetzt bist, die mich tröstet und nicht umgekehrt.«

»Ich komme zurecht«, wiederholte Susanna.

Fra' Thevet blickte sie voller Anerkennung an. »Ich weiß, Susanna.«

»Prior …«, murmelte Susanna errötend. »Vor Kurzem, im

Beichtstuhl, als ich Euch von der Nachricht erzählte, welche die alte Äbtissin mir für Euch gab, sagtet Ihr …« Sie stockte. »Ihr sagtet etwas, das Ihr nie zuvor gesagt habt. Wisst Ihr noch?«

Fra' Thevet nickte verlegen.

»Nun ja, heute bin ich damit an der Reihe. Ich habe es Euch nie gesagt …«, stammelte Susanna, dann breitete sich ein Lächeln auf ihrem Gesicht aus. »Ich habe Euch sehr gern.«

Schweigend blickten sie sich an, dann wehte der Klang der Glocken zu ihnen herüber.

»Ihr müsst nun gehen«, mahnte Susanna, »sonst kommt Ihr zu spät zur Vesper.«

Fra' Thevet nickte und ging zur Tür. »Und dass du auch gut absperrst, hörst du?«, mahnte er.

»Das werde ich.«

»Stell den Tisch gegen die Tür.«

»Wollt Ihr, dass ich mich fürchte?«, entgegnete Susanna lächelnd.

»Ich will, dass du vorsichtig bist.«

»Ich verspreche es.«

»Das sollte mich wundern.« Der Prior lachte.

»›Wie bringt man einem Maultier das Fliegen bei?‹ fragte immer meine, also unsere, unsere teure Äbtissin«, gab Susanna lachend zu bedenken.

Fra' Thevet nickte nachdenklich. »Wirklich Sorge bereitet mir eine andere Frage: Wie bringt man einem Maultier wie dir bei, nicht zu zeigen, dass es fliegen kann? Nicht alle Menschen sollten wissen, wie gebildet du bist.«

»Was meint Ihr damit?« Susanna sah ihn fragend an.

»Dass du nun nicht mehr hinter dicken Klostermauern beschützt bist«, antwortete Fra' Thevet. »Nun bist du in der wirklichen Welt. Schutzlos. Wie eine gewöhnliche Frau.« Er kam noch einmal zurück und nahm sie in den Arm. »Sei vorsichtig, Susanna. Versprich es mir.«

Susanna schwieg und genoss den liebevollen Blick des Priors, der ihr so viel bedeutete wie ein Vater.

Auf dem Weg zur Tür lastete nun ein schweres Gewicht auf Fra' Thevets Brust. »Der Inquisitor, hat er jemals versucht …«

»Nein«, antwortete Susanna bestimmt, denn sie wollte jeden Zweifel aus Fra' Thevets Gedanken verscheuchen. Das war sie ihm schuldig. Aber sie wusste um die unreinen Gedanken des Inquisitors, hatte sie in seinen Augen aufblitzen sehen, als er seinerzeit ihren nackten Körper betrachtete, während man sie in einem mit Eiswasser gefüllten Bottich ausgepeitscht hatte.

Fra' Thevet warf ihr einen letzten, liebevollen Blick zu und ging.

Susanna schloss die Tür und schob den Tisch davor, wie der Prior es ihr geraten hatte. Doch die Tür hing so schief in den Angeln, dass sie der Schulter eines Mannes nicht standhalten würde. Nun fürchtete sie sich doch ein wenig.

Sie zwang sich, nicht darüber nachzudenken. Setzte sich neben das Feuer auf den Boden und sah zu, wie die Flammen ihr neues Heim mit all seiner Schäbigkeit beleuchteten.

»Wir sehr wünschte ich, du wärst hier bei mir, Daniele«, flüsterte sie. »Nur wir beide. Vereint.«

61

Anno Domini 1633
14. Februar, fünfundzwanzigster Tag

Borgo San Michele, Ostalpen

Habt Ihr meinen Bericht über den Tod von Bernardo Treves gelesen?«, fragte Daniele.

Ihm gegenüber am Schreibtisch in seinem kargen Studierzimmer saß arrogant der Inquisitor. »Nein, ich hatte noch keine Zeit, ich bin äußerst beschäftigt.«

»Ihr lügt«, stellte Daniele knapp fest.

»Du zweifelst am Wort seiner Exzellenz?«, zischte Paolo.

Daniele musterte ihn gelassen. »Paolo, wann lernst du endlich, dich nicht in Angelegenheiten einzumischen, die zu groß für dich sind?«

Paolo bebte vor Wut. Die Hand um sein Kruzifix geklammert, trat er einen Schritt auf Daniele zu. Doch dann blieb er jäh stehen, warf ihm einen hasserfüllten Blick zu und fuhr sich durch die blonden Locken.

Daniele lachte ihm ins Gesicht. »Langes Haar und ein übergroßes Kruzifix, mehr hast du nicht zu bieten?«

»Das reicht«, griff nun der Inquisitor ein. »Was ist an deinem Bericht so überaus interessant, Daniele?«

»Bernardo Treves wurde ermordet«, erklärte Daniele, obgleich er überzeugt war, dass der Inquisitor das Schreiben gelesen hatte. »Sein Sturz in die Gletscherspalte war kein Unfall. Man hat ihm einen Dolch ins Herz gestoßen. Vielleicht ja denselben, mit dem Weser ermordet wurde.«

»Dieselbe Waffe?« Spöttisch zog der Inquisitor die Augenbrauen hoch. »Wie kommst du zu dieser Behauptung?«

»Es ist nur eine Vermutung. Auf jeden Fall war es dieselbe Art von Waffe«, lenkte Daniele ein. »Eine Waffe für Feiglinge.«

»Was willst du damit sagen?«, versetzte der Inquisitor, immer noch skeptisch.

»Hätte man ihn noch lebend aufgespürt, wäre er ein unbequemer Zeuge gewesen.«

»Reine Vermutung.«

»Der Mörder von Weser und der Dienstmagd wollte ihn loswerden, und das hat er in die Tat umgesetzt.«

Der Inquisitor lächelte, seine Schlangenlippen waren nur noch zwei feine Striche. »Reine Vermutungen. Kannst du beweisen, dass es deinen unauffindbaren Mörder wirklich gibt?«

»Nein, Beweise habe ich nicht. Noch nicht. Aber ich habe einen Verdacht.« Daniele sah ihm in die Augen. »Einen begründeten.«

»Begründet worauf?«

»Begründet auf meiner Überzeugung, dass das Ziel all dieser furchtbaren Taten ausschließlich Susannas Verurteilung ist.« Daniele ließ den Inquisitor nicht einen Moment aus den Augen, keine noch so kleine Regung in seinem Gesicht durfte ihm entgehen.

»Ein teuflischer Plan!«, spottete Constantin Tron. »Wem könnte denn das Unglück dieser Dirne so am Herzen liegen?«

Daniele stieg bei dieser Bezeichnung für Susanna das Blut zu Kopf, doch er hielt seine Wut im Zaum. »Um nur einen zu nennen, Exzellenz«, sagte er schneidend, »Euch.«

Constantin Tron sprang mit einer solchen Wucht auf, dass ein offenes Tintenfass auf dem Schreibtisch umfiel und sein Inhalt sich über die dort verstreuten Papiere ergoss.

Wutschnaubend schritt der Inquisitor um den Tisch herum, bis er vor Daniele stand, das Gesicht zu einer zornigen Grimasse verzogen. »Bedauerlicherweise sehe ich mich gezwungen, deine Erpressung zu dulden, Daniele«, schrie er ihn an. »Ich zahle für dein Schweigen!« Er schüttelte die Faust. »Aber ich werde nicht hinnehmen, dass du mich einen Mörder schimpfst!« Er knirschte mit den Zähnen, dann schrie er noch lauter als zuvor: »Ich bin kein Mörder!«

Daniele hätte einwenden können, dass er sehr wohl ein Mörder war. Und zwar von Berufs wegen. Das sprach aus seinem ganzen Leben, aus jedem seiner Prozesse: Er war ein Mörder, der sich hinter seinem Amt versteckte. Aber Daniele schwieg, denn in Constantin Trons Augen sah er ehrliche Entrüstung und Entsetzen, und war dadurch sicher, dass der Inquisitor nicht der Mörder von Weser, der Dienstmagd und Bernardo Treves sein konnte.

»Erpressung?« Paolo starrte sie fassungslos an. »Wovon redet ihr?«

Doch weder Daniele noch der Inquisitor beachteten ihn. Das hier ging nur sie beide etwas an.

Mit einem Ruck wandte sich der Inquisitor zu Paolo um. »Hasst du Susanna Berna?«, fragte er ihn knapp.

»Aus ganzem Herzen!«, gab Paolo eilends zurück.

»Hast du Bernardo Treves ermordet?«, fragte der Inquisitor weiter.

»Exzellenz!« Paolo starrte ihn entsetzt an.

»Antworte!«, schrie der Inquisitor geifernd. »Hast du Bernardo Treves ermordet?«

»Nein!«

Jetzt war Danieles Blick auf Paolo gerichtet, er forschte in seinem Gesicht nach Hinweisen.

»Hast du Weser und seine Dienstmagd ermordet?«, fragte der Inquisitor weiter, ebenso angriffslustig wie in seinen Verhandlungen.

»Nein!«

Daniele beobachtete genau, was in Paolos aquamarinblauen Augen vor sich ging, konnte es jedoch nicht entziffern.

»Habe ich von dir verlangt, Weser und seine Dienstmagd zu ermorden, um die Schuld dafür Susanna Berna zu geben?«, fragte der Inquisitor.

»Nein!«

Constantin Tron wandte sich Daniele zu. Er war flammendrot. »War es das, was du fragen wolltest, *Instructor Daemonii*?« Sein Blick war glühend. »Wie habe ich deine Arbeit gemacht?«

Daniele hielt seinem Blick stand. »Gut«, antwortete er.

»Bist du nun zufrieden?«, fragte der Inquisitor.

Da huschte Paolo neben den Inquisitor, nahm tränenüberströmt seine Hand und küsste sie. »Exzellenz, erlaubt ihm nicht …«

Der Inquisitor entriss ihm zornig seine Hand und gab Paolo eine schallende Ohrfeige. »Reiß dich zusammen!«

Paolos blonde Locken gerieten in Unordnung, einige Strähnen klebten in seinem nassen Gesicht.

Die Dirne bist wohl eher du, dachte Daniele verächtlich und sah Paolo von oben herab an.

»Deine dreckige Wäsche wirst du woanders waschen müssen«, sagte der Inquisitor zu Daniele, nun wieder undurchdringlich. Er setzte sich hinter seinen Schreibtisch, sah auf die schwarze, über die Papiere verlaufene Tinte, und wischte alles mit einer heftigen Armbewegung fort, die noch von seiner Wut zeugte. Das Tintenfass fiel auf den Boden und zerbarst.

»War das alles?«, wollte er mit schneidender Stimme wissen.

»Ja«, erwiderte Daniele. »Habt Ihr gehört, dass neue Fälle von Pest aufgetreten sind?«

»Es ist alles unter Kontrolle«, erklärte der Inquisitor kalt.

»Soweit ich informiert bin, ist einer der Gefängnisinsassen befallen«, meinte Daniele.

»Er wurde bereits isoliert und ins Hospital gebracht«, erwiderte der Inquisitor.

»Das heißt aber nicht, dass die Krankheit mit ihm aus dem Gefängnis verschwunden ist«, fuhr Daniele fort. »Ganz im Gegenteil, die hygienischen Zustände der Gefängnisse geben Grund zur Annahme, dass sie sich dort eingenistet hat.«

»Was willst du, Daniele?« Der Inquisitor wurde ungeduldig.

»Dass Susanna Berna an einen sicheren Ort gebracht wird«, antwortete Daniele. »Ich will …«

»Was willst du?«, unterbrach Paolo.

»Schweig«, wies ihn der Inquisitor zurecht.

»Ich will, dass sie in das Kloster Santissima Assunta Maria in Camporosso gebracht und unter Aufsicht der Nonnen gestellt wird.«

»Und du bist sicher, dass das eine gute Idee ist?«, spottete der Inquisitor. »Im Kloster könnte es für sie noch unbehaglicher werden als im Kerker. Dieselbe Äbtissin, die sie seinerzeit davongejagt, sie bestraft und ihr Steine nachgeworfen hat, waltet dort noch immer.«

»Ja, es ist weiterhin dasselbe Biest«, antwortete Daniele, ohne mit der Wimper zu zucken. »Dasselbe Biest, das Euren Befehlen aufs Wort gehorcht hat.«

Dass der Inquisitor auf diesen Angriff längst nicht so entrüstet reagierte, wie auf die Anschuldigung, der Mörder zu sein, bestärkte Daniele in seiner Vermutung, dass es der Inquisitor gewesen war, der vor sieben Jahren dieses Komplott gegen Susanna geschmiedet hatte. Und auch darin, dass er weder der Mörder war noch die Morde in Auftrag gegeben hatte.

»Ihr werdet diesem Biest befehlen, Susanna in Ruhe zu lassen, sie menschlich zu behandeln und ihr zu erlauben, sich frei im Kloster zu bewegen …«

»Und ihr die Flucht zu ermöglichen?«, höhnte der Inquisitor.

»Ihr müsst nur den Stadtvogt bitten, einen Wachdienst auf

der Brücke zu postieren, die zum Kloster führt. Andere Fluchtwege gibt es nicht.

»Außer dem Fluss«, gab der Inquisitor zu bedenken.

»Ich kann Euch versichern, dass Susanna nicht vorhat, sich in dem eisigen Wasser das Leben zu nehmen«, räumte Daniele ein, ebenso höhnisch wie sein Gegenspieler. »Zu Eurer Beruhigung: Es wird ausreichen, zwei weitere Wachen dort zu postieren.« Er lächelte. »Ich überlasse Euch die Ehre, alles in die Wege zu leiten.«

Steif steckte der Inquisitor die Niederlage ein.

»Ich erwarte selbstverständlich, dass man Susanna noch heute dorthin bringt«, schloss Daniele. An der Tür drehte er sich noch einmal um und fügte hinzu: »Ich muss Euch wohl nicht an unsere Vereinbarung erinnern, oder, Exzellenz?«

Er verließ das Zimmer, doch bevor er die Haustür erreicht hatte, schrie Paolos schrille Stimme hinter ihm: »Was erlaubst du dir?«

Daniele öffnete die Tür, ohne ihn zu beachten.

»Wenn du Constantin Tron etwas antust, dann bringe ich dich um!«, drohte Paolo schrill und griff seinen Arm.

Da drehte Daniele sich um, packte ihn mit einer blitzschnellen Bewegung an der Gurgel und schleuderte ihn gegen die Wand, sodass er mit dem Kopf hart gegen das Mauerwerk schlug. »Ich weiß nicht, ob *du* kühn genug bist, jemanden umzubringen«, knurrte Daniele, und seine Finger schlossen sich immer enger um Paolos Hals. »Ich für meinen Teil bin es.«

Damit ließ er ihn fallen wie ein Stück Unrat und ging davon. Paolo sah ihm hasserfüllt nach, während er hustend nach Luft rang.

62

Anno Domini 1626

Borgo San Michele, Ostalpen

An ein Vieh gebunden … sollte das Urteil solcherart lauten, wird man die Angeklagte erbleichen sehen, so kühn und stark sie auch sein mag; denn dann weiß sie, dass ihre Zeit gekommen ist. An ein Maultier gefesselt, den Schmähungen der Menschen ausgesetzt, wird sie durch die Gassen zum Orte ihrer Hinrichtung getrieben. Dort, am Scheiterhaufen, wird sie auch die schrecklichsten Feinde anflehen, ihre Pein zu beenden, die schmerzvolle Marter an ihren Gliedmaßen, deren Blut eine lange Spur aus Grauen und Hass hinter sich herziehen …‹ Der Inquisitor hob den Blick von dem Buch, aus dem er vorlas, und blickte auf seine beiden Schüler, Daniele und Paolo, die vor ihm saßen. »Dies schrieb der gelehrte Richter an den Rand der genuesischen Strafgesetze von 1556«, erklärte er. »Eine Anmerkung, die unsere Mission sowie unser Handwerk im Kern erfasst.«

Constantin Tron hatte früh entschieden, die beiden in die Inquisitionsprozesse einzuführen und Daniele bereits einige Male mit dem Amt des Instructor Domini betraut. Paolo hatte mit zunehmendem Widerwillen den Anwalt des Teufels gegeben. Beide hatten ihre Aufgaben erfüllt, trotz der schrecklichen Szenen vor Ort, Bilder, welche die apokalyptischen Worte des Inquisitors auch nun in ihnen hervorriefen.

Paolo lächelte. Wie immer bereitete ihm Leid eine abartige Freude.

Daniele hingegen senkte den Blick.

»Was hast du, Daniele? Woran denkst du?«, wollte der Inquisitor wissen.

»An den schrecklichen Schmerz, den des Fleisches und den des Geistes«, erwiderte Daniele versunken.

»Schmerz ist der einzige Weg, diesen unreinen Kreaturen den Dämon auszutreiben«, merkte der Inquisitor an, und es klang wie eine unumstößliche Tatsache.

Daniele hob den Blick. »Ich meinte, dass es dem Richter Schmerz bereitet, mit einer so grausamen Strafe zu drohen.«

Der Inquisitor runzelte die Stirn.

»So ein Unsinn«, bemerkte Paolo.

»Das ist kein Unsinn«, wandte der Inquisitor ein. »Daniele ist barmherzig, und das ehrt ihn.«

Kalter Neid griff an Paolos Herz.

»Aber, mein lieber Daniele, das Leid des Richters hat keine Bedeutung«, fuhr Constantin Tron fort. »Er neigt den Kopf und führt seine Aufgabe aus, so schwer sie auch sein mag. Denn der Richter verkörpert Gott. Gottes Standhaftigkeit gegen alles Schlechte. Verstehst du das?«

Daniele blickte ihn an und nickte matt.

»Sieh nicht auf dich, Daniele, im Namen Christi«, ermahnte der Inquisitor ihn. »Du bedeutest nichts. Schenke dem Allmächtigen ein Lächeln und drücke deine Dankbarkeit aus, indem du den Auftrag annimmst, den er dir anvertraut.«

»Ich bin bereit«, beeilte sich Paolo zu versichern.

Der Inquisitor warf ihm einen missbilligenden Blick zu. »Der wahre Weg führt immer über einen inneren Kampf«, wies er ihn streng zurecht. Dann wanderte sein Blick wieder zu Daniele. »Deshalb bewundere ich dich, Daniele, für die Schlacht, die du kämpfst. Für das Leid, auf das du dich vorbereitest.« Er hatte nie an Daniele gezweifelt. Daniele hatte sich dieser Mission verschrieben, ohne mit der Wimper zu zucken. Weil er seiner rauen Natur folgte. »Aber Der Herr duldet nicht, dass du die edle Aufgabe, die er dir anvertraut hat, ablehnst. Zögere nicht.«

Daniele senkte den Kopf.

Der Inquisitor betrachtete seine beiden Schüler. In Paolo sah er seine eigene Kaltblütigkeit, wenn auch frei von Leidenschaft. Paolo tat nahezu alles ausschließlich, um ihm zu gefallen. Er würde ihn niemals betrügen, führte wie ein Hund sabbernd seine Befehle aus und hoffte schwanzwedelnd auf einen Belohnungsknochen. Daniele hingegen war rau wie eine Kreatur aus der Wildnis. Und wie jedes wilde Tier, wusste er sich zu verteidigen, auch gegen seinen Meister. Er ließ sich nicht zähmen. Und er würde diese wilde Natur, die der Inquisitor brechen wollte, immer in sich bewahren.

»Lies uns vor, Paolo«, wies Constantin Tron ihn an.

Und Paolo begann auf der Stelle zu lesen. Glücklich über die ihm zugetragene Aufgabe.

Doch Daniele hörte nicht zu. Seine Gedanken verloren sich im Irrgarten der vergangenen Leidenschaften. Ein Teil von ihm, der winzige Teil, welcher der andauernden Einwirkung durch Constantin Tron widerstand, suchte noch nach der Helligkeit, nach Susannas Licht. Immer noch musste er an Susanna und ihren Kuss denken. Und Daniele konnte nicht aufhören, sich zu fragen, warum er nicht einfach glücklich sein konnte.

Doch nun war er dem Inquisitor ins Netz gegangen, führte die ihm aufgetragenen Aufgaben aus, und wenn die Erinnerung an Susanna Besitz von ihm ergriff, wiederholte er für sich die Worte, die Constantin Tron ihm eingetrichtert hatte: »Der Dämon vermag eine engelsgleiche Gestalt anzunehmen.«

Doch sosehr er auch dagegen ankämpfte, der Gedanke an Susanna war so tief in ihm verankert, dass er ihm manchmal ein Lächeln auf die Lippen zauberte. Ohne dass er etwas dagegen tun konnte. So wie jetzt.

Er war noch vollkommen in diesen Gedanken versunken, als es an der Haustür klopfte.

»Paolo, geh nachsehen, wer dort ist«, wies ihn der Inquisitor an, da seine Dienstmagd gerade die Einkäufe erledigte.

»Ja, Exzellenz«, antwortete Paolo und erhob sich eilfertig.

Doch auf seinem Weg zur Tür breitete sich Zorn in seinem ganzen Körper aus, bis in den letzten Winkel. Immer war er es, der solche Dienste erledigen musste, nie Daniele. Immer hatte der Inquisitor nur Augen für Daniele. Er, Paolo, verschwand mehr und mehr in der Bedeutungslosigkeit.

Er öffnete die Tür.

Und blickte geradewegs in Susannas unschuldige Augen. »Kann ich Daniele sehen?«, fragte sie umstandslos.

Und wie sie da so plötzlich vor Paolo stand, war es, als würde all sein Hass explodieren. Er hatte das unwiderstehliche Bedürfnis, ihr seine Verachtung entgegenzuschreien, ihr zu sagen, was für eine widerliche Kreatur sie doch sei. Doch sein berechnendes Wesen hielt ihn zurück, als er in seiner maßlosen Boshaftigkeit blitzschnell einen Plan fasste. Und augenblicklich machte sich niederträchtige Freude in ihm breit.

»Er kann gerade nicht«, antwortete er leise und beugte sich mit einem verschwörerischen Lächeln zu ihr vor. »Aber er redet nur noch von dir. Ich glaube, dass Daniele dich wirklich liebt«, flüsterte er.

Er beobachtete, wie Susanna das Blut heiß ins Gesicht schoss und ergötzte sich an dem Sturm, den er in ihrem Inneren entfacht hatte. »Er hat mir gesagt, dass du vielleicht eines Tages kommen würdest. Und er war voller Hoffnung. Ich soll dir sagen, dass du an dem Tag noch vor der Dämmerung in der Osteria del Satiro auf ihn warten sollst«, raunte er. »Ich gebe ihm jetzt Bescheid. Er kommt bestimmt.«

»Aber das ist doch ein durch und durch verrufenes Gasthaus!«, entgegnete Susanna verwundert.

»Nicht so laut«, mahnte Paolo und deutete verstohlen ins Hausinnere. Es bestand jederzeit die Möglichkeit, dass jemand ihre heimliche Unterredung belauschte, im schlimmsten Fall der Inquisitor selbst. »Daniele hat gesagt, dass die Osteria del Satiro genau deshalb der richtige Ort ist. Dort wird euch weder ein Frater noch eine Nonne beobachten«, erklärte er. Und da er wusste, wie unwiderstehlich dieser Lockvogel war, wiederholte er: »Er liebt dich. Und er kommt.« Wieder lächelte er verschwörerisch, dann schloss er die Tür.

»Wer war das?«, wollte der Inquisitor wissen, als Paolo die Bibliothek wieder betrat.

»Ein Händler, Exzellenz«, antwortete Paolo.

Der Inquisitor stieß ein ärgerliches Schnauben aus. Er beendete die Unterrichtsstunde über Foltermethoden und ließ seine beiden Schüler in der Bibliothek zurück, wo sie noch ein langweiliges Kapitel über Kirchenrecht studieren sollten.

Kaum dass sie allein waren, legte Paolo seine Hand auf die von Daniele. »Das eben war gar kein Händler«, verriet er ihm. »Das war Susanna.«

Danieles Herz begann zu hämmern. Unfähig etwas zu sagen, sah er Paolo einfach nur an.

»Sie hat mir eine Nachricht für dich überbracht.« Paolo beobachtete Daniele schweigend und genoss insgeheim, wie sehr ihn die Neugier quälte. Und erst als er genug davon hatte, fuhr er fort: »Sie hat gesagt …« Er schwieg kurz und kostete Danieles Marter aus. »Ich weiß gar nicht, ob ich es dir …«

»Sag es mir!« Daniele platzte beinahe vor Ungeduld.

»Sie hat gesagt, dass sie dich liebt«, brach es aus Paolo hervor.

Und in Daniele erwachte etwas, das er nicht erwartet hatte: Freude. Grenzenlose Freude.

»Sie hat gesagt, dass sie dich unbedingt treffen will«, fuhr Paolo fort. »Und wenn es das letzte Mal sein sollte.«

Daniele bekam keine Luft mehr.

»Sie erwartet dich bei Dämmerung in der Osteria del Satiro.«

»Aber da verkehren doch Dirnen und Trinker!«, rief Daniele ebenso entsetzt, wie Susanna es gewesen war.

Paolo nickte ernst. »Das habe ich ihr auch gesagt. Ich habe ihr gesagt, dass ich diesen Ort für ungeeignet halte.« Ratlos breitete er die Arme aus. »Aber ich kann nicht leugnen, dass ihre Erklärung tadellos ist. Sie hat gesagt, dass euch genau deshalb niemand dort vermuten wird.« Er drückte Danieles Hand. »Sie will dich schützen«, fügte er hinterlistig hinzu.

Daniele senkte den Kopf, als wollte er den Sturm in seinem Inneren verbergen.

»Du denkst ständig an sie, nicht wahr?«, fragte Paolo.

Daniele spürte, dass er errötete und blickte ihn an. Und obgleich er wusste, dass Paolo kein wirklicher Freund war, nickte er. Und gab sich in seinem Inneren vollkommen der Liebe zu Susanna hin.

63

Anno Domini 1626

Borgo San Michele, Ostalpen

Exzellenz, ich bitte um Verzeihung.« Paolo stand mit gesenktem Kopf auf der Schwelle des Studierzimmers.

Constantin Tron sah ungehalten auf.

»Es handelt sich um eine äußerst wichtige, ja, dringliche Angelegenheit«, erklärte Paolo.

Ohne seinen Unmut zu verbergen, ließ der Inquisitor die Gänsefeder sinken und winkte ihn herein.

Paolo schloss die Tür hinter sich. Schweigend stand er da, wie von großem Kummer geplagt.

»Was ist denn so wichtig?«, fuhr ihn der Inquisitor ungeduldig an.

»Exzellenz …«, Paolo stockte, »die Freundschaft, die mich seit Kindertagen mit Daniele verbindet, gebietet mir eigentlich, zu schweigen.« Er atmete tief ein, als müsste er sich ernstlich überwinden zu sagen, was er nun sagen würde. »Doch fühle ich mich Euch und Eurer Heiligen Mission zu tieferer Treue verpflichtet, Exzellenz.«

Der Blick des Inquisitors war nun aufmerksam. »Sprich.«

»Ich habe … ich habe … hätte Gott mir doch diese Prüfung erspart! Ich habe herausbekommen …«

»Nun sprich, du Dummbart!«, fuhr ihn der Inquisitor an.

Paolo sah zu Boden und ballte die Hände theatralisch zu Fäusten. Dann stieß er in einem Atemzug hervor: »Ich habe herausbekommen, dass Daniele weiterhin mit der Dirne verkehrt, für deren Hinauswurf aus dem Kloster Ihr gesorgt habt …«

»Susanna Berna!«, zischte der Inquisitor und erschauderte, als hätte er den Namen des Teufels persönlich ausgesprochen.

»Ja, Exzellenz«, bestätigte Paolo.

»Das ist doch unmöglich!«

»Es ist aber so, Exzellenz. Und es erschüttert mich ebenso sehr wie Euch«, versicherte Paolo scheinbar betrübt. »Ich kann es Euch beweisen, auch wenn es mich schmerzt.« Er blickte den Inquisitor an, der an seinen Lippen hing. »Die beiden schändlichen Sünder treffen sich heute bei Dämmerung an einem Ort, den ich nicht zu nennen wage.«

»Wo?«

»In der Osteria del Satiro«, sagte Paolo. »Ein sündiges Wirtshaus, wo zu unzüchtigen Zwecken sogar Zimmer vermietet werden.«

»Das reicht!« Constantin Trons Stimme zitterte.

Paolo schwieg und labte sich innerlich an dem, was er in den Augen seines Gönners lesen konnte: Enttäuschung. Schmerz. Betrug. Und Zorn. Unbändiger Zorn.

»Lass mich allein«, befahl der Inquisitor.

Und als er auf Befehl seines Herrn das Zimmer verließ, da wusste der tollwütige Hund Paolo, dass Daniele nun unrettbar verloren war.

Susannas Hände zitterten, als sie vor dem Verlassen ihrer elenden Hütte noch rasch ihr Haar kämmte. Und nicht nur ihre Hände zitterten, nein, sie zitterte am ganzen Körper.

»Ich glaube, dass Daniele dich wirklich liebt«, hatte Paolo erst vor wenigen Stunden zu ihr gesagt.

Als sie es gewagt hatte, an diese Tür zu klopfen. Sie hatte mit allem gerechnet: dass man sie behandeln würde wie eine Dirne, sie beschimpfen und fortjagen würde. Aber nicht damit, zu hören, dass Daniele sie liebte. So wie sie ihn immer geliebt hatte.

Vielleicht ist noch nicht alles verloren, dachte sie und verließ die Hütte.

Kälte schlug ihr entgegen und legte sich auf ihr heißes Gesicht. Sie würde Daniele treffen. Mit ihm reden. Sie würde ihn fragen, was nach diesem Kuss passiert war, diesem wunderbaren Kuss, der sie gleichermaßen vereint wie getrennt hatte. Sie würde ihn ansehen.

Schnellen Schrittes gelangte sie zum Wirtshaus.

Davor blieb sie stehen. Warum nur wollte Daniele sie in einer so schäbigen Osteria treffen? Warum nicht im Wald, dort wären sie allein, dort würde niemand sie sehen. Er aber hatte sich für diesen Ort der Verdammnis entschieden, an dem es von Trinkern und Dirnen nur so wimmelte. Wie konnte Daniele behaupten, sie zu lieben, und sie dann in eine solche Spelunke bestellen?

Doch ihr Herz wollte diese Fragen nicht hören. Den Blick zu Boden gerichtet, trat sie ein.

»Ah, endlich eine frische Hure!«, riefen einige betrunkene Gäste bei ihrem Anblick.

Ihr gefror das Blut in den Adern.

Vorsichtig ließ sie ihren Blick durch den Raum gleiten und konnte im Dämmerlicht ein wenig abseits einen freien Tisch ausmachen. Mit unsicheren Schritten lief sie darauf zu. Sie stützte sich auf der klebrigen Oberfläche ab, als sie Platz nahm und versuchte, ruhig zu atmen.

»Was kostet's denn bei dir?«, erkundigte sich der Wirt, der ihr sogleich an ihren Tisch gefolgt war. »Wieviel nimmste für 'ne Handarbeit, 'ne Mundarbeit oder das ganze Programm?« Er lachte und grapschte nach ihrer Brust. »Nur dass du's weißt; 'n Drittel musste mir abgeben«, fügte er geschäftig hinzu. »Ich bring dir erst mal Bier«, kündigte er an und ging.

Tränen der Scham rannen über Susannas Gesicht.

Die fahle Sonne versank langsam hinter den Berggipfeln, die das Dorf umgaben, als Daniele mit gesenktem Kopf die Gasse hinunterlief.

Er hatte sich eine Entschuldigung zurechtgelegt, um das Haus verlassen zu können. Eigentlich hatte er sich die Sache schwieriger vorgestellt, doch zu seiner Überraschung gewährte ihm der Inquisitor den Ausgang und ermutigte ihn sogar noch, sich ausreichend Zeit zu nehmen, um vielleicht »einen schönen Waldspaziergang zu machen«, wie er sagte.

Doch auch das schien Daniele nicht verdächtig, er konnte nur an Susanna denken. Daran, was ihre Nachricht in ihm aufgewühlt hatte. An das Glück, das ihn seitdem erfüllte.

Doch mit dem Glück erwachte auch die alte Angst, Susanna möglicherweise zu schaden. Die Überzeugung, ein schlechter Mensch zu sein, hatte sich tief in seinem Herzen eingenistet. Er war ein schlechter Mensch, die Frucht seines Vaters und seiner Mutter, zwei ebenso schlechten Menschen. Er war die Frucht einer verfehlten Liebe.

Ängstlich wiederholte er für sich, dass er Susanna schützen müsse, schützen vor ihm. Er sollte aus ihrem Leben verschwinden, für immer. Sie nicht beschmutzen. Sie nicht mit dem Übel anstecken, das in seinem Inneren herrschte.

Aber es half alles nichts. Ein letztes Mal würde er sie sehen, sagte er sich, ein allerletztes Mal. Ihre Pfirsichlippen. Ihre blauen Augen. Vielleicht würde er sogar ihre wunderschönen Hände drücken, würde sehen, wie der Atem ihre Brust hob und senkte, und er würde brennen vor Verlangen. Er würde sich an ihrem Atem laben, daran, dieselbe Luft zu atmen wie sie.

Noch immer vermochte er nicht zu begreifen, warum Susanna diese ruchlose Spelunke als Treffpunkt ausgesucht hatte. Alle im Borgo wussten, dass man sie aus dem Kloster gejagt hatte, so war es auch ihm zu Ohren gekommen. Doch als er den

Inquisitor danach gefragt hatte, gab der lediglich zur Antwort: »Der ist nicht zu trauen«. Auch Paolo wich ihm aus. War Susanna vielleicht nicht die engelsgleiche Kreatur, die er geküsst hatte? War das möglich? Nein, das konnte er nicht glauben. Er war derjenige, der unrein war. Nicht Susanna. Susanna war rein und unverdorben.

Aber warum wollte sie ihn an diesem Ort der Verdammnis treffen?

Weiter lief er die Gasse hinunter, beschleunigte sogar den Schritt, denn alles, was sein Herz ihm gebot, war zu ihr zu eilen. Als gehorche es den Verheißungen …

Dann war auch schon das Schild des schändlichen Lokals zu sehen. Und die Trinker, die sich vor der Tür in den Schnee übergaben. Und die Huren, deren Brüste bei jedem heiseren Auflachen hin und her baumelten.

Und in dieser Hölle sollte Susanna auf ihn warten?

Als gehorche sein Herz den Verheißungen … Satans.

Niemand als Satan würde ihn an einen solchen Ort führen. Denn nur Satan, der sich jetzt in seinem ganzen Grauen zeigte, würde ihn derart peinigen.

Trotz allem schritt er auf den Eingang zu.

»Seht«, rief Paolo aufgeregt und zeigte auf Daniele, der auf den Eingang der Osteria del Satiro zuging.

Der Inquisitor verharrte vollkommen regungslos.

Sie waren Daniele gefolgt, als dieser das Haus verlassen hatte. Hatten nur mühsam mit dem zu seiner Verabredung eilenden Glaubensbruder Schritt halten können.

»Er hat uns beide hintergangen«, flüsterte Paolo so verächtlich er konnte. »Er ist nicht reinen Herzens, wie er immer behauptet.«

»Schweig«, zischte der Inquisitor.

Daniele stand nun vor dem Eingang.

»Er kämpft seine Schlacht«, murmelte der Inquisitor. Und wusste, dass er von sich selbst sprach.

»Aber allein die Tatsache, dass er hierher gefunden hat, sagt doch schon …« Paolo konnte sich nicht zurückhalten.

»Schweig!«

Und plötzlich fing Daniele an, mitten auf der Gasse zu schreien: »Du bekommst mich nicht! Du bekommst meine Seele nicht!«

Der Inquisitor starrte ihn an.

Auch die Gäste der Spelunke, Trunkenbolde und Huren, musterten ihn entgeistert. Jeder Einzelne.

»In der Hölle werdet ihr brennen, Söhne Satans!«, schrie Daniele zu ihnen hinüber. Aber sie lachten nur.

Drinnen hörte Susanna Daniele schreien, sie erkannte seine Stimme sogleich.

Hastig sprang sie auf und wollte zum Ausgang laufen.

Aber einer der Gäste packte sie an der Taille und zog sie an sich. Sie spürte seine Hände, seinen faulen Atem, spürte, wie seine gierigen Hände unter ihren Rock fuhren. Panisch versetzte sie ihm einen Stoß und riss sich los.

Durch das blinde Fenster sah sie Daniele mit der Faust in der Luft herumfuchteln und hörte, wie er laut und voller Abscheu schrie: »Du bekommst mich nicht, Satan!«

Susanna stolperte zur Tür.

Doch Daniele hatte sich umgedreht und rannte bereits fort. Rannte immer weiter.

»Daniele!«, schrie Susanna.

Aber das Gelächter der Leute übertönte ihre Stimme.

Daniele rannte, als wäre der Teufel höchstpersönlich hinter ihm her, Tränen liefen ihm über das Gesicht. Er rannte ohne Ziel. Einfach nur fort.

Plötzlich ragte die schwarze Gestalt des Inquisitors vor ihm auf. Mit ausgebreiteten Armen stellte er sich Daniele entgegen, um ihn aufzuhalten.

Und Daniele stürzte mit voller Wucht in ihn.

Doch der Inquisitor behielt das Gleichgewicht, als seine Arme sich um Daniele schlangen.

»Mein Sohn, mein liebster Sohn«, schluchzte Constantin Tron und drückte ihn unter Tränen an sich.

64

Anno Domini 1633
14. Februar, fünfundzwanzigster Tag

Camporosso bei Borgo San Michele, Ostalpen

Als Daniele sah, dass man Susanna in Fesseln aus dem Kerker führte, gab er sogleich Befehl, die Fesseln zu lösen. Fragend blickten die Wachen zum Stadtvogt. Der Stadtvogt blickte zum Inquisitor. Und der Inquisitor stimmte mit einer Geste der Resignation zu. Also nahm Daniele sein Jagdmesser und durchtrennte eigenhändig den Strick, mit dem Susannas Handgelenke zusammengebunden waren.

Und Susannas Herz pumpte einen Schwall heißen Blutes in ihren Körper, bis in den letzten Winkel. Daniele war bei ihr. Er war da.

Der Inquisitor und Paolo machten sich auf den Heimweg.

Dann schließlich setzte sich der kleine Zug in Bewegung. Vor den vier Wachen schritt steif der Stadtvogt, wie ein Geck in voller Pracht gekleidet, als gälte es, einen hochgefährlichen Übeltäter abzuführen. Das Ende des Zuges bildeten Daniele und Niccolò Buccaltieri zu Pferde.

Susanna schritt hoch erhobenen Hauptes durch die Dorfgassen, ohne jemandem einen Blick zu schenken. Nur den kleinen Teo sah sie an, in dessen Augen Tränen glitzerten, und die stolze Hure Marianna Dionigi, mit der sie ein anerkennendes Lächeln austauschte.

Als nach einer halben Stunde endlich die Umrisse des Klosters Santissima Assunta Maria in Camporosso auftauchten, war

Susanna zutiefst ergriffen. Viele Jahre war sie hier zu Hause gewesen. Und viele Jahre war es ein glückliches Zuhause gewesen. Ein Zuhause, das den Grundstein für ihre Bildung legte. Doch nun war sie zu einem anderen Menschen geworden. Unwillkürlich tastete sie nach dem Schal von Danieles Mutter, den sie stets bei sich trug.

Auf der kleinen Brücke, die zum Kloster führte, wartete bereits die Äbtissin, deren Gesichtszüge das Alter noch unbarmherziger gezeichnet hatte. Ihre getreue Nonnenschar hatte sich um sie herum versammelt.

Susanna suchte hoffnungsvoll unter den Nonnen vor dem Tor nach Schwester Angela, konnte sie aber nicht entdecken.

»Ich überliefere Euch hiermit die Angeklagte Susanna Berna«, verkündete der Stadtvogt hochtrabend.

»Ich nehme sie in Gewahrsam«, erwiderte die Äbtissin mit einem grimmigen Blick zu Susanna.

»Seid Ihr von Eurem Herrn auch über alles unterrichtet?«, erkundigte Daniele sich verächtlich.

Vor Wut stieg der Äbtissin das Blut ins Gesicht. »Das geht Euch nichts an.«

»Und ob es mich etwas angeht«, entgegnete Daniele. »Vor allem aber geht es Euch etwas an, wenn Ihr nicht die Anweisungen befolgt, die Euch erteilt wurden.«

»Ich bin Euch keinerlei Rechenschaft schuldig.« Wehrlos versuchte die Äbtissin, ihm die Stirn zu bieten.

»Äbtissin, hört mir gut zu, denn ich werde mich nicht wiederholen.« Danieles Stimme war nun messerscharf. »Ich sage es geradeheraus, und zwar so, dass alle es hören können: Wenn Ihr nicht Wort für Wort die Anweisungen des Inquisitors befolgt, dann werde Ich Euch das Fürchten lehren, mehr als es der Antichrist die verdammten Seelen lehrt.«

»Das ist Sünde!«, ereiferte sich die Äbtissin, doch ihre Stimme hatte deutlich an Kraft verloren.

»Die theologischen Auslegungen überlasse ich Euch«, sagte Daniele. »Ich für meinen Teil habe Euch hiermit gewarnt. Und ich meine es ernst, verlasst Euch darauf.«

»Das reicht jetzt«, ergriff der Stadtvogt das Wort.

»Habt Ihr mich gut verstanden?« Daniele schenkte der Äbtissin einen Furcht gebietenden Blick, ohne den Stadtvogt zu beachten.

»Ich habe verstanden, was Seine Exzellenz von mir verlangt.«

Daniele lächelte spöttisch. Er zügelte sein Pferd, das rastlos mit den Hufen auf den Holzbalken der Brücke scharrte, saß ab und trat zu Susanna. »Du bist hier sicher, das verspreche ich dir«, flüsterte er.

»Kommst du mich besuchen?«, wollte sie wissen.

»Ich komme, dessen kannst du sicher sein«, gab Daniele zurück. »Eher, als du es dir vorstellen kannst«, fügte er geheimnisvoll hinzu, dann streckte er seine Hand nach der ihren aus und drückte sie. Er blickte sie an, tief forschten seine Augen in den ihren. »Ich würde alles dafür geben, dich jetzt küssen zu dürfen.«

Susanna errötete und nickte langsam. »Ja«, wisperte sie. »Ich auch.«

Daniele lächelte. »Tu mir einen Gefallen«, bat er, und lehnte sich noch weiter zu ihr vor.

»Welchen?« Susannas Stimme brach.

»Bewahre den Kuss auf deinen Lippen, für mich«, sagte er lächelnd.

Eine Welle der Wärme durchfuhr Susanna, und sie sagte: »Daran musst du mich nicht erinnern. Ich bewahre ihn schon immer auf meinen Lippen. Schon immer.«

Daniele senkte den Blick und schüttelte den Kopf. »Wie kann man nur so viele Jahre lang einen Kuss für einen Einfaltspinsel wie mich bewahren?«

Susanna drückte seine Hand. »Das nennt man Liebe.«

Danieles Augen füllten sich mit Tränen.

»Ich muss die Gefangene nun mitnehmen«, unterbrach die Äbtissin sie kalt.

Daniele warf ihr einen so funkelnden Blick zu, dass sie einen Schritt zurückwich. Dann wandte er sich wieder an Susanna. »Geh jetzt.«

Susanna lächelte und sagte: »Ich warte auf dich.« Damit ließ sie sich von den Wachen über die Brücke führen.

Daniele stieg wieder auf sein Pferd und beobachtete neben Niccolò Buccaltieri, wie Susanna schließlich im Kloster verschwand.

»Gehen wir?«, erkundigte sich der Stadtvogt.

»Ihr könnt gerne gehen«, antwortete Daniele den Tränen nah. »Wir reiten noch ein bisschen in den Wald. Es verlangt uns nach frischer Luft.«

»Soll ich etwa ohne Eskorte zurück?«, ereiferte sich der Stadtvogt.

»Wovor habt Ihr Angst?« Buccaltieri lachte. »Wenn die Wölfe sehen, wie viel Kleidung Ihr am Leib tragt, dann lassense Euch wohl in Ruhe. Wär zu viel Arbeit, sich bis zu Eurem Fleisch vorzuarbeiten.«

Der Stadtvogt zuckte eingeschüchtert die Schultern. Er rief zwei der Wachen, die eigentlich für Susanna zuständig waren, und befahl ihnen, ihn ins Dorf zu begleiten und dann zurückzukehren.

Daniele und der Capitano beobachteten vergnügt das hastig davonreitende Grüppchen. Dann blickten sie aufmerksam zum Kloster hinüber. Schweigend. Jeder von ihnen wusste, was er sich einzuprägen hatte.

Währenddessen betrat Susanna den Ort, an dem sie aufgewachsen war.

Plötzlich spürte sie die knotige Hand der Äbtissin grob an

ihrem Arm. »Deine Zelle ist fertig«, verkündete die verhasste Oberin.

Susanna zog ihren Arm weg. »Ich darf gehen, wohin ich möchte«, sagte sie. »Ihr könnt mir keine Befehle mehr erteilen, und auspeitschen könnt Ihr mich auch nicht mehr.«

»Dirne«, zischte die Äbtissin.

»Immerhin eine freie Dirne«, höhnte Susanna stolz.

Die Äbtissin erbleichte vor Zorn, und ihre Hand wollte schon an die Weidenrute greifen, die an ihrem Gürtel befestigt war, doch sie hielt sich zurück. Schließlich drehte sie sich um und ging.

»Susanna!«, rief da eine kleine Nonne mit blassem Gesicht.

»Luigina!« Susanna lächelte, als sie in ihr die frühere Kameradin aus der Novizinnenzeit erkannte. »Das heißt, eigentlich sollte ich ›Schwester Luigina‹ sagen, nicht wahr?«

Die Nonne lächelte zufrieden und wollte sie umarmen.

»Bedenke, wofür sie angeklagt ist«, meldete sich da eine jener älteren Schwestern zu Wort, die mit Steinen nach Susanna geworfen hatten. »Wenn du sie umarmst, umarmst du Satan!«

Schwester Luigina senkte den Kopf.

Susanna ahnte, dass die Äbtissin all ihren Hass und ihre Machtlosigkeit an Luigina auslassen würde, wenn diese ihr zu nahe kam. »Sorge dich nicht«, flüsterte sie. »Unsere Herzen haben sich umarmt.«

Den Kopf noch immer gesenkt, lächelte Schwester Luigina. »Ich glaube nicht, was sie über dich sagen«, flüsterte sie.

»Danke«, wisperte Susanna rasch, denn sie wusste, dass man sie sehr bald trennen würde. »Ich habe Schwester Angela gar nicht gesehen …«

»Sie ist sehr krank«, erwiderte Luigina hastig.

»Das reicht!«, unterbrach die alte Nonne nun. »Susanna können wir vielleicht nicht bestrafen, dich aber sehr wohl, Luigina«, drohte sie.

»Im Hospital«, flüsterte Luigina noch schnell, dann ging sie.

Betrübt lief Susanna zum Hospital.

Als Erstes fiel ihr auf, dass im Saal grobe Unordnung herrschte. Saubere Leintücher lagen zusammen mit solchen voller Blut und Eiter auf einem Haufen. Das Wasser, das eigentlich kochen musste, bevor man Wunden damit säuberte, war trüb. Verbände und Mull lagen in einem rostigen Eimer. Der Boden klebte, die Betttücher der Kranken waren fleckig von Körperflüssigkeiten.

»Was willst du?«, fragte eine junge dünne Nonne unfreundlich.

»Wo ist Schwester Angela?«, erkundigte Susanna sich mich erstickter Stimme.

Die Nonne deutete mit dem Kopf zum Ende des Raumes, wo ein von einem Wandschirm verborgenes Bett stand.

»Wie geht es ihr?«

»Sie stirbt«, antwortete die Schwester knapp.

»Woran?«

»Lunge.« Der Blick der Schwester wurde ein wenig weicher, als sie sah, wie Susanna litt. »Sie spuckt bereits seit Wochen Blut.«

Susanna blickte zum Wandschirm. »Kann ich zu ihr?« Dann fügte sie hinzu: »Ich bitte Euch, Schwester.«

»Sie ist eben eingeschlafen«, bemerkte die Schwester. »Sie muss sich ausruhen, hat eine schlimme Nacht hinter sich.«

»In Ordnung«, gab Susanna betrübt zurück.

»Der Husten wird sie allzu bald wieder quälen, dann wacht sie auf«, meinte die Schwester. »Dann kannst du sie sehen.«

Susanna nickte. »Kann ich Euch inzwischen zur Hand gehen?«, bot sie an.

Die dürre Schwester stockte. »Was kannst du denn?«

»Alles, was man hier braucht«, meinte Susanna. »Ich kann den Boden kehren und putzen. Er ist …«

»Er klebt, ich weiß.« Die Schwester nickte. »Wir sind hier einfach zu wenige.«

»Ich kümmere mich darum«, sagte Susanna. »Und dann kann ich Wasser aufsetzen, zum Säubern der Wunden. Und …«

»Man hat uns angewiesen, dich wie eine Gefangene zu behandeln«, unterbrach die Schwester sie nun.

»Was könnte da besser sein, als mir solcherart Arbeiten aufzutragen?«

»Dann wisch den Boden«, ordnete die Schwester an und wandte sich zum Gehen.

Susanna rüstete sich mit einem Wassereimer, einem Scheuerbesen und einem Besen aus Reisig und begann eifrig mit der Arbeit.

Doch als sie sah, auf welche Art sich eine Novizin um eine Greisin mit einer üblen Wunde am Rücken kümmerte, konnte sie sich nicht zurückhalten.

»Nicht so«, riet sie. »Sieh mal. Erst musst du die Flüssigkeit, die sich gebildet hat, vorsichtig abnehmen, sonst entzündet sich alles. Und dann …«

»Du sollst den Boden sauber machen«, mahnte in diesem Moment die dürre Schwester, die hinter ihr aufgetaucht war.

»Ich wollte nur …«

»Du sollst den Boden sauber machen. Was gibt es daran nicht zu verstehen?«

»Verzeiht, Schwester.«

Die dürre Schwester ging.

»Dann säuberst du die Wunde mit abgekochtem Wasser und legst einen Umschlag aus Ackerschachtelhalm und Schafgarbe auf. Zu meiner Zeit wurden die Umschläge und Salben in dem Schrank dahinten gelagert«, raunte Susanna der Novizin hastig zu, bevor sie sich wieder dem Boden widmete.

Als sie fertig war, ging sie zu der dürren Schwester. »Ist Schwester Angela aufgewacht?«, erkundigte sie sich.

»Nein.«

»Ich bin fertig. Kann ich nun die sauberen Tücher von den schmutzigen trennen und die Laken der Patienten wechseln?«, wollte Susanna wissen.

Die Schwester sah sie verärgert an. »Hältst du dich für etwas Besseres?«

»Nein, Schwester.« Susanna blickte zu Boden. »Ich habe nur sehr lange hier gearbeitet.«

»Bevor man dich hinauswarf, weil du eine Dirne bist. Das weiß ich.«

Susanna setzte zu einer passenden Antwort an, hielt sich aber zurück. »Ich bin nicht besser als irgendjemand sonst, aber ich habe Erfahrung.« Und dann entfleuchte es ihr doch: »Und ich habe gesehen, dass die Novizinnen hier nichts von dieser Arbeit verstehen.«

»Die Äbtissin meint, dass Gottes Barmherzigkeit in einem Hospital ausreichend ist«, entgegnete die Schwester spitz, doch etwas in ihrer Stimme ließ Susanna aufhorchen, und sie fragte: »Und findet Ihr das auch?«

»Ich führe aus, was mir aufgetragen wird. Das wird von einer guten Nonne verlangt.«

»Was ist schlecht daran, der göttlichen Barmherzigkeit mit ein wenig Sachverstand zur Hand zu gehen?«, fragte Susanna besonnen. »Ich könnte den Novizinnen beibringen, was ich weiß, Schwester.«

Die Nonne blickte sie unentschlossen an. »Ich bin hier diejenige, die befiehlt, nicht du. Und ich bin es auch, die der Äbtissin Rechenschaft über das Hospital ablegen muss, nicht du. Die Äbtissin misst dem Hospital keinerlei Bedeutung zu, und sie würde nicht gutheißen, wenn wir hier anders verfahren als üblich.«

Susanna ging auf, dass die dürre Nonne nicht das Geringste von den Abläufen in einem Hospital verstand – niemand hatte sie darauf vorbereitet, ein Hospital zu leiten, niemand hatte ihr Kenntnisse darüber beigebracht. »Schwester, darf ich Euch um ein wenig Eurer kostbaren Zeit bitten?«

»Wofür?«, erkundigte sich misstrauisch die Nonne.

»Seht, wenn ich den Novizinnen etwas sage, dann beachten sie mich nicht, da mir mein schlechter Ruf vorauseilt«, erklärte Susanna. »Aber Euch könnte ich beibringen, was ich weiß. Und Ihr könntet Euer Wissen an die Novizinnen weitergeben. Auf Euch würden sie hören.« Und Susanna dachte, dass die Schwester so immer noch die Leitung in der Hand hätte und ihr Gesicht wahren würde. Sie sah, wie die Schwester mit sich rang. »Gebt mir die Ehre, das wenige, das ich weiß, mit Euch zu teilen. Ob es nützlich ist, überlasse ich Euch.«

Die Schwester sah sie lange an, dann wandte sie sich an eine Mitschwester und sagte: »Du wachst an meiner Stelle über die Arbeit. Ich habe etwas zu erledigen.« Sie bedeutete Susanna, ihr zu folgen und ging mit schnellen Schritten zum Flussufer hinter dem Kloster, wo sie sich ungestört wähnte. »Was machen denn die Wachen hier?«, fragte sie jedoch verwundert.

Susanna lachte. »Die fürchten, dass ich durch den Fluss schwimme, um zu fliehen.«

»Was für Dummbärte«, murmelte die Nonne. »Du würdest in wenigen Sekunden den Tod finden.«

»Vielleicht glauben sie, dass ich übernatürliche Kräfte habe.« Susanna lachte.

»Darüber solltest du keine Scherze machen. Bis das Gegenteil nicht bewiesen ist, bist du eine Hexe und Mörderin«, stellte die Schwester fest.

Doch Susanna erriet, dass sie das nicht glaubte, sonst wäre sie nicht allein mit ihr hierhergekommen.

»Lass uns hinter den Holzschuppen gehen«, schlug die Schwester vor. Nachdem sie auf einer groben Bank Platz genommen hatten, sagte sie: »Man erzählt uns übrigens zwei unterschiedliche Geschichten darüber, warum man dich fortgejagt hat«, sagte sie.

»Welche denn?«

»In der ersten geht es um Unzucht mit einem jungen Novizen«, erklärte die Schwester. »Die andere erzählen die Novizinnen, mit denen du befreundet warst. Sie sagen, dass du ein hoffnungslos rebellischer Geist bist.«

»Und welche glaubt Ihr?«

»Erklär mir, wie der Ablauf im Krankenhaus sein sollte und wie ich die Kranken am besten pflege«, entgegnete die Schwester. »Wenn du mich überzeugst …«

»Glaubt ihr die zweite Version?« Susanna lächelte.

»Du bringst mir bei, wie man Kranke pflegt, dann sehen wir weiter«, antwortete die Nonne.

Susanna begann also bei den Grundsätzen. Als Erstes sprach sie über Hygiene und Wasserabkochen. Dann erläuterte sie die unterschiedlichen Behandlungsmethoden von Wunden, Verletzungen, Brüchen, Entzündungen, Keuchhusten und Pestbeulen, und führte den Gebrauch von Salben, Umschlägen, Lotionen und Kräutern für jeden Bedarf aus.

Die Nonne lauschte aufmerksam und versuchte, sich möglichst viel von Susannas Wissen zu merken. »Schreibst du das alles für mich auf, wenn ich das nötige Papier auftreiben kann?«, fragte sie, als ihr aufging, dass sie das alles niemals würde behalten können.

»Schwester Angela hatte ein Heft«, bemerkte Susanna.

»Die Äbtissin hat es verbrannt.«

»Verbrannt? In Gottes Namen, warum?«

»Man sagt, dass Schwester Angela die Einzige war, die dich verteidigt hat«, antwortete die Schwester. »Deshalb war die Äbtissin mit ihr verfeindet.«

»Und um Schwester Angela zu bestrafen, hat sie unsere Aufgabe, Kranke zu pflegen, hintergangen?« Susanna war entsetzt. »Wo bleibt denn da die christliche Barmherzigkeit?«

Die Nonne zögerte, dann schüttelte sie den Kopf. »Ich glaube nicht, dass die Äbtissin in Gottes Namen handelt«, murmelte sie.

»Bringt mir Papier, dann werde ich noch heute Nacht alles für Euch aufschreiben«, versicherte Susanna, immer noch fassungslos. »Aber Ihr müsst es gut verstecken.«

Die Nonne gab keine Antwort, erhob sich und wandte sich zum Hospital.

Susanna folgte ihr. »Kann ich Schwester Angela sehen, wenn sie wach ist?«, fragte sie, als sie das Gebäude betraten.

Die Nonne geleitete sie zum Wandschirm. »Du hast Besuch, Schwester«, kündigte sie an.

Röchelndes Husten war die Antwort.

Susanna trat hinter den Wandschirm.

Schwester Angela war vollkommen ausgemergelt. Lediglich ein Haufen Knochen, zusammengehalten von einem knittrigen Stück Haut, war von ihr übrig.

Doch bei Susannas Anblick leuchteten ihre Augen auf. »Verrücktes Köpfchen«, hauchte sie.

»Schwester Angela«, rief Susanna, setzte sich auf die Bettkante und nahm behutsam ihre knochige Hand.

Schwester Angela lächelte ein zahnloses Lächeln.

»Ich bin hier«, sagte Susanna.

»Du hast kein Mitleid, also wirklich. Du kommst, mich zu quälen, obwohl ich bereits mit einem Bein im Grab stehe?«, scherzte Schwester Angela.

»Ich werde Euch mit allem, was ich habe, quälen, das verspreche ich.« Susanna lächelte und versuchte, so gut es ging, ihre aufsteigenden Tränen zu verbergen.

Schwester Angela wollte lachen, doch ein Hustenkrampf schüttelte sie, und sie spuckte ein Blutklümpchen aus.

Susanna nahm ein Leintuch und säuberte ihr Lippen und Kinn.

»Ich kann nicht so gut schreiben wie unsere alte geliebte Äbtissin«, keuchte Schwester Angela. »Aber du musst wissen, dass ich sehr viel an dich gedacht habe in diesen letzten Jahren.«

Durch den Tränenschleier hindurch sah Susanna die Narbe auf ihrer Stirn, die ihr der Steinwurf für die Verteidigung Susannas eingebracht hatte, und sie strich sanft darüber. »Auch ich habe die Erinnerung an Euch immer in meinem Herzen getragen«, flüsterte sie. Und dann brach sie in Tränen aus. »Ich habe immer noch Eure Holzpantinen.« Sie schluchzte.

»Ich scheine ja wirklich verloren zu sein, wenn Susanna Berna auf meiner Bettkante weint …«, scherzte Schwester Angela liebevoll.

»Nein …«

»Mein Leben habe ich den Kranken gewidmet«, röchelte Schwester Angela. »Und ich weiß nur allzu gut, dass ich diese Nacht nicht überstehen werde …«

»Nein …«

»Aber ich werde glücklich gehen, denn ein Engel ist bei mir.«

Susanna konnte nicht aufhören zu weinen.

»Nun hör schon auf, sonst bin ich gleich völlig durchnässt und erkälte mich«, sagte Schwester Angela grinsend.

Susanna lachte.

Da hob Schwester Angela eine Hand und versuchte, das Laken anzuheben, mit dem sie zugedeckt war. »Sieh mal …« Doch ihr fehlte die Kraft.

Susanna zog das Laken beiseite.

»Sieh mal«, wiederholte Schwester Angela und bewegte langsam ein Bein.

Lange Haare, nun ein wenig spärlicher als damals, sprießten aus ihrer knittrigen Haut.

»Diese Äbtissin ist ein Kreuz für uns … für uns eitle Frauen …« Schwester Angela versuchte zu lachen.

»Wartet«, bat Susanna und stand auf.

»Wo sollte ich wohl hingehen?«, keuchte Schwester Angela.

Susanna lief zu der dürren Nonne. »Habt Ihr ein Rasiermesser?«, fragte sie.

»Wofür?«

»Habt Ihr eines oder nicht?

Die Schwester öffnete eine Lade, holte ein Rasiermesser hervor und reichte es ihr.

Susanna nahm es und ging zu Schwester Angela zurück. Und dann begann sie, ihr sanft und vorsichtig die Beine zu rasieren.

Schwester Angela grinste.

Die dürre Nonne steckte ihren Kopf hinter den Wandschirm. »Was tust du denn da?«, ereiferte sie sich. »Die Äbtissin …«

»Die Äbtissin soll zur Hölle fahren«, sagte Susanna bestimmt. »Und Ihr, versucht bloß nicht, mich aufzuhalten.«

Schwester Angela lachte, heftig geschüttelt vom darauffolgenden Husten.

Die dürre Nonne blieb kurz stehen, unentschlossen, doch schließlich ging sie, mit einem zaghaften Lächeln auf den Lippen.

»Die Äbtissin soll … soll zur Hölle fahren …« Schwester Angela grinste. »Das hat die Alte … die zotige Alte, die hat dir das am ersten Tag hier beigebracht …, als du zum ersten Mal hier warst.«

»Und es ist das zweite Mal in meinem Leben, dass ich es sage.« Susanna lachte und dachte an den Moment, als sie es zu Daniele gesagt hatte.

Sie rasierte das eine Bein fertig und machte sich dann an das andere. Und als sie zufrieden war, half sie Schwester Angela, sich aufzusetzen, damit sie ihr Werk betrachten konnte.

Als Susanna sie wieder hingelegt und zugedeckt hatte, lächelte die Schwester glücklich. »Du bist wirklich ein Engel, ein rebellischer Engel, verrücktes Köpfchen …«

Und damit hauchte Schwester Angela ihren letzten Atemzug aus.

65

Anno Domini 1626

Borgo San Michele, Ostalpen

Nun bist du nicht mehr von dicken Klostermauern beschützt. Nun bist du in der wirklichen Welt. Schutzlos. Wie eine gewöhnliche Frau«, hatte Fra' Thevet gesagt, als er sie in der elenden Hütte zurückließ, die nun seit einer Weile ihr Zuhause war.

Die Worte des Priors hatten ihr in der ersten Nacht nie gekannte Angst beschert. Sie hatte Angst um sich, Angst um ihre Versehrtheit.

Aber jetzt, da sie sich hier häuslich niedergelassen hatte, sah Susanna noch etwas anderes in den Worten Fra' Thevets. Etwas viel Bedeutungsvolleres. Weniger auf sie Bezogenes.

»Schutzlos. Wie eine gewöhnliche Frau.«

Das betraf nicht ausschließlich sie. Es betraf alle Frauen. Sie alle waren schutzlos. Schutzlos aus dem einfachen Grund, als Frauen geboren zu sein. Verletzlich.

Und ihr tiefer Gerechtigkeitssinn fügte das Seine hinzu, formte in ihr schließlich die Gewissheit, etwas dagegen tun zu wollen, tun zu müssen.

So fand sie zu ihrer Bestimmung, ihrer Mission.

Und diese Mission erfüllte sie und nahm ihr jegliche Angst.

Und lenkte sie, zumindest ein wenig, von den Gedanken an die Osteria del Satiro ab und an das, was dort vorgefallen war. Dass Daniele sie an diesen schrecklichen Ort gelockt hatte. Als hätte er testen wollen, wie rein ihre Seele war.

Und weil sie ihn so liebte, so sehr liebte, versagte sie. Fiel. In bodenlose Tiefe.

Sie hatte diesen Höllenschlund betreten, einzig um ihn zu sehen.

Und Daniele hatte sein Urteil über sie gefällt.

Und doch gab es da etwas, das sie nicht verstand, etwas, das sie verwirrte. Diese so heimtückische List wollte einfach nicht zu Daniele passen, alles daran widersprach seinem aufrichtigen Wesen.

Demütigung und Zweifel nagten an ihr, marterten sie, und so stürzte sie sich geradezu in ihre Mission. Sie würde den Frauen beibringen, dass sie nicht anders waren als Männer, dass sie nicht als niedere Kreaturen geboren wurden, dass jedes Wesen Gottes Saat in sich trug, und nicht die des Satans. Dass an keiner von ihnen das Kainsmal haftete. Diese Vorurteile wurden nur durch Unwissenheit und Aberglaube lebendig gehalten.

»Tu das nicht, im Namen der göttlichen Barmherzigkeit!«, hatte Fra' Thevet besorgt gerufen, als Susanna ihm von ihren Plänen erzählte. »Alle werden sich gegen dich stellen. In Stücke werden sie dich reißen … Ich kenne sie.«

»Ihr habt gesagt, ich bin ein Maultier, das fliegen kann, aber ich solle versuchen, es zu verbergen«, entgegnete Susanna. »Die Äbtissin hat mir in ihrem letzten Brief geschrieben: ›Lass dir niemals die Flügel stutzen‹. Und Ihr ratet mir nun, dass ich sie mir ausreiße? Das glaubt Ihr doch selbst nicht, Prior. Dafür kenne ich Euch viel zu gut.«

Fra' Thevet wiegte betrübt den Kopf, widersprach aber nicht. »Gott möge dich beschützen, mein Kind«, sagte er lediglich und zeichnete mit dem Daumen ein Kreuz auf ihre Stirn.

Und so hatte Susanna in den darauffolgenden Wochen, so vorsichtig, wie es einem Freigeist wie ihr möglich war, einige Frauen aufgesucht, die in der Nähe wohnten. Sie hatte ihnen angeboten, ihnen Lesen und Schreiben beizubringen und versucht, ihr Vertrauen zu gewinnen.

Eine ihrer ersten Schülerinnen – die mit frischen süßen Wecken bezahlte – war die Frau des Bäckers, die einen kugelrunden Bauch vor sich hertrug. Das Kind darin sollte bald das Licht der Welt erblicken.

»Wie willst du es nennen?«, fragte Susanna bei ihrer ersten Begegnung.

»Die Hebamme Jehanne, die mir auch bei der Geburt helfen soll, sagt, dass es ein Junge wird. Und dann nenne ich ihn Teofilo, so heißt auch der Großvater«, antwortete die Bäckersfrau.

»Was für ein schöner Name!«, rief Susanna. »Kennst du seine Bedeutung? Er kommt aus dem Griechischen und bedeutet ›Freund Gottes‹ oder ›von Gott geliebt‹.«

Die Frau blickte Susanna voller Bewunderung an, die doch nur ein Mädchen war. »Du weißt so viel«, erkannte sie staunend an.

»Wenn du willst, kann ich dir das alles beibringen«, antwortete Susanna lächelnd. »Und eines Tages kann ich auch Teofilo im Lesen und Schreiben unterrichten.«

»Wie einem Kind von Reichen.« Die Bäckersfrau lachte verlegen.

»Wie einem freien Menschen«, entgegnete Susanna ernst.

Diese kurze Unterhaltung legte den Grundstein für ihre Freundschaft.

Die Bäckersfrau redete mit ihrem Mann darüber, der nach ersten Einwänden der Vorstellung nicht widerstehen konnte, einen Sohn zu haben, der des Lesens und Schreibens mächtig sein sollte. Und er ermutigte seine Frau, mit Susanna in Verbindung zu bleiben. Und gab ihr noch mehr süßes Brot und Gebäck.

Die Bäckersfrau war es dann auch, die Susanna ihre zweite Schülerin brachte, Albertine Klose, die Schneiderin im Dorf.

Als sie schließlich zu dritt in Susannas schäbiger Hütte saßen, lächelte Susanna die beiden Frauen an. »Wir tun nichts Schlechtes«, versicherte sie eilig. »Wir bereiten hier weder eine Revolution vor, noch sollt ihr gegen eure Ehemänner aufbegehren. Wir sind hier, weil wir frei sein wollen, das ist alles.« Sie zuckte die Schultern. »Wenigstens in unseren Köpfen.« Wieder lächelte sie.

»Aber wenn wir den Männern nicht gehorchen, ist das dann eine Sünde?«, fragte die Bäckersfrau unsicher.

»Warum sollte es Sünde sein, Lesen und Schreiben zu können?«, meinte Susanna. »Was ist schlecht daran? Ich sehe nur Gutes darin.«

Die beiden Frauen sahen sich an. Was Susanna ihnen vorschlug, war verlockend, keine Frage, aber es war gegen alle herrschenden Regeln.

Susanna spürte ihre Unsicherheit. »Ich kann euch natürlich nicht sagen, was richtig und was falsch ist. Ich weiß, was richtig ist für mich, Albertine. Aber woher sollte ich wissen, ob es auch für dich richtig ist?«

Albertine musterte sie aufmerksam. Susanna war nicht wie die ganzen Pfarrer oder der Stadtvogt. Sie wollte nichts aufzwingen. »Du willst nur, dass wir frei sind?«

»Ihr sollt die Freiheit haben, eigene Entscheidungen zu treffen, genau«, bestätigte Susanna. »Glaubst du, du bist weniger wert als andere?«

»Ich … Ich bin doch nur eine unwissende Frau …« Albertine senkte beschämt den Kopf.

»Ich auch«, sagte die Bäckersfrau.

»Ihr seid beide ungebildet«, meinte Susanna. »Sehr ungebildet.«

Die beiden Frauen blickten beleidigt drein.

Susanna lächelte liebenswürdig. »Nicht gebildet zu sein heißt aber nicht, weniger wert zu sein. Und es ist keine unheilbare Krankheit. Ihr humpelt nicht, seid weder blind noch taub.« Sie warf ihnen einen vielsagenden Blick zu. »Und dumm seid ihr auch nicht.« Wieder lächelte sie. »Ihr seid nur ungebildet. Und das ist nicht eure Schuld. Niemand hat euch je etwas beigebracht. Es lässt sich leicht ändern, das Ungebildetsein. Euch muss nur jemand beibringen, was er weiß, und schon seid ihr nicht mehr ungebildet.«

»Und das machst du, du bringst uns bei, was du weißt«, freute sich Albertine.

»Ja, genau.«

Auch die Bäckersfrau lächelte und strich sich über den Bauch. »Ich weiß bereits, dass der Name von meinem Kind ›Freund Gottes‹ oder ›von Gott geliebt‹ bedeutet.« Sie lachte. »Mein Mann wusste das nicht.«

»Und was hat er dazu gesagt?«, wollte Susanna wissen.

»Er hat sich gefreut.«

Susanna breitete die Arme aus. »Bildung ist also gar nicht so furchtbar, wie man uns weismachen will, oder?«

Die Bäckersfrau nickte vergnügt.

»Und was bedeutet mein Name?«, erkundigte sich Albertine.

»Vornehm und strahlend«, antwortete Susanna.

»Vornehm!« Albertine lachte. »Das bin ich doch gar nicht.«

»Ich glaube, dass du es in deinem Inneren bist«, entgegnete Susanna. »Und dass du hierhergekommen bist, um etwas zu lernen, macht dich strahlend.«

»Woher weißt du all diese Sachen? Du bist doch noch so jung!«, fragte die Bäckersfrau anerkennend.

»Von zwei Menschen, zwei, die besser sind, als ich es bin: Fra' Thevet und Mutter Anita. Sie haben mich das alles gelehrt. Und sie haben mir beigebracht, neugierig auf alles zu sein. Dazu noch Lesen und Schreiben. Deshalb habe ich so viele Bücher gelesen und weiß so viel.«

Albertine brach in Gelächter aus. »Oh, mein Gott! Ich stell

mir gerade vor, was mein Mann für ein Gesicht macht, wenn ich ein Buch mit nach Hause bring.«

»Du könntest ihm ja etwas vorlesen«, schlug Susanna vor.

Albertine nickte nachdenklich. »Vielleicht auch meinen Kindern.«

»Das wäre wunderbar«, ermutigte Susanna sie.

Wenige Tage darauf kamen die beiden Frauen wieder. Sie brachten drei weitere Frauen mit, eine alte Bäuerin, die seit Kurzem Witwe war – »jetzt kann mein Mann mich nich mehr verprügeln, weil ich herkomm«, sagte sie lachend, als sie sich vorstellte – und zwei unverheiratete alte Schwestern, die davon lebten, Wolle zu kardieren.

»Was bringst du uns heute bei?«, erkundigte Albertine sich aufgeregt.

»Wisst ihr, was mir hier, in unserem kleinen Dorf am meisten fehlt?«, begann Susanna. »Das Reisen.«

Die fünf Frauen runzelten erstaunt die Stirn.

»Ihr seht ja selbst, wie arm ich bin. Ich kann es mir natürlich nicht leisten«, fuhr Susanna fort. »Aber auch, wenn ich es könnte, was würde mir als Frau allein unterwegs in der Welt wohl passieren?«

»Du würdest dir im Nu 'n kleinen Bastard einfangen, und zwar von 'nem Grüppchen Straßenräuber«, antwortete die Bäuerin.

Alle lachten.

»Genau«, bestätigte Susanna. »Ich fürchte, genau das würde geschehen.« Sie ließ ihren Blick über die Runde gleiten. »Aber ich gehe trotzdem auf Reisen. Und wisst ihr, wie? Beim Lesen und beim Lernen, ich lese darüber, was außerhalb von unserem Dorf geschieht. Ich reise mit meinen Büchern.«

»Und dabei fängst du dir keinen kleinen Bastard ein.« Albertine lachte.

»Ihr habt gefragt, was ich euch heute beibringe. Heute gehe ich mit euch auf Reisen.«

»Und wohin?«, erkundigte sich die Bäckersfrau neugierig.

»In eine Stadt namens ›Unwissenheit‹«, erwiderte Susanna. »Und in eine andere namens ›Alles muss bleiben, wie es ist, auch wenn das Gegenteil auf der Hand liegt‹. Und zum Schluss besuchen wir eine Stadt namens ›Änderungen machen Angst‹.«

Die Frauen wechselten unsichere Blicke, aber ihre Neugier war geweckt.

»Die Wissenschaft lehrt uns jeden Tag Neues. Warum sollten Dinge gefährlich sein, nur weil wir gestern noch nichts von ihnen wussten?« Susanna lächelte. »Ein paar Beispiele: Wusstet ihr, dass ein Botaniker aus Venetien, Prospero Alpini, nach seiner Rückkehr aus Afrika ein Buch schrieb, in dem stand, dass im Gegensatz zu anderen Pflanzen Palmen männlich oder weiblich sein können?«

Die Bäuerin lachte. »Das ist doch zu dumm!«

»Bist du sicher?«, fragte Susanna.

Die Bäuerin lachte weiter.

»Zum Glück des Botanikers lachte auch die Römische Inquisition darüber, anstatt ihm den Prozess zu machen, sonst wäre er am Ende wohl auf dem Scheiterhaufen gelandet«, gab Susanna zu bedenken.

»Wegen so einem Unsinn?«, fragte die Bäuerin verwundert.

»Aber sicher!«, rief Susanna. »Und ob seine Behauptung nun stimmt oder nicht, das ist doch nicht gerecht!«

»Das is gar nicht gerecht! Is ja wohl übertrieben, jemanden auf dem Scheiterhaufen zu verbrennen, nur weil er glaubt, dass Palmen … dass die's miteinander treiben!«, rief die Bäuerin und löste allgemeines Gelächter aus.

»Das denke ich auch.« Susanna lachte. »Aber genau das wollte ich damit sagen. Was ist schlecht daran, eine botanische Theorie aufzustellen? Soll ich noch etwas erzählen? Es gab einen Wissenschaftler, der hat nachgewiesen, dass wir leben, weil wir atmen. Wenn wir aufhören zu atmen, dann sterben wir.«

»Is ja ein richtiges Wunder!«, rief eine der beiden Schwestern.

»Das ist der Unterschied zwischen dir und der Römischen Inquisition«, stelle Susanna fest. »Und ich versichere dir von ganzem Herzen, dass du mir um einiges lieber bist als die Greise der Inquisition. Denn der Wissenschaftler hatte nicht so viel Glück wie der Botaniker, der sagte, dass die Palmen es miteinander treiben.«

Die Frauen lachten und wollten dann wissen, wie die Geschichte weiterging.

»Wir machen mal einen Versuch«, wandte Susanna sich an die Schwester, die eben geredet hatte. »Lass alle Luft raus, die du in den Lungen hast, und atme so lange nicht ein, wie es geht.«

Die Frau atmete aus und schloss den Mund. Erst als sie bereits rot angelaufen war, schnappte sie schließlich nach Luft.

»Was hast du gespürt?«, fragte Susanna. »Ein schlimmes Brennen in der Brust? Als würde es in dir brennen?«

»Nein«, antwortete sie. »Ich hab bloß keine Luft mehr bekommen.«

»Kein schlimmes Brennen? Keine Flamme, die dich von Innen ausbrannte?«

»Nein.«

»Also, dieser arme Wissenschaftler wurde verhört und verurteilt, und er musste seiner Theorie abschwören, um nicht auf dem Scheiterhaufen verbrannt zu werden. Und wisst ihr, warum? Weil man seine Theorie für Häresie befand. Die Weisen der Römischen Inquisition behaupten, dass wir atmen, um den Gotteshauch, mit dem Er uns das Leben gab, zu kühlen. Weil der Gotteshauch zu viel ist für uns. Würden wir ihn nicht mit der Luft kühlen, müssten wir verbrennen.« Sie blickte die Alte an. »Aber es sah mir nicht danach aus, dass es in dir gebrannt hat, als du aufgehört hast, zu atmen. Auch wenn du so den Gotteshauch nicht mehr kühlen konntest.«

»Das ist ja unglaublicher Unsinn«, fand die Bäuerin.

»Was der Wissenschaftler gesagt hat?«, fragte Susanna.

»Nein, nein!«, rief die Alte. »Das von den … den … wie zum Henker heißen die noch mal in Rom?«

Und wieder lachten alle Frauen.

»Aber ihn hätte man beinahe auf der Piazza verbrannt«, entgegnete Susanna ernst. »Wie einen guten Arzt, der einer Frau Haut an der Nase transplantiert hat, nachdem ihre Haut bei einem Feuer verbrannte. Er wurde verurteilt als Häretiker und von der Kirche verdammt.«

Die Frauen schwiegen. Bestürzt.

»Aber die Frau, die durfte die neue Haut an der Nase behalten, oder?«, fragte die alte Bäuerin in ihrer praktischen Art.

»Ja.«

»Na dann. Das freut mich für sie!«, rief die Bäuerin fröhlich.

»Und genau darum geht es hier«, fasste Susanna zufrieden zusammen. »Du glaubst, dass die Geschichte mit den Palmen, die es miteinander treiben, Unsinn ist«, wandte sie sich an die Bäuerin. »Aber würdest du jemanden deshalb verbrennen?«

»Nein. Ich würde ihm nur sagen, dass er ein Dummbart ist.«

»Und das gestehen sie uns nicht zu. Sie wollen nicht, dass wir mitdenken und uns unser eigenes Bild von den Dingen machen«, erläuterte Susanna. »Und es will mir einfach nicht in den Kopf, warum«, brachte sie hervor in der Hoffnung auf eine eigenständige Antwort der Frauen.

»Weil sie uns so besser vergackeiern können«, rief die Bäuerin.

Susanna lachte. »Besser hätte ich es auch nicht sagen können.«

»Erzähl uns noch so eine Geschichte«, bat die Bäckersfrau.

»Nun gut«, meinte Susanna. »Ein anderer Forscher, den man der Häresie angeklagt hat, war Ferrante Imperato. Er behauptete, dass die Fossilien, die er gefunden hatte, zu Tieren gehörten, die es nun nicht mehr gibt, die aber bereits Millionen von Jahren auf der Erde waren, bevor es Menschen gab. Doch die Römische Inquisition hat bestimmt, dass es vor dem irdischen Paradies nichts gab.«

»Du meinst also, dass es das irdische Paradies nicht gibt?«, erschrak Albertine.

»Nein. Ich meine, dass Worte gedeutet werden müssen. Die Lehren Gottes sind wie Märchen, sie bedeuten mehr, als sie auf den ersten Blick preisgeben. Das irdische Paradies, oder unsere schreckliche Erbsünde …«

»Daran war natürlich Eva, die Frau, schuld«, brummte die Bäuerin.

Susanna lächelte. Die Alte gefiel ihr immer besser. »Worin besteht denn die Erbsünde?«, begann sie. »Darin, die Frucht des Baumes der Erkenntnis gegessen zu haben. Seht ihr, es kommt immer wieder auf dasselbe hinaus: die Erkenntnis. Das ist der Sinn der biblischen Erzählung. Die Erkenntnis unterscheidet uns von den anderen Lebewesen. Sie hat uns die Reinheit genommen, die in der Unwissenheit liegt, hat uns Zweifel gegeben. Aber auch Gedanken, Vorstellungen, Geschichten. Das ist doch gar nicht schlimm. Man muss den Worten nur ihren wahren Wert beimessen. Und sie richtig deuten.« Sie blickte zu Albertine. »Wenn dein Mann beim Essen ein langes Gesicht zieht, und du ihm sagst, dass er dreinschaut wie ein Bär … Sollte man dann glauben, dass er tatsächlich ein Bär ist und kein Mann?«

»Ich habe meinem Mann immer gesagt, dass er ein Schwein is, wenn er unter der Decke gefurzt hat«, erzählte die Bäuerin. »Dabei haben meine Schweine viel weniger gefurzt.«

Wieder erhob sich ausgelassenes Gelächter.

Susanna stand auf. Das Treffen näherte sich dem Ende und hatte ihre Erwartungen erfüllt. Sie hatte in diesen fünf Frauen Wissensdurst geweckt. Von jetzt an wollten sie mit geöffneten Augen durch das Leben gehen.

Da klopfte es an der Tür.

Susanna öffnete, und vor ihr stand eine Frau von auffallender Schönheit, keine dreißig Jahre alt. Doch ihre Augen, tief in den Höhlen liegend und geheimnisvoll, hatten schon viel vom Leben gesehen, vielleicht zu viel.

»Ich habe erfahren, dass Ihr Lesen und Schreiben lehrt«, sagte sie ohne Umschweife. »Also, wenn es geht, dann würde ich es gerne lernen und …« Sie stockte, als sie die anderen Frauen in der Hütte bemerkte. »Verzeiht. Ich komme wohl besser ein anderes Mal wieder«, murmelte sie und wandte sich zum Gehen.

»Nein, warte.« Susanna fasste ihren Arm. »Komm herein. Und du darfst mich ruhig duzen.«

Die Frau zögerte. »Ich glaube nicht, dass das angebracht ist.«

»Komm herein, bitte«, forderte Susanna sie lächelnd auf. »Ich heiße Susanna. Und du?«

»Marianna Dionigi«, antwortete die Bäckersfrau herablassend an ihrer Stelle.

»Ich glaube nicht, dass deine Gäste mit meinem Besuch einverstanden sind«, sagte Marianna Dionigi.

»Warum denn nicht?«

»Weil sie eine Hure ist«, versetzte Albertine Klose giftig.

»Wirklich?« Susanna blickte Marianna in die Augen. »Ich sehe hier nur eine Frau. Eine von uns.«

»Nein, die is nich wie wir«, entgegnete Albertine.

»Da hast du recht«, bemerkte Susanna. »Sie hat ziemliches Pech, mehr als wir. Ganz bestimmt leidet sie mehr als wir alle zusammen.« Sie blickte die Frauen eine nach der anderen an. »Ihr wart besorgt, dass ich etwas tun würde, das den kirchlichen Regeln widerspricht, und ich habe euch mein Wort gegeben, dass ich die wichtigste Lehre unseres Herrn Jesus Christus befolgen werde: die Liebe. Ich werde euch keine Meinung aufzwingen. Aber ich verlange, dass hier Liebe immer das erste

Gebot ist, an das wir uns alle halten.« Noch einmal sah sie eine nach der anderen an. Dann fügte sie mit fester Stimme hinzu: »Wenn es in euren Herzen keine Liebe gibt für eine andere Frau, der es schlechter geht als euch, dann könnt ihr gehen.«

»Na los, lass sie rein!«, rief die Bäuerin. »Hätt mir mein Vater nicht seine paar Acker Land hinterlassen, wär vielleicht aus mir auch 'ne Hure geworden.« Dann lachte sie. »Aber dann hätt ich ganz gewiss weniger zu tun gehabt als Marianna Dionigi, denn so schön wie sie bin ich nich.«

Susanna beobachtete die anderen Frauen schweigend.

Eine der beiden älteren Schwestern machte Anstalten zu gehen, doch die andere hielt sie zurück. »Jetzt fängst du auch schon an, wie die Dummköpfe, von denen Susanna eben erzählt hat! Leute, die sich nie ändern. Setz dich.«

Und die Schwester setzte sich.

»Herzlich willkommen bei uns, Marianna Dionigi«, sagte Susanna strahlend und führte die Frau endlich in ihre Hütte.

Marianna trat schüchtern ein, den Kopf gesenkt, aber in ihrem Inneren, im Herzen, spürte sie eine nie gekannte Wärme aufsteigen. Susanna sah in ihr eine Frau, einfach nur eine Frau, keine Hure.

»Also«, wandte Susanna sich an die anderen, »jetzt solltet ihr auch mich annehmen, wie ich bin. Wisst ihr, dass ich das Bastardkind einer Hure bin?«

»Ja ...«, murmelte die Bäckersfrau.

»Und auch eine Hexe.« Die Bäuerin lachte. »Die verrückte Jehanne hat's allen erzählt, als du zur Welt gekommen bist. Zum Glück ist Fra' Thevet nich so ein Tölpel wie die meisten Pfarrer.«

Alle lachten.

»Und außerdem bist du das Jesuskind!«, ergänzte Albertine fröhlich. »Ich war damals auch in der Kirche, als du dich eingepinkelt hast.«

Erneutes Gelächter erhob sich.

»Du bist die Tochter von Berna?«, flüsterte Marianna Dionigi.

»Ja«, gab Susanna zurück. »Kanntest du sie?«

Marianna Dionigi nickte. »Auch, wenn sie eine Hure war, so war sie doch ein guter Mensch.« Trauer verschleierte ihren Blick. »Nur ich war da, als man sie in das Massengrab warf, arme Berna. Aber Fra' Thevet sei Dank, ist sie wenigstens auf dem Friedhof begraben worden. Wir Huren haben doch nicht das Recht auf ein christliches Begräbnis.«

Das hat Fra' Thevet mir nie erzählt, dachte Susanna. Aber es wunderte sie auch nicht. Wenn auf der Welt irgendjemand Liebe zu geben vermochte, dann er.

»Wenn deine Mutter dich heute so sehen könnte, Susanna Berna, dann wär sie stolz auf dich«, erklärte Marianna Dionigi und lächelte liebevoll.

Susanna wurde warm ums Herz.

Sie nahm eine Feder zur Hand und tunkte sie in ein Tonfässchen, in dem sie feuchte Erde bewahrte, denn für Tinte hatte sie kein Geld. Damit trat sie zur Holzwand, den Frauen gegenüber. »Das erste Wort, das wir heute schreiben lernen, ist das, welches wir ständig zu hören bekommen, ganz gleich, welchen Beruf wir ausüben.« Und so schrieb sie mit der in feuchte Erde getunkten Feder auf die Holzwand: »Hure«.

66

Anno Domini 1626

Borgo San Michele, Ostalpen

Nackt bis auf seine wollenen Unterhosen stand Daniele in der hauseigenen Kapelle des Inquisitors. Wie immer bei dieser Gegebenheit waren seine Muskeln bis zum Äußersten gespannt.

»Strümpfe«, befahl Constantin Tron.

Mit vor Wut zitternden Händen reichte Paolo ihm ein Paar schwarzer Wollstrümpfe mit einem eingestickten blutroten Kreuz in Höhe der Knöchel.

»Setz dich«, wies der Inquisitor Daniele an, kniete sich vor ihn und zog ihm die Strümpfe an.

»Hemd«, wandte er sich knapp an Paolo.

Paolo reichte ihm ein weißes Hemd, das in Höhe des Herzens ebenfalls ein eingesticktes blutrotes Kreuz aufwies.

Der Inquisitor zog Daniele das Hemd an.

»Hose«, befahl er weiter und ging Daniele beim Anziehen der schwarzen Beinkleider aus feinster Wolle zur Hand.

»Jacke«, äußerte der Inquisitor kurz.

Paolo reichte ihm auch diese, schwarz, aus der gleichen feinen Wolle wie die Hose.

Der Inquisitor gab sie Daniele, und als dieser sie übergezogen hatte, knöpfte der Inquisitor ihm mit seinen langen dünnen Spinnenfingern die roten Knöpfe zu, vierzehn an der Zahl, wie die Stationen des Kreuzwegs.

»Stiefel«, sagte er. Wieder kniete er sich vor Daniele und zog ihm die Stiefel an. Weich, aus schwarzem gegerbten Leder, mit einer Silberschnalle über dem Spann, reichten sie bis über die Knie.

Dem Ritual folgend nahm Constantin Tron nun ein einfaches Holzkreuz ohne Christus, das an einem langen, zusammengeknoteten, mit heiligem Wasser gesegneten Lederband befestigt war, und legte es Daniele um den Hals.

Er trat einen Schritt zurück und sah seinen Schüler stolz an. Die Einkleidung zum *Instructor Domini* war beendet. Unter den eifersüchtigen Blicken Paolos umarmte er Daniele.

»Nun bist du erneut bereit, mein liebster Sohn«, sagte Constantin Tron ergriffen.

»Ich danke Euch, Exzellenz.« Daniele senkte demütig den Kopf. »Ich werde wie immer Unserem Herrn dienen, so gut ich es vermag.«

»Du wirst Unserem Herrn dienen und mir. Ich übergebe dir hiermit für dieses Mal den Auftrag und die Ehre, die Anklage gegen Agata de' Desideri, die Hexe, deren Verhaftung ich veranlasst habe, fortzuführen«, meinte er feierlich und lächelte, obgleich die folgenden Worte bei niemand anderem ein Lächeln hervorgerufen hätten. »Heute aber werde ich selbst die Hände des Folterknechts leiten, der ihr mit seinen Eisen das Geständnis entreißen wird, das der Allmächtige verlangt.«

»Und ich? Was kann ich tun, Exzellenz?«, ergriff Paolo hastig das Wort, um die Aufmerksamkeit seines Gönners heischend.

Der Inquisitor warf ihm nur einen raschen Blick zu. »Du bist wie immer der *Instructor Daemonii*«, wies er ihn an. »Dir steht die undankbare Aufgabe zu, die Hexe zu verteidigen.«

Paolo war sichtlich verärgert. »Wann werde ich endlich auch einen Anzug bekommen wie Daniele?«, verlangte er in geradezu kindischem Gebaren zu wissen.

Der Inquisitor lächelte höhnisch. »Warum sollte der Anwalt des Teufels das Recht auf einen Anzug haben? Du wirst dasselbe tragen wie immer.«

Paolo gelang es nicht, seine tiefe Enttäuschung zu verbergen, erwiderte jedoch nichts.

Schließlich verließ der Inquisitor das Zimmer.

»Du hast es erneut geschafft. Meine aufrichtigsten Glückwünsche, Daniele«, spie Paolo hervor, kaum dass sie allein waren.

Daniele blickte ihn verächtlich an. »An dir ist nichts aufrichtig, nicht einmal deine blonden Locken«, gab er zurück. Mittlerweile hatte er verstanden, mit wem er es zu tun hatte, auch wenn er Paolo noch nicht vollkommen durchdrang. Dass er ihn und den Inquisitor vor der Osteria del Satiro angetroffen hatte, bewies, dass er ein Denunziant war. Paolo hatte ihn, Daniele, verraten und betrogen, nur um ein schlechtes Licht auf ihn zu werfen. Doch Daniele argwöhnte nicht, dass es Paolo gewesen war, der das Treffen eingefädelt hatte. Der Gedanke, dass Susanna ihn an einem so schäbigen Ort hatte sehen wollen, verstörte ihn noch immer zutiefst.

Seit vielen Wochen kreisten seine Gedanken um nichts anderes.

Albträume quälten ihn.

Er ging in sein Zimmer und schloss sich ein, um den neuen Fall zu studieren, in dem er der Ankläger war. Gegen Agata de' Desideri, die in diesem Moment den Händen des Folterknechts ausgeliefert war, unter Constantin Trons grausamen Anweisungen. Und mit einem Mal wanderten Danieles Gedanken zurück zu dem Nachmittag, an dem er zum ersten Mal in seinem Leben den Geruch brennenden Fleischs in der Nase hatte, menschlichen Fleischs, das unter den glühenden Zangen des Folterknechts versengte. Als zum ersten Mal die gellenden Schreie einer gemarterten Angeklagten an seine Ohren drangen. Wie seine Augen unter dem Anblick dieses verstümmelten Körpers, dem die Folter ihre Zeichen einbrannte, erstarrten. Mehr als einmal hatte sich ihm der Magen umgedreht, doch er riss sich zusammen.

Seither hatte er diese Eindrücke zumeist beiseiteschieben können. Doch nun waren Nase, Ohren und Augen wieder so voll der schrecklichen Erfahrungen, dass nichts von dem, was er las, zu ihm durchdrang.

»Du bist mein treuer Gefolgsmann, mein Paladin. Du wirst der Welt beweisen, dass alle Frauen Abschaum sind, dass diese obszönen Kreaturen die Saat des Dämons in sich tragen. Und du wirst dafür sorgen, dass die Hexe zum Tode auf dem Scheiterhaufen verurteilt wird«, hatte sich der Inquisitor an ihn gewandt, als die Angeklagte, von den Zangen des Folterknechts furchtbar verunstaltet, um Gnade flehte und ihre Schuld gestand.

Doch tief in seinem Herzen konnte Daniele nicht glauben, dass Susanna, weil sie eine Frau war, »eine obszöne Kreatur« sein sollte. Es wollte ihm nicht in den Kopf, dass sie »die Saat des Dämons« in sich tragen sollte. Und dieses Mal gelang es ihm nicht, den Gedanken beiseitezuschieben.

Und so rang er mit einem Mal qualvoll mit sich, zwischen der ihm vom Inquisitor anvertrauten Aufgabe und seiner Liebe zu Susanna, zwischen dem Drang, die Wahrheit herauszufinden, und seinen hilflosen Gedanken an sein vergangenes Leben.

Am nächsten Morgen stand Daniele zeitig auf und sah sich noch einmal das Plädoyer an, mit dem er die Hexe zum Tode auf dem Scheiterhaufen verdammen würde. Er fragte sich, ob das Geständnis von Agata de' Desideri der Wahrheit entsprach. Denn wer würde auf der Folterbank nicht alles gestehen, was man von ihm verlangte?

Vor dem Gang zum Gericht, wo der Prozess seinen Anfang nehmen würde, vertraute er dem Inquisitor seine Zweifel an.

Doch Constantin Tron leierte nur wie im Gebet herunter: »Die von uns verehrten christlichen Märtyrer, von der Kirche verehrt wie Heilige, haben sie unter Folter Gott verleugnet, Daniele?«

»Und wie viele von denen, an die man sich nicht erinnert, taten es doch? Wie viele von ihnen haben Gott unter der Folter verleugnet, wie viele? Wahrscheinlich waren es zahlreiche«, entgegnete Daniele. »Wie viele von ihnen waren schwach, ängstlich, wehrlos?«

»Bist du vielleicht schwach, ängstlich oder wehrlos?«, wollte der Inquisitor wissen.

Daniele schwieg und senkte den Kopf. Er wusste, was von ihm erwartet wurde.

Vor der Tür des Inquisitors traf er auf eine neugierige Menschenmenge, die vom Prozess gehört hatte, der wie immer unter Ausschluss der Öffentlichkeit stattfinden würde.

Vier bewaffnete Wachen ebneten dem Inquisitor den Weg. Er schritt hoch erhobenen Hauptes, feierlich und überheblich durch die Menge, gefolgt von Daniele in seinem Aufzug als *Instructor Domini*. Paolo lief mit düsterer Miene neben ihm her. Zwei Wachen bildeten das Ende des Zuges.

Vor dem Gerichtsgebäude am Ende der Straße bemerkte Daniele eine noch größere Menschenmenge.

»Zurück, im Namen Christi!«, befahl der Inquisitor.

Und die Bewohner des Dorfes wichen ehrfürchtig zur Seite.

Alle außer Fra' Thevet, der sich Daniele in den Weg stellte.

Daniele blieb stehen und blickte den Prior aufrecht an. Doch in seinem Inneren war er voll wankender Unsicherheit.

Da drehte der Inquisitor sich um, kam einen Schritt zurück und schob Fra' Thevet grob zur Seite. »Verschwindet, Prior«, zischte er. »Stellt Euch nicht in den Weg Gottes.«

Den Kopf gesenkt, schloss Daniele sich Constantin Tron an und folgte ihm in das Gebäude.

»Und das soll Gottes Weg sein, Daniele?«, schrie der Prior ihm inbrünstig hinterher. »Glaubst du wirklich, das hier ist Gottes Weg?«

Und Danieles banges Herz erzitterte unter diesen Worten.

67

Anno Domini 1626

Borgo San Michele, Ostalpen

Die Schülerinnen musterten schweigend die braunen Buchstaben, die Susanna auf die Holzwand gemalt hatte. Und sie lernten dieses verhasste erste Wort zu schreiben: »Hure.« Und erinnerten sich, wie oft man sie schon so genannt hatte. Jede von ihnen, nicht nur Marianna Dionigi.

»Dann will ich auch wissen, wie man ›Mistkerl‹ schreibt«, verlangte eine der beiden Schwestern. »Denn ich kriege gerade große Lust, das an das Haus von jemandem zu schreiben, der mich vor dem Altar sitzen gelassen hat.«

Das darauffolgende Gelächter schweißte die Gruppe zusammen. Jetzt wussten sie, was sie waren: Frauen. Frauen und nichts sonst.

Danach kamen immer mehr Frauen, um bei Susanna zu lernen. Die meisten von ihnen klopften heimlich an ihre Tür und fürchteten, von ihren Ehemännern entdeckt zu werden. Viele von ihnen kamen kein zweites Mal, und wenn Susanna sie zufällig in den Dorfgassen wiedersah, dann mit geschwollenen Gesichtern, geschwollen von den Schlägen ihrer Männer, und Susanna wusste, wofür sie sie erhalten hatten.

Doch vielen gelang es, nicht entdeckt zu werden, ihr Geheimnis zu wahren, ihr verborgenes Paradies. Susannas Worte rissen sie mit, kluge Worte, denen ein Traum innewohnte, ein Traum, der rasch auch ihr eigener wurde. Susanna säte in ihnen keinen Ungehorsam gegen ihre Ehemänner, sondern das

Bewusstsein für die eigenen Rechte. Und sie zeigte ihnen die Freiheit, gesellschaftliche Regeln mit eigenen, unabhängigen Gedanken abzuwägen, was an sich keine Rebellion war.

Wie heimlich dies alles aber auch geschah, so war es doch unvermeidlich, dass es rasch an die Ohren vieler gelangte. Und so kam es, dass immer öfter Männer auftauchten, Väter, Ehemänner, Verwandte, die sich von Susanna und ihrer Tätigkeit bedroht wähnten und es an offener Feindseligkeit ihr gegenüber nicht mangeln ließen.

Doch Susanna ließ sich nicht beirren.

Eines Tages klopfte es an ihre Tür. Als sie öffnete, stand dort ein Greis mit langem weißen Bart. Susanna wusste, wer er war, doch als sie ihn dort stehen sah mit seinem ernsten Blick, war sie sicher, er würde ihr seine Missachtung entgegenschleudern, sie vielleicht sogar bedrohen.

»Ich weiß, was du hier heimlich tust«, sagte er ohne Umschweife.

Susanna ließ ihn gewähren.

»Wirklich heimlich ist das Ganze ja nicht mehr, wenn es sogar einem alten Eremiten wie mir zu Ohren gekommen ist.« Der Alte lächelte freundlich.

Susanna war überrascht. Bis zu diesem Moment hatte sie alle Männer, außer Fra' Thevet, als gewaltbereit und grob empfunden. »Ich weiß, wer Ihr seid, Signore«, sagte sie. »Ihr seid Rainer Weser, der Astrologe.«

»Über den Dorfklatsch und die guten Worte des Priors von Santa Ulpizia habe ich erfahren, was du tust und was deine Pläne sind.« Wieder lächelte der Alte wohlwollend. »Ich möchte dir kundtun, dass ich deine Mühen schätze.«

Susanna deutete zum Innenraum ihrer elenden Hütte. Sie schämte sich. »Ich kann Euch hineinbitten, wenn es Euch gut genug ist …«

Der Alte lachte. »Wie es nicht die Kutte ist, die den Mönch

macht, ist es nicht das Haus, das eine Frau ausmacht. Ich nehme gerne an.« Er trat ein und fuhr fort: »Du weißt also, dass ich Astrologe und Gelehrter bin. Ohne dein Wissen schmälern zu wollen, möchte ich dir meine Hilfe anbieten, um deinen Blick auf die Welt zu erweitern. Natürlich nur, wenn du magst.«

»Lernen ist von jeher mein größter Wunsch gewesen, Signore!«, rief Susanna begeistert. »Ich danke Euch von ganzem Herzen für Euer großzügiges Angebot. Und ich versichere Euch, dass Ihr in mir eine wissbegierige Schülerin haben werdet.«

Der Astrologe lächelte, und ein dichtes Netz feiner Fältchen zog sich über sein Gesicht. »Dann könnten wir uns bei mir treffen, mein Haus liegt am anderen Ende des Waldes«, schlug er vor. »Der Vorschlag ist nicht der Beschaffenheit deiner Wohnstatt geschuldet, aber bei mir haben wir alle Bücher, die wir brauchen.« Wieder lachte er. »Und du kannst mir vertrauen: Bei einem Greis wie mir bist du als Frau nicht in Gefahr.« Er senkte den Kopf. »Nur der Tratsch darüber, dass ein junges Mädchen einen allein lebenden Mann besucht, wird nicht zu vermeiden sein.« Er schwieg kurz, dann brach er erneut in Gelächter aus. »Aber dein Ruf ist ohnehin schon lausig!«

»Es wird mir eine Freude sein, ihn nun vollends zu ruinieren«, stimmte Susanna begeistert in sein Lachen ein.

Seit diesem Tag hatte Susanna Zugang zu einer Wissenschaft, die sie sich niemals auch nur ansatzweise hatte vorstellen können. Es war Weser, der sie dazu brachte, sich eingehender mit dem Weltraum zu beschäftigen. Er erklärte ihr, dass die ersten Mutmaßungen von Galileo Galilei über das heliozentrische Weltbild viel umfassender waren und zudem viel weiter zurückreichten als die seit Jahrhunderten von der Kirche vorherrschenden Theorien, denn die Wahrheit verlangt ganz natürlich nach Bestätigung durch Wissenschaft, nicht zuletzt durch Kepler.

»Die Erde ist ein Planet wie jeder andere«, erklärte Weser

mit seiner freundlichen und zugleich etwas ruppigen Art. »Aber die Sonne ist ein Stern. Abgesehen von den physikalischen Gegebenheiten des Weltalls, sollte uns Menschen diese Theorie Galileis etwas mehr Demut beibringen. Sie sollte uns lehren, dass wir, obgleich außergewöhnlich, doch nur eine Winzigkeit der Schöpfung sind. Einfach nur das, was wir sind: Menschen. Und nicht mehr.«

Nach jedem dieser Besuche schwebte Susanna regelrecht in ihre Hütte zurück, beseelt von diesem wundervollen Universum, welches die Wissenschaft, viel mehr als die Kirche, als die perfekte Göttliche Schöpfung darstellte.

Und wie sich ihr Geist an Wissenschaft nährte, überlebte ihr Körper dank der Gaben ihrer Schülerinnen. Sie bekam Brot und Gebäck, Eier und Hühner, Speck, Butter, Käse und Gemüse. Die Schneiderin nähte ihr ein sehr viel hübscheres Kleid als das, was sie im Kloster bei ihrem Hinauswurf bekommen hatte. Jede von ihnen bezahlte so, wie es ihr möglich war. Und wer gar nicht bezahlen konnte, wurde von Susanna nicht anders behandelt als jede andere Schülerin.

Fra' Thevet sorgte dafür, dass es ihr nie an Brennholz fehlte, brachte ihr Honig von den Bienenstöcken des Klosters, den von den Mönchen kunstvoll gekelterten Wein sowie Kräuter und Salben, die der Prior mit geradezu kindischer Freude aus den Vorräten Fra' Stanislaos beiseiteschaffte.

Aber trotz all dieser wunderbaren Dinge, die ihr Leben füllten, verspürte Susanna eine unüberwindbare Leere. Und diese Leere hatte einen Namen: Daniele. Sosehr sie auch versuchte, sich auf ihre Mission zu konzentrieren, die Gedanken an Daniele konnte sie nicht abstellen. Seine Abwesenheit schmerzte sie. Vor allem trieb sie um, dass sie immer noch nicht wusste, warum er sich von ihr abgewandt hatte.

»Ich muss mit ihm reden«, vertraute sie eines Tages Fra' Thevet an.

Der Prior neigte betrübt den Kopf. »Wir haben ihn verloren, Susanna«, gab er traurig zu bedenken. »Er hat sich in einem Netz verfangen, gegen das er nichts ausrichten kann.«

»Was für ein Netz?«, wollte Susanna wissen.

»Ein Drecksnetz von einem Drecksmann!«, brach es da aus Fra' Thevet hervor. Sogleich errötete er. »Verzeih, Susanna«, bat er und bekreuzigte sich. Als er wieder ruhiger atmete, fuhr er fort: »Daniele hat sich verirrt. Er war eine so wundervolle Seele …«

»Er *ist* eine wundervolle Seele«, entgegnete Susanna.

Der Prior schüttelte noch einmal den Kopf. »Das war er, Susanna«, wiederholte er. »Sein ganzes Leben lang hat er gelitten, und leider hatte er allen Grund dazu. Jahrelang trug er eine für den Jungen, der er war, viel zu schwere Last. Und es ist mir nicht gelungen, sie ihm zu erleichtern. Und dann hat diese Last ihn erdrückt. Das hat ihn verändert. Und der liederliche Constantin Tron hat seinen Nutzen daraus gezogen.« Er nahm Susannas Hand und drückte sie. »Schlag ihn dir aus dem Kopf …«

»Nein«, stieß Susanna heftig hervor. »Ich glaube das nicht! Ich kenne Daniele. Ich weiß, wer er ist.«

»Ich glaubte auch, ihn zu kennen. Und ich weiß, dass er im Grunde seines Herzens der kleine Junge geblieben ist, den ich im Kloster aufgenommen habe, so sensibel und klug.«

»Aufmerksam, würdevoll und gutmütig«, fuhr Susanna fort, und kleidete damit ihre Liebe für Daniele in Worte, diese Liebe, die einfach nicht aufhören wollte zu brennen.

Der Prior senkte den Kopf. »Man sagt immer, dass Gott uns nichts aufgibt, was wir nicht zu tragen vermögen. Aber Daniele … Für ihn war die Last zu schwer. Er ist gefallen, Susanna. Glaub mir.«

»Nein. Ich glaube das nicht«, stieß Susanna verzweifelt hervor.

Fra' Thevet strich über Susannas Hand. Er schwieg lange.

»Verrücktes Köpfchen«, sagte er schließlich schmunzelnd. »So nannte dich die Äbtissin, nicht wahr?«

Mit tränengefüllten Augen nickte Susanna.

»Verrücktes Köpfchen«, wiederholte Fra' Thevet. »Daniele ist fortgegangen. Er hatte zwei Wege vor sich. Einen zum Paradies, den anderen zur Hölle. Und wie leider oft bei Menschen, die zu viel leiden, hat er sich für die Hölle entschieden, auch wenn das auf den ersten Blick unverständlich scheint.«

»Nein …«, entgegnete Susanna, doch ihre Stimme war nun nicht mehr so fest wie zuvor.

»Doch«, entgegnete der Prior und hob seinen nahezu blinden Blick. Obgleich er nur ein unscharfes Bild von ihr sah, so konnte er ihren Schmerz erraten. »Du kennst doch Agata de' Desideri?«, fragte er.

»Die Heilerin?«

»Ja. Sie ist ein guter Mensch und tut niemandem etwas zuleide.«

»Was hat sie mit Daniele zu tun?«, wollte Susanna wissen.

Fra' Thevet seufzte. »Hast du nicht davon gehört?«

»Nein.«

»Der Inquisitor hat sie verhaften lassen.«

»Warum denn?«

»Wegen Hexerei.«

»Weil sie Menschen heilt? Ist es das, was Ihr sagen wollt?«, ereiferte sich Susanna. »Weil sie Kräuter und Salben nimmt, anstatt des Unsinns, den die Doktoren benutzen?«

Betrübt nickte Fra' Thevet.

»Das ist doch hanebüchen!«, rief Susanna. »Was haben Kräuter mit Hexerei zu tun?«

»Tust du wirklich immer noch so, als wüsstest du nicht, wie unsere Welt zusammenwirkt, Susanna?«, meinte der Prior. »Tust du tatsächlich immer noch so, als ob Justiz und Wissenschaft die Oberhand über Vorurteile und die Regeln der Kirche hätten? Über niederträchtige Menschen wie Constantin Tron?« Er drückte ihre Hand. »Deshalb habe ich Angst um dich, Susanna. Wegen dem, was du tust. Sich gegen die Regeln verwerflicher Leute wie dem Inquisitor aufzulehnen, kann eine Anzeige wegen Hexerei zur Folge haben, verstehst du das nicht?«, mahnte er.

Susanna entzog ihm ihre Hand. »Ich sehe das nicht ein …«

»Du siehst nie irgendetwas ein!«, stieß Fra' Thevet hervor. »Das habe ich allzu oft erlebt!«

»Nein, ich sehe nur Ungerechtigkeiten nicht ein«, entgegnete Susanna.

Fra' Thevet schüttelte ein weiteres Mal trostlos den Kopf. »Ich gebe auf«, sagte er mutlos.

»Aber was hat das alles mit Daniele zu tun?«, fragte Susanna.

»Daniele …« Der Prior stockte. »Daniele ist auch im Prozess gegen Agata de' Desideri der *Instructor Domini*«, stieß er in einem Atemzug hervor. »Er wird es sein, der sie auf den Scheiterhaufen schickt.«

Zum ersten Mal seit dem Beginn ihrer Unterhaltung blieb Susanna die Luft weg. Sie schwieg.

»Glaubst du es jetzt, dass Daniele sich verirrt hat?«, brach Fra' Thevet schließlich die peinvolle Stille.

Susanna stand auf und ging. Ohne ein Wort zu sagen, ohne sich vom Prior zu verabschieden. Sie ging und irrte wie ein Geist durch die Dorfgassen.

Wie war es möglich, dass Daniele zum Hexenjäger für den Inquisitor geworden war und nun sogar Agata vor Gericht zerrte? Das war das genaue Gegenteil von allem, was sie gemeinsam für gut befunden hatten. War es möglich, dass sein Schmerz, den sie bereits bei ihrem ersten Treffen erraten hatte, ihn so verändert hatte, wie Fra' Thevet sagte?

Am nächsten Tag, als sie sich ein wenig beruhigt hatte, ging sie zum Gericht und versteckte sich hinter einer Häuserecke.

Etwas in ihr wollte noch immer nicht glauben, dass Daniele dieses Amt wirklich angenommen hatte. Doch als sie ihn aus dem Haupttor treten sah, schwarz gekleidet wie der Inquisitor, da gab sie auf.

Sie weinte. Tiefe Schluchzer schüttelten ihren Körper. Doch als ihre Tränen trockneten, spürte sie eine unbeschreibliche Wut in sich aufsteigen. Konnte die Welt wirklich so schlecht sein? »Alles ist so widerlich!«, rief sie.

Blind vor Zorn, mit ihren eigenen Überzeugungen im Herzen, lief sie zu ihrer ersten Schülerin, der Bäckersfrau. »Hast du das von Agata de' Desideri gehört?«, fragte sie mitten im Laden vor den anderen Kunden.

Sofort ergriff der Bäcker das Wort: »Das geht uns nichts an«, beschied er grob und ängstlich zugleich.

»Ach wirklich?«, wollte Susanna von seiner Frau wissen, die den neugeborenen Teofilo im Arm hielt.

»Wir mischen uns nicht ein, Susanna«, erwiderte die Frau. Und auch in ihren Augen blitzte Furcht auf.

Da lief Susanna zu Albertine Klose, ihrer zweiten Schülerin. »Ich weiß noch, wie du einmal erzählt hast, dass Agata dich von einer schweren Krankheit geheilt hat«, sagte sie. »Glaubst du etwa, das war Hexerei?«

Albertine wich ihrem Blick aus. »Ich weiß nichts über solche Sachen …«

»Sie hat dir Kräuter gegeben!«, rief Susanna. »Keinen Teufelstrank!«

»Man wird sie zum Tode auf dem Scheiterhaufen verurteilen«, informierte Albertine sie. »Und es gibt keinen Ausweg für die, die einmal in die Hände der Inquisition fallen.« Dann schickte sie Susanna mit einer Entschuldigung fort.

Susanna gab nicht auf und ging zu allen ihren Schülerinnen. Aber jede einzelne von ihnen sagte das, was bereits die Bäckersfrau und Albertine gesagt hatten. Sie fürchteten sich. Und

Susanna ging auf, dass keine von ihnen auch nur einen Finger rühren würde für Agata de' Desideri.

Der Inquisitor würde eine weitere Unschuldige auf der Piazza verbrennen.

Und das mit Danieles Hilfe, dachte sie aufgebracht.

Am darauffolgenden Tag stand sie am Ausgang des Gerichts, wo der Prozess hinter verschlossenen Türen abgehalten wurde.

Sie sah Daniele herauskommen, an der Seite des Inquisitors.

Da stieg ihr das Blut zu Kopf. »Ich will für die Angeklagte aussagen!«, schrie sie mitten auf der Gasse vor den Bewohnern des Borgo, getrieben von ihrem Gerechtigkeitssinn und dem Zorn auf Daniele. Glühend blickte sie ihn an.

Daniele erstarrte bei ihrem Anblick.

»Verschwinde, du sündhafte Kreatur!«, stieß der Inquisitor angewidert hervor.

»Agata de' Desideri ist keine Hexe!«, entgegnete Susanna ihm stolz, bevor sie sich an Daniele wandte. »Sie ist eine anständige Frau, die Krankheiten mit Kräutern und Tränken zu bekämpfen sucht. Du weißt es ganz genau! Sie ist eine Frau, die nur Gutes will.«

»*Vade retro Satana*!«, stieß der Inquisitor hervor und stellte sich zwischen sie und Daniele.

Doch Susanna wich keinen einzigen Schritt zurück. Sie tat sogar einen nach vorn und bot damit dem Inquisitor die Stirn. Über ihn hinweg sah sie zu Daniele, der bleich wie ein Leintuch war. »Hast du nichts zu sagen, Daniele?«, schrie sie ihn an. Dann wandte sie sich wutentbrannt an die Menge. »Wie vielen von euch hat Agata schon geholfen? Wie viele von euch hat sie geheilt?«, schrie sie außer sich.

Doch niemand aus der Menge antwortete ihr. Zu groß war die Angst.

»Sich so offen auf die Seite einer Hexe zu stellen, kann auch dir eine Anzeige wegen Hexerei einbringen«, drohte der Inquisitor.

Daniele stand nur stumm da.

Susanna heftete ihren Blick auf ihn.

»Wer bist du?«, fragte sie bitter. »Ganz bestimmt nicht mehr der, den ich gekannt und bewundert habe.«

68

Anno Domini 1626

Borgo San Michele, Ostalpen

Ich kann das nicht mehr tun.«

»Bist du verrückt geworden?« Wutschnaubend schlug der Inquisitor mit seiner knochigen Faust auf den Tisch. Die Wangen in seinem bleichen, blutleeren Gesicht färbten sich ungewohnt rot, seine Augen blitzten.

Am Tag zuvor hatte Susanna in Daniele einen wahren Gefühlssturm entfacht. Denn als er sie traf, konnte er wieder das in ihr wahrnehmen, was er zuvor gesehen hatte. Er sah die Frau, die er liebte. An der er gezweifelt hatte. Die er betrogen hatte. Und er sah alle Eigenschaften in ihr, die er stets sehr geliebt hatte. Sah, wie mutig sie war. Wie rein und unschuldig. Sie stand da und nahm es allein auf mit der Welt um sie herum.

Gleichzeitig wurde ihm bewusst, wie armselig er geworden war.

»Bist du verrückt geworden?«, fuhr ihn der Inquisitor noch einmal an.

»Agata de' Desideri ist keine Hexe«, verkündete Daniele entschlossen. »Die Leute aus dem Dorf werden das niemals laut sagen, doch in ihren Augen habe ich ihre Meinung gesehen. Sie hat nur Gutes getan.«

Ein Gefühl ließ Constantin Tron wanken. Sein Zorn war schwächer als die Angst, seinen Lieblingsschüler zu verlieren. »Du beugst dich erneut dem Dämon, Daniele?«, tönte er. »Es war diese Frau, nicht wahr? Susanna Berna.« Er versuchte, seiner Stimme einen eisigen Klang zu geben, doch sie bebte.

Daniele wollte sagen, dass er nicht dem Dämon nachgab, sondern dem Verstand, der Wahrheit, der Gerechtigkeit, die Susanna in ihm wieder erweckt hatte. Allein mit diesem verächtlichen Blick, den sie auf ihn heftete, der ihn mehr schmerzte, als ein Dolchstoß es vermocht hätte, ließ sie die Hölle in ihm ausbrechen.

Durch sie wusste er wieder, wie er sein sollte: so wie sie. Würdevoll. Mutig. Doch er sagte nichts von alldem, denn er wusste, dass es sinnlos wäre.

»Wir machen einen Fehler, Inquisitor«, mahnte er, aufgewühlt von diesem Gefühlssturm, der ihm zugleich wieder Leben einhauchte. »Es ist nicht richtig. Wir können es noch abwenden.«

»Du bist ein Dummkopf, Daniele!«, fuhr ihn der Inquisitor an. »Wenn wir die Anklage jetzt zurückziehen«, gab er ruhiger zu bedenken, in dem verzweifelten Versuch, ihn wieder in seine Fänge zu bekommen, »dann würden die Leute das Urteil Gottes für trügerisch halten, das verstehst du doch?«

»Das ist nicht Gottes Urteil«, entgegnete Daniele, ohne zu zögern. »Es ist ein von Menschen gefälltes Urteil.«

»Von den Menschen Gottes«, zischte der Inquisitor überheblich, »von mir, denn ich bin die Verkörperung Gottes.«

Schweigend maßen sie sich mit Blicken.

Paolo stand daneben und hielt den Atem an.

»Du musst deinen Weg weitergehen, Daniele«, mahnte der Inquisitor.

Doch in Danieles Herz war die Entscheidung bereits gefallen. Der Anblick von Susanna, die sich mutig und allein gegen eine Welt stellte, die sie für falsch hielt, hatte ihm vor Augen geführt, wie weit er von seinem wahren Weg abgekommen war. Und nun wusste er, was er von jeher gewusst hatte: Susanna war das genaue Gegenteil der schändlichen Kreatur, für die er sie gehalten hatte – aufgrund seiner Vergangenheit und wegen der Verletzung durch den Vater, und aufgrund der dummen kirchlichen und gesellschaftlichen Vorurteile, von denen er sich hatte einwickeln lassen.

»Ich gehe«, kündigte er entschlossen an. »Ich verlasse diesen Prozess. Und ich verlasse dieses Leben.«

»Nimm dich in Acht, Daniele!«, drohte Constantin Tron verzweifelt, und es gelang ihm nur mit Mühe, die Tränen zurückzuhalten. »Wenn du diese Schwelle überschreitest, dann wird sich dir meine Tür für immer verschließen.«

Doch Daniele drehte sich einfach um und ging.

Paolo trat zum Inquisitor. »Jetzt sind wir wieder zu zweit, Exzellenz«, raunte er ihm zu, erfüllt von Freude, tiefer Freude, von der er nicht geglaubt hatte, sie noch einmal empfinden zu können. »So, wie es von Anfang an geschrieben stand.« Leidenschaftlich küsste Paolo die Hand seines Herrn. »Mein Leben gehört Euch.«

Ziellos wankte Daniele durch die Dorfgassen, wie ein Betrunkener. Wie ein dünner Ast, der von einer mächtigen Strömung davongetragen wird, ohne etwas dagegen ausrichten zu können. Er wusste, was er verlassen hatte. Er wusste, es war die einzige Entscheidung, die er treffen konnte. Aber er hatte keinen Plan, wohin er nun gehen sollte. Und wusste nicht, was nun aus ihm werden würde.

Ich könnte zu Susanna gehen, überlegte er, doch seine Scham war zu groß. Er war sicher, dass sie ihn wieder so verächtlich anblicken würde. Und neben Verachtung, davon war Daniele überzeugt, würde er in ihrem Blick auch den Beweis für das Ende ihrer Liebe sehen. Und das könnte er nicht ertragen.

Sein ganzes Leben lief vor seinem inneren Auge ab.

»Du glaubst, du kommst vorwärts, aber in Wahrheit drehst

du dich nur im Kreis«, sagte er laut und ließ sich auf einem Steinmäuerchen nieder. Ein vorübergehender Mann aus dem Dorf sah neugierig herüber, doch Daniele bemerkte es nicht einmal. »Du drehst dich im Kreis. Wie ein Esel am Mühlrad. Am Ende des Tages ist er meilenweit gelaufen, und doch ist er nicht vom Fleck gekommen. So wie du, du bist auch immer noch hier.«

Ihm kam der Gedanke, dass er vielleicht einen Neuanfang wagen sollte. Dort wo alles begonnen hatte.

So erreichte er das Kloster Santa Ulpizia. Regungslos blieb er stehen und blickte zum Eingang, den er damals vor nahezu sechzehn Jahren hinter seinem Vater durchschritten hatte, bis ein Frater ihn bemerkte.

Der Frater verschwand im Kloster, und kurz darauf trat Fra' Thevet heraus.

Als Daniele ihn sah, rannen Tränen über sein Gesicht, ungehalten, alle Tränen, die er nicht geweint hatte, seitdem er in den Dienst des Inquisitors getreten war. Wimmernd fiel er auf die Knie, Fra' Thevet zu Füßen.

»Verzeiht, Prior«, schluchzte er. »Helft mir, meinen Weg wieder zu finden, bitte.«

Fra' Thevet zog ihn hoch. Nahm seine Hand, wie damals, als er ihn als Kind aufgenommen und als Sohn angenommen hatte, und führte ihn ins Kloster.

Sie setzten sich auf die Bank in der Kapelle vor die hölzerne Christusfigur, die bisweilen mildtätig lächelte oder streng dreinsah, je nachdem, was der Betende sehen wollte.

Fra' Thevet schwieg und ließ Daniele weinen, so lange, bis er keine Tränen mehr hatte. Und als hätte er ihn zuvor gehört oder als kenne er ihn einfach gut genug, sagte er liebevoll: »Das Leben ist wie ein Ringelspiel, Daniele. Ob man sich nun schnell oder langsam dreht, ob das Spiel lange dauert oder kurz, wir kehren immer an denselben Punkt zurück, kämpfen mit denselben Geistern. Aber wir bleiben nicht die, die wir zuvor waren. Auch du bist nun ein anderer, bist nicht mehr das Kind, nicht mehr der Heranwachsende, der junge Mann, der du warst. Du bist ein anderer.« Er nahm seine Hand. »Diese Rückkehr an den Anfangspunkt ist ein Geschenk. Das Ringelspiel zeigt dir jedes Mal, wo du angefangen hast. Es gibt dir jedes Mal eine neue Gelegenheit.«

Stumm blickte Daniele ihn an.

»Warte hier auf mich«, bat Fra' Thevet und verließ die Kapelle.

Daniele blieb sitzen, den Kopf gesenkt, die Hände gefaltet, wie im Gebet. Doch er trug kein Gebet in sich.

Kurz darauf setzte Fra' Thevet sich wieder neben ihn. »Hier begann alles für dich, Daniele. Und hiermit, weißt du noch?« Der Prior reichte Daniele den Schal seiner Mutter. Den Schal, den Daniele wütend mit Füßen getreten hatte, als er das Kloster verließ und zum Inquisitor flüchtete. Den türkisfarbenen Samtschal mit den drei goldenen Sternen auf einer Seite, wie ein Madonnenumhang. »Ich habe ihn aufbewahrt, weil ich wusste, du würdest ihn eines Tages brauchen«, sagte Fra' Thevet.

Wieder rannen Tränen über Danieles Wangen, er vergrub sein Gesicht in dem Schal und küsste ihn voller Sehnsucht.

Fra' Thevet strich ihm über das Haar, so wie früher.

»Helft mir, meinen Weg wiederzufinden«, flüsterte Daniele noch einmal.

Fra' Thevet legte ihm einen Arm um die Schultern.

»Zuerst solltest du deinen Vater besuchen. Er liegt im Sterben.«

69

Anno Domini 1633
15. Februar, sechsundzwanzigster Tag

Camporosso bei Borgo San Michele – Bärenhütte, Ostalpen

Seid Ihr sicher?«

»Pass mal auf, Junge, du machst deinen Teil und ich mach meinen«, brummte Capitano Niccolò Buccaltieri.

»Ihr wisst, was und wie viel Ihr riskiert«, insistierte Daniele. »Ich habe einen Grund: Ich liebe Susanna mehr als mein eigenes Leben. Aber Ihr?«

»Bin schon zu oft ohne Grund in den Krieg gezogen. Manchmal nich mal für die richtige Seite, nich für Gerechtigkeit, nich für Wahrheit«, erwiderte der Capitano. »Und jetzt, wo ich das einmal machen kann, willst du mir alles verderben?«

»Dann segne uns Gott«, sagte Daniele lediglich.

»Spar dir deine Gebete, Junge«, entgegnete Niccolò Buccaltieri. »Manchmal hält Gott sich die Ohren zu und dreht sich weg, soviel ich weiß. Nich, weil er ein schlechter Gott wär. Sondern weil er die Menschen tun lässt, was sie eben tun müssen.«

Die beiden Männer schwiegen, aufrecht in den Sätteln ihrer Pferde, die sie von allen Anzeichen befreit hatten, an denen man sie hätte erkennen können. Vor ihnen lag in vollkommener Stille das Kloster Santissima Assunta Maria. Die Sonne ging gerade auf. Und die Nonnen hatten ihr Tagewerk noch nicht begonnen.

Die beiden vom Stadtvogt vor der Brücke postierten Wachen schlummerten friedlich in dicke Decken gehüllt vor einem nahezu niedergebrannten Feuer.

»Wenn wir sie packen, ohne viel Lärm zu machen, dann haben sie nicht einmal Zeit, aus den Decken zu kriechen«, meinte Daniele.

»Zwei Fische, die von allein ins Netz gehen.« Der Capitano lachte.

»Keine Toten«, mahnte Daniele.

»Keine Toten«, wiederholte Buccaltieri, fügte jedoch hinzu: »Wenn's geht.«

Sie saßen ab und banden die Pferde an einen Baum im Wald, wo bereits das dritte Pferd stand. Beruhigend strichen sie den Tieren über die Mähnen. Einer der beiden Männer hatte den Krieg gesehen, der andere die Jagd, und beide kannten sie die Wildnis und die Tiere dort. Sie gingen los, versteckten sich hinter einem Felsen ein Dutzend Schritte von den Wachen entfernt und warteten. Schließlich zogen sie wollene Kapuzenmützen auf, die nur Augen und Mund unbedeckt ließen, sodass sie nicht zu erkennen waren. Beide trugen über ihren Kleidern unauffällige Tuniken aus Jute. An ihren Gürteln hatten sie ein Schwert befestigt, auch trug jeder einen kurzen knüppeldicken Ast mit sich.

Als das Kloster langsam erwachte und die Nonnen anfingen, ihrem Tagewerk nachzugehen, gaben Daniele und Buccaltieri sich stumm ein Zeichen.

Nur kurz sahen die beiden schlaftrunkenen Wachen zu den Nonnen hinüber, dann wickelten sie sich fester in ihre Decken und schliefen weiter.

Die Nerven von Daniele und Buccaltieri waren zum Zerreißen gespannt.

»Jetzt«, raunte Daniele, als er Susanna aus dem Kloster treten sah. Mit dem türkisfarbenen Schal um den Hals und einem Gegenstand in der Hand ging sie zum Hospital.

Blitzschnell fielen Daniele und Buccaltieri über die Wachen her. Buccaltieri war Soldat, Daniele ein Liebender, mehr brauchte es nicht. Zwei trockene Schläge, die keine Aufmerksamkeit erregten, und die beiden Wachen sackten ohnmächtig zu Boden.

»Lauf!«, flüsterte Buccaltieri Daniele zu und fesselte die Männer.

Danieles Stiefel tönten dumpf auf dem Holz der Brücke, als er zu Susanna lief, die den Eingang des Hospitals beinahe erreicht hatte.

Als einige der Nonnen ihn sahen, mit der Kapuzenmütze, die sein Gesicht verdeckte, schrien sie ängstlich auf und flüchteten rasch ins Innere des Klosters.

Daniele, der nur noch wenige Schritte von Susanna entfernt war, bemerkte, dass sie ins Hospital flüchten wollte.

»Ich bin's«, sagte er und packte sie in der Tür am Arm.

»Ich weiß«, keuchte Susanna, riss sich dennoch los und warf der mageren Schwester, die erstarrt zwischen den Bettreihen stand, den Gegenstand aus ihrer Hand zu.

Das Heft segelte durch die Luft.

»Alles, was ich über Heilung von Kranken weiß, steht da drin«, rief Susanna ihr zu. Sie hatte die ganze Nacht daran gearbeitet, so wie sie es versprochen hatte.

Die Schwester fing das Heft auf, versteckte es augenblicklich im Ärmel ihrer Kutte und schenkte Susanna einen dankbaren Blick.

Susanna lächelte ihr zu, dann wandte sie sich an Daniele. »Dann los!«

Daniele nahm ihre Hand und lief mit ihr zur Brücke.

Aufgeschreckt von dem Tumult, kamen die beiden am Flussufer postierten Wachen mit gezogenen Schwertern angelaufen.

»Zwingt mich nicht, euch zu töten!« Niccolò Buccaltieri stellte sich ihnen mit gezücktem Schwert entgegen.

Daniele schob Susanna zur Brücke. »Lauf!«, rief er, bevor er sich selbst an die Seite des Capitano stellte, den Knüppel erhoben, ohne jedoch das Schwert zu ziehen.

Die beiden Wachen zögerten kurz. Das war ihr Fehler.

Daniele und Buccaltieri fielen über sie her. Der Capitano entwaffnete den einen mit einem gezielten Schlag seines Schwerts, der die Waffe seines Gegners durch die Luft wirbeln ließ. Daniele wich dem Ausfall der anderen Wache aus, der sein Gewicht nach vorn verlagert hatte, und traf ihn mit einem vernichtenden Schlag in den Nacken.

Der entwaffnete Wächter fiel auf die Knie. »Tötet mich nicht, bitte!«

Buccaltieri legte das Schwert an seinen Hals.

Der Wächter weinte. Er war sehr jung, ein Junge noch. Daniele versetzte ihm einen kräftigen Hieb mit seinem Knüppel, und der Junge sank ohnmächtig zu Boden.

Dann liefen sie zu Susanna, die am Ende der Brücke wartete. Sie traten in den Wald und banden die Pferde los. Alle drei keuchten, ihr Atem formte Wölkchen in der Luft.

»Kannst du reiten?«, fragte Daniele Susanna.

»Nein«, sagte sie.

»Dann musst du es rasch lernen«, gab Daniele lediglich zur Antwort und hob sie in den Sattel. »Halt dich fest«, wies er sie an und gab seinem Pferd die Sporen.

»Viel Glück!«, rief Buccaltieri und ritt in die entgegengesetzte Richtung. An seinem Sattel hingen ein toter Hase und ein Bogen. Sollte ihn jemand aufhalten, dann würde er sagen, er sei zur Jagd gewesen.

Daniele ritt schnell. Hin und wieder wandte er sich um, und sah nach, ob Susanna noch im Sattel saß.

Sie wurde hin und her geschleudert, klammerte sich aber mit aller Kraft am Hals ihres Pferdes fest.

Nach einigen Meilen ließ Daniele sein Pferd im Wald anhalten. Er saß ab und half Susanna von ihrem Reittier. Erst dann zog er die Kapuzenmütze vom Kopf. Die Tunika jedoch behielt er an, sein schwarzer Aufzug als *Instructor* war zu auffällig. Er nahm einen Sack, der an den Sattel seines Pferdes gebunden war, und gab ihn Susanna. »Darin sind Männerkleider. Zieh dich um«, wies er sie knapp an.

Susanna rührte sich nicht.

»Susanna, wir haben keine Zeit! Beeil dich!«, drängte Daniele und drehte ihr den Rücken zu.

Susanna öffnete den Sack und fand eine Hose, einen Pullover aus schwerem Stoff und eine Jacke aus Hirschleder. Sie blickte zu Daniele, der ihr noch immer den Rücken zuwandte.

»Beeil dich!«, drängte er noch einmal.

Da legte Susanna ihre Kleider ab und zog die Männersachen über. Im Sack war zudem noch einen Hut mit breiter Krempe, unter dem sie ihr Gesicht verbergen konnte. Sie steckte ihr Haar darunter und zog ihn tief ins Gesicht. »Ich bin so weit«, sagte sie schließlich.

Daniele drehte sich um. Susanna war nun als Mann gekleidet, trug aber noch den Schal seiner Mutter um den Hals.

»Den ziehe ich nicht aus«, erklärte sie, noch bevor er etwas entgegnen konnte.

Daniele nahm ihre Frauenkleider, grub eilig ein Loch in den Schnee und legte sie hinein. Obenauf legte er die Kapuzenmütze und warf dann wieder Schnee darauf. Mühelos hob er Susanna in den Sattel, dann packte er die Zügel ihres Pferdes, stieg selbst auf, und so ritten sie weiter in den immer dichter werdenden Wald hinein, bis zu einem steilen, zugeschneiten Abhang. Von hier an kamen sie nur noch langsam voran.

»Hier treffen wir ganz gewiss niemanden«, versicherte Daniele mit ruhiger Stimme.

»Du bist verrückt.« Susanna ließ den Pferdehals los, an den sie sich krampfhaft geklammert hatte.

Daniele schmunzelte. »Ich rette dich, und du beschimpfst mich?«

Susanna blickte ihn an, so wie sie es immer getan hatte. Und sah, was sie immer gesehen hatte. »Was machen wir jetzt?«

»Wir versuchen über die Grenze zu kommen und suchen Zuflucht in einem protestantischen Land«, erwiderte Daniele. »Wir sagen, dass man dich deines Glaubens wegen verfolgt hat.«

Susanna starrte ihn an. »Ich soll so tun, als wäre ich Protestantin?«

»Nein. Du sollst einfach nur sagen, dass deine Kirche dich betrogen hat, was ja nicht einmal gelogen ist, und du auf der Suche nach einer anderen bist«, entgegnete Daniele ernst.

Susanna schwieg einen Moment, dann brach sie in schallendes Gelächter aus.

Erstaunt blickte Daniele sie an. »Was gibt es denn da zu lachen?«

»Ich dachte gerade daran, dass ich jetzt zum zweiten Mal in meinem Leben Männersachen trage«, erwiderte Susanna. »Das erste Mal war an Weihnachten, was mir den Spitznamen ›Jesuskind‹ eingebracht hat. Weißt du noch?«

»Wie könnte ich das je vergessen?« Daniele grinste.

»Dieses Mal kommt mir hoffentlich niemand so bald auf die Schliche«, meinte Susanna, dann lachte sie wieder. »Hauptsache, ich pinkle mich nicht ein!«

Und nun durchbrach auch Danieles Gelächter die schneegedämpfte Stille des Waldes.

Nach einer guten Stunde erreichten sie eine kreisrunde Lichtung, offensichtlich von Menschenhand gerodet. In der Mitte stand eine kleine Hütte aus groben, mit der Axt behauenen aneinandergefügten Tannenstämmen. Das Dach bestand aus Lärchenholzschindeln.

»Die Bärenhütte. Bis zum Sommer kommt niemand her«, erklärte Daniele und fügte hinzu: »Außer mir natürlich.« Doch dann fiel ihm ein, dass ab und zu noch ein anderer Jäger herkam. Ein Mann, mit dem er eines Tages in Streit geraten war, da der die Felle der Tiere verkaufte, die er mit grausamen und hinterlistigen Fangeisen fing. Hastig schob er den Gedanken beiseite.

Bald würde die Dämmerung hereinbrechen, in dieser Gegend senkte sie sich mitunter bereits am Tag hinab. Sie konnten nicht mehr weiter. Er war die eisige Kälte gewohnt, aber Susanna würde die Nacht im Wald nicht überleben, so stark sie auch sein mochte.

Er stieg vom Pferd und öffnete die zweiflügelige Tür mit einem Schulterstoß. Es roch noch immer nach dem Kuhdung aus dem letzten Jahr. Das gefrorene Stroh knirschte unter seinen Füßen.

Er wickelte Susanna in eine der beiden Decken, die er mitgebracht hatte, führte die Pferde herein, um sie vor Kälte und Wölfen zu schützen, und sagte dann: »Ich komme gleich zurück.«

»Ich begleite dich«, erklärte Susanna.

»Nein, du musst dich aufwärmen«, mahnte Daniele und sein Tonfall verriet, dass er keinen Widerspruch duldete. »Du musst morgen wohlauf sein. Es wird ein anstrengender Tag.« Damit schlug er sich in den Wald, um Brennholz zu suchen.

Die größten Äste hieb er mit dem Schwert ab. Mehrmals kam er zurück, jedes Mal bepackt wie ein Maultier. Schließlich bereitete er die Feuerstelle vor. Er schichtete trockene, dürre Äste zu einer kleinen Pyramide auf und steckte als Zunder unten trockene Flechten hinein. Dann zündete er alles an, und bald darauf knisterte ein kleines Feuer in der Hütte, die roten Flammen tauchten die Wände aus Baumstämmen in warmes Licht. Nach und nach legte er größere Scheite auf das Feuer. Rasch schlugen die Flammen empor und verbreiteten ihre lebensspendende Wärme. Schließlich legte er eingesalzenes

Fleisch und einen Kanten Brot auf eine Schieferplatte. »Es ist angerichtet«, verkündete er lächelnd.

»Was für ein Überfluss.« Susanna grinste.

»Und das ist noch nicht alles«, kündigte Daniele an und reichte ihr eine lederne Feldflasche, auf welche die Spitze eines ausgehöhlten Horns gesteckt war. Ein Korken aus Knochen verschloss sie. »Wein. Der wird uns wärmen.«

Sie aßen und tranken schweigend. Verlegen darüber, zum ersten Mal ganz allein zu sein. Beide hielten den Blick gesenkt.

Aber ihre Gefühle füreinander waren stärker als ihre Scheu.

Schon bald begegneten sich ihre Blicke.

Daniele strecke eine Hand aus und berührte ihre Lippen. »Ich weiß.«

Susanna errötete.

»Du musst keine Angst haben«, ermutigte er sie. »Wenigstens nicht so viel wie ich.«

Susanna lächelte.

»Jetzt weiß ich, wer ich bin«, sagte Daniele und senkte betrübt den Blick. Doch er konnte der Wahrheit nun nicht mehr entfliehen. Vollkommen ehrlich konnte er ihr jetzt sagen, was er nie zuvor jemandem gesagt hatte, ja, was er nicht einmal sich selbst gegenüber eingestanden hatte. »Aus Angst, so zu sein wie mein Vater, bin ich schlimmer geworden, als er es je war.« Er blickte ihr wieder in die Augen. Und darin waren nicht nur das Feuer zu sehen und die Flammen, die in der Hütte knisterten. Seine Hand lag noch immer an ihren Lippen. »Wir gehören zueinander.«

Vor Rührung stiegen Susanna Tränen in die Augen. »Wir haben uns wiedergefunden«, murmelte sie. »Wie die zwei Hälften …«

»Für immer«, sagte Daniele.

Schweigend sahen sie sich an, die Blicke ineinander verschlungen, ohne Scham.

»Das verborgene Paradies«, flüsterte Daniele.

Susanna lächelte.

»Wie lange habe ich gebraucht, es zu finden«, meinte Daniele. »Oder vielmehr, es anzunehmen.«

»Weil du ein Mann bist.« Susanna lachte leise. »Was ihr auch sagt, ihr Männer seid die unterlegenen Wesen.«

Daniele lachte. »Ich fürchte, da hast du recht. Zumindest, was mich betrifft.«

»Ich liebe dich«, sagte Susanna.

Daniele war zutiefst gerührt.

»Ich habe dich immer geliebt«, fügte Susanna hinzu. »Mein ganzes Leben lang habe ich dich jeden einzelnen Tag geliebt.«

Danieles Hand wanderte von ihren Lippen auf die Wangen. »Auch als wir getrennt waren, hast du nicht an unserer Liebe gezweifelt … Wie ist dir das gelungen?«, fragte er.

Susanna lächelte unendlich sanft, während ihre Tränen Danieles Hand benetzten. »Wie könnte man die Wasser zweier Flüsse trennen, nachdem man von beiden etwas in eine Schale gefüllt hat?«, gab sie zurück.

Daniele lehnte sich zu ihr. Seine Lippen brannten vor Verlangen.

»Hast du endlich aufgegeben?«, fragte Susanna, von ganzem Herzen bereit für den zweiten Kuss ihres Lebens.

Daniele zögerte, als wollte er dieses brennende Verlangen ins Unendliche ziehen. Und als er sich in Susannas Augen verlor, fielen ihm die letzten Worte ein, die sein Vater an ihn gerichtet hatte, bevor er an Typhus starb.

»Verzeih, mein Sohn, verzeih mir für das, was ich dich habe durchleben lassen. Vergiss nicht, dass es nicht die Liebe zu einer Frau war, die mich so weit gebracht hat, sondern mein moralisches Elend. Ich habe dir nie irgendetwas Gutes beigebracht, mein Sohn. Aber ein Letztes will ich dir sagen: Könnte ich zurück, ich würde alles genauso noch einmal machen. Ich würde immer wieder das Kloster für deine Mutter verlassen. Die Liebe für sie war wie die Nähe zu Gott, nie habe ich das stärker gespürt. Glaub mir: Nichts an Liebe ist schlecht.«

»Hast du endlich aufgegeben?«, wiederholte Susanna.

»Ja, jetzt bin ich frei«, antwortete Daniele und dachte an das unendliche Geschenk, das sein Vater ihm mit seinen Worten gemacht hatte.

Und nun war es Susanna, die sich zu ihm beugte und ihn küsste, leidenschaftlich, und genauso leidenschaftlich erwiderte er ihren Kuss.

Wie von selbst tasteten nun ihre Hände nach dem Körper des anderen, streichelten und forschten, suchten den Hunger aufeinander, die Liebe zueinander zu stillen, die sie schon so viele Jahre in sich trugen. Schließlich rissen sie sich die Kleider von den Leibern, und ihre nackten Körper verschmolzen miteinander.

Alle Verlegenheit, alle Scham waren wie fortgeweht. Alles löste sich auf; sie waren keine Körper mehr, sie waren einfach nur Susanna und Daniele. In einem Namen.

Sie waren Susanna und Daniele, so, wie sie es schon immer hätten sein können. Sein sollen.

Und als die Natur sie schließlich erzittern und beben ließ, stöhnen und seufzen, als ihre Körper, ihre Herzen und Seelen diesen kleinen, süßen Tod erlitten, da wussten sie, was es bedeutete, zueinander zu gehören.

Und ihre Hände hörten nicht auf zu liebkosen.

Ihre Münder hörten nicht auf zu küssen.

Ihre Augen hörten nicht auf, einander zu suchen.

Und schließlich lagen sie ruhig nebeneinander, eine unmessbare Zeitspanne lang.

»Ich habe noch nie einen Mann ausgezogen«, scherzte Daniele.

Susanna lächelte. Doch in ihren Augen glitzerte ein Licht,

dem nicht nach Scherzen war. Ein Licht, das geradewegs aus ihrem Inneren kam. »Ist es nicht wundervoll?«, fragte sie.

»Was denn?«

»Die Liebe. Die Liebe ist so einfach.«

70

Anno Domini 1626

Borgo San Michele – Gola del Vento, Ostalpen

Martinengo lag auf seiner elenden Bettstatt. Tot.

Zum ersten Mal, seitdem seine Frau gegangen war, sah er friedlich und gelassen aus.

Und Daniele war da, bei ihm.

»Der Tod kommt, ohne sich anzukündigen«, hatte Martinengo gesagt, als Daniele eintrat.

Daniele hätte ihn beinahe nicht wiedererkannt. Alkohol, Schmerz, Entbehrungen und schließlich auch der Typhus hatten von seinem Vater nur noch einen Schatten übrig gelassen.

»Und wenn der Tod kommt, dann nimmt er alles, ohne mit sich feilschen zu lassen«, fuhr Martinengo fort. »Vergiss mich, wenn du es kannst. Und sorge dafür, dass alle anderen mich auch vergessen.«

Daniele blickte in diese Augen, die nun nahezu erloschen waren. Und erinnerte sich an die Augen seiner sterbenden Mutter, als sie sich krampfhaft an seine Kinderhand geklammert hatte. Am liebsten wäre er weggelaufen. Aber wohin? Unzählige Male hatte er sich diese Frage gestellt. In all den Jahren hatte er geglaubt voranzukommen, doch er hatte sich bloß im Kreis gedreht. Wie der Esel am Mühlrad. Und wieder war er hier. Am Anfang.

»Könnte ich zurück, ich würde alles genauso noch einmal machen. Ich würde immer wieder das Kloster für deine Mutter verlassen. Die Liebe für sie war wie die Nähe zu Gott, nie habe ich das stärker gespürt.« Schweigend blickte Martinengo Daniele an, und dann, als würde er mit einem Mal begreifen, was er in seines Sohnes Herzen gesät hatte, fügte er hinzu: »Glaub mir: Nichts an Liebe ist schlecht. Verzeih mir.«

Und in jenem Moment verzieh Daniele dem Vater. Denn in den Augen des Sterbenden sah er zum ersten Mal, wie viel Kraft und Reinheit dieses Gefühl in sich barg, ein Gefühl, das Martinengo umgebracht und zugleich am Leben gehalten hatte. Und Daniele verstand die Grenzenlosigkeit der Liebe und spürte, dass er Teil davon war.

All der Grimm, all der Hass, die er in sich trug – auf den Vater, die Mutter, die Frauen, die ganze Menschheit – lösten sich in Luft auf, als hätte es sie nie gegeben.

Und dann tat Martinengo etwas, das Daniele nicht mehr für möglich gehalten hätte: Er tastete nach Danieles Hand. Seine Hand, die er sein Leben lang abgewiesen hatte. Und er drückte sie.

»Halte meine Hand, wie du an jenem Tag die deiner Mutter gehalten hast. Vielleicht finde ich sie dann leichter wieder.« Das waren die letzten Worte seines Vaters.

Daniele saß bei ihm und hielt seine Hand. Niemals so sehr wie in diesem Moment hatte er gehofft, dass in seinen Händen tatsächlich Macht läge und er mit dieser Macht den Vater zur Mutter bringen könnte.

»Wir müssen nun gehen«, mahnte Fra' Thevet.

Daniele drehte sich zu ihm und sah, dass der alte Prior denselben friedlichen Ausdruck im Gesicht trug wie sein Vater. Auf ihre Art waren sie Freunde gewesen. Und Fra' Thevet war in all den Jahren der Einzige, der Martinengo nicht alleinließ, der immer weiter für ihn kämpfte, nicht aufgab.

»Es ist Zeit für die Bestattung«, sagte der Prior, der sich persönlich darum kümmern würde. »Nun müssen wir ihn gehen lassen, den armen Mann.«

»Ja«, sagte Daniele und erhob sich.

Das Gebet wurde in der Kapelle von Santa Ulpizia gesprochen. Im Anschluss begleiteten Daniele und der Prior den Leichnam zum Friedhof. Wie am Tag der Beerdigung seiner Mutter fegte ein eisiger Wind über das Reich der Toten und fraß sich in die Gedenktafeln und einfachen Holzkreuze hinein. Daniele ging zum Massengrab, das nie zugeschaufelt wurde und unablässig nach den Körpern der Hungerleider und Bettler zu gieren schien. In der Hand hielt er den Schal seiner Mutter, der wie eine Fahne im Wind wehte.

Zwei Totengräber näherten sich dem Klosterkarren, auf dem der vom Prior beschaffte Sarg lag.

Daniele sah, dass in einer namenlosen Ecke bereits eine Grube ausgehoben war.

»Ich möchte, dass mein Vater dort begraben wird«, sagte Daniele zu den Totengräbern und zeigte auf das Kreuz am Grab seiner Mutter.

»Das entscheidest nicht du, Junge«, blaffte ihn einer der beiden Totengräber an.

Voller Zorn schloss sich Danieles Hand noch fester um den Schal.

»Doch«, ergriff plötzlich der andere Totengräber das Wort. »Wir begraben ihn, wo der Junge will.« Er blickte Daniele an. »Hätte dich nich erkannt, warst ja noch ein Kind, aber den Schal da schon«, erklärte er. »Kannst beruhigt sein. Dein Vater wird seine letzte Ruhe neben deiner Mutter finden.« Er zückte den Spaten.

Daniele nahm die Schaufel des anderen Totengräbers und begann zu graben.

»Meine Tochter hat auf ihrer Hochzeit das Kleid von deiner Mutter angehabt«, erzählte der Totengräber, der trotz der eisigen Kälte schwitzte.

Daniele blickte den Mann an, der ihm nach der Beerdigung

seiner Mutter den Schal überlassen hatte. Die einzige freundliche Geste an jenem Tag, der den Rest seines Lebens prägen sollte. »Danke«, sagte Daniele nur.

»Ich bin's, der sich bedanken muss, Junge«, meinte der Totengräber. »Ich hab einen so großen Schmerz gesehen in deinen Augen. Hab ich nie vergessen. Ich hab immer gedacht …« Er schüttelte den Kopf. »Bin ungebildet und kann nich gut sagen, was ich denk. Aber ich hab immer gedacht, dass, als du mich um den Schal gebeten hast, an diesem Tag, also, da hast du mir die Gelegenheit gegeben, jemand Besseres zu werden. Und ich dachte immer, wenn ich dir den Schal nich gegeben hätte, dann hätt Gott vielleicht, vielleicht hätt er mich dafür bestraft.« Er stockte. »Der Freund von mir, der hat die Eheringe von deinen Eltern gegen 'n paar Flaschen Wein getauscht. Und jetzt liegt er da, irgendwo«, und er deutete auf das Massengrab. »Und ich bin glücklicher Vater und Großvater.« Er zuckte die Schultern. »Ich glaub, dass ich das dir und diesem Schal zu verdanken hab.« Er hieb den Spaten in die gefrorene Erde. »Sind Dummheiten, weiß ich, aber …«

»Das sind keine Dummheiten«, entgegnete Daniele.

Der Totengräber schwieg und widmete sich seiner Arbeit. Er grub, bis der Spaten auf den Sarg von Danieles Mutter traf. Dann grub er eine Seite des Sarges frei und entfernte das seitliche Brett. Schließlich entfernte er auch eine Seite von Martinengos Sarg.

Sie ließen Martinengos Sarg herunter, sodass er auf gleicher Höhe und unmittelbar neben dem der Mutter lag, die geöffneten Seiten zueinander. Aus zwei Särgen war nun einer geworden.

»So sind die beiden wieder zusammen«, stellte der Totengräber fest.

Zutiefst ergriffen blickte Daniele auf die Grabstelle.

Schließlich schaufelten sie die Grube zu und gaben sich ohne ein weiteres Wort die Hand.

Daniele blickte lange auf die Erde, die nun die Liebe barg, die er nicht hatte begreifen können.

Er ging zurück zum Kloster und erkundigte sich bei Fra' Thevet nach Susanna. Er hatte gehört, was Susanna mit den Frauen aus dem Dorf machte, doch er wollte mehr darüber wissen.

Und so erzählte der Prior ihm alles über Susanna und ihre Mission. »Es ist eine gefährliche und edle Mission«, sagte er. »Nichts und niemand wird diesem ungewöhnlichen Mädchen jemals den Sinn für Gerechtigkeit austreiben können, den sie im Herzen trägt.« Ein wenig verträumt fügte er hinzu: »Und ich danke Gott dafür, sie auf diesen Weg gebracht zu haben. Ein kostbareres Geschenk könnte es für mich gar nicht geben, als zu sehen, wie viel Schönheit einem einzigen menschlichen Wesen innewohnen kann.« Lächelnd blickte er Daniele an. »Sie ist der beste Mensch, den ich jemals kennenlernen durfte.«

Daniele senkte den Blick und nickte traurig. *Ja, Susanna ist ein guter, ein wunderbarer Mensch – im Gegensatz zu mir, dem nichts Gutes innewohnt*, dachte er. Und er hatte sie betrogen. Und damit auch sich selbst.

»Was wirst du nun tun?«, wollte Fra' Thevet wissen.

»Ich weiß es nicht«, gab Daniele zurück und ging.

Auf seinem Weg durch die Gassen dachte er an Fra' Thevets Worte. »Verglichen mit ihr, sind wir alle vollkommen wertlos«, hatte er gesagt. Und wieder kam Daniele der Gedanke, dass er, insbesondere er, verglichen mit Susanna nichts wert war. Er hatte seine Gelegenheit vertan.

Seine Schritte lenkten ihn wie von selbst zu der elenden Hütte, in der Susanna nun lebte, wie der Prior ihm gesagt hatte.

Und dann sah er sie.

Sie war ausgezehrt. Mager. Trug ein schäbiges Kleid. Ihre Hände waren rissig und aufgesprungen. Und doch ging ein Strahlen von ihr aus.

Susanna brachte Brennholz in die Hütte.

In diesem Moment trat ein Mann zu ihr und schubste sie grob. »Du Hure!«, fuhr er sie an. »Wenn du noch mal mit meiner Frau redest, wirst du das büßen!«

Susanna bot dem Mann die Stirn, den Blick leicht verschreckt und doch stolz auf ihn gerichtet.

Daniele war unfähig, sich zu rühren. Bei ihrem Anblick wusste er zum wiederholten Male, wie wenig er ihrer würdig war. Er schämte sich, ihr entgegenzutreten.

Er wartete. Als der Mann fluchend ging, stahl Daniele flink an einem Gemüsestand ein Messer und folgte ihm. In einer einsamen Gasse stürzte er sich auf ihn, rang ihn zu Boden und setzte ihm die Messerklinge so fest an den Hals, dass die Haut riss und Blut hervorquoll.

»Wer bist du?«, keuchte der Mann ängstlich. »Ich habe kein Geld …«

»Ich will dein Geld nicht«, spuckte Daniele aus.

»Was willst du denn?«

»Ab heute bin ich dein Albtraum«, zischte Daniele. »Versuch nie wieder, Susanna Berna anzufassen.«

Der Mann spürte Panik in sich aufsteigen, seine Wunde am Hals brannte, und die schmutzige Klinge drückte noch immer dagegen.

»Sag es auch allen anderen«, stieß Daniele hervor. In seinen Augen brannte unbändiger Zorn. »Ihr seht mich nicht. Aber ich sehe euch. Dies hier ist meine letzte Warnung. Wer sich Susanna Berna nähert, dem schneide ich die Kehle durch.« Damit stand er auf und verschwand ebenso rasch, wie er aufgetaucht war.

Doch in den Dorfgassen bemerkte er mit einem Mal eine merkwürdige Aufregung, die Dörfler liefen allesamt zur Piazza. Er schloss sich dem Strom der Leute an und hörte aus ihrem Gerede heraus, dass der Prozess gegen Agata de' Desideri wegen

Hexerei, den Daniele verlassen hatte, weitergeführt wurde. Paolo hatte die Rolle des *Instructor Domini* übernommen, und Constantin Tron hatte sie zum Tod auf dem Scheiterhaufen verurteilt.

Und heute wurde das Urteil vollstreckt.

Mit einem Mal stand Daniele inmitten der Dörfler auf der Piazza, wo man den Scheiterhaufen bereits aufgeschichtet hatte. Während das Feuer sich in Agata de' Desideris Fleisch fraß, heftete die Frau ihren Blick auf Daniele und schrie in seine Richtung: »Ich bin unschuldig! Und du weißt es!«

Alle drehten sich nach ihm um, doch Danieles Blick begegnete nur dem von Susanna. Auch sie war da. Tränen liefen über ihre Wangen, als sie ernst zu ihm hinübersah. Und Daniele wusste, dass sie ihm innerlich ihre ganze Verachtung entgegenschrie, lauter noch als die Frau auf dem Scheiterhaufen.

Er hielt diesem Blick nicht stand und floh, sein Herz war schwer wie Blei. Auch Susanna, davon war er überzeugt, hatte ihr Urteil gefällt. Und ihm blieb nichts, als es anzunehmen.

Einige Tage übernachtete er im Stall einer Locanda, denn ein Zimmer konnte er nicht bezahlen. Und keinen einzigen Moment lang vergaß er, wie sehr Susanna ihn verachten musste. Er hatte alles verraten, was sie sich in ihren wunderbaren Studierstunden anvertraut hatten, alles, woran er behauptet hatte zu glauben. Hatte sich selbst hintergangen. Seine Scham war so groß, dass er tagsüber die Dorfgassen mied und ausschließlich in die Wälder ging, nur um Susanna nicht zu treffen. Um niemanden zu treffen.

Eine gute Woche später erfuhr er, dass ein ausgehungertes Rudel Wölfe im Tal sein Unwesen trieb und etliche Tiere einer Ziegenherde gerissen hatte.

Und er dachte, dass dies vielleicht eine gute Gelegenheit wäre, sich davonzumachen, zu verschwinden.

Er suchte den Stadtvogt auf und sagte: »Ihr braucht jemanden, der die Wölfe fernhält. Ich kann das tun.«

Und so wurde er zu dem, den alle den Hüter der Wölfe nannten.

Mit dem Vorschuss seines ersten Lohns kaufte er ein Pferd, einen rötlichen Wallach, und zog in die Gola del Vento, in der eine verlassene Hütte stand. Weit weg von den Menschen. Weit weg von Susanna. Wo niemand sehen konnte, was für ein unwürdiger Mann er war. Wo Susanna, vor allem Susanna, seinen Anblick nicht würde ertragen müssen.

Er richtete die Hütte her und baute einen Stall für das Pferd. Er lernte, mit der Armbrust zu schießen. Die Kälte, die Einsamkeit, das raue Leben, zu dem er sich selbst verdammt hatte, stählten und kräftigten ihn. Und mitten in diesem Nichts, in dieser unberührten Natur, die er von jeher geliebt, über die er alles gelernt hatte, bekam er eine Ahnung von Ausgeglichenheit. Eine Ahnung davon, wer er wirklich war.

Und nach und nach bemerkte er, dass er die Tiere des Waldes verstand und sie ihn. Nicht etwa, weil er diese seltsamen Kräfte hätte, die Jehanne ihm nachsagte. Nicht weil er ein Heiliger, ein Benandante wäre. Sondern weil er sich Mühe gab, die Sprache dieser Tiere zu verstehen und ihnen die seine beizubringen.

Als ein erster Wolf ihn angriff, halbtot vor Hunger, da tötete er ihn mit seiner Armbrust. Aus seinem dichten Fell nähte er Überstiefel. Und einen Hut, der ihn vor Wind und Eis schützte. Voller Respekt beerdigte er das tote Tier.

Nach und nach drang er immer tiefer in den Wald. Mit zwei weiteren Schüssen seiner Armbrust markierte er die Grenzen, die die Wölfe nicht überschreiten durften. Und wenn er außerhalb dieser Grenzen auf das Rudel traf, dann hielt er sich die Tiere mit Feuer vom Leib. Er setzte sich, spürte, wie sie ihn umzingelten, doch er fürchtete nicht um sein Leben. Und wenn er Fleisch für sich zubereitete, gab er den Wölfen, was er nicht aß.

Mit der Zeit kannte er sie. Jeden Einzelnen. Doch er gab ihnen nie Namen. Es waren Kreaturen der Wildnis, ein Name hätte sie eingezwängt, ihnen etwas Unwürdiges gegeben. Und die Wölfe begannen seine Anwesenheit zu respektieren. Einer nach dem anderen. Und verstanden die Regeln. Die Älteren gaben sie an die Jüngeren weiter.

Schließlich gab es im Dorf keine Angriffe mehr.

Und Daniele gelangte zu seinem Ruf, mit den Wölfen reden zu können.

Eines Nachmittags, als er nach seinem üblichen Rundgang durch den Wald zu seiner Hütte zurückkehrte, sah er Blutspuren. Er fand ein Fangeisen. Und eine Wolfspfote. Er folgte den Spuren und kurz darauf bot sich ihm ein haarsträubendes Bild. Eine Wölfin und ihre drei Welpen lagen tot dort, mit abgezogenen Fellen. Der Wölfin fehlte ein Stück der rechten Vorderpfote. Sie hatte sie abgebissen, um sich aus dem Fangeisen zu befreien.

Daniele bemerkte Hufspuren, dann ertönte plötzlich eine Stimme hinter ihm: »Hab dir was Arbeit abgenommen, Hüter der Wölfe«, rief jemand kaltschnäuzig.

Daniele drehte sich mit einem Ruck um. Er erblickte einen Mann, an seinem Sattel hingen die Wolfsfelle, von denen noch das Blut troff. Langsam ging Daniele auf ihn zu, dann packte er ihn blitzschnell am Kragen und warf ihn zu Boden.

»Was soll das?«, ereiferte sich der Mann und griff in seinen Gürtel nach dem Messer, mit dem er den Wölfen das Fell abgezogen hatte.

Mit einem festen Tritt gegen die Hand entwaffnete Daniele ihn.

»Das hier ist das Gebiet der Wölfe und mir«, zischte er. »Wenn ich dich hier noch einmal sehe, dann stecke ich deinen Kopf in eines deiner hinterhältigen Fangeisen.«

»Du Dreckskerl!«, fuhr der Jäger ihn an, stand auf und wollte sich auf ihn stürzen.

Doch Daniele packte seinen Arm und drehte ihn brutal so hoch auf den Rücken, dass er ihn in die Knie zwang.

»Du brichst mir den Arm, du Bastard!«, schrie der Mann.

Daniele drehte den Arm noch ein wenig mehr.

»Ich tu nur meine Arbeit!«, stieß der Mann zornig hervor.

»Die Berge sind groß«, entgegnete Daniele und ließ von ihm ab. »Mach das woanders. Die Wölfe hier stehen unter meinem Schutz.«

Wankend kam der Mann auf die Füße und stieg auf sein Pferd. »Ich heiße Lamberto. An diesen Namen solltest du dich erinnern«, drohte er. »Denn eines Tages wirst du mir das hier büßen.«

Daniele sah ihm nach. Dann wandte er sich den toten Wölfen zu. Er würde sie nicht begraben, denn Nahrung gab es zurzeit nicht viel, und die Wölfe waren hungrig. So würde wenigstens der Rest des Rudels etwas zu beißen bekommen. Das waren die Gesetze der Natur.

Der Abend brach herein. In Kürze würde sich Dunkelheit über die Landschaft legen.

Er entfernte sich ein Stück von dem grausamen Spektakel, um den Wölfen ihre Mahlzeit zu überlassen. Aus seiner Satteltasche holte er eine große gegerbte Kuhhaut, mit der er stets ein bescheidenes Lager aufschlug, wenn er nicht in seiner Hütte, sondern im Wald übernachtete. Er schlug drei große Buchenäste und rammte sie tief in die Erde, sodass eine Art Kreis entstand. Dann lehnte er sie aneinander und band sie oben mit einem Strick zusammen. Schließlich legte er die Kuhhaut darüber und schlüpfte in das Lager.

Doch als er drinnen war, hörte er auf einmal verzweifeltes Jaulen.

Er ging hinaus und folgte dem Klagen.

Die Wölfin hatte nicht drei, sondern vier Welpen gehabt. Das vierte hatte überlebt. Vielleicht hatte es fliehen können, als der Jäger den Bau angriff, und war dem Gemetzel so entkommen.

Als er Daniele sah, stellte der kleine Wolf sofort das Fell auf und versuchte ein Knurren.

Daniele bemerkte, dass er anders war als seine Geschwister. Er hatte ihre Felle gesehen, Wolfsfelle. Dieser Welpe hier aber hatte ein anderes. Es war weiß, schneeweiß, mit schwarzen Flecken darauf. Er musste halb Wolf, halb Hund sein.

Vorsichtig näherte er sich dem Tier.

Der Welpe fletschte die Zähne.

Langsam zog Daniele seine Jacke aus und warf sie dann mit einer flinken Bewegung über das Tier, um es einfangen zu können, ohne gebissen zu werden.

Der Welpe gebärdete sich wie toll, als Daniele ihn zum Zelt trug. Er schnitt einen Ast ab, einen Finger breit und eine Spanne lang und verknotete die Astenden mit einem Strick. Ein Strickende band er an einen der Buchenäste, der dem Zelt als Halt diente und fest in der Erde steckte. Schließlich zog er den Welpen aus der Jacke und band ihm das andere Strickende um den Hals.

Das Jungtier wehrte sich zornig und versuchte, den Strick zu durchbeißen, doch das Holz war dazwischen. So würde er sich nicht befreien und weglaufen können, denn im Wald erwartete ihn der sichere Tod.

Daniele betrachtete ihn. Das Tier war nicht einmal drei Monate alt und größer als ein Wolf. Sein Vater musste ein außergewöhnlicher Hund sein.

Daniele entfachte ein Feuer.

Das kleine Tier jaulte ängstlich auf.

Schließlich holte Daniele ein wenig eingesalzenes Fleisch aus seinem Vorratsbeutel. Mit Schnee rieb er das Salz ab und gab dem Welpen ein Stück.

Misstrauisch betrachtete der Welpe das Fleisch. Doch schließlich nahm sein Hunger überhand, und er verschlang es regelrecht.

»An dir ist ja nicht mehr dran als an einem Gerippe«, sagte Daniele lächelnd, der unter dem dichten Fell die Knochen des Tieres gespürt hatte, und warf ihm noch ein Stück Fleisch hin.

Gierig machte sich der Welpe darüber her.

Daniele betrachtete ihn. Eine Waise, wie er selbst. Er beschloss, ihn bei sich zu behalten. »Aber Pfarrer musst du bei mir nicht werden«, sagte er lachend.

Der Welpe knurrte.

Da ging Daniele auf, dass er ihn nicht behandeln konnte wie die anderen Wölfe. »Ich werde einen Namen für dich finden müssen«, meinte er. Seine Mutter kam ihm in den Sinn und ein Spiel, das sie oft zusammen gespielt hatten. Für dieses Spiel hatten sie eine Sprache erfunden, die sie aus den Sprachen zusammensetzten, die man im Dorf sprach: Italienisch, Deutsch und Slowenisch. »Weißt du, wie man ›Tenda‹ auf Deutsch sagt? ›Zelt‹«, erklärte er dem Welpen. »Und da dein neues Leben in einer ›Tenda‹, einem Zelt beginnt, werde ich dich Zelt nennen.« Er streckte eine Hand aus, um ihn zu streicheln.

Knurrend fletschte der Welpe die Zähne.

»Mit der Zeit wirst du schon noch lernen, dass ich dir nichts tue, Zelt«, sagte Daniele. »Ich werde dich den Weg der Liebe lehren.« Und als er sich selbst dieses Wort aussprechen hörte, musste er an Susanna denken. Er lächelte den Welpen wehmütig an. »Ich werde dich den Weg der Liebe lehren«, wiederholte er traurig. »Obwohl ich doch von Liebe rein gar nichts weiß.«

71

Anno Domini 1626–1627

Borgo San Michele, Ostalpen

Als sich im Dorf herumsprach, dass Daniele dem Inquisitor und dem Prozess gegen Agata de' Desideri den Rücken gekehrt hatte, dachte Susanna, er würde nun bald vor ihrer Tür stehen.

Doch er kam nicht.

Und dann sah sie ihn, am Tag, als der Scheiterhaufen auf der Piazza aufgeschichtet wurde. Unverwandt blickte sie ihn an. Stolz war sie, stolz, dass er so mutig gewesen war. Und als sie ihren Blick auf ihn heftete – und in ihm den Mann wiedererkannte, den zu lieben sie nie aufgehört hatte –, rannen ihr Tränen die Wangen hinunter. Und als auch er sie anblickte, wollte sie zu ihm eilen und sich in seine Arme werfen. Ihm sagen, dass sie ihm gehörte. Nur ihm.

Aber Daniele lief davon. Wieder einmal lief er davon.

Und Susanna plagte ein schlechtes Gewissen. Sie wusste selbst nicht, warum. Aber wenn er sie mied, überlegte sie, dann hatte sie vielleicht irgendetwas getan. Vielleicht hatte sie ihn verletzt.

Schließlich erfuhr sie, dass Daniele das Dorf in Richtung einer einsamen Hütte verlassen hatte und zum Hüter der Wölfe geworden war.

»Ist das meine Schuld?«, fragte sie Fra' Thevet mit Tränen in den Augen.

Der Prior umarmte sie fest. »Lass ihn gehen«, riet er ihr, doch auf seiner Seele lag eine tonnenschwere Last.

»Mein Herz wird ihn niemals gehen lassen«, schluchzte sie.

»Nein, lass ihn gehen. Denk an dein Leben«, mahnte Fra' Thevet. »Daniele … Daniele ist nicht der Richtige für dich. Die Wunde in seinem Herzen ist zu tief, um jemals heilen zu können«, fuhr er fort, denn er dachte, Daniele kämpfe noch gegen seine alten Dämonen.

Doch er hatte ihn seit der Beerdigung von Martinengo nicht mehr wiedergesehen und konnte nicht wissen, was tatsächlich in seinem Herzen vorging. Dass es Daniele nun um etwas vollkommen anderes ging. Er hatte nie erfahren, dass Martinengo mit seinen letzten Worten den alten schwarzen Fleck auf Danieles Seele ausgelöscht hatte, und dass er sich nun schlicht Susannas nicht für würdig hielt. Und sich seiner selbst schämte.

»Lass ihn gehen«, sagte Fra' Thevet noch einmal.

Doch Susanna gab nicht auf.

Eines Tages borgte sie den Esel des Klosters aus und ritt auf ihm bis zur Hütte, in die Daniele sich verkrochen hatte. Hinter einigen dichten Tannen versteckte sie sich und beobachtete ihn.

Daniele tollte mit einem weißen, schwarzgefleckten Welpen durch den Schnee. Und lachte glücklich.

So schien es wenigstens Susanna. Und plötzlich bekam sie Angst, seine Freude zu verdunkeln, wenn sie sich zu erkennen gäbe.

»Du musst ihn gehen lassen«, wiederholte sie Fra' Thevets Worte für sich, während sie untröstlich zum Dorf zurückritt. »Wenn du ihn wirklich liebst, musst du ihn gehen lassen.«

Es war vorbei.

Doch sie würde ihn ihr ganzes Leben lang lieben. Denn sie wusste, sie gehörten zusammen. Mit Haut und Haaren.

Doch weil sie ihn gehen lassen musste, wie Fra' Thevet sagte, und es ihr das Herz zerriss, stürzte sie sich geradezu in ihre Mission.

Und langsam glätteten sich die Wogen und Ruhe kehrte in ihr Leben ein. Vollkommen versunken in die Studierstunden bei Weser, in alles, was sie lernte, und in das Unterrichten, fand sie zu einer Art Gleichgewicht. Doch der Schmerz darüber, dass Daniele nicht mehr da war, legte sich nie. Und jedes Mal, wenn sie an ihn dachte, versetzte es ihr einen tiefen Stich ins Herz. Sie lernte, dass Leid nicht so einfach davonzog. Und deshalb versuchte sie nicht, es zu bekämpfen, sondern so gut es eben ging, damit zu leben.

Und eines Tages stand plötzlich Weser vor ihrer Tür.

Susanna bemerkte, dass der Alte aufgewühlt war, etwas lag ihm auf der Seele.

»Ich muss dich etwas fragen, du wirst es gewiss merkwürdig finden«, sprudelte es aus ihm hervor. »Willst du mich heiraten, Susanna?«

Susanna wusste nicht, wie ihr geschah.

»Du wirst in dieser Welt zu Tode kommen«, erklärte Weser. »Unsere Gemeinschaft ist noch nicht bereit dafür, dass Frauen ihr Leben unabhängig und auf sich gestellt leben. So wie du. Ich habe lange darüber nachgedacht, und deshalb stehe ich jetzt hier, denn ich denke, es könnte dir helfen, mit mir verheiratet zu sein.«

In Susannas Kopf wirbelten die Gedanken durcheinander.

»Sorge dich nicht, es wäre eine reine Vernunftehe, Susanna«, bemerkte Weser.

»Bitte, kommt doch herein«, forderte sie ihn endlich verlegen auf.

Weser betrat ihre elende Hütte, doch er setzte sich nicht. »Einige werden mich für einen alten Lüstling halten, andere, und ich hoffe, das werden die meisten sein, werden sich denken können, dass unsere Geister durch die Wissenschaft zueinandergefunden haben. Aber für sie alle wirst du zu einer respektablen Frau, Susanna. Sie werden dich akzeptieren. Du wirst, anders als jetzt, weder einen Skandal noch eine Gefahr darstellen. Du wärst geschützt.« Angesichtes ihrer Bestürzung versuchte der alte Astrologe zu scherzen: »Außerdem wirst du in dieser Hütte hier viel zu bald altern, die eisige Kälte wird dir nur allzu rasch die Knochen zerfressen«, sagte er lächelnd. »Bei mir zu Hause ist es warm. Es gibt genug zu essen, und du hast ein Zimmer für dich allein. Ich schlafe weiterhin in meinem.«

Susanna wusste nicht, was sie sagen sollte. Sie war wie vor den Kopf geschlagen. Eine Träne rann über ihre Wange.

»Warum weinst du?«, wunderte sich Weser. »Ich dachte, du würdest dich freuen.«

»Ich freue mich durchaus«, erwiderte Susanna. »Aber wenn man nicht gewohnt ist, dass einem Gutes widerfährt, dann fühlt es sich fremd an und tut weh.«

»Wie meinst du das?«

»Es schmerzt nicht an sich«, erklärte Susanna mit gesenktem Kopf. »Aber wenn man Schlechtes gewohnt ist, dann empfindet man es eines Tages als gewöhnlich. Und das Schlechte schmerzt nicht mehr so schlimm.« Sie lächelte traurig. »Und wenn dann etwas Schönes geschieht, bemerkt man noch einmal, wie viel Schlechtes man erlebt hat.«

»Es wird mich immer rühren, wie empfindsam du bist«, murmelte Weser liebevoll und fuhr sich schmunzelnd mit der Hand durch den weißen Bart. »Nimmst du an?«

Errötend sah Susanna zu Boden.

»Ich verstehe deine Zurückhaltung, aber ich kann dir versichern …«, Weser stockte. »Ich erzähle dir eine Geschichte, damit du weißt, dass du nichts zu befürchten hast. Es ist eine geheime Geschichte. Eine schmerzvolle Geschichte. Und vielleicht ist sie auch ein bisschen kompliziert.« Wie aus der Ferne schlich ein Lächeln über sein Gesicht. »Ich hege keinerlei körperliches Verlangen nach dir, Susanna. Das habe ich nie und werde ich nie.« Er schwieg für einen Moment, als denke er über etwas lange Zurückliegendes nach, unentschlossen, ob er nun reden sollte oder nicht. »Und nicht, weil ich kein fleischliches Verlangen an sich verspüre, oder besser gesagt: verspürte.« Seine Stimme bekam einen unsicheren Klang, wie bei einem Gang über unebenes Gelände. »Als junger Mann verspürte ich es sehr wohl.« Wieder schien er zu zweifeln, ob er diese Geschichte tatsächlich erzählen sollte. »Aber nicht Frauen gegenüber, sondern Männern.«

Susanna starrte ihn an. »Warum … Warum erzählt Ihr mir das?«, stammelte sie entgeistert.

Weser lachte, doch sein Lachen war nicht fröhlich, sondern kummervoll, seine ganze Person war es. »Ich habe gesagt, dass ich dir eine geheime Geschichte erzählen muss, damit du weißt, dass du nichts zu befürchten hast. Was wäre denn das für ein Heiratsantrag, wenn man die Wahrheit von Anfang an verschweigt? Das Fundament einer solchen Ehe wäre etwas Unausgesprochenes.«

»Ihr schuldet mir nichts …«, brachte Susanna hervor.

Weser lächelte dankbar. »Ich schulde es mir selbst«, erklärte er. »Und das habe ich erst jetzt, da ich es dir erzähle, gesehen«, fuhr er mit einem wehmütigen Blick fort. »Ich habe meine wahre Natur schon früh erkannt«, kam er nun ins Reden, als wäre eine Last von ihm gefallen, denn nie zuvor hatte er mit jemandem darüber sprechen können. »Ich habe auch meine Erfahrungen damit gemacht. Habe meine Natur nicht unterdrückt. Aber alles im Verborgenen. Wie ein Dieb in der Nacht. Und ich habe mich geschämt und hatte Angst.« Der Blick des Astrologen verlor sich nun in der Ferne, in einer anderen Zeit. Als wäre er gar nicht mehr hier. »Ein Junge ist mir im Gedächtnis geblieben. Ich glaube, ich habe ihn geliebt. Aber …« Er sah traurig aus. »Aber ich ließ ihn gehen. Hielt ihn nicht zurück. Vielleicht habe ich ihn sogar vergrault.« Er stockte, verweilte kurz in seinen Erinnerungen. »Und dann ließ diese fleischliche Lust allmählich nach. Ich glaube, sie war bei mir auch nicht besonders stark. Ich habe mich in die Wissenschaft gestürzt und sie zu meiner einzigen Liebe gemacht. Habe alle Liebe ihr gegeben. Und die Liebe zur Wissenschaft war mir genug, mehr brauchte ich nicht. Meine fleischlichen Gelüste jedenfalls haben aufgehört.«

Susanna verfolgte gebannt die Erzählung des Astrologen, spürte die Wahrhaftigkeit darin und das Leid.

»Und dann, Jahre später«, fuhr Weser fort, »während eines Aufenthalts in Verona, sah ich diesen Jungen wieder.« Tränen glitzerten in seinen Augen. »Er war wie eine Frau geschminkt und zurechtgemacht«, erzählte Weser, und Susanna konnte sehen, wie sehr es ihn schmerzte. »Auf der Straße trieb er sich herum und sprach andere Männer an, mit ihm in ein nahe liegendes Freudenhaus zu gehen … Er … Er verkaufte seinen Körper. Und ich konnte sehen, wie verbittert er geworden war, seine Augen funkelten boshaft.« Weser schüttelte den Kopf. »Als würden sie all die Niedertracht spiegeln, die er hatte ertragen müssen, die ihm die Gemeinschaft entgegenbrachte, weil er war, wie er war. So, wie Gott ihn erschaffen hatte. Und das alles hatte aus ihm dieses abgetakelte Abbild seiner selbst gemacht, etwas, das nur noch aus einem käuflichen Körper bestand, aus der Verachtung seiner Kunden, und der, die er sich selbst entgegenbrachte.« Weser schwieg und blickte Susanna an. »Und ich hatte ein schrecklich schlechtes Gewissen, denn ich hatte nie aufgehört, an ihn zu denken, trug ihn immer in meinem Herzen. Aber so, wie er war, als ich ihn das letzte Mal sah. Doch da stand er plötzlich in Verona, so voller Elend und Leid, und ich hatte ein so schlechtes Gewissen, denn mir ging es nicht so, ich … ich war glücklich. Ich hatte mein Glück in der Wissenschaft gefunden, hatte mich nicht verloren, so wie er. Und ich dachte, wenn ich ihn nur zurückgehalten hätte, damals, wenn ich mutig genug gewesen wäre, dann wäre aus ihm vielleicht jemand vollkommen anderes geworden, vielleicht hätten wir glücklich zusammen sein können. Aber in diesem Moment war es zu spät. Wir waren beide nicht mehr bereit für ein Leben miteinander.« Der Astrologe seufzte tief, dann lächelte er Susanna traurig an. »Also, Susanna, wenn ich dich nun frage, ob du mich heiraten möchtest, dann tue ich das nicht nur, um dich zu schützen. Ich tue es auch, weil ich damals etwas versäumt habe. Der Junge hätte nicht so enden müssen, wenn ich mutiger gewesen wäre. Vielleicht kann ich das jetzt ein wenig wiedergutmachen, indem ich dir helfe. Indem ich dir die Möglichkeit biete so zu sein, wie du bist.« Er streckte seine runzlige Hand nach der ihren aus.

»Susanna, lass uns heiraten.«

Susanna weinte, heiße Tränen liefen ihr über das Gesicht. Das Leben konnte so viel Freude schenken, das hatte sie tief in ihrem Inneren schon immer gewusst.

Am nächsten Tag ging sie ins Kloster Santa Ulpizia und sagte zu Fra' Thevet: »Ich werde Weser heiraten« und fügte sogleich hinzu: »Aber ich werde nicht aufhören, Ihr-wisst-schon-wen zu lieben, keinen einzigen Tag werde ich damit aufhören.«

»Es ist an der Zeit, ein neues Kapitel aufzuschlagen, mein Kind, das sage ich dir nicht zum ersten Mal«, meinte Fra' Thevet. »Du musst ihn vergessen und dein Leben weiterleben.«

»Wenn Ihr für Gott das Gleiche empfindet wie ich für Daniele«, erwiderte Susanna strahlend, »dann seid Ihr ein glücklicher Mann. Dann könnt Ihr, so wie ich, es mit allem und jedem aufnehmen.«

Das Herz wurde Fra' Thevet schwer.

»Ich möchte gerne, dass ihr uns traut, Prior.«

Fra' Thevet nickte und machte sich an die Vorbereitung der Messe in der Klosterkapelle. Es waren keine Besucher anwesend. Außer dem Paar waren nur zwei Mönche zugegen, die dem Prior bei der Messe zur Hand gingen.

Als Fra' Thevet fragte: »Susanna Berna, willst du Rainer Weser zu deinem Mann nehmen?«, dachte Susanna: *Ich liebe dich, Daniele.*

Dann sagte sie laut und deutlich: »Ja, ich will.«

72

Anno Domini 1633
16. Februar, siebenundzwanzigster Tag

Bärenhütte – Wälder, Ostalpen

Ergebt euch!«

Wie ein Dolchstoß durchdrang die Stimme die Bärenhütte. Daniele und Susanna lagen noch – wegen der Kälte nun angekleidet – aneinandergeschmiegt unter den dicken Decken.

Blitzschnell sprang Daniele auf und ergriff ein Schwert, hastete zur Tür und riss sie auf.

Vor ihm standen Paolo und der Hauptmann der Wache. Hinter ihnen, mit gezückten Schwertern, weitere Wachen, und Daniele konnte sich denken, dass eine weitere Handvoll die Hütte umzingelt hatte.

Die Hand um sein übergroßes Kruzifix geschlossen, befahl Paolo: »Wirf das Schwert weg, und ergib dich.«

Daniele warf das Schwert in den Schnee, Paolos Pferd zu Füßen, das nur kurz den Kopf hob.

Ein Mann trat mit einem breiten Grinsen aus den hinteren Reihen zur Tür. »Erinnerst du dich an meinen Namen, Hüter der Wölfe?«, höhnte er.

»Ja«, erwiderte Daniele verächtlich. »Mehr noch als dein Name ist mir in Erinnerung geblieben, dass du ein mieser Feigling bist, einer, der mit Fangeisen jagt.«

»Und einer, der gut im Spurenlesen ist, von Tieren und von Menschen auf der Flucht«, versetzte der Jäger. »Und als man mir sagte, dass du einer der Flüchtigen bist«, fuhr der Mann kaltschnäuzig fort, »da wusste ich, dass dies die Gelegenheit ist, mich zu rächen.« Er lächelte boshaft. »Ich hätte es auch ohne Belohnung getan.«

»Du bist ein elender Dreckskerl!« Daniele spuckte in den Schnee. »Das warst du damals, und das bist du heute immer noch.«

»Du hingegen, edler Hüter der Wölfe«, höhnte der Jäger, »bist ein sicherer Kandidat für den Galgen.«

Susanna kam zur Tür, in eine Decke gewickelt, und stellte sich hinter Daniele. Nicht, um Schutz zu suchen, sondern um bei ihm zu sein. Ihm beizustehen.

»Das reicht jetzt«, wandte sich Paolo an den Jäger. »Du kannst gehen.«

»Und die Belohnung?«, wollte der wissen.

»Du hast doch gerade gesagt, dass du das hier nur gemacht hast, um dich zu rächen«, erwiderte Paolo skrupellos. »Du hast deinen Spaß gehabt, man kann es dir förmlich ansehen. Und jetzt verschwinde.«

»Aber Signore!«, rief der Jäger. »Ihr habt mir eine Belohnung versprochen, und ich verlange, dass …«

»Was verlangst du?« Paolo umklammerte sein Kruzifix. Er blickte ihn reglos an, dann fügte er mit messerscharfer Stimme hinzu: »Wenn du etwas verlangst, dann tue ich es dir gleich: Ich verlange, dass man dich wegen Wilderei festnimmt. Wie ich soeben erfahren habe, jagst du mit Fangeisen.«

Der Jäger sah ein, dass ihm nichts anderes blieb, als zu verschwinden. Nervös nahm er die Zügel seines Pferdes und wandte sich zum Gehen.

»Vielleicht solltest du in Zukunft deine Freunde besser aussuchen, Lamberto!«, höhnte Daniele.

Der Jäger gab seinem Pferd die Sporen und verschwand im Wald.

»Und jetzt zu uns.« Paolo ließ seinen Blick über Daniele und

Susanna gleiten, dann wandte er sich an den Hauptmann der Wachen und befahl: »Fesselt sie. Wie zwei Stück Vieh.«

Der Hauptmann gab zwei seiner Wachen ein knappes Zeichen, daraufhin banden sie Daniele die Hände auf den Rücken. Dasselbe taten sie bei Susanna, dann halfen sie ihnen in die Sättel.

»Ich habe gesagt, ihr sollt sie fesseln wie Vieh!«, rief Paolo.

Da nahm der Hauptmann zwei lange Stricke, knüpfte in jeden eine Schlinge und legte sie Susanna und Daniele um den Hals.

»So ist es gut«, befand Paolo zufrieden. »Jetzt können wir gehen.«

Zwei der Wachen nahmen jeweils einen Strick, einer endete in einer Schlinge um Susannas, einer in einer Schlinge um Danieles Hals, und zogen daran.

Daniele drehte sich nach Susanna um. Sie trug den Schal seiner Mutter, das Haupt hocherhoben, der Blick stolz. Und doch verzweifelt.

Im Bruchteil einer Sekunde hatte sich ihr Verborgenes Paradies in Luft aufgelöst.

Ihr Glück, ihre Leidenschaft, ihr leuchtendes Gefühl von Freiheit waren zunichtegemacht von zwei Schlingen, die sich um ihre Hälse zogen.

»Wir werden es trotzdem schaffen«, raunte Daniele ihr zu.

Doch das Lächeln, das Susanna ihm schenkte, strafte seine Worte Lügen.

»Ich schwöre es dir!«, versuchte Daniele, ihr Hoffnung zu schenken, die er selbst nicht empfand. »Eher sterbe ich für dich.«

Susannas Augen füllten sich mit Tränen. Die Wache riss so heftig an ihrem Strick, dass er sich eng um ihren Hals zog.

»Du Dreckskerl«, zischte Daniele ihm zu.

Doch die Wache lachte nur.

»Binde mich los, und das Lachen wird dir im Hals stecken bleiben!«, stieß Daniele hervor.

»Schluss jetzt, Hüter der Wölfe«, mischte sich nun die Wache mit seinem Strick in der Hand ein und riss ebenfalls so fest daran, dass sich die Schlinge zuzog und Daniele aus dem Sattel zu fallen drohte. »Ich warne dich. Wenn du vom Pferd fällst, dann werd ich dich am Hals hinter mir herschleifen.«

»Und ich schleife dich geradewegs in die Hölle, du Kümmerling!«, keuchte Daniele.

»Bitte«, beschwor Susanna ihn. »Ich will nicht, dass sie dir wehtun.«

Erst da schwieg Daniele, weil er nicht wollte, dass sie noch mehr leiden musste.

Bald hatten sie den dichtesten Teil des Waldes hinter sich gelassen und erreichten schließlich den Weg, der sie in zwei oder drei Stunden nach Borgo San Michele führen würde. Er war so breit, dass vier Pferde nebeneinander Platz fanden.

Da ritt Paolo an die beiden Wachen heran, die Susanna und Daniele begleiteten, und sagte: »Ich nehme die Stricke.«

»Aber Signore …«, stammelte der Hauptmann.

»Schweigt«, winkte Paolo knapp ab und packte ohne ein weiteres Wort die Stricke, drosselte den Gang seines Pferdes und ließ die Wachen vorausreiten.

Auch der Hauptmann hielt sein Pferd zurück und ritt nun neben Paolo.

»Reitet voraus!«, wies Paolo ihn an. »Ich möchte allein mit dem Betrüger und der Hexe sprechen.«

Der Hauptmann zögerte.

»Verschwindet!«, blaffte Paolo.

Schließlich trieb der Hauptmann sein Pferd an und schloss zu seinem Wachtrupp auf.

Nun waren sie zu dritt. Stille umgab sie, die nur der schneegedämpfte Hufschlag der Pferde durchbrach. Paolo, der seinen

Sieg genüsslich bis ins Letzte auskostete, höhnte schließlich: »Mit dieser Flucht habt ihr selbst euer Todesurteil besiegelt.«

»Ihr zwei armseligen Dreckskerle hattet Susanna doch ohnehin schon verurteilt«, gab Daniele zornig zurück.

Paolo lachte. »Ich habe ›euer‹, nicht ›ihr‹ gesagt.« Er warf Daniele einen triumphierenden Blick zu. »Ihr beide. Auch dein Urteil, Daniele. Denn dich erwartet der Galgen. Darauf kannst du dich verlassen.«

»Ich könnte wetten, dass dir das die meiste Freude bereitet«, spottete Daniele.

Lächelnd zog Paolo die Brauen hoch. »Es freut mich über die Maßen, dich ein für alle Mal loszuwerden«, erwiderte er. »Aber du irrst.« Verächtlich blickte er zu Susanna und zog ein wenig an ihrem Strick. »Dein Schicksal, Daniele, ist es nicht, das mich am meisten erfreut.«

»Du bist ein elender Feigling«, raunte Daniele.

»Es ist aus mit euch. Aus und vorbei«, höhnte Paolo, dann wurde seine Miene ernst, ein lebhaftes Licht glomm in seinen hellen Augen, so hell wie blasser Aquamarin. »Nun wird sich Seine Exzellenz endlich dieser Hure entledigen. Endlich.« Kurz schwieg er, dann fügte er leise und verträumt, als spräche er nur zu sich selbst, hinzu: »Und er wird mein sein …«

Daniele horchte auf angesichts dieses merkwürdigen Zwiegesprächs. Doch Susanna, die ihm einen halben Schritt voraus war, sprang die Zweideutigkeit dieser Worte geradezu an, und mit einem Mal sah sie Paolo mit anderen Augen. Vollkommen offensichtlich sah sie nun, was sie von Beginn an hätte sehen müssen. Nun verstand sie alles. Dieses gewisse Etwas, das ihr immer entglitten war … »Du … Du liebst ihn«, murmelte sie fassungslos.

Paolo sah sie an, seine hellen Augen glänzten.

»Du liebst ihn«, wiederholte Susanna. »Und du hasst mich für dieses Abartige, dieses Widerwärtige, das er für mich empfindet.«

»Du Hure, von jetzt an kannst du ihn nicht mehr peinigen! Brennen wirst du auf dem Scheiterhaufen, und ich werde zusehen«, schrie Paolo außer sich und zog ruckartig an ihrem Strick. »Hauptmann!«, rief er. »Hauptmann!«

Beunruhigt kamen der Hauptmann und zwei Wachen mit gezogenen Schwertern angaloppiert.

»Bringt diese Hure weg!«, gellte Paolo wie von Sinnen.

Dieses Mal gehorchte der Hauptmann wortlos. Er packte den Strick und trabte mit Susanna zu seinem Trupp zurück.

»Wenn ihr es wagt, sie anzufassen, dann bringe ich euch um, das schwöre ich!«, schrie Daniele ihnen hinterher.

Paolo lachte höhnisch.

Susanna wandte sich zu Daniele um, und ihre Lippen formten stumm die Worte: »Ich liebe dich.«

Daniele zerriss es das Herz. So durfte es nicht zu Ende gehen. Nicht jetzt. Die Hände zu Fäusten geballt, wandte er sich an Paolo: »Deshalb hasst du Susanna so sehr? Seit jeher? Deshalb?«

Der Blick, den Paolo ihm zuwarf, ließ keinen Zweifel. Tränen der Wut liefen über seine Wangen.

»Er ist von ihr besessen«, folgerte Daniele. »Auf seine Art liebt er sie. Sie, nicht dich!«

»Schweig!«, fuhr Paolo ihn an.

Doch Daniele konnte nicht aufhören, jetzt da sich das Puzzle zusammensetzte, Teil für Teil, und endlich ein vollständiges Bild ergab. »Du warst es, der das Treffen in der Osteria del Satiro eingefädelt hat!«, stieß er hervor.

»Und je deutlicher ich ihm gezeigt habe, dass sie eine liederliche Hure ist«, keuchte Paolo tränenüberströmt, »umso mehr wucherte in ihm dieses Verlangen, es vergiftete ihn geradezu …«

»Und wegen dieses Verlangens entfernt er sich von dir«, stellte Daniele fest.

»Schweig!«

»Du tust mir leid, Paolo.« Und als Daniele die Worte aussprach, empfand er tatsächlich Mitleid mit ihm. Obgleich er ihn aus ganzem Herzen verabscheute. »Du bist ein elender Wurm. Dein ganzes Leben lang bist du nicht mehr als ein armseliger Bettler gewesen.«

»Wage es nicht, mich zu bemitleiden!«, fuhr Paolo auf.

»Du würdest alles tun, nur um ihn zu bekommen«, sinnierte Daniele.

Paolo drehte sich mit einem Ruck zu ihm. Ein irres Licht glomm gefährlich in seinen Augen auf. »Dein Leben soll ein glückliches und besonderes sein, das haben die Würfel Gottes entschieden. Und Gott hat alle hinters Licht geführt, um dir dieses Leben zu geben.« Das hatte seine Mutter stets gesagt. Und er, Paolo, hatte es geglaubt.

»Ja. Du würdest alles tun, nur um ihn zu bekommen«, wiederholte Daniele.

Paolo heftete den Blick auf ihn, aber es war, als sähe er durch ihn hindurch. »Ja, alles …«, raunte er.

Und er sah sich wieder als Kind auf der Piazza am Markttag. Der Inquisitor lächelte ihn an und strich ihm über die blonden Locken. »Du wurdest ausgesucht, weil du ein Engel bist«, sagte er zu Paolo.

»Paolo«, rief Daniele.

Doch Paolo hörte ihn nicht. Er sah die blutunterlaufenen Augen seines betrunkenen Vaters. Und dann war er auf der Brücke, war im Dunkel der Nacht ihrer elenden Hütte entkommen, eine Weile nachdem der Inquisitor über sein Haar gestrichen hatte, er sah seine Mutter, die es nicht ertrug, dass ihr Sohn nicht mehr ihren Geschichten lauschen mochte, dass ihr geliebter Sohn, den sie wie ein Mädchen zurechtmachte, sie in ihrem Irrsinn allein ließ. Sie lief auf das Ende des Stegs zu, und der kleine Paolo sah ihr nach. »Und der Fischer sagte zur Nachtigall, dass sie eine Forelle sei«, brabbelte die Mutter vor sich hin. »Und die Nachtigall stürzte sich ins Netz«, fuhr sie fort und ging in den Fluss. Der kleine Paolo lief nicht zu ihr, versuchte nicht, sie aufzuhalten, sie zu retten. Mit kleinen, gemächlichen Schritten erreichte er schließlich das Ufer. Und sah, wie sich die Mutter in einem Netz verhedderte und hinabgezogen wurde. Sie streckte ihre Hand nach dem Steg aus. Nach ihrem geliebten Sohn. Doch Paolo blieb reglos stehen. Nahm nicht ihre Hand. Er sah nur zu, wie sie verzweifelt strampelte, ehe sie vom Fluss verschluckt wurde. Dann ging er zurück nach Hause und legte sich in sein elendes Bett.

»Du würdest alles tun«, sagte Daniele noch einmal. In seinem Inneren wurde ein schrecklicher Verdacht immer mehr zur Gewissheit.

Auf Paolos Gesicht erschien ein boshaftes Grinsen. »Alles«, wiederholte er und umklammerte sein riesiges Silberkruzifix, das er um den Hals trug, seitdem der Inquisitor ihm die Rolle des *Instructor Domini* versprochen hatte. Das Kruzifix, das den Beginn seines neuen Lebens kennzeichnete. Das er persönlich gezeichnet und vom Schmied Bernardo Treves hatte schmieden lassen.

Er spürte, wie seine kleine zarte Hand die Fackel umklammerte und den Scheiterhaufen, auf dem eine gefesselte Hexe stand, in Brand steckte.

Er sah, wie die Flammen die todgeweihte Frau verschlangen.

Sah, wie sie ihr Fleisch verzehrten, es mit Blasen übersäten, er sah ihre explodierenden Augäpfel.

Und hörte ihre gellenden Schreie in den Himmel hinaufsteigen.

Ihre Schreie und sein Gelächter, als er sie sterben sah.

»Was hast du getan, Paolo, in Gottes Namen, was hast du getan?«, rief Daniele entgeistert.

73

Anno Domini 1633
16. Februar, siebenundzwanzigster Tag

Wälder, Ostalpen

Während sie vom Hauptmann zum Wachtrupp geleitet wurde, dachte Susanna an Paolo. An das, was soeben geschehen war. An das, was sie mit einem Mal verstand. Und nun fügte sich alles nahtlos ineinander, lag plötzlich glasklar vor ihr.

»Du warst es!«, stieß sie laut hervor.

»Was hast du gesagt?«, horchte der Hauptmann auf.

Doch Susanna antwortete nicht. Ihr Kopf arbeitete eifrig, setzte rasch Teil für Teil das Mosaik zusammen, das nun endlich ein klares Bild ergab. So unglaublich es auch sein mochte.

Bilder stiegen in ihr auf, Bilder, die bisher vernebelt gewesen waren, vernebelt von den Rauschmitteln, mit denen man sie betäubt hatte. Sie erinnerte sich, dass die Milch an diesem tragischen Morgen nicht am üblichen Platz vor der Tür gestanden hatte. Der Mörder musste sie schon draußen mit den Rauschmitteln versetzt haben! Der Mörder, dem sie nun einen Namen geben konnte. Der Gestank nach verbranntem Fleisch stach ihr in die Nase. Sie erinnerte sich an eine schwarze Gestalt, das Gesicht von einer großen Kapuze verdeckt, die ein Brenneisen auf Wesers Stirn drückte. Erinnerte sich an Schreie. Astrids Schreie mussten das gewesen sein, Astrid, die Dienstmagd, die an diesem Tag gar nicht bei ihnen hätte sein sollen. Und schließlich erinnerte sie sich an Blut. An jemanden, der fluchte. Und röchelte.

Sie erinnerte sich an die schwarze Gestalt, die mit den Händen das Blut auf dem Boden verteilte.

»Du warst es«, flüsterte sie noch einmal.

Und in diesem Moment war sie sicher, dass es für Daniele und sie kein Entrinnen gab. Sie waren verdammt. Verdammt und verurteilt.

Paolo hatte alles genau geplant. Sein eigentliches Ziel war immer nur sie gewesen, sie, Susanna. Daniele hatte es längst gewusst. Aber weder er noch sie hatten geahnt, wozu Paolo wirklich fähig war. Wozu sein kranker Kopf imstande war. Dieser kranke Kopf, der einen teuflischen Plan geschmiedet hatte. Einen Plan, in dem Menschen – angefangen bei Weser und Astrid – nicht mehr wert waren als Figuren auf einem Schachbrett.

Paolo war nicht einfach nur grausam. Er war nicht einfach nur eine düstere Seele. Nicht einfach nur ein Mörder.

»Er ist wahnsinnig …«, raunte Susanna entgeistert.

Nichts und niemand würde ihn aufhalten, das wusste sie.

Es würde keine Nacht mehr geben für sie und Daniele, auch das wusste sie. Nie wieder würden sie sich lieben können, würden ihre Körper und Seelen miteinander verschmelzen, eins werden. Sie würden sich nicht mehr in den Augen des anderen verlieren, nicht mehr erbeben unter zärtlichen Liebkosungen.

Paolos Wahn würde sie buchstäblich auslöschen.

So hielt sie sich an der Erinnerung an die letzte Nacht fest, rief sich jeden einzelnen Moment ins Gedächtnis, als würde sie ihn noch einmal erleben.

Denn das war alles, was ihr blieb.

Sie dachte an das, was sie empfunden hatte, dachte daran, wie schön es gewesen war, Daniele in sich spüren, in sich aufzunehmen, dachte an die Gewissheit, für diesen Moment erschaffen worden zu sein. Für diesen Moment gelebt zu haben.

»Hierfür lohnt es sich, zu sterben«, hatte sie in dieser Nacht zu Daniele gesagt.

Und er zog sie fest an sich und flüsterte: »Du wirst nicht sterben.«

Aber jetzt, da ihr Hals wie der eines Viehs in einer Schlinge steckte, dachte Susanna, dass sie doch sterben würde.

Und Daniele würde auch sterben. Für sie.

Plötzlich zog sich ihr Herz voller Panik zusammen. Denn Daniele war dort hinten allein mit Paolo. Weit weg. Weder sie noch die Wachen waren bei ihm. Er war Paolo hilflos ausgeliefert.

Sie drehte sich um und blickte den Weg hinunter, der sich durch den Wald schlängelte, sah die beiden aber nicht. Zu weit waren sie zurückgefallen.

Sie wandte sich an die Wache, die ihren Strick hielt. »Ich bitte Euch: Meine Handgelenke tun so weh, ich halte es nicht mehr aus«, flehte sie.

Der Wachmann blickte nur kurz zu ihr herüber. »Interessiert mich nich.«

»Ich bitte Euch«, flehte Susanna wieder.

»Schweig, Hexe«, erwiderte der Mann barsch.

»Hauptmann«, rief Susanna.

Der Hauptmann brachte sein Pferd zum Stehen und wartete, dass Susanna und die Wache zu ihm aufschlossen. »Was willst du?«

»Sie sagt, dass der Strick um die Handgelenke zu eng ist«, spottete der Wachmann.

»Ich bitte Euch, Hauptmann.« Susanna traten Tränen in die Augen.

»Du hast den Sekretär des Inquisitors doch gehört«, meinte der Hauptmann. »Gefesselt wie zwei Stück Vieh. Ich will mir keinen Ärger einhandeln.«

»Und die Schlinge um den Hals, ist die etwa nicht wie bei einem Stück Vieh?«, gab Susanna zu bedenken. »Ich bitte Euch. Ich halte es wirklich nicht mehr aus.«

»Wenn dir die Flammen erst mal den Arsch versengen, dann wirst du sehen, was richtiger Schmerz ist«, höhnte der Wachmann.

»Schweig, du Dummbart«, fuhr ihn der Hauptmann an.

Susanna blickte zu Boden.

Der Hauptmann musterte sie nachdenklich. Er wusste nicht, ob diese Frau hier tatsächlich eine Hexe war. Aber er wusste, dass sie seiner Frau geholfen hatte. Und seinen beiden Kindern hatte sie Lesen und Schreiben beigebracht. Außerdem hegte er eine tiefe Abneigung gegen den Sekretär des Inquisitors.

Er zog sein Messer aus dem Gürtel und legte es an den Strick. »Du wirst doch wohl keine Dummheiten machen, nicht wahr?«

»Ich kann kaum reiten, Hauptmann«, erklärte Susanna dankbar. »Was sollte ich schon für Dummheiten machen?«

Der Hauptmann durchtrennte den Strick, und Susannas Hände waren wieder frei.

»Danke«, sagte sie.

Der Hauptmann nickte lediglich kurz und ritt wieder an die Spitze seines Trupps.

Susanna massierte sich die schmerzenden Handgelenke und Fingerknöchel. Die Schlinge lag noch um ihren Hals.

Der Gedanke, dass Daniele allein mit Paolo war, ließ sie nicht los. Aber was konnte sie tun? *Ganz gleich was, irgendetwas muss ich tun*, dachte sie. Daniele war Paolo ausgeliefert. Der ihn in seinem Wahn umbringen konnte. Einfach nur, weil es ihm Freude bereitete.

Ihr Herz schlug wild.

Daniele würde für dich sterben, sagte sich Susanna.

Langsam, ohne dass der Wachmann es bemerkte, ritt sie so nah an ihn heran, dass der Strick um ihren Hals nicht mehr gespannt war, sondern locker durchhing.

Schlaftrunken saß die Wache im Sattel und blickte gelangweilt vor sich hin.

Susanna sah, dass er den Strick nicht an den Sattel gebunden hatte, sondern locker in einer Hand hielt.

Wieder drehte sie sich um. Daniele und Paolo lagen so weit zurück, dass sie die beiden immer noch nicht sehen konnte. Sie sah nur diesen Weg, der sich einsam durch den Wald schlängelte.

Daniele würde für dich sterben, wiederholte sie für sich. *Bist du auch bereit, für ihn zu sterben?* Die Antwort darauf trug sie in ihrem Herzen, seit sie Daniele zum ersten Mal gesehen hatte.

Mit einem Ruck zog sie so kräftig an dem Strick, wie sie nur konnte.

Und war frei.

Noch bevor der Wachmann wusste, wie ihm geschah, hatte sie ihr Pferd gewendet. »Lauf«, rief sie, stieß dem Tier mit den Fersen in die Seiten und hoffte, nicht aus dem Sattel geworfen zu werden.

Das Pferd galoppierte los, und Susanna klammerte sich mit der Kraft der Verzweiflung an seinen Hals. Mit der Kraft der Liebe.

Sie wusste nicht, was sie tun würde. Sie wusste nur, dass sie Daniele zu Hilfe eilen musste. Dass sie bereit war, für ihn zu sterben,

»Alarm!«, hörte sie den Wachmann hinter sich schreien.

Kurz darauf ertönte die Stimme des Hauptmanns: »Du Dummkopf!«

Und dann erbebte der Weg von wildem Hufgetrappel.

»Daniele!«, schrie Susanna. Damit er wusste, dass sie bis zum Schluss an seiner Seite sein würde. Und, um sich selbst Mut zuzusprechen.

Die Wachen auf ihren Pferden kamen immer näher, es würde nicht mehr lange dauern, und sie würden Susanna ergreifen.

Susanna wollte nur zu Daniele. Doch dann sah sie nur Paolo. Von Daniele keine Spur.

»Daniele!«, schrie sie panisch.

Hatte Paolo ihn getötet?

Susannas Augen füllten sich mit Tränen. »Daniele!«, schrie sie noch einmal verzweifelt.

Paolo lag auf dem Boden, eine blutende Wunde am Kopf.

»Du warst es«, schrie Susanna außer sich. Und mit einem Mal wusste sie, was sie zu tun hatte. *Möge Gott mir vergeben*, dachte sie.

Sie würde Paolo töten. Denn in ihrem Herzen war kein Mitleid mehr für ihn.

Noch einmal stieß sie die Fersen in den Pferdeleib. Sie hielt auf den am Boden liegenden Paolo zu. Tottrampeln würde sie ihn mit dem Pferd. Ihn auslöschen.

Unbändige Wut erfüllte sie, wie noch nie zuvor.

Und sie betete, dass das Pferd Paolo nicht verschonen würde.

Doch kurz bevor sie ihn erreichte, spannte sich die Schlinge um ihren Hals mit einem Ruck und zog sich zu.

Der Hauptmann hatte das Ende des Stricks zu fassen bekommen.

Susanna wurde aus dem Sattel gerissen und fiel zu Boden.

74

Anno Domini 1633
16. Februar, siebenundzwanzigster Tag

Wälder – Gola del Vento, Ostalpen

Es war wie ein Überfall. Geschah blitzschnell. Der Handstreich eines erfahrenen Kriegers.

Ein Mann mit Kapuzenmütze über dem Gesicht versetzte Paolo einen präzisen, kräftigen Hieb gegen die Stirn.

Paolo wurde aus dem Sattel geworfen und stürzte ohnmächtig zu Boden.

Rasch durchtrennte der Mann Danieles Fesseln und riss sich die Mütze vom Kopf. Grinsend legte sich Niccolò Buccaltieri einen Finger über die Lippen.

Daniele streifte hastig die Schlinge um seinen Hals ab.

»Daniele!«, ertönte in diesem Moment ein Schrei.

Sein Herz zog sich zusammen. Er griff die Zügel seines Pferds und wollte losgaloppieren, doch Niccolò Buccaltieri packte ihn so kräftig am Arm, dass er ihn beinahe aus dem Sattel gerissen hätte.

»Nein«, sagte er bestimmt. »Wenn du jetzt angreifst, dann is das dein sicherer Tod.«

»Lasst mich!« Daniele blickte zitternd den Weg hinunter.

Plötzlich war Hufgetrappel zu hören und die aufgeregten Stimmen des herannahenden Wachtrupps.

»Wir müssen abhaun, Junge«, rief Buccaltieri.

»Nein!«, rief Daniele und versuchte, sich aus dem Griff des Capitano zu befreien. »Es ist mir egal, ob ich sterbe!«

»Aber dann stirbt sie auch!«, redete Buccaltieri ihm ins Gewissen. »Denk an Susanna. Lohnt sich doch nich, so in den Tod zu rennen.«

Daniele zögerte.

»Erst bringen wir uns in Sicherheit, dann überlegen wir, wie wir Susanna retten können«, drängte Buccaltieri, während das Hufgetrappel immer näher rückte. »Los jetzt, verdammt!«

Daniele warf einen Blick auf den am Boden liegenden, ohnmächtigen Paolo. Dann gab er seinem Pferd die Sporen, und er und Buccaltieri verschwanden im Wald.

Wieder hörte er Susannas Stimme seinen Namen rufen.

»Weiterreiten!«, mahnte Buccaltieri, der wusste, dass Daniele bereit war, sein Pferd auf der Stelle zu wenden und sich geradewegs in die Schlacht zu stürzen. »Denk nach, Junge.«

Daniele riss den Mund zu einem stummen Schrei auf, ballte die Hände zu Fäusten und galoppierte weiter in den dichten Wald hinein.

Kurz darauf blieben sie hinter einigen vom Sturm gefällten Tannen stehen und beruhigten die Pferde. Der Wachtrupp machte sich auf die Suche nach ihnen, doch es waren Wachen, keine Jäger. Und keine Krieger. Sie würden Daniele und Buccaltieri nicht finden. Niemals.

Als sich Stille über den Wald senkte, blickte Daniele voller Sehnsucht in Richtung des Weges, den sie von ihrem Versteck aus nicht sehen konnte. »Susanna …«, murmelte er.

»Sie lebt. Sag dir das immer wieder, Junge«, mahnte Buccaltieri. »Sie lebt.«

In Danieles blutunterlaufenen Augen leuchtete helle Panik auf.

»Lass uns weiterreiten«, meinte Buccaltieri sanft.

Schweigend ritten sie etwa eine halbe Stunde tiefer in den Wald hinein. Als sie sich in Sicherheit wähnten, hielt Buccaltieri an.

»Such ein Versteck«, wies er Daniele an.

»Vorher muss ich zu meiner Hütte«, sagte Daniele bestimmt. »Ich habe da noch etwas zu erledigen.«

»Was denn?«

Daniele blickte ihn an. In seinen Augen glomm ein kaltes, wildes Licht. Wie das eines Wolfs. »Ich weiß, wer der Mörder ist.«

»Wer?«

Daniele blickte zu Boden. »Ich war ein Dummkopf, dass ich nicht auf Euch gehört habe«, meinte er reumütig.

»Wer ist es?«, fragte Buccaltieri noch einmal.

Daniele blickte ihn an. »Der, den Ihr von Anfang an in Verdacht hattet.«

»Der Inquisitor?«

»Nein.«

»Sein Hündchen!«, rief Niccolò Buccaltieri, dann fügte er verächtlich hinzu: »Wundert mich nich, dass der feige Inquisitor so was nich selbst macht.«

Daniele schüttelte den Kopf. »Ich bin nicht einmal sicher, ob der Inquisitor seinem Hündchen das in Auftrag gegeben hat. Vielleicht hat das Hündchen ganz allein gehandelt.«

»Ich komm mit, Junge«, bot sich der Capitano an.

»Nein«, lehnte Daniele bestimmt ab. Er sah den Mann an, der ihn gerettet hatte. Der sich von Anfang an auf seine Seite geschlagen und mit ihm für die Gerechtigkeit gekämpft hatte. »Jetzt ist es mehr denn je eine Angelegenheit zwischen ihm und mir«, erklärte er düster.

Damit galoppierte er davon.

Und während er durch den Schnee ritt, dachte er immerzu an Susanna. Sie waren füreinander bestimmt. Seit dem ersten Tag, an dem Fra' Thevet sie ihm in die Arme legte. Sein ganzes Leben hatte Daniele sich geweigert anzuerkennen, was das Schicksal geschrieben hatte. Für sie beide. Der Heilige und die Hexe. Der Mann und die Frau.

Er erreichte seine Hütte, öffnete mit einem Tritt die Tür und machte Feuer im Kamin.

Dann riss er sich wütend die Kleider, die ihn als *Instructor Domini* ausgezeichnet hatten, vom Leib und warf sie ins Feuer.

Schließlich riss er sich auch das Jutesäckchen mit der Glückshaube vom Hals, in der er zur Welt gekommen war. Mit unbändigem Zorn warf er auch dieses ins Feuer.

Und sah zu, wie alles von den Flammen verschlungen wurde.

Mit der Glückshaube, die Jehanne aufbewahrt hatte, brannte nun auch sein vergangenes Leben nieder. Und die Bestimmung, ein Heiliger zu sein. Nun war er nur er selbst. Ganz und gar.

»Ich werde dich retten, Susanna«, versprach er, nackt in der eisigen Kälte.

Er war zum Wolf geworden. Endgültig.

Und Susanna war seine Wölfin.

Nach dieser Nacht, der er sein ganzes Leben lang ausgewichen war, wusste er, dass ihn nichts mehr aufhalten konnte.

Sein Weg stand geschrieben.

Und er würde ihn bis zum Ende gehen.

Wohin auch immer er führte.

Er zog die Kleider an, die er trug, seitdem er zum Hüter der Wölfe geworden war.

Dann nahm er seine Armbrust und spannte sie.

Er würde Gerechtigkeit walten lassen.

Die Sonne würde nun anhalten.

Er würde sie anhalten.

Für Susanna.

Die Armbrust in der Hand, setzte er sich und atmete tief durch.

Die Revolution nahm ihren Anfang.

»Ich rette dich, Susanna«, wiederholte er noch entschiedener als zuvor.

Da öffnete sich die Tür.

Blut hatte Paolos blonde Locken rot gefärbt. Blut, das noch immer aus seiner Wunde an der Stirn troff.

Schweigend maßen sie sich mit Blicken.

Daniele sah den Wahn in Paolos hellen Augen. Wie eine Flamme, die an seinem Geist, an seiner Seele leckte.

Paolo grinste. »Ich wusste, dass ich dich hier finden würde.«

Danieles Blick war eiskalt. »Und ich habe auf dich gewartet.«

75

Anno Domini 1633
16. Februar, siebenundzwanzigster Tag

Borgo San Michele, Ostalpen

Nachdem der Hauptmann Susanna ergriffen hatte, brachte man sie nach Borgo San Michele ins Haus des Inquisitors.

Ihre Hände waren strammer als zuvor aneinandergefesselt, die Schlinge lag noch immer um ihren Hals. Einer der Wachen gab ihr einen Tritt in die Kniekehlen.

Von zwei Wachen gehalten, kniete sie nun vor Constantin Tron.

»Du weißt, dass du damit dein Todesurteil selbst unterschrieben hast, nicht wahr?«, höhnte der Inquisitor.

Susanna blickte ihn stolz an, antwortete jedoch nicht.

Und zum ersten Mal seit er sie kannte, flößte dieser Blick Constantin Tron keine Furcht ein. Er blickte in ihre Augen und sah lediglich das baldige Ende seiner Albträume, seiner Pein.

Nichts würde mehr dazwischenkommen. Nichts würde ihn hindern können, sie zu verurteilen. Auch nicht Daniele mit seinem Versuch, ihn zu erpressen, denn sein Wort galt nun keinen Pfifferling mehr. Er hatte einer der Hexerei angeklagten Frau zur Flucht verholfen. Er war selbst ein Verbrecher. Sowohl vor dem irdischen als auch vor dem göttlichen Gesetz.

»Lasst uns allein«, wies er den Hauptmann der Wache an.

Nur sie beide. Und dann würde alles zu Ende sein.

»Aber Exzellenz …«

»Ich habe gesagt, ihr sollt uns allein lassen«, beschied der

Inquisitor kalt. »Was sollte mir eine Frau schon tun?«, ergänzte er mit einem Lächeln. Seine Furcht war tatsächlich verschwunden. Der Schlag seines Herzens beschleunigte nicht einmal. Er fürchtete nicht, allein zu sein mit der Frau, die sein Leben zerrüttet hatte. Die in ihm abnorme, krankhafte Erregungszustände ausgelöst hatte.

Der Hauptmann befahl seinen Wachen, den Raum zu verlassen und folgte ihnen.

»Susanna Berna«, sagte der Inquisitor, schob die Silben im Mund hin und her und erfreute sich an ihrer Bedeutungslosigkeit.

Susanna hörte keinen Moment auf, ihn zu beobachten, Doch sie spürte, dass sich in dem Mann, den sie vor sich hatte, etwas Wesentliches geändert hatte. Ihr Erzfeind hatte an Kraft gewonnen, er war jetzt stark.

»Susanna Berna«, wiederholte der Inquisitor, als wollte er noch einmal nachspüren, wie bedeutungslos dieser Name für ihn geworden war. Leise lachte er.

»Ich bin unschuldig«, sagte Susanna.

Constantin Tron blickte sie schweigend an. »Welches Verbrechen meinst du?«

»Ich habe Weser und Astrid nicht getötet.«

Belustigt hob der Inquisitor die Brauen. »Wer behauptet, dass ich diesem Umstand irgendeine Bedeutung beimesse?«

Susanna schüttelte den Kopf. »Vor Gott allein müsst Ihr Euch verantworten.«

Constantin Tron lächelte dünn. »Vielleicht«, sagte er nur. »Doch ich möchte dir etwas beichten, Susanna. Nur dir, und im Vertrauen. Ich bin nicht mit einem großen Glaubenstalent gesegnet.«

»Wohl auch nicht mit einem für die Gerechtigkeit«, versetzte Susanna.

»Ist es das, was du kurz vor deinem Tod noch willst, Susanna?

Dich mit meiner verachtenswerten Natur beschäftigen?«, spottete der Inquisitor.

»Ich möchte wissen, was eine seelenlose Kreatur verspürt.«

»Wie könnte sie wissen, was der Unterschied zwischen ihr und einer Kreatur mit Seele ist? Und dem, was sie verspürt?«

Susanna schwieg.

Der Inquisitor nahm einen Stuhl und setzte sich vor sie. »Ach, Susanna«, seufzte er und beugte sich so weit vor, dass sein Gesicht dicht an ihrem war. »Wie sehr möchte ich, dass dieser Moment eine Ewigkeit dauert. Wie gerne würde ich eine Unendlichkeit mit dir über solcherart Dummheiten plaudern. Wie sehr möchte ich diese Momente auskosten, in denen du nichts bist, niemand.« Er streckte eine Hand aus und strich ihr über das Gesicht. Dann ließ er seine Spinnenfinger über ihre Lippen gleiten, diese Lippen, die ihn einst um den Verstand gebracht hatten. »Soll ich dir etwas verraten, Susanna? Dich auf dem Scheiterhaufen brennen zu sehen wird mir nicht annähernd so viel Freude bereiten, wie hier vor dir zu sitzen.« Er zuckte die Schultern. »Wie bedauerlich.«

»Ich habe Weser und Astrid nicht getötet«, sagte Susanna noch einmal.

Constantin Tron nickte. »Das sagtest du bereits. Und ich sagte dir, dass es mir gleich ist. Nicht deshalb werden die Flammen dein Fleisch verzehren, so wie du das meinige verzehrt hast.«

»Wollt Ihr nicht wissen, wer es war?«

»Wofür sollte das gut sein?«

»Um es zu wissen«, erwiderte Susanna.

Constantin Tron lachte auf. »Eine Sache, die mich nicht interessiert?«

»Euch interessiert nicht einmal, warum der Mörder es getan hat?«, fragte Susanna weiter.

Der Inquisitor betrachtete sie neugierig. »Nun gut«, gab er

nach. »Verlängern wir diese erfreuliche Situation noch ein wenig. Wer auch immer es war … Warum hat er es getan?«

»Aus demselben Grund, aus dem Ihr mich zum Tod auf dem Scheiterhaufen verurteilt«, gab Susanna zurück und sah ihm tief in die Augen.

Constantin Tron fuhr in die Höhe. Ein Riss hatte sich soeben in seine Schutzmauer gefressen.

»Aus Liebe«, fügte Susanna hinzu.

Der Inquisitor schnaubte. »Ich soll dich aus Liebe zum Tode verurteilen?«

Ohne mit der Wimper zu zucken, blickte Susanna ihn weiter an. »Ja. Obgleich jedem menschlichen Wesen übel werden würde bei dem Gedanken, dass dies die einzige Liebe ist, die Ihr in der Lage wart, erblühen zu lassen.«

»Du langweilst mich.« Der Inquisitor stand auf. Er zwang sich zu einem kühlen Blick, doch er spürte, dass seine Sicherheit schwand. »Es ist an der Zeit, dass man dich fortbringt.« Er wandte sich zur Tür.

»Fragt mich«, forderte Susanna ihn auf.

»Was?«

Susanna lächelte. »Ich weiß, dass der, der Weser und Astrid ermordet hat, nun jemand ist, den ihr kennenlernen möchtet, Exzellenz.«

Die Hand auf der Klinke blieb Constantin Tron stehen.

»Nun möchtet Ihr wissen, wer sie aus Liebe getötet hat, so wie Ihr mich töten werdet«, sagte Susanna.

Der Inquisitor ging zurück und stellte sich vor sie. Doch es kostete ihn wieder Mühe, sie anzusehen, ihrem Blick standzuhalten.

»Auf Eure kranke Art habt Ihr mich geliebt. Das habe ich erst heute verstanden«, erklärte Susanna. »Und der Mörder ist jemand, der Euch auf eben diese Art geliebt hat, ebenso krankhaft.«

»Wer ist es?«

»Ihr seid besessen von mir«, fuhr Susanna fort. »Und er von Euch.« Sie sah ihn an. »Ich habe in Eurer widerlichen Seele Verlangen erweckt. Und Ihr in seiner.«

»Wer ist es?«, schrie Constantin Tron.

»Exzellenz, ich verachte Euch von ganzem Herzen, doch Eure Klugheit kann ich nicht leugnen«, erwiderte Susanna. »Ihr wisst es bereits.«

»Wer ist es?«, schrie der Inquisitor, lauter noch als zuvor.

Susanna lächelte. Auf ihrem schönen Gesicht lag ein friedlicher Ausdruck. Sie hatte den Sieg davongetragen. Sie würde sterben, doch als Siegerin. »Lass dir niemals die Flügel stutzen«, hatte ihr die alte Äbtissin geschrieben, und sie hatte es sich zu Herzen genommen.

»Ich befehle dir, den Namen des Mörders zu verraten«, raunte Constantin Tron.

»Wie sehr möchte ich, dass dieser Moment eine Ewigkeit dauert« wiederholte Susanna nun die Worte, die der Inquisitor zuvor an sie gerichtet hatte. »Wie gerne würde ich eine Unendlichkeit mit Euch über solcherart Dummheiten plaudern. Wie sehr möchte ich diese Momente auskosten, in denen Ihr nichts seid, niemand.«

Constantin Tron holte aus und versetzte ihr einen kräftigen Schlag ins Gesicht, unter dem ihre Lippe aufplatzte.

»Die Antwort müsst Ihr Euch selbst geben, Exzellenz«, spottete Susanna, während das Blut aus ihrer Lippe zu Boden troff. »Denn die Morde, die er begangen hat, werden auf Euch zurückfallen.«

76

Anno Domini 1633
16. Februar, siebenundzwanzigster Tag

Gola del Vento, Ostalpen

Ich würde es immer wieder tun, Daniele«, sagte Paolo. »Könnte ich das Rad der Zeit noch einmal zurückdrehen, ich würde alles genauso wieder tun. Ohne zu zögern.«

»Ich hingegen würde alles ändern«, erwiderte Daniele und richtete seine Armbrust auf Paolos Oberkörper. »Alles, was ich gemacht habe, und den, der ich gewesen bin.«

»Geht aber nicht«, höhnte Paolo.

»Aber die Gegenwart kann man ändern«, gab Daniele zu bedenken. »Weißt du, was Fra' Thevet einmal zu mir gesagt hat?«

»Meinst du, dieser alte Dummbart interessiert mich?«, gab Paolo verächtlich zurück.

»Er sagte, das Leben sei wie ein Ringelspiel«, erklärte Daniele. »Dass wir immer wieder zum Ausgangspunkt zurückkehren. Das Ringelspiel zeigt uns, wo wir angefangen haben. Und bei jeder Runde bekommen wir eine neue Gelegenheit.« Er suchte Paolos Blick. »Und dieses Mal werde ich meine nicht vergeuden.«

»Geschwätz«, spuckte Paolo aus. »Dämliches Priestergeschwätz.«

»Du hast alles geplant, jede Einzelheit, nicht wahr?«, meinte Daniele.

»Ich habe nicht vorhergesehen, dass ich dich auch loswerden würde«, frohlockte Paolo.

»Du hattest auch nicht vorhergesehen, dass der Schmied dich erpressen würde.«

»Er hat bekommen, was er verdiente«, erwiderte Paolo kaltschnäuzig.

»Und verdienst du nicht das Gleiche, Paolo?« Daniele schwenkte die Armbrust. »Du bist ein Mörder.«

»Gott hat für mich alle hinters Licht geführt«, entgegnete Paolo. »Er hat eine Sieben und eine Elf gewürfelt, damit mein Leben wunderbar wird.«

»Was soll das heißen?«

»Das verstehst du ja doch nicht. Der Tölpel Bernardo Treves hat es für Geld gemacht. Mein Plan aber ist viel hehrer«, sagte Paolo.

»Dich mit Constantin Tron im Bett zu rekeln?«, spottete Daniele. »Das ist dein hehrer Plan?«

»Du hast kein Recht, seinen Namen und meine Gefühle für ihn in den Schmutz zu ziehen.«

Daniele schüttelte den Kopf. »Du weißt gar nicht, wovon du sprichst, Paolo. Ich bin nicht derjenige, der seinen Namen und deine Gefühle beschmutzt. Das bist du selbst.«

Vor Wut bebend, führte Paolo die Hand an sein Kruzifix.

»Ich habe mich immer gefragt, ob dieses Kruzifix so groß ist, damit es deinen fehlenden Glauben wettmacht«, stichelte Daniele.

»Es ist das Sinnbild Gottes«, erwiderte Paolo.

»Den Namen Gottes aus deinem unwürdigen Mund zu hören, widert mich an.« Daniele stand auf. »Wenn du dich rührst, bist du tot«, drohte er und tastete Paolo ab, auf der Suche nach einer verborgenen Waffe. »Es ist so weit«, sagte er schließlich.

Paolo breitete die Arme aus und bot sich der Armbrust dar. »Du würdest doch niemals einen unbewaffneten Mann töten«, merkte er grinsend an.

»Du irrst dich«, entgegnete Daniele grimmig. »Dich würde

ich ohne Umstände töten, Paolo. Aber du musst noch ein wenig am Leben bleiben, denn du musst Susanna entlasten.«

Paolo begann laut zu lachen. »Und wie willst du mich dazu bringen?«

»Ich selbst gar nicht«, antwortete Daniele. »Dein geliebter Inquisitor wird dafür sorgen.«

Paolo runzelte die Stirn. »Er wird mich niemals betrügen.«

»Er wird es, verlass dich drauf«, meinte Daniele, ohne die geladene Armbrust zu senken. »Für Constantin Tron ist einzig und allein von Bedeutung, dass man ihn nicht für deinen Komplizen hält.«

Paolos Gesicht verzog sich zu einer Grimasse. »Er …, nein, das macht er nicht«, stammelte er und umklammerte sein Kruzifix fester.

»Er wird es. Denn genau wie du ist auch er nicht mehr als ein elender Feigling. Siehst du nicht, wie er dich behandelt? Wie an einem Fußabtreter wischt er an dir den Dreck ab, der an seinen Sohlen klebt.« Daniele lachte auf, und doch lag ein Hauch von Mitgefühl in seinem Blick. »Es tut mir leid, Paolo …«

Er ließ die Armbrust sinken und wandte sich ab, um nach ein paar Lederfesseln zu greifen.

Da riss Paolo sich das Kruzifix vom Hals und zog blitzschnell den unteren Teil heraus, an dem ein scharfes Stilett befestigt war. Er sprang zu Daniele und hieb ihm die Klinge mit Wucht in den Rücken. Ein-, zwei-, dreimal. Blind vor Zorn.

Daniele spürte, wie der Dolch in sein Fleisch drang, ein stechender, heißer Schmerz, der ihm alle Kraft raubte, ihn nach Luft ringen ließ. Er versuchte, die Armbrust zu packen, doch er konnte sich nicht auf den Beinen halten. Keuchend stürzte er zu Boden.

Paolo setzte ihm einen Fuß auf die Brust und umklammerte das blutige Kruzifix. »Du hast mich einmal gefragt, ob ich mutig genug wäre, jemanden zu töten«, bemerkte er eisig. »Jetzt kannst du dir die Antwort selbst geben.«

»Die Antwort … ist noch immer die gleiche«, röchelte Daniele. »Nur ein Feigling … tötet einen Mann … von hinten.«

Paolo erhöhte den Druck seines Fußes. Lächelnd neigte er den Kopf zur Seite wie ein neugieriger Hund. »Ich würde gerne hierbleiben und zusehen, wie der Tod dich holt. Es ist ein Anblick, den ich schon immer mochte: die Ankunft des Todes. Ein herrlicher Anblick.« Er lachte boshaft. »Doch ich muss ins Dorf eilen, um dort zu erzählen, dass ich dich nach langer Suche gefunden habe. Und du mich angegriffen hast.« Er nahm die Armbrust, legte sie an und schoss einen Pfeil ab. Als der Pfeil in sein Fleisch drang, entfuhr ihm nur ein leiser Schmerzenslaut. »Ich werde sagen, dass du mich angegriffen hast und ich dich im Kampf besiegt habe.« Er lächelte. Dann schweifte sein Blick sehnsüchtig in die Ferne. »Ich habe ihn immer geliebt. Immer.« Er verzog das Gesicht, als er den Pfeil in der Wunde drehte. »Und jetzt wird er mich lieben.«

Schließlich verließ er immer noch blutend die Hütte.

Als Paolo fort war, schleppte Daniele sich nach draußen in den Schnee. Er versuchte, zu seinem Pferd zu gelangen, doch er wusste, er würde es niemals in den Sattel schaffen. Und er wusste auch, dass er niemals lebend ins Dorf gelangen würde.

Er hatte versagt. Man würde Susanna verurteilen.

Die Revolution, auf die sie beide gehofft hatten, würde nicht stattfinden.

»Susanna …, ich kann dich nicht retten«, murmelte er.

Er wusste, dass die Sonne nicht stehen bleiben würde. Dieses Mal nicht.

Und während das Leben langsam seinen Körper verließ, sah er plötzlich Zelt aus dem Wald kommen.

Freude stieg in Daniele auf. Er lebte!

»Bist du hier … um mir Lebewohl zu sagen?«, röchelte er.

Das große Tier, halb Wolf, halb Hund, trat zu ihm und leckte ihm jaulend das Gesicht.

Mit letzter Kraft streichelte Daniele ihn.

Ein Stück entfernt stand in sicherer Entfernung, mit gesträubtem Fell, die Wölfin, der Zelt seinerzeit gefolgt war. Bei ihr drei Welpen. Zwei sahen aus wie Wölfe, nur ein wenig größer. Der dritte aber hatte das gleiche Fell wie Zelt: weiß mit schwarzen Flecken. Die Welpen waren neugierig, doch die Wölfin hielt sie knurrend zurück.

Doch der Welpe, der Zelt ähnelte, war übermütiger als die anderen und lief der Mutter davon. Vom Geruch der stetig wachsenden Blutlache angezogen, kam er vorsichtig näher.

Als der Welpe von dem Blut lecken wollte, fletschte Zelt drohend die Zähne.

Der Welpe floh zu seiner Mutter.

»Gut gemacht, mein Freund.« Daniele rang nach Luft, die Welt verschwamm vor seinen Augen. »Er soll … bloß kein Menschenblut … kennenlernen. Das bringt … nur Ärger mit sich.«

Da legte Zelt sich dicht neben ihn.

»Geh«, murmelte Daniele schwach. »Du hast jetzt Familie … dein eigenes Leben. Mach keinen Unsinn …«

Zelt bewegte sich nicht.

»Geh«, sagte Daniele noch einmal mit letzter Kraft.

Das große Tier erhob sich, sah ihm in die Augen und legte eine Pfote auf Danieles Schulter, kurz und sanft, wie eine Liebkosung. Schließlich wandte er sich ab und lief seiner Wölfin und den Welpen entgegen.

Daniele sah unscharf, wie er sich entfernte, ernst, hochgewachsen, ohne die Welpen zu beachten, die freudig um ihn herumsprangen. Die Wölfin rieb sich an ihm, als bemerkte sie den Schmerz ihres Gefährten.

Als sie den Waldrand erreichten, sah Daniele nur noch fünf

verschwommene Punkte. Vier von ihnen verschwanden zwischen den Bäumen, einer aber blieb stehen. Soweit Daniele erkennen konnte, hob das riesige Tier den Kopf.

Und dann stieß Zelt ein tiefes, qualvolles Jaulen aus.

»Du hast gelernt …, wie ein richtiger Wolf zu heulen«, flüsterte Daniele.

Das Lichte wurde fahl. Die Nacht kündigte sich an.

Daniele sah in den Himmel. Er war klar und von unglaublichem Blau, ein Blau, das ihn an die Augenfarbe der Frau erinnerte, zu der er sein ganzes Leben lang gehört hatte.

»Zum Schluss … konnte ich dich wenigstens lieben, wie du es verdienst … Susanna …«, röchelte er, von unendlicher Trauer erfasst, und eine Träne rann langsam seine Wange hinunter.

Dann murmelte er, noch sanfter als zuvor: »Ich werde dich lieben, bis mein Herz stillsteht.« Und er lächelte.

So fanden ihn die von Paolo gerufenen Wachen.

Mit einer gefrorenen Träne auf der Wange und einem Lächeln auf den Lippen.

Für Susanna.

EPILOG

Sonne und Erde

77

Anno Domini 1633
17. Februar, achtundzwanzigster Tag

Borgo San Michele, Ostalpen

Nie zuvor war der Gerichtssaal so voll gewesen. Die Dörfler, die keinen Platz mehr gefunden hatten, standen dicht gedrängt davor und versuchten, einen Blick in den Raum zu werfen. Alle waren da. Niemand fehlte.

Die Nachricht vom Tod des Hüters der Wölfe hatte rasch die Runde gemacht. Und alle in ungläubiges Staunen versetzt.

Der Stadtvogt ließ in den Gassen lauthals ein Edikt verlesen, das Daniele als Verbrecher beschrieb, der einer Hexe zur Flucht verholfen hatte. Als Schurken, der versucht hatte, den Sekretär des Inquisitors, Paolo Tahler, zu ermorden, jedoch im Kampf mit ihm unterlegen war.

Der zweite Teil wurde allgemein misstrauisch aufgenommen. Der Hüter der Wölfe – ob man ihn mochte oder nicht, fürchtete oder nicht – war im Kampf niemandem unterlegen. Und schon gar nicht Paolo Tahler.

»Er wurde von hinten erstochen«, hatte einer der Wachmänner seiner Frau erzählt.

Und dieser Umstand verbreitete sich wie ein Lauffeuer, wurde gierig von Mund zu Mund getragen.

Und ließ die gesamte Angelegenheit höchst zwielichtig erscheinen.

Die Spannung war, mehr noch als die Neugier, regelrecht körperlich zu spüren.

Der Inquisitor stand vor seinem Sitz und beobachtete das Geschehen.

Und fühlte sich selbst beobachtet.

Zum ersten Mal in seinem Leben hatte er gegeneinander abwägen müssen, wonach es ihn und wonach es die Gerechtigkeit verlangte. Hatte diesen inneren Konflikt ausfechten müssen, denn er wusste nun, wer der Mörder von Weser und der Dienstmagd war. Und auch in diesem inneren Konflikt hatte seine Selbstliebe gesiegt.

»Ich erkläre den Prozess gegen Susanna Berna für beendet«, verkündete er.

»Nach ausführlicher Prüfung der Tatsachen und Beweise, zu denen der Fluchtversuch erschwerend hinzukommt, da er ja an sich bereits als unzweifelhaftes Geständnis zu werten ist, erklärt dieses Gericht im Namen des Heiligen Offiziums die Angeklagte Susanna Berna der Hexerei sowie der schändlichen Morde an Rainer Weser und Astrid Gallo für schuldig.«

Das Publikum raunte, war jedoch nicht überrascht.

Paolo stand mit erfreuter, feierlicher Miene in der Mitte des Saals, wie ein Schauspieler, der am Ende der Vorstellung auf der Bühne den Applaus entgegennimmt. Er umklammerte sein heiliges Kruzifix, Symbol des ewigen Lebens und Mordinstrument, heilig und teuflisch. Es sah so rein aus, und doch war es die Sünde.

In der ersten Reihe saß Niccolò Buccaltieri und beobachtete ihn scharf. »Und wer hat Bernardo Treves umgebracht?«, rief er. »Susanna bestimmt nich, die war ja im Kerker!«

Sein Blick schleuderte Blitze. »Der Mörder von Rainer Weser, Astrid Gallo und Bernardo Treves ist noch auf freiem Fuß!«, schrie er.

Erneutes Raunen erhob sich, erstarb jedoch rasch.

»Ich erinnere Euch noch einmal daran, dass Ihr hier nicht unter dem Schutz der Republik Venedig steht, Capitano!«, ereiferte sich der Inquisitor, der diese Aussage bereits befürchtet hatte.

Doch Niccolò Buccaltieri würdigte den Inquisitor keines Blickes.

Marianna Dionigi, die Dirne an seiner Seite, drückte fest seine Hand.

Paolo heftete seinen Blick auf ihn.

Und Niccolò Buccaltieri erwiderte ihn stolz. »Dieser Mann dort ist der Mörder«, rief er donnernd, und wies mit ausgestrecktem Arm auf Paolo.

Das Publikum wurde unruhig.

»Wie könnt Ihr es wagen?« Constantin Tron sprang auf.

»Und es is wohl an mir, ihn eigenhändig umzubringen, weil Ihr macht das ja wohl nich!«, rief Buccaltieri, der immer noch auf den nun totenbleichen Paolo zeigte.

»Wachen!«, brauste der Inquisitor auf. »Verhaftet Capitano Buccaltieri! Sofort!«

Vier Wachen näherten sich dem Capitano mit äußerster Vorsicht, denn sie fürchteten, er könnte heftigen Widerstand leisten. Doch Buccaltieri starrte bloß auf Paolo.

Sein Blick war so eindringlich, dass Paolo einen Schritt zurückwich. Dann wandte er sich zum Inquisitor.

Doch Constantin Tron sah nur eisig über ihn hinweg. Nach der Unterredung mit Susanna hatte er tief in sein Inneres geblickt, wie sie ihm geraten hatte. Er wusste nun alles.

»Ich habe beschlossen, dich zu deiner weiteren Bildung nach Rom zu schicken«, hatte er Paolo noch am selben Abend eröffnet. Er wollte ihn endlich loswerden, ganz und gar, Paolo war ihm ein lästiges Krebsgeschwür geworden.

»Aber ich will nicht nach Rom!«, entgeisterte sich Paolo. »Ich will an Eurer Seite bleiben!«

»Du tust, was ich dir sage«, wies ihn der Inquisitor zurecht. »Nicht anders als sonst auch.«

Dann schloss er sich in seinem Studierzimmer ein und dachte nach. Danieles Tod kam ihm gelegen, er selbst war nun nicht mehr erpressbar, nachdem Daniele Constantin Trons schmutziges Geheimnis mit ins Grab genommen hatte. Nun war er frei. Und selbst wenn Susanna irgendetwas dazu äußern würde, stünde das Wort einer Hexe gegen das eines Kirchenmannes, eines Heiligen.

Das nahm ihm die Entscheidung nahezu ab, und so stellte er umstandslos sein Ziel über das der Gerechtigkeit.

»Ein Mönch und ein Schlachter bekämpfen sich im Inneren eines jeden Begehr«, hatte er irgendwo einmal gelesen. In ihm war der Schlachter immer überlegen gewesen.

»Ruhe!«, ordnete er an, da das Rumoren nicht verstummte, während die Wachen Capitano Buccaltieri in Ketten legten.

»Susanna ist unschuldig! Und ihr alle wisst es!«, schrie Buccaltieri, kurz bevor er hinausgebracht wurde.

»Ruhe!«, ordnete der Inquisitor noch einmal an. »Oder ich lasse noch mehr Leute abführen!«

Als wieder Stille herrschte, verkündete Constantin Tron: »Das Gericht befindet Susanna Berna ihrer grausamen Verbrechen für schuldig und spricht die Verurteilung zur Höchststrafe aus.«

Ein Beben ging durch das Publikum.

Susanna hörte nichts von alldem. Ihr war alles gleichgültig.

»Daniele …«, flüsterte sie.

Sie fürchtete den Tod nicht. Denn sie hatte ihr Leben ohnehin schon verloren. Verloren in dem Moment, als sie die Nachricht von Danieles Tod vernahm.

Der Inquisitor hatte versucht, es zu vereiteln, doch der Bischof, soeben von seiner Reise zurückgekehrt, war eingeschritten und hatte ihr erlaubt, an Danieles Begräbnis am Morgen teilzunehmen. Das Begräbnis hielt Fra' Thevet ab.

Der Prior hatte kaum einen Satz herausgebracht, immer

wieder brach seine Stimme, wurde er von Schluchzern geschüttelt. Tränen strömten unablässig aus seinen Augen.

»Lebwohl … mein Sohn«, sagte er zum Schluss.

Susanna machte einen Schritt auf den Sarg zu, in dem ihr Liebster nun ruhte.

Doch die beiden Wachen an ihrer Seite packten sie am Arm.

»Lasst sie!«, befahl Fra' Thevet mit tränennassem Gesicht. »Ihr Bestien!«

Wortlos wichen die Wachen zur Seite.

Susanna ging zum Sarg und blickte Daniele lange an. Auf seinem schönen, markanten Gesicht lag ein kleines Lächeln. Und Susanna wusste, dass er dieses Lächeln für sie gelächelt hatte.

»Ich komme bald, Liebster«, murmelte sie, und trotz der tiefen Wunde in ihrem Herzen machte sich beinahe Friede in ihr breit. »Du musst nicht lange auf mich warten.«

Dann beugte sie sich über ihn, und ihre Lippen berührten die seinen. Doch seine Lippen, einst so warm, waren nun kalt, schrecklich kalt.

Danieles Gesicht war nass, als sie sich wieder aufrichtete, befeuchtet von ihren Tränen.

Susanna zog den türkisfarbenen Schal mit den drei goldenen Sternen auf der Seite aus und trocknete seine Wangen. Zärtlich strich sie über sein Gesicht und über sein Haar, durch das sie zwei Nächte zuvor ihre Finger hatte gleiten lassen.

»Wir haben uns geliebt, als Mann und Frau«, sagte sie zum Prior, der neben ihr stand. Ganz leise, als ob die Worte sie daran erinnerten, dass dies kein Traum war, sondern die raue Wahrheit.

Fra' Thevet brach erneut in Schluchzen aus. »Verzeih, Susanna«, murmelte er.

Susanna sah ihn an. »Ihr müsst nicht um Verzeihung bitten. Ihr habt ihn doch auch geliebt, wie ich.« Und dann fügte sie mit einem traurigen Lächeln hinzu: »Fast so wie ich.«

»Es gab Momente, in denen habe ich an ihm gezweifelt«, murmelte Fra' Thevet. »Aber ich habe mich geirrt. Es gibt keinen besseren Mann als den, der fällt und dann, stärker als zuvor, wieder aufsteht.«

Und da vermochte Susanna dem aufwallenden Schmerz nichts mehr entgegenzusetzen, und ein verzweifeltes Schluchzen entrang sich ihrer Brust. Sie fiel Fra' Thevet in die Arme, denn sie fürchtete, sich nicht auf den Beinen halten zu können. Und einmal am Boden, würde sie nicht wissen, wie sie wieder aufstehen sollte. Anders als Daniele, der sich für sie wieder erhoben hatte.

In diesem Moment ertönte im Gerichtssaal die laute Stimme des Inquisitors: »Im Namen Gottes verfüge ich, dass Susanna Berna bei lebendigem Leib auf dem Scheiterhaufen verbrannt wird, einem Scheiterhaufen, den man morgen vor dem Heiligen Offizium aufschichten möge.«

Erst da betete Susanna zu Gott – in dem Glauben, dass es ein gerechter Gott war –, dass sie am Ende ihrer Qualen Daniele sehen würde, Daniele, der sie erwarten würde jenseits von Flammen und Schmerz, jenseits des Todes.

»Gott, ich bitte dich«, flehte sie und kniete mit gefalteten Händen nieder. »Ich bitte dich, sei da.«

Sichtlich gerührt seufzte die Menge auf.

»Die Sitzung ist geschlossen«, verkündete der Inquisitor. »Stadtvogt, man möge den Scheiterhaufen für die Hexe vorbereiten. Und das Urteil im Namen Gottes vollstrecken!«

Er wollte sich gerade dem Ausgang zuwenden, als eine Stimme die Stille durchbrach.

»Constantin Tron!«, rief Fra' Thevet mit brüchiger Stimme.

Der Inquisitor wandte sich um.

Obgleich Fra' Thevet nichts mehr sehen konnte, schien er ihn doch mit seinem Blick zu durchdringen. »Ich erkenne Gott in diesem Urteil nicht!«

Dem Inquisitor schoss das Blut zu Kopf, als würden die Flammen, die er Susanna angekündigt hatte, nun auch an ihm hochschlagen. »Ich ermahne Euch, Prior!«, drohte er. »Ihr habt die Pflicht, das Urteil dieses Gerichts, welches stellvertretend ist für das Heilige Offizium, anzuerkennen. Ihr seid an das Gehorsamkeits- und Treuegelübde gebunden, das Ihr der Kirche mit dem Anlegen Eurer Kutte abgelegt habt!«

»Dann werde ich mich dieser Kutte wieder entledigen!«, rief Fra' Thevet.

Susanna hob den Kopf und blickte den Prior an, der für sie immer ein Vater gewesen war. Wie für Daniele. Fra' Thevet hatte seinen Sohn verloren. Und nun würde er auch sie verlieren, seine Tochter. Er war verzweifelt. Doch mehr noch als Verzweiflung hallte in seiner Stimme der Schrei nach Gerechtigkeit wider, der Schrei des aufrechten Mannes, der er immer gewesen war. Der Mann, der sie und Daniele auf den richtigen Weg gebracht hatte mit Würde und Hingabe, ohne sich jemals den falschen Ideologien der Kirche oder denen der Gesellschaft zu beugen. Und mehr denn je bewunderte sie ihn und verspürte tiefe, dankbare Zuneigung und ehrliche Verbundenheit.

Fra' Thevet drehte sich um und wandte sich nun mit lauter Stimme an das Publikum. »Von nun an bin ich nicht mehr euer Beichtvater. Aber auch, wenn ich es wäre …« Er reckte die geballte Faust in die Höhe. »Auch, wenn ich es wäre, würde ich euch nicht von der Sünde freisprechen, die ihr an Susanna Berna begangen habt!« Sein sonst so sanftes Gesicht war wutverzerrt. »Nur eine Hure – und möge Gott alle Huren der Welt in Ehre halten, so sie sind wie Marianna Dionigi – hat ihre Anerkennung für Susanna zum Ausdruck gebracht. Sie als Einzige hat das Herz gehabt, für Susanna auszusagen. Nur eine Hure hat Susanna Dankbarkeit erwiesen für alles, was sie für jeden von euch getan hat!«

Im Saal und davor in den Gassen senkten die Leute betreten die Köpfe.

»Schämt euch!«, schrie Fra' Thevet.

»Ihr riskiert einen Prozess wegen Häresie, ich warne Euch, Prior!«, unterbrach ihn der Inquisitor.

Da wandte Fra' Thevet sich langsam um. Wieder schien er ihn anzusehen, dann sagte er plötzlich vollkommen ruhig: »Dann komm und hole mich doch, ich bin hier.« Er zeigte mit ausgestrecktem Arm auf ihn. »Und unter den glühenden Eisen deines Folterknechts werde ich gestehen, dass du die Scham Gottes bist, Constantin Tron!«

»Bringt ihn hinaus!«, schrie der Inquisitor.

Die Wachen zögerten.

»Bringt ihn hinaus!«, wiederholte Constantin Tron, und seine Stimme überschlug sich. Als zwei Wachen Fra' Thevet packten und hinausbrachten, verkündete er bebend: »Die Sitzung ist geschlossen. Das Urteil ist verkündet. Man bereite den Scheiterhaufen für die Hexe und Mörderin Susanna Berna vor.«

78

Anno Domini 1633
18. Februar, neunundzwanzigster Tag

Borgo San Michele, Ostalpen

Düster erhob sich der Scheiterhaufen auf der Piazza. Wie eine Huldigung an den Tod.

An den Seiten zwei Arm lang, ragte er imposant in die Höhe und war auf Paolos Befehl hin mit großen, abgelagerten Eichenscheiten aufgeschichtet, zwischen denen trockenes Heu steckte.

Auch der Pfahl in der Mitte war aus Eiche, hatte jedoch die ganze Nacht in Wasser gelegen, sodass er nur schwerlich Feuer fangen würde. Auch das auf Paolos Befehl.

Die Menschen in der dicht gedrängten Menge bemerkten die Eichenholzscheite, denn für gewöhnlich wurde leicht brennendes Buchenholz verwendet. Und jeder der Dorfbewohner wusste aus Erfahrung, was das bedeutete: Das Feuer sollte so lange wie möglich brennen, jedoch nicht zu rasch hochschlagen, damit die Pein des Opfers längstmöglich andauern würde.

Die barbarische Genauigkeit des Vorhabens ging jedem von ihnen durch Mark und Bein. Ein Schauder durchlief die Menge, es herrschte Fassungslosigkeit ob einer solchen Schandtat. Doch wie immer schwiegen sie alle. Nur Blicke verrieten die Gedanken des einen und der anderen. Gedanken, auf die Fra' Thevet sie im Gericht mit seinen Worten gebracht hatte. Der Prior, den sie alle nur als sanften, verständnisvollen Menschen kannten. Doch kein Schuldgefühl, kein Gerechtigkeitssinn vermochte die Dorfbewohner aus ihrer angstbehafteten Tatenlosigkeit aufzurütteln.

»Fürchtet euch und zittert« stand in großen Buchstaben auf der Tribüne geschrieben, von der aus die Stadtvorderen das Spektakel verfolgen würden.

Ein Tamburinrasseln kündigte nun ihr Kommen an.

Allen voran schritt Bischof Girolamo Tebaldi.

Seine Vorliebe für prunkvolle Kleidung war wie seine Eitelkeit bekannt, doch an diesem Tag trug er eine einfache schwarze Kutte, wie ein gewöhnlicher Geistlicher. Sein stattlicher Körper mühte sich unter einer unsichtbaren Last.

Hinter ihm schritt aufrecht Constantin Tron, die Hände gefaltet, als könnte er tatsächlich beten.

Und als Dritter folgte wie üblich dumm dreinblickend der Stadtvogt Bartolo Baronio, für diesen besonderen Anlass entsprechend herausgeputzt.

Als die drei obersten Vertreter von Borgo San Michele Platz genommen hatten – der Bischof in der Mitte, der Inquisitor zu seiner Rechten und der Stadtvogt zu seiner Linken –, verstummte das Rasseln des Tamburins.

Vier Wachen, zwei auf jeder Seite, standen mit gezogenen Schwertern zum Schutz des Terzetts bereit. Die Schwerter hielten sie vor sich mit den Spitzen in den Holzbrettern des Tribünenaufbaus, die Hände auf den runden Griffen gekreuzt.

Neben dem Scheiterhaufen stand eine große kupferne Feuerschale, die Paolo nun anzündete. Er trug zu diesem Anlass eine schneeweiße Kutte ähnlich der, die er als kleiner Junge getragen hatte, als er zum ersten Mal eine Hexe anzündete. Bedrohlich schlugen die Flammen in der Feuerschale empor. Paolo nahm die mit pechgetränkten Lappen umwickelte Fackel, mit der er später den Scheiterhaufen entzünden würde zur Hand.

»Man führe die Angeklagte her«, rief der Inquisitor.

Die Leute wandten sich um, denn sie wussten, dass man Susanna vom Ende der Piazza durch die gesamte Menge geleiten würde.

Der Bischof erhob sich, berührte sich im Zeichen des Kreuzes an Stirn, Brust und Schultern und sagte: »Möge Gott uns vergeben, sollte unser Urteil falsch sein«, womit er alle in tiefes Staunen versetzte, vor allem Constantin Tron.

Die Menge murmelte. Niemand konnte sich erinnern, dass eine solche Aussage jemals getätigt worden war. Und sie klang eher wie ein Schuldeingeständnis als ein Gebet.

»Das scheint mir nicht angemessen«, murrte der Inquisitor, offensichtlich verärgert.

»Ich habe Euch ausdrücklich gesagt, dass ich der Scheiterhaufen müde bin«, gab Girolamo Tebaldi schlicht zurück.

»Aber sie ist eine Hexe und Mörderin«, entgegnete der Inquisitor.

»Und wenn sie es nicht sein sollte, dann möge Gott Eurer Seele vergeben. Oder Euch bestrafen, wie Ihr es verdient«, beendete der Bischof eisig die Unterredung.

»Man führe die Angeklagte her«, wiederholte der Inquisitor gekränkt.

Wieder wandten die Leute die Köpfe nach dem Ende der Piazza, wo Susanna erscheinen würde. Und der Anblick, der sich ihnen bot, überstieg alles, was sie sich hatten vorstellen können.

Susanna schritt hocherhobenen Hauptes, stolz und sicheren Schrittes auf sie zu, den türkisfarbenen Samtschal um Kopf und Schultern geschlungen.

Am meisten aber staunte die Menge über den Greis neben ihr, den im ersten Moment niemand erkannte. Wie ein Vater, der seine Tochter zum Altar führt, lag seine Hand auf ihrem Arm.

Fra' Thevet trug die einfache Kleidung eines Dörflers und

keine Kutte, die für alle untrennbar mit ihm verbunden war. Den langen weißen Bart hatte er geschoren und sein Kinn, das stets darunter verborgen gewesen war, zum Vorschein gebracht. Es war so merkwürdig, ihn in dieser Erscheinung zu sehen, dass niemand hätte sagen können, ob diese Veränderung schön oder weniger schön war. Alles daran war ungewohnt. Und irgendwie war es auch aufregend.

Denn im Gegensatz zu ihnen allen war er aufrecht geblieben, hatte sich nicht gebeugt.

Hinter Susanna und Fra' Thevet gingen Capitano Niccolò Buccaltieri und Marianna Dionigi mit ernsten Mienen. Wie Trauzeugen für die Braut, die sich nun mit dem Feuer vermählen würde.

»Was macht dieser Mann hier? Er sollte hinter Gittern sein«, ereiferte sich der Inquisitor, als er Bucccaltieri sah.

»Ich habe ihn auf freien Fuß setzen lassen«, erwiderte der Bischof. »Und nun schweigt, Ihr langweilt mich.«

Das Blut stieg dem Inquisitor zu Kopf. Er blickte auf das herannahende Grüppchen, und Wut stieg in heißen Wellen in ihm auf.

Am Ende des Zuges marschierten die vier Wachen, die eigentlich für die Bewachung Susannas hätten sorgen sollen.

»Was soll dieser Unfug?« Der Inquisitor konnte sich nicht zurückhalten und warf Paolo einen wutentbrannten Blick zu. Doch Paolo war ebenso überrascht von dieser kleinen Prozession.

»Dieser Unfug wurde von mir ausdrücklich genehmigt«, erklärte Bischof Girolamo Tebaldi, der sichtlich seine Macht auskostete.

»Wie könnte ich mich Euren Befehlen widersetzen?«, tat Constantin Tron demütig, doch innerlich war er außer sich vor Wut.

»Genau«, bestätigte der Bischof. »Wie könntet Ihr?«

Der Inquisitor senkte zum Zeichen des Gehorsams den Kopf.

Susanna ging durch die von der Menge gebildete Gasse.

Für gewöhnlich beschimpften die Dörfler die Angeklagten und warfen Steine nach ihnen. An diesem Tag jedoch senkten sie alle die Blicke. In religiöser Stille.

Nur die Bäckersfrau blickte Susanna an. Und fühlte sich schmutzig, elendig. Ebenso die Schneiderin. Und die beiden Schwestern, die Wolle kardierten. Und noch viele andere Schülerinnen von Susanna.

»Man binde Susanna Berna, Hexe und Mörderin, an den Pfahl, wo ihre verdammte Seele brennen wird als Vorgeschmack auf die Hölle, die sie erwartet«, tönte Paolo.

Niccolò Buccaltieri spuckte aus. »Von einem ganzen Dorf, dass Susanna zu Dankbarkeit verpflichtet ist, sind nur wir drei übrig geblieben!«, wandte er sich verächtlich an die Bewohner des Borgo, woraufhin diese die Köpfe nur noch tiefer senkten.

Auch Marianna Dionigi spuckte aus. Aber nicht auf den Boden, sondern in die Menge. »Fra' Thevet hat euch gesagt, dass er nich mehr euer Beichtvater ist«, rief sie. »Und ich schwör euch, dass ich keinen von euch dreckigen Schweinen jemals wieder zu mir ins Bett lasse. Lieber verhungere ich!«

Der Inquisitor machte Anstalten aufzustehen und einzuschreiten, doch die starke Hand des Bischofs hielt ihn zurück. »Ihr habt es so gewollt, jetzt nehmt, was Ihr gesät habt.«

Der Inquisitor blickte zu Paolo.

»Fesselt sie!«, wies Paolo die Wachen unbeherrscht an.

Unbeholfen kamen die Männer in Bewegung.

»Werde ich Daniele sehen?«, fragte Susanna Fra' Thevet. Nun, da ihr Schicksalsmoment nahte, lag auch in ihrer Stimme ein wenig Furcht.

»Du wirst ihn wiedersehen«, versicherte Fra' Thevet, obgleich sein Glaube an Gott nunmehr auf wackeligen Füßen stand. Dann küsste er sie auf die Wangen, benetzte sie dabei mit seinen Tränen, die er nicht zurückzuhalten vermochte, und zeichnete mit dem Daumen das Kreuz auf ihre Stirn. »*Ego te absolvo a peccatis tuis in nomine Patris et Filii et Spiritus Sancti*«, sprach er. »Ich vertraue dich Seiner Güte an, mein Kind.«

Susanna drückte seine Hand. Dann wandte sie sich den Wachen zu. Doch sie stockte, zog den Schal vom Kopf und reichte ihn Marianna Dionigi. »Nimm du ihn«, meinte sie. »Dieser Schal ist alles, was von mir und Daniele bleibt. Er ist so alt wie unsere Liebe. Ich möchte nicht, dass er verbrennt. Gib gut auf ihn acht.«

Die Augen der Dirne füllten sich mit Tränen. »Eure Liebe wird immer lebendig bleiben, und niemand kann sie je beschmutzen.«

Als die Wachen Susanna packten, wandte sie sich noch einmal an Fra' Thevet: »Werde ich ihn wieder lieben können?«, wollte sie wissen.

»Ihr werdet euch immer lieben.«

Schließlich brachten die Wachen sie über die kleine Leiter auf den Scheiterhaufen.

Widerstandslos ließ Susanna sich fesseln.

Eiliger, als er selbst es von sich erwartet hatte, hielt Paolo die brennende Fackel hoch und zeigte sie dem Inquisitor und der Menge. »Die heiligen Flammen Gottes!« Er näherte sich dem Scheiterhaufen.

»Daniele, ich komme«, wisperte Susanna.

Und in diesem Moment, wie in allen schlimmen Momenten ihres Lebens, dachte sie noch einmal an die Worte der alten, liebevollen Äbtissin.

»Lass dir niemals die Flügel stutzen.«

Sie blickte die dichtgedrängten Menschen auf der Piazza an. Und verspürte Mitleid. Keinen Gram. Denn sie waren nicht frei. Abermals hatte man sie unterdrückt. Sie dachte an ihre Mission, der sie sich von ganzem Herzen gewidmet hatte: Unwissenheit und Aberglauben auszumerzen. Bildung zu verbreiten, die zu Freiheit und Gerechtigkeit führen sollte.

Sie dachte an die Worte, die Fra' Thevet auf Danieles Begräbnis gesagt hatte: »Es gibt keinen besseren Mann als den, der fällt und dann, stärker als zuvor, wieder aufsteht.«

Und da beschloss sie, sich noch einmal zu erheben. Ein letztes Mal.

»Es gibt keine Hexen! Und keine Heiligen!«, schrie sie den Dörflern zu. Sie blickte Paolo an, sah in seine Augen, hell wie blasser Aquamarin, diese Augen, die sie immer betrogen hatten, und fügte etwas leiser, denn sie wollte keine Rache nehmen, hinzu: »Aber Dämonen, die gibt es.«

Paolo zögerte kurz. Dann steckte er den Scheiterhaufen in Brand.

»Ich bring dich um«, drohte ihm Niccolò Buccaltieri.

Kurz blitzte Furcht in Paolos Augen auf, der sich an sein Kruzifix klammerte.

Fauchend schlugen die Flammen empor, und noch einmal wandte Susanna sich an die Menge: »Es gibt nur Licht! Und Dunkel!«

Die Dorfgemeinde lauschte ihr und alle waren wie gebannt von ihren Augen, ihrem stolzen Blick, der so voller Mut war. Mut, an dem es ihnen fehlte.

»Bringt sie zum Schweigen!«, knurrte Constantin Tron.

»Ihr seid es, der schweigen sollte!«, fuhr der Bischof ihn an.

Für alle gut zu hören.

»Es gibt nur Licht! Und Dunkel!«, wiederholte Susanna mit voller Stimme. Und ihre Worte waren keineswegs vorwurfsvoll, sie waren nur ihre letzte, eindringliche Botschaft, eine Botschaft, die sie in die Welt hinausschrie, um sich nicht die Flügel stutzen zu lassen. »Und im Leben erfahren wir Menschen das eine wie das andere. Das ist der Lauf der Dinge.« Sie sah in die

Menge, liebevoll. »Und wir Menschen sind unbedeutend und wunderbar zugleich.«

Die Flammen fraßen sich immer weiter nach oben, erreichten langsam den Pfahl, und plötzlich sah Susanna etwas Neues in den Menschen vor ihr. Etwas geschah mit ihnen. Etwas veränderte sich.

Und da wusste sie, dass die Tage der Sonne gezählt waren. Bald würde die Sonne aufhören, sich um die Erde zu drehen.

Und sie wusste, dass die Erde, wie auch die Menschen, Licht und Dunkel erfahren würden, schlicht, weil es nicht zu ändern war, dass sich die Erde um ihre eigene Achse drehte. Und sie wusste, dass die Erde, wie jeder andere Planet, endlich nur einer unter vielen sein würde, der sich um die Sonne drehte. Die Erde, so unbedeutend und wunderbar zugleich.

Während die Flammen immer näher kamen und die Hitze unerträglich wurde, fingen einige der Leute auf der Piazza ungehalten an zu murren, mit ihren letzten Worten hatte Susanna geradewegs in die Herzen der Menschen getroffen. Doch immer noch bewegte sich niemand, die Furcht vor den Wachen mit den gezogenen Schwertern war zu groß, die Furcht vor dem Inquisitor, der seinen strengen Blick über sie gleiten ließ.

Doch Teo, der Junge, den man im Prozess zu lügen gezwungen hatte, brach in Schluchzen aus, als der Geruch des brennenden Holzes in seine Nase stach, und er schrie: »Susanna, verzeih mir, Susanna!« Er riss sich von der Hand seiner Mutter los, durchbrach die Reihe der Wachen und stürzte zum Scheiterhaufen. Als wollte er ihn löschen. Oder sich auch verbrennen lassen. »Susanna, ich wollte das nicht!«

Und als ein Wachmann ihn grob an den Haaren riss und zurückschleifte, stürzte die Mutter des Kindes – die sich feige der Drohung des Inquisitors gebeugt und gelogen hatte – gegen den Wachmann und schrie: »Lass meinen Sohn los, du Bastard!«

Die Wache versetzte ihr einen kräftigen Stoß.

Da kam der Mann – der Feigling, der Jehanne ihr letztes Stück Gebäck verweigern wollte – Frau und Sohn zu Hilfe, als er sah, wie die anderen Wachen kampfbereit ihre Waffen zogen. Und versetzte der Wache mit seinen starken Händen einen Fausthieb.

Und während der Wachmann zu Boden stürzte, schrie Teofilos Mutter: »Ihr Feiglinge!« und stellte sich mit ausgebreiteten Armen zwischen die Wachen und ihre Familie.

Aber sie blickte den Inquisitor an, den meisten der Dörfler schien es zumindest so. Und die Geste der Frau nahm ihnen endlich die Angst.

Die Erste, die einstimmte, war Albertine Klose. Dann die beiden alten Schwestern. Und dann alle Frauen, die Susannas Schülerinnen gewesen und nicht für sie eingestanden waren.

Einer nach dem anderen, Frauen wie Männer, junge und alte erhoben ihre Stimmen.

»Feigling!«, schrien sie, jetzt in der Einzahl, und blickten zum Inquisitor.

Als ob sie sich erst jetzt, da sie sich hörten und auch die anderen hörten, der eigenen Stimme bewusst wurden.

Verstanden, dass sie ihre Stimme erheben konnten. Erheben wie eine Faust.

»Ich wollte das nicht, Susanna«, weinte Teo verzweifelt. Als wäre seine Stimme die der Menge und klage sie gleichzeitig an.

Und plötzlich wurde die ganze Piazza zu einem brodelnden Hexenkessel.

Die Menge stürzte sich auf die Wachen und überwältigte sie. Der ein oder andere fiel über die Soldaten her, riss ihnen die Schwerter aus den Händen und beschmutzte sich mit ihrem Blut.

Und alle schrien »Feigling!« In der Einzahl.

Denn die aufbrandende Wut aller richtete sich gegen den Inquisitor. Den Verantwortlichen. Verantwortlich dafür, sie alle kleingehalten zu haben, sie die Furcht gelehrt zu haben, was ihnen nun das schlimmste aller Verbrechen schien.

Im allgemeinen Durcheinander zog Marianna Dionigi das Messer aus Niccolò Buccaltieris Gürtel und sprang durch die Flammen auf den Scheiterhaufen.

»Marianna!«, schrie Buccaltieri, aber es war zu spät.

Die Dirne durchtrennte die Stricke, mit denen Susanna an den Pfahl gefesselt war.

Buccaltieri stürzte sich auf den Scheiterhaufen zu den beiden Frauen und brachte sie außer Reichweite der Flammen.

Susanna war bereits beinahe erstickt vom Rauch, ihre Kleider, wie auch die von Marianna Dionigi, standen in Flammen.

Die Bäckersfrau, Albertine Klose und alle anderen Frauen, die Susannas Schülerinnen gewesen waren, warfen sich auf sie und erstickten so die Flammen. Beißender Geruch lag in der Luft.

Buccaltieri ließ seinen Blick über die Menge gleiten auf der Suche nach Paolo. »Wo bist du?«, schrie er. In seinen Augen brannte wieder das Feuer des ehrbaren Kriegers von einst.

Als die Frauen die Flammen an Susannas Kleidern erstickt hatten, atmete sie tief ein, als hätte sie lange keine Luft mehr bekommen. Dann hustete sie und atmete wieder tief, ohne zu begreifen, was eigentlich geschehen war. Schließlich blickte sie zum brennenden Scheiterhaufen. Und tastete nach der Erde, auf der sie lag.

Inquisitor Constantin Tron erblasste ob dieses Spektakels. Furcht schlich sich in seinen eisigen Blick, als er aufstand und einen Schritt zurückwich.

Eilig drängten die Wachen den Bischof und den Stadtvogt zum Tor des Heiligen Offiziums, einige Schritte entfernt.

Paolo Tahler sah den Schreck in den Augen des Inquisitors aufleuchten, der sich verloren umblickte. Da sprang Paolo auf die Tribüne und hastete zu ihm. Und als er dessen armselige

Schwäche sah, verspürte er mit einem Mal unbändigen Zorn. »Nein!«, stieß er hervor. »Ihr dürft der Angst nicht nachgeben!«

»Bring mich weg«, stammelte der Inquisitor mit dünner Stimme und wich immer weiter zurück. Starr vor Angst sah er auf die herannahende Menge, die ihm anmutete wie ein wildes Ungeheuer. »Bring mich weg, Paolo«, bat er noch einmal, die Stimme nur noch ein Hauch, nackte Angst im Blick.

»Ich bin bei Euch! Wie immer!« Paolo flehte ihn geradezu an. »Ihr müsst keine Angst haben!«

»Ich muss fliehen!«, raunte Constantin Tron jämmerlich.

»Nein!«, rief Paolo, packte ihn an den Schultern und schüttelte ihn, als wollte er den harten, starken und unbeugsamen Mann wieder zum Vorschein bringen, in den er sich einst als Junge verliebt hatte. »Er ist nur ein elender Feigling«, hatte Daniele gesagt. »Nein!«, schrie Paolo dem Mann ins Gesicht, den er liebte, als antworte er Daniele.

Doch die Angst hielt den Inquisitor in ihren Klauen. »Lass mich! Nimm deine widerlichen Hände weg. Mörder!«

Paolo verspürte einen tiefen Stich mitten ins Herz. Und wie er zum ersten Mal so deutlich das wahre feige und liederliche Wesen dieses Mannes erkannte, ging ihm auf, dass er seine Liebe verschwendet hatte. Die Lügen und Ungerechtigkeiten, die er im Namen dieser Liebe begangen hatte, schienen ihm nun, was sie waren: furchtbare Verbrechen, für die es keine Rechtfertigung gab. Für ihn nun unerträglich. Verächtlich stieß er ihn weg. »Feigling«, rief er. Wie die Menge.

Der Inquisitor drehte sich um, raffte die Kutte bis über die Knie hinauf und hastete wie eine ungelenke alte Vettel zum Tor des Gebäudes.

»Wo bist du, Paolo Tahler?«, ertönte die Stimme von Niccolò Buccaltieri. »Deine Stunde hat geschlagen!«

Der Inquisitor hatte den Bischof, den Stadtvogt und die Wachen erreicht. »Wir müssen hinein!«, rief er panisch.

»Exzellenz!«, rief Paolo, der ihm gefolgt war.

»Lass mich!«, fuhr Constantin Tron ihn an, dann wandte er sich an den Bischof: »Worauf wartet ihr noch? Bringen wir uns in Sicherheit!«

Doch der Bischof schwieg, beobachtete wie durch einen Schleier, was sich da auf der Piazza zutrug.

»Halt!«, schrie Niccolò Buccaltieri mit gezogenem Schwert, als er Paolo endlich entdeckte.

Auch die Wachen zückten ihre Schwerter, bereit, den Bischof und den Stadtvogt zu verteidigen.

»Ich habe nichts gegen Euch, Signor Bischof«, erklärte Niccolò Buccaltieri, den Blick auf Paolo gerichtet. »Ich will nur ihn. Er ist der Mörder von Weser, Astrid Gallo, Bernardo Treves und Daniele di Barco.«

Der Bischof schien keinerlei Furcht zu empfinden, er legte die Hände auf die Schwerter der Wachen und drückte sie sacht hinunter, dann trat er einen Schritt auf Buccaltieri zu. »Capitano, das habt Ihr gestern schon gesagt. Und es ist eine harsche Anschuldigung. Wenn es aber ist, wie Ihr sagt, dann wird dieser Mann nach einem gerechten Prozess seine gerechte Strafe bekommen …«

»Wie könnt Ihr nach alldem von 'nem gerechten Prozess reden? Wie soll ich an irgendwelche gerechten Prozesse glauben, wenn doch ein unschuldiges Mädchen auf dem Scheiterhaufen verbrannt werden soll, obwohl alle Beweise dagegensprechen?«, fuhr Buccaltieri ihn an. »Wie sollte ich Euch glauben? Wie sollte irgendjemand Euch noch glauben?«

Der Bischof senkte den Blick und nickte traurig. »Darauf kann ich keine Antwort geben, Capitano.«

Niccolò Buccaltieri blickte zum Inquisitor, der wie Espenlaub zitterte. Er knirschte mit den Zähnen, dann hielt er das Schwert in seine Richtung und knurrte: »Und dieser Wurm hier hat von allem gewusst.«

Der Bischof riss die Augen auf und wandte sich dem Inquisitor zu.

»Nein, nein, ich … Paolo war es, aber ich, ich habe es erst später erfahren …«, verriet sich der Inquisitor.

»Du … liederliche Kreatur … hast davon gewusst?« Der Bischof erhob eine Hand, als wollte er ihn ohrfeigen, hielt jedoch inne. »Öffnet das Tor!«, wies er wutentbrannt die Wachen an, dann wandte er sich an Buccaltieri: »Ihr werdet Gerechtigkeit bekommen, Capitano. Ich schwöre es Euch auf Christus.« Seine Stimme donnerte furchterregend.

Die Wachen öffneten das Tor, der Stadtvogt schlüpfte als Erster hinein.

»Stadtvogt, anstatt die Flucht zu ergreifen, solltet Ihr zuerst Eure Pflicht erledigen«, hielt ihn der Bischof zurück. »Gebt Euren Wachen Befehl, Inquisitor Constantin Tron zu verhaften und ihn bis zum Prozess in die windigste unserer Zellen zu sperren.«

»Ihr … das könnt Ihr nicht tun!«, ereiferte sich Constantin Tron, während er von zwei Wachen gepackt wurde.

»Ich habe es dir angesehen! Du hast gestanden!«, schrie ihm der Bischof ins Gesicht. »Du hast vor der Welt verborgen, dass dein widerlicher Sekretär der Mörder ist, dass Susanna Berna unschuldig ist, du hast sie zum Tod auf dem Scheiterhaufen verurteilt und sagst mir, was ich zu tun und zu lassen habe?«, fuhr er wutentbrannt fort. »Das Einzige, was mich dauert, ist, dass du nicht in den Genuss eines Scheiterhaufens kommen wirst, einen wie die, die du in all den Jahren in Brand gesteckt hast. Denn für einen Verbrecher wie dich sieht das Gesetz den Galgen vor.« Er riss ihm das rotlackierte, goldene Christusmonogramm an der schweren Kette vom Hals und warf es auf den Boden. »Schafft ihn fort!« Dann wandte er sich zum Tor.

Er sah, wie Paolo versuchte, ihm zu folgen, doch die kräftigen Hände Niccolò Buccaltieris hatten ihn schon am Kragen gepackt.

Der Bischof sah Buccaltieri schweigend an, dann ließ er den Blick über die tobende Menge und die verletzten Wachen auf dem Boden gleiten. Schließlich ruhte sein Blick wieder auf dem Capitano. »Seid Ihr sicher, dass er der Mörder ist?«

Niccolò Buccaltieri nickte schweigend.

»Möge Gott mir vergeben«, murmelte der Bischof, ging durch das Tor und schloss es hinter sich. Bevor Paolo hineingelangen konnte.

Panik breitete sich in Paolo aus. Zitternd schnappte er nach Luft. Der Sinn seines Lebens war dahin. Es stimmte nicht, dass Gott beim Würfeln für ihn gemogelt hatte. Er hatte keine Sieben und keine Elf für ihn gewürfelt. Das waren bloß die Worte einer Verrückten. Und er war verrückt gewesen, es zu glauben.

Die Verzweiflung überfiel ihn mit solcher Macht, dass er nicht wusste, wie er weiterleben sollte.

»Jeden Einzelnen dieser Toten hast du auf dem Gewissen, du elender Wurm«, klagte Susanna ihn an, die plötzlich neben Buccaltieri auftauchte und auf die blutenden Wachen am Boden zeigte.

»Du Hure!«, fuhr Paolo auf, aber seine Stimme war schwach.

Susanna blickte ihn an. Und da war kein Mitleid mehr in ihren Augen. »Ich vergebe dir nicht, Paolo«, verkündete sie. »Dein ganzes Leben lang hast du versucht, Daniele von mir fortzubringen.« Sie schüttelte den Kopf. »Nein, ich vergebe dir nicht.«

»Du bist bloß eine Hure, sonst nichts!« Paolo spuckte aus. Dann zog er seine Todeswaffe aus dem Kruzifix heraus und stürzte sich auf sie.

Doch Buccaltieri reagierte blitzschnell. Er packte sein Schwert und stieß es Paolo mit solcher Wucht in die Brust, dass er ihn nahezu in zwei Teile hieb.

Susanna führte eine Hand an ihre Lippen, sprachlos.

Paolo sank zu Boden, den Mund aufgerissen, einen überraschten, ängstlichen Ausdruck im Gesicht. Seine schneeweiße Kutte färbte sich blutrot.

»Das ist von mir und von Daniele di Barco«, zischte Buccaltieri verächtlich.

Susanna wurde von den Frauen, die sie gerettet hatten, fortgeführt.

Die Augen von Niccolò Buccaltieri, des Mannes, der ein Leben lang die schrecklichsten Grausamkeiten gesehen hatte, füllten sich mit Tränen im Gedenken an den wertvollen Freund, an dessen Seite er seine letzte Schlacht geschlagen hatte. »Lebwohl, Daniele«, murmelte er und legte sich das blutige Schwert aufs Herz. »War mir 'ne Ehre, an deiner Seite zu kämpfen.«

Da drückte Marianna Dionigi liebevoll seine Hand.

Susanna saß etwas abseits am Rande der Piazza, umringt von denselben Frauen, die im Prozess nicht zu ihren Gunsten ausgesagt hatten, in deren Augen aber nun ein neues Licht schimmerte.

»Vergiss das nie, mein Kind«, schärfte die Bäckersfrau ihrem Sohn Teo ein.

Susanna lächelte dem Kind zu.

Da lief Teo zu ihr und schmiegte sich an sie.

Und Susanna spürte die wohltuende Wärme seines kleinen Körpers. »Hör auf deine Mutter«, riet sie ihm. »Vergiss das nie.«

Dann drehte sie sich um und lächelte auch die anderen Frauen an. »Unser Verborgenes Paradies«, sagte sie.

Auf der Piazza herrschte nun unnatürliche Stille. Die Stadtvorderen hatten sich in das Heilige Offizium zurückgezogen. Die Wachen, denen es nicht gelungen war, das Schlachtfeld zu verlassen, lagen auf dem Boden, die Glieder unnatürlich verrenkt, ihre Körper zeugten von der unbändigen Wut des Mobs. Am Ende der Piazza warf Capitano Buccaltieri sein Schwert neben Paolos Leiche zu Boden, dann umarmte er Marianna Dionigi.

Alle blickten sich nun an, verwirrt und bestürzt über das, was geschehen war.

Da stand Susanna auf, streckte die Hände gen Himmel und durchbrach die Stille: »Ihr dürft nie vergessen! Vergesst niemals, dass ihr eine Stimme habt!«

Und sie sah ihnen an, dass sie wussten, dass sich an diesem Tag, heute, hier und jetzt die Welt änderte. Ändern musste.

»Heb Teo hoch«, forderte die Bäckersfrau ihren Mann auf. Und als der Mann das Kind hoch in die Luft erhob, das Kind, das zum Symbol ihrer Rebellion geworden war, schrie sie: »Ich stehe zu Susanna!«

Neben ihr erhob sich nun auch Albertine Klose und rief laut: »Ich stehe zu Susanna!«

Und wie ein wirbelnder Windstoß tönte es plötzlich in Hunderten Stimmen aus allen Himmelsrichtungen über die Piazza:

»Ich stehe zu Susanna!«

»Ich stehe zu Susanna!«

Mühevoll und mit zitternden Knien erhob sich Fra' Thevet. Er strich Susanna übers Haar, dann stieß er mit seiner rauen Stimme hervor: »Wir!« Er ließ seinen blinden Blick über die Menge schweifen. »Nehmt euch an den Händen.« Und bebend, von seinen Gefühlen überwältigt, rief er laut: »Wir! Wir stehen zu Susanna!«

»Wir stehen zu Susanna!«, echote die Menge.

Und Susanna murmelte ergriffen: »Heute! Heute hat die Sonne aufgehört, sich um die Erde zu drehen.«

Und ein neues Licht erfüllte ihren Blick.

»Daniele, siehst du es?«, wisperte sie mit Tränen in den Augen. Tränen der Freude und der Verzweiflung zugleich. »Sieh! Heute, heute ist die Sonne stehen geblieben!«

Anmerkung des Autors

»Ein Mönch und ein Schlachter bekämpfen sich im Inneren eines jeden Begehr« ist eine wunderbare Weisheit von Emil Cioran aus seinen *Syllogismen der Bitterkeit*, mehr als dreihundert Jahre nach den hier erzählten Ereignissen geschrieben.

Ich habe mir erlaubt, sie dennoch einzuflechten – womit ich die Regel gebrochen habe, nach der eine historische Erzählung ihrer Zeit folgen sollte –, da sie genau beschreibt, was ich sagen wollte.

Der Leser möge mir diese Ungenauigkeit verzeihen.